Rebecca Donovan

Liebe VERWUNDET

Aus dem Amerikanischen
von Christine Strüh

FISCHER Taschenbuch

Die ›Liebe‹-Trilogie von Rebecca Donovan:

Liebe verletzt

Liebe verwundet

Liebe verrät

MIX
Papier aus verantwortungsvollen Quellen
FSC® C083411

Erschienen bei FISCHER Kinder- und Jugendtaschenbuch
Frankfurt am Main, Juni 2018

Die amerikanische Originalausgabe erschien 2013
unter dem Titel ›Barely Breathing‹
bei Amazon Children's Publishing, USA

Lektorat: Sarah Iwanowski
Satz: Dörlemann Satz, Lemförde
Druck und Bindung: CPI books GmbH, Leck
Printed in Germany
ISBN 978-3-7335-0433-5

Für meine Freundin Elizabeth.
Meine Suche nach Worten führte mich zu dir,
und ich fand die perfekte Partnerschaft
und eine wunderbare Freundschaft.

ProlOg

Vor sechs Monaten war ich tot. Mein Herz schlug nicht mehr. Kein Atem strömte über meine Lippen. Alles war vorbei, ich war tot.

Kein leichter Gedanke, nicht zu existieren – egal, wie sehr ich mich auch all die Jahre darum bemüht habe, niemandem im Gedächtnis zu bleiben. Deshalb habe ich irgendwann beschlossen, überhaupt nicht mehr daran zu denken.

Meine Therapeutin hat mir geraten, meine Gedanken und Gefühle in diesem Tagebuch aufzuschreiben. Nachdem ich der Aufgabe monatelang mehr oder weniger geschickt aus dem Weg gegangen bin, dachte ich, ich sollte es wenigstens einmal versuchen – vielleicht könnte ich dann endlich wieder schlafen. Zwar bezweifle ich das, aber inzwischen bin ich zu fast allem bereit.

Ich erinnere mich ehrlich nicht daran, was in jener Nacht passiert ist. In meinen Albträumen erhasche ich manchmal flüchtige Eindrücke und mich durchfährt panische Angst, aber die Einzelheiten entziehen sich mir. Eigentlich will ich die Lücken in meinem Gedächtnis auch lieber gar nicht füllen.

Als ich aufwachte, lag ich in einem Krankenhausbett. Ich konnte kaum sprechen und hatte tiefrote Blutergüsse am Hals. Meine Handgelenke waren verbunden, um die von den Fesseln wunde Haut zu schützen, eine Armschlinge stabilisierte meine ausgerenkte Schulter, mein Knöchel war operiert worden und steckte in einem Gips. Ich weiß nicht genau, warum ich so zugerichtet war. Alles, was zählt, ist, dass ich wieder atme.

Die Polizei hat mir jede Menge Fragen gestellt. Die Ärzte haben mir jede Menge Fragen gestellt. Die Anwälte haben mir jede Menge Fragen gestellt. Wann immer sie ins Detail gehen wollten, habe ich sie abgewimmelt oder einfach den Raum verlassen. Auch Evan und Sara haben versprochen, mich nicht mit Einzelheiten zu quälen. Sie waren in jener Nacht nicht dabei, aber sie haben den gesamten Prozess – so kurz er auch war – im Gerichtssaal mitverfolgt.

Carol …

Es fällt mir schwer, allein diesen Namen aufzuschreiben. Sie hat sich schuldig bekannt. Ich musste sie nicht sehen. Ich musste nicht gegen sie aussagen. Ich musste auch nicht zur Zeugenvernehmung. Sara und Evan wurden ebenfalls vorgeladen, aber nicht einmal ihre Aussage konnte ich mir anhören – obwohl meine Anwälte mich dazu aufgefordert hatten.

Und George … soweit ich mitbekommen habe, war er auch da in jener Nacht. Er hat den Krankenwagen gerufen. Meine Anwälte haben keine Anzeige gegen ihn erstattet. Ich habe sie angefleht, es nicht zu tun. Leyla und Jack brauchen doch wenigstens ihren Vater. Und jetzt … jetzt weiß ich nicht mal, wo sie sind. ~~Ich hoffe, sie wissen, wie sehr~~ Sorry. Ich kann das nicht. Es tut mir zu weh, an sie zu denken.

Sara und Evan sind seit jener Nacht kaum von meiner Seite gewichen. Ich habe ihnen immer wieder versichert, dass es mir gutgeht, aber sie brauchen sich nur die Ringe unter meinen Augen anzusehen, um zu wissen, dass das nicht stimmt. Ich will nicht allein sein.

Es gab ein paar Presseberichte, aber der Prozess fand unter Ausschluss der Öffentlichkeit statt, weil ich minderjährig bin. Deshalb hatten die Zeitungen nicht viel, worüber sie schreiben konnten (wobei ich glaube, Saras Vater hatte dabei seine Hände auch im Spiel).

Trotzdem verbreitete sich die Nachricht über den Mordversuch in unserer kleinen Stadt wie ein Lauffeuer. Man kann sich wahrscheinlich ungefähr vorstellen, wie es für mich war, in die Schule zurückzukehren oder überhaupt irgendwo in Weslyn gesehen zu werden. Es wurde getuschelt und mit dem Finger auf mich gezeigt; wo ich auch ging und stand, folgten mir neugierige Blicke. Auf morbide Art war ich ein Star – das Mädchen, das den Tod überlebt hatte.

Selbst die Lehrer behandeln mich anders, fast so, als warteten sie darauf, dass ich irgendwann zusammenbreche. Die kleine Gruppe, die mich an jenem Tag damals mit meiner Situation konfrontiert hat, ist besonders vorsichtig. Immerhin hat ihre Einmischung das Ganze ins Rollen gebracht. Noch vor dem Gespräch mit mir hatten sie bereits die zuständigen Behörden informiert, und als ich dann aus der Schule verschwunden bin, haben sie sofort George angerufen.

Wahrscheinlich hat Carol von diesem Anruf irgendwie Wind bekommen, vielleicht hat auch jemand sie direkt kontaktiert, um den Vorwürfen auf den Grund zu gehen. Auf jeden Fall wollte sie mich loswerden – und zwar endgültig. Aber letztlich spielt es auch gar keine Rolle, was sie dazu getrieben hat. Jetzt kann sie mir nichts mehr anhaben.

Es tut noch weh. Das bestreite ich nicht, dieses Tagebuch wird sowieso niemand je zu Gesicht bekommen. Mein Knöchel wird wahrscheinlich nie wieder derselbe sein – er bleibt eine ständige Erinnerung an das, was ich erlebt habe. Ich habe gekämpft, um möglichst schnell auf die Beine zu kommen, und stand trotz aller Befürchtungen vier Monate später wieder auf dem Fußballplatz. Am Anfang habe ich nach jedem Training unter der Dusche geheult, weil der Schmerz nahezu unerträglich war. Jetzt nehme ich ihn kaum noch wahr.

Nichts ist mehr so wie früher. Nichts fühlt sich an wie früher.

Ich weiß nicht, wie ich das Sara und Evan erklären soll. Ich bin mir nicht sicher, ob sie es verstehen würden. Ehrlich gesagt weiß ich nicht mal, ob ich es selbst ganz verstehe.

Sie wollte mich töten.

Ich sage mir immer wieder, dass sie mir nichts mehr anhaben kann. Sie ist im Gefängnis, wo sie, wenn es nach mir geht, bis in alle Ewigkeit bleiben kann. Aber ich fühle mich nicht sicher. Jede Nacht, wenn ich die Augen schließe, ist sie wieder da, als hätte sie nur auf mich gewartet.

Ich muss raus aus dieser Stadt. Weg von den neugierigen Blicken. Weg von den dunklen Schatten, die mich nach wie vor heimsuchen. Weg von dem Schmerz, der mich immer dann lähmt, wenn ich es am wenigsten erwarte. In sechs Monaten kann ich alles hinter mir lassen. Dann fange ich ganz neu an, zusammen mit den beiden Menschen, die ich auf der Welt am meisten liebe.

Andererseits ist mein Leben alles andere als vorhersehbar, und in sechs Monaten kann sich einiges ändern.

1

ZWEiteR VersucH

Es ist nur ein Traum. Zwar nahm ich Notiz von dem Gedanken, aber ich wehrte mich weiter mit aller Kraft gegen die Hände, die mich in die dunkelsten Tiefen des Wassers hinabzuziehen drohten. Meine Angst war stärker als meine Vernunft, und ich trat um mich, so fest ich konnte. *Es ist nur ein Traum*, hallte meine Stimme erneut durch meinen Kopf, aber ich konnte nicht aufwachen.

Jeder Atemzug brannte in meiner Lunge – panisch sah ich hinunter ins trübe Wasser. Aus den Händen wurden lange, schartige Krallen, und als ich wieder zutreten wollte, grub sich eine von ihnen in meinen Knöchel. Rotes Blut quoll unter den Nägeln hervor und umwaberte mich in dunklen Schwaden. Verzweifelt versuchte ich mich loszureißen, aber die Kralle bohrte sich nur noch tiefer in mein Fleisch. Ich schrie vor Schmerz, Luftblasen stiegen um mich herum auf, doch dann, als meine Lungen sich langsam mit Wasser zu füllen begannen, drückte sich plötzlich etwas auf mein Gesicht.

Es fühlte sich nicht mehr an wie ein Traum.

Keuchend fuhr ich aus dem Bett hoch, und das Kissen fiel von meinem Gesicht. Desorientiert und schwer atmend blickte ich mich um. Sara stand neben ihrem Bett und starrte mich mit offenem Mund und weit aufgerissenen Augen an.

»Es tut mir so leid«, murmelte sie. »Ich dachte, ich hätte dich reden gehört. Ich dachte, du wärst wach.«

»Ich bin wach«, versicherte ich ihr, dann holte ich tief Luft und drängte die Panik zurück. Doch auch nachdem ich mich wieder einigermaßen erholt hatte, stand Sara immer noch wie angewurzelt da.

»Es war nicht okay, dir ein Kissen an den Kopf zu werfen. Entschuldige.« Sie machte ein zerknirschtes Gesicht.

»Ach, halb so schlimm«, winkte ich ab. »Es war nur ein Traum. Mir geht's gut.« Ich atmete noch einmal tief durch, um das Zittern zu vertreiben, dann zog ich die Decke zurück, die an meiner verschwitzten Haut klebte.

»Guten Morgen, Sara«, sagte ich so ruhig wie möglich.

»Guten Morgen, Emma«, antwortete sie, endlich aus ihrer Starre gerissen. Und dann war zum Glück alles wieder normal. »Ich geh schnell unter die Dusche, wir müssen uns beeilen. In einer Stunde brechen wir auf.« Damit griff Sara sich ihre Klamotten und verschwand in Richtung Badezimmer.

Über einen Monat lang hatte ich versucht, mich auf diesen Tag vorzubereiten, ohne Erfolg. Jedes Mal, wenn ich auch nur daran dachte, überfiel mich Panik. Und heute war es nun so weit.

Seufzend ließ ich mich aufs Bett zurückfallen und starrte zu den Dachfenstern hinauf. Durch die Schneeschicht schimmerte gedämpft die Morgensonne herein.

Ich blickte mich in dem Zimmer um, zu dem ich eigentlich keine rechte Beziehung hatte. An der Wand hing ein großer Flachbildschirm, in einer Ecke stand ein mit allen möglichen Utensilien beladener Schminktisch, an dem ich schon unzählige Male neu gestylt worden war. Am Spiegel klebten Fotos von lachenden Freunden, die Wände waren mit farbenfrohen Gemälden geschmückt. Nirgendwo eine Erinnerung an mein früheres Leben, an die Zeit, bevor ich hier wohnte. In diesem Raum hatte ich mich versteckt – vor den voreilig gezogenen Schlüssen, dem Gegaffe und Getuschel.

Warum war ich hier? Ich kannte die Antwort. Am liebsten wäre ich für immer bei den McKinleys geblieben. Nicht dass ich eine andere Wahl gehabt hätte, ich konnte nirgendwo sonst unterkommen, aber sie würden mich niemals im Stich lassen. Sie waren meine einzige Familie, und dafür würde ich ihnen ewig dankbar sein. Nein, das stimmte nicht ganz. Sie waren nicht meine einzige Familie.

Sara stand noch unter der Dusche, als das Telefon klingelte. Ich nahm meinen ganzen Mut zusammen, drückte den Hörer an mein Ohr und sagte: »Hi.«

»Oh! Du bist da«, rief meine Mutter überrascht. »Wie schön, dass ich dich endlich erwische. Wie geht es dir?«

»Ganz gut«, antwortete ich mit klopfendem Herzen. »Äh – hast du heute Abend schon was vor?«

»Nur eine kleine Feier mit ein paar Freunden«, antwortete sie und klang dabei genauso unbeholfen, wie ich mich fühlte. »Hör mal ... Ich hatte gehofft, wir könnten versuchen ... Ich meine, ich wohne jetzt ganz in der Nähe von Weslyn, also, falls du irgendwann vielleicht Lust hättest ...«

»Ja, sicher«, platzte ich heraus, ehe der Mut mich wieder verließ. »Ich werde bei dir einziehen.«

»Oh, äh, okay ...«, stammelte sie in angestrengt fröhlichem Ton. »Wirklich?«

»Klar«, antwortete ich und gab mir alle Mühe, aufrichtig zu klingen. »Bald bin ich auf einem College am anderen Ende von Amerika. Da raufen wir uns doch besser jetzt zusammen, oder nicht?«

Meine Mutter schwieg einen Moment – wahrscheinlich musste sie meine Ankündigung, bei ihr einzuziehen, erst einmal verdauen. »Äh, ja, das klingt prima. Wann wäre es dir denn recht?«

»Montag fängt die Schule wieder an, also vielleicht Sonntag?«

»Du meinst *diesen* Sonntag? In drei Tagen?« Jetzt war die Panik in ihrer Stimme nicht mehr zu überhören. Mein Herz setzte einen

Schlag aus. War sie womöglich doch noch nicht bereit, mich wieder bei sich aufzunehmen?

»Wäre das denn in Ordnung für dich? Ich brauche nichts, nur ein Bett. Eine Couch reicht auch. Aber wenn dir das zu viel ist … Sorry, vielleicht hätte ich nicht …«

»Nein … nein, das ist wunderbar«, unterbrach sie mich hastig. »Bis dahin hab ich genug Zeit, dein Zimmer herzurichten. Also … Sonntag, alles klar, abgemacht. Ich wohne in der Decatur Street. Ich schick dir eine SMS mit der genauen Adresse.«

»Okay, dann sehen wir uns am Sonntag.«

»Ja«, antwortete meine Mutter, und sie klang immer noch etwas verblüfft. »Frohes neues Jahr, Emily.«

»Dir auch«, gab ich zurück, ehe ich das Gespräch beendete. Einen Augenblick lang lag ich reglos da und starrte zur Decke empor. *Was hab ich getan? Was hab ich mir dabei gedacht?*

Dann schnappte ich mir meine Klamotten, ging an Sara vorbei ins Bad und bemühte mich, meine Panik in den Griff zu bekommen. Als ich geduscht und angezogen war, hatte ich mich einigermaßen mit dem Gedanken angefreundet. Es war die richtige Entscheidung.

»Ich muss euch etwas sagen«, verkündete ich und setzte mich auf den Stuhl neben Sara, während Anna, ihre Mutter, sich eine Tasse Kaffee einschenkte. »Ich habe vorhin mit meiner Mutter telefoniert, und …«

»Na endlich!«, fiel mir Sara ins Wort. »Du hast sie sechs Monate lang ignoriert.«

»Was hat sie gesagt?«, erkundigte sich Anna, ohne Saras Ausbruch zu beachten.

»Na ja … ich ziehe am Sonntag bei ihr ein.« Mit angehaltenem Atem beobachtete ich, wie meine Nachricht langsam zu ihnen durchdrang.

Sara ließ ihren Löffel mit einem leisen Klirren in ihre Müslischüssel sinken, aber sie sagte kein Wort.

»Wie bist du zu der Entscheidung gekommen?«, fragte Anna ruhig und lenkte mich von Saras stummer Missbilligung ab.

»Sie ist meine Mutter«, erklärte ich mit einem Achselzucken. »Ich gehe bald aufs College, also ist das wahrscheinlich die letzte Gelegenheit, unsere Beziehung in Ordnung zu bringen. Ich hab sie echt unfair behandelt, und sie hat trotzdem immer wieder versucht, Kontakt zu mir aufzunehmen – so haben wir die beste Chance, uns zusammenzuraufen.«

Anna nickte nachdenklich. Sara stand abrupt auf, ging zur Spüle und stellte ihre Schüssel ab, ohne mich eines Blickes zu würdigen.

»Nun, ich muss es mit Carl besprechen, da wir beide bis zu deinem achtzehnten Geburtstag die Vormundschaft für dich haben. Und ich würde mich gern mit deiner Mutter treffen, bevor wir etwas endgültig entscheiden. In Ordnung?«

Ich nickte, überrascht von Annas Antwort. Elterliche Fürsorge war ich nicht gewohnt, und ich wusste nicht, wie ich darauf reagieren sollte.

»Ich verstehe deine Beweggründe«, versicherte mir Anna mit einem sanften Lächeln. »Aber lass uns erst darüber reden.«

»Danke.« Ich lächelte schwach zurück. »Es würde mir echt viel bedeuten, meine Mutter wieder kennenzulernen.«

Wortlos stürmte Sara die Treppe hinauf in ihr Zimmer. Ich atmete tief durch, bevor ich ihr folgte.

»Okay, spuck's aus«, forderte ich sie auf, während sie für die Übernachtung alle möglichen Sachen in ihre Reisetasche stopfte.

»Ich hab dir nichts zu sagen«, entgegnete Sara. Das stimmte natürlich nicht, aber sie rückte erst nach der dreistündigen Autofahrt zum Hotel und einem ganztägigen Styling-Marathon damit heraus.

Wir waren stundenlang von Kopf bis Fuß bearbeitet worden, und als wir schließlich ins Hotel zurückkamen, war ich todmüde – dabei waren wir noch nicht mal auf der Party gewesen. Vielleicht hatte mir auch meine etwas überstürzte Entscheidung, bei meiner Mutter einzuziehen, sämtliche Energie geraubt, jedenfalls fiel es mir schwer, mich auf den bevorstehenden Abend zu freuen.

»Ich verstehe nicht, warum du gleich bei ihr einziehen musst«, schimpfte Sara aus heiterem Himmel los, während sie meinen Lidschatten auftrug. »Solltet ihr nicht vielleicht erst mal … äh … miteinander *reden*? Mir gefällt das überhaupt nicht. Sie hat dich im Stich gelassen, Em. Warum willst du zu ihr zurück?«

»Sara, bitte«, beschwor ich sie leise. »Ich muss das tun. Ich weiß, es kommt dir verrückt vor, aber es ist wichtig für mich. Du wirst mich nicht verlieren, auf gar keinen Fall. Wenn es ganz furchtbar wird, ziehe ich einfach wieder zu euch. Aber mein Gefühl sagt mir, dass ich meiner Mutter noch eine Chance geben sollte.«

Sara seufzte theatralisch. »Ich finde es immer noch keine gute Idee, aber …« Sie schwieg einen Moment. »Du bist ein schrecklicher Sturkopf, und wenn es das ist, was du willst, dann kann ich es dir sowieso nicht ausreden. Du darfst die Augen jetzt übrigens wieder aufmachen.«

Etwas mühsam öffnete ich die Augen – die Mascara hatte meine Wimpern verklebt – und blinzelte.

Sara musterte mich einen Moment lang nachdenklich, schließlich meinte sie resigniert: »Also schön. Dann zieh eben bei ihr ein. Aber wenn sie sich noch einmal eine so gigantische Dummheit leistet wie damals, als sie dich bei deiner gestörten Tante untergebracht hat, kriegt sie es mit mir zu tun.«

Mir wurde warm ums Herz – ich fand es wunderbar, dass Sara so fürsorglich war. »Danke. Also … wie sehe ich aus?«

»Umwerfend, was für eine Frage«, meinte Sara und betrachtete mit einem selbstzufriedenen Lächeln ihr Werk. »Ich ziehe mich auch noch schnell um, dann treffen wir uns unten in der Lobby mit den Jungs.«

Ich nahm die Karte, die bei unserer Rückkehr schon auf uns gewartet hatte, in die Hand und fuhr mit dem Daumen über die elegante Schrift.

Liebe Emily, liebe Sara,

ich freue mich sehr, dass Ihr gut angekommen seid, und hoffe, Ihr hattet einen schönen Nachmittag zusammen. Ich kann es kaum erwarten, heute Abend mit Euch essen zu gehen. Ich habe einen Wagen bestellt, der Euch um 18.45 Uhr abholt, damit Ihr rechtzeitig um sieben im Restaurant seid.

Ich bin mir sicher, dass Euch unser Abendprogramm gefallen wird!

Mit besten Grüßen,

Vivian Mathews

»Hoffentlich blamiere ich sie nicht«, rief ich durch die Badezimmertür.

»Sei nicht so nervös«, erwiderte Sara. »Vivian legt großen Wert darauf, dass du dabei bist. Das ist ihr sehr wichtig. Sie hat sogar Jared überredet, mich zu begleiten, damit ich hier bei dir sein kann.«

Ich grinste, denn ich wusste, dass bei Jared nicht viel Überzeugungsarbeit nötig gewesen war.

»Und, was denkst du? Du hast mir noch gar nicht gesagt, wie dir dein Look gefällt.«

»Oh …« Ich trat vor den großen Spiegel, und fing sofort an zu lächeln. Die junge Frau vor mir ähnelte nur entfernt dem Mädchen, das lieber Jeans und einen Pferdeschwanz trug und das sich immer noch nicht selbst schminken konnte. Die strahlenden braunen Augen unter dem rosa Lidschatten und den schwarz getuschten Wimpern, die erhitzten Wangen und die vollen, vom Lipgloss schimmernden Lippen gehörten jedoch ganz eindeutig ihr.

Als ich mich zur Seite drehte, bauschte sich der Chiffonrock um meine Beine, und ich ließ sanft die Finger über die filigrane rosa Stickerei auf dem champagnerfarbenen Schnürtop gleiten. Sara hatte Bänder im selben Rosaton in meine Haare geflochten und einen Teil meiner Locken im Nacken zu einem kunstvollen Knoten zusammengesteckt. Sozusagen als Sahnehäubchen auf Saras Meisterwerk legte ich mir noch die Halskette um, die Evan mir geschenkt hatte, und strich zärtlich mit den Fingern über den funkelnden Diamanten.

Als Sara aus dem Bad kam, wandte ich mich strahlend um und wollte ihr für ihre Verwandlungskünste danken, aber ihr Anblick verschlug mir buchstäblich die Sprache. Ihr figurbetontes saphirblaues Kleid umspielte schimmernd ihre Rundungen, ihre langen roten Locken hatte sie elegant über die rechte Schulter frisiert. Sie war schlicht … hinreißend.

»Du wirst Jared um den Verstand bringen«, meinte ich, nachdem ich sie lange genug angestarrt hatte. »Sara, du siehst einfach phantastisch aus.« Ich wusste selbst nicht recht, warum ich so staunte – schließlich war Sara doch das begehrteste Mädchen unserer Schule. Vermutlich dachte ich die meiste Zeit nicht daran, weil sie für mich einfach nur Sara war, meine beste Freundin, aber jetzt konnte nicht mal ich ihre klassische Schönheit ignorieren.

Sie lächelte strahlend, und zwischen ihren knallrot geschminkten Lippen zeigten sich ihre makellosen weißen Zähne. »Kann schon sein.«

»Sara, sag jetzt bloß nicht, dass du mit ihm schlafen willst«, beschwor ich sie.

»Entspann dich, das werde ich schon nicht«, erwiderte sie und verdrehte die Augen. »Was aber nicht heißt, dass wir keinen Spaß haben können.«

In diesem Moment piepte mein Handy, eine SMS: *Hab mit Carl geredet und Rachel angerufen. Sie ist sehr nett, und ich glaube, sie will dich auch bei sich haben. Treffe sie am Samstag, mit Sonntag geht wohl alles klar.*

Sara gab mir meine Jacke und die Tüte mit meinem Geschenk für Evan.

»Deine Eltern haben nichts dagegen, dass ich bei meiner Mutter einziehe«, verkündete ich.

»Nun, dann ist es jetzt vermutlich offiziell.« Sara hielt mir die Tür auf und folgte mir hinaus.

»Scheint so.« Bei dem Gedanken wurde mir ein bisschen mulmig.

Als wir um die Ecke ins Hauptfoyer gingen und ich die Rückseite seines maßgeschneiderten schwarzen Anzugs sah, bekam ich weiche Knie. Langsam wanderte mein Blick zu seinen normalerweise immer etwas zerzausten hellbraunen Haaren, die er heute ordentlich zur Seite gekämmt hatte. Er war mit Jared ins Gespräch vertieft und bemerkte nicht, dass wir uns näherten.

Als sein Bruder jedoch staunend den Mund aufsperrte, unterbrach sich Evan mitten im Satz. Jared drohte wirklich den Verstand zu verlieren, das stand ihm mehr als deutlich ins Gesicht geschrieben.

Auch Evan drehte sich um. Meine Beine versagten mir fast den Dienst. Beim Anblick seiner rauchblauen Augen setzte mein Herz einen Schlag aus, und meine Wangen wurden heiß, als ich sein perfektes Lächeln sah. Es war gerade einmal zwei Wochen her, dass er zu seinem Skiausflug aufgebrochen war, aber aus irgendeinem Grund kam es mir vor, als begegneten wir uns zum ersten Mal.

»Hi«, flüsterte ich. Er trat zu mir und nahm meine Hand, so dass die Verbindung zwischen uns vom ersten Blickkontakt an ungebrochen blieb.

»Hi«, erwiderte er immer noch lächelnd. Er beugte sich zu mir, um mich zu küssen, aber Sara unterbrach uns: »Wir sollten gehen, sonst kommen wir noch zu spät.«

»Okay«, stimmte Evan zu und holte uns damit ruckartig zurück in die Hotellobby mit ihren förmlich gekleideten Menschen, die wahrscheinlich alle aus demselben Anlass hier waren. Er half mir in den Mantel, ich schlüpfte in meine schwarzen Lederhandschuhe, nahm erneut seine Hand, und so traten wir hinaus in die eiskalte Winterluft.

»Was ist das?«, fragte Evan mit Blick auf meine Tüte.

»Eine Überraschung«, antwortete ich und konnte die Spannung kaum noch aushalten – so lange hatte ich darauf gewartet, ihm das Geschenk zu geben.

»Ich hab auch eine«, erwiderte er schmunzelnd und hielt mir die Tür auf.

»Eine was?«

»Eine Überraschung«, erklärte er. Sein Grinsen wurde breiter, und wieder stieg mir die Hitze ins Gesicht.

Ich kletterte in die Limousine und rutschte auf den Platz neben Sara, die Jared gegenübersaß. Da Evan sich neben seinen Bruder setzen musste, blieb meine Hand die Fahrt über einsam, aber wir tauschten immer wieder sehnsüchtige Blicke.

Die Limousine hielt auf einem kopfsteingepflasterten Zufahrtsweg. Der Fahrer stieg aus, um uns die Tür zu öffnen. Das Gebäude ähnelte mit all seinen Giebeln und hellerleuchteten Fenstern mehr einer Villa als einem herkömmlichen Restaurant.

Wir wurden auf eine private Terrasse geleitet, die zum Schutz vor der Kälte verglast war und eine atemberaubende Sicht auf das dunkle, rauschende Meer bot. »Wundervoll! Da seid ihr ja alle«, begrüßte uns Vivian mit einem strahlenden Lächeln und breitete die Arme aus. Von ihren Söhnen bekam sie ein Küsschen auf die Wange, dann musterte sie Sara und mich mit anerkennendem Blick, während die Jungs uns aus unseren Jacken halfen.

»Ihr seht hinreißend aus«, verkündete sie und nahm uns auf ihre typisch herzliche Art kurz in den Arm. »Kommt, setzt euch.«

Stuart rührte sich nicht vom Fleck. Seit unserer Ankunft hatte er kein einziges Mal auch nur aufgesehen. Stoisch blickte er aufs Meer hinaus, in der Hand ein Glas mit Eiswürfeln und einer karamellfarbenen Flüssigkeit.

Wir folgten Vivians Aufforderung und nahmen Platz. Diesmal sorgte ich dafür, dass ich neben Evan saß, Sara und Jared ließen sich uns gegenüber nieder, Vivian und Stuart nahmen an den beiden Schmalseiten des Tischs Platz. Unter der Tischdecke verflocht Evan seine Finger mit meinen, und meine angespannten Nerven beruhigten sich augenblicklich.

Dann begann der höfliche Smalltalk. Ich beteiligte mich nur daran, wenn jemand sich mit einer Frage oder einer Bemerkung direkt an mich wandte, und natürlich hatte ich in diesen Momenten immer den Mund voll oder war gerade dabei zu schlucken. Sara presste die Lippen zusammen, um nicht loszulachen, was das Ganze keineswegs besser machte.

Nachdem ich das nervenaufreibende Abendessen überstanden hatte, entschuldigte ich mich, um zur Toilette zu gehen, und versprach Evan, ihn im Foyer zu treffen.

Es erwies sich als eine echte Herausforderung, meinen Rock hoch genug zu halten, damit er nicht ins Klo hing. Ich hatte die Damentoilette gerade verlassen und strich die Chiffonlagen wieder glatt, als ich seine Stimme hörte: »Ich will nicht mehr darüber reden.«

Verunsichert blieb ich stehen. Eine gute Entscheidung, wie sich schon bei den nächsten Worten herausstellte: »Sie ist nicht deine Zukunft, Evan. Das solltest du dir endlich klarmachen. Ich werde nicht zulassen, dass du Yale aufgibst, um einem Mädchen – schon gar nicht *diesem* Mädchen – ans andere Ende von Amerika zu folgen.«

»Das ist nicht deine Entscheidung, Dad«, erwiderte Evan verärgert. »Und ich erwarte auch nicht, dass du mich verstehst.«

»Stuart, was machst du denn?«, erklang aus einiger Entfernung Vivians Stimme. »Wir müssen los.«

Ich stand immer noch reglos da, den Rücken an die Toilettentür gepresst. Mein Herz raste, meine Gedanken überschlugen sich. Was war da gerade passiert? Stuart war mir gegenüber schon immer zurückhaltend gewesen, aber ich hätte nie gedacht, dass er so wenig von mir hielt. Als seine harten Worte langsam in mein Bewusstsein einsickerten, schossen mir Tränen in die Augen.

Ich biss mir auf die Unterlippe und atmete tief durch. Als ich um die Ecke bog und Evan entdeckte, der dort mit meinem Mantel auf mich wartete, setzte ich schnell ein Lächeln auf.

»Alles in Ordnung?«, erkundigte er sich und musterte mich prüfend. Ich nickte und zwang mich zu einem noch breiteren Lächeln. Schnell wandte ich mich wieder ab, um mit seiner Hilfe in meinen Mantel zu schlüpfen, denn ich hatte Angst, er würde mich sonst durchschauen.

Evan hielt mir die Tür auf und folgte mir zur Limousine. Sara und Jared saßen uns diesmal nebeneinander gegenüber, vertieft in eine Diskussion darüber, wer ihrer Meinung nach der beste Gitarrist der Welt war.

Evan nahm meine Hand. »Du zitterst ja.«

»Mir ist kalt«, log ich. Fast hätte ich dabei die Augen verdreht, so sehr ärgerte ich mich über die verräterische Reaktion meines Körpers. Evan legte seinen Arm um meine Schultern, um mich zu wärmen, und ich schmiegte mich an ihn. Allmählich wurde ich ruhiger.

»Wow«, bewunderte Sara die hell erleuchtete Villa, als unser Wagen sich langsam zwischen die anderen Limousinen einordnete. Mein Magen krampfte sich nervös zusammen. Ich fühlte mich, als befände ich mich auf dem letzten und schlimmsten Stück einer Achterbahnfahrt.

»Es sind alles nur Menschen«, flüsterte Evan mir beruhigend zu – wahrscheinlich hatte er gemerkt, dass ich die Luft anhielt. Ich atmete aus, damit sich meine Schultern entspannten, und drückte seine Hand.

Sicher, es waren nur Menschen, aber sie waren behängt mit kostbarem Schmuck in allen Formen und Farben, bekleidet mit eleganten Roben oder maßgeschneiderten Smokings, jederzeit bereit, Urteile zu fällen und sie mit spitzen Bemerkungen zu verteidigen. Wir bahnten uns einen Weg durch die glanzvolle Gesellschaft. Sanfte Jazzmusik ergänzte das in schimmerndes Kerzenlicht getauchte Ambiente, und die Konversation schien sich dem maßvollen Rhythmus anzupassen.

Wo ich auch hinschaute, überall strahlte mir der gleiche Prunk entgegen.

»Mrs Mathews, das ist ja unglaublich«, meinte Sara mit großen Augen. »So etwas Schönes hab ich noch nie gesehen.«

»Ich bin nicht sicher, ob meine Jungs dir da zustimmen würden«, erwiderte Vivian lächelnd. Meine Wangen wurden warm, als Evan mir verschwörerisch zuzwinkerte. »Dieser Abend ist noch gelungener, als ich es mir erhofft habe. Es freut mich so sehr, dass ihr hier seid. Ich muss rasch noch ein paar Gäste begrüßen, aber danach möchte ich unbedingt mit dir tanzen, Evan.« Lächelnd sah sie zu ihrem Sohn hinüber, dann schwebte sie in ihrem wallenden elfenbeinfarbenen Kleid davon. Mit ihren zu einem französischen Dutt frisierten blonden Haaren war Vivian die Eleganz in Person, und ich bewunderte ihre ruhige Ausstrahlung – ich selbst war vollkommen überwältigt von dieser Umgebung.

»Was war das denn?«, fragte Sara und sah Evan verwundert an. »Hast du etwa besondere Tanzkünste auf Lager, oder so?«

Jared lachte und erntete dafür einen warnenden Blick von

seinem Bruder. »Evan ist Mom's Tanzpartner. Mein Vater weigert sich zu tanzen, und ich hab den Tanzkurs komplett vermasselt.«

»Du hast tatsächlich Tanzstunden genommen, Evan?«, wollte Sara wissen.

»Ja. Meine Mutter tanzt total gern. Und ich bin anscheinend der Einzige, der mit ihr Schritt halten kann, ohne ihr ständig auf die Zehen zu treten«, erklärte er mit einem bösen Blick auf Jared, der Evans Seitenhieb mit einem höhnischen Grinsen quittierte.

»Das muss ich sehen«, sagte Sara schmunzelnd.

Wir fanden eine Sitzecke abseits vom allgemeinen Stimmengewirr und vertieften uns in ein Gespräch über Evans und Jareds Skiurlaub in Frankreich.

»Oh, Em, hast du Evan schon das Neueste erzählt?«, platzte Sara heraus. Ich fürchtete, sie würde mir die Überraschung verderben, die ich in der kleinen Geschenkbox versteckt hatte.

»Nein«, antwortete ich zögernd, aber dann fiel der Groschen. »Oh, ich ziehe am Wochenende zu meiner Mutter«, erklärte ich so beiläufig, als würde ich mir neue Schuhe kaufen wollen.

Jared hatte keine Ahnung, warum das eine große Sache war, aber Evans Augen wurden schmal. »Du tust was?«

»Deine Mutter sucht nach dir«, erklang in diesem Moment Stuarts Stimme hinter uns. Evan blickte über die Schulter zu Vivian hinüber, die offensichtlich nach ihm Ausschau hielt. Als sie ihn entdeckte, hob sie die Hand und winkte ihn zu sich.

»Bin gleich zurück«, versprach Evan und stand auf, um seine Mutter auf die Tanzfläche zu begleiten. Ich wollte mich Sara zuwenden, aber sie und Jared bahnten sich bereits einen Weg durch die Menge, um das Spektakel nicht zu verpassen. Ich blieb allein in Stuarts Schatten zurück.

Da ich nicht einfach verschwinden konnte, ohne unhöflich zu wirken, durchforstete ich mein Hirn verzweifelt nach einer intelligenten Bemerkung und stammelte schließlich: »Diese Party ist echt nicht schlecht, was?« Mehr brachte ich nicht zustande.

Er blickte auf mich herab, als hätte ich ihn in einer unverständlichen Fremdsprache angesprochen, wandte sich kopfschüttelnd ab und ging wortlos davon.

Na gut, murmelte ich lautlos vor mich hin und vergewisserte mich, dass niemand meine Blamage mitbekommen hatte. Dann kämpfte ich mich durch die Menschenmenge zum Ballsaal. Die Tanzfläche war voller Pärchen, aber eines hob sich von allen anderen ab. Leichtfüßig und anmutig drehten sie sich im Rhythmus eines Sinatra-Songs, den ein schlaksiger Sänger zum Besten gab.

»O mein Gott!« Sara, die mit einem Glas Sekt neben mir stand, staunte. »Die beiden sind ja unglaublich gut.« Auch ich konnte nur mit offenem Mund zusehen, wie Evan seine Mutter formvollendet über die Tanzfläche führte. Ihre Bewegungen waren perfekt aufeinander abgestimmt, Vivian strahlte übers ganze Gesicht.

»Ich hab es euch doch gesagt«, erwiderte Jared ungerührt. »Ist schon fast unheimlich, oder?«

»Allerdings«, stieß ich atemlos hervor. Es gab immer noch viel zu viel, was ich nicht über Evan wusste.

Als das Lied endete, wurde begeistert applaudiert. Evan machte den Eindruck, als wäre es ihm unangenehm, dafür strahlte Vivian umso mehr. In diesem Moment trat eine Frau mit kurzen weißen Haaren und einem langärmeligen schwarzen Kleid ans Mikrofon. Stuart gesellte sich zu seiner Gattin, und Evan schloss sich uns am anderen Ende des Saals an.

»Wow«, murmelte ich, als er mir seinen Arm um die Taille legte. Er zuckte nur verlegen die Achseln und wandte seine Aufmerksamkeit der Rednerin zu.

Die Frau würdigte Vivians langjährige Verdienste im Wohltätigkeitsbereich, pries ihre Erfolge und die Hingabe, mit der sie sich jeder guten Sache und Organisation annahm. Offenbar hatte

Evans Mutter nicht nur ihre Zeit, sondern auch all ihre Energie investiert. Ich hörte aufmerksam zu, voller Bewunderung für das, was Vivian bewirkt hatte. Der Vortrag endete mit stürmischem Applaus, dann überreichte die weißhaarige Frau Vivian eine Auszeichnung in Form einer Kristallfigur und drückte ihr einen Kuss auf die Wange.

Die Musik setzte wieder ein, und wir fingen Vivian ab, um ihr wie alle anderen im Saal zu gratulieren. Evan umarmte seine Mutter als Erster, Jared und Sara folgten. Als ich an der Reihe war, hielt sie mich noch länger und fester im Arm als sonst und flüsterte mir ins Ohr: »Ich bin so froh, dass du bei uns bist.«

Vor Rührung traten mir Tränen in die Augen, denn mir war klar, wie sie das meinte. Kaum hatte sie mich losgelassen, wurde sie auch schon mit weiteren Glückwünschen überhäuft.

»Lass uns hier verschwinden«, flüsterte Evan, nahm meine Hand und führte mich aus der Menge. Mir war immer noch ganz schwindlig von all den Gedanken und Gefühlen, die mich durchströmten.

»Was? Du willst schon weg?«, fragte ich verwundert.

»Ja. Ich will dir was zeigen.«

»Okay.« Ich nickte, immer noch etwas verwirrt. Wir holten unsere Mäntel an der Garderobe ab, dann gingen wir, ohne uns von irgendwem zu verabschieden.

2

FeUerweRk

Evan führte mich die lange Auffahrt hinunter, die von Limousinen und anderen Luxuswagen gesäumt war. Als wir uns dem Parkplatz näherten, erkannte ich Evans BMW.

»Wie kommt denn dein Auto hierher?«, fragte ich argwöhnisch.

»Ich hab es vorhin hergefahren«, erklärte er mit einem schiefen Grinsen, und in diesem Moment wurde mir klar, dass es Teil seines Plans war – Teil der Überraschung, die er bei unserem Aufbruch im Hotel erwähnt hatte.

Er öffnete die Beifahrertür, holte einen Rucksack heraus, zog den Reißverschluss auf und reichte mir ein Paar Turnschuhe. Sie gehörten mir und hätten eigentlich bei Sara stehen sollen – was bedeutete, dass sie in die ganze Sache eingeweiht war.

»Ich dachte, die sind wahrscheinlich bequemer als deine High Heels«, meinte Evan, warf seine schwarzen Anzugschuhe zusammen mit seinem Jackett und seiner Krawatte ins Auto und schlüpfte ebenfalls in ein Paar Turnschuhe. Ich setzte mich auf den Beifahrersitz und entledigte mich meiner hohen Absätze.

Ich hatte schon häufiger versucht, Evans Pläne zu durchschauen – bisher jedoch nur mit geringem Erfolg. Deshalb ließ ich ihn inzwischen machen, ohne allzu viele Fragen zu stellen, solange er mich nicht an den Rand einer Klippe führte und mich aufforderte, zu springen. Dagegen hätte ich dann doch etwas einzuwenden gehabt.

Jetzt nahm er wieder meine Hand, und wir schlenderten auf die laternenbeschienene Kopfsteinpflasterstraße zu. Im Gehen berührten sich unsere Schultern. Ein frostig-kalter Wind umwehte uns, der Himmel war so klar, dass uns das Licht des Vollmonds wie ein Scheinwerfer folgte.

Wir waren noch nicht sehr weit gekommen, als Evan mich zwischen zwei Hecken hindurchzog, die das angrenzende Grundstück umgaben.

»Evan, wohin gehen wir überhaupt?«, fragte ich, voller Angst, wir könnten beim unbefugten Betreten eines Privatgeländes erwischt werden.

»Sie sind nicht zu Hause«, versicherte er, ohne anzuhalten. Bei jedem Schritt knirschte der glitzernde, frisch gefallene Schnee unter unseren Füßen. Als ich aufblickte, sah ich eine große Villa mit hohem spitzem Dach über uns aufragen. Die Fenster waren dunkel.

»Aber sie haben sicher eine Alarmanlage oder so was«, erwiderte ich und schaute mich nervös nach fahndenden Polizisten mit Taschenlampen um. Dann folgte ich Evan wieder, geriet aber ins Straucheln, als mein Fuß tiefer in dem nachgiebigen Boden versank als erwartet. Ich musste meine Röcke raffen, um in dem knöchelhohen Schnee nicht ständig zu stolpern.

»Hör auf, dir Sorgen zu machen«, lachte Evan und stützte mich am Ellbogen. »Meine Mutter kennt die Leute, die hier wohnen – sie waren sogar zu der Party heute Abend eingeladen. Aber sie sind gerade in Brasilien. Ich hab ihnen von meiner Idee erzählt und sie haben nichts dagegen. Wir brechen ja auch nicht in ihr Haus ein oder so.«

»Wirklich?«, fragte ich leicht skeptisch.

»Ja, wirklich«, antwortete Evan lächelnd. »Vertrau mir.«

Durch die langen Schatten der gigantischen Villa gingen wir zur hinteren Terrasse. Als ich ein flackerndes Licht sah, blieb ich wie angewurzelt stehen. »Hast du nicht gesagt, sie sind nicht zu Hause?«

Evan fand meine Panik offensichtlich sehr amüsant. »Sind sie auch nicht. Das ist für uns. Ich hab den Chauffeur dafür bezahlt, dass er ein Feuer anzündet und unsere Taschen herbringt.«

»Oh.«

Alles war hübsch hergerichtet, vor der Feuerstelle standen zwei Gartenstühle auf der Steinterrasse, deren Vorbau zusätzlich gegen die Kälte schützte. Auf einem Tisch befanden sich eine tragbare Bose-Musikanlage und mein Geschenk. »Wow, das ist echt toll«, sagte ich und strahlte Evan an.

Wir gingen zu der kleinen Feuerstelle, stellten uns vor die knisternden Flammen und wärmten uns. Evan trat hinter mich, schlang die Arme um meine Taille und zog mich an sich. Mit einem glücklichen Lächeln drehte ich mich zu ihm um. »Ich hab dich so vermisst.«

»Ich dich auch«, erwiderte er und beugte sich zu mir. Seine Nase an meiner Wange fühlte sich kalt an, aber sein Atem auf meinen Lippen wärmte meinen ganzen Körper. Sanft drückte er seinen Mund auf meinen und küsste mich gerade lang genug, um mir den Atem zu rauben, dann zog er sich zurück, und ich genoss mit geschlossenen Augen das vertraute Kribbeln.

»Ich bin sehr froh, dass du heute Abend gekommen bist«, flüsterte er dicht an meinem Ohr. »Ich weiß, dass es dir nicht leichtgefallen ist. Aber es hat meiner Mutter sehr viel bedeutet.«

»Ich bin auch froh, dass ich da war und die Lobreden auf Vivian gehört habe. Ihr Engagement ist einfach großartig – ich hatte ja keine Ahnung.«

Evan küsste mich erneut und ließ seine Hand zärtlich über meine Wange gleiten.

»Möchtest du jetzt dein Geschenk aufmachen?«, fragte er, als er sich von mir löste. Ich wollte lächeln, aber auf einmal konnte ich es nicht mehr. Verwirrt sah Evan mich an. »Nein?«

Stuart Mathews missbilligende Worte waren mir wieder in den

Sinn gekommen, und ich war mir plötzlich nicht mehr sicher, ob ich Evan mein Geschenk überhaupt geben wollte. »Können wir damit noch warten?«, bat ich ihn unbeholfen.

»Hm, nein«, antwortete er stirnrunzelnd und nahm die kleine rechteckige Schachtel vom Tisch. »Aber du kannst deins zuerst öffnen, wenn dir das lieber ist.«

Nervös nahm ich das Geschenk entgegen.

»Na los, mach es auf«, ermutigte Evan mich ungeduldig. Ich riss das Geschenkpapier auf, und eine weitere längliche, teuer wirkende Schachtel kam zum Vorschein. Mit angehaltenem Atem nahm ich den Deckel ab, und als ich die beiden Konzerttickets entdeckte, konnte nicht einmal die Erinnerung an Stuarts Missbilligung meine Freude dämpfen. Ein strahlendes Lächeln breitete sich auf meinem Gesicht aus.

»Evan!« Ich sprang auf und fiel ihm um den Hals. »Wow! Das ist das tollste Geschenk der Welt. Vielen Dank!«

»Sehr gern geschehen.« Evan erwiderte meine Umarmung. »Ich wollte es mir nicht nehmen lassen, dich zu deinem ersten Konzert auszuführen.«

»Wann ist es denn?«, fragte ich und suchte das Datum auf dem Ticket. »Ende des Monats. Super. Dann muss ich wenigstens nicht mehr lange warten.«

»Ich hätte fast noch eine dritte Karte für Sara gekauft, weil ich weiß, wie sehr sie die Band liebt, aber dann dachte ich, das ist nur für uns.«

Ich lachte und hörte in Gedanken schon Saras Seufzen – sie würde nicht begeistert sein, wenn ich ihr die Tickets für das ausverkaufte Konzert zeigte, auf das sie unbedingt gehen wollte.

Behutsam legte ich die Karten in die Schachtel zurück und steckte sie in die Innentasche meiner Jacke. Evan sah mich erwartungsvoll an. Am liebsten hätte ich ihm mein Geschenk aus irgendeinem Grund nicht gegeben – aber das war unmöglich.

»Ich hoffe, es gefällt dir.« Ich holte die in glänzendes grünes Geschenkpapier eingewickelte Box aus meiner Tasche und reichte sie ihm. Dann sah ich mit hämmerndem Herzen zu, wie er sie öffnete. Er hob den Deckel und blickte von dem Geschenk zu mir und wieder zurück.

»Heißt das …?« Seine Augen leuchteten, und ein atemberaubendes Lächeln erschien auf seinem Gesicht, als er die Schachtel auf dem Stuhl ablegte. Trotz meiner Bedenken lächelte ich zurück – seine Begeisterung war ansteckend. »Du bist zugelassen!«, rief er, schlang die Arme um meine Taille und hob mich hoch. Ich kreischte protestierend, musste aber gleichzeitig lachen. »Em, ich freue mich so sehr für dich.« Er küsste mich und drückte mich noch einmal.

»Wann hast du es erfahren?« Evan konnte gar nicht mehr aufhören zu lächeln.

»Vor zehn Tagen«, antwortete ich, als er mich wieder auf dem Boden absetzte.

»Wow. Es war bestimmt nicht leicht, mit niemandem darüber zu sprechen«, meinte er voller Bewunderung, denn er wusste, wie sehr ich mir diese Zusage gewünscht hatte. »Stanford. Das hast du dir mehr als verdient. Ich wusste gar nicht, dass du dich für das frühzeitige Zulassungsverfahren beworben hast.«

Verlegen senkte ich den Blick. »Es fiel mir echt schwer, nichts zu erzählen. Deshalb hab ich es Sara gesagt – sorry.«

»Ach, Sara zählt doch nicht – natürlich hast du es ihr gesagt, sie ist schließlich deine beste Freundin.« Evans Begeisterung ließ nicht nach. »Jetzt muss ich nur noch abwarten, welches College mich nimmt, damit ich mit dir kommen kann.«

Wieder verging mir das Lächeln.

»Was ist los?«, fragte Evan irritiert.

Ich machte den Mund auf, um zu antworten, schloss ihn aber gleich wieder.

»Raus mit der Sprache! Sag mir, was in deinem Kopf vorgeht, bevor du irgendwas denkst, was du nicht denken solltest.«

»Zu spät«, meinte ich mit einem schuldbewussten Achselzucken. Einen Moment lang herrschte Schweigen, während ich zu entscheiden versuchte, ob ich ihm wirklich den wahren Grund für meine Sorgen gestehen sollte. »Ich hab zufällig mitgehört, was dein Vater heute Abend zu dir gesagt hat«, erklärte ich schließlich. Evan öffnete den Mund, vermutlich um seinem Ärger Luft zu machen, aber ich kam ihm zuvor: »Er hat recht.«

Fassungslos starrte Evan mich an. »Womit?«

»Du kannst so eine wichtige Entscheidung nicht von einem Mädchen abhängig machen.«

»Okay«, sagte Evan und lächelte – damit hatte ich ganz und gar nicht gerechnet. Jetzt war es an mir, ihn ungläubig anzustarren. Wie konnte er nur so lässig reagieren? Sein berühmt-berüchtigtes amüsiertes Grinsen blieb auf seinem Gesicht, während er fortfuhr: »Stanford und Berkeley sind tatsächlich schreckliche Unis, und ich würde meine gesamte Zukunft aufs Spiel setzen, wenn ich nach Kalifornien ginge. Da kann ich dir nicht widersprechen. Wir sollten hier und jetzt Schluss machen, denn unter diesen Umständen hat unsere Beziehung sowieso keine Chance.«

»Evan!« Ich knüllte das Geschenkpapier zusammen und warf es nach ihm, doch er schmetterte es mit dem Handrücken ins Feuer, als hätte er nur auf meine Attacke gewartet. »Das habe ich nicht gemeint«, sagte ich entrüstet.

»Ich weiß.« Mit einem leisen Lachen zog Evan mich an sich. »Aber du darfst nicht auf meinen Vater hören. Er glaubt zu wissen, was das Beste für mich ist, hat jedoch in Wahrheit überhaupt keine Ahnung, wer ich bin«, erklärte er und küsste mich auf den Kopf. »Ich würde so eine wichtige Entscheidung nie von einem Mädchen abhängig machen.« Er schwieg gerade lange genug, um mich in Panik zu versetzen, dann fügte er schnell hinzu: »Aber du bist nicht irgendein Mädchen. Ich – nein, *wir* werden zusammen nach Kalifornien gehen.«

Ich vergrub mein Gesicht an seiner Brust und umarmte ihn fest. »Yale hat die beste juristische Fakultät in ganz Amerika«, erinnerte ich ihn ohne viel Überzeugungskraft.

»Und wer hat gesagt, dass ich Jura studieren will?«, fragte er und erwiderte meine Umarmung genauso fest. Dann löste er sich plötzlich von mir und erklärte: »Ich möchte dir das Tanzen beibringen.«

Mein Herz setzte einen Schlag aus. »Wie bitte?«

Evan gab nur ein Lachen als Antwort – er wusste, dass ich ihn genau verstanden hatte.

»Ich kann nicht tanzen.«

»Ich weiß. Genau deswegen will ich es dir ja beibringen.«

Ich stöhnte und sah entsetzt zu, wie Evan zu der Musikanlage ging. Während er sein iPhone anschloss und durch die eingespeicherte Songauswahl scrollte, versuchte ich, wenigstens einen Hauch Anmut in mir heraufzubeschwören. Vorsichtshalber schaute ich mich auf der leeren Terrasse schon mal nach potentiellen Stolperfallen um. Mein Blick fiel auf den Chiffonwust, der sich um meine Beine ballte, und ich seufzte resigniert – das konnte ja heiter werden.

Aber dann hörte ich ein fetziges Gitarrenriff, gefolgt von einem Schlagzeugwirbel, und ich spitzte die Ohren. Evan bewegte den Kopf im Takt der Musik, kam langsam auf mich zu, zog mich an sich, legte mir die Hände auf die Hüften und wiegte mich zärtlich hin und her.

»Bist du bereit?«, fragte er. Dann nahm er meine Hand, wirbelte mich herum, und ich konnte mir das Lachen nicht verkneifen. Als ich mich wieder zu ihm drehte, begann er auf und ab zu hüpfen und zwang mich mitzumachen. Der energische Rhythmus tat sein Übriges, und ehe ich richtig wusste, wie mir geschah, merkte ich, dass ich ebenfalls hüpfte. Evan lächelte mir zu und warf seinen Kopf im Rhythmus des wummernden Basses vor und zurück. Ich wiegte mich von einer Seite zur anderen, schwang die Arme und hopste im Kreis herum, dass mir der Chiffonrock nur so um die Beine flog.

Zwei ganze Songs lang tanzten wir ausgelassen über die Terrasse, dann brach ich taumelnd und völlig außer Puste auf einem der Stühle zusammen.

»Du bist wundervoll.« Evan stand vor mir und sah mich bewundernd an.

»Im Moment sehe ich bestimmt alles andere als wundervoll aus«, entgegnete ich und versuchte, eine Haarsträhne wegzupusten, die hartnäckig an meiner verschwitzten Stirn klebte.

»Das habe ich auch nicht gesagt.« Evan stemmte die Hände in die Hüften. »Du *bist* wundervoll.«

Ich spürte, dass ich rot wurde, und lächelte verlegen. »Womit hab ich dieses Kompliment verdient?«

»Mit allem, einfach allem – du bist wundervoll«, erklärte er schlicht.

»Wahrscheinlich freust du dich bloß, dass ich so toll tanzen kann«, neckte ich ihn, und er lachte leise.

Dann zog er mich von meinem Stuhl hoch und gab mir einen Kuss, der in meinem ganzen Körper ein Feuerwerk explodieren ließ. Oder nein – es war ein echtes Feuerwerk! Als ich mich umdrehte, sprühte ein roter Funkenregen über den Himmel. Wir traten unter dem Terrassendach hervor, um das phantastische Schauspiel besser sehen zu können.

»Frohes neues Jahr«, flüsterte Evan mir ins Ohr, zog mich an sich und küsste mich erneut, bevor ich ihm das Gleiche wünschen konnte.

Es war das schönste Feuerwerk, das ich je gesehen hatte; bei jeder Explosion spürte ich mein Herz in meiner Brust pochen. Die

Funken wirkten so nah, als würden sie auf uns niederregnen. Hin und wieder sah ich zu Evan hinüber – und jedes Mal erwischte ich ihn dabei, wie er mich liebevoll beobachtete, bevor er seine Aufmerksamkeit wieder auf das Farbenspiel am Himmel richtete.

Als es vorbei war, spürte ich meine Zehen kaum noch, und ich fröstelte. Das Feuerwerk hatte mich so fasziniert, dass ich erst jetzt bemerkte, wie kalt es geworden war.

»Lass uns gehen«, sagte Evan und rubbelte meine Arme. »Sonst bist du womöglich bald ein Eiszapfen.« Ich folgte ihm zurück auf die Terrasse, wo das Feuer inzwischen zu einem Haufen glühender Asche niedergebrannt war. Evan ging zur Seite des Hauses und kam kurz darauf mit einem Eimer Wasser zurück. Er löschte die letzte Glut, während ich sein Geschenk und seine Musikanlage einpackte.

Als wir uns der Vorderfront der Villa näherten, entdeckte ich Evans schwarzen BMW mit laufendem Motor in der Auffahrt.

»Der Chauffeur?«, erkundigte ich mich.

»... ist der Beste«, meinte Evan voller Hochachtung. Im Auto zog ich meine Handschuhe aus und hielt die Hände an das Heizungsgebläse. »Wohin jetzt?«, fragte Evan.

»Ins Hotel?«, schlug ich möglichst lässig vor.

Evan grinste vielsagend. »Meins oder deins?«

Unwillkürlich musste ich an Sara denken. Ich fragte mich, wie ihr Abend verlaufen war und wo sie und Jared sich gerade herumtrieben.

»Wo wohl mein Bruder und Sara sind?«, fragte Evan, als hätte er meine Gedanken gelesen.

»Denkst du, sie ...?«

»Jared hat sich total gefreut, Sara wiederzusehen«, meinte er achselzuckend. »Und sie sah umwerfend aus.«

»Nicht wahr?«, stimmte ich inbrünstig zu. »Aber du denkst nicht, dass sie ...? Oder doch?«

Evan zuckte erneut die Achseln. »Suchen wir uns einfach ein Zimmer und hoffen, dass dort niemand ist.« Mit diesen Worten beugte er sich über mich. Darauf hatte ich nur gewartet. Anfangs noch sanft und behutsam, wurde der Kuss rasch stürmischer und leidenschaftlicher. Die Nervosität, die mich beim Gedanken, ins Hotel zurückzukehren, überkommen hatte, verwandelte sich in den dringenden Wunsch, so bald wie möglich dort zu sein.

Schließlich löste sich Evan schwer atmend von mir. »Deins ist näher.« Er schnallte sich an, legte den Gang ein und brauste los. Kaum hatten wir die Auffahrt verlassen, trafen wir jedoch auf die lange Schlange von Limousinen, die im Schneckentempo vom Restaurant her kam. »Das darf doch nicht wahr sein«, stöhnte Evan und stieß frustriert mit dem Kopf gegen die Rückenlehne. Ich lachte. Uns blieb nichts anderes übrig, als geduldig abzuwarten, bis sich der Verkehr wieder lichtete. »Ich glaube, dieses Jahr wird großartig, Em«, meinte Evan.

»Hoffentlich.« Ich drückte seine Hand, die auf meinem Schoß lag, und dachte: Schlimmer als letztes Jahr kann es jedenfalls kaum werden.

»Es wird anders, so viel steht fest«, fuhr er fort, »vor allem, weil du bei deiner Mutter einziehst. Wie bist du eigentlich darauf gekommen?«

»Ich dachte, ich sollte mich besser jetzt damit auseinandersetzen, dass ich eine Mutter habe. Sonst ist es womöglich zu spät«, erklärte ich achselzuckend.

»Okay«, sagte er und nickte nachdenklich. »Aber gleich dieses Wochenende? Wenn schon, denn schon, was?«

»Wie meinst du das?«

»Wenn du etwas in Angriff nimmst, dann hundertprozentig. Du hast dich entschieden, wieder Kontakt zu deiner Mutter aufzunehmen, also warum solltest du dann nicht auch bei ihr einziehen. Stimmt's?«

Ich zuckte erneut die Achseln. Mir war nicht bewusst gewesen, dass diese Entschlossenheit zu meinen Charaktereigenschaften gehörte, aber er hatte recht. Ich war so ehrgeizig, dass ich immer mein Bestes geben musste – warum dann nicht auch bei diesem Thema?

»Was wird deine Therapeutin wohl zu deiner Entscheidung sagen?«, fragte er. Als ich nicht antwortete, schüttelte er den Kopf und meinte: »Du gehst gar nicht mehr zu ihr, oder?« Ich schwieg beharrlich, denn ich wusste nur zu gut, dass er diese Therapie für äußerst wichtig hielt. »Warum nicht?«

»Ich brauche keine Therapie«, erklärte ich abwehrend. »Ich sehe nicht ein, was das soll. Außerdem ist Sara eine bessere Therapeutin als irgendwer mit einem Diplom, und sie zwingt mich nicht dazu, meine Gefühle aufzuschreiben.«

»Das stimmt wahrscheinlich«, sagte Evan lachend. Er wurde jedoch sofort wieder ernst. »Aber wenn du jemanden zum Reden brauchst ...«

»Ich rede nicht besonders gern.« Ich schaute aus dem Fenster, um die Gefühle, die ich so lange verdrängt hatte, nicht wieder wachzurufen.

»Ich weiß«, sagte Evan leise. Einen Moment lang herrschte Schweigen, dann meinte er: »In der Schule wird es dieses Jahr auch besser.«

Ich warf ihm einen skeptischen Blick zu.

»Wirklich«, versicherte er mir. »In den Ferien ist garantiert irgendwas Blödes passiert – jemand hat sich die Nase richten lassen oder mit der Freundin vom besten Freund geschlafen. Die Leute haben eine extrem kurze Aufmerksamkeitsspanne.« Evan drückte beruhigend meine Hand, und ich hoffte mehr als alles andere, dass er recht behalten würde.

Als wir in die Einfahrt des Hotels einbogen, rumorte mein Magen wieder vor Nervosität. Während wir auf den Mann vom Parkdienst warteten, meinte Evan: »Am besten lassen wir die Dinge auf uns zukommen. Wir machen einfach das, was sich richtig anfühlt.«

Ich starrte ihn an. »Meinst du das ernst? Evan, ich will mit dir schlafen. Ich warte schon seit sechs Monaten darauf.«

»Okay«, antwortete er lächelnd. »Dann wünschen wir uns anscheinend dasselbe.« Ich lachte und fühlte mich augenblicklich besser.

Wir überließen das Auto dem Mann vom Parkdienst und gingen auf direktem Weg zum Aufzug. Evan hielt die ganze Zeit meine Hand, vor lauter Aufregung konnte ich keinen klaren Gedanken fassen.

Bevor wir das Zimmer betraten, zog Evan mich an sich und sagte: »Schließ die Augen.« Ich befolgte seine Anweisung. »Tief durchatmen.« Ich tat auch das und entspannte beim Ausatmen meine Schultern. Dann wartete ich auf die nächste Instruktion, doch stattdessen fühlte ich Evans Lippen auf meinen. Vor Überraschung stockte mir der Atem, meine Knie wurden weich. Dem Rhythmus seines Kusses folgend, öffnete ich den Mund, und schon spürte ich die Berührung seiner warmen Zunge. Meine Finger tasteten in meiner Tasche nach dem Schlüssel, ich wollte den Kuss auf keinen Fall unterbrechen, aber es ging nicht anders.

Ich löste mich gerade lange genug von Evan, um den Schlüssel ins Schloss zu stecken und die Tür aufzuschieben. Dann zog ich ihn wieder an mich und machte dort weiter, wo wir aufgehört hatten. Evan knöpfte sein Jackett auf, während ich mich rückwärts ins Zimmer bewegte. Plötzlich hörte ich eine vertraute Stimme: »Da seid ihr ja!« Vor Schreck schob ich Evan mitten im Kuss von mir, wirbelte herum und knallte ihm dabei versehentlich die Tür vor der Nase zu.

»Sara, hi«, stieß ich atemlos hervor. Vorsichtig öffnete ich die Tür wieder einen Spaltbreit. Vor mir stand Evan mit verdattertem

Gesicht und rieb sich die Stirn. »Hm, also, Sara ist hier. Wir sehen uns dann morgen früh, ja?«

»Äh, ja, okay …«, stotterte Evan und sah mich an, als wäre mein Verhalten zutiefst befremdlich – was es durchaus war. »Dann bis morgen.« Ich schloss die Tür so schnell, dass er mir nicht einmal einen Gutenachtkuss geben konnte.

»Was zur Hölle sollte das denn?«, wollte Sara wissen. »Du hättest ihn ruhig reinlassen können.«

»Nein, es ist spät«, erwiderte ich hastig, zog meinen Mantel aus und warf ihn auf den Stuhl. Mein Gesicht brannte vor Scham.

»Ah, verstehe!«, rief sie. »Ihr dachtet, ihr hättet das Zimmer für euch. O Em!« Sie wollte gar nicht mehr aufhören zu lachen.

»Sara«, knurrte ich. »Das ist echt nicht lustig.«

»O doch«, widersprach sie entschieden. »Zum ersten Mal in meinem Leben mag ich einen Typen, aber ich schlafe nicht mit ihm. Und du bist endlich kurz davor, mit einem Typen zu schlafen, doch dann komme ich im letzten Moment dazwischen. Das ist verdammt lustig. Und es tut mir schrecklich leid, Em.«

Mit einem frustrierten Stöhnen ließ ich mich neben sie auf das große Doppelbett fallen. »Hoffentlich ist das kein Indiz für den weiteren Verlauf des Jahres.«

Sara legte ihren Kopf auf meine Schulter und schlang einen Arm um mich. »Unser letztes Schuljahr ist bald vorbei. Dann geht's ab aufs College. Das wird das beste Jahr unseres Lebens, glaub mir.«

Ich stöhnte erneut, denn ich teilte ihren Optimismus keineswegs.

3

weiterHin geLieBt

Können wir darüber reden, was gestern Abend passiert ist?«, fragte ich Sara auf dem Rückweg von dem kleinen Restaurant, in dem wir mit Jared und Evan gefrühstückt hatten und das voller Leute gewesen war, die allem Anschein nach keinen großen Wert auf das neue Jahr legten.

»Du willst darüber reden, dass du *endlich* deine Jungfräulichkeit verlieren wolltest und ich es dir vermasselt habe?«

»Nein. Darüber rede ich ganz sicher nicht«, erwiderte ich bestimmt. »Du hast gesagt, dass du Jared magst. Was ist zwischen euch vorgefallen?«

»Darüber will ich nicht reden.«

Irgendetwas stimmte nicht. Sara blockte normalerweise kein Gespräch über einen Typen ab, das sah ihr überhaupt nicht ähnlich.

»Warum nicht?«, fragte ich verwirrt.

»Em, er wohnt in New York. Ich gehe noch zur Highschool, und außerdem ziehen wir bald nach Kalifornien«, erklärte sie sachlich. »Das wäre reine Quälerei. Ich muss ihn vergessen … zum zweiten Mal.«

Ich sah sie an. Sie tippte auf ihrem Handy herum und wich meinem Blick aus.

»Danke fürs Fahren«, sagte sie dann und steckte das Handy in ihre Tasche. »Ich werde ein bisschen schlafen, okay?«

»Okay«, antwortete ich, aber jetzt machte ich mir wirklich Sorgen.

Die schweigsame Fahrt gab mir Zeit zum Nachdenken – was nicht unbedingt gut war. Fast drei Stunden in meinem Kopf gefangen zu sein, war anstrengend – beinahe schon beängstigend. Aber letztlich brachte mich mein inneres Zwiegespräch zu einem zufriedenstellenden Ergebnis. Egal, ob es nun die richtige Entscheidung war, bei meiner Mutter einzuziehen, oder nicht – ich war fest entschlossen, es zu versuchen.

»Lass uns heute einfach hierbleiben und Filme anschauen«, schlug Sara vor, als wir unsere Taschen aus dem Kofferraum holten.

»Klingt perfekt.«

Evan musste Jared zum College fahren, deswegen verbrachten Sara und ich den Neujahrstag allein vor dem Fernseher. Ihr zuliebe ließ ich die kitschigen romantischen Komödien und peinlichen Teenagereskapaden klaglos über mich ergehen. Irgendwann piepte Saras Handy. »Em, willst du nachher auf eine Party?«

»Nein, lieber nicht«, antwortete ich wie aus der Pistole geschossen.

»Wirst du je wieder auf eine Party gehen?«

»Ich weiß es nicht«, seufzte ich. »Ich will einfach nicht, dass mir jemand in betrunkenem Zustand dumme Fragen stellt. Ich will nicht mehr der Freak sein.«

»Die anderen müssen es gut sein lassen, und du auch«, meinte Sara. »Du kannst dich nicht ewig verkriechen, weil du Angst hast, irgendwer könnte einen dummen Kommentar abgeben. Irgendwann gibt immer jemand einen dummen Kommentar ab, also scheiß drauf. Wen kümmert's?«

Ich grinste, denn natürlich hatte sie recht. »Nur nicht heute Abend, okay?«

»Okay.« Sara zuckte die Achseln, doch ich wusste, dass sie enttäuscht war. Ich war seit sechs Monaten auf keiner Party mehr mit ihr gewesen.

»Aber geh du doch«, schlug ich vor. »Warum solltest du hierbleiben, nur weil ich keine Lust habe zu feiern?«

»Bist du sicher?«

»Na klar«, antwortete ich entschieden.

Saras Gesicht leuchtete auf. Sie nahm ihr Handy wieder in die Hand und simste los, um die Einzelheiten in Erfahrung zu bringen.

»Hallo Mädels, wir sind zu Hause!«, rief in diesem Moment Anna die Treppe herauf. »Kommt runter und erzählt uns von der Feier gestern!«

Schon war Sara aufgesprungen und lief zu ihren Eltern. Ich folgte ihr, auch wenn ich mich immer noch nicht daran gewöhnt hatte, dass die McKinleys über so gut wie alles redeten. Anna und Carl waren sehr geduldig mit mir und löcherten mich nie, aber selbst harmlose Fragen über meinen Tag machten mich nervös.

Sara nahm ihren üblichen Platz auf dem großen Doppelbett ihrer Eltern ein und kreuzte die Beine. Ich ließ mich wie eine unbeteiligte Zuschauerin auf der Bettkante nieder. Anna packte aus, während Carl die Post durchging. »Emma, hier ist was für dich«, sagte er und reichte mir einen Brief von dem Stapel.

»Danke.« Ich sah mir den schlichten Umschlag näher an, während Sara unseren Silvesterabend bis ins kleinste Detail schilderte – von der Dekoration des Festsaals über Vivians Ehrung bis hin zu dem atemberaubenden Feuerwerk.

Tief in Gedanken versunken strich ich mit dem Finger über den Poststempel aus Boca Raton in Florida, als Anna fragte: »Wie hat Evan reagiert, als du ihm von Stanford erzählt hast, Emma?«

Als ich meinen Namen hörte, tauchte ich aus meiner Träumerei auf. Alle drei sahen mich erwartungsvoll an, und mir wurde schlagartig bewusst, dass ich nicht einmal mit Sara darüber geredet hatte.

»Er war begeistert«, erklärte ich verlegen.

Sie warteten noch einen Moment, doch als ihnen bewusst wurde, dass es dabei bleiben würde, fuhr Anna fort: »Ich freue mich schon darauf, morgen deine Mutter kennenzulernen.«

Ich konnte nur stumm nicken. Bei dem Gedanken bekam ich ein mulmiges Gefühl.

»Ich dachte, danach könnten Sara, du und ich zusammen shoppen gehen.«

»Mom, du weißt doch, dass Emma nicht gerne shoppen geht. Aber ich bin dabei«, antwortete Sara an meiner Stelle.

Carl warf mir einen verständnisvollen Blick zu. »College-Football?«, schlug er als Alternative vor, und ich nickte erleichtert.

»Was macht ihr denn heute Abend?«, fragte Anna. »Marissa Fleming gibt eine Party, oder?« Eigentlich überraschte es mich nicht, dass sie davon wusste. Sie schien den Terminplan von fast jedem Einwohner der Stadt zu kennen.

»Ja, und ich gehe mit meinen Mädels hin«, antwortete Sara, vor Vorfreude strahlend.

»Was ist mit dir, Emma?«, erkundigte sich Anna, während sie ein Kleid in den Schrank hängte.

»Ich bleibe hier und lese ein bisschen«, antwortete ich kleinlaut.

Sara stand vom Bett auf. »Aber erst musst du mir helfen, das richtige Outfit auszusuchen.«

Obwohl ich wusste, dass ich da eigentlich nicht viel beizusteuern hatte, antwortete ich: »Okay, klar.«

Bevor Sara aufbrach, musste ich ihr mehrmals versichern, dass ich allein klarkommen würde. Dann war sie weg, und ich konnte mich endlich dem mysteriösen Umschlag widmen, der auf einem der großen Sitzkissen vor Saras Bücherregalen lag.

Ich versuchte mich zu erinnern, ob ich irgendetwas aus Florida erwartete. Für eine College-Benachrichtigung wirkte der Brief nicht offiziell genug; es war ein schlichter weißer Umschlag, beschriftet in kleiner Handschrift, adressiert an mich bei den McKinleys.

Als ich das gefaltete Blatt Papier herauszog, setzte mein Herz einen Schlag aus. Mit zitternden Fingern klappte ich es auseinander und sah ein mit Buntstiften gemaltes Bild von einem Jungen, einem Mädchen, einem Mann und einer grauhaarigen Frau, die zusammen neben einem rosa Weihnachtsbaum standen. Darunter hatte jemand in krakeliger, übergroßer Kinderhandschrift geschrieben: »Frohe Weihnachten, Emma! Wir vermissen dich!« Die Nachricht endete auf der Rückseite mit: »In Liebe, Leyla und Jack.«

Wie betäubt starrte ich auf die Worte. Plötzlich hatte ich einen dicken Kloß im Hals. Tränen traten mir in die Augen. Aber das Bild mit den lächelnden Kindern und dem Berg von Geschenken unter dem festlich geschmückten Weihnachtsbaum tröstete mich ein wenig. Der Mann war eindeutig George. Doch wer war die Frau? Ich hätte mir gern vorgestellt, dass es Carols Mutter Janet war, aber sie hatte keine grauen Haare.

Bestimmt war es irgendeine Lehrerin. Oder irgendeine Frau, mit der sie sich in Florida angefreundet hatten. Jedenfalls wusste ich jetzt, wo sie wohnten – auch wenn ich sie wahrscheinlich nie wiedersehen würde.

Der Gedanke war der Tropfen, der das Fass zum Überlaufen brachte. Mit einem erstickten Schluchzen ließ ich mich zurückfallen, vergrub mein Gesicht in den Kissen und weinte. Irgendwann spürte ich, wie mir jemand beruhigend über den Rücken strich, und hob überrascht den Kopf. Neben mir kniete Anna und lächelte mich mitfühlend an. Als sie das Bild in meiner Hand sah, setzte sie sich zu mir.

»Sie sehen glücklich aus«, sagte sie und strich mir liebevoll eine Haarsträhne hinters Ohr. »Das hast du dir doch immer für sie gewünscht, oder?«

Da wurde mir klar, dass Sara nach dem Drama im letzten Mai ihrer Mutter die ganze Geschichte anvertraut hatte. Kein Wunder – Anna hatte bestimmt darauf bestanden. Sie war mit Sicherheit verletzt gewesen, weil Sara sie nicht früher informiert und womöglich sogar um Hilfe gebeten hatte. Natürlich hatte Sara ihr dann auch erklären müssen, dass ich bei Carol geblieben war, damit Jack und Leyla nicht von ihren Eltern getrennt wurden. Nun … wenigstens hatten sie immer noch ihren Vater.

»Ja«, stieß ich heiser hervor.

»Es war nett von George, dir das Bild zu schicken. Jetzt weißt du ganz sicher, dass sie dich auch weiterhin lieben.«

Sie versuchte, meinen Schmerz zu lindern, aber der Gedanke, dass die beiden Kinder mich vermissten – dass sie traurig waren, weil ich ihnen fehlte –, tat weh, und heiße Tränen strömten mir über die Wangen. Anna nahm mich in die Arme, und ich wehrte mich nicht dagegen. Der blumige Duft ihres Parfüms umfing mich wie eine weiche, warme Decke. Für ein paar wenige Minuten erlaubte ich mir, Leyla und Jack zu vermissen.

Als ich mich wieder einigermaßen unter Kontrolle hatte und still dalag, ließ Anna mich los. Ich setzte mich auf und wischte mir die Tränen von den Wangen.

»Ich verstehe, warum du bei deiner Mutter wohnen möchtest«, sagte Anna schließlich. »Und ich wünsche mir mehr als alles andere, dass ihr zwei wieder zueinanderfindet. Aber wenn es aus irgendeinem Grund nicht so laufen sollte, wie du es dir erhoffst, kannst du jederzeit zu uns zurückkommen – das hier ist auch dein Zuhause, und wir werden tun, was wir können, um dir zu helfen. Wir werden der Sozialarbeiterin nichts sagen, sonst halst sie uns nur einen Haufen Papierkram auf, den kein Mensch braucht – du wirst sowieso bald achtzehn. Wir belassen es einfach dabei, dass sie sich regelmäßig per Telefon nach deinem Befinden erkundigt, okay?«

Ich konnte nur nicken.

Anna zögerte einen Moment, bevor sie hinzufügte: »Ich habe dich sehr lieb, Emma. Wir alle. Und ich meine es ernst, wenn ich sage, dass wir dir helfen werden, wo wir können. Du brauchst nur zu fragen. Glaubst du mir das?«

Ihre emotionalen Worte kamen von Herzen, daran bestand kein Zweifel – mir stockte der Atem. »Ja, ich glaube dir. Danke.«

Auf Annas Lippen erschien das strahlende Lächeln, das Sara von ihr geerbt hatte, ihre freundlichen blauen Augen leuchteten auf, und sofort fühlte ich mich besser. »Komm, wir holen uns einen Becher Eiscreme.«

Ich lächelte ganz automatisch zurück, ließ mich von ihr hochziehen und folgte ihr die Treppe hinunter in die Küche.

»Ist das alles?«, fragte Carl mit einem Blick auf den Rucksack und die zwei Reisetaschen im Kofferraum von Annas Geländewagen.

»Ich hab nicht viel«, erklärte ich.

Während Anna und Sara einstiegen, wandte ich mich noch einmal an Carl: »Danke für alles.«

»Es war schön, dich hier zu haben, Emma.« Ohne jede Vorwarnung zog er mich an seine Brust. »Ich bleibe für dich mit Stanford in Kontakt, aber du kommst ja bestimmt sowieso ganz bald wieder vorbei.« Damit ließ er mich los und ging zurück ins Haus, ohne sich noch einmal umzudrehen. Ich blieb reglos stehen. Einen solchen Abschied hatte ich von ihm überhaupt nicht erwartet.

»Alles klar?«, rief Sara aus dem offenen Autofenster.

»Ja«, antwortete ich und stieg in mein eigenes Auto.

Als ich aus der Auffahrt fuhr, sah ich noch ein letztes Mal zu dem großen Haus. Plötzlich überkam mich ein Anflug von Wehmut. Zwar hatte ich nie wirklich hierhergehört, aber ich hatte mich in diesem Haus sicher und geborgen gefühlt – und das war eine ganz neue Erfahrung für mich gewesen.

4

»ZuhauSe«

Ich versuchte, mir die Route einzuprägen, während ich Anna in meinem Honda folgte, denn bald würde ich den Weg zu Saras Haus allein finden müssen. Wenigstens konnte ich jetzt das Auto nutzen, das ich mir mit Carls Hilfe vor ein paar Monaten angeschafft hatte – nachdem ich endlich meinen Führerschein bekommen hatte. Bisher hatte ich kein Auto gebraucht, weil Sara und Evan mich immer herumkutschiert hatten, aber ab sofort würde ich mit meinem eigenen Wagen zur Schule fahren.

Es dauerte nur zwanzig Minuten, bis wir den Stadtrand von Weslyn erreichten, wo meine Mutter sich ein Haus gemietet hatte. Wir schlängelten uns durch das dicht verflochtene Straßennetz des Viertels. Im Gegensatz zu den großen, ordentlich nebeneinander liegenden Häusern in Saras Nachbarschaft säumten hier viel kleinere Häuser ein Gewirr von kurvigen Straßen. Kinder rannten zwischen den schneebedeckten Gärten herum, nur wenige Grundstücke waren umzäunt.

Schließlich bog Anna in eine Auffahrt am hinteren Ende des Labyrinths. Das Haus lag mit nur einem weiteren Gebäude isoliert in einer Sackgasse, direkt gegenüber von dem jetzt kahlen Wald, der das Viertel umgab. Ich parkte am Straßenrand, damit Anna nachher ungehindert wieder rausfahren konnte.

Das kleine gelbe, einstöckige Haus sah gemütlich aus, mit weißen Fensterläden und einer leicht verwitterten weißen Veranda. Wie auf ein Stichwort hin öffnete sich die Haustür, und meine

Mutter erschien. Sie hielt die Tür mit der Hüfte offen und winkte uns kurz zu. Mit vor der Brust verschränkten Armen wartete sie fröstelnd in der kalten Winterluft auf uns, während Anna und ich je eine Tasche packten und sie ins Haus trugen.

Ich sah meine Mutter nicht direkt an, als ich an ihr vorbeikam, aus Angst, ich könnte in ihren klaren blauen Augen etwas lesen, das ihre Worte Lügen strafte. »Hallo, Emily. Ich freue mich sehr, dass du hier bist.«

»Danke, dass ich bei dir wohnen darf«, antwortete ich etwas befangen.

»Das ist doch selbstverständlich.« Sie klang genauso nervös wie ich. »Das ist jetzt auch dein Zuhause. Du hast sogar ein eigenes Zimmer.«

»Das musst du sehen«, platzte Sara heraus, nahm meine Hand und zog mich die breite Holztreppe hinauf, die von der Mitte der Eingangshalle ins obere Stockwerk führte. Anna lachte. In mir regte sich der Verdacht, dass die beiden gestern nicht nur shoppen gewesen waren.

Vom Treppenabsatz wies eine geöffnete Tür direkt ins Badezimmer, die Türen rechts und links von der Treppe waren geschlossen. Sara öffnete die rechte Tür und betätigte den Lichtschalter. Ich folgte ihr.

Langsam trat ich ins Zimmer. Die Wände waren frisch gestrichen – drei von ihnen weiß, die Wand an der Tür tiefschwarz. Ich atmete den Geruch der noch feuchten Farbe ein und drehte mich im Kreis, um alles richtig in Augenschein nehmen zu können.

Gegenüber von der Tür stand ein Doppelbett mit einer schwarz-weiß gemusterten Daunendecke und weißen, schwarzgeränderten Kissen. Über dem Bett erweckte ein kunstvoll befestigter Schwarm kleiner schwarzer Schmetterlinge den Eindruck, als käme er direkt aus der weißen Wand geflogen.

Links vom Bett waren zwei kleine Fenster mit dicken schwarzen Vorhängen, an der schwarzen Wand stand neben einem weiß umrahmten Kippspiegel eine ebenfalls weiße Kommode.

Auf der anderen Seite des Zimmers befand sich ein Schreibtisch – eine mit schwarzen Blumen und Schmetterlingen verzierte Glasplatte, die auf zwei kleinen weißen Bücherregalen ruhte. Darüber hing eine mit dem gleichen Stoff wie die Tagesdecke bezogene Pinnwand, an die ein einzelner Zettel geheftet war. »Willkommen zu Hause, Emma«, stand dort in Saras unverkennbarer Krakelschrift.

»Gefällt es dir?«, fragte Sara gespannt.

Als ich mich zu ihr umdrehte, sah ich Anna und meine Mutter im Türrahmen stehen, die mich ebenfalls erwartungsvoll anstarrten.

»Ich kann nicht fassen, dass ihr das alles für mich gemacht habt«, stieß ich atemlos hervor. »Vielen, vielen Dank.«

»Gern geschehen«, sagte Anna.

Meine Mutter stand ein Stück hinter Anna. »Möchten Sie etwas trinken?«, fragte sie, während Sara begann, meine spärlichen Habseligkeiten einzuräumen. Die beiden Frauen gingen nach unten.

»Sara, ehrlich – vielen Dank.«

Sara blieb mit einem Stapel T-Shirts in den Händen mitten im Zimmer stehen, als sie merkte, wie ernst ich es meinte.

»Ich weiß, dass dich die Vorstellung, bei ihr zu wohnen, nervös macht«, erklärte sie und legte die T-Shirts in einer Kommodenschublade ab. »Auch wenn du das nie zugeben würdest. Meine Mom wollte Rachel ebenfalls kennenlernen, da war das die beste Lösung. Wir haben uns gestern getroffen, zusammen eingekauft, dein Zimmer gestrichen und dekoriert. Emma, ich glaube, du musst dir keine Sorgen machen. Rachel ist wahrscheinlich noch nervöser als du.«

Das hielt ich kaum für möglich.

Als Sara endlich zufrieden war mit ihrem Werk – alle meine

Klamotten waren in der Kommode verstaut, meine Bücher ins Regal einsortiert und mein Laptop, den Anna und Carl mir zu Weihnachten geschenkt hatten, war mit dem Router verkabelt –, verkündete sie: »Ich glaube, das war's fürs Erste.« Panik durchzuckte mich, als mir klar wurde, dass sie jetzt gehen wollte.

Ich überlegte fieberhaft, wie ich sie dazu überreden könnte, noch eine Weile zu bleiben. Im selben Moment rief Anna die Treppe herauf: »Sara, bist du so weit?«

Um die Wahrheit zu sagen – ich war einfach noch nicht bereit, mit meiner Mutter allein zu sein. Und ihrer Zappeligkeit nach zu urteilen war auch sie noch nicht bereit, mit mir allein gelassen zu werden.

Dennoch verabschiedeten wir uns tapfer und blieben auf der Veranda stehen, bis Annas Auto außer Sicht war. Als ich ins Haus zurückging, traf mich die unbehagliche Stimmung wie ein Schlag ins Gesicht.

»Also, du … du kannst dich gerne umschauen, wenn du magst«, bot meine Mutter zögernd an und schloss die Tür hinter sich. Die Glasscheibe in der Mitte klapperte.

»Äh, okay«, antwortete ich, wandte mich nach rechts und trat durch die Bogentür in die Küche. Meine Mutter blieb in der Diele stehen und beobachtete mich aufmerksam. Mein Blick fiel auf die verzogenen Türen der Küchenschränke, die über einer zerkratzten Arbeitsplatte hingen. Unter dem Fenster, das zum Wald hinausging, befand sich eine Doppelspüle aus Porzellan. In der Ecke brummte laut ein Kühlschrank, der nicht mal so groß war wie ich, daneben stand ein weißer Gasherd. Den restlichen Platz beanspruchte ein kleiner runder Tisch mit vier nicht zusammenpassenden Stühlen. Einer davon war an die Wand geschoben, damit man einigermaßen ungehindert durch die Tür kam.

»Nimm dir, was du möchtest«, sagte meine Mutter von der Tür aus. Der Raum war so klein, dass zwei Leute sich auf gar keinen

Fall aus dem Weg gehen konnten. Ich spähte in den Kühlschrank, fand aber nur Saucen und Reste von chinesischem Essen vor, die aussahen, als hätten sie schon geraume Zeit hier verbracht.

»Danke«, sagte ich und schloss die Tür wieder.

»Wir sollten vermutlich bald mal einkaufen gehen, was?«, meinte sie mit einem nervösen Lachen.

Sie schob die Hände in die Gesäßtaschen ihrer Jeans und trat einen Schritt zurück, um mich vorbeizulassen. Ich spürte ihren Blick auf mir ruhen, als ich ins Wohnzimmer weiterging. Meine Nervosität wuchs. Ich hatte das Gefühl, ich sollte irgendetwas sagen, ein Gespräch anregen, aber mir fiel partout nichts ein.

Also schwieg ich weiter und spielte unruhig mit meinen Händen, während ich die Couch und das kleinere Zweiersofa vor dem Fernseher betrachtete. Ein hoher Schaukelstuhl stand an der Wand unter einem Fenster. Erstaunt hielt ich in meiner zaghaften Inspektion inne.

Ich brauchte einen Moment, um darauf zu kommen, woher ich diesen Stuhl so genau kannte. Aber dann fiel es mir ein: Er war in meinem Schlafzimmer gewesen, als ich noch bei meinen Eltern gewohnt hatte.

Mein Herz wurde schwer. Ich war nicht vorbereitet auf das Gefühl von Vertrautheit, das mich plötzlich durchflutete. Am liebsten wäre ich zu dem Stuhl hinübergegangen und hätte mit den Fingern über die geschnitzten Armlehnen gestrichen, in der Hoffnung, durch die Berührung all die schönen Erinnerungen wieder wachzurufen, die ich mit diesem Möbelstück verband. All die Geschichten, die mein Vater mir erzählt hatte – das Gefühl, wie er mich in seinen starken Armen hielt, während wir in dem Stuhl sanft vor und zurück schaukelten. All die liebevollen Worte und Versprechen, die er mir zugeflüstert hatte, wenn ich, das Pochen seines Herzens im Ohr, langsam dem Schlaf entgegengedriftet war. Regungslos stand ich da, starrte den Schaukelstuhl mit großen Augen an und spürte erneut den Blick meiner Mutter auf mir ruhen.

»Ich habe eine Menge Filme.« Ihre Stimme riss mich aus meiner Tagträumerei und holte mich in die Gegenwart zurück. Es dauerte einen Moment, bis ihre Worte zu mir durchdrangen. Ich nickte und sah zu dem Einbauregal voller DVDs.

»Oh, super.«

Am anderen Ende des Wohnzimmers war auf einem großen Brett ein Soundsystem aufgebaut, umgeben von gerahmten Bildern. Ich trat näher, um sie zu betrachten. Obwohl ich wirklich nicht erwartet hatte, viele Fotos von mir vorzufinden, spürte ich eine schmerzhafte Leere im Bauch, als ich kein einziges entdeckte. Ich blickte mich nach irgendeinem Hinweis um, dass ich und mein Vater jemals zum Leben meiner Mutter gehört hatten – doch überall blickten mir nur Fremde entgegen.

»Fotos von meinen Freunden«, erklärte sie, ohne näher ins Detail zu gehen. Ich nickte lediglich, weil ich Angst hatte, sie könnte mir anhören, wie verletzt ich war.

»Morgen fängt die Schule wieder an, richtig? Fühlst du dich bereit dafür?«, fragte sie, während ich die CDs durchsah, die sich in einem weiteren Einbauregal stapelten.

»Nicht wirklich«, antwortete ich wahrheitsgemäß. Mir war bewusst, dass sie versuchte, mich in ein Gespräch zu verwickeln, und meine knappen Antworten alles andere als hilfreich waren. Doch ich hatte schlicht nichts zu sagen.

»Wann ist dein nächstes Basketballspiel?«

»Freitag.«

»Würde es dir etwas ausmachen, wenn ich zuschaue?« Auf einmal klang sie noch nervöser, und die Anspannung in ihrer Stimme machte mich stutzig.

»Du kannst gerne kommen«, antwortete ich und sah sie endlich an. Ich lächelte, und ganz langsam entspannte sich ihr Gesicht.

»Prima. Danke«, sagte sie. Auf einmal war sie wie ausgewechselt. Ehe ich wusste, wie mir geschah, zeigte sie mir die Fotos und erzählte mir, wer darauf zu sehen war und wo die Bilder gemacht worden waren. Dann nahm sie ein paar CDs aus dem Regal und bestand darauf, dass ich sie mir anhörte, weil sie, wie sie sich ausdrückte, »lebensverändernd« seien.

Ich sagte nicht viel. Wahrscheinlich wäre ich auch nicht zu Wort gekommen, wenn ich es versucht hätte. Meine Mutter saß vor ihrer Musikanlage, die CDs um sich herum auf dem Boden ausgebreitet, und plapperte pausenlos. Ich versuchte mich zu entspannen und ihren Geschichten zu folgen, hatte aber immer noch Mühe, die Frau vor mir für meine Mutter zu halten. Es schien mir eine Ewigkeit her zu sein, dass ich eine Mutter gehabt hatte, und ich wusste nicht im Geringsten, wie ich mich ihr gegenüber verhalten oder was ich ihr sagen sollte.

»Und dir gefällt dein Zimmer auch wirklich?«, fragte sie unvermittelt, nachdem sie sich endlich für eine CD entschieden und sie aufgelegt hatte.

»Ja, es gefällt mir sehr«, antwortete ich ehrlich.

»Ich war bei der Einrichtung keine große Hilfe«, gestand sie verlegen. »Ich hab Anna und Sara alle Entscheidungen überlassen.«

Ein Klopfen an der Tür unterbrach jäh ihre Suche nach dem Lied, das sie an ihre Reise nach New Orleans im letzten Jahr erinnerte. Ich beobachtete, wie sie zur Tür ging und sie öffnete. »Oh, hallo?«, sagte sie etwas verdutzt.

»Hi, Mrs Thomas. Ich bin Evan. Ist Emma hier?« Ich sprang vom Boden auf und rannte zur Tür.

»Hi«, begrüßte ich ihn schnell, bevor meine Mutter irgendetwas erwidern konnte. Evan spähte zur Tür herein, und sein Lächeln ließ mein Herz wie immer schneller schlagen. Ich war unbeschreiblich froh, ihn zu sehen.

»Komm rein, Evan.« Er trat in die Diele, und meine Mutter

schloss die Tür. »Ich bin Rachel. Es würde mich sehr irritieren, wenn du mich Mrs Thomas nennst. Mrs Thomas war Dereks Mutter, und sie mochte mich nicht besonders. Außerdem ist mein Nachname Wallace, also wenn überhaupt, dann bitte Mrs Wallace. Aber es wäre mir wirklich lieber, wenn du mich einfach Rachel nennst.«

Der Schwall von Informationen, der aus ihrem Mund sprudelte, verschlug sowohl Evan als auch mir die Sprache. Meine Mutter wurde rot und lachte verlegen, als sie unsere verdatterten Gesichter sah. »Wow. Ich habe keine Ahnung, warum ich das gesagt habe. Normalerweise bin ich nicht so nervös. Okay, vielleicht doch.« Sie schwieg einen Moment. »Entschuldigung.«

»Schon in Ordnung«, versicherte ich ihr – plötzliche Ausbrüche von Nervosität waren mir nur allzu vertraut. »Kann ich Evan ein bisschen herumführen?«

»Na klar«, stimmte meine Mutter zu und ging zurück ins Wohnzimmer, um ihre CDs vom Boden aufzusammeln.

Ich machte mir nicht die Mühe, Evan die untere Etage zu zeigen. Man musste sich ja nur einmal im Kreis drehen, um alles in Augenschein zu nehmen. Stattdessen griff ich nach seiner Hand, führte ihn in mein Zimmer und schloss die Tür hinter uns.

»Schönes Zimmer«, meinte Evan und duckte sich, um sich unter der schrägen Wand auf mein Bett zu setzen. »Wie läuft's? Deine Mutter scheint nett zu sein.«

»Ja«, antwortete ich zögernd. »Es läuft ganz gut … sie ist prima.«

»Du bist auch nervös, stimmt's?« Natürlich hatte er mich sofort durchschaut. »Jetzt weiß ich wenigstens, von wem du die erröteten Wangen geerbt hast.«

»Sehr lustig«, erwiderte ich sarkastisch. Meine Nervosität war nur die Spitze des Eisbergs. Darunter brodelte die Panik, eine abgrundtiefe Panik, die ich nicht einmal in Worte fassen konnte. Vielleicht hatte ich einfach Angst, meine Mutter könnte zu dem

Schluss gelangen, dass ihr das alles doch zu stressig war – dass sie lieber doch nicht wieder an meinem Leben teilhaben wollte. Dieser Gedanke machte jede Entspannung unmöglich – und damit auch jede Freude, hier zu sein, bei ihr. »Ich schätze, ich bin ein bisschen nervös.«

»Das wird schon«, meinte Evan und drückte beruhigend meine Hand. »Oh, ich hab was für dein Zimmer.«

Er griff in seine Jacke, zog einen großen Umschlag heraus und überreichte ihn mir. Als ich ihn öffnete, kam eine Auswahl seiner Fotos zum Vorschein: Bilder, auf denen ich wild und leidenschaftlich Fußball spielte; Schnappschüsse von Sara und mir, auf denen wir über irgendetwas lachten; noch einmal ich, auf seiner Terrasse, so in Gedanken vertieft, dass ich seine Kamera gar nicht bemerkt hatte. Es waren sogar ein paar Fotos von Evan und mir dabei, die wir mit dem Selbstauslöser während eines Picknicks im letzten Herbst gemacht hatten – sein Arm um meine Schulter.

Ich gab ihm einen Kuss auf die Lippen. »Genau das hat meinem Zimmer noch gefehlt.« Ich entfernte Saras Zettel von der Pinnwand und arrangierte die Fotos mit Hilfe des schwarzen Bands, das kreuz und quer über die Fläche gespannt war.

Im selben Moment klopfte es leise an meiner Tür. Bevor ich etwas sagen konnte, steckte meine Mutter auch schon ihren Kopf herein. »Ich wollte mir Pizza bestellen. Habt ihr auch Hunger?«

»Ja, super. Danke«, antwortete Evan für uns beide. Ich biss mir auf die Lippen und nickte.

Beim Essen saß ich stumm da und hörte dem aufgeregten Geplapper meiner Mutter zu. Sie unterzog Evan einer Art Kreuzverhör und wollte so ziemlich alles von ihm wissen. Vermutlich versuchte sie auf diese Weise, das Fremdeln zwischen ihr und mir in Schach zu halten. Solange wir beide an seinen Lippen hingen, mussten wir uns nicht krampfhaft überlegen, was wir zueinander sagen sollten. Wie üblich ging Evan mit der Situation ganz locker um. Er ließ sich von der angespannten Atmosphäre nicht im Geringsten aus der Ruhe bringen. Aber als er weg war, hatte uns die Nervosität sofort wieder im Griff.

»Hast du Lust, einen Film anzuschauen?«, erkundigte sich meine Mutter, während ich die Pizzareste in Alufolie einwickelte und sie in den fast leeren Kühlschrank packte.

»Ich muss leider noch an einem Referat arbeiten – morgen ist Abgabetermin«, flunkerte ich. Sie nickte langsam, und ich fürchtete schon, dass sie mich durchschaut hatte.

»Okay«, sagte sie, sichtlich enttäuscht. Ich hatte zwar ein schlechtes Gewissen, als ich mich in mein Zimmer zurückzog, aber ich verspürte auch das dringende Bedürfnis, eine Weile allein zu sein.

Ich legte mich auf mein Bett, verschränkte die Arme hinter dem Kopf und starrte zu der frisch gestrichenen Decke hoch. In meinem Innern kämpften so viele Empfindungen gegeneinander an, dass ich sie erst einmal sortieren musste.

Während der letzten fünf Jahre hatte ich kaum ein Dutzend Worte mit dieser mir völlig fremden Frau gewechselt, und jetzt war ich plötzlich ihre Zimmergenossin. So fühlte es sich zumindest an. Sie erzählte mir von ihren Freunden und den Reisen, die sie gemacht hatte, als wäre ich eine flüchtige Bekannte, nicht ihre Tochter. Wenn sie davon redete, wie prächtig sie sich amüsiert hatte, musste ich unwillkürlich daran denken, was ich in dieser Zeit erlebt hatte, und dieser Gedanke machte mich krank.

Während ich durch die Hölle gegangen war, hatte meine Mutter die Welt bereist, sich betrunken und ein sorgenfreies Leben geführt. Sie hatte kein Wort darüber verloren, dass sie sich einfach aus dem Staub gemacht und mich sitzengelassen hatte, kein Wort über meine Zeit mit Carol und George und was sie mir angetan hatten. Es schien, als wäre das alles nie passiert, als würden wir noch einmal ganz von vorne anfangen – mit einem tiefen, schwarzen Loch im Rücken. Offensichtlich fiel es mir wesentlich schwerer als ihr, die Vergangenheit hinter mir zu lassen.

Um ehrlich zu sein, hatte ich mir nie genau überlegt, wie es sich anfühlen würde, bei ihr zu wohnen. Ich hatte zwar nicht erwartet, eine Beziehung zu retten, die es im Grunde nie gegeben hatte, aber dass ich während der letzten fünf Jahre völlig aus ihrem Leben verschwunden gewesen war, erschütterte mich doch.

Den Rest des Abends blieb ich in meinem Zimmer. Erst gegen Mitternacht ging ich kurz ins Bad – das kaum größer war als ein Wandschrank – und machte mich bettfertig. Im Wohnzimmer lief der Fernseher. »Gute Nacht!«, rief ich die Treppe hinunter. Ich hörte meine Mutter reden und lachen, anscheinend telefonierte sie. Ich schloss meine Tür, ohne auf eine Antwort zu warten, schlüpfte unter die blütenweißen Laken und zog die Decke bis unters Kinn.

Kurz darauf piepte mein Handy, eine SMS von Sara: *Gute Nacht. Hoffe, du schläfst schön in deinem neuen Zimmer!*

Ich antwortete nicht, sondern schaltete nur die Nachttischlampe aus.

Dann lag ich da und starrte in die Dunkelheit – ich konnte immer noch nicht ganz glauben, dass ich tatsächlich hier war, im Haus meiner Mutter. Draußen rüttelte der Wind an den Fensterläden. Ich schloss die Augen, doch schon nach ein paar Minuten riss ich sie wieder auf. Die Treppe knarrte. Ich versuchte mich zu entspannen, es war nur meine Mutter. Bei jedem ihrer Schritte ächzten die Stufen, dann endlich schloss sich die Badezimmertür hinter ihr.

Ich wünschte, ich könnte behaupten, dass ich danach einschlief, aber anscheinend knarrte die Treppe auch, wenn niemand sie benutzte. Die ganze Nacht wälzte ich mich unruhig im Bett herum; sobald ich wegdämmerte, wurde ich kurz darauf vom Stöhnen des Hauses geweckt. Kalte Luft pfiff durch die Fensterritzen, diffuse Gedanken wirbelten in meinem Kopf herum.

5
MeNscheN ändeRn siCh

»Guten Morgen«, begrüßte mich Evan. Er stand in der vereisten Auffahrt.

Ich zog die Haustür hinter mir zu. Meine Mutter war noch im Bad und machte sich für die Arbeit fertig.

»Hi«, antwortete ich ausdruckslos, hängte mir meinen Rucksack über die Schulter und ging vorsichtig auf Evans Auto zu.

»Du bist ein echter Morgenmuffel, stimmt's?«, neckte er mich und öffnete die Beifahrertür. Ich küsste ihn lächelnd auf den Mund, dann kletterte ich ins Auto.

Als er seine Tür schloss, erklärte ich: »Sorry, ich hab nicht gut geschlafen. Dieses Haus gibt ständig irgendwelche Geräusche von sich.« Müde wie ich war, wusste ich es sehr zu schätzen, dass er mich am ersten Tag nach den Ferien zur Schule fuhr.

»Was machst du heute Abend nach dem Training? Willst du vorbeikommen?«

»Klar«, antwortete ich automatisch, musste mich aber berichtigen: »Ach nein, ich kann nicht.«

Etwas verwirrt sah Evan mich an.

»Ich gehe mit meiner Mutter einkaufen«, erklärte ich. »Sie weiß nicht, was ich gern esse, deshalb will sie mich dabeihaben.«

»Okay. Wie war es denn gestern Abend noch? Ihr zwei wart echt lustig beim Essen – sie redet ununterbrochen, wenn sie nervös ist, und du kriegst keinen Ton heraus.«

»Das war bestimmt die reinste Folter für dich, oder?«

»Ach was, nein.« Er lachte leise. »Für dich war es mit Sicherheit schlimmer.«

»Ich … ich weiß einfach nicht, worüber ich mit ihr reden soll«, gestand ich.

»Warum überlässt du das Reden dann nicht einfach ihr?«, schlug Evan scherzhaft vor.

Den Rest der Fahrt starrte ich wie betäubt aus dem Fenster. Erst als wir anhielten, merkte ich, dass wir auf dem Schulparkplatz angekommen waren. Mir grauste beim Anblick meiner Mitschüler, die überall um uns herum aus ihren Autos stiegen.

Wieder einmal schien Evan meine Gedanken zu lesen. »Ich weiß, dass du lieber nicht hier wärst«, sagte er, »aber es wird bestimmt anders als vor den Ferien, da bin ich mir sicher.« Ich stieg aus, ohne zu antworten.

Früher hatte ich mich auf die Schule gefreut – nicht auf die Leute dort, sondern darauf, der bedrückenden Atmosphäre zu Hause entfliehen zu können. Aber nach allem, was sich in letzter Zeit ereignet hatte, war mein bisheriger Zufluchtsort jetzt auf einmal der Ort, den ich am meisten fürchtete.

Am Anfang des Schuljahrs hatte ich mich so tief wie möglich in mein Schneckenhaus verkrochen – nicht nur auf den Schulfluren, sondern auch im Klassenzimmer. Ich beteiligte mich nicht am Unterricht, erledigte nur die Aufgaben gewissenhaft. Sara und Evan gaben ihre Aufmunterungsversuche irgendwann auf, versicherten mir aber weiterhin, dass alles nicht so schlimm war, wie ich dachte.

Jetzt starrte ich auf das große Backsteingebäude und atmete tief durch, bevor ich die Autotür schloss. Dann hängte ich mir meinen Rucksack über die Schulter und wappnete mich innerlich gegen die Blicke, die mir überallhin folgen würden. Evan nahm meine Hand. Seine warme Berührung beruhigte mich sofort etwas. Sara wartete schon am Hintereingang auf uns und begrüßte so ziemlich jeden, der an ihr vorbeikam.

»Guten Morgen«, rief sie mit einem strahlenden Lächeln, das jedoch schnell in ein Stirnrunzeln überging. »Du hast nicht gut geschlafen, richtig?«

»Wow«, kommentierte ich ihre Unverblümtheit. »Sehe ich so fertig aus?«

»Nein«, antwortete Evan hastig, bevor Sara mit der Wahrheit herausrücken konnte, die ihr schon auf der Zunge lag.

»Lügner«, sagten Sara und ich im Chor. Ich begegnete ihrem Blick, und wir fingen beide an zu lachen. Der Klang meines Lachens hatte einen ausgesprochen seltsamen Effekt – es war, als würde es einen Fluch aufheben, der alle um uns herum in magischen Schlaf versetzt hatte. Plötzlich sagte jemand: »Hi, Emma.«

Als ich mich umdrehte, sah ich Jill neben uns stehen. »Seid ihr gut ins neue Jahr gekommen?« Bevor einer von uns antworten oder auch nur den verblüfften Ausdruck im Gesicht abschütteln konnte, fuhr sie fort: »Habt ihr von der Party bei Michaela gehört? Ihre Eltern sind mittendrin nach Hause gekommen, natürlich waren alle sturzbetrunken. Aber das Schlimmste: Sie haben Nick und Tara beim Sex auf ihrem Bett erwischt. Michaela hat bestimmt einen Mordsärger gekriegt.«

Und plötzlich schienen die letzten sieben Monate vergessen, einfach so. Auf dem Weg durch die Schulflure plauderten Sara und Jill weiter über die Party, Evan und ich schlenderten hinter ihnen her. Evan sah aus, als müsse er sich ein »Siehst du wohl?« verkneifen. Das Getuschel war tatsächlich verstummt, niemand starrte mir nach. Hin und wieder begrüßte uns jemand mit einem »Hi« oder einem »Guten Morgen«. Es war fast ein bisschen beängstigend normal. Alle hatten mein Drama hinter sich gelassen – oder taten zumindest so.

»Wie schön, dass du die Ferien überlebt hast«, übertönte eine Stimme das Gemurmel der Menge. Anscheinend waren doch nicht alle darüber hinweg.

Evan spannte sich an, als er die höhnische Bemerkung hörte, und mir wurde flau im Magen. Plötzlich wirbelte Evan herum, stieß den Jungen abrupt gegen den nächstbesten Spind und nagelte ihn mit dem Unterarm fest. Schockiert sah ich ihn an, alle um uns herum erstarrten.

»Was hast du gesagt?« Zu meiner Überraschung war es nicht Evan, der die Frage stellte. Mehrere Zwölftklässler umringten den Jungen, der seiner Größe nach noch in der Mittelstufe war. Joel Rederick beugte sich über ihn, während Evan ihn weiter festhielt. Panisch starrte der Junge die beiden an, Schweiß lief ihm über die Stirn.

»Nichts«, kiekste er.

»Das dachte ich mir«, sagte ein anderer Zwölftklässler in drohendem Ton.

»Halt dich in Zukunft besser von uns fern«, knurrte Evan.

»Was geht hier vor?«, ertönte in diesem Moment eine autoritäre Stimme hinter der Zuschauermenge. Evan ließ den Jungen los, die Zwölftklässler begannen sich zu zerstreuen, und der Junge eilte auf der Suche nach seiner Clique, die ihn im Stich gelassen hatte, davon.

»So ein Arschloch«, schimpfte Jill hinter mir. Nach und nach gingen alle weiter und nahmen ihre Gespräche wieder auf. Niemand glotzte mich an, aber ich war wie gelähmt und brauchte einen Moment, um den Vorfall zu verdauen.

»Entschuldige bitte«, sagte Evan und nahm meine Hand.

»Schon in Ordnung«, antwortete ich, als ich wieder einigermaßen klar denken konnte. »Danke.«

Er musterte mich mit hochgezogenen Augenbrauen, offenbar überrascht von meiner Reaktion, aber dann grinste er und beugte sich zu mir, um mich zu küssen.

»Ihr steht mitten im Schulflur!«, erinnerte uns Sara in entsetztem Ton. Evan löste sich von mir, und ich starrte sie verständnislos an.

Auf dem Weg zu unseren Spinden fragte ich sie: »Seit wann stört es dich, wenn Evan mich im Schulflur küsst?«

»Du willst keine Aufmerksamkeit auf dich ziehen, schon vergessen?«

»Sara, stimmt irgendwas nicht?« Ich wurde einfach das Gefühl nicht los, dass etwas nicht in Ordnung war.

»Nein, alles bestens«, antwortete sie lächelnd. Dann schloss sie ihren Spind und ging davon.

Ich sah ihr nach. Jetzt war ich mir sicher, dass sie mir etwas verschwieg.

Als ich vom Basketballtraining nach Hause kam, saß meine Mutter am Küchentisch und schrieb auf, was wir besorgen mussten – anscheinend fehlte so gut wie alles.

»Hi«, begrüßte sie mich. »Ich glaube, ich hab ein paar Rezeptideen. Magst du irgendwas überhaupt nicht?«

»Mir schmeckt fast alles … außer Fleischbällchen.« Ich verzog das Gesicht. »Aber du musst nichts Ausgefallenes kochen. Nach dem Basketballtraining komme ich sowieso meistens spät nach Hause.«

»Dann überlegen wir uns ein paar einfache Gerichte, die du dir selbst zubereiten kannst, wenn du spät nach Hause kommst oder ich länger arbeiten muss – ja?«, schlug sie vor und studierte erneut ihre Liste.

Ich fand die Vorstellung, etwas Komplizierteres zuzubereiten als ein Sandwich, eher einschüchternd. »Stimmt was nicht?«, fragte meine Mutter besorgt, als sie mein zerknirschtes Gesicht sah.

»Hm, ich bin in der Küche nicht besonders geschickt«, gestand ich kleinlaut.

»Du kannst also nicht kochen?«, hakte sie schockiert nach.

»Haferbrei zählt wahrscheinlich nicht, oder?«

Meine Mutter lachte. »Na, dann sollten wir uns wohl auch nach Tiefkühlkost umschauen.«

Wir fuhren zu einem Lebensmittelmarkt in der Stadt. Unterwegs ging meine Mutter ihre Liste durch und fragte mich nach meiner Meinung. Bisher hatte ich in solchen Dingen nie etwas zu sagen gehabt, deshalb konnte ich nicht viel beitragen. Bei Carol und George hatte ich meine Grundnahrungsmittel auf die Einkaufsliste geschrieben – Frühstücksflocken, Müsliriegel und Ähnliches –, denn ich hatte nichts essen dürfen, worum ich nicht ausdrücklich gebeten hatte. Abends war einfach das in meinem Magen gelandet, was auf dem Teller gelegen hatte – selbst wenn mir davon speiübel geworden war.

Schließlich beschlossen wir, die Sache auf uns zukommen zu lassen und die Liste zu vervollständigen, wenn uns unterwegs etwas einfiel – eine Vorgehensweise, die wir im Grunde bei fast allem anwendeten, einschließlich unserer Beziehung.

»Ich bin nicht so gut darin, eine Mutter zu sein, das ist dir klar, oder?«, fragte meine Mutter, während sie eine Kiste mit Äpfeln durchsah und die wenigen, die ihren Ansprüchen genügten, in eine Tüte steckte.

Darauf wusste ich keine Antwort. Wer hätte es auch für möglich gehalten, dass ich ein solches Gespräch je in einem Supermarkt führen würde?

»Ich meine, ich möchte nicht plötzlich das Kommando in deinem Leben übernehmen«, fuhr sie in etwas besorgtem Ton fort. »Ich will nur … ich fände es schön, wenn wir … na ja, wenn wir Freundinnen sein könnten. Anstelle von, du weißt schon …« Sie sah mich ein bisschen verlegen an. »Ich würde dich einfach gerne kennenlernen. Verstehst du?«

Meine Schultern entspannten sich. Anfangs hatte ich keine Ahnung gehabt, worauf sie hinauswollte, aber das war eine angenehme Überraschung. Ich wusste selbst nicht genau, wie ich mich als Tochter verhalten sollte, da konnte ich ja kaum erwarten, dass sie die Mutterrolle beherrschte.

»Ja«, stimmte ich lächelnd zu. »Das finde ich gut.«

»Wäre es dann auch okay für dich, mich einfach Rachel zu nennen?«, erkundigte sie sich vorsichtig. »Mom fühlt sich für mich ehrlich gesagt ein bisschen merkwürdig an.«

Ich lachte unbehaglich – mit dieser Bitte hatte ich nun doch nicht gerechnet. »Ich kann es zumindest versuchen.«

Sie lächelte und atmete offensichtlich erleichtert aus. »Super. Also, was isst du gerne zu Mittag?«

Ich ging hinter ihr her und schob den Einkaufswagen, während sie einen Artikel nach dem anderen aus dem Regal zog und wartete, bis ich nickte oder den Kopf schüttelte, bevor sie ihn entweder in den Wagen legte oder wieder wegstellte. Am Schluss hätten sich von unserem Einkauf zwei Menschen locker einen ganzen Monat ernähren können. Zum Glück war viel davon tiefgefroren.

»Möchtest du kochen lernen?«, fragte meine Mutter, während sie alles aufs Band packte. »Ich kann es dir beibringen.«

Das Angebot war so nett, dass ich es nicht einfach ausschlagen konnte. »Äh, ja, gern«, antwortete ich mit mehr Begeisterung, als ich fühlte. Ich brachte es nicht übers Herz, ihr zu sagen, dass Evan schon öfter versucht hatte, mir das Kochen beizubringen, und jedes Mal kläglich gescheitert war. Sie schien so glücklich bei der Vorstellung, etwas mit mir zusammen zu machen – da konnte ich es doch zumindest versuchen.

»Wie lange bist du eigentlich schon mit Evan zusammen?«, erkundigte sie sich auf dem Weg nach Hause.

»Offiziell …« Ich rechnete eilig nach. »Ungefähr zehn Monate.«

»Was meinst du denn mit ›offiziell‹?«

»Na ja.« Ich suchte nach den richtigen Worten, um ihr zu erklären, dass wir uns zwar schon seit unserer ersten Begegnung zueinander hingezogen gefühlt hatten, es aber durch eine Reihe von

Missverständnissen und Verletzungen eine ganze Weile gedauert hatte, bis wir zueinander fanden. »Ich weiß nicht recht, wie ich das beantworten soll. Sagen wir einfach, wir sind seit letztem März zusammen.«

»Okay«, meinte sie mit einem verwirrten Nicken. »Er wirkt sehr nett.«

»Ja«, stimmte ich aus vollem Herzen zu. »Das ist er auch.«

»Ich bin immer noch auf der Suche«, seufzte sie. »So jemanden wie Derek werde ich bestimmt nie wieder finden.«

Ich zuckte zusammen. Sicher, wir hatten ausgemacht, Freundinnen zu werden, aber sie war immer noch meine Mutter. Sie so offenherzig darüber reden zu hören, dass sie einen Ersatz für meinen Vater suchte, versetzte mir einen Stich.

»Willst du mir nachher mit dem Abendessen helfen?«

»Hm?«, machte ich, immer noch etwas benommen von ihrer Bemerkung.

»Wollen wir gleich mit den Kochstunden anfangen?«, hakte sie nach.

»Kann ich bitte noch einen Tag Aufschub kriegen?«, wich ich aus. »Ich möchte dir nicht schon jetzt beweisen, wie unfähig ich bin.«

»Ach, so unfähig bist du bestimmt gar nicht«, lachte meine Mutter.

»Du hast ja keine Ahnung«, murmelte ich, was sie erneut zum Lachen brachte.

»Okay. Dann eben ein andermal.«

Ich saß in der Küche, während meine Mutter eine Füllung für die Schweinekoteletts zubereitete und mir dabei genau erklärte, was sie tat. Hin und wieder nickte ich, obwohl ich wusste, dass es sinnlos war. Ich konnte die komplexesten mathematischen Gleichungen lösen und verstehen, wie das Nervensystem funktionierte, doch wenn ich irgendwas garen oder schmoren sollte, geriet ich in helle Panik.

Schließlich war das Essen fertig, und meine Mutter stellte die Teller auf den Tisch, den ich für zwei gedeckt hatte – das Einzige, was ich tun konnte.

»Danke«, sagte ich, nahm mir ein Glas Wasser und setzte mich.

»Gern geschehen.« Sie nahm mir gegenüber Platz.

Als ich sie für das leckere Essen loben wollte und von meinem Teller aufsah, stellte ich fest, dass sie mich beobachtete. Sie musterte mein Gesicht, als wollte sie sich jedes Detail einprägen – so genau, dass ich mich am liebsten unter dem Tisch verkrochen hätte.

»Ich hatte vergessen, wie sehr du ihm ähnelst.« Ihr Blick war glasig und unfokussiert – sie sah mich zwar, aber gleichzeitig auch nicht. Ich wollte dem Kummer in ihren Augen entgehen und senkte den Kopf.

»Sara scheint eine wundervolle Freundin zu sein«, sagte sie nach einer Weile, und plötzlich klang ihre Stimme wieder ganz normal. Als ich aufschaute, spießte sie gerade ein Stück Schweinefleisch auf ihre Gabel.

»Äh, ja«, antwortete ich und verdrängte die Erinnerung an ihren gequälten Blick. »Sie ist meine beste Freundin.«

»So jemanden habe ich auch.« Meine Mutter lächelte. »Sie heißt Sharon – was wir alles zusammen erlebt haben!« Schon beim Gedanken daran musste sie lachen. »Sharon bringt mich oft in Schwierigkeiten, aber ich verdanke ihr auch die besten Geschichten.«

Ich nickte und versuchte mich zu entsinnen, wer diese Frau war, die so eine wichtige Rolle im Leben meiner Mutter spielte – vergebens. Ich wusste kaum etwas über meine Mutter, nicht einmal aus den zwölf Jahren, in denen sie zumindest theoretisch Teil meines Lebens gewesen war.

In dieser Nacht wurde ich nicht vom heulenden Wind oder von der knarrenden Treppe aufgeschreckt. Wegen Wind und Treppe lag ich zwar immer noch wach, aber aufgeschreckt wurde ich von einem lauten metallischen Geklapper vor meiner Tür. Als ich besorgt meine Zimmertür öffnete, sah ich meine Mutter mit dem Rücken zu mir auf dem Boden hocken. Um sie herum lagen überall Fotorahmen.

Unbeholfen nahm sie einen Bilderrahmen nach dem anderen auf und murmelte dabei leise vor sich hin. Als ich mich zu ihr hinunterbeugte, um ihr zu helfen, merkte ich, dass sie weinte.

»Alles in Ordnung?«, fragte ich zögernd.

»Hm?« Mit einem Ruck hob sie den Kopf. »Oh, Emily, tut mir leid.« Sie schniefte und wischte sich mit dem Ärmel über ihr gerötetes Gesicht. »Hab ich dich geweckt?«

Sie blinzelte heftig, und als ich mich neben sie auf den Boden kniete, fiel es mir wie Schuppen von den Augen: Meine Mutter war betrunken. Am Treppenabsatz entdeckte ich die Wodkaflasche und musste schlucken, so bitter war die Enttäuschung, die in mir aufstieg.

»Ich wollte nur … ich wollte mich nur erinnern«, stammelte sie, während sie versuchte, den Stapel Bilderrahmen zu balancieren. Unsanft plumpste sie auf den Boden.

»Scheiße«, murmelte sie, blies sich eine Haarsträhne aus dem Gesicht und griff mit den Rahmen im Arm nach der Flasche. Der Wodka befand sich knapp außerhalb ihrer Reichweite. Sie rutschte näher an die Flasche heran und stützte sich mit den Füßen auf den oberen Treppenstufen ab. Dann trank sie einen großen Schluck und fuhr sich mit dem Arm über die Stirn, sichtlich genervt von den Haaren, die ihr immer wieder in die Stirn fielen. Sie sah vollkommen zerzaust aus.

Ich hob die restlichen Bilderrahmen vom Boden auf und setzte mich neben sie. Es waren alles Fotos von meinem Vater.

Meine Mutter sah den wackligen Stapel auf ihrem Schoß durch. Dabei rutschte ihr einer der Rahmen aus der Hand und fiel laut polternd die Treppe hinunter. »Scheiße.«

Schluchzend hielt sie ein anderes Foto in die Höhe, auf dem sie mit meinem Vater auf einem Segelboot zu sehen war.

»Ich weiß, dass du nach denen gesucht hast«, schluchzte sie und wischte sich mit dem Handrücken über die Nase. »Ich musste sie aus der hintersten Schrankecke hervorkramen. Aber ich kann nicht …«

Weiter kam sie nicht. Sie konnte die Augen nur mit Mühe offen halten, sie waren mit Wimperntusche beschmiert und blutunterlaufen. Hinter ihrem Alkoholrausch verbarg sich eine tiefe Traurigkeit, die sie innerlich verzehrte – sie so zu sehen, zerriss mir fast das Herz.

»Du erinnerst mich an ihn.«

»Sorry«, flüsterte ich, denn ich hatte keine Ahnung, wie ich sie trösten sollte.

»Ich hatte vergessen, wie sehr ich ihn vermisse«, stieß meine Mutter hervor und ließ sich gegen das Treppengeländer sinken. Noch ein Bilderrahmen rutschte von ihrem Schoß und krachte die Treppe hinunter.

»Scheiße!«, schrie sie wieder. Mit einer einzigen blitzschnellen Bewegung nahm sie den ganzen Stapel und schleuderte ihn die Treppe hinunter. Ich zuckte heftig zusammen, Glas splitterte, Rahmen zerbarsten.

»Warum? Warum? Warum?«, wiederholte meine Mutter immer wieder und sackte zu Boden. Wie gelähmt saß ich neben ihr, starrte auf die Zerstörung am Fuß der Treppe und dann auf die Frau, die sich direkt vor mir in ihrem Kummer auflöste.

»Alles wird gut«, flüsterte ich, und mein Herz klopfte wild. Ich bezweifelte, dass meine Mutter mich überhaupt hörte.

Sie rappelte sich auf, griff nach der Flasche und trank. Doch dann sank sie wieder an den Treppenpfosten, kaum noch in der Lage, die Augen offen zu halten. Als sie den Wodka abstellte, wäre um ein Haar die Flasche umgekippt. Ich griff hastig danach und brachte sie neben mir in Sicherheit, ehe auch sie auf dem Scherbenhaufen unten landen konnte.

»Komm, ich helfe dir ins Bett«, schlug ich vor, legte den Stapel Bilder ab und rückte näher zu meiner Mutter, damit ich ihren Arm um meine Schultern legen konnte.

»Hm?«, stöhnte sie. Ihr Kopf sank an ihre Brust.

»Hoch mit dir«, ermunterte ich sie und zog sie behutsam auf die Füße. »Ganz langsam.« Sie schwankte, ich hatte Mühe, sie zu stützen. Hoffentlich würden wir es in ihr Schlafzimmer schaffen, bevor sie endgültig zusammenklappte. Ich war zwar ein gutes Stück größer als sie, aber wenn sie stürzte, würde sie mich mit sich zu Boden reißen.

Ich führte sie zu ihrem Bett, und sie ließ sich mit dem Gesicht voran darauf fallen. Als ich sie zudeckte, schnarchte sie schon leise, und ich schloss die Tür hinter mir. Sollte sie in Ruhe ihren Rausch ausschlafen.

Ich ging zur Treppe und betrachtete kopfschüttelnd das Chaos unten. Mit zusammengebissenen Zähnen hob ich die Flasche auf, die das ganze Desaster ausgelöst hatte. Ich blinzelte die Tränen weg, ich wollte nichts fühlen. Mit bleischwerem Herzen stapfte ich die Treppe hinunter in die Küche, kippte den Rest Wodka in die Spüle und machte mich dann mit einem erschöpften Seufzen daran, die Scherben vom Boden aufzulesen.

Ich hatte mit so etwas nicht gerechnet, aber wenn ich ehrlich war, überraschte es mich auch nicht. Seit meine Mutter mir vor einem Jahr bei unserer Begegnung an der Schule erzählt hatte, dass sie trocken war, hatte ich daran gezweifelt, ob es dabei bleiben würde. In jener Nacht hatte sie zwar nichts getrunken, aber wer weiß, wie es in den darauffolgenden Nächten gewesen war.

Ich hatte es kommen sehen … aber ich hatte mir gewünscht, ich würde mich irren.

Als ich das Foto von ihr und meinem Vater auf dem Segelboot vom Boden aufhob, musste ich erneut gegen die Tränen ankämpfen. Ich schloss die Augen und atmete tief durch, um den Sturm von Gefühlen zu unterdrücken, der in meiner Brust tobte. Erst als ich das Gefühl hatte, mich einigermaßen im Griff zu haben, öffnete ich die Augen wieder.

Nachdem ich die Bilder auf der Treppe eingesammelt hatte, gab ich die Scherben und zerbrochenen Rahmen in eine Tüte und fegte den Rest zusammen. Dann brachte ich die Tüte zum Müllcontainer hinaus, trug die Erinnerungen an meinen Vater in mein Zimmer und versteckte sie unter meinen Sweatshirts im Wandschrank. Auch ich war noch nicht in der Lage, mich mit ihnen zu beschäftigen.

Schließlich kroch ich wieder ins Bett, legte mich auf den Rücken und starrte zur Decke hinauf. Lautlos strömten die Tränen über meine Wangen, diesmal hielt ich sie nicht auf. Doch den Kummer, den ich in den Augen meiner Mutter gesehen hatte, verschloss ich tief in meinem Inneren.

6

LebeNsstiLe

Als ich mich am nächsten Morgen müde und übernächtigt aus dem Bett wälzte, war meine Mutter schon zur Arbeit gefahren. Auf meinem Handy blinkte eine SMS: *Tut mir echt leid wegen letzter Nacht. Das hättest du nicht sehen sollen. Bist du zum Abendessen da?*

Ich antwortete: *Ja. Bis heute Abend.*

Doch als ich vom Training nach Hause kam, war sie offensichtlich gerade auf dem Sprung, flitzte hierhin und dorthin und legte unterwegs ihre Ohrringe an. Sie trug einen kurzen Rock und eine Bluse, und ihre dunklen Haare waren zu einer üppigen Lockenmähne gestylt.

»Hi«, stieß sie atemlos hervor, während sie in einen hochhackigen Schuh schlüpfte und dabei fast umkippte. »Ich hoffe, es macht dir nichts aus, aber ich hab ganz vergessen, dass ich heute Abend verabredet bin. Ich hab den Termin schon vor einer Weile ausgemacht, bevor, na ja, bevor ich wusste, dass du hier sein würdest.« Sie blieb stehen und sah mich entschuldigend an. »Aber ich kann natürlich auch absagen. Ich könnte … bei dir bleiben.«

»Nein, geh ruhig«, wehrte ich ab. »Ich komme schon zurecht, kein Problem.«

»Bist du sicher?«, vergewisserte sie sich. Offensichtlich kämpfte sie mit ihrer Entscheidung.

»Ja, ich hab sowieso eine Menge Hausaufgaben zu erledigen«, behauptete ich, um sie zu beruhigen. »Ich wünsch dir viel Spaß.«

»Okay.« Auf einem Bein balancierend, zog sie das Riemchen an ihrem Schuh über die Ferse und griff sich dann ihre Handtasche. »Essen ist im Gefrierfach.« Sie kramte eine kleine Pfefferminzdose hervor und steckte sich eine weiße Pille in den Mund.

»Du musst nicht auf mich warten«, riet sie mir und holte ihren Mantel aus dem Flurschrank. »Ich bin wahrscheinlich erst ziemlich spät zurück.« Bevor ich auch nur den Reißverschluss meiner Jacke geöffnet hatte, war sie schon aus der Tür. Verdutzt blickte ich mich in dem leeren Haus um.

Im nächsten Moment flog die Tür hinter mir wieder auf, und ich drehte mich erschrocken um. »Äh ... kannst du bitte dein Auto umparken?«

»Oh. Ja, klar. Sorry.« Ich folgte ihr nach draußen.

»Tut mir echt leid, dass ich mich so schnell aus dem Staub mache, aber ich bin spät dran, und meine Freundinnen hassen es, auf mich zu warten«, erklärte sie mir auf dem Weg zu den Autos.

»Schon in Ordnung«, antwortete ich, aber es war niemand mehr da, der mich hören konnte. Meine Mutter saß bereits im Auto und wartete ungeduldig darauf, dass ich den Weg frei machte. Ich sah sie davonsausen, dann stellte ich mein Auto wieder in die Auffahrt.

Nachdem ich meine Schulsachen in mein Zimmer gebracht hatte, machte ich mir in der Küche etwas zu essen. Im Gefrierfach fand ich eine Lasagne, die ich nach der Packungsanweisung in der Mikrowelle erwärmte.

Ich setzte mich zum Essen vor den Fernseher. Auf einmal wurde mir bewusst, dass ich noch nie dermaßen allein gewesen war. So einsam ich mich den größten Teil meines Lebens auch gefühlt hatte, innerlich abgeschottet von – nun ja, von allen, war ich doch nie mir selbst überlassen gewesen. Bevor ich bei Sara untergekommen war, hatte ich nicht einmal allein zu Hause bleiben dürfen. Meistens war ich ohnehin mit irgendwelchen schulischen Aktivitäten beschäftigt gewesen. Aber jetzt, allein in diesem leeren Haus, gefiel mir die Stille überhaupt nicht. Die Gedanken in meinem Kopf waren viel zu laut.

Nach ein paar Stunden ging ich in mein Zimmer hinauf, ließ aber die Lampe auf dem Tisch unten an der Treppe und das Licht auf der Veranda brennen. Nachdem ich mich bettfertig gemacht hatte, lenkte ich mich, so gut es ging, mit meinen Hausaufgaben ab. Doch bei jedem ungewohnten Laut schreckte ich zusammen, und mein Herz geriet ins Stolpern. Als dann auch noch der Wind auffrischte und wieder an den Fenstern in ihren morschen Holzrahmen rüttelte, beschloss ich, die gruselige Geräuschkulisse mit Musik zu übertönen.

Irgendwann schlüpfte ich ins Bett und ließ die Musik laufen, um nicht von jeder knarrenden Diele geweckt zu werden. Ich atmete tief durch, starrte auf die schwarze Tür mir gegenüber und zögerte lange, ehe ich das Licht ausmachte. Mit dem Klicken der Lampe verschwand die Tür und auch die schwarze Wand.

Keuchend und schweißgebadet fuhr ich aus dem Bett hoch und knipste so schnell ich konnte das Licht an, um die Schattengestalt an meiner Tür zu vertreiben. Nichts rührte sich, die Tür blieb geschlossen, als wollte sie mich verhöhnen.

Angespannt spitzte ich die Ohren. Ich war mir nicht sicher, ob ich geschrien hatte; meine Mutter war jedenfalls nicht zu mir ins Zimmer geeilt. Kurz darauf hörte ich die Haustür aufgehen, Gelächter, eine tiefe Männerstimme. Es war schon nach zwei Uhr früh. Blinzelnd sah ich auf meinen Wecker und fragte mich, wo sie wohl gewesen war und wen sie mitgebracht hatte.

Ich machte das Licht wieder aus, damit meine Mutter nicht glaubte, ich wäre ihretwegen wach geblieben. Der Wind pfiff ums Haus und ließ die Vorhänge rascheln. Die alten Mauern konnten die Kälte nicht abwehren, die durch die morschen Bretter kroch. Ich zog die Decke bis zur Nasenspitze und wartete auf den Schlaf.

»Das war ein ganz schön heftiger Sturm letzte Nacht, was, Mary?«, lachte der Mann im Radio, und seine Stimme drängte sich gnadenlos in mein Bewusstsein. Ich wälzte mich zum Wecker und drückte auf die Schlummertaste. Am liebsten hätte ich mir die Decke über den Kopf gezogen und wäre einfach wieder eingeschlafen. Mir graute vor der Kälte, die mich mit voller Wucht treffen würde, sobald ich aufstand.

Mein Handy piepte, eine Nachricht von Sara erschien auf dem Display: *Schneefrei!* Gut. Das bedeutete, ich konnte im Bett liegen bleiben, bis meine Mutter die Heizung aufgedreht hatte.

Kurz darauf kam eine SMS von Evan: *Ich hol dich in ein paar Stunden ab.* Damit war ich mehr als einverstanden und antwortete ihm entsprechend. Inzwischen war ich viel zu wach, um noch einmal einschlafen zu können. Vor dem Badezimmer knarrten die Dielen, Sekunden später fingen die Wasserrohre an zu quietschen. »Also schön«, murrte ich. »Ich steh auf.«

Ich zwirbelte meine Haare zu einem losen Knoten zusammen, zog mir Socken an, weil der Boden so kalt war, und trottete dann die Treppe hinunter. Ich füllte mir Müsli in eine Schüssel und nahm sie mit ins Wohnzimmer. Dort drehte ich erst einmal das Thermostat höher, denn mein Atem bildete in der Luft kleine Kältewölkchen.

Dann setzte ich mich vor den Fernseher, schaltete den Sportkanal ein und aß mein Müsli. Ich hatte mir gerade den Löffel in den Mund geschoben, da hörte ich, wie die Haustür aufging und schwere Stiefel über den Boden polterten. Als ich vorsichtig in den Flur spähte, sah ich einen fremden Mann mit zerzausten dunklen Haaren, der sich den Schnee von seiner Jacke klopfte und seine Schuhe an der Fußmatte vor der Tür abstreifte. Mein Herz schlug schneller; ich war weder geduscht noch angezogen. So sollte mich dieser Kerl, der ins Haus meiner Mutter trat, als wohne er hier, auf keinen Fall sehen.

Ich staunte nicht schlecht, als der Typ mit einer Müslischüssel zu mir ins Wohnzimmer kam. Hastig zog ich die Beine an die Brust, wohl wissend, dass ich unter meinem langärmeligen Shirt keinen BH trug. Der Mann war muskulös gebaut und hatte ein auffallend junges Gesicht – wer war er bloß? Er sah nicht viel älter aus als Jared.

»Hey«, begrüßte er mich, nickte mir zu und setzte sich neben mich auf die Couch, als wären wir alte Bekannte.

»Hi«, antwortete ich und rührte mich nicht.

»Ich bin Chris«, stellte er sich vor, ehe er einen Löffel Müsli zum Mund führte. Milch rann ihm übers Kinn. Er wischte sie mit dem Ärmel weg, ohne den Blick vom Fernseher zu wenden. »Scheißwetter da draußen«, meinte er und sah flüchtig zu mir herüber.

Ich nickte nur. Mir war überhaupt nicht danach, mich mit diesem Wildfremden zu unterhalten.

»Chris, bist du noch hier?«, rief meine Mutter von oben, in einem Ton, als hätte sie fest damit gerechnet, er wäre längst weg.

»Ja«, rief er zurück.

»Ich dachte, du müsstest zum Unterricht?«

»Ist ausgefallen«, erklärte er, den Blick unverwandt auf den Fernseher gerichtet.

»Äh … könntest du vielleicht schauen, ob mein Auto anspringt?«

»Ja, sicher.«

Ohne Murren stellte er seine Schüssel auf dem Couchtisch ab und verließ das Zimmer. Ich hörte Schlüsselgeklapper, kurz darauf fiel die Tür ins Schloss. Ich hatte gehofft, ich könnte mich wegschleichen, solange er draußen war, aber als ich mich zur Treppe vorwagte, wurde die Haustür schon wieder aufgerissen. Atemlos stürmte er auf der Flucht vor der Kälte herein.

»Was hast du heute vor?«, fragte er, während er sich mit den Zehen seine schneebedeckten Schuhe auszog.

»Weiß ich noch nicht«, antwortete ich und verschränkte die Arme vor der Brust.

»Ein Freund von mir schmeißt eine Party, vielleicht wollt ihr ja vorbeikommen, Rachel und du.«

»Oh«, war alles, was ich herausbrachte.

»Emily, du bist ja wach«, rief meine Mutter, die gerade in einem langen schwarzen Rock, eleganten schwarzen Lederstiefeln und einem enganliegenden grünen Rollkragenpullover die Treppe herunterkam. »Ich dachte, die Schule fällt heute aus.«

»Deine Arbeitsklamotten sind so verdammt sexy«, fuhr Chris dazwischen, ehe ich antworten konnte. Meine Mutter warf einen verlegenen Blick in meine Richtung und lachte, offensichtlich peinlich berührt. Chris packte sie, als sie die unterste Stufe erreichte, und vergrub sein Gesicht an ihrem Hals. Sie kicherte, schob ihn weg und marschierte an ihm vorbei in die Küche.

»Sehen wir uns, wenn ich in ein paar Wochen von der Uni zurückkomme?«, fragte er.

»Hm … vielleicht«, antwortete meine Mutter zögernd und mit knallrotem Gesicht. »Möchtest du Kaffee?« Chris folgte ihr in die Küche, und ich nutzte die Gelegenheit, um in mein Zimmer zu fliehen. Erst als ich die beiden wegfahren hörte, kam ich wieder hinaus. Wenige Minuten später erhielt ich eine SMS von meiner Mutter: *Tut mir echt leid. Ich dachte, er wäre weg, wenn du aufstehst.* Ich schrieb nicht zurück. Was sollte ich darauf auch antworten?

Ich wünschte, Chris wäre ein Einzelfall geblieben. Zwar versuchte meine Mutter, ihre Liebschaften zu verbergen, aber ich hörte sie jede Nacht, wenn sie länger ausging. Sie kam kichernd nach Hause, wahrscheinlich betrunken. Im Normalfall sah ich niemanden und wusste auch nicht, ob sie wirklich getrunken hatte – ich hatte nur so ein Gefühl. Ab und an begegnete ich einem der Typen morgens auf dem Weg ins Badezimmer. Vermutlich hätte ich von den meisten gar nichts mitbekommen, wenn ich hätte durchschlafen können.

Meine Mutter erklärte oder entschuldigte sich nie dafür, dass so viele fremde Männer in unserem Haus ein und aus gingen. Vielleicht dachte sie, ich wüsste nichts von ihnen. Normalerweise kamen sie, wenn ich schon längst im Bett war, und gingen, bevor ich aufstand. Meine Mutter brachte nicht jede Nacht einen Liebhaber mit, aber doch oft genug, dass ich immer erst einen Sport-BH anzog, bevor ich morgens mein Zimmer verließ.

Auf den Lebensstil meiner Mutter war ich absolut nicht vorbereitet gewesen. Und sie auch nicht auf meinen.

Ein Knarren riss mich aus dem Schlaf. Reglos blieb ich liegen, lauschte dem Wind, der am Haus rüttelte, und dem Stöhnen des alten Gebäudes, das ihm standhalten musste. Schließlich öffnete ich die Augen, spähte in die Finsternis und horchte angestrengt. Wieder ein Knarren, näher diesmal.

Allmählich gewöhnten meine Augen sich an die Dunkelheit, aber sosehr ich die schwarze Tür auch anstarrte – ich konnte doch nicht durch sie hindurchsehen. Es war, als blickte ich in einen gähnenden Abgrund. Ich erahnte die Tür nur, weil unter ihr ein schmaler Streifen Licht hereindrang. Wieder knarrte eine Diele, diesmal direkt vor meinem Zimmer.

Ich wollte meine Mutter rufen – hoffentlich war sie es, die da draußen stand. Doch ich war wie gelähmt. Das Einzige, was sich bewegte, war mein wild hämmerndes Herz. Ich hörte, wie am Türknauf gerüttelt wurde, dann schwang die Tür quietschend auf. Eine Gestalt erschien im Türrahmen, eine reglose Silhouette.

Ich öffnete den Mund, ich wollte wissen, wer da war, aber ich konnte kaum atmen. Die Gestalt kam näher und ließ gerade genug Licht herein, dass ich ihr kantiges Gesicht ausmachen konnte, das höhnische Grinsen auf ihren Lippen. In der Hand hielt sie einen langen, metallischen Gegenstand. Er reflektierte das Licht, und obwohl ich ihn nicht genau zuordnen konnte, wusste ich eines ganz genau: Was immer es war, es würde mit Sicherheit weh tun.

»Du verdienst es nicht, zu leben«, knurrte Carol und holte aus.

»Emily?«, schrie eine andere Stimme. Mit einem Ruck riss ich die Augen auf, sah mich schwer atmend um und versuchte mich zu orientieren. Die Tür flog auf, und meine Mutter stürzte herein. »Was ist los?« Sie machte das Licht an. Ich sah sie an der Tür stehen, die Hand erschrocken auf die Brust gedrückt.

Meine Schultern entspannten sich, und ich atmete tief durch, um meinen rasenden Herzschlag zu beruhigen. »Es war nur ein Traum«, erklärte ich und setzte mich im Bett auf.

»Heilige Scheiße, Emily«, ächzte sie. »Du hast mich fast zu Tode erschreckt.«

»Das tut mir leid.« Ich wischte mir den Schweiß von der Stirn. »Alles in Ordnung.«

Meine Mutter zögerte einen Moment, als wollte sie noch etwas fragen. Sie musterte mich von Kopf bis Fuß, meinte aber schließlich nur: »Okay, dann … gute Nacht.« Damit machte sie das Licht wieder aus und schloss die Tür hinter sich.

Ich schaltete die Lampe neben meinem Bett an, um die Dunkelheit zu vertreiben, und ließ mich, die Arme fest um mich geschlungen, auf mein Kissen zurücksinken. Der Traum wollte mich nicht loslassen. So real war er gewesen, dass ich immer noch Angst hatte, die Augen zu schließen.

In den nächsten Wochen kam meine Mutter noch ein paarmal nachts in mein Zimmer gelaufen, meine Schreie versetzten sie in Angst und Schrecken. Doch irgendwann gab sie auf – wahrscheinlich weil sie erkannte, dass sie nichts für mich tun konnte.

Mich plagte mein Gewissen, weil ich sie so oft weckte. Besonders wenn ich sie am nächsten Morgen todmüde am Küchentisch sitzen sah, fühlte ich mich schlecht. Ich wusste, dass ein Zusammenleben mit mir nicht leicht war. Auf der Flucht vor meinen Albträumen war Sara oft auf die Couch im Freizeitraum umgesiedelt.

Meine Therapeutin hatte mir Schlaftabletten verschrieben, aber auch sie verscheuchten die Träume nicht. Im Gegenteil – ich schlief dann so fest, dass sie mich gefangen hielten und ich oft verzweifelt in ihnen verharrte.

»Es tut mir echt leid«, sagte ich eines Morgens zu meiner Mutter. Sie blickte von ihrem Kaffee auf. »Ich meine, es tut mir leid, dass ich dich so oft wecke.«

Sie zuckte die Achseln. »Du kannst nichts dafür.«

Danach redeten wir nie wieder über das Thema.

7
SoZialleBen

Ich hab jemanden kennengelernt«, platzte meine Mutter eines Morgens heraus, während ich gerade dabei war, mir Butter auf meinen Toast zu streichen. Ich hielt inne – auf dieses Geständnis war ich ganz und gar nicht vorbereitet gewesen, immerhin hatte sie seit meinem »Frühstück« mit Chris unzählige Kerle vor mir geheim gehalten.

Ich holte tief Luft und wandte mich ihr zu. »Ach ja?«, meinte ich unverbindlich und überlegte, wann ich das letzte Mal einen ihrer nächtlichen Besucher gehört hatte – vor einer Woche etwa, vielleicht war es auch schon ein wenig länger her.

»Aber ...«, setzte sie an und stockte. »Er ist jünger als ich. *Viel* jünger, und ich weiß nicht, wie ich damit umgehen soll.« Sie sah mich hilfesuchend an, offenbar brauchte sie einen Rat.

»Wie alt ist er denn?«, erkundigte ich mich in dem Bemühen, die Rolle zu spielen, die sie mir zugedacht hatte.

»Achtundzwanzig.« Sie verzog das Gesicht und erwartete mein Urteil. Aber ich reagierte nicht. Ehrlich gesagt war er älter, als ich erwartet hatte.

»Wie alt war Chris?«, fragte ich, ohne nachzudenken.

Ihre Wangen liefen knallrot an. »Er war ... ziemlich jung, aber ich wollte ja auch nie eine Beziehung mit ihm eingehen.«

»Ach so, verstehe.« Ich nickte unbehaglich. »Und – magst du ihn?«

»Ja«, antwortete sie wie aus der Pistole geschossen. Ihre Augen strahlten. »Er ist so nett und klug und selbstbewusst – und einfach hinreißend«, schwärmte sie, »aber … er ist echt jung, Emily. Ich hab keine Ahnung, worauf ich mich da einlasse.«

»Ach, wen kümmert das?«, meinte ich mit einem Achselzucken. »Er gefällt dir offensichtlich. Und wenn ihm der Altersunterschied egal ist, dann geh ruhig mit ihm aus. Ist es denn was Ernstes?«

»Nicht wirklich«, gestand sie. »Bisher noch nicht jedenfalls. Wir sind erst ein paarmal miteinander ausgegangen. Aber wir haben so viel Spaß zusammen, und er fragt immer, wann wir uns wiedersehen.«

»Dann tu es einfach«, ermunterte ich sie, obwohl ich innerlich kaum fassen konnte, dass ich meiner Mutter tatsächlich dazu riet, sich mit einem wesentlich jüngeren Kerl einzulassen – oder überhaupt mit irgendjemandem. Doch sie strahlte mich dankbar an.

»Du gehst heute Abend mit Evan auf ein Konzert, richtig?«, fragte sie lächelnd und trank einen Schluck Kaffee.

»Ja.« Ich musterte sie etwas argwöhnisch.

»Ach du Scheiße, ich komme zu spät!«, rief sie plötzlich, als ihr Blick auf die Uhr an der Mikrowelle fiel. Hastig sprang sie auf, sah mich an, grinste breit, und ehe ich wusste, wie mir geschah, hatte sie die Arme um mich geschlungen und drückte mich fest an sich. Ich konnte mich nicht rühren, so verblüfft war ich. »Danke!«, kiekste sie.

Als ich mit Evan und Sara die Schule betrat, kam eine SMS von meiner Mutter. *Gehe heute Abend wieder mit ihm aus. Bin total aufgeregt!* Ich musste lachen.

»Was ist so lustig?«, erkundigte sich Evan.

»Meine Mutter hat ein Date«, erklärte ich kopfschüttelnd. »Und sie ist aufgeregter als die meisten Mädchen an unserer Schule.«

Evan machte ein verblüfftes Gesicht. »Das wird bestimmt interessant.«

»Du hast ja keine Ahnung«, erwiderte ich mit einem Augenrollen.

»Sie hat ein lebendigeres Sozialleben als ich«, meinte Sara. Sie war die Einzige, der ich erzählt hatte, wie häufig meine Mutter spät nach Hause kam und Männerbesuch mitbrachte.

»Geht sie oft aus?«, fragte Evan, der von nichts wusste. Ich warf Sara einen erschrockenen Blick zu.

»Manchmal«, antwortete ich möglichst gelassen.

Als Evan außer Hörweite war, fragte Sara: »Warum hast du ihm nicht gesagt, wie oft Rachel ausgeht?«

»Ich hatte Angst, es kommt komisch rüber«, erklärte ich.

»Was sollte ihn das kümmern? Es ist ja nicht so, als würdest *du* irgendwelche fremden Männer aufreißen«, konterte sie.

»Ja, das stimmt schon. Aber ich wollte nicht, dass er sich Sorgen um mich macht, bei all den fremden Männern in unserem Haus.«

Sara nickte. Sie kannte Evan gut genug, um zu wissen, dass so etwas höchstwahrscheinlich seinen Beschützerinstinkt geweckt hätte.

»Und außerdem scheint sie diesen Kerl echt zu mögen. Vielleicht ist es bald vorbei mit den One-Night-Stands.«

»Em, du hast diese Typen nie gesehen. Vielleicht war es ja immer derselbe.«

Ich sah sie an und schüttelte nachdrücklich den Kopf. »Nein, das glaube ich nicht.«

»Oh«, machte Sara, als ihr dämmerte, was ich meinte. »Na ja, hoffen wir, dass es diesmal der Richtige ist.«

Mit verschwitzten Klamotten und Haaren stürmte ich ins Haus, knallte die Tür hinter mir zu und rannte die Treppe hinauf. Warum hatte unser Coach uns auch ausgerechnet heute mit einem Lauftraining quälen müssen? So hoch hatten wir gestern doch gar nicht verloren.

Ich schaute auf die Uhr, während ich Jeans und ein langärmeliges Shirt aus dem Schrank zog und beides aufs Bett warf. Ich hatte noch zwanzig Minuten, um mich fertig zu machen. Der Stille nach zu urteilen war meine Mutter nicht zu Hause. Wahrscheinlich war sie schon bei ihrer Verabredung.

Ich schlüpfte aus meinen Turnschuhen, zog die Socken aus, streifte mein T-Shirt ab und ließ meine Unterhose irgendwo auf dem Weg zum Badezimmer fallen. Die Eile half mir nicht, mich abzukühlen. Ich drehte die Dusche auf und zwang mich, wenigstens lange genug zu entspannen, um mich zu waschen – und hoffentlich mit dem Schwitzen aufzuhören.

In ein Handtuch gehüllt hastete ich vom Bad zu meinem Zimmer, als ich die Haustür aufgehen hörte. Scheiße. Ich war nicht schnell genug gewesen.

»Ich komme gleich …«, rief ich und spähte die Treppe hinunter. Im selben Moment rief der Typ unten an der Tür: »Rach …«

Wir erstarrten beide und glotzten einander an. Ich hatte nicht damit gerechnet, ihn zu sehen, und er hatte nicht damit gerechnet, mich zu sehen – vor allem nicht *so*. Unwillkürlich schlang ich mein Handtuch fester um mich. Wasser rann aus meinen Haaren über meine bloßen Schultern.

»Oh!«, stellte er fest. »Du bist nicht Rachel.«

»Äh, nein, sie ist nicht zu Hause«, antwortete ich, obwohl er das inzwischen wahrscheinlich selbst begriffen hatte. Alles in mir schrie danach, in mein Zimmer zu rennen und die Tür zu schließen, aber ich konnte mich nicht bewegen.

»Ich hab geklopft.« Er warf mir einen entschuldigenden Blick zu. »Sorry. Ich hätte nicht einfach reinkommen sollen.« Allem Anschein nach machte es ihm nichts aus, dass ich klitschnass und halbnackt war. Er wandte seine dunklen Augen nicht von meinem Gesicht ab. »Ich bin Jonathan.«

Verblüfft starrte ich ihn an – wie konnte er nur so gelassen bleiben? »Emma«, murmelte ich.

»Freut mich, dich kennenzulernen, Emma«, sagte er lächelnd. »Ich glaube, ich rufe Rachel einfach an. Schönen Abend noch.« Bevor ich etwas erwidern konnte, war er schon aus der Tür. Blitzschnell lief ich die Treppe hinunter und schob den Riegel vor. Erst dann atmete ich erleichtert auf.

Es dauerte einen Moment, bis ich mich an mein eigentliches Vorhaben erinnerte. Eilig rannte ich die Treppe wieder hoch und wäre auf dem nassen Boden fast der Länge nach hingefallen.

Als ich gerade meine Schuhe zuband, klopfte es an der Tür.

»Hi«, begrüßte ich Evan mit einem strahlenden Lächeln. Endlich konnte ich mich auf den bevorstehenden Abend freuen. »Ich war mir nicht sicher, was ich anziehen soll.«

Evan schloss die Tür hinter sich und musterte die Klamotten, die ich ausgesucht hatte. »Du siehst super aus, aber vielleicht solltest du lieber etwas Kurzärmeliges anziehen. In Konzertsälen wird es oft ziemlich heiß, vor allem in der Nähe der Bühne.«

»Okay.« Ich wandte mich wieder zur Treppe. Evan machte Anstalten, mir zu folgen, doch da sah ich die Klamotten am Boden, die ich auf dem Weg zum Badezimmer abgeworfen hatte. »Warte hier – ich bin gleich wieder da«, sagte ich und hielt ihn auf. Hastig sammelte ich meine verschwitzten Klamotten zusammen und nahm sie mit in mein Zimmer. Kurz darauf kam ich in meinem Newbury-Comics-T-Shirt wieder heraus und band mir im Laufen die Haare zu einem Pferdeschwanz zusammen.

»Viel besser«, meinte Evan. »Bist du bereit?«

»Und wie!« Ich hüpfte die Treppe hinunter und nahm die Jacke entgegen, die er mir hinhielt.

Als wir ankamen, zog sich die Schlange schon bis auf den Bürgersteig. Wir reihten uns ein und warteten mit allen anderen auf den Einlass. Evan stellte sich hinter mich und schlang die Arme um meine Taille, um mich zu wärmen. Ich war mir der Kälte gar nicht bewusst gewesen, so aufgeregt war ich. Langsam bewegten wir uns immer weiter nach vorn, bis wir vor den Männern in den knallgelben Westen standen, die unsere Ausweise kontrollierten. Sie drückten uns einen Stempel mit einem großen X auf den Handrücken, was uns als minderjährig kennzeichnete. Nachdem sie unsere Tickets gescannt und uns mit ihren blau behandschuhten Händen gefilzt hatten, durften wir endlich in die Halle, in der schon jetzt Hochstimmung herrschte.

Evan nahm mich fest bei der Hand und führte mich durch die Menge. Ich sog die freudig gespannte Atmosphäre um uns herum gierig in mich auf. Als Evan meinem strahlenden Blick begegnete, begann er ebenfalls zu lächeln. Bestimmt hatte er sich Sorgen gemacht, ob ich es in einer so großen Menschenmenge überhaupt aushalten würde.

Aber das hier war anders. Die Leute hier wussten nicht, wer ich war, und es interessierte sie auch nicht. Uns verband nur die Musik, die von der Bühne dröhnte. Inzwischen hatte die Vorband zu spielen begonnen. Sie war ziemlich gut, auch wenn ich noch nie etwas von ihr gehört hatte. Ein paar Leute, die vorn am Absperrzaun standen, kannten sie offensichtlich, denn sie grölten die Songs lauthals mit und wiegten sich im Takt des hämmernden Beats.

Wir bahnten uns einen Weg zu der Treppe, die in den Saal hinunterführte. Die Leute, die möglichst nahe an die Band herankommen wollten und sich direkt vor der Bühne zusammendrängten, schwitzten bereits jetzt. Überall sah man nackte Haut, unter den knappen Tops der Mädchen lugten BH-Träger hervor, während die Jungs auf riesige T-Shirts, weite Schlabberhosen und umgedrehte

Baseballkappen setzten. Doch alle bewegten sie sich im gleichen Rhythmus.

Ich drehte mich zu Evan um und brüllte: »Das ist phantastisch!«

»Es wird noch besser«, schrie er mir ins Ohr.

Und so war es. In der Pause zwischen Vorband und Hauptact lichtete sich die Menschenmenge etwas, doch sobald die Roadies anfingen, die Gitarren zu stimmen und den Bass anzuschlagen, wurde das Gedränge noch dichter als zuvor. Ein paar Minuten später liefen die Bandmitglieder auf die Bühne, nahmen ihre Positionen ein und winkten den begeisterten Fans zu. Die Menge brach in ohrenbetäubenden Jubel aus.

Das erste Lied erkannten fast alle auf Anhieb. Köpfe wippten im Takt, überall um uns herum hüpften Leute auf und ab und reckten die Arme in die Höhe. Die Energie war ansteckend, schon bald bewegte auch ich mich im Rhythmus des Beats. Ehe ich mich versah, hüpften Evan und ich genau wie die anderen und grölten lauthals die Songtexte mit. Bass- und harte Gitarrenriffs explodierten in meiner Brust.

Als der Song endete, war ich völlig durchgeschwitzt, aber ich fühlte mich, als würde ich schweben. Die Menschenmenge verstärkte das Erlebnis noch – Crowdsurfing, im Chor brüllende Stimmen, in die Luft gereckte Fäuste ... Es machte mich regelrecht süchtig und ließ mich all meine Sorgen und Ängste vergessen. Jeder Ton überwältigte mich, bis am Ende nichts anderes mehr zählte.

»Danke«, stieß ich heiser hervor, schlang meine verschwitzten Arme um Evans Nacken und zog ihn an mich, um ihm meine Dankbarkeit zu zeigen. Auch auf seinen Lippen schmeckte ich das Salz.

»Dich rumhüpfen zu sehen, völlig mitgerissen von der Musik – das hat mir noch viel besser gefallen als die Band. Ich bin sehr froh, dass ich dabei sein durfte.« Evan drückte meine Hand, als wir der Menschenmasse, die immer noch ganz erhitzt war von der phantastischen Stimmung, hinaus folgten. Draußen erwartete uns bittere Kälte, die den Schweiß auf meiner Stirn augenblicklich kühlte. Ich fröstelte.

»Sag das nicht Sara, aber ich bin auch sehr froh, dass ich allein mit dir hier war.«

Das Dröhnen der Musik hallte noch in meinen Ohren wider, als ich mich, beflügelt von diesem Abend und von Evans Abschiedskuss, auf den Nachhauseweg machte.

Wieder einmal stieß ich mitten in der Nacht einen markerschütternden Schrei aus. Meine Mutter kam angelaufen, völlig zerknautscht und verschlafen.

»Was zum Teufel ist bloß los mit dir?«, blaffte sie mich an. »Du klingst, als würde dich jemand umbringen.« Dann knallte sie die Tür zu und ging zurück in ihr Zimmer.

Regungslos lag ich da und starrte auf die Tür, durch die sie verschwunden war. Der Ausraster meiner Mutter überschwemmte mich mit Schuldgefühlen.

»Aber es bringt mich ja auch jemand um«, flüsterte ich. »Jedes Mal, wenn ich die Augen zumache.«

8
INtensiTät

du hast es überlebt«, lachte meine Mutter, als ich hereinkam.

»Hi«, antwortete ich, überrascht, sie zu sehen. »Was meinst du damit?«

»Dein erstes Mal Schlittschuhlaufen mit Sara«, erklärte sie. »Wie war es denn?«

»Kalt.« Ich zog meine dicke Jacke aus, dann gesellte ich mich zu ihr ins Wohnzimmer. »Ich dachte, du bist bestimmt nicht zu Hause.«

Als ich mich neben sie aufs Sofa setzte, nahm sie ihr Weinglas vom Couchtisch und trank einen Schluck. Mein Magen grummelte. »Wie war das Konzert?«

»Super.« Ich versuchte, mir mein Unbehagen nicht anhören zu lassen. »Und dein Date?«

»Oh, er ist umwerfend, absolut umwerfend«, schwärmte meine Mutter, und sofort klang sie wieder wie eine verliebte Sechzehnjährige. »Er hat mich in ein wundervolles Sushi-Restaurant ausgeführt, und danach waren wir tanzen. Wenn ich mit ihm zusammen bin, fühle ich mich wie das einzige Mädchen im Raum. Und glaub mir, alle Mädchen im Raum starren ihn an. Er ist so …«

Wenn sie jetzt ›traumhaft‹ sagte, würde ich mich schlapplachen.

»… so intensiv.«

Mit dieser Beschreibung hatte ich nicht gerechnet, erstaunt zog ich die Augenbrauen hoch.

Ich wusste, dass sie von demselben Typen sprach, dem ich gestern Abend über den Weg gelaufen war. Ich bekam immer noch heiße Wangen, wenn ich daran dachte, wie lässig er auf mich in meinem Handtuch reagiert hatte – als wäre es das Normalste der Welt. Und natürlich hätte ich mich kaum unbeholfener verhalten können. Ich hatte keinem Menschen von dieser Begegnung erzählt, nicht einmal Sara, denn ich legte absolut keinen Wert darauf, diesen Moment noch einmal Revue passieren zu lassen.

»Hört sich toll an«, meinte ich und sah beunruhigt zu, wie meine Mutter den nächsten Schluck Wein trank.

»Ich kann nicht ...«, fing sie an, stockte aber, als sie merkte, dass ich ihr Glas anstarrte. Sichtlich betreten stellte sie es ab und setzte sich zurecht. »Es tut mir wirklich leid, was vor ein paar Wochen passiert ist. Ich wünschte, du hättest das nicht mitansehen müssen.«

Ich nickte nur, denn ich konnte ihr nicht sagen, wie hilflos ich mich gefühlt hatte.

»Aber es geht mir gut, ehrlich«, versicherte sie mir mit einem kleinen Lächeln. »Ich trinke nicht mehr so viel wie früher. Ich kenne meine Grenzen.« Sie hielt einen Augenblick lang inne. »Ich war sehr traurig in jener Nacht«, fuhr sie dann fort. »Unerträglich traurig – ich musste den Schmerz irgendwie lindern. Ich war nicht gefasst auf ...«

»... auf mich«, vollendete ich ihren Satz. Sie hatte die Bilder von meinem Vater nur deshalb angeschaut, weil ich sie an ihn erinnerte, und diese Erinnerung hatte ihr buchstäblich den Boden unter den Füßen weggezogen.

»Nein. Das ist es nicht. Ganz und gar nicht.« Sie schwieg einen Moment und senkte den Blick, bevor sie erklärte: »Ich habe mich gezwungen, ihn zu vergessen, weil der Gedanke an ihn zu schmerzhaft war. Deswegen habe ich dich ...« Sie konnte nicht weiterreden, doch ich wusste, dass sie mir zu sagen versuchte, warum sie mich bei Carol und George gelassen hatte. »Aber es geht mir besser. Ich hatte nur eine schlechte Nacht, weiter nichts. Du musst dir wirklich keine Sorgen machen, wenn du mich ein Glas Wein trinken siehst. Ich hab das im Griff, das schwöre ich dir.«

»Okay.« Ich war zwar nicht gerade überzeugt, aber in dem ganzen Monat, den ich nun schon mit ihr zusammenwohnte, hatte sie wirklich nur diesen einen Rückfall gehabt. Ich verstand, wie es zu dem Ausrutscher gekommen war, hoffte aber dennoch, dass so etwas nie wieder vorkommen würde.

»Übrigens hab ich Jonathan von dir erzählt«, wechselte sie mit einem strahlenden Lächeln das Thema. »Ich war nicht sicher, wie er darauf reagieren würde, dass ich eine Tochter im Teenageralter habe. Aber er möchte dich gern kennenlernen!« Aus ihrem Mund klang das wie die aufregendste Nachricht überhaupt.

»Ach ja?« Einen Moment lang überlegte ich, ob ich ihr sagen sollte, dass ich ihn schon getroffen hatte – wenn auch nur sehr kurz. »Warum?«

Meine Mutter machte ein Gesicht, als beleidigte sie mein Nichtverstehen.

»Weil er gern mit mir zusammen ist«, erklärte sie. »Deshalb will er sicherstellen, dass du kein Problem mit uns hast – du weißt schon, wenn er mich in Zukunft öfter mal hier besuchen kommt.«

»Oh«, machte ich, als ich endlich begriff. »Super.« Ich versuchte, begeistert zu klingen, obwohl mir allein beim Gedanken daran, Jonathan wiederzusehen, ziemlich mulmig wurde.

»Was ist los?«, fragte meine Mutter beunruhigt.

»Ach, nichts.« Ich setzte ein Lächeln auf. »Das ist echt super.«

»Du bist eine schlechte Lügnerin«, meinte sie. »Aber ich kann nachvollziehen, dass dich das nervös macht. Keine Sorge, er ist richtig nett. Du wirst ihn mögen.«

»Und wann lerne ich ihn kennen?«

»Montagabend«, antwortete sie, und ihre Augen funkelten.

»Super«, wiederholte ich so enthusiastisch wie möglich. Es schien das einzige Wort, das mein Hirn noch hervorbringen konnte. »Einfach super«, murmelte ich vor mich hin, als meine Mutter in der Küche ihr Weinglas nachfüllte. »Ich kann es kaum erwarten.«

Schreib mir, sobald du zu Hause bist. Ich will alles über ihn wissen!, simste mir Sara, als ich auf den Parkplatz bog.

Bevor ich ausstieg, rief ich schnell noch meine Mutter an, um mich zu vergewissern, dass sie schon im Restaurant war. Sie nahm nach dem dritten Klingeln ab.

»Hi, Emily«, sagte sie. »Bist du schon da?«

»Da?«, fragte ich erschrocken. »Heißt das etwa, du bist noch nicht hier?«

»Äh, nein«, gestand sie. »Ich bin noch bei der Arbeit.«

»Was?« Ich wurde panisch. »Und was soll ich jetzt machen?«

»Fangt doch ruhig schon mal ohne mich an«, schlug sie vor. »Dann könnt ihr eine Weile ungestört reden und euch ein bisschen kennenlernen.«

Ich antwortete nicht. Mit offenem Mund saß ich in meinem Auto und schüttelte fassungslos den Kopf.

»Bitte«, flehte sie. »Du kannst das.«

»Mhmm.« Ich starrte die großen Fenster an und fragte mich, wer von diesen Leuten da drin auf mich wartete. »Weiß er, dass du erst später kommst?«

»Ja, ich hab gerade mit ihm geredet. Es dauert nicht mehr lange, versprochen. Atme tief durch; du schaffst das.«

Offensichtlich wusste sie, wie nervös ich war, aber das machte es nicht besser. Im Gegenteil. So hatte ich nur noch einen weiteren Grund, in Panik zu geraten.

»Bitte«, flehte sie erneut.

Ich holte tief Luft und atmete langsam wieder aus. »Okay.«

»Danke, danke, danke!«, jubelte meine Mutter.

»Aber beeil dich.«

»Ich komme, so schnell ich kann.«

Ich betrat das Steakhouse und versuchte, mich daran zu erinnern, wie dieser Jonathan aussah. An dem Abend neulich war ich so verblüfft und verlegen gewesen, dass ich gar nicht richtig hingeschaut hatte. Ich konnte mich nur an seine durchdringenden braunen Augen erinnern.

»Kann ich Ihnen helfen?«, fragte eine Kellnerin, als ich an ihr vorbei in den Speisesaal spähte.

»Hm, ich treffe mich mit jemandem.«

»Emma«, sagte ein Mann an einem Tisch in der Mitte des Raums und stand auf.

»Danke, hab ihn schon gefunden«, erklärte ich der Kellnerin, die mir einen seltsamen Blick zuwarf. Auf dem Weg zum Tisch drehte ich mich noch ein paarmal zu ihr um – sie starrte mir unentwegt nach.

»Hi«, begrüßte mich Jonathan und rückte mir einen Stuhl zurecht.

»Hi.« Ich hängte meine Jacke über die Lehne, bevor ich mich setzte.

Und dann sah ich ihn an – richtig diesmal. Ich traute meinen Augen nicht. War das wirklich derselbe Mann, den ich am Fuß der Treppe getroffen hatte?

»Ich habe schon befürchtet, du würdest nicht kommen«, sagte er und nahm mir gegenüber Platz.

Jonathan sah definitiv jung aus, auch wenn sich sein genaues Alter nur schwer schätzen ließ, irgendwas zwischen zwanzig und dreißig. Er war kräftiger als in meiner Erinnerung, aber bei unserer letzten Begegnung hatte er ja auch eine Winterjacke angehabt.

Insgesamt wirkte er wie der typische amerikanische Quarterback. Seine dunklen, lockigen Haare waren am Oberkopf modisch zerzaust und an den Seiten kurzgeschnitten. Es waren jedoch seine Augen, die mir erst einmal die Sprache verschlugen. *Intensiv* – das war genau das richtige Wort für sie. Ich hatte das Gefühl, er könnte in mein Innerstes sehen, und das machte mich ein bisschen nervös.

»Emma?«

»Ja?« Ich blickte auf. Ich hatte mit meiner Serviette herumgespielt, um jeden Blickkontakt zu vermeiden. Meine Wangen wurden heiß, als ich merkte, dass sowohl Jonathan als auch die Kellnerin mich erwartungsvoll anstarrten – offensichtlich war ich etwas gefragt worden. »Sorry. Was haben Sie gesagt?«

»Was möchten Sie trinken?«, erkundigte sich die Kellnerin.

»Oh … Wasser bitte.«

Einen Moment lang blieb die Kellnerin – eine große Blondine – stehen und musterte mich missbilligend. Dann wandte sie sich mit einem strahlenden Lächeln an Jonathan. »Ich bin gleich wieder da.«

Ich runzelte die Stirn und sah ihr nach, als sie davonstolzierte. Warum benahm sie sich so sonderbar?

Jonathan lachte. »Was ist los?«

Hastig wandte ich mich wieder ihm zu. Ich spürte, wie ich erneut knallrot anlief. Anscheinend hatte er meinen Gesichtsausdruck richtig gedeutet.

»Wow, und ich dachte, Rachel hätte alle Rottöne drauf«, scherzte er. »Aber du verfügst über ein paar Schattierungen, die ich bei ihr noch nie gesehen habe.« Immer noch grinsend erkundigte er sich: »Hat die Bedienung irgendwas falsch gemacht?«

»Nein«, antwortete ich etwas überstürzt. Als ich mich zurechtsetzte, rutschte mir die Serviette vom Schoß. Ich bückte mich nach ihr und nutzte die Gelegenheit, kurz die Augen zuzukneifen und mich zur Ruhe zu mahnen.

»Alles in Ordnung?«, fragte Jonathan, als ich mich wieder aufrichtete.

»Meine Serviette ist runtergefallen«, erklärte ich lasch.

Jonathans Handy piepte. Er zog es aus seiner Tasche, immer noch sichtlich amüsiert über meine Ungeschicklichkeit.

»Anscheinend wird es bei deiner Mutter doch später als gedacht. Sie schreibt, wir sollen schon mal bestellen, sie kommt dann zum Nachtisch.«

»Na toll«, murmelte ich ironisch.

»Wärst du lieber nicht hier?«, fragte Jonathan, plötzlich viel zu ernst für meinen Geschmack.

»Entschuldige.« Ich verzog das Gesicht. »So war das nicht gemeint. Ich bin nur … irgendwie nervös.«

»Meinetwegen?« Er klang ehrlich überrascht.

Ich zuckte die Achseln und zwang mich, ihn anzusehen. Er runzelte nachdenklich die Stirn. Am liebsten wäre ich im Erdboden versunken.

»Ich kann so etwas nicht sonderlich gut«, gestand ich. »Man könnte auch sagen, es gibt für solche Situationen wesentlich kompetentere Menschen als mich. Selbst wenn du so aussehen würdest wie der Typ da drüben« – ich machte eine unauffällige Kopfbewegung zu dem übergewichtigen Mann mit beginnender Glatze am Nebentisch –, »würde ich mich wahrscheinlich wie ein Idiot aufführen.«

Der Satz war noch nicht ganz aus meinem Mund, da bereute ich ihn auch schon zutiefst. Ohne es zu merken, hatte ich ihm soeben mitgeteilt, dass ich ihn attraktiv fand! Jonathan grinste und musterte mich neugierig. Der Abend lief echt großartig.

»Du bist genau wie Rachel«, meinte er. »Du siehst zwar ganz anders aus als sie, und sie redet wesentlich mehr als du, wenn sie nervös ist, aber du bist ihr trotzdem sehr ähnlich. Sie hat mich mit Kaffee begossen, als wir uns das erste Mal getroffen haben.«

»Und sich wahrscheinlich hundertmal entschuldigt, während sie versucht hat, dich trockenzutupfen.« Ich grinste Jonathan an, dankbar, dass er nicht näher auf meine dumme Bemerkung einging.

»Bis zu jenem Zeitpunkt hatte ich noch nie jemanden so schnell sprechen hören.« Er lachte. »Zuerst dachte ich, es wäre eine Fremdsprache.«

Das konnte ich mir nur zu gut vorstellen. »Du hast sie also in einem Café kennengelernt?«

»Nein, wir haben uns bei der Arbeit getroffen. Ich arbeite für ein Architekturbüro, das einige gemeinsame Projekte mit ihrer Firma hat. Wir haben uns vor etwa sechs Monaten kennengelernt, aber privat treffen wir uns erst seit kurzem. Anfangs hat sie sich strikt geweigert, mit mir auszugehen.«

»Wirklich?« Mein Erstaunen war mir deutlicher anzuhören als beabsichtigt.

»Ja, der Altersunterschied hat ihr zu schaffen gemacht«, erklärte er achselzuckend. »Sie hat immer wieder gesagt, ich wäre zu jung.«

»Verstehe.« Ich erinnerte mich daran, wie durcheinander meine Mutter gewesen war, als sie mir das erste Mal von Jonathan erzählt hatte.

»Aber das ist doch nicht so wichtig, oder?«, fragte er.

»Nein.« Ich schüttelte den Kopf. »Das Alter sollte keine Rolle spielen, finde ich.«

Er sah mich erneut auf diese eindringliche Art an, und wieder spürte ich, wie mein Gesicht die Farbe wechselte. Am liebsten hätte ich mir mein Wasser über den Kopf geschüttet, um mich abzukühlen. Ich fühlte mich grässlich – wenn Jonathan mit mir redete, konnte ich den Blickkontakt noch immer nicht länger als eine Sekunde halten. Nie hatte sich jemand bisher so intensiv auf mich konzentriert – wobei ich mir nicht sicher war, ob er das mit

Absicht tat. Meine Mutter hatte gesagt, wenn er sie ansah, käme sie sich wie das einzige Mädchen im Raum vor – und vermutlich wollte ich mich so nicht fühlen.

»Haben Sie sich entschieden?«, fragte die Kellnerin, als sie Jonathans Getränk vor ihm abstellte. Sie sah uns beide an, aber ihr strahlendes Lächeln kehrte erst zurück, als Jonathan ihren Blick erwiderte.

Während er seine Bestellung aufgab, schaute ich mich verstohlen um und stellte fest, dass die Kellnerin nicht die Einzige war, die Jonathan anstarrte. Die Frauen um uns herum hatten sich tatsächlich so hingesetzt, dass sie ihn unauffällig in Augenschein nehmen konnten. Ich schmunzelte.

»Und Sie?«, fragte die Kellnerin, würdigte mich aber kaum eines Blickes, so sehr zog Jonathan sie in Bann. Er schien nichts davon mitzubekommen – seine Aufmerksamkeit galt ausschließlich mir.

»Ich hätte gern das Rindersteak, medium«, bestellte ich, klappte meine Speisekarte zu und reichte sie der Kellnerin zurück.

Als sie weg war, erkundigte sich Jonathan: »Ist wirklich alles in Ordnung?« Anscheinend hatte er mich wieder einmal durchschaut.

»Du ziehst eine Menge Aufmerksamkeit auf dich«, antwortete ich ehrlich.

Er grinste verlegen.

»Entschuldige«, fügte ich hastig hinzu. »Das war ein innerer Dialog, den ich besser nur mit mir geführt hätte.«

»Du bist lustig.« Er lachte leise.

»Ja, leider Gottes«, stöhnte ich.

»Die Leute erkennen mich aus der Werbung«, erklärte er. Plötzlich war er es, der meinen Blick mied. Er trank einen Schluck, das Geständnis war ihm offensichtlich unangenehm.

»Welche Werbung denn?«

»Ich hab ein Fotoshooting für eine Jeansmarke gemacht, als ich noch auf dem College war. Um die Studiengebühren zu bezahlen.«

»Oh – und jetzt denkst du, alle Mädchen starren dich an, weil sie dich in einer Zeitschriftenwerbung gesehen haben? Wie lange ist das her? Fünf Jahre? Oder sechs?«

Erneut schaute Jonathan leicht beschämt drein.

»Wow, da bin ich wohl schon wieder ins Fettnäpfchen getreten, stimmt's? Tut mir echt leid, ich sage anscheinend immer genau …«

»… was du denkst«, unterbrach er mich. »Du bist ehrlich. Das ist irgendwie lustig.«

»Ich bin ein Idiot«, stöhnte ich und sank ein bisschen tiefer in meinen Stuhl. »Ganz ehrlich.«

Jonathan lachte erneut. Kein Wunder, ich benahm mich ja auch wirklich lachhaft.

»Okay«, sagte er und gab sich alle Mühe, ernst zu bleiben. »Wir sollen uns doch kennenlernen, also erzähl mir was von dir.«

Ich starrte ihn an, als hätte er mich aufgefordert, ihm die Hauptstädte aller Länder der Welt zu nennen.

»Hm«, begann er nachdenklich, da ich nichts beisteuerte. »Machst du irgendwelchen Sport?«

Sofort entspannten sich meine Schultern, ich nickte. »Ja, ich spiele Basketball.«

»Bist du gut?«

Ich lachte verlegen. »Ich bin ganz okay.«

»Du bist besser als okay«, stellte er sachlich fest.

»Wie kommst du darauf?«

»Du hast gelacht, also redest du wahrscheinlich nicht sonderlich gern über dich. Ich denke, du bist einfach nur bescheiden.«

Ich zuckte die Achseln, aber meine feuerroten Wangen verrieten mich bestimmt wieder. Jonathans Fähigkeit, mich zu lesen wie ein Buch, war entwaffnend.

»Okay, lass mich die Frage umformulieren: Was würden die Zeitungen über dich schreiben?«

»Hm – ich schätze, sie würden schreiben, dass ich die Co-Kapitänin und Spielmacherin der erstplatzierten Mannschaft in unserer Liga bin. Dass ich im Durchschnitt zwanzig Punkte pro Spiel mache und letztes Jahr in die Landesauswahl gewählt worden bin.«

»Wow, das ist beeindruckend«, meinte er. Ich lächelte verschämt.

»Und du? Warst du am College in irgendeinem Sportverein?«, erkundigte ich mich, obwohl ich die Antwort schon zu kennen glaubte.

Im selben Moment kam die Kellnerin mit unserem Essen.

»Darf ich Ihnen sonst noch etwas bringen?«, wandte sie sich an Jonathan.

»Emma, möchtest du noch irgendwas?«, lenkte er ihre Aufmerksamkeit auf mich.

»Nein, danke.« Ich unterdrückte ein Grinsen. Resigniert zog die Kellnerin sich zurück.

»Wo waren wir stehengeblieben?«

»Ich wollte wissen, ob du in einem Sportverein warst.«

»Ach ja, ich hab Football gespielt.«

Ich nickte, das hatte ich aufgrund seiner breiten Schultern und seiner kräftigen, muskulösen Statur bereits vermutet.

»Du siehst aus, als hättest du genau diese Antwort erwartet«, meinte er.

»Ach, komm schon, schau dich doch mal an«, erwiderte ich. Er verdrehte die Augen. »Na gut«, fuhr ich fort. »Und was würden die Zeitungen über dich schreiben?«

»Die Zeitungen würden mich überhaupt nicht erwähnen. Ich hab die meiste Zeit auf der Bank verbracht.«

Ich musste lachen. »Echt?«

»Was gibt es da zu lachen?«, fragte er gespielt gekränkt. »Ich war Passempfänger des Quarterbacks, zweite Garnitur. Der Stammspieler hatte es einfach besser drauf als ich.« Er schwieg einen Moment lang, bevor er plötzlich herausplatzte: »Okay, ja, ich war einfach grottenschlecht. Ich hätte den Ball wahrscheinlich nicht mal gefangen, wenn mein Leben auf dem Spiel gestanden hätte.«

Ich lachte erneut.

»Aber ich bin geschwommen. Das tue ich immer noch, jedenfalls wenn ich die Zeit dafür finde.«

»Würden die Zeitungen das erwähnen?«

»Wahrscheinlich schon«, meinte er bescheiden. »Ich bin für die Mannschaft der Penn State geschwommen. Das hat mir geholfen, die Studiengebühren zu bezahlen.«

»Dann warst du also ziemlich gut, was?« Jetzt war ich es, die ihn beeindruckt ansah. »Moment, ich dachte, du hättest gemodelt, um die Studiengebühren zu bezahlen.«

»Ja, aber nur das eine Mal, und damit habe ich nicht viel verdient.«

Ich grinste ihn ironisch an.

»Das hätte ich dir lieber nicht erzählen sollen, was?«

»Sorry«, sagte ich lachend. »Ich finde es nur lustig, dass du immun …«

»Hi«, erklang da die aufgeregte Stimme meiner Mutter. Jonathan erhob sich und umarmte und küsste sie zur Begrüßung – ich wiederum interessierte mich plötzlich brennend für das Essen auf meinem Teller. Schließlich hatte ich mich noch nicht mal an den bloßen Gedanken gewöhnt, dass meine Mutter einen Freund hatte. Die beiden miteinander turteln zu sehen, war einfach zu viel für mich. Aber ich würde mich wohl oder übel damit abfinden müssen, und zwar möglichst schnell. Das wurde mir deutlich bewusst, als meine Mutter beim Nachtisch Jonathans Hand keine Sekunde lang losließ.

Ihr nervöses Geplapper dominierte das Gespräch von Beginn an, und Jonathan hing an ihren Lippen. Nur ab und zu bremste er sie gerade so viel, dass ihre Geschichten verständlich blieben.

Sie war offensichtlich total vernarrt in ihn, und auch er mochte sie augenscheinlich sehr. Als wir fertig gegessen hatten, war ich … beruhigt. Meine Mutter war glücklich. Das war alles, was zählte.

Ich holte mein Handy aus der Tasche und sah auf die Uhr. »Ich muss los«, sagte ich, als meine Mutter gerade erzählte, wie sie bei einer Präsentation in der Firma aus Versehen ein YouTube-Video von singenden Katzen abgespielt hatte. »Danke für das Essen.«

»Wo musst du hin?«, fragte meine Mutter hörbar enttäuscht.

»Ich treffe mich in zwanzig Minuten zu Hause mit Evan.«

»Wollen wir mitgehen?«, wandte meine Mutter sich an Jonathan. Ich staunte.

»Gern«, antwortete er und unterschrieb den Scheck.

Hallooo? Wie ist er so?, simste mir Sara, als ich ins Auto stieg.

Echt nett, schrieb ich zurück, dann fuhr ich los.

Evan wartete schon auf mich, als ich in die Auffahrt bog.

»Sorry«, rief ich und eilte zu ihm.

»Ich bin noch nicht lange hier«, beruhigte er mich.

Ich schloss gerade die Tür auf, als meine Mutter und Jonathan hinter meinem Wagen einparkten.

»Wie war's?«, erkundigte sich Evan, bevor die beiden hereinkamen.

»Okay«, meinte ich achselzuckend. Evan musterte mich skeptisch, wusste er doch, wie nervös mich dieses Essen schon im Voraus gemacht hatte. »Er ist echt nett«, fügte ich hinzu. Warum ich alle mit dieser Standardantwort abspeiste, war mir selbst nicht ganz klar.

»Evan«, begrüßte meine Mutter ihn fröhlich. »Wie geht es dir?«

»Gut. Danke.« Evan wollte seine Jacke aufhängen, hielt aber für einen Augenblick mit dem Kleiderbügel in der Hand inne, als Jonathan hereinkam. Dann nahm er mir die Jacke ab und hängte sie ebenfalls auf.

»Jonathan, das ist Evan«, stellte meine Mutter die beiden einander vor. Jonathan streckte lächelnd die Hand aus, und Evan schüttelte sie.

»Freut mich, dich kennenzulernen.«

»Ganz meinerseits«, erwiderte Jonathan. Einen Moment lang standen wir alle unentschlossen im Flur, sahen uns an und schwiegen.

»Wir gehen dann mal in mein Zimmer und lernen«, verkündete ich schließlich und nahm Evans Hand.

»Das ist er also?«, fragte Evan, nachdem er die Tür hinter uns geschlossen hatte.

»Ja«, antwortete ich und setzte mich aufs Bett. »Das ist er.«

»Er ist ganz anders, als ich ihn mir vorgestellt hatte.«

»Wie hast du ihn dir denn vorgestellt?«, hakte ich nach, überrascht von seinem beunruhigten Stirnrunzeln.

»Ich weiß auch nicht.« Er setzte sich neben mich, beugte sich zu mir und wollte mich gerade küssen, als es an der Tür klopfte.

Im nächsten Moment platzte auch schon Sara herein. »Hi!« Ihre Augen wurden schmal, als sie uns wie erstarrt dasitzen sah. »Störe ich etwa?«

»Nein«, antwortete ich schnell und rutschte an die Wand, um etwas Abstand zwischen Evan und mich zu bringen. »Was machst du hier?«

»Ich wollte den Freund deiner Mom sehen. Deine SMS war nicht sehr aufschlussreich.« Sie sah mich vorwurfsvoll an. »Heilige Scheiße, der Typ ist schön! Umwerfend schön. Wie eine Statue. Zum Anhimmeln!«

Evan sah sie amüsiert an, während ich nur die Augen verdrehte.

»Wie alt ist er eigentlich? Zwanzig?«

»Nein«, antwortete ich in einem Ton, als wäre sie völlig verrückt. »Er ist achtundzwanzig.«

»Gute Arbeit, Rachel, echt gute Arbeit«, meinte Sara neidisch. »Und du kriegst ihn jeden Tag zu sehen.«

Ich machte große Augen und flehte sie wortlos an, endlich still zu sein. Aber Evans beunruhigter Gesichtsausdruck war bereits zurückgekehrt. Offensichtlich teilte er Saras Begeisterung nicht.

9

einfAch niCht richTig

Ich weiß einfach nicht, was ich tun soll.« Meine Mutter lehnte an der Küchenzeile und starrte aus dem Fenster.

Ich wartete, aber sie redete nicht weiter. »Inwiefern?«, fragte ich schließlich.

»Wegen dieser ganzen Sache mit Jonathan.«

Ich wartete wieder, auch diesmal vergebens. »Was ist denn mit Jonathan?«

Da öffneten sich die Schleusen, sie wirbelte herum und plapperte wild drauflos: »Ich weiß nicht, ob ich bereit bin für eine feste Beziehung. Ich hatte schon ewig keine mehr. Was, wenn er mich gar nicht wirklich mag? Was, wenn er zu perfekt für mich ist? Sieh ihn dir an. Er ist hinreißend. Ich hab keine Ahnung, was er mit mir will. Die Frauen schauen ihm nach – und fragen sich wahrscheinlich dasselbe. Ich glaube, ich kann das nicht. Ich kann das einfach nicht. Vergiss es, ich mache Schluss mit ihm.«

Verblüfft starrte ich sie an. Hatte sie während dieses ganzen explosionsartigen Monologs auch nur einmal Luft geholt?

»Moment.« Ich schüttelte den Kopf und versuchte, aus ihrem schwindelerregenden Wortschwall schlau zu werden. »Hast du dir gerade innerhalb von zehn Sekunden eingeredet, es wäre besser, eure Beziehung zu beenden?«

Sie seufzte resigniert.

»Erstens solltest du das machen, was sich richtig anfühlt«, fuhr ich fort. »Wenn du nicht bereit bist, dann bist du nicht bereit. Aber mach nicht mit ihm Schluss, weil du denkst, du wärst nicht gut genug für ihn. Er hat für keine andere Frau auch nur einen flüchtigen Blick übrig, wenn du bei ihm bist – das war gestern Abend nicht zu übersehen. Er hat dich echt gern. Also gib ihm ruhig eine Chance, du magst ihn doch. Mach keinen Rückzieher, weil du Angst davor hast, ihn zu *sehr* zu mögen.«

Sie atmete hörbar aus. »Danke. Unfassbar, dass ich Beziehungstipps von meiner siebzehnjährigen Tochter bekomme«, meinte sie lachend. Unfassbar, dass ich meine Mutter gerade dazu ermutigt hatte, mit Jonathan zusammenzubleiben – anscheinend hatte ich mir eine Scheibe von Saras bedingungsloser Offenheit abgeschnitten.

»Okay, dann bleibe ich am Ball«, sagte sie mehr zu sich selbst als zu mir. »Wäre es für dich in Ordnung, wenn er hin und wieder die Nacht hier verbringt?«

»Oh. Na klar«, murmelte ich und fragte mich, wie wir so schnell bei der Frage gelandet waren, wann sie mit ihm schlafen würde.

»Das wäre dir auch nicht unangenehm? Ich kann ja darauf achten, dass er geht, bevor du aufstehst.«

»Nicht nötig«, antwortete ich. Offenbar hatte sie keine Ahnung, wie oft ich diese *unangenehme* Situation schon hatte aushalten müssen.

Als ich am nächsten Abend von Sara nach Hause kam, saßen meine Mutter und Jonathan zusammen im Wohnzimmer und schauten sich einen Film an. Ich machte mich schnurstracks auf den Weg zur Treppe, um sie nicht zu stören.

»Hey, Emma«, rief Jonathan trotz all meiner Bemühungen, unsichtbar zu bleiben.

»Oh, hi«, antwortete ich, sah mich aber nicht um.

Den Rest des Abends verbrachte ich in meinem Zimmer und las. Ohne mir dessen richtig bewusst zu sein, lauschte ich auf das Geräusch der zufallenden Haustür, das mir signalisieren würde, dass Jonathan gegangen war. Aber ich hörte nichts dergleichen, und schließlich schlief ich ein.

»Ist alles okay mit ihr?«

Ich erstarrte, als ich Jonathans Stimme hörte, presste mir die Hand auf den Mund und versuchte, möglichst lautlos zu atmen. Es klang, als wäre er ganz nah, direkt vor meiner Tür. Meine Augen versuchten die Dunkelheit zu durchdringen – würde er wirklich hereinkommen?

»Das macht sie manchmal«, erklärte meine Mutter entschuldigend. »Komm zurück ins Bett, ja? Sie erholt sich schon wieder.« Einen Moment lang war es ganz still, dann entfernten sich seine Schritte. Als ich ihre Tür mit einem Klicken zufallen hörte, ließ ich mich aufs Bett zurücksinken. Ich fühlte mich schrecklich, weil ich sie beide geweckt hatte. Und mir wurde noch etwas anderes klar: Jonathan hatte die Nacht hier verbracht.

Ich starrte an die Decke, wartete auf die ersten hereindringenden Sonnenstrahlen und lauschte dem Wind, der an meinem Fenster rüttelte. Schließlich musste ich mir eingestehen, dass ich wieder einmal keinen Schlaf finden würde. Ich zog die Bettdecke bis zum Kinn und wünschte mir, ich wäre in Kalifornien und nicht hier in diesem scheinbar endlosen Winter und in diesem Kühlschrank, der sich als Haus ausgab.

Schließlich wälzte ich mich aus den Federn – sosehr es mir auch missfiel, ich musste den Tag wohl ohne Sonnenschein beginnen. Ich zog mich an und trottete Richtung Bad. Vor meiner Tür blieb ich stehen. Das Küchenlicht brannte und warf einen sanften Schein in den ansonsten völlig dunklen Flur. Die Kaffeemaschine gurgelte, das herbe Aroma strömte zu mir die Treppe hinauf.

Im nächsten Moment kam Jonathan aus der Küche, seine dunklen Locken waren ordentlich zurückgekämmt und noch ganz feucht. Er trug Hemd und Krawatte und wirkte damit älter, oder besser gesagt *reifer*. Er sah so … so erwachsen aus – ein bisschen wie einem Männermagazin entsprungen. Als er mich bemerkte, blieb er abrupt stehen.

»Sorry«, sagte ich und wurde rot, weil er mich beim Starren ertappt hatte.

Er legte sich einen Finger an die Lippen und zeigte auf das Zimmer meiner Mutter. »Sie schläft noch«, erklärte er leise. Ich nickte.

»Hab ich dich geweckt?«

»Nein«, flüsterte ich zurück.

Er ging zum Schrank, zog sein Jackett an und hängte sich seine Laptoptasche über die Schulter. Dann winkte er mir zum Abschied zu und schlüpfte aus der Tür. Wortlos sah ich ihm nach. Erst als ich den Motor seines Trucks anspringen hörte, fiel mir auf, dass meine Hand in der Luft erstarrt war. Warum stehe ich immer noch hier?, fragte ich mich, schüttelte die Benommenheit ab und ging ins Bad, um mich für den Tag fertig zu machen.

»Rachel ist hier«, informierte mich Sara, kurz bevor ich zu unserem Abendspiel auf den Platz hinauslief. »Oh, und wir gehen nachher auf eine Party.«

Damit schlenderte sie in die Sporthalle, winkte jemandem mit einem übertriebenen Grinsen zu und formte ein »Hi« mit den Lippen. Fassungslos starrte ich ihr nach. Warum ließ sie direkt vor dem Spiel gegen unseren Erzrivalen eine solche Bombe platzen? Was dachte sie sich dabei?

Ich hörte meine Mutter meinen Namen rufen, als ich über den Platz dribbelte. Ohne weiter auf sie und den Rest der grölenden Zuschauermenge zu achten, rief ich meinen Teamkolleginnen die Spielanweisungen zu. Meine Konzentration galt einzig und allein dem Geschehen auf dem Spielfeld.

Jill lief sich am Rand der Grundlinie frei, blitzschnell passte ich ihr den Ball zu. Sie dribbelte zum Korb und passte zu mir zurück. Eine andere Mitspielerin blockte den Laufweg der Verteidigerin, die mich deckte, ich konnte ungehindert in die Zone eindringen und den Ball im Korb versenken. Die Menge brach in ohrenbetäubenden Jubel aus, aber ich hörte es kaum.

Weslyn gewann mit drei Punkten Vorsprung, hauptsächlich dank Jills aggressivem Offensivspiel und ihrer Zielgenauigkeit an der Freiwurflinie. Auch ich hatte mit einer zweistelligen Trefferzahl und mehreren guten Vorlagen meinen Teil beigetragen.

Als ich meine Sachen von der Ersatzbank holte, schrie jemand auf der Tribüne: »Emily!« Ich drehte mich um und sah meine Mutter auf mich zukommen. Zu meiner Überraschung folgte dicht hinter ihr Jonathan.

»Hi!«, begrüßte sie mich strahlend. »Ich bin so froh, dass wir kommen konnten, das Spiel war ja total spannend.«

Ich lächelte unbehaglich und schaute mit knallrotem Gesicht überallhin, nur nicht zu Jonathan. »Schönes Spiel«, beglückwünschte auch er mich und trat näher an meine Mutter heran.

»Danke.« Mein Puls raste. Warum um alles in der Welt machte seine Anwesenheit mich nur so verdammt nervös? Ich sah ihn schließlich gerade nicht zum ersten Mal.

»Ich hatte gehofft, du würdest mehr Punkte machen, damit Jonathan deine Weitwürfe sieht, vor allem die Dreier.«

»Die Verteidigung war hart zu knacken«, erwiderte ich mit einem Achselzucken. »Aber danke, dass ihr gekommen seid.«

»Fährst du auch nach Hause?«

»Nein, ich glaube, Sara wollte mit mir auf eine Party.« Ich wischte mir den Schweiß von der Stirn und schaute mich nach Sara und Evan um, obwohl sie bestimmt wie immer im Eingangsbereich der Sporthalle auf mich warteten und mich nicht aus dieser misslichen Lage retten würden.

»Viel Spaß«, sagte meine Mutter. »Dann sehen wir uns später?«

»Ja.« Ich sah auf und begegnete Jonathans Blick. Er lächelte. Meine Mutter nahm seine Hand, und zusammen mischten sie sich unter die Fans, die nach und nach die Halle verließen.

»Wer war das denn?«

Als ich mich umwandte, sah ich Jill und Casey hinter mir stehen und den beiden neugierig nachstarren.

»Na, meine Mutter«, antwortete ich beiläufig, obwohl ich genau wusste, wen sie meinten. Auf einmal wurde mir klar, warum mir die Situation gerade so unangenehm gewesen war. Alle Mädchen glotzten Jonathan nach, während er mit meiner Mutter aus der Halle verschwand. Es war zum Davonlaufen.

»Und er ist ihr Freund?«, hakte Jill nach, ohne den Blick abzuwenden.

»Ja«, murmelte ich und schüttelte fassungslos den Kopf über meine beiden Teamkameradinnen, die vor meinen Augen förmlich dahinschmolzen. So schnell ich konnte, sammelte ich meine Sachen zusammen und ließ Jill und Casey an der Bank stehen.

»Warum hast du Evan gesagt, er soll auf der Party nicht mit uns rumhängen?«, fragte ich Sara, als wir vom Schulparkplatz fuhren.

»Weil ich Zeit mit dir allein brauche. Außerdem muss er ja nicht dauernd dabei sein, oder?«

»Wir gehen auf eine Party«, entgegnete ich. »Wenn du mit mir allein sein willst, sollten wir uns lieber einen anderen Ort dafür suchen. Und nein, er muss nicht immer dabei sein, und das ist er auch gar nicht. Hat er irgendwas verbrochen? Was ist los mit dir? In letzter Zeit benimmst du dich ein bisschen seltsam.«

»Nichts ist los. Mir geht's gut.« Sie seufzte genervt. Ihre ständige schlechte Laune war irritierend – ich erkannte meine beste Freundin kaum wieder, und das brachte mich allmählich auf die Palme. Aber was zum Teufel hatte das alles mit Evan zu tun?

Wir betraten das Haus durch die Seitentür neben der Garage. Aus dem Keller dröhnte wummernder Bass, aus dem Flur hörten wir Gelächter und Rufe. Dieses Haus war geradezu bescheiden im Vergleich zu manch anderen in Weslyn. Wir waren hier auf der sogenannten »anderen Seite« der Stadt – nahe der Gegend, in der ich mit Carol und George gewohnt hatte.

Wir folgten dem Klang des Lachens zu einer Gruppe von Jungs und Mädchen, die mit Spielkarten in der Hand und roten Bechern vor sich am Küchentisch saßen und einander aus allerlei absurden Gründen zum Trinken aufforderten. In der Küche drängten sich noch mehr Leute, manche lehnten an der Theke, andere waren auf dem Weg zum Bierfass.

Sara schlängelte sich zur Veranda durch, auf der in einem mit Schnee gefüllten Mülleimer das Bierfass stand.

»Kannst du heute bei mir übernachten?«, fragte sie, bevor sie sich einen Becher vom Stapel nahm.

»Klar«, antwortete ich mit einem Achselzucken und schlang fröstelnd die Arme um mich. Ich simste meiner Mutter auf dem Weg zurück in die Küche, dann folgte ich Sara die mit flauschigem Teppich ausgelegte Treppe hinunter in den Keller. Unten blieb ich für einen Moment stehen, als ich Evan am Pooltisch entdeckte. Ich winkte ihm entschuldigend zu und schloss dann eilig wieder zu Sara auf, die prompt eine andere Richtung eingeschlagen hatte. Wir betraten ein kleines, holzgetäfeltes Zimmer, in dem eine ramponierte, unter bunten Häkeldecken versteckte Couch und ein alter, in den ungenutzten offenen Kamin geschobener Fernseher standen.

Mandy Cochran lächelte, als sie uns sah, und bahnte sich einen Weg zu uns. Sara inspizierte die Szenerie. Ich kannte Mandy kaum; sie spielte Volleyball mit Sara. Aber da sie hier zu Hause war, mussten wir ihr zumindest Hallo sagen.

Sara blickte sich immer noch um, offenbar nicht sonderlich angetan. »Lass uns lieber wieder nach oben gehen«, drängelte sie mich, ohne im Geringsten auf Mandy zu achten. Irritiert runzelte ich die Stirn. Wie erwartet schwand Mandys Lächeln, als wir praktisch auf dem Absatz kehrtmachten. Ich warf ihr über die Schulter einen entschuldigenden Blick zu. Bei unserer Rückkehr in die Küche hatte Sara ihr Bier bereits ausgetrunken und brauchte Nachschub. Anstatt ihr weiter wie ein Hündchen nachzulaufen, setzte ich mich auf einen Stuhl neben der Küchentheke, beobachtete das Kartenspiel und versuchte, die Regeln, womöglich sogar den tieferen Sinn des Ganzen zu verstehen. Doch ich erkannte ziemlich rasch, dass nichts dahintersteckte – es ging tatsächlich nur darum, sich zu betrinken und währenddessen möglichst dämliches Zeug zu veranstalten.

»Hey, ich wusste ja gar nicht, dass du kommst«, rief Jill, als sie und Casey in die Küche traten, beide mit einer rosa Flasche in der Hand. »Wo ist denn Evan?«

»Keine Ahnung«, antwortete ich und verzog das Gesicht – eine seltsame erste Frage. »Ich bin mit Sara hier.«

»Ooh, habt ihr euch gestritten?« Casey beugte sich zu mir, als erwartete sie, gleich ein Geheimnis zu hören.

»Nein«, erwiderte ich mit Nachdruck und sah die beiden genervt an. »Ich glaube, er ist unten und spielt Pool.«

»Kannst du uns dann vielleicht was über den heißen Freund deiner Mutter erzählen?«, fragte Jill.

»Nicht viel«, antwortete ich knapp und verärgert.

»Er ist womöglich noch attraktiver als Evan«, schaltete Casey sich wieder ein.

»Niemals«, widersprach Jill, stockte dann aber und meinte: »Na gut, vielleicht schon.«

»Ist das euer Ernst?«, unterbrach ich das lächerliche Geplänkel.

»Ich sag ja nur«, versuchte sich Jill zu rechtfertigen.

»Das ist echt krank«, schoss ich zurück. »Ihr könnt doch nicht meinen Freund mit dem Freund meiner Mutter vergleichen. Das ist total daneben!«

»Okay, du hast ja recht«, gab Casey zu. »Aber er ist so …«

Ich stand auf und ging, bevor sie den Satz zu Ende führen konnte. Leider war das Haus nicht groß genug, um die beiden abzuhängen. Also verzog ich mich ins Badezimmer. Das hier war meine erste Party seit letztem Mai, und allem Anschein nach hatte ich nicht viel verpasst.

Als ich wieder herauskam, sah ich mich suchend nach Sara um. Schließlich entdeckte ich sie in einer Ecke, wo sie sich angeregt mit einem großen blonden Typen unterhielt. Die beiden lachten, steckten die Köpfe zusammen und provozierten ganz offensichtlich beiläufige Berührungen – kurz, sie flirteten heftig miteinander.

»Das ist Neils Cousin«, erklärte Jill, die anscheinend vor dem Badezimmer auf mich gewartet hatte. »Er ist übers Wochenende aus New Hampshire zu Besuch.«

»Großartig«, stöhnte ich. Das würde ein böses Ende nehmen. Wie aufs Stichwort verschwand Saras Lächeln. Abrupt wandte sie sich ab und stürmte auf die Veranda hinaus. Der Typ machte ein ziemlich verdattertes Gesicht und schaute sich verstohlen um, ob irgendjemand die Abfuhr mitbekommen hatte. Die Mädchen neben mir kicherten – ein sicheres Zeichen, dass sie nicht nur alles mitverfolgt hatten, sondern es auch jedem, der es hören wollte, weitererzählen würden.

Ich seufzte und folgte Sara nach draußen.

»Hey.«

Ohne aufzusehen, goss sie sich Bier in ihren roten Becher. Ich suchte noch nach den passenden Aufmunterungsworten – diese Rolle war neu für mich –, als eine laute Stimme meine Gedanken unterbrach. »Ich wette, du traust dich nicht zu springen«, rief jemand.

Ich drehte mich um und sah einen Typen in einem dunkelgrünen Flanellhemd und mit einer umgedrehten Baseballkappe auf dem Geländer der Dachterrasse stehen.

»Meint er das ernst?«, fragte ich Sara, aber sie lachte nur.

Im nächsten Moment war der Typ weg. Ich rannte ans Geländer. Nur noch die Baseballkappe war zu sehen, der Rest von ihm war in einem riesigen Schneeberg verschwunden. Aber dann tauchte er plötzlich wieder auf, warf die Arme in die Höhe und stieß einen lauten Triumphschrei aus. Ich staunte, er hatte den Sturz tatsächlich unbeschadet überstanden.

Doch jetzt ging der Wahnsinn erst richtig los. Immer mehr Jungs sprangen schreiend und johlend von der Dachterrasse hinunter in den Schnee.

Da ich nicht dabei zusehen wollte, wie sich einer von ihnen das Genick brach, ging ich wieder nach drinnen, wo Sara zu meiner Überraschung schon ungeduldig auf mich wartete. Unterwegs begegnete ich Evan, der mit ein paar Freunden hinausging, um sich den Unfug anzuschauen. Ich lächelte ihm zu, und er strich kurz mit seiner Hand über meine. Die eine zarte Berührung sandte einen Schauer der Erregung durch meinen Körper.

Sara knallte ihren Becher auf den Tisch, um mich auf sich aufmerksam zu machen. »Lass uns verschwinden.«

Als wir die Straße entlangfuhren, sausten unter Sirenengeheul zwei Streifenwagen an uns vorbei. Im ersten Augenblick fragte ich mich, wo sie hinwollten, dann begriff ich schlagartig, dass die Nachbarn sie gerufen haben mussten. Zwischen den Häusern dieser Straße gab es keine riesigen Freiflächen oder Bäume, die den Lärm im Garten hätten dämpfen können.

Ich wandte mich Sara zu, um etwas über die aufgeflogene Party zu sagen, aber sie starrte gedankenverloren aus dem Fenster. Ich überlegte, womit ich sie aufheitern könnte. Als ich das Schweigen gerade brechen wollte, rief sie plötzlich: »New Hampshire! Scheiße, warum muss er ausgerechnet in New Hampshire wohnen?« Frustriert ballte sie die Fäuste. »Soll das ein Witz sein? Das ist überhaupt nicht witzig!«

Mir blieb der Mund offen stehen. Sara regte sich darüber auf, wie gut sie sich mit dem blonden Kerl verstanden hatte. Er hatte sie sogar gefragt, ob sie am Wochenende mit ihm ausgehen wollte, ihr dann jedoch mitgeteilt, dass er am anderen Ende von Amerika wohnte – was aller Wahrscheinlichkeit nach bedeutete, dass sie sich nie wiedersehen würden.

»Sara, bitte verrat mir doch endlich, was los ist«, bat ich sie eindringlich. »Und sag nicht wieder ›nichts‹ – ich weiß, dass das nicht stimmt. Du bist nicht nur wegen diesem Typen so schlecht drauf.«

»Ich bin überhaupt nicht schlecht drauf«, schnauzte sie mich an.

»Ach ja? Du führst dich aber auf wie die letzte Zicke.«

Die Worte waren aus meinem Mund, ehe ich sie aufhalten konnte. Im nächsten Moment herrschte wieder Stille im Auto, und mich quälten Gewissensbisse. »Es tut mir echt leid, ich hab's nicht so gemeint«, entschuldigte ich mich, als wir in die Auffahrt einbogen. »Ich bin nur frustriert, weil ich nicht verstehe, was los ist.«

»Es geht mir gut«, schnaubte Sara und knallte die Autotür hinter sich zu.

Als ich ausstieg, merkte ich, dass es angefangen hatte zu schneien. Na toll, wir hatten gerade erst die Auffahrt freigeschippt! Dieser Winter war genauso mies wie Saras Laune.

Sie ging vor mir her die Treppe hinauf, ohne sich auch nur ein einziges Mal zu mir umzudrehen. Als sie im Bad verschwand, um sich bettfertig zu machen, piepte mein Handy: *Komm nach draußen, wenn Sara schläft. Ich warte.*

So ruhig wie irgend möglich wanderte ich im Bad umher und wartete darauf, dass Sara sich endlich in den Schlaf stöhnte. Als ich nach fünfzehn Minuten hinausschlüpfte und meinen Kopf ins

Schlafzimmer steckte, hörte ich meine beste Freundin ruhig und regelmäßig atmen.

Auf leisen Sohlen schlich ich die Treppe hinunter und verließ das Haus. Evan saß auf den Eingangsstufen, seine Strickmütze war voller Schnee. Als er mich kommen hörte, stand er auf.

»Endlich.« Kaum hatte ich die Tür hinter mir zugemacht, zog er mich auch schon an sich und küsste mich. Voller Erleichterung schmiegte ich mich in seine Arme – wahrscheinlich war ihm gar nicht bewusst, wie dringend ich seine Nähe brauchte. »Sara ist ziemlich schlecht drauf, was?« Vielleicht war es ihm doch bewusst.

»Ihr seid gerade rechtzeitig weg«, erzählte er und setzte sich wieder. »Kurz danach ist die Polizei gekommen und hat die Party aufgelöst.«

»Ja, wir haben die Streifenwagen noch gesehen.« Mein schlechtes Gewissen meldete sich wieder, als ich daran dachte, wie ich Sara beschimpft hatte. Ich setzte mich auf die oberste Treppenstufe, ohne mich darum zu scheren, dass sie von einer dicken Schneeschicht bedeckt war.

»Alles in Ordnung?« Evan stieß mich sanft mit der Schulter an und nahm meine Hand.

»Ich weiß nicht, was mit Sara los ist, aber sie macht einen total unglücklichen Eindruck.« Ich dachte an die letzten Wochen zurück. »Sie ist schon seit einer ganzen Weile nicht mehr sie selbst, aber heute war es richtig schlimm. Irgendwas ist passiert, und sie will mir einfach nicht sagen, was.«

Evan überlegte. »Ich glaube, ich weiß, was wir tun müssen.« Ich sah ihn hoffnungsvoll an, aber er redete nicht weiter, sondern zog sein Handy aus der Tasche und schaute aufs Display.

»Was? Was sollen wir tun?«, hakte ich ungeduldig nach.

»Oh, sorry«, murmelte Evan, während er die SMS beantwortete. »Jared hat mir gerade geschrieben.«

Er steckte das Handy wieder weg. »Vielleicht können wir sie wenigstens zum Lächeln bringen.«

»Ich bin zu allem bereit.«

Evan sprang von der Treppe und versank fast bis zu den Knien im Schnee.

»Was machst du da?«, fragte ich verwundert.

»Lass uns einen Schneemann bauen!«

Ich lachte. »Du bist echt verrückt.«

»Stimmt«, pflichtete er mir mit seinem berüchtigten Grinsen bei, »aber deshalb liebst du mich ja.«

»Da hast du wahrscheinlich recht«, meinte ich und hüpfte grinsend zu ihm in den Schnee.

Während ich die große Schneekugel durch den Vorgarten rollte, geriet ich mehrmals ins Rutschen und fiel unsanft hin. Evan amüsierte sich köstlich über mich, und auch Sara hätte sich bestimmt schiefgelacht, wenn sie mich hätte sehen können – hoffentlich würde unser alberner Schneemann ihr wenigstens ein kleines Lächeln entlocken.

Während Evan den Kopf auf die beiden anderen runden Körperteile setzte, glitt ich zum tausendsten Mal aus und rutschte auf dem Hintern die leicht abfallende Auffahrt hinunter. Ich kreischte erschrocken auf, aber als ich schließlich liegen blieb, musste ich doch lachen. Statt mir aufzuhelfen, warf Evan sich neben mich. Die Fenster im oberen Stockwerk wurden hell, ein Vorhang öffnete sich.

Anna schaute zu uns herunter.

In der Hoffnung, sie würde uns nicht bemerken, blieben wir ganz still liegen. »Emma?«, rief Anna. »Seid ihr das? Du und … Evan?«

»Guten Abend, Mrs McKinley«, antwortete Evan höflich und winkte ihr auf dem Boden liegend zu.

»Was macht ihr …?«, begann Anna, stockte aber, als sie unseren

Schneemann entdeckte. »Bleib nicht so lange draußen, Emma. Es ist schon spät. Und versucht bitte, ein bisschen leiser zu sein.«

»Sorry«, entschuldigte ich mich.

»Was machen sie denn da?«, hörten wir nun auch Carls Stimme, doch Anna schloss das Fenster wieder, einen Moment später ging das Licht aus, und alles war wieder still.

Erst jetzt fiel mir auf, dass es aufgehört hatte zu schneien. Ich blickte zu den Wolkenfetzen empor, die über uns hinwegzogen und die Sterne verschleierten. Evan lag schweigend neben mir, seine Hand hielt meine fest umschlossen.

»Könnte sein, dass meine Beine schon erfroren sind.« Ich zitterte, denn der Boden war eiskalt, aber ich machte keine Anstalten, mich zu erheben.

Evan setzte sich auf, doch gerade, als ich dachte, er würde mich ebenfalls hochziehen, beugte er sich zu mir und küsste mich auf die Lippen. Die Schneeflocken, die auf meinem Gesicht gelandet waren, schmolzen im Nu. Sanft bewegte sein Mund sich auf meinem, und mein ganzer Körper wurde warm.

»Deinetwegen könnte ich glatt vergessen, warum ich die Kälte hasse«, hauchte ich mit geschlossenen Augen.

»Lass uns den Schneemann fertig bauen«, sagte Evan schließlich und zog mich nun doch auf die Füße. Ich sah auf meine schneeverkrusteten Jeans hinunter und versuchte vergeblich, sie abzuklopfen.

Während ich noch mehr Schnee zwischen die einzelnen Körperteile unseres Schneemanns packte, um sie zu befestigen, ging Evan zu seinem Auto, wühlte eine Weile darin herum und zog schließlich eine Tüte mit Süßigkeiten aus seinem Rucksack.

»Bist du etwa insgeheim eine kleine Naschkatze?«, fragte ich ihn, als ich die große weiße Papiertüte mit Schokolade, Lakritz und Gummibärchen sah.

»Ja, könnte man so sagen«, gestand er grinsend.

Mit roten Gummibärchen und ein paar Lakritzschnecken bastelten wir dem Schneemann ein Gesicht und lockige Haare.

Nachdem Evan ihm zwei Zweige als Arme verpasst hatte, mit denen er nach den Sternen zu greifen schien, band ich ihm als letzten Schliff noch meinen Schal um den Hals. Dann traten wir ein paar Schritte zurück, um unser Werk zu begutachten. Ich konnte nicht aufhören zu lachen.

»Sie wird wenigstens lächeln«, meinte Evan stolz.

»Ich hoffe es«, erwiderte ich mit einem leisen Seufzen.

Inzwischen hatte es wieder angefangen zu schneien, und Evan machte sich auf den Nachhauseweg. Ich konnte den größten Teil meines Körpers nicht mehr spüren – ein sicheres Zeichen, dass ich dringend wieder ins Warme musste.

In der Diele zog ich sofort meine schneeverkrustete Hose aus. Meine eigentlich blassen Beine waren knallrot. Auf Zehenspitzen schlich ich die Treppe hinauf, legte meine Jeans in die Badewanne und machte mich in Windeseile bettfertig. Dann schlüpfte ich schlotternd unter die Decke.

Als mir wieder einigermaßen warm war, schaute ich zu Sara hinüber. Sie sah so friedlich aus, als könnte nichts auf der Welt sie bekümmern, und ich wünschte mir, sie wäre auch in wachem Zustand wieder ihr übliches fröhliches Selbst.

Mein Handy piepte direkt neben meinem Kopf, eine SMS erschien auf dem Display: *Keine Angst, wir sorgen dafür, dass es ihr bald bessergeht.*

10

ableNkung

Als ich aufwachte, war Saras Bett zerwühlt und leer. Ich fand sie im Freizeitraum, wo sie mit grimmigem Gesicht eine Schüssel Müsli aß und sich im Fernsehen irgendeine dämliche Reality-Show anschaute. Ich überließ sie ihrer miesen Laune – vermutlich hatte sie den Schneemann noch nicht gesehen.

Ich ging die Treppe hinunter und schaute flüchtig durch das Fenster auf den Vorgarten. Erst kurz vor der Küche wurde mir richtig bewusst, was ich da gesehen hatte. Ich riss die Haustür auf, starrte entsetzt auf das traurige Bild und schloss die Tür schnell wieder. Dann stürmte ich zu Sara nach oben.

»Was hast du mit dem Schneemann gemacht?«, fuhr ich sie an.

»Ich hab ihm in die Fresse getreten«, antwortete sie, ohne sich auch nur eine Sekunde vom Fernseher abzuwenden.

Wortlos marschierte ich ins Bad, zog mich an, holte meine Sachen aus Saras Zimmer und verließ das Haus. Als ich losfuhr, versuchte ich, nicht zu dem armen abgeschlagenen Kopf zu sehen, der auf dem schneebedeckten Rasen lag. Mit zusammengebissenen Zähnen trat ich aufs Gaspedal.

Auf dem Weg nach Hause simste mir Evan: *Und – wie war's?*, aber ich konnte nicht antworten. Ich wollte nur so schnell wie möglich weg von dem trübsinnigen Wesen, das von Saras Körper Besitz ergriffen hatte.

Die Haustür war nicht abgeschlossen, als ich ankam, aber anscheinend war trotzdem niemand da. Das Auto meiner Mutter stand zwar unter einer dicken Schneehaube in der Ausfahrt, und in der Küche brannte Licht, doch im Haus blieb alles still, als ich aus meinen Stiefeln schlüpfte und mich meiner Jacke entledigte.

Ich ging die Treppe hinauf, öffnete meine wie üblich leise quietschende Zimmertür – und sah Jonathan an meinem Schreibtisch sitzen. Wie angewurzelt blieb ich stehen. Auch er erschrak und wandte sich hastig zu mir um.

»Emma! Hi«, begrüßte er mich mit einem verlegenen Lächeln, als hätte ich ihn bei etwas Verbotenem erwischt.

Ich war so schockiert, dass ich kein Wort herausbrachte.

»Du hast mich überrascht«, sagte er lachend und fügte dann erklärend hinzu: »Rachel meinte, ich könnte meine E-Mails an deinem Computer checken. Sorry. Ich hab dir offensichtlich einen Mordsschreck eingejagt.«

Endlich erwachte ich wieder aus meiner Starre. »Schon okay«, beteuerte ich langsam und schämte mich ein bisschen, weil ich so heftig reagiert hatte.

»Sicher?«, erkundigte er sich. »Du wirkst nicht so.«

»Ja, ist schon gut. Ehrlich«, bekräftigte ich und versuchte mich zu entspannen.

»Und, hast du sie gecheckt?«, fragte ich dann.

»Was?«

»Deine *Mails*«, erinnerte ich ihn – mein Gott, wie lächerlich wir uns beide aufführten!

»Oh, ja, hab ich.« Er zögerte, klappte dann den Laptop zu und stand auf. »Ich wollte gerade gehen, aber da hab ich die Bilder gesehen. Du spielst also auch Fußball?«

»Ja, und zwar besser als Basketball«, antwortete ich und stellte meinen Rucksack auf dem Boden neben meinem Bett ab.

»Aber du warst echt gut gestern Abend«, meinte er, und ich geriet erneut in Verlegenheit. »Wenn du im Fußball noch besser bist, würde ich dich gern mal spielen sehen.«

»Na ja, so hab ich das Stipendium für Stanford bekommen«, erklärte ich mit glühenden Wangen.

»Wirst du immer so rot?« Er musterte mein Gesicht.

»Ja, normalerweise schon«, gestand ich und senkte den Blick.

»Sorry«, lachte er. »Das ist ... sehr süß.«

Mir stockte der Atem.

»Danke, dass ich deinen Computer benutzen durfte.«

»Gerne wieder.« Ich konnte ihn immer noch nicht ansehen.

Jonathan schwieg einen Moment, dann fügte er hinzu: »Ich wollte noch etwas sagen, aber ...«

»Was denn?«, fragte ich, plötzlich nervös.

»Es tut mir echt leid, auf welche Art und Weise wir uns das erste Mal begegnet sind. Rachel hatte gesagt, du wärst unterwegs, und ich sollte einfach reingehen. Ich wollte dich nicht so überrumpeln. Ich möchte nämlich nicht, dass du dich in meiner Nähe unwohl fühlst.«

Leider fühlte ich mich jetzt noch unwohler. Ich nickte, denn ich hatte keine Ahnung, was ich sagen sollte – hätte er das Thema doch bloß nie angesprochen ...

»Jetzt hab ich es noch schlimmer gemacht, stimmt's?«

Natürlich hatten meine glühenden Wangen mich verraten.

»Äh ... ja, ein bisschen«, gab ich mit einem schwachen Grinsen zu.

»Sorry.« Er machte ein betretenes Gesicht. »Das war nicht meine Absicht. Sonst bin ich eigentlich gar nicht so schlecht in solchen Dingen.«

Seine Selbstzweifel entspannten mich enorm. Mit diesem einen Satz klang er gleich viel ... nun ja ... viel mehr nach mir.

»Was ist?« Jonathan sah mir forschend in die Augen. »Hab ich etwa schon wieder was Falsches gesagt?«

»Nein, überhaupt nicht«, antwortete ich und begegnete seinem Blick mit einem kleinen Lächeln, das er sofort erwiderte.

»Kannst du mir mal helfen?«, rief in diesem Moment meine Mutter von unten. Als Jonathan und ich mein Zimmer verließen, sah sie uns verwundert an und legte den Kopf schräg. »Hi, ihr beiden. Was treibt ihr denn?«, fragte sie mit einem Hauch von Besorgnis in der Stimme.

»Ich hab meine Mails gecheckt«, erklärte Jonathan ruhig. »Du hast doch gesagt, ich könnte Emilys Computer benutzen.« Ich sah zu ihm hinüber, überrascht, meinen offiziellen Namen zu hören. Andererseits war es bei dem skeptischen Blick meiner Mutter sicherlich eine gute Entscheidung.

»Oh, stimmt ja«, sagte sie, als sie sich plötzlich erinnerte. »Danke, dass er deinen Computer benutzen durfte.« Und sofort war die Welt wieder in Ordnung.

Den Rest des Tages verbrachte ich in meinem Zimmer, las, lernte und hörte Musik. Ich war nicht besonders gut darin, mich zu beschäftigen. Ich blieb nicht gern über längere Zeit allein, denn dann dachte ich nur viel zu viel nach.

Doch genau in dieser Situation war ich am Samstagabend schon wieder, als ich im Bett lag und gedankenverloren an die weiße Decke starrte. Meine Finger strichen über meinen Hals, und ich schauderte. Ein Bild blitzte vor meinem inneren Auge auf, eine Momentaufnahme, doch die Angst und die Panik, die damit einhergingen, waren so real, dass ich erschrocken hochfuhr. Schwer atmend versuchte ich, die Erinnerung abzuschütteln, die sich an die Oberfläche gedrängt hatte – ihre eisig kalten Hände, mein stummes Flehen, meine Hilfeschreie. Und dann war das Bild weg, und ich war wieder mal allein in diesem Haus.

Ich stand auf und durchsuchte die Küche nach etwas Essbarem, leider mit keinem zufriedenstellenden Ergebnis. Da meine Mutter und ich uns regelmäßig verpassten zum Abendessen, hatte ich mir alle möglichen Mikrowellengerichte besorgt. Allerdings ging mein Vorrat langsam zur Neige.

Schließlich bestellte ich eine Pizza bei einem Restaurant in der Nähe und beschloss, mir unterwegs einen Film auszuleihen. So gerne ich auch für den Rest des Winters den frostigen Temperaturen draußen entflohen wäre und mich in meinem Zimmer verkrochen hätte, ich nahm mich zusammen und fuhr ins Geschäftsviertel. Tag und Nacht leuchteten hier die Neonschilder, weit weg von den Häusern der Einwohner, die für ihre Ruhe bezahlten.

Auf dem Rückweg hielt ich an einer Tankstelle, an der man an einem Automaten auch Filme ausleihen konnte. Drinnen standen einige Weslyn-Schüler herum und diskutierten darüber, wessen Party sie crashen wollten. Ich nahm mit keinem von ihnen Blickkontakt auf, während ich hinter einem älteren Mann darauf wartete, mir einen Film aussuchen zu können.

»Hey, Emma.« Eins der Mädchen hatte mich erkannt. Ich sah hinüber zum Getränkeautomaten, wo sie und zwei andere Mädchen sich gerade verschiedene koffeinhaltige Getränke aussuchten. Ich lächelte höflich, während ich darauf zu kommen versuchte, woher ich sie kannte. Vielleicht war sie in meinem Kunstkurs, aber eigentlich war ich mir ziemlich sicher, dass sie eine Klasse unter mir war.

»Großartiges Spiel gestern«, meinte einer der Jungs.

»Danke«, sagte ich leise und trat vor, als der Ausleihautomat frei wurde.

»Hast du Lust, mit uns auf eine Party zu gehen?«, fragte ein anderes Mädchen.

»Nein, danke«, antwortete ich und versuchte, mir schnell einen Film auszusuchen. »Ich bleibe heute zu Hause.«

»Okay, bis später dann.«

Ich verabschiedete mich mit einem unbehaglichen Lächeln und machte mich schleunigst davon. Es war seltsam, außerhalb der Schule von jemandem erkannt zu werden, ohne Sara und

Evan. Aber es fühlte sich auch irgendwie gut an – als würde ich plötzlich aufwachen und erkennen, dass ich eine eigenständige Person war, die andere Leute gerne um sich hatten. Ich grinste, als ich den Motor anließ.

Auf dem Rückweg sah ich meinem Solo-Abend schon viel zuversichtlicher entgegen und war fast ein bisschen enttäuscht, als ich Jonathans Truck in der Auffahrt stehen sah. Es war noch nicht mal neun.

Als ich die Haustür öffnete, hörte ich, dass der Fernseher lief. Ich stellte meine Schuhe im Flur ab und ging mit meiner Pizza ins Wohnzimmer. Jonathan saß allein auf dem Sofa, er schien überrascht, mich zu sehen.

»Ihr seid aber früh zurück.« Ich legte die Pizza auf den Couchtisch.

»Rachel ist krank«, erklärte er.

»Ach so, verstehe.«

»Ich dachte, du wärst unterwegs.«

»Nein, ich bleib heute zu Hause. Hast du Hunger?«

»Äh, sicher.« Jonathan stand auf und ging hinüber in die Küche. »Was willst du trinken?«

»Cola light, bitte«, antwortete ich und sah mich nach meiner Mutter um. »Ist sie im Bett?«

»Ja. Sie hat ein bisschen zu viel Hustensaft genommen.« Er verzog das Gesicht. »Und dann noch ein paar Gläser Wein. Es würde mich nicht überraschen, wenn sie bis Dienstag schläft.«

»Na toll«, seufzte ich kopfschüttelnd.

»Was für einen Film hast du dir geholt?«, fragte er mit Blick auf die Plastikhülle, die ich in der Hand hielt.

»Ich hab keine Ahnung. Ich hatte es eilig und hab einfach irgendeine Neuerscheinung genommen. Magst du ihn mit mir anschauen?«

»Klar, gern.«

Ich las den Titel und stöhnte. »Oh, super. Ein Horrorfilm. Das hat mir gerade noch gefehlt.«

»Okay, wir lassen besser das Licht an«, meinte Jonathan lachend.

»Hast du etwa geglaubt, ich würde zulassen, dass du es auch nur für eine Sekunde ausmachst?«

Er lachte erneut, nahm mir die DVD ab und legte sie ein, während ich die Pizza auf zwei Pappteller verteilte.

Die Handlung ergab nicht wirklich einen Sinn, würde mir aber sicher mein Leben lang Albträume bescheren – von denen ich ja ohnehin schon genügend hatte. Ich saß den ganzen Film über mit angezogenen Beinen auf der Couch und umklammerte ein Kissen. Jedes Mal, wenn die Musik unheimlich wurde, vergrub ich mein Gesicht in dem Stoff und schaute erst wieder hin, wenn Jonathan Entwarnung gab.

Beim Abspann war ich mir nicht mehr sicher, ob ich je wieder schlafen würde. Jonathan schaltete auf den Sportkanal um; der Vorbericht über den Superbowl half mir dabei, die verstörenden Bilder zu verdrängen.

»Hast du irgendwelche Pläne für das Spiel morgen?«, fragte Jonathan, klappte den Pizzakarton zu und stapelte die Teller mit der übriggebliebenen Kruste darauf.

»Oh – nein, eigentlich nicht, ich schau mir bloß das Spiel an.«

»Es gibt doch bestimmt irgendwelche Superbowl-Partys, auf die du gehen könntest.«

»Kann schon sein. Aber ich glaube, ich würde das Spiel lieber richtig sehen, wenn du weißt, was ich meine.«

»Ja«, antwortete er sofort. »Wir gehen mit ein paar von Rachels Freunden auf eine Party, und ich hab so das Gefühl, das Spiel wird dort eher Nebensache sein. Ehrlich gesagt würde ich es auch lieber richtig anschauen.« Er zuckte die Achseln und trug den Karton in die Küche.

Ich fühlte mich, als hätte ich mich stundenlang nicht bewegt. Ich streckte mich ausgiebig und stand auf, um mich bettfertig zu machen.

»Meinst du, du kannst jetzt schlafen?«, erkundigte sich Jonathan, als er mich zur Treppe gehen sah.

»Nein, wahrscheinlich nicht. Aber daran bin ich gewöhnt.«

Er sah mich fragend an, sagte aber nichts.

»Gute Nacht.«

»Gute Nacht, Emma«, antwortete er und sah mir nach, als ich in mein Zimmer ging.

»Emma …« Die Dunkelheit rief nach mir. Dann ein lautes Krachen. Ich versuchte, mich am Bett festzuklammern, aber die Laken rutschten unter meinen Fingern weg. Immer stärker neigte sich der Raum, als wäre er fest entschlossen, mich in das tiefe schwarze Loch zu kippen, das sich am Fußende aufgetan hatte. Aus dem Abgrund waren gellende Schreie zu hören.

»Emma«, rief mich die Dunkelheit erneut.

Ich stemmte die Füße in die Matratze und versuchte verzweifelt, mich hochzuziehen.

Das Krachen wurde immer lauter, und mit einem Ruck richtete ich mich auf. Meine Decke hatte sich um meine Beine verheddert, ich war kurz davor zu hyperventilieren. Mit zitternden Fingern schaltete ich die Lampe auf meinem Nachttisch ein.

»Emma?«, fragte eine Stimme vor meiner Zimmertür. »Alles in Ordnung? Kannst du die Tür aufmachen?«

Es war Jonathan. Ich atmete tief durch, um meine angespannten Nerven zu beruhigen. »Alles in Ordnung«, antwortete ich und strich mir eine verschwitzte Haarsträhne aus der Stirn.

»Kannst du bitte die Tür aufmachen?«

»Es geht schon wieder, wirklich.« Ich befreite meine Beine aus der zerknäulten Decke.

»Bitte«, bat er eindringlich. »Mach einfach die Tür auf, okay?«

Erstaunt starrte ich auf die Tür. Warum war es ihm so wichtig, dass ich aufmachte? »Also gut. Moment.«

Ich wälzte mich aus dem Bett und breitete die Decke über das Laken, um die Schweißflecken zu verbergen, dann band ich meine Haare zu einem Pferdeschwanz zusammen und zog mir einen Kapuzenpullover über. Erst dann schloss ich die Tür auf und öffnete sie langsam.

»Es geht mir gut, siehst du?« Ich vergrub meine zitternden Hände in der großen Vordertasche des Pullis. Jonathan betrachtete mich besorgt. »Es war nur ein Traum«, versicherte ich ihm. »Sorry, dass ich dich geweckt habe.«

»Du solltest nicht gleich zurück ins Bett«, meinte er.

»Hm?«

»Nach einem so schlimmen Albtraum solltest du erst mal aufstehen, um deinen Kopf wieder freizukriegen. Hol dir ein Glas Wasser, sieh eine Weile fern, tu irgendwas, das dich auf andere Gedanken bringt. Dann ist der Albtraum verschwunden, wenn du dich wieder schlafen legst.«

Ich schwieg, während ich mir seine Worte durch den Kopf gehen ließ. Sein Blick war warm und voller Mitgefühl. »Komm mit. Lass uns eine Weile fernsehen, okay?«

»Okay«, gab ich nach. »Aber du musst echt nicht aufbleiben.«

»Mach dir meinetwegen keine Sorgen. Mal schauen, was sie um diese Uhrzeit so zeigen.«

Ich folgte ihm die Treppe hinunter und kuschelte mich auf der Couch unter eine Decke, während er sich auf das kleinere Zweiersofa setzte und durch die Kanäle zappte. Das sanfte Licht des Fernsehers erleuchtete die Umrisse seines markanten Gesichts.

Ich hätte nie vermutet, dass er sich mit Albträumen auskannte. So selbstsicher und lässig, wie er wirkte, schien er immun gegen die Angst.

»Sei vorsichtig mit den Dauerwerbesendungen, die können echt süchtig machen«, meinte er warnend und sah zu mir herüber. Hastig wandte ich mich dem Fernseher zu – verdammt, jetzt hatte er mich schon wieder dabei erwischt, wie ich ihn anstarrte. Doch Jonathan fuhr fort, als hätte er nichts bemerkt: »Du solltest sie dringend vermeiden, sonst kommst du erst am nächsten Morgen wieder zu dir, in der festen Überzeugung, du könntest dein ganzes Auto mit einem zehn Zentimeter großen Tuch waschen, das hinterher immer noch sauber genug wäre, um die Fenster zu putzen.«

Ich nickte, obwohl ich ihm nur mit einem Ohr zugehört hatte; ein Teil von mir war nach wie vor in der Dunkelheit gefangen.

»Mit der Zeit wird es besser«, versprach er und musterte mich aufmerksam. Er schien sich seiner Worte so sicher.

»Woher weißt du das?« Ich starrte in seine dunkelbraunen Augen und suchte tief in ihrem Innern nach Antworten, doch er verschloss sich mir.

»Glaub mir, es wird besser«, flüsterte er noch einmal und wandte sich ab. In diesem kurzen Moment wich die Selbstsicherheit in seinen Augen etwas anderem. Ich war mir nicht ganz sicher, was ich sah, aber es jagte mir einen Schauer über den Rücken.

11
Viel beSser

Wie geht es dir?«, erkundigte ich mich, als meine Mutter am nächsten Morgen mühsam die Treppe herunterwankte. Ihre Nase war gerötet, ihre Augen schienen wässrig und verquollen. Sie sah elend aus – eigentlich hätte ich gar nicht zu fragen brauchen.

»Ich glaube, ich sterbe.« Sie schniefte.

»Du solltest dich wieder hinlegen. Sag mir, was du brauchst, und ich bringe es dir.«

»Tee«, stieß sie mit schwächlicher Stimme hervor. »Und vielleicht irgendein Grippemittel, damit ich nicht mehr das Gefühl habe, mein Kopf könnte jeden Moment explodieren.«

»Das kann ich besorgen«, bot Jonathan an, der in diesem Moment geduscht und angezogen in der Küchentür erschien.

»Danke.« Sie nieste in das zerknüllte Taschentuch in ihrer Hand. »Ich wünschte, du würdest mich nicht so sehen.«

»Das ist doch Unsinn«, beruhigte er sie mit einem warmen Lächeln. »Du bist krank, und trotzdem wunderschön.« Er schlang die Arme um sie, hielt sie fest und strich ihr sanft die verschwitzten Haare aus dem fiebrigen Gesicht. Er war eindeutig mutiger als ich. Ich traute mich nicht in ihre Nähe, denn ich konnte die umherschleudernden Bazillen regelrecht sehen.

»Ich bring dir den Tee«, versprach ich. Jonathan half ihr die Treppe hoch.

Als ich aus der Küche kam, war er auf dem Weg nach draußen. »Bin gleich wieder da.«

Ich trug den Tee in ihr Zimmer hinauf und stellte die Tasse auf dem Nachttisch ab. Meine Mutter lag mit geschlossenen Augen da, die Decke bis zum Kinn hochgezogen.

»Magst du ihn?«, fragte sie, als ich gerade wieder gehen wollte. Überrascht drehte ich mich zu ihr um. Sie hatte sich auf einen Ellbogen gestützt und nippte vorsichtig an ihrem Tee.

»Du meinst Jonathan?« Mit der Frage hatte ich nicht gerechnet.

Bevor ich antworten konnte, sagte sie: »Ich mag ihn wirklich, und ich hoffe, du magst ihn auch.«

»Äh, ja. Klar. Er ist nett.«

»Danke für den Tee.« Sie kuschelte sich wieder unter ihre Decke und schloss die Augen, ein glückliches Grinsen im Gesicht. Selbst in krankem Zustand wirkte sie wie ein verliebter Teenager.

»Sieht aus, als könntest du dir das Spiel doch richtig angucken«, meinte ich, als Jonathan von der Apotheke zurückkam. »Wo gehst du hin?«

Er zögerte. »Ich habe Rachel gesagt, ich würde bei ihr bleiben.«

»Ich bin sowieso hier. Wenn du dich lieber mit Freunden treffen willst, kann ich auch nach ihr sehen.«

»Ich würde lieber dableiben, wenn das für dich in Ordnung ist.«

»Na klar«, antwortete ich überrascht.

»Wo sind Evan und Sara?«

»Evan ist bei seinem Bruder in Cornell, und Sara ... na ja, ich hab keine Ahnung, was Sara treibt.«

Jonathan sah mich verwundert an – offenbar war ihm mein veränderter Tonfall bei der Erwähnung von Saras Namen aufgefallen. Aber er fragte nicht weiter nach, sondern nickte nur.

Ich bot an, die Verpflegung für das Spiel zu besorgen, während Jonathan sich um meine Mutter kümmerte. Inzwischen war so gut wie nichts Essbares mehr im Haus. In den letzten Wochen hatte meistens ich die Lebensmittel eingekauft; meine Mutter ging nur los, wenn sie irgendein bestimmtes Gericht zubereiten wollte, aber wegen unserer unterschiedlichen Tagesabläufe tat sie das nicht sehr häufig.

Mir machte das nicht allzu viel aus. Normalerweise legte sie mir einen Zwanziger und eine Einkaufsliste hin. Meistens war der Einkauf teurer, aber ich bezahlte den Rest von dem Geld, das jeden Monat auf mein Konto überwiesen wurde. Jahrelang hatte ich nicht darauf zugreifen dürfen, doch jetzt verfügte ich ganz allein darüber.

Inzwischen kannte ich den riesigen Lebensmittelmarkt gut genug, um meine Einkäufe schnell erledigen zu können. Heute allerdings nicht – dafür war es schlicht zu voll. Der Supermarkt glich einem Irrenhaus.

»Ich glaube, sämtliche Bewohner von drei Großstädten waren heute in unserem Laden einkaufen«, rief ich Jonathan zu, als ich, beladen mit weißen Plastiktüten, zur Tür hereinkam.

»Warte, ich helfe dir.« Er kam aus dem Wohnzimmer und nahm mir die Hälfte der Tüten ab. »Ist das alles?«

»Wenn nicht, dann haben wir Pech gehabt. Ich gehe nicht noch mal in diesen Zoo.« Ich zog meine Schuhe aus und folgte ihm in die Küche.

»Ich meinte, ob noch irgendwas im Auto ist«, erklärte er mit einem amüsierten Grinsen.

»Nein, das ist alles.« Jetzt schämte ich mich ein bisschen wegen meiner heftigen Reaktion. »Wie geht es Rachel?«

»Sie schläft.« Jonathan half mir, die Tüten auszupacken und alles an seinen Platz zu räumen. »Ich muss kurz weg. Kannst du hin und wieder nach ihr sehen? Zum Spielanfang bin ich auf jeden Fall zurück. Wenn sie aufwacht, sag ihr einfach, ich musste Taschentücher besorgen oder so.«

»Okay. Aber eigentlich hast du keine Ausrede nötig.« Die Worte waren kaum aus meinem Mund, da wünschte ich schon, ich könnte sie zurücknehmen. »Sorry.«

»Nein, du hast recht«, meinte er. »Ich lasse sie nur nicht gern allein, wenn es ihr nicht gutgeht. Obwohl ich wahrscheinlich eh nichts für sie tun kann. Aber sie hat gesagt, sie möchte, dass ich bleibe.«

»Sie möchte immer, dass du bleibst«, platzte ich gedankenlos heraus – anscheinend war mein innerer Filter kaputt.

»Wow.« Jonathan starrte mich verblüfft an. »Bin ich zu oft hier?«

»Nein«, antwortete ich schnell. »Das meinte ich nicht. Sorry, ich benehme mich heute total idiotisch.«

»Ach was, du bist wieder mal nur ehrlich. Das ist völlig in Ordnung.« Er schwieg einen Moment, bevor er hinzufügte: »Du kannst mir immer offen sagen, was du denkst, okay?«

»Bist du sicher?«, vergewisserte ich mich. »Vermutlich hasst du mich dann irgendwann.«

»Das ist höchst unwahrscheinlich«, erwiderte er mit einem strahlenden Lächeln, während er die Milch in den Kühlschrank stellte. Meine Wangen wurden warm. »Oh, und hier ist meine Handynummer.« Er kritzelte sie auf einen Zettel. »Für den Fall, dass du irgendwas brauchst, während ich unterwegs bin.«

»Okay. Danke.« Als er gegangen war, speicherte ich die Nummer in mein Handy ein – für alle Fälle.

Zum Glück wachte meine Mutter nicht auf, während Jonathan unterwegs war.

Den Großteil des Nachmittags simste ich mit Evan. Er und Jared waren auf einer ganztägigen Superbowl-Party außerhalb des Campusgeländes. Was Evan erzählte, klang nach einem ziemlichen Spektakel. Kurz vor dem Anpfiff verabschiedete ich mich, er sollte sich während des Spiels nicht ständig verpflichtet fühlen, mir zu antworten.

Da ich immer noch nichts von Sara gehört hatte, sah ich trotzdem alle paar Minuten auf mein Handy. Ich fand, sie sollte sich nach unserem Streit als Erste melden, aber allmählich wurde ich nervös. Und je nervöser ich wurde, desto schwerer fiel es mir, ihr nicht zu schreiben.

Jonathan kam fünf Minuten nach Spielbeginn zurück, außer Atem und mit anderen Klamotten.

»Ah«, stöhnte er. »Jetzt hab ich tatsächlich den Anpfiff verpasst.«

»Keine Sorge, es ist noch nichts passiert«, beruhigte ich ihn. »Du siehst … irgendwie anders aus«, fügte ich hinzu. Seine Veränderung war nur allzu offensichtlich.

»Ich musste eine Weile in mein altes Leben abtauchen«, erklärte er und setzte sich neben mich, ohne den Blick vom Fernseher abzuwenden. »Ich war beim Frisör, im Fitnessstudio und in meiner Wohnung, um mich zu vergewissern, dass sie nicht abgebrannt ist.«

Ich lachte, überrascht von seinem trockenen Humor. »Hm, die Haare sehen jedenfalls gut aus.«

»Danke«, sagte er mit einem Lächeln, das mich erröten ließ. Ich stopfte mir eine Handvoll Chips in den Mund, ehe mir noch so eine unnötige Bemerkung über sein gutes Aussehen herausrutschen konnte.

»Ich hab Bier gekauft. Das stört dich nicht, oder?«

»Nein, nein«, antwortete ich, verwundert über seine Frage. »Wenn ihr Jungs euch ein Footballspiel anschaut, müsst ihr doch zwangsläufig dazu ein Bier in der Hand halten, oder nicht?«

Er nickte grinsend. »Stimmt. Möchtest du auch eins? Ich könnte heute Abend ausnahmsweise darüber hinwegsehen, dass du ein Mädchen bist.«

»Nein«, antwortete ich entschieden. »Ich bin minderjährig, schon vergessen?«

»Ach ja, richtig!« Jonathan tat, als wäre ihm das komplett entfallen. »Ich muss den verantwortungsbewussten Erwachsenen mimen, stimmt's?« Er schüttelte den Kopf, als wäre allein die Vorstellung absurd, stand auf, ging in die Küche und kam kurz darauf mit einem Bier und einer Limo zurück.

»Perfekt, danke«, sagte ich, als er mir die Flasche reichte.

Die nächste Stunde konzentrierten wir uns auf das Spiel, aßen fettiges Essen und lästerten oder lachten in den Pausen über die Werbespots. Zwischendurch sahen wir abwechselnd nach meiner Mutter, wann immer wir sie stöhnen hörten.

Mitten im dritten Viertel klingelte es an der Haustür. Jonathan und ich wechselten einen überraschten Blick – keiner von uns erwartete Besuch. Ich zuckte die Achseln und stand auf.

»Hey«, sagte Sara, als ich die Tür öffnete. Ihre Haare waren zu einem hohen Pferdeschwanz zusammengebunden, auf ihrer Wange prangte eine goldene Neun. Ich trat einen Schritt zur Seite, um sie hereinzulassen. Sie spähte ins Wohnzimmer. »Hi, Jonathan«, begrüßte sie ihn winkend.

»Hey, Sara. Super Aufmachung.«

»Danke.« Sie lächelte.

Dann wandte sie sich, offensichtlich nervös, wieder mir zu. »Ich hab versucht, dich anzurufen«, erklärte sie und zupfte an ihrem Oberteil herum.

»Echt? Sorry, ich hab mein Handy nicht gehört.« Ich ärgerte mich, dass ich ihren Anruf verpasst hatte – wahrscheinlich war ich gerade oben bei meiner Mutter gewesen, als sie es versucht hatte.

»Können wir reden?«, erkundigte sie sich zaghaft und sah mich zögernd an. »Wenn ihr das Spiel schauen wollt, kann ich auch später wiederkommen.«

»Im Ernst?« Ungläubig starrte ich sie an. Sie lächelte schwach. »Komm, lass uns hochgehen.«

Ich schloss meine Zimmertür hinter uns und nahm auf dem Bett Platz, in der Erwartung, Sara würde sich zu mir setzen. Aber stattdessen begann sie, unruhig auf und ab zu gehen.

»Sara, was ist los?«, fragte ich. »Du weißt, dass du mir alles sagen kannst. Das machst du doch sonst auch immer.«

»Sonst bin ich auch nicht so zickig zu dir«, platzte sie heraus und blieb dann plötzlich stehen, als ihr bewusst wurde, was sie gesagt hatte. Sie sah mich an, und ich musste lachen. Hatte ich es doch gewusst, dass ihre Offenheit irgendwann wieder die Oberhand gewinnen würde. Sie lächelte mir zu.

»Was ist passiert?«, fragte ich. »Hab ich irgendwas falsch gemacht?«

Sara setzte sich neben mich. »Nein«, seufzte sie. »Ich … ich bin einfach ein Idiot.«

Das erklärte gar nichts. »Du musst schon ein bisschen genauer werden.«

»Ich glaube, ich war eifersüchtig auf dich.« Sie senkte ihren Blick zu Boden.

»Auf mich?«, wiederholte ich ungläubig. »Das ergibt keinen Sinn.«

Sara holte tief Luft. »Ich weiß, wie blöd das klingt. Und es wird noch viel erbärmlicher klingen, wenn ich laut ausspreche, warum. Ich bin eifersüchtig auf Evan und dich, darauf, wie ihr zusammen seid. Ich will auch so jemanden – jemanden, der mich so ansieht, wie Evan dich ansieht. Ihr müsst euch nicht mal berühren – er kann am anderen Ende der Wohnung sein, und ihr habt trotzdem diese Verbindung, ganz egal, wo ihr gerade seid. Es ist verrückt. Und genau das will ich auch.«

»Wow«, hauchte ich lautlos, völlig perplex.

»Ich weiß. Das ist total blöd und egoistisch und erbärmlich. Und ganz allein mein Problem. Ich hätte es nicht an dir auslassen dürfen. Tut mir echt leid.«

Ich brachte kein Wort heraus. Was sollte ich dazu sagen? Mir wollte einfach nicht in den Kopf, dass Sara McKinley, das Mädchen, für das die Jungs schwärmten, das Mädchen, das alles hatte, mich um das eine beneidete, was ich hatte. Es musste ihr doch jemand das Gefühl geben ...

»Aber genau das hast du!«, rief ich.

»Was?« Sie sah mich an, als hätte ich Selbstgespräche geführt – was ja irgendwie auch stimmte.

»Sara, du musst Jared eine Chance geben«, meinte ich. »Er ist der Einzige, der dir das Gefühl vermittelt, einfach großartig zu sein. Und du magst ihn so sehr, dass du nicht mal mit ihm geschlafen hast.«

»Hey!«, rief sie gespielt gekränkt und schubste mich, aber auf ihrem Gesicht erschien ein Lächeln. Im nächsten Moment war es jedoch schon wieder verschwunden. »Em, das kann ich nicht. Es wäre sinnlos.«

»Nein, wäre es nicht«, erwiderte ich. »Warum versuchst du es nicht einfach? Was hast du zu verlieren?«

»Mein Herz«, flüsterte Sara. Sie atmete tief durch und legte ihren Kopf auf meine Schulter. »Verzeihst du mir?«

»Sara, ich will nur, dass es dir gutgeht. Ich bin mir nicht sicher, wie ich dich aufmuntern kann, aber ich werde es versuchen.«

»Ich hab da eine Idee.« Sie grinste verschmitzt. Zu spät wurde mir bewusst, dass ich ihr die perfekte Vorlage für jeglichen Wunsch geliefert hatte. »Du kannst mir helfen, nächstes Wochenende eine Party zu schmeißen.«

»Eine was?« Hatte sie mich gerade wirklich gebeten, mit ihr eine *Party* zu organisieren?

»So kann ich meinen Frust am besten abbauen«, erklärte sie mit einem schelmischen Funkeln in den Augen. »Es wird eine Mottoparty, mit allem Drum und Dran.«

»Ich trau mich kaum, danach zu fragen.«

»Wir schmeißen eine Liebe-ist-scheiße-Party«, verkündete sie, als wäre das die tollste Idee der Welt. »Und es wird sogar Regeln geben.«

»Regeln? Seit wann haben Partys Regeln?«

»Egal, meine hat auf jeden Fall welche«, erwiderte sie voller Stolz. »Da das Motto ›Liebe ist scheiße‹ ist, darf niemand einen Vertreter des anderen Geschlechts berühren. Kein Rumknutschen, keine Küsse, kein Händchenhalten.«

Ich starrte sie mit offenem Mund an. »Das ist … grausam.«

»Hilfst du mir mit meiner Party? Unterstützt du mich dabei, die Regeln durchzusetzen? Oder kneifst du jetzt?«, wollte Sara wissen. »Du hast gesagt, du willst mich aufheitern. Diese Party wird mich enorm aufheitern.«

»Es würde dich aufheitern, alle anderen am Valentinstag zu quälen?«

»Ja.« Sara lächelte selbstzufrieden.

»Also schön«, gab ich nach, obwohl mir schon jetzt vor dieser Party graute. »Und wie wollen wir diese Regeln durchsetzen?«

»Hm, das habe ich noch nicht entschieden.« Mit ernster Miene dachte sie über dieses schwerwiegende Problem nach.

»Großartig. Die Party wird bestimmt zur besten des Jahres gewählt.«

»Das sollte sie auch«, antwortete Sara, ohne das Gesicht zu verziehen. Ich warf ihr einen skeptischen Blick zu, aber sie ignorierte mich.

»Willst du das Spiel zu Ende schauen?«, fragte sie und stand auf.

Ich hatte schon fast vergessen, dass wir Jonathan allein im Wohnzimmer zurückgelassen hatten, und stand ebenfalls auf.

Bevor wir die Tür aufmachten, sagte Sara noch: »Tut mir leid, dass ich deinem Schneemann ins Gesicht getreten habe.« Die Entschuldigung war aufrichtig gemeint, klang aber so lustig, dass wir beide lachen mussten.

»Und mir tut es leid, dass ich dich eine Zicke genannt habe«, erwiderte ich, als wir uns wieder einigermaßen eingekriegt hatten.

»Keine Sorge«, versicherte sie mir. »Ich komm schon klar. Bald bin ich wieder ganz die Alte, du wirst sehen. Die Party wird ihren Teil dazu beitragen.«

Sie wollte sich abwenden, fuhr dann aber fort: »Ich hoffe, du weißt, wie glücklich du dich schätzen kannst, Evan an deiner Seite zu haben. Er würde alles für dich aufgeben, glaub mir. Wenn du das vermasselst, dann rede ich nie wieder mit dir, hast du verstanden?«

»Äh, ja«, sagte ich, weil ich befürchtete, mir mit jeder anderen Antwort einen Tritt in den Hintern einzuhandeln. Sara lächelte mich strahlend an – und wir waren wieder versöhnt.

Das letzte Viertel des Spiels sahen wir uns zu dritt an. Sara nahm Jonathans Angebot an und ließ sich ein Bier von ihm bringen. Mit ihr als Zuschauerin nahmen unsere Jubelschreie ganz neue Dimensionen an. Irgendwann knallte meine Mutter demonstrativ ihre Tür zu, und wir wechselten einen schuldbewussten Blick, doch schon im nächsten Moment fieberten wir wieder genauso lautstark mit.

Meine Mutter musste sich zwei Tage krankmelden. Als sie wieder genesen war, verschwand Jonathan, weil er sich die Grippe ebenfalls eingefangen hatte. Solange er damit zu kämpfen hatte, blieb er in seiner Wohnung. Meiner Mutter ging es ziemlich schlecht, bis Jonathan am Freitag endlich aus dem Reich der Toten zurückkehrte – gerade als ich mich bereitmachte, es zu betreten.

Ich verbrachte das Wochenende bei Sara, um ihre Party vorzubereiten und um meine Mutter und Jonathan in Ruhe das nachholen zu lassen, was sie in der vergangenen Woche verpasst hatten … genauer wollte ich darüber lieber nicht nachdenken. Mir fiel es schwer, in eine romantische Stimmung zu kommen, wenn ich an meine Mutter und ihren Freund dachte – vor allem, wenn ich dabei auch noch von bluttriefenden Pfeilen zerfetzte Herzen aufhängte.

12

ScHeiß auf dEn ValenTinstag

»Das ist ein bisschen gruftimäßig, meinst du nicht?«, fragte ich, als Sara mir einen dicken tiefschwarzen Lidstrich verpasste.

»Ganz genau.« Sie schmunzelte selbstzufrieden. »Trag noch das hier auf, dann bist du fertig.«

»Du willst, dass ich mir die Lippen schwarz anmale? Mir war nicht bewusst, dass wir eine Kostümparty veranstalten.«

»Jetzt mach schon«, erwiderte sie ungeduldig. »Ich weiß, dass du Evan nicht küssen wirst, wenn deine Lippen schwarz sind.« Ich sah sie böse an, nahm den Lippenstift aber trotzdem entgegen.

Während Sara im Bad war, zog ich mich fertig an. Sie hatte mir ihr Outfit vorher nicht gezeigt, und ich fiel fast vom Bett, als sie wieder ins Zimmer kam.

»Wie sollten die Jungs dich nicht betatschen wollen, wenn du *das* anhast?« Ich starrte auf ihre hautenge schwarze Lederhose und ihr schwarzes Korsett, das all das betonte, was Jungs in sabbernde Idioten verwandelte.

»Ich hab nie behauptet, ich würde fair spielen, oder?« Ein schelmisches Grinsen erschien auf Saras glänzend rot geschminkten Lippen. Ich konnte nur den Kopf schütteln – sie sah aus wie eine Göttin. Plötzlich fühlte ich mich in meinem mädchenhaften schwarzen Outfit wie ihre Dienerin. Sie drückte mir eine rote Plastikpistole in die Hand. »Hier.«

»Und was soll ich damit?«, wollte ich wissen.

»Wenn du irgendwelchen Körperkontakt zwischen einem Jungen und einem Mädchen siehst, spritzt du sie damit nass.«

»Sara, ich kann die Leute doch nicht nassspritzen, nur weil sie sich berühren!«

»Emma, komm schon – du hast es versprochen!«

»Ich werde vor Scham sterben«, stöhnte ich und trottete in meinen kniehohen Plateaustiefeln die Treppe hinunter. Sara blieb oben und schloss alles ab, damit niemand in irgendeinem Schlafzimmer die Regeln brechen und unanständige Sachen auf dem Bett ihrer Eltern veranstalten konnte.

»Kann dieser Abend bitte schon vorbei sein?«, knurrte ich, als ich den Freizeitraum betrat, in dem Evan gerade die Musik programmierte.

»Wow!« Er beäugte mich von Kopf bis Fuß und schluckte schwer. »Wie soll ich dich nicht berühren, wenn du aussiehst wie ein Gothic-Schulmädchen? Sara ist echt irre.«

»Was?« Ich konnte es nicht glauben. »Das *gefällt* dir?«

»Ich müsste schon tot sein, um dich in diesem Outfit nicht absolut heiß zu finden.« Er grinste. »Und selbst dann …«

»O mein Gott! Das ist nicht dein Ernst, oder?«

Evan umfasste meine Taille und ließ seine Lippen über meinen Hals gleiten. Mein Kopf schwirrte, ich stöhnte leise, vollkommen wehrlos gegen seine Zärtlichkeiten. Mein größter Wunsch war es, ihn zu küssen, aber Saras schwarzer Lippenstift hielt mich davon ab. Meine Knie wurden weich, als Evan mir über meinen nackten Bauch strich und sein warmer Atem mich verführerisch am Ohr kitzelte.

Wenn ich nicht sofort die Flucht ergriff, würde ich in seinen Armen dahinschmelzen. »Ich fürchte, ich muss gehen – sonst werfe ich sämtliche Regeln über Bord«, erklärte ich atemlos.

Evan grinste. »Die Regeln gelten aber nur bis Mitternacht!«, hörte ich ihn rufen, als ich die Küche betrat.

»Wer sagt das?«, rief ich zurück.

»Ich!«

Lächelnd ging ich weiter.

Sara war wirklich irre! Ohne mein Wissen hatte sie allen Mädchen aufgetragen, möglichst sexy und ganz in Schwarz zu erscheinen – den Jungs hatte sie diesen Dresscode natürlich wohlweislich verschwiegen. Sie legte also nicht nur absurde Partyregeln fest, sondern schreckte auch vor miesen Tricks nicht zurück.

Als die Jungs realisierten, was ihnen zugemutet wurde, schoss der Bierkonsum rapide in die Höhe. Dafür gab es ebenfalls eine Regel: Wer Alkohol trank, musste die Nacht über bleiben und sofort seine Autoschlüssel abgeben.

Die Gästeliste war lang, aber exklusiv. Digicams und Handys wurden gleich am Eingang konfisziert, ebenso wie alle Hausschlüssel. Fotografieren war strengstens verboten. Jungs aus der Mittelstufe waren nicht zugelassen, doch viele versuchten trotzdem ihr Glück. Evan und Kyle, Jills Freund aus Syracuse, bewachten die Tür und machten einen wirklichen guten Job. Sie brachen vielen Neunt- und Zehntklässlern das Herz, wenn sie ihnen die Tür vor der Nase zuschlugen, nachdem die bemitleidenswerten Kreaturen einen Blick auf das erhascht hatten, was ihnen entgehen würde.

Jill, Sara, Karen und ich waren mit Wasserpistolen bewaffnet. Casey hatte anfangs auch eine, aber Sara nahm sie ihr ab, als sie herausfand, dass Casey ihre Waffe mit irgendeinem Mixgetränk gefüllt hatte und es sich in den Mund schoss, wann immer sie sich unbeobachtet fühlte.

Jill musste ihre Pistole später an Mandy abgeben, weil sie Kyle über den Rücken gestrichen hatte. Sara erklärte, wenn sie die Regeln selbst nicht befolgen könnte, hätte sie auch kein Recht, sie durchzusetzen. Außerdem bestrafte sie Jill mit einer Wasserladung aus ihrer eigenen Pistole, mitten auf den Bauch. Ich musste lachen, als ich sah, wie traurig Jill über diese Degradierung war.

Ich drehte wie von Sara gefordert meine Runden, aber alle benahmen sich anständig. Allerdings lief die Party auch erst seit einer Stunde. Das ganze Erdgeschoss war für die Partygäste zugänglich und die morbide Dekoration aus verwelkten Blumen und zerquetschten Schokoladenerdbeeren komplett in rotes Licht getaucht – es hatte ziemlich viel Zeit gekostet, alle Glühbirnen auszutauschen.

Da es im Freizeitraum mit Abstand den meisten Platz gab, wurde hier getanzt. Den Flachbildfernseher hatten wir an die Decke hochgefahren und die Sofas an den Wänden von allen Polstern und Kissen befreit, damit niemand auf die Idee kam, sich in eine dunkle Ecke zu verziehen, um unbemerkt zu knutschen. Der Raum blieb bis jetzt größtenteils ungenutzt, weil niemand tanzen wollte – oder vielleicht auch, weil niemand wusste, wie man tanzen sollte, ohne sich dabei zu berühren.

Außerdem war die Musik ziemlich aggressiv, eine Zusammenstellung wütender Songs von Bands mit Namen wie *Five Finger Death Punch* oder *Disturbed* – nicht gerade Tanzmusik.

Nach ein, zwei Stunden wurde die Party deutlich interessanter – der Alkohol begann seine Wirkung zu zeigen. Sara musste ihre Wasserpistole zweimal nachfüllen, denn natürlich setzte sie die Regeln am unerbittlichsten durch. Ich dachte, die Leute würden wütend werden, aber Sara zielte hauptsächlich auf die Jungs, und die hatten nichts dagegen, von einem Mädchen wie ihr nassgespritzt zu werden.

Dabei war alles ziemlich harmlos. Man rückte im Gespräch ein bisschen näher als nötig zusammen, eine Hand legte sich auf eine Hüfte, ein Mädchen ließ sich auf dem Schoß ihres Freunds nieder, der am Küchentisch Karten spielte. Den ersten Kuss gab es um halb elf. Sara und Mandy rasteten komplett aus und spritzten den armen Kerl, der seine Chance bei einem Mädchen aus dem Basketballteam endlich gekommen sah, von oben bis unten nass. So entsetzt er selbst auch war, die meisten der Umstehenden mussten lachen – es war einfach witzig.

»Sara, an der Tür ist jemand für dich!«, rief Evan, als es klingelte.

»Mach du auf!«, erwiderte Sara und nippte an ihrem roten Martini.

»O nein, dieser Besuch geht nur dich was an.« Er kam auf mich zu, achtete aber tunlichst darauf, mich nicht zu berühren, als er sich neben mir an die Wand lehnte. »Jetzt wird es richtig interessant«, flüsterte er.

Sara ging zur Tür und öffnete sie. Ich sah, wie ihre Lippen ein stummes »Oh« bildeten, im selben Moment fielen Jared fast die Augen aus dem Kopf. »Hi«, stieß er mit erstickter Stimme hervor. »Das ist ein ganz schön ausgefallenes Valentinstags-Outfit.«

»Was machst du denn hier?«, fragte sie mit plötzlich hochroten Wangen.

»Scheiß auf den Valentinstag!«, rief Jared und reichte Sara ein Dutzend getrocknete schwarze Rosen. »Die sind für dich.«

»Willst du ihn nicht reinlassen?«, tadelte Jill ihre Freundin, zog Jared am Arm herein und schloss schnell die Tür hinter ihm. Die meisten der spärlich bekleideten Mädchen fröstelten bereits.

»Danke«, antwortete Sara ausdruckslos und nahm die verwelkten Blumen entgegen – offensichtlich stand sie unter Schock.

Ich sah zu Evan hinüber, der verschmitzt grinste. »Du spielst auch nicht fair, oder?«

»Heute ist Valentinstag!«, verteidigte er sich. »Ich würde meine Freundin gerne küssen.«

Ich lächelte strahlend und bewunderte sein taktisches Geschick. Sara schüttelte den Kopf, als sie Evan entdeckte, und funkelte ihn wütend an. Natürlich hatte auch sie sofort durchschaut, dass er für Jareds Kommen verantwortlich war. Er lachte.

Jared trug einen Gitarrenkasten auf dem Rücken. »Was willst du damit?«, fragte Sara und führte ihn an die Bar im Wintergarten.

Er nahm sich ein Bier aus der Kühlbox. »Das erklär ich dir später.«

Da Sara abgelenkt war, wechselte Evan die Musik zu etwas bekannteren Popsongs. Auf einmal füllte sich die Tanzfläche. Sara patrouillierte nicht mehr und gab ihre Pistole an eine andere Aufpasserin weiter, die sich voller Elan in die Menge stürzte.

Eine Stunde später drohte uns das Eis auszugehen, und ich hatte keinen Schlüssel für den Keller, in dem der Gefrierschrank stand. Im flackernden Licht suchte ich zwischen den Paaren auf der Tanzfläche Sara, konnte sie aber nirgends finden. Als ich das gesamte Erdgeschoss abgeklappert hatte, beschloss ich, auch oben nachzusehen.

Die Tür zu Annas und Carls eigenem Wohnzimmer stand einen Spaltbreit offen. Als ich hindurchspähte, sah ich Sara auf dem kleinen Zweiersofa sitzen, leicht vornübergebeugt und offensichtlich hin und weg. Ich wollte mich gerade bemerkbar machen, als ich leise Gitarrenmusik hörte. Ich schob die Tür nur ein ganz kleines Stückchen weiter auf und sah zu meinem Erstaunen Jared auf einem gepolsterten Hocker Gitarre spielen. Er sang für sie. Ich konnte die beiden nur mit offenem Mund anstarren, so perplex war ich.

»Be my, be my valentine«, sang Jared und klimperte dazu auf der Gitarre.

»Ich glaube, ich bin verliebt«, hörte ich Jill hinter mir mit beschwipster Stimme verkünden, dann fiel sie mir um den Hals und legte ihren Kopf an meine Schulter.

»Werden die Jungs in dieser Familie zur Perfektion hingezüchtet?«, lallte Casey von der anderen Seite.

Ich hatte nicht einmal bemerkt, dass sie mir gefolgt waren. Schnell schloss ich die Tür und klopfte laut an, um Sara zu warnen, dass wir hier waren – auch wenn sie uns inzwischen womöglich sowieso gehört hatte.

»Sara, komm raus!«, rief Casey mit schriller Stimme und klopfte noch lauter an. »Jill hält sich mal wieder nicht an die Regeln!«

Sara öffnete die Tür gerade so weit, dass wir sie sahen, aber Jared hinter ihr versteckt blieb.

»Erschieß sie«, verlangte Casey mit betrunkener Begeisterung und zeigte auf Jill. »Sie bricht die Regeln. Schieß ihr mitten ins Gesicht!« Als Sara sie nur irritiert anstarrte, schnappte sie sich meine Pistole und spritzte Jill damit kräftig gegen die Stirn. Jill ließ mich los und schrie auf.

»Ich werde dich umbringen!«, keifte sie. Casey ergriff laut lachend die Flucht, aber Jill war ihr dicht auf den Fersen.

Sara und ich sahen uns an und schüttelten gleichzeitig den Kopf. »Hey«, sagte ich dann so lässig wie möglich, »wir haben kein Eis mehr. Hast du den Schlüssel zum Keller?«

Zu meiner Überraschung antwortete Sara: »Ja, lass uns gehen.« Sie zog die Tür zu und ging mir voraus die Treppe hinunter. Ich sah besorgt zurück – hoffentlich glaubte Jared jetzt nicht, dass sie sein Valentinstagsständchen nicht hören wollte.

Während wir die Eisbehälter nachfüllten, bemerkte Sara plötzlich den Musikwechsel. Sie zeigte anklagend auf Evan, bereit, sich auf ihn zu stürzen. Doch er hob die Hände und setzte die charmanteste Unschuldsmiene auf, die ich je gesehen hatte.

»Du bist für die Musik verantwortlich«, fuhr Sara ihn trotzdem an.

»Und sieh mal.« Er zeigte auf die wogende Masse. »Ich hab sie zum Tanzen gebracht – eine reife Leistung, wenn ich das in aller Bescheidenheit feststellen darf.«

Sara verdrehte die Augen und verschwand wortlos wieder nach oben. »Gern geschehen«, rief Evan ihr hinterher. Sie zeigte ihm den Stinkefinger – und wir fingen beide an zu lachen.

»Es ist fast Mitternacht«, sagte ich und ging an ihm vorbei, obwohl ich mich so sehr danach sehnte, ihn zu berühren, dass es richtig weh tat.

»Keine Sorge, es wird nicht mehr lange dauern«, versicherte er mir. Grinsend stürzte ich mich wieder ins Gedränge.

Am unerbittlichsten setzte Sara die Regel durch, dass niemand auf die Terrasse durfte, die das angrenzende Schwimmbecken und den Whirlpool überblickte. Der Wasserfall, der am hinteren Ende des Pools in die Steinwand eingebaut war, und das sinnliche Geblubber des Whirlpools galten als rasch wirksames Aphrodisiakum. Sara hatte alle Lichter ausgemacht, um die hormongesteuerten Trunkenbolde gar nicht erst in Versuchung zu führen.

So stöhnte ich frustriert auf, als ich auf meiner Patrouille ein Licht in der verbotenen Zone sah – ich hatte echt keine Lust, die Leute, die sich dort eingeschlichen hatten, rauszuschmeißen. Ich winkte Evan, mir zu folgen, und ging auf die Terrasse, während er sich zwischen den Tanzenden zu mir durchschlängelte.

Der Pool lag in einer Art Gewächshaus, mit Glasscheiben vom Natursteinboden bis zur Decke. Im Sommer ließ sich die Glashülle öffnen, im Winter sorgte sie dafür, dass der Pool genutzt werden konnte, auch wenn sich draußen der Schnee türmte.

Als ich in die kühle Luft hinaustrat, sah ich, dass in den Bäumen um den Pool Lichterketten schimmerten und eine sehr romantische Kulisse boten. Am Rand des Beckens saßen Sara und Jared und küssten sich. Was sollte das denn? Am liebsten hätte ich laut geschrien.

»Das kann ja wohl nicht wahr sein«, schimpfte ich und stürmte die Treppe hinunter. Da dachte Sara sich diese idiotischen Regeln aus und brach sie dann gerade mal eine Stunde nach Jareds Ankunft selbst?! Nicht mit mir!

Bevor Sara mich bemerkte, brüllte ich: »Regelbrecher!«, und versetzte ihr einen kräftigen Schubs. Jared versuchte, das Gleichgewicht zu halten, aber es war zu spät – sie stürzten beide ins blaue Wasser. Nach Luft schnappend tauchte Sara wieder auf.

»Was zur Hölle –?« Ihr Haar war klitschnass, ihr Lippenstift verschmiert, und sie starrte mich empört an.

Evan fing an zu lachen, Jared stimmte ein, und auch ich konnte mir ein schadenfrohes Kichern nicht verkneifen. Der Trubel lockte sofort eine ganze Reihe von Schaulustigen auf die Terrasse.

»Du bist so was von tot«, drohte mir Sara, wenn auch ohne viel Nachdruck. Bevor sie aus dem Pool klettern konnte, packte mich Evan und riss mich mit sich ins Wasser. Das löste eine Kettenreaktion aus, immer mehr Leute folgten uns.

Als ich wieder an die Oberfläche kam, sah ich Evan vor mir, ein stolzes Lächeln auf dem Gesicht. Er zog mich zum hinteren Teil des Swimmingpools, weg von der wilden Meute. Meine schweren Plateaustiefel drohten mich immer wieder unter Wasser zu ziehen, und ich hielt mich sicherheitshalber am Beckenrand fest, während Evan mit dem Hemdsärmel meinen Lippenstift wegwischte.

»Ich hab dir doch gesagt, dass ich dich noch vor Mitternacht küssen werde«, erinnerte er mich grinsend und zog mich an sich. Sein Mund fand meinen. Ich konnte das Chlorwasser auf seinen Lippen schmecken und spürte die Wärme seines Atems. Als ich seine Finger zärtlich über meinen Rücken streichen fühlte, zog ich ihn am Hemd zu mir, und er drehte mich herum, so dass mein Rücken gegen die Beckenwand stieß. Dann hob er mich ein Stück hoch und drückte seinen Körper an meinen. Ich schlang die Beine um seine Hüfte und stöhnte leise, als seine Hand über meinen Oberschenkel glitt. Mein Herz raste, ich konnte kaum atmen.

Ehe ich richtig wusste, wie mir geschah, war ich schon wieder unter Wasser und wurde von Evan weggerissen. Keuchend und prustend kam ich schließlich zurück an die Oberfläche.

»Wer bricht jetzt die Regeln?«, freute sich Sara hämisch, während Jared hinter ihr breit grinste.

»Ich hasse deine Regeln«, entgegnete ich und spritzte ihr Wasser ins Gesicht. Sie kreischte laut und spritzte zurück. Eine Wasserschlacht entbrannte. Überall um uns herum spritzten sich die Leute nass und drückten einander unter die Wasseroberfläche. Inmitten des Chaos sah ich Sara, die ihre Arme um Jareds Hals schlang, während er sie auf die Wange küsste – und sie lächelte.

Meine Lider hoben sich flatternd, als ich neben mir ein lautes Klingeln hörte. Im Zimmer war es stockdunkel, ich spürte Evans Arm an meiner Taille. Irgendetwas piepte, dann herrschte Stille. Ich schloss die Augen, dämmerte langsam wieder weg … aber da fing das Klingeln schon wieder an.

Mit einem leisen Stöhnen wälzte ich mich auf die Seite und nahm mein Handy vom Nachttisch. Ohne nachzuschauen, wer es war, murmelte ich: »Hallo?«

»Wo bist du?«, fragte meine Mutter mit panischer Stimme.

Ich setzte mich auf, sofort war ich hellwach. Evan wälzte sich auf die Seite, schlief aber weiter.

»Was ist denn?«, fragte ich zurück. Was war Schreckliches passiert, dass meine Mutter mich mitten in der Nacht anrief?

»Wo zur Hölle bist du? Warum bist du nicht zu Hause?«

»Ich bin bei Sara«, erklärte ich mit wild klopfendem Herzen. Sie klang so wütend. Ich versuchte, mich daran zu erinnern, ob ich ihr Bescheid gesagt hatte, dass ich woanders übernachten würde – ja, das hatte ich, ganz sicher. Aber dann kamen mir gleich wieder Zweifel. »Heute war ihre Party, erinnerst du dich?«

»Du willst nicht mehr bei mir wohnen, stimmt's?«, jammerte sie. In diesem Moment wurde mir klar, dass sie betrunken war – sie hatte Schwierigkeiten, einigermaßen verständlich zu sprechen –, aber ich war zu schockiert, um mir einen Reim auf ihren Anruf machen zu können.

Ich spürte, wie Evan sich neben mir regte. Ich hatte ihm den

Rücken zugewandt, saß zusammengekauert auf der Bettkante und hatte das Gefühl, gleich in Tränen auszubrechen.

»Du hasst mich. Das weiß ich.« Jetzt klang meine Mutter richtiggehend hysterisch. »Deshalb schläfst du nie hier. Du wirst mich auch verlassen, nicht wahr?« Die Verzweiflung in ihrer Stimme brach mir fast das Herz. Eine Träne löste sich von meinen Wimpern und kullerte mir über die Wange.

»Rachel, was machst du da?«, hörte ich eine Stimme im Hintergrund. »Mit wem redest du?«

»Sie liebt mich nicht mehr«, schluchzte sie mit erstickter Stimme.

»Wer?« Jonathan klang verschlafen. »Es ist drei Uhr früh. Gib mir das Telefon.«

»Warum liebt sie mich nicht?«, schrie sie, während der Hörer anscheinend von ihrem Mund wegbewegt wurde.

»Emma? Bist du das?«, fragte Jonathan leise. Im Hintergrund ging die Tirade meiner Mutter weiter.

»Ja«, flüsterte ich. Ich konnte kaum sprechen, so dick war der Kloß in meinem Hals. Plötzlich war es still. Anscheinend hatte Jonathan das Zimmer verlassen und die Tür hinter sich zugemacht.

»Alles in Ordnung?«, erkundigte er sich behutsam.

»Nein«, stieß ich hervor und konnte ein leises Schluchzen nicht unterdrücken. Schnell presste ich eine Hand auf den Mund. Tränen strömten mir über die Wangen und über meine Finger. Evans warme Hand legte sich auf meinen Rücken, aber ich drehte mich nicht zu ihm um. Ich hörte nur zu.

»Sie hat heute Abend zu viel getrunken«, versuchte Jonathan zu erklären. »Und wir haben uns gestritten. Mit dir hat das alles gar nichts zu tun. Entschuldige bitte.«

Ich atmete tief durch und wischte mir mit dem Handrücken über die Wangen, bevor Evan sah, dass ich weinte. Er rutschte zu mir herüber und setzte sich neben mich.

»Emma? Bist du noch da?«

»Ja«, antwortete ich. »Alles okay.« Ich holte noch einmal tief Luft. »Alles okay«, wiederholte ich leise, auch um mich selbst zu überzeugen.

»Leg dich wieder schlafen«, sagte Jonathan leise. »Morgen früh sieht alles anders aus.«

»In Ordnung.« Ich beendete das Gespräch und legte mein Telefon auf den Nachttisch.

Evan nahm mich in den Arm und hielt mich fest. »Ist mit deiner Mutter alles in Ordnung?«

»Ja«, flüsterte ich. »Sie hatte nur vergessen, dass ich bei Sara übernachte, deshalb war sie ganz aufgeregt. Sie dachte, mir wäre womöglich was passiert.«

Evan sagte nichts. Er hielt mich nur noch fester, strich mir zärtlich über den Rücken und küsste mich auf die Stirn. Dann ließ er sich langsam aufs Bett zurücksinken und zog mich mit sich. Ich schmiegte meinen Kopf an seine Brust und lauschte seinem gleichmäßigen, kräftigen Herzschlag. Irgendwann wurde sein Atem langsamer, und ich wusste, dass er eingeschlafen war. Eine Träne rann über meine Nase und tropfte auf seine glatte, weiche Haut.

Ich lauschte seiner Ruhe, wünschte mir, sie würde mich auch umfangen, aber der Sturm in mir wollte sich nicht legen.

13
ÜberrEaktion

Ich schlich mich aus dem Gästezimmer, bevor Evan aufwachte. Weiter den Flur hinunter hörte ich Geflüster, obwohl es gerade erst hell wurde. Wahrscheinlich wollten sich manche Gäste lieber im Halbdunkel aus dem Staub machen.

Ein paar Mädchen durchsuchten einen Wäschekorb voller Klamotten, die sie aus dem Trockner gezogen hatten, nahmen sich ihre Sachen und packten sie in ihre Taschen.

»Emma, kannst du uns bitte unsere Schlüssel und Handys geben?«, fragte eine zierliche Blondine. »Wir würden gern gehen.«

»Klar«, antwortete ich, holte die Tasche hervor, die wir ganz hinten im Flurschrank versteckt hatten, und legte die mit Namen beschrifteten Plastiktüten auf dem Tisch aus. Sie nahmen sich ihr Zeug und verschwanden. Die meisten Mädchen und einige der Jungs waren schon weg, als Sara sich die Treppe herunterschleppte. Ihre Haare waren zu einem lockeren Knoten zusammengebunden, sie sah aus, als könnte sie durchaus noch ein paar Stunden Schlaf vertragen.

»Was machst du?«, fragte sie und streckte sich ausgiebig.

Ich band einen mit Plastikbechern, Flaschen und vertrockneten Chipsresten gefüllten Müllbeutel zu und stellte ihn neben einen anderen. Sara blickte sich um. Ich hatte schon einen großen Teil der Partyüberreste weggeschafft, allmählich sah die Küche wieder einigermaßen normal aus.

»Danke fürs Aufräumen.« Sie setzte sich auf einen Stuhl und

rieb sich die Augen. »Die Leute von der Reinigungsfirma kommen gegen Mittag, es muss also nicht alles picobello sein.«

»Wie geht es dir?« Ich setzte mich neben sie.

Sie stützte ihr Kinn auf die Hand und gähnte. »Müde. Und dir?«

»Auch müde«, antwortete ich. »Fast alle sind schon weg. Ich glaube, ein paar Jungs schlafen noch auf den Gartenstühlen am Pool und auf den Sofas. Mandy, Casey und Jill sind oben im Freizeitraum.«

»Allein?«, wollte Sara wissen.

»Kyle ist vielleicht auch da, aber ich glaube, Jill war gestern Abend dermaßen hinüber, dass du dir keine Sorgen zu machen brauchst.«

»Hoffentlich!«, stöhnte sie und ließ ihren Kopf auf die verschränkten Arme sinken. »Ich glaube, mein Schädel platzt gleich.«

Ich lächelte. »Erzählst du mir, was zwischen dir und Jared passiert ist?«

»Nein«, antwortete sie gedämpft zwischen ihren Armen hervor.

»Hey!«, beschwerte ich mich. »Du willst immer, dass ich dir *alles* erzähle.«

»Tust du aber nicht«, erwiderte sie und hob den Kopf. »Wenn du es unbedingt wissen willst – wir sind einfach eingeschlafen.«

»Und wie geht es jetzt weiter?«

Die Müdigkeit verschwand aus ihren Augen, und sie zuckte lächelnd die Achseln. Ich wusste genau, was das hieß.

»Dann wirst du jetzt wohl häufiger übers Wochenende wegfahren, was?«

»Ja.« Sie strahlte.

»Einfach so?«, fragte ich neugierig. »Er musste nur zu deiner Party kommen – das war alles?«

»Nicht ganz«, gestand sie.

Ich wartete darauf, dass sie weiterredete.

»Nach Neujahr wollte er mich wiedersehen.« Verblüfft zog ich die Augenbrauen hoch. »Ich konnte mir nicht vorstellen, dass das funktioniert, aber er hat mich immer wieder angerufen und mir Mails geschrieben, um mich zu überzeugen. Dann hat er plötzlich damit aufgehört, gleichzeitig bin ich zur dummen Nuss mutiert. Und als ich ihn dann gestern Abend gesehen hab …« Sie machte eine Pause und grinste. »Na ja, da wusste ich, dass ich nicht noch mal nein sagen kann. Du hattest recht. Ich muss es zumindest versuchen.«

»Guten Morgen«, ertönte in diesem Moment Evans Stimme hinter uns. »Wow, wir haben noch reichlich zu tun, bevor wir aufbrechen können, was? Sara, wann geht dein Flug?«

»Um drei«, antwortete sie, rutschte vom Stuhl und fing an, die malträtierten Herzen von der Wand zu reißen. Sara würde die Winterferien in Florida verbringen, und Evan war mit seinen kalifornischen Freunden zum Skifahren am Lake Tahoe verabredet. Sie hatten mich beide gefragt, ob ich mitkommen wollte, aber ich hatte mich entschieden, die Woche mit meiner Mutter zu verbringen – schließlich war ich deswegen bei ihr eingezogen.

»Soll ich dich mitnehmen? Mein Flug geht um zehn vor vier.« Evan trat hinter mich, schlang die Arme um meine Taille und küsste mich auf den Kopf.

»Das wäre super. Aber ich brauche das Auto, meine Eltern kommen erst am Sonntag zurück.«

»Ich dachte, du auch?«, fragte ich.

»Äh … nein«, erwiderte sie mit einem Grinsen.

»Ich hol dich am Freitag ab«, hörten wir Jareds Stimme noch ehe er selbst an der Treppe auftauchte. Natürlich. Jetzt ergab alles einen Sinn.

»Perfekt!« Auf einmal hatte Sara wieder Farbe im Gesicht, und ihr Kater war auf wundersame Weise verschwunden.

Jared und Evan gingen die restlichen Jungs wecken. Ein paar von ihnen halfen, die Poolmöbel an ihren Platz zu rücken, aber die meisten der blassen, mürrischen Gestalten packten einfach nur ihre Sachen und schleppten sich aus der Tür.

Sobald Sara die Musik aufgedreht hatte, kamen die Mädchen die Treppe herunter – wenn Sara wach war, sollten es die anderen gefälligst auch sein. Aspirin und Cola wurden gegen die unerwünschten Partynachwirkungen herumgereicht. Beim Aufräumen trat ich im Wohnzimmer barfuß auf einen nassen Fleck und schauderte. Ich wollte nicht einmal darüber nachdenken, was für ein Fleck es gewesen sein könnte.

Als die Putzkolonne anrückte, hatten wir das Gröbste entfernt, aber irgendein Partygeruch hing anscheinend immer noch in der Luft, denn die Frauen rümpften angewidert die Nase. Sara hinterließ ihnen ein reichliches Trinkgeld, dann gingen wir frühstücken.

»Ich schulde dir noch ein Valentinstagsgeschenk«, sagte Evan im Auto, nachdem ich mir den Bauch mit viel zu vielen Blaubeerpfannkuchen vollgeschlagen hatte.

»Aber nein«, wehrte ich ab. »Ich glaube, den Abend gestern kann man nicht toppen. War doch richtig toll.«

»O ja«, stimmte er zu und bog in meine Straße ein. »Aber hättest du vielleicht Lust auf ein normales Date? Mit ein bisschen weniger Aufregung? Essen gehen oder Kino oder so?«

Die Vorstellung, mit ihm in einem schönen Restaurant zu sitzen, war verlockend, und ich nickte. »Sehr gern.«

»Sobald ich wieder da bin«, versprach er, als wir die Auffahrt hochfuhren.

Ich hörte ihm nur mit halbem Ohr zu, weil ich auf das fröhliche gelbe Haus meiner Mutter starrte und mich etwas ängstlich fragte, was mich wohl heute dort erwartete.

»Alles in Ordnung?«, erkundigte sich Evan.

»Hm?«, machte ich und riss mich von dem Anblick los.

»Ist zwischen dir und Rachel alles okay? Du warst gestern echt fertig.«

»Ich hatte ein schlechtes Gewissen, weil sie sich meinetwegen Sorgen gemacht hat. Aber es war ein Missverständnis, nichts weiter«, erklärte ich möglichst locker, denn ich wollte nicht, dass er mir meine Schuldgefühle anhörte. »Alles bestens.« Er schien nicht überzeugt. Ich lächelte und bekräftigte: »Wirklich!«

»Du würdest es mir sagen, wenn etwas nicht stimmt, oder?« Evan sah mir in die Augen und versuchte, in ihnen die Wahrheit zu lesen. Ich schaute schnell weg.

»Natürlich«, antwortete ich und öffnete hastig die Autotür. Dann beugte ich mich noch einmal zu ihm hinüber und drückte meine Lippen auf seine. Stumm flehte ich ihn an, mir zu glauben. »Viel Spaß mit deinen Jungs! Wir sehen uns dann am Sonntag.«

Er zog mich an sich und gab mir einen Kuss, der mir anscheinend über die gesamte nächste Woche hinweghelfen sollte. Mit weichen Knien stolperte ich auf die Haustür zu. Unterwegs drehte ich mich noch einmal um und winkte, als er aus der Auffahrt zurücksetzte.

Ich holte tief Luft, legte die Hand auf den kalten Türknauf und fühlte mich schlagartig ernüchtert. Was kam jetzt auf mich zu? Mit klopfendem Herzen öffnete ich die Tür, schloss sie leise hinter mir – und erstarrte, als ich aus der Küche lautes Gelächter hörte. Damit hatte ich nun ganz und gar nicht gerechnet.

»Emily!«, rief Rachel immer noch kichernd. »Wie war die Party?«

Das Radio, das im Hintergrund lief, wurde plötzlich vom Kreischen eines Mixers übertönt.

»Aber nicht zu dünn!«, rief meine Mutter in die Küche, und als ich einen Blick durch die Tür warf, sah ich, dass auf der Arbeitsplatte Lebensmittel in verschiedenen Stadien der Zubereitung herumlagen – auf dem Schneidebrett türmten sich Tomatenwürfel, der Tisch war mit Knoblauchschalen und ausgepressten Limettenscheiben übersät. Die Küche roch wie ein mexikanisches Restaurant.

»Hi«, sagte ich zaghaft.

»Hey.« Jonathan lächelte, offensichtlich völlig entspannt. »Wir, äh …«

»… bereiten uns auf unseren arbeitsfreien Margarita-Tag vor«, erklärte meine Mutter. Da fiel mir ein, dass heute Montag war und die beiden eigentlich im Büro sein sollten. »Wir gehen zu Heidi, spielen Karten und tun so, als wären wir in Mexiko.«

»Oh, das klingt ja lustig«, meinte ich, überrascht von ihrer guten Laune.

»Ja, das ist es auch!«, rief sie begeistert. »Ich dachte, Jonathan könnte die Salsa-Sauce machen.« Sie begutachtete den Inhalt des Mixers. »Vielleicht habe ich mich geirrt. Fang lieber schon mal an, alles einzupacken, Süßer, ich kümmere mich um das hier, okay?«, schlug sie vor. Sie küsste Jonathan auf die Wange, und er verzog schuldbewusst das Gesicht.

»Er kann auch nicht kochen«, erklärte sie mir mit einem amüsierten Kopfschütteln. »Und – wie war die Party?«, erkundigte sie sich erneut, während Jonathan an mir vorbeiging, um eine Tüte aus dem Flurschrank zu holen.

»Super.« Hatte ich ihren Anruf am Ende nur geträumt? »Aber ich hab nicht viel geschlafen. Ich glaube, ich leg mich erst mal eine Weile hin.«

»Das kommt vor – besonders bei einer richtig guten Party.« Meine Mutter grinste vielsagend. Ich zögerte und musterte sie mit argwöhnischem Blick. Sie sah so fröhlich aus. Heute Nacht hingegen hatte sie geklungen, als wäre sie völlig am Ende.

»Was ist?«, fragte sie, als ich mich entgegen meiner Ankündigung nicht von der Stelle rührte.

»Viel Spaß in Margaritaville«, sagte ich.

Sie lachte – hatte sie meine Anspielung auf South Park tatsächlich verstanden? – und meinte: »Oh, den werden wir haben, garantiert.«

»Wo sind die Mixer, die wir gekauft haben?«, rief Jonathan aus dem Wohnzimmer, während er Flaschen und Gläser in eine wiederverwendbare Einkaufstüte packte.

»Oben in meinem Zimmer«, antwortete meine Mutter, und Jonathan folgte mir die Treppe hinauf.

»Hey«, sagte er leise, bevor ich in meinem Zimmer verschwinden konnte. Ich drehte mich zu ihm um. »Wie fühlst du dich?« Die Frage und der besorgte Ausdruck in seinen Augen bestätigten mir, dass ich mir nichts eingebildet hatte.

»Ich bin etwas verwirrt«, antwortete ich wahrheitsgemäß und öffnete meine Tür.

»Ich glaube, sie erinnert sich nicht daran«, erklärte er. »Ich hab gestern Abend Mist gebaut, und sie hat es an dir ausgelassen. Es war meine Schuld. Tut mir echt leid.«

»Was hast du denn verbrochen?«, fragte ich, noch verwirrter als zuvor.

»Ich hab ihr gesagt, dass ich nächste Woche ein paar Nächte bei mir zu Hause verbringen möchte. Ich war ewig nicht mehr in meiner Wohnung.« Er zögerte, bevor er hinzufügte: »Ist wohl keine gute Idee, das ausgerechnet am Valentinstag anzukündigen.«

Ich presste die Lippen zusammen und schüttelte den Kopf. »Sie dachte, du machst mit ihr Schluss, stimmt's?«

Jonathan seufzte. »Ja. Aber wir haben heute Morgen darüber geredet, und sie versteht es. Also werde ich diese Woche nicht so oft hier sein. Ich brauche ein bisschen Zeit, um … na ja, um mal durchzuatmen, schätze ich.«

Seine Wortwahl beunruhigte mich. Plötzlich konnte ich durchaus nachvollziehen, warum meine Mutter so durcheinander gewesen war. »Moment. Machst du tatsächlich mit ihr Schluss?«

»Nein«, antwortete er bestimmt. »Sie und ich haben eine wirklich gute Zeit zusammen, ehrlich.« Er wollte noch etwas sagen, als meine Mutter aus der Küche rief: »Hast du sie gefunden?«

Jonathan sah mich an, dann in Richtung Küche. »Ja, hab sie«, log er, machte aber keine Anstalten, in ihr Zimmer zu gehen. Er wandte sich wieder mir zu und flüsterte: »Ich wollte dir nur erklären, warum wir uns wahrscheinlich eine Weile nicht sehen werden. Ich bin immer noch hier; ich brauche bloß ein wenig Abstand.« Damit ging er zurück in die Küche.

Ich öffnete meine Zimmertür, als meine Mutter mit einem verschlossenen Glasbehälter voller Salsa-Sauce auftauchte. Plötzlich wurde mir klar, dass Jonathan nie vorgehabt hatte, irgendetwas aus ihrem Zimmer zu holen; er hatte nur unter vier Augen mit mir reden wollen. Viel war dabei allerdings nicht rumgekommen. Ich wusste nur, dass er meiner Mutter bestimmt nicht all das gesagt hatte, was er mir gerade erzählt hatte – sonst hätte sie nicht so glücklich gelächelt.

Jemand hatte eine herzförmige Pralinenschachtel auf mein Bett gelegt. Auf den Deckel war ein weiteres Herz gemalt, mit einem schwungvollen *R* darunter. Ich nahm die Schachtel auf und starrte sie an. Ich wollte nicht diejenige sein, die alles noch schwerer für meine Mutter machte.

Mit der Schachtel in der Hand ließ ich mich aufs Bett zurücksinken und überlegte, ob es wirklich gut für sie war, mich bei sich zu haben. Aber wie sollte ich das entscheiden? Letzte Nacht hatte sie so verletzt geklungen, weil sie überzeugt gewesen war, dass ich nicht bei ihr bleiben wollte. Ich wiederum hatte ironischerweise Angst, sie könnte *mich* nicht wollen.

Irgendwann schlief ich auf meiner Bettdecke ein. Es war dunkel, als ich ein paar Stunden später aufwachte, aber nicht wirklich still. Dieses Haus ruhte nie. Ich machte Musik an, um das Knarren und Ächzen zu übertönen und nicht bei dem kleinsten Geräusch zusammenzuschrecken.

Als ich mir gerade ein T-Shirt heraussuchte, krachte es plötzlich sehr laut. Schnell machte ich die Musik aus, hielt die Luft an und versuchte, ganz still zu sein – hatte ich gerade den Küchenschrank zuknallen gehört?

Auf leisen Sohlen schlich ich zur Tür. Sie quietschte, als ich sie vorsichtig öffnete. Ich lauschte angestrengt und zuckte zusammen, als die Heizung ansprang. Sonst war nichts zu hören. Ich atmete tief durch und ärgerte mich über mich selbst, weil ich so übertrieben reagiert hatte, dann machte ich die Musik wieder an.

Ich nahm mir eine Jogginghose und ein langärmeliges T-Shirt und ging duschen, um mich wieder wie ein Mensch zu fühlen und mir den Chlorgeruch aus meinen Haaren zu waschen. Als ich sauber und erfrischt zurückkam, sah ich, dass ich Nachrichten von Sara und Evan bekommen hatte.

Ich schaltete alle Lichter an und ging in die Küche, um mir in der Mikrowelle Makkaroni mit Käse aufzuwärmen. Dann goss ich mir ein Glas Milch ein und trug alles auf einem Plastiktablett ins Wohnzimmer. Es schien mir zweifelhaft, ob ich jemals gern allein sein würde – zumindest in diesem Haus gelang es mir bisher nicht.

Ich sah mir eine absolut dämliche Reality-Show an, in der so viele Wörter durch ein Piepen ersetzt waren, dass man das Gesagte kaum noch verstand. Nachdem ich so eine Stunde meiner Lebenszeit vergeudet hatte, fand ich einen Schwarzweißfilm, den ich schon oft genug gesehen hatte, um ungefähr jeden zweiten Satz mitsprechen zu können.

»Emma, du solltest ins Bett gehen«, flüsterte die Stimme. »Emma!«

»Ja?«, fragte ich, nicht sicher, ob ich noch träumte.

»Es ist spät«, erwiderte die Stimme.

Ich zog mir die Decke bis zum Kinn und wurde mir langsam bewusst, dass ich nicht in meinem Bett lag. Als ich die Augen aufmachte, sah ich den Fernseher, in dem gerade die Highlights eines Basketballspiels gezeigt wurden. Ich blinzelte heftig – bis auf das Licht vom Fernseher war es völlig dunkel, aber auch daran mussten sich meine Augen erst einmal gewöhnen.

»Sorry, dass ich dich geweckt hab«, sagte Jonathan, der mir gegenübersaß. »Aber ich dachte, in deinem Bett hast du es bequemer.«

»Wie viel Uhr ist es?« Ich sah auf die digitale Zeitanzeige am Receiver, aber die Zahlen waren zu klein und verschwommen.

»Kurz nach zwei.«

Ich setzte mich auf und kam langsam zu mir.

»Du solltest nach oben in dein Bett gehen«, ermunterte mich Jonathan erneut.

Ich holte tief Luft. »Okay.« Aber ich rührte mich nicht. Endlich schaltete sich mein Gehirn ein, und ich fragte: »Warum bist du noch auf?«

»Ich musste mich von einem Traum erholen«, antwortete er vage, aber ich verstand den Sinn hinter seinen Worten nur allzu gut.

Da erinnerte ich mich. »Moment mal – ich dachte, du würdest diese Woche nicht hier übernachten.«

»Stimmt.« Er nickte und korrigierte sich dann: »Ich meine, so war es geplant. Aber ich musste Rachel nach Hause fahren, und da hat sie mich gebeten, nicht zu gehen. Ich hab einfach …« Er stockte – anscheinend fand er nicht die richtigen Worte, um seine Entscheidung zu untermauern.

»Du weißt, dass sie dich immer bitten wird, zu bleiben.«

»Und genau deswegen sollte ich es nicht tun.«

Was er da sagte, verwirrte und beunruhigte mich. Aber ich ließ ihn entscheiden, ob er mir näher erklären wollte, was er damit meinte. Schließlich sagte er etwas, womit ich überhaupt nicht gerechnet hatte: »Ich hab mich an mehreren Hochschulen beworben, und die am nächsten gelegene ist in Washington DC.«

»Oh«, hauchte ich, als ich langsam begriff, worauf er hinauswollte. Meine Sorgen waren also begründet.

»Ich bin echt gerne mit ihr zusammen. Sie ist witzig und interessant und hat eine sehr unkonventionelle Sicht auf die Welt. Sie stellt mir keine Fragen über mich oder darüber, wo ich herkomme; für sie zählt nur, wer ich jetzt bin und dass sie mit mir zusammen sein möchte.«

»Und das ist gut, oder?« Ich hätte ihn zu gern gefragt, warum es ihm so wichtig war, seine Vergangenheit ruhen zu lassen, andererseits redete ich ja auch selbst nie über meine – woher nahm ich mir dann das Recht, ihn deswegen zu löchern?

»Ja, nicht über die Vergangenheit reden zu müssen, ist ehrlich eine Erleichterung«, antwortete Jonathan. »Aber ich will nicht, dass sie mich so sehr braucht. Ich will einfach …« Wieder suchte er nach den richtigen Worten. »Ich will keinen Druck.«

»Sie hat schon immer jemanden gebraucht«, platzte ich heraus. Ich hatte es nicht geplant, aber sobald die Worte aus meinem Mund waren, wusste ich, dass sie stimmten. Schuldbewusst sah ich zu Jonathan auf – hatte meine Unverblümtheit ihn verletzt? »Das war nicht so hart gemeint, wie es sich vielleicht anhört …«

»Wahrscheinlich hast du recht«, unterbrach er mich. »Aber ich bin mir nicht sicher, ob sie wirklich *mich* braucht.«

Ich zupfte nervös an einem Faden an meiner Decke herum.

»Sorry, ich sollte sowieso nicht mit dir über meine Beziehung reden«, sagte er plötzlich. »Das ist doch bestimmt komisch für dich.«

»Ja, ein bisschen schon.« Aber wenn ich an die letzten Jahre zurückdachte, leuchtete mir meine Bemerkung über meine Mutter immer mehr ein. Sie hatte ständig einen Mann in ihrem Leben gehabt, sie war nie auf sich allein gestellt gewesen, nicht einmal für kurze Zeit. Bisher hatte ich immer angenommen, sie würde verzweifelt versuchen, meinen Vater zu ersetzen.

Ich sah zu Jonathan hinüber. Was an ihm erinnerte sie an meinen Vater? Vielleicht sein Lächeln? Wenn es sich auf seinem Gesicht ausbreitete, erschienen Lachfältchen in seinen Augenwinkeln, ganz so, als wollten seine Augen mitlächeln. Und das war unglaublich ansteckend.

»Was ist?« Jonathans Frage holte mich in die Gegenwart zurück.

»Nichts«, antwortete ich schnell und zupfte unbehaglich meine Decke zurecht. »Ich hab nur nachgedacht. Ich kann verstehen, warum sie dich gerne hier hat.«

»Bin ich dann ein schrecklicher Mensch, weil ich ein bisschen Abstand brauche?«

»Nein. Ich bin mir nur nicht sicher, wie gut sie mit dem Abstand klarkommt. Sie mag dich wirklich.«

»Ich mag sie auch«, meinte er und seufzte. »Aber du bist ja hier bei ihr.«

»Das ist nicht das Gleiche«, gab ich mit einem leisen Lachen zu bedenken.

Jonathan grinste, unsere Blicke begegneten sich und lösten sich nicht wieder voneinander. Mein Lächeln verrutschte.

»Ich glaube, ich sollte wirklich ins Bett.« Mit einem entschlossenen Blinzeln warf ich die Decke ab und stand auf. An der Treppe blieb ich noch mal stehen und wandte mich zu ihm um. »Jonathan?«

»Ja, Emma?«

»Bitte tu ihr nicht weh«, sagte ich leise flehend. »Ich will das nie mehr erleben.«

Er schwieg einen Moment und sah mir nachdenklich ins Gesicht. »Ich will ihr ganz bestimmt nicht weh tun«, sagte er schließlich und lächelte mir beruhigend zu, bevor ich in mein Zimmer ging. Ich war mir nicht sicher, ob er mir wirklich das versprochen hatte, worum ich ihn gebeten hatte. Und das machte mir Angst.

14
UnTer der oBerflächE

Als ich am nächsten Morgen aufwachte, war Jonathan nicht mehr da. Auch meine Mutter war nicht zu Hause, sondern wie immer eingespannt in ihre Arbeit als Assistentin der Geschäftsleitung eines großen Technikkonzerns. Den Rest der Woche bekamen wir Jonathan kein einziges Mal zu Gesicht, und allem Anschein nach kam sie mit der vorübergehenden Trennung ganz gut klar.

Ich tat mein Bestes, um sie abzulenken. An einem Abend schlug ich sogar vor, sie könnte mir Kochunterricht geben, aber nachdem wir den Rauchmelder ausgelöst hatten und alle Fenster aufreißen mussten, beschlossen wir, lieber doch auswärts zu essen. Ein paarmal machte sie Überstunden und kam erst nach Hause, als ich schon gegessen hatte. Dann setzte sie sich zu mir vor den Fernseher.

»Ich hoffe, er verlässt mich nicht«, murmelte sie eines Abends mit einem Glas Wein in der Hand. Sie hatte ihre Schuhe unter dem Couchtisch abgeworfen, ihre Bluse hing lose über den Rockbund. Sie starrte auf den Fernseher, aber mit den Gedanken war sie offensichtlich bei Jonathan.

»Er mag dich sehr«, versuchte ich, sie zu beruhigen, aber die Worte klangen selbst in meinen Ohren hohl.

»Wann kommt eigentlich Evan zurück?«, wechselte sie das Thema. Erwartungsvoll sah sie mich an.

»Sonntag«, antwortete ich, etwas irritiert von ihrem plötzlichen Stimmungsumschwung.

»Schön, wenn man einfach reisen kann, wohin man will, oder?« Sie klang sowohl neidisch als auch unternehmungslustig. »Wir sollten ihn bald zum Essen einladen.«

»Okay.«

»Ich gehe ins Bett«, verkündete sie dann abrupt. Ich sah ihr nach, als sie die Treppe hochging, und hoffte inständig, die Beziehung mit Jonathan würde sie nicht irgendwann völlig aus der Bahn werfen. Ich würde es nicht ertragen, wenn er ihr das Herz brach.

Am nächsten Nachmittag traf ich mich mit Jill und Casey, und abends gingen wir spontan zusammen ins Kino. Nachdem wir den halben Tag ununterbrochen gekichert und Unmengen Cola und Weingummi zu uns genommen hatten, taten mir die Zähne weh von dem ganzen Zuckerzeug. Ich konnte die beiden Mädels nur in kleinen Dosen ertragen, und heute hatte ich mich richtig zugedröhnt.

Ich war gerade erst nach Hause gekommen, als mein Handy klingelte. *Rachel* erschien auf dem Display.

»Hi«, meldete ich mich.

»Spreche ich mit Emily?«, fragte eine tiefe Stimme. Ich schaute erneut aufs Display, um mich zu vergewissern, dass ich mich nicht verlesen hatte. Nein, es zeigte wirklich die Nummer meiner Mutter an. Ein ungutes Gefühl überkam mich, als ich das Telefon wieder an mein Ohr drückte.

»Hallo?«, rief der Mann am anderen Ende der Leitung über laute Musik und Stimmengewirr hinweg.

»Ja«, sagte ich, während mein Herz immer schneller schlug. »Ich bin dran.«

Tausend Bilder, was meiner Mutter passiert sein könnte, schossen mir durch den Kopf, eines schrecklicher als das andere, und ich wurde panisch.

»Sie müssen Rachel hier abholen. Ich kann sie in dieser Verfassung nicht ans Steuer lassen.«

»Oh. Okay«, antwortete ich, und mein Herz wurde schwer. Ich hätte erleichtert sein sollen, dass ihr anscheinend nichts wirklich Schlimmes zugestoßen war. Andererseits war das hier schlimm genug. »Wo ist sie?«

»Mick's Place, an der Route 113 in Stenton.«

»In Ordnung. Ich komme, so schnell ich kann.« Das Telefon noch in der Hand, ließ ich mich auf die Treppe sinken und vergrub meinen Kopf in den Armen. Es hätte mich nicht überraschen dürfen, dass sie mal wieder betrunken war. Daran hatte ich mich schon als Kind gewöhnen müssen, aber ich hatte so sehr gehofft, nun wäre alles anders.

Mein Inneres fühlte sich hohl an, als ich mich Stück für Stück der Erkenntnis stellte, wie ernst der Zustand meiner Mutter war, aber konsequent alle Gefühle verdrängte, die damit einhergingen. Zuerst einmal musste ich mich darauf konzentrieren, sie nach Hause zu holen – danach würde ich weitersehen.

Ich versuchte, die Kneipe per GPS auf meinem Handy zu finden, leider ohne Erfolg. Ich hatte keine Ahnung, wo die Route 113 war und wie ich sie erreichen sollte. Mir blieb nur ein einziger Ausweg. »Scheiße«, stöhnte ich und schüttelte den Kopf – was ich jetzt tun musste, gefiel mir ganz und gar nicht, zumal er wahrscheinlich der Grund dafür war, dass sie sich betrunken hatte.

Ich wählte Jonathans Nummer und wartete mit angehaltenem Atem, bis er dranging.

»Hallo? Emma? Ist alles in Ordnung?« Seiner Stimme nach rechnete er mit dem Schlimmsten.

»Äh … nein, nicht wirklich«, antwortete ich zaghaft. »Kannst du mir helfen?«

»Natürlich. Was ist los?«

»Ich muss Rachel abholen, aber ich weiß nicht, wo sie ist.«

»Ich bin in fünfzehn Minuten bei dir, okay?«
»Okay«, stieß ich hervor.

Als Jonathans Truck eine knappe Viertelstunde später in die Auffahrt bog, stand ich schon auf der Veranda und wartete.

»Können wir mein Auto nehmen?«, fragte ich, bevor er auch nur ein Wort gesagt hatte.

»Klar«, antwortete er und nahm die Schlüssel entgegen.

»Ich glaube, sie wird sich hinlegen müssen«, erklärte ich bedrückt.

Er sah in mein niedergeschlagenes Gesicht. »Das wird schon wieder. Wir holen sie ab, alles wird gut.«

»Ja«, sagte ich, obwohl ich kein Wort davon glaubte.

Als ich Jonathan sagte, wo meine Mutter war, erschien eine Sorgenfalte auf seinem Gesicht.

»Was ist?«, fragte ich nervös.

»Das ist eine ziemliche Spelunke – nicht gerade der richtige Ort für einen netten Abend mit Freunden«, erklärte er und seufzte grimmig. »Du solltest im Auto bleiben, ich gehe rein und hole sie, okay?« Ich nickte. Verzweifelt bemühte ich mich, nicht erneut in Panik zu geraten.

Als wir ankamen, verstand ich, warum Jonathan nicht wollte, dass ich ihn in die Kneipe begleitete – es war eine Art Schuppen mit einem Neonschild auf dem Dach. Mehrere der Buchstaben waren kaputt, und das rote *E* von *PLACE* flackerte nur noch – wahrscheinlich würde es auch bald den Geist aufgeben. Neon-Bierreklamen hingen an den schmalen Fensterschlitzen. Unter dem schäbig-weißen, stellenweise abblätternden Außenanstrich rottete das ganze Gebäude seit Jahren vor sich hin. Manche Schindeln waren durchgebrochen, andere fehlten ganz. Der Schuppen erweckte den Eindruck, als könnte ihn schon ein starker Windstoß zum Einsturz bringen.

Der ungeteerte Parkplatz war kaum beleuchtet. An der Ecke des Hauses hing eine einzige Lampe, die mehr Schatten als Licht spendete, der Boden war größtenteils vereist und schien es selbst nüchternen Menschen schwerzumachen, nicht darauf auszurutschen und hinzufallen – von denen, die spätabends aus der Bar kamen und sich kaum auf den Beinen halten konnten, ganz zu schweigen. Ein paar grobschlächtige Typen mit dunklen Stoppelbärten standen draußen, rauchten und begrüßten die aus und ein gehenden Stammkunden. Garantiert hatten sie seit Tagen nicht geduscht, und wäre nicht Winter gewesen, hätten bestimmt ihre Motorräder vor ihnen gestanden. Die Männer passten perfekt zu ihrer heruntergekommenen Umgebung, und ihr Anblick war mir extrem unangenehm.

»Bleib im Auto. Ich bin gleich wieder da«, wies Jonathan mich an und schloss die Tür hinter sich.

Ich rutschte mit verschränkten Armen tiefer in meinen Sitz und sah zu, wie ein Mann in einer Lederjacke die Hand eines anderen Mannes schüttelte, der gerade aus einem Camaro gestiegen war. Der zweite Typ hatte eine Glatze und breite Schultern und trug, obwohl es fast Mitternacht war, eine schwarze Sonnenbrille. Ganz offensichtlich trafen sich hier äußerst zwielichtige Gestalten – was die Frage aufwarf, warum meine Mutter hier war.

Einer der Raucher, ein Typ im Trenchcoat und mit einem langen, buschigen Schnurrbart, spähte neugierig zu mir herüber. Sofort fing mein Herz an zu rasen. Ich senkte hastig den Blick und hoffte, dass er nicht ins Auto sehen konnte.

»Lass verdammt nochmal die Finger von mir, John«, erklang da eine wütende Frauenstimme.

Die Männer lachten. Als ich aufblickte, verschwand gerade eine böse dreinblickende Frau in hautengen Jeans und einer kurzen Lederjacke in der Bar. Der Typ im Trenchcoat starrte immer noch zu mir. Ich schauderte und versuchte, mich noch besser zu verstecken. Der Mann stieß den großen, massigen Kerl neben sich an, machte eine Kopfbewegung in meine Richtung und sagte irgendetwas. Sein Kumpel nickte lachend.

»Jonathan, wo bleibst du denn?«, flüsterte ich ängstlich, starrte zur Tür und flehte ihn lautlos an, endlich aufzutauchen. Als ich mich umblickte, sah ich, dass das schnurrbärtige Ekelpaket mich angrinste. Mein Herz setzte einen Schlag aus, und meine Hände fingen an zu zittern. Schnell wandte ich mich wieder ab, in der Hoffnung, er würde das Interesse verlieren.

»Hey, Süße, komm doch mal aus dem Auto raus«, rief er und machte damit auch noch die anderen Typen auf mich aufmerksam. »Ich spendier dir auch einen Drink.« Mein erschrockenes Gesicht löste nur noch mehr höhnisches Gelächter aus. Ich vergewisserte mich rasch, dass die Autotüren verriegelt waren, und schickte ein Stoßgebet zum Himmel, Jonathan möge mit meiner Mutter zurückkommen.

Der ungepflegte Typ trat auf mein Auto zu, und mir stockte der Atem. Ich überlegte fieberhaft, was ich tun sollte, als die schwarze Tür der Bar endlich aufschwang und Jonathan herauskam, meine bewusstlose Mutter in den Armen. Erleichtert atmete ich auf, entriegelte das Auto und sprang hinaus, um die hintere Tür für sie zu öffnen.

Während Jonathan meine Mutter vorsichtig auf den Rücksitz bettete, linste ich zu dem Typen hinüber, der sich inzwischen vor dem Auto aufgebaut hatte. Das Grinsen auf seinem Gesicht war widerwärtig, und ich wartete ungeduldig und mit zitternden Händen, dass Jonathan endlich so weit war. Ich wollte nur so schnell wie möglich weg von hier.

»Hey, Kumpel«, rief der Typ Jonathan zu. Ich erstarrte. Jonathan schloss die hintere Tür und ging um das Auto herum, ohne den bulligen Mann im Trenchcoat zu beachten. »Hey, du!« Erst jetzt merkte Jonathan, dass er gemeint war. »Warum überlässt du nicht eine von den beiden mir? Dann kann ich ihr zeigen, wie man richtig Spaß hat.« Der Kerl starrte mich lüstern an. Mir wurde speiübel.

»Reden Sie mit mir?« Als ich Jonathans drohenden Ton hörte, schrillten in meinem Kopf sämtliche Alarmglocken.

»Ja, genau – ich rede mit dir«, knurrte der Typ. »Und ich will eine Kostprobe.« Sein Mund verzog sich zu einem abscheulichen Grinsen. Er kam auf mich zu. Ich drückte mich ans Auto und tastete blind nach der Klinke, die Augen fest auf den Widerling geheftet. Ich hatte Angst, ihn mit einer plötzlichen Bewegung zu provozieren – *wenn du dich langsam bewegst, wird er dich nicht angreifen.*

»An Ihrer Stelle würde ich mich schleunigst aus dem Staub machen«, stieß Jonathan zwischen zusammengebissenen Zähnen hervor. Ich sah ihn an, erneut erschüttert von der kaum unterdrückten Wut in seiner Stimme. Die anderen Männer unterbrachen ihr Gespräch und kamen wortlos auf Jonathan zu. Er ballte langsam die Fäuste.

Ohne auf Jonathan zu achten, ging der schnurrbärtige Typ weiter, bis er direkt vor mir stand.

»Ich glaube, du wirst gut schmecken.« Sein nach Zigarettenrauch und Alkohol stinkender Atem drang mir in die Nase. Ich schloss die Augen und schluckte schwer. Angst lähmte mich, als er sich über mich beugte. Dann spürte ich einen heftigen Ruck, und als ich die Augen wieder öffnete, sah ich, wie Jonathan den Typen am Kragen gepackt hatte und gegen das Auto stieß.

»Nimm deine Hände weg, Drecksack!«, knurrte er und funkelte sein Gegenüber aus nächster Nähe an. Der Typ war größer als Jonathan, aber Jonathan war breiter gebaut. Die anderen Kerle zogen den Kreis enger, bereit, ihren Kumpel bei Bedarf zu unterstützen.

Die beiden Kontrahenten starrten einander an, dann zischte der Widerling höhnisch: »Und – was hast du jetzt vor?«

Jonathan hob die Faust.

»Jonathan, nein!« Als ich begriff, was gleich passieren würde, erwachte ich endlich aus meiner Starre. »Bitte lass uns einfach hier verschwinden.« Wenn Jonathan jetzt zuschlug, würde die ganze Gang über ihn herfallen. Panik stieg in mir auf, die Anspannung wurde immer größer.

Jonathan blickte zu mir herüber. Sein Gesicht war wutverzerrt, wurde aber sofort etwas sanfter, als er die Angst in meinen Augen sah. Langsam senkte er die Faust.

Er wollte den Typen gerade loslassen, als der ihn spöttisch herausforderte: »Ja, hör ruhig auf die Kleine. Verzieh dich, bevor ich dir deine hübsche Fresse poliere.« Jonathans Augen wurden schmal, sein Kiefer mahlte. Ich sog scharf die Luft ein.

»Bitte, Jonathan«, flehte ich ihn an und griff verzweifelt nach seinem Arm. Seine Muskeln entspannten sich unter meiner Berührung, er ließ den Mann frei und trat ein Stück zurück.

»Steig ins Auto«, befahl er mir unwirsch, öffnete die Beifahrertür und schlug sie hinter mir zu, ohne den Typen, der sich mit einem fiesen Grinsen die Jacke glattstrich, für den Bruchteil einer Sekunde aus den Augen zu lassen. Atemlos sah ich zu, wie Jonathan um das Auto herumging, stets zum Angriff bereit, falls der Kerl es wagen sollte, sich meiner Tür zu nähern. Mein Herz schlug so schnell, dass ich dachte, es müsste mir aus der Brust springen.

»Wenn sie nicht hier wäre …«, stieß Jonathan hervor, als er die Fahrertür öffnete.

»Dann würden wir gar nicht miteinander reden«, fiel ihm der Mann ins Wort. »Lass dich hier nicht wieder blicken, wenn du nicht vorhast, deinen Worten Taten folgen zu lassen.«

Wortlos stieg Jonathan ein und knallte die Tür zu. Sein Blick durchbohrte den Mann, der immer noch vor unserem Auto stand und jetzt wieder mich anstierte. Mit den Lippen formte er einen Kuss und versuchte, Jonathan noch ein letztes Mal hämisch grinsend zu provozieren. Mein Körper krampfte vor Ekel.

»Lass uns einfach fahren«, drängte ich Jonathan, der das Lenkrad so fest umklammerte, dass die Sehnen an seinen Unterarmen hervortraten. Im nächsten Moment setzten wir uns in Bewegung und sausten in einem solchen Tempo rückwärts vom Parkplatz, dass ich mich mit beiden Händen am Griff über der Tür festhalten musste. Mit quietschenden Reifen bogen wir auf die Straße und rasten in einer Staubwolke davon.

Meine Hände zitterten, ich konnte mich nicht rühren. Nach ein paar Meilen wurde Jonathan endlich langsamer und sah zu mir herüber. Die unbändige Wut war aus seinen Augen verschwunden. Ich atmete zittrig aus und blinzelte die Tränen weg, die mir die Sicht verschleierten.

»Tut mir echt leid«, sagte er und blickte im Fahren immer wieder kurz zu mir herüber. Ich starrte aus dem Fenster und bemühte mich verzweifelt, die Tränen zurückzuhalten.

Als ich nicht antwortete, fuhr er schließlich an den Straßenrand und hielt an. »Emma.«

Ich drehte mich zu ihm um und versuchte, den Kloß in meinem Hals hinunterzuschlucken.

»Alles in Ordnung?«, erkundigte er sich.

Ich konnte nur nicken. Er schaute mir forschend in die Augen, aber ich wandte mich ab, ich war zu aufgewühlt, um ihn daran teilhaben zu lassen, wie sehr mich das Ganze mitgenommen hatte.

Meine Mutter stöhnte, und Jonathan sah sich sofort nach ihr um.

»Was ist los?«, murmelte sie und versuchte sich aufzusetzen, sank aber gleich zurück.

»Wir bringen dich nach Hause«, antwortete Jonathan und fuhr wieder los.

»Jonathan?«

»Ja?«

»Ich hab dich angerufen«, wimmerte sie. »Ich hab dich angerufen.«

»Ich weiß«, antwortete er, um sie zu beschwichtigen, wandte den Blick aber nicht von der Straße.

Ich drehte mich zu ihr um, und sie blinzelte mich angestrengt an.

»Emily?«, fragte sie, als wäre sie sich nicht ganz sicher, ob ich es wirklich war. »Du solltest nicht hier sein.« Sie klang so traurig, dass ich mich wieder abwenden musste.

Ich folgte Jonathan die Treppe hinauf, als er meine Mutter ins Bett trug. Nachdem ich ihr die Schuhe ausgezogen und sie zugedeckt hatte, sah ich in ihr friedliches Gesicht und seufzte niedergeschlagen. Dann schleppte ich mich ins dunkle Wohnzimmer und sank erschöpft auf die Couch. Meine Hände zitterten immer noch, meine Brust schmerzte.

»Du solltest ein bisschen schlafen«, meinte Jonathan von der Tür her. Benommen sah ich zu ihm auf.

»Ich glaube nicht, dass ich das kann, selbst wenn ich es wollte.«

Er kam zu mir und setzte sich neben mich aufs Sofa. Zusammen lauschten wir der Stille und ließen uns von ihr einhüllen. Ich versuchte zu verstehen, warum das alles geschah, fand aber keinen Trost in meinen Gedanken.

»Ich weiß nicht, was ich machen soll«, sagte ich schließlich resigniert. »Ich hab mir so sehr gewünscht, es würde diesmal anders.«

»Das ist alles meine Schuld. Ich hätte sie zurückrufen sollen.«

Letztlich hatte sein Bedürfnis nach Abstand diese Katastrophe heraufbeschworen, insofern hatte er recht, aber ich konnte ihm trotzdem nichts vorwerfen – meine Mutter war mit schwierigen Situationen schon immer auf diese Art und Weise umgegangen. Leider hatte sie sich doch nicht so sehr geändert, wie ich gehofft hatte.

»Nein, du kannst nichts dafür«, versicherte ich ihm. Ich dachte an meine Mutter, die jetzt friedlich schlief, und wollte glauben, dass sie nur eine schwierige Zeit durchmachte, eine Phase, dass sie sich zusammenreißen und darüber hinwegkommen konnte. Doch ich war mir nicht sicher, ob dieses Hoffen mich weiterbringen würde.

»Woran denkst du?«, fragte Jonathan auf mein Schweigen hin.

»Was hat sie denn überhaupt dort gemacht? Diese Kneipe war so schrecklich.«

»Ich weiß nicht, was sie dort wollte«, antwortete er, genauso ratlos wie ich.

Ich ließ den Abend noch einmal Revue passieren: den Anruf, die zwielichtige Kneipe, die Konfrontation mit dem widerlichen Mann.

»Hättest du …«, setzte ich an, aber genau im selben Moment sagte Jonathan: »Was hast …«

Wir verstummten beide, dann ermutigte er mich weiterzureden: »Du zuerst.«

»Hättest du den Typen echt geschlagen?«

Jonathan presste die Lippen zusammen, als müsste er sich seine Antwort genau überlegen. »Du meinst, wenn du mich nicht aufgehalten hättest?«

Ich nickte.

»Ja, das hätte ich, definitiv«, antwortete er dann bestimmt. Meine Augen weiteten sich – mit dieser Unverblümtheit hatte ich nicht gerechnet. Er senkte den Blick und rieb sich gedankenverloren die Hand. »Das ist ein Teil meiner Vergangenheit, über den ich nicht gerne spreche«, erklärte er und sah wieder zu mir. »Aber das ist vorher noch nie passiert.«

»Was?«

»Bisher hat niemand es je geschafft, mich zu stoppen. Normalerweise ticke ich total aus, und dann kann mich keiner mehr zurückhalten.«

»Prügelst du dich oft?«, fragte ich erschüttert. Plötzlich fiel mir auf, dass er eine kleine Narbe am Kinn hatte, und noch eine über der rechten Augenbraue – beide allerdings kaum sichtbar.

»Nicht mehr«, stellte er klar. »So wütend bin ich schon lange nicht mehr gewesen. Es hat mir Angst gemacht.«

»Mir hat es auch Angst gemacht«, sagte ich leise.

Er hörte auf, sich die Hand zu reiben, und sah mich betroffen an.

»Alles hat mir Angst gemacht.« Der Schreck saß mir immer noch in den Knochen. »Sagen wir einfach, der ganze Abend war ein ziemlicher Reinfall.«

»Ja, das stimmt allerdings«, seufzte Jonathan. Er beugte sich zu mir, um sich meiner ungeteilten Aufmerksamkeit zu versichern. Seine intensiven braunen Augen schienen direkt in mich hineinzusehen, als er sagte: »Ich will dir nie wieder Angst machen.« Ich brachte kein Wort heraus. Die Überzeugung, mit der er sprach, traf mich ins Mark, ich konnte kaum atmen.

Jonathan lehnte sich auf der Couch zurück und wandte den Blick ab. Ich holte tief Luft, um mein wild pochendes Herz zu beruhigen.

»Was wolltest du mich fragen?«, stieß ich schließlich hervor.

»Du hast gesagt, du hättest gehofft, es würde diesmal anders werden. Was meintest du damit?«

»Ich hab über fünf Jahre nicht bei ihr gewohnt«, erklärte ich ausweichend und starrte durchs Fenster in die Nacht hinaus. »Man hat ihr schon öfter weh getan, und ich will nicht, dass sie das noch einmal durchmachen muss. Ich wünsche mir so, dass es diesmal anders läuft für sie, für uns.«

»Wo warst du denn in den vergangenen fünf Jahren?«

»In der Hölle«, hauchte ich und ließ meinen Kopf an die Couchlehne sinken. Jonathan schwieg. Ich starrte in die Dunkelheit, bis ich irgendwann in einen unruhigen Schlaf fiel.

Als ich aufwachte, linste die Sonne durch die Bäume vor dem Fenster und tauchte das Zimmer in ein warmes goldenes Licht. Meine schweren Lider senkten sich wieder, und ich kuschelte mich tiefer unter meine Decke. Ich dämmerte gerade wieder weg, als meine Hand an seinen muskulösen Oberschenkel stieß. Ich riss die Augen auf. Ach du Scheiße, ich war auf seinem Schoß eingeschlafen! Um ein Haar wäre ich vor Schreck von der Couch gesprungen. Ich konnte mich gerade noch beherrschen und setzte mich langsam auf, um ihn nicht zu wecken. Jonathan blieb am Rand der Couch sitzen und atmete weiterhin tief und regelmäßig, nur sein Kopf rollte ein Stückchen zur Seite.

Meine Jacke hing über der Lehne des Schaukelstuhls, darunter standen meine Schuhe – obwohl ich wusste, dass ich sie beim Einschlafen noch angehabt hatte. Ich rieb mir die Augen und erhob mich. Eine Bodendiele knarrte unter meinen Füßen. Jonathan fuhr zusammen, seine Augen öffneten sich.

»Sorry«, flüsterte ich mit klopfendem Herzen. Ich hatte längst verschwunden sein wollen, wenn er aufwachte.

»Wie spät ist es?« Er spähte mit zusammengekniffenen Augen auf seine Armbanduhr. »Ich muss gehen.«

»Du bleibst nicht?«

»Äh …«, sagte er, hörbar verblüfft. Ich biss mir auf die Lippe, als mir bewusst wurde, wie enttäuscht ich geklungen hatte.

»Ich meine … na ja, ich dachte nur, du …«, stammelte ich.

»Ich kann gern bleiben.« Sein Blick wanderte zur Treppe, und er seufzte.

»Musst du aber nicht.« Ich merkte, wie er mit sich haderte.

»Ich verstehe nicht, was letzte Nacht passiert ist«, sagte er, legte den Kopf auf die Sofalehne und starrte zur Decke hinauf. »Ich hab sie schon häufiger betrunken erlebt. Aber so schlimm ist es noch nie gewesen.«

Ich zögerte und betrachtete seinen beklommenen Gesichtsausdruck – sollte ich einfach in mein Zimmer gehen, oder wollte er reden? Er machte sich offensichtlich Sorgen um meine Mutter – genau wie ich.

Schließlich setzte ich mich wieder, winkelte ein Bein an und wandte mich ihm zu. »Sie war aufgewühlt«, meinte ich. Er hob den Kopf und sah mich an. »Ich glaube, es war einfach hart für sie, dass ich wieder bei ihr eingezogen bin. Ich erinnere sie an meinen Vater, und das … macht sie traurig. Ich will, dass wir wieder zueinander finden, aber ich weiß nicht wie, wenn ich der Grund für ihr Leiden bin.«

Jonathan sah mich mitfühlend an, und mir wurde die Wahrheit meiner Worte schmerzhaft bewusst.

»Du kannst nichts für ihren Zustand«, sagte er. Ich senkte den Blick. »Und so schuldig ich mich auch fühle, weil ich sie nicht zurückgerufen habe, ich kann ebenfalls nichts dafür.«

Ein paar Minuten saßen wir schweigend da. Ich versuchte, mich davon zu überzeugen, dass er recht hatte – im Grunde wusste ich es ja auch. Aber trotzdem wurde ich das Gefühl nicht los, dass sie ihre Erinnerungen nicht hätte im Alkohol ertränken müssen, wenn ich mich nicht wieder in ihr Leben gedrängt hätte.

»Kann ich dich was fragen?«, erkundigte sich Jonathan zaghaft.

»Klar.« Ich wandte mich ihm wieder zu.

»Was ist eigentlich mit deinem Knöchel passiert?«, fragte er mit Blick auf die Narbe an meinem angewinkelten rechten Fuß. Ich presste meine Lippen zusammen – auf diese Frage war ich nicht gefasst gewesen.

Er öffnete den Mund, um etwas zu sagen, aber da antwortete ich: »Das war sozusagen ein Abschiedsgeschenk.«

Wieder herrschte für einen Moment Schweigen. »Aus der Hölle?« Ich nickte, erwartete aber nicht, dass er verstand, was ich meinte. »So ein Abschiedsgeschenk hab ich auch.« Bevor ich etwas erwidern konnte, zog er sein T-Shirt auf der rechten Seite ein

Stück in die Höhe und entblößte eine lange, dünne Narbe unterhalb der Rippen. »Ich hab da auch mal gelebt.«

So viele Fragen lagen mir auf der Zunge, aber ich war zu schockiert, um sie laut auszusprechen. Schließlich entschuldigte ich mich und ging in mein Zimmer.

Jonathan verharrte auf der Couch. Wie versprochen blieb er da, aber er machte keine Anstalten, nach meiner Mutter zu sehen.

Obwohl ich völlig erschöpft war, konnte ich nicht wieder einschlafen. Ich fragte mich, ob Jonathan wie ich wach lag und dahinterzukommen versuchte, was mir widerfahren war. Wie sollte ich ihn bitten, mir etwas über seine Albträume zu erzählen, wenn ich doch wusste, wie schmerzhaft die Erinnerung war?

15

NoCh eIne ChaNce

Jonathan, es tut mir so leid. Aber ich werde mich bessern, das verspreche ich dir!«

Blinzelnd öffnete ich die Augen, obwohl ich sie gerade erst zugemacht hatte. Dann lag ich still da und lauschte.

»Bitte verlass mich nicht!«, stieß meine Mutter schluchzend hervor. Schritte knarrten auf der Treppe, ich hörte meine Mutter weinen, wagte es aber nicht, mich zu rühren. Sonst hätten sie mich womöglich bemerkt.

»Ich verlasse dich nicht«, rief Jonathan von unten mit einem resignierten Seufzen. Seine Worte klangen mehr nach einem Versuch, sie zu trösten, als nach einem Versprechen. »Ich muss einen klaren Kopf kriegen, okay? Heute Abend komm ich wieder, dann können wir über alles reden.«

»Versprochen?«, fragte meine Mutter mit schriller, verzweifelter Stimme. Anscheinend bekam sie keine Antwort, denn als Nächstes hörte ich die Haustür zuschlagen. Ein lautes Schluchzen folgte.

Es war schwer, sie weinen zu hören, mein Herz tat weh, und ich wünschte mir, ihren Schmerz lindern zu können. Dennoch unternahm ich nichts, sondern rollte mich auf meinem Bett zusammen und wartete. Wartete darauf, dass sie wieder normal atmete und ihr Gleichgewicht wiederfand. Aber fürs Erste wurde ihr Wimmern nur deshalb leiser, weil sich mit einem Klicken ihre Tür schloss.

Leise kroch ich aus dem Bett, zog mir eine Jogginghose und ein langärmeliges Laufshirt und darüber eine Fleecejacke an. Ich konnte nicht im Haus bleiben, ich musste weg von all diesen zerstörerischen Gefühlen. So schnell ich konnte, schlüpfte ich in meine Joggingschuhe, griff nach meinen Handschuhen und stopfte meine Haare unter eine Baseballkappe. Als ich ins Freie trat und die frische kühle Luft meine Lungen füllte, fühlte ich mich wie befreit.

Die Sonne war herausgekommen, die Temperatur lag über dem Gefrierpunkt, und die Eisränder am freigeschaufelten Gehweg begannen zu tauen. Langsam setzte ich mich in Bewegung, atmete tief durch, ließ die Spannung aus meinen Schultern fließen und folgte den Betonquadraten unter meinen Füßen. Leider hatte ich meinen iPod vergessen, der mir bestimmt dabei geholfen hätte, meinem rasenden Gedankenkarussell zu entfliehen. So drehten sich die Ereignisse in meinem Kopf immer weiter im Kreis.

Auf meiner Entdeckungsreise durch das Viertel stieß ich ein paar Straßen weiter auf einen Park. Hier wimmelte es von Kindern in Schneeanzügen, die von jeder erdenklichen Erhöhung in die dicken Schneehaufen hinunterhüpften; ihr Lachen und Kreischen war ein willkommenes Gegenprogramm zu dem Weinen, das in meinem Kopf noch immer widerhallte.

Als ich um die Ecke des Parks bog, sah ich den vertrauten blauen Truck am Straßenrand stehen. Ich verlangsamte mein Tempo. Dann entdeckte ich Jonathan, der auf einer Bank saß und ins Leere starrte, und blieb endgültig stehen. Für einen kurzen Moment überlegte ich, kehrtzumachen, in eine andere Richtung zu laufen und so zu tun, als hätte ich ihn nicht bemerkt, aber dann sah er mich.

Ich vergrub die Hände in den Taschen meiner Fleecejacke und ging auf ihn zu.

»Hey«, sagte ich, als ich vor ihm stand. »Ist heute gar nicht so übel draußen. Nicht gerade wie in Kalifornien, aber dennoch nicht übel.«

Jonathan nickte, doch der bekümmerte Ausdruck in seinem Gesicht blieb. Kurzentschlossen setzte ich mich neben ihn auf die Holzbank. Mindestens eine Minute lang sagte keiner von uns ein Wort. Ich war drauf und dran aufzustehen und weiterzujoggen, als er plötzlich meinte: »Mein Vater mochte mich nicht besonders. Ich war nicht unterwürfig wie meine Mutter und ich hab ihn nicht verehrt wie mein kleiner Bruder. Ich wollte mich nicht von ihm kontrollieren lassen, deshalb hat er alles versucht, um meinen Willen zu brechen. Mein Leben war ziemlich kompliziert, und ich kann nicht ...« Er brach ab und starrte wieder in die Ferne.

»Ich halte das nicht aus. Dieses ... dieses ständige Drama.« Er holte tief Luft, dann wandte er sich mir endlich zu. »Ich brauche ein einfaches Leben, ich muss zumindest ungefähr wissen, was auf mich zukommt, ich möchte die Kontrolle behalten. Mit Unwägbarkeiten kann ich schlecht umgehen.« Er senkte den Blick.

»Das verstehe ich. Aber bedeutet es, du hast genug, du willst gehen?«

»Warum? Meinst du, ich sollte?« Er wartete auf meine Antwort.

»Ich glaube nicht, dass ich die richtige Person bin, um dir darauf eine Antwort zu geben. Aber ich möchte auch nicht, dass meine Mutter leidet.«

»Emma, ich will dir ganz bestimmt nicht weh tun ... *ihr*, meine ich.« Ich wandte mich ihm zu, etwas verwirrt von seinem Gestotter. Er sah mich unruhig an, als wollte er sich entschuldigen. »Ich möchte Rachel nicht weh tun«, wiederholte er der Klarheit halber. »Das glaubst du mir doch, oder?« Seine dunkelbraunen Augen bohrten sich wie immer in mein Innerstes, ergriffen Besitz von meinen Gedanken und raubten mir jede Widerstandskraft. Irgendwann schaffte ich es endlich, mich mit einem Schaudern aus seinem Bann zu befreien. »Oder?«

Ich nickte und schlug die Augen nieder.

»Meine Tante mochte mich auch nicht besonders«, platzte ich dann völlig unvermittelt heraus und richtete den Blick auf das Haus gegenüber. »Genaugenommen bin ich mir sogar ziemlich sicher, dass sie mich gehasst hat. Man versucht schließlich nicht, jemanden zu erwürgen, wenn man ihn wenigstens ein kleines bisschen gernhat, oder?«

Jonathan sah mich bestürzt an. Mit diesem Geständnis hatte er ganz sicher nicht gerechnet.

»Wow, das klingt ziemlich verkorkst, stimmt's?«, gab ich mit einem nervösen Lachen zu.

»Ja, schon ein bisschen«, bestätigte er und lachte ebenfalls.

»Ich fass es nicht, dass ich das gerade gesagt habe«, fügte ich kopfschüttelnd hinzu. »Eigentlich sollte ich mittlerweile darüber hinweg sein. Sie sitzt im Gefängnis. Aber ich komme trotzdem nicht davon los.«

»Das ist doch verständlich. Mein Vater ist seit Jahren tot und macht mir trotzdem immer noch zu schaffen.«

Jetzt verging mir das Lachen. »Das tut mir leid.«

»Mir nicht.« Die Überzeugung in seiner Stimme überraschte mich, in seinem Gesicht war keine Gefühlsregung zu erkennen. Einen Augenblick lang war ich neidisch. Dann traf mich mit einem Schlag mein schlechtes Gewissen, weil ich mir auch nur für einen Moment gewünscht hatte, meine Tante wäre ebenfalls tot.

Jonathan atmete hörbar aus. »Wir sind vielleicht depressiv drauf, was?«

Jetzt konnte ich wieder lachen, die Anspannung löste sich. »Ja, ganz schön erbärmlich.«

»Und, was hast du heute noch so vor?«, fragte er und steuerte uns weg von dem bedrückenden Thema, das uns zu verschlingen drohte.

»Na ja, ich denke, ich werde erst mal meine Joggingrunde beenden«, antwortete ich. »Dann … ich weiß noch nicht. Und du?«

»Bewegung klingt jedenfalls gut«, pflichtete er mir bei. »Vielleicht geh ich schwimmen. Danach komme ich wieder zu euch nach Hause, denke ich.«

»Um dort was zu tun?«, hakte ich etwas besorgt nach.

»Keine Angst«, beruhigte er mich. »Heute gibt es kein Drama mehr. Ich raste sonst eigentlich nicht so schnell aus. Und ich will nicht mit ihr Schluss machen.«

»Gut.« Ich lächelte und hoffte inständig, meine Mutter würde endlich mit dem Trinken aufhören. Ich wollte nicht, dass sie Jonathan damit unabsichtlich in die Flucht jagte.

Wir verabredeten, uns später zu Hause zu sehen, dann ließ ich Jonathan allein auf der Bank zurück. Ich wurde einfach nicht schlau aus uns – aus unserer Verbindung, die sich auf gemeinsames Leiden gründete. Aber ich wollte auch nicht, dass Jonathan wegging.

Als ich vom Joggen zurückkam, hatte ich einen verpassten Anruf von Casey auf meinem Handy. Nachdem ich mich von meinen durchgeschwitzten Sachen befreit und den gröbsten Durst mit einem Glas Wasser gestillt hatte, rief ich sie zurück.

»Gehst du heute Abend mit mir auf eine Party?«, kam sie sofort zur Sache.

»Äh … ich weiß nicht«, stammelte ich, diese Frage hatte ich nicht erwartet.

»Bitte, Emma«, bettelte sie. »Jill und Sara sind nicht da, und diese Party soll echt toll werden. Aber ich will nicht allein hingehen.«

Ich seufzte. Irgendwie hatte ich zwar den Verdacht, dass ich es bereuen würde, aber ich antwortete trotzdem: »Na gut, ich komme mit.«

»Ja!«, rief sie triumphierend. »Dann hol ich dich um neun ab, okay?«

»Na klar«, stimmte ich zu. »Wohin gehen wir denn überhaupt …?« Aber sie hatte schon aufgelegt. Vermutlich spielte es auch keine Rolle. Im Grunde war eine Party wie die andere.

»Das ist aber ein hübscher Pulli«, bemerkte meine Mutter, als ich vor dem Spiegel stand und mir die Wimpern tuschte. Ich sah sie heute zum ersten Mal, den größten Teil des Tages war sie in ihrem Zimmer geblieben.

»Danke«, antwortete ich und drehte die Mascara wieder zu. »Aber er ist echt warm, hoffentlich wird mir nicht zu heiß.«

»So ist das eben mit Kaschmir. Zieh doch ein hübsches Top drunter – ich hab ein weißes, das wunderbar passen würde.«

»Okay, danke«, antwortete ich und sah sie im Spiegel an.

Zögernd meinte sie: »Ich baue immer wieder Mist, was?« Ich drehte mich zu ihr um, und sie seufzte tief. »Tut mir leid.«

Ehe ich etwas sagen konnte, verschwand sie in ihrem Zimmer und kam mit einem gerippten Tanktop zurück.

»Oh, danke«, rief ich, wusste aber immer noch nicht, was ich zu ihrer Entschuldigung sagen sollte. Rasch schlüpfte ich aus meinem grünen Kaschmirpulli und in das Top.

»Passt perfekt«, stellte meine Mutter fest. »Wo ist denn die Party?«

»Das weiß ich nicht genau«, gab ich zu. »Soll ich dich anrufen?«

»Nein, nein«, antwortete sie achselzuckend. »Du bist wie dein Vater, du gerätst nicht so leicht in Schwierigkeiten.« Mit einem sanften Lächeln wandte sie sich ab.

»Mom?«, rief ich ihr nach. »Ich meine, Rachel?« Sie drehte sich wieder zu mir um. Ihr Gesicht sah müde und traurig aus, obwohl sie sich Mühe gab zu lächeln. »Ist alles in Ordnung mit dir?«

Meine Mutter blinzelte die Tränen weg, räusperte sich und versuchte zu lachen. »Unfassbar – ich benehme mich wie eine Sechzehnjährige.« Dann wischte sie sich über die Augen und fügte hastig hinzu: »Ist nicht böse gemeint.«

Ich lächelte versöhnlich.

»Ich wusste ja, dass er jünger ist als ich. Und ich weiß auch, dass ich viel zu schnell anhänglich werde«, erklärte sie. »Es sollte mich nicht überraschen, dass ihn das ängstigt. Aber ich hab ihn so gern, Emily«, fügte sie mit gequälter Stimme hinzu.

»Ich weiß.« Voller Mitgefühl nahm ich den niedergeschlagenen Ausdruck in ihren Augen wahr. Ich hätte ihr gern gesagt, dass alles gut werden würde, dass auch er mit ihr zusammen sein wollte – aber ich war mir einfach nicht sicher, ob es die Wahrheit war. »Du bist viel stärker, als du denkst.«

Ihr fehlten die Worte, so verblüfft war sie. Eine Träne rollte über ihre Wange.

Lautes Hupen unterbrach uns.

»Oh, das ist Casey!«, rief ich. Zögernd fügte ich nach einer kurzen Pause hinzu: »Möchtest du, dass ich hierbleibe?«

»Nein.« Meine Mutter versuchte zu lächeln und fuhr sich mit der Hand über ihre feuchte Wange. »Geh ruhig. Amüsier dich. Außerdem müsste er ja jeden Moment hier sein.«

Tatsächlich begegnete ich Jonathan direkt vor der Tür, als ich zu Caseys Auto ging.

»Party?«, vermutete er.

»Japp«, antwortete ich mit einem Achselzucken. »Bis später dann. Oh – und bitte sei nett zu ihr«, fügte ich im Vorbeigehen leise hinzu, wandte mich aber ab, ehe er etwas erwidern konnte.

Als ich die Tür von Caseys Mini öffnete, dröhnten elektronische Rhythmen in die ruhige Nachbarschaft hinaus.

»Hi!«, rief Casey, ohne die Musik leiser zu stellen. Ich nickte nur kurz zur Begrüßung.

Im Gegensatz zu Jill quasselte Casey nicht ununterbrochen und interessierte sich auch nicht besonders für Tratsch und Gerüchte. Meistens begriff sie nicht mal die Hälfte der Geschichten, die sie hörte, oder sie stellte ahnungslose Fragen, brachte alles durcheinander und erinnerte sich an völlig falsche Zusammenhänge. Sie hatte ein gutes Herz, aber ein Gespräch mit ihr hätte mir im Moment mehr Geduld abverlangt, als ich besaß – also überließ ich die Kommunikation der Musik.

Wir brausten durch die dunklen, kurvigen Sträßchen von Weslyn, bis wir in einem Villenviertel landeten, in dem sich hinter abweisenden Eisentoren prächtige Grundstücke verbargen. Von den Hügelhängen blickten die Häuser auf den Rest der Menschheit hinab. Jetzt wusste ich, dass wir auf dem Weg zu einer Schickeria-Party waren.

Als wir in die Auffahrt einbogen, stellte Casey die Musik leiser. Das elektronische Tor öffnete sich automatisch, und Casey sah mich gespannt an.

»Bist du jetzt sauer?«, fragte sie und kaute auf der Unterlippe herum.

»Hm, nein«, entgegnete ich und musterte sie argwöhnisch. »Warum sollte ich sauer sein?«

»Warst du noch nie hier?«, fragte sie, offensichtlich überrascht.

Während wir langsam den vollgeparkten Zufahrtsweg entlangfuhren, kam das Schloss immer deutlicher in Sicht – es verfügte sogar über einen Turm in der Mitte, von dem die Seitenflügel abzweigten. Alles war aus Stein gemauert, beeindruckend, aber kalt.

»An so etwas würde ich mich bestimmt erinnern«, erwiderte ich, während ich zu dem Gebäudekomplex emporstarrte. »Wer wohnt denn hier?«

Casey hielt bei dem Parkservice an. »Drew.«

Ehe ich reagieren konnte, war sie auch schon ausgestiegen und bekam von dem schwarz gekleideten Mann eine Nummer in die Hand gedrückt.

Jetzt ärgerte ich mich doch.

»Warum sind wir bei Drew? Du kannst doch nicht ernsthaft

glauben, das wäre eine gute Idee! Warum in aller Welt hast du mich hierhergeschleppt?« Ich stieg ebenfalls aus.

»Himmel«, schmollte Casey. »Er gibt sonst nie eine Party, und ich wollte das Haus endlich mal von innen sehen. In einer Stunde gehen wir wieder, okay?« Mit ihren weit aufgerissenen blauen Augen sah sie aus wie ein Hündchen, das ausgeschimpft wird, weil es an den Möbeln gekaut hat. Ich seufzte genervt.

»Na gut, eine Stunde«, grummelte ich. »Aber verlier mich bitte nicht aus den Augen, ja?«

»Versprochen«, zwitscherte sie und war sofort wieder munter. Mir kam es fast so vor, als hätte sie am liebsten einen Luftsprung gemacht und in die Hände geklatscht.

Ich folgte ihr durch eine riesige Holztür mit einem gusseisernen Klopfer, der ungefähr so groß war wie mein Kopf, und wir traten in ein zur Decke hin offenes Foyer. In seiner Mitte stand ein großer Tisch mit einem gigantischen Blumenarrangement.

Noch herrschte kein Gedränge, und die meisten Leute, denen wir begegneten, kannte ich gar nicht. Casey stolzierte vor mir her zu einer Garderobe und ließ sich von einem Angestellten die Jacke abnehmen. Ich folgte ihren auf und ab hüpfenden Locken, doch plötzlich war sie in einem Korridor verschwunden.

Als ich um die Ecke bog, öffnete sich der Gang in einen großen Saal – vermutlich eine Art Wohnzimmer. An einer Wand standen mehrere dunkelbraune Ledersofas, eine andere wurde von einem eleganten handgefertigten Regal mit allen möglichen Büchern und Kunstgegenständen ausgefüllt. Große Bogenfenster bestimmten die beiden anderen Seiten des Raums, ganz hinten hingen über einer geräumigen Tanzfläche blinkende Lichter von der Decke. Zwischen zwei hohen schmalen Lautsprechern stand ein Typ mit großen Kopfhörern und wiegte sich versonnen im Takt der Musik.

Auch dieser Raum war relativ leer – ein paar Leute saßen auf den Sofas, im Raum verteilt standen einige Grüppchen und plauderten. Von Casey keine Spur.

»Wo ist die Bar?«, erkundigte ich mich bei der erstbesten Person, die an mir vorbeikam.

»Die Treppe runter.« Das Mädchen deutete mit ausgestrecktem Zeigefinger in die entsprechende Richtung und schloss sich dann wieder ihren Freunden an.

In der Wand befand sich ein fast unsichtbarer Durchgang, der zu einer breiten Wendeltreppe führte – vermutlich der Weg ins Verlies. Ich folgte den Stufen um die Biegung herum und gelangte in den größten Freizeitraum, den ich jemals gesehen hatte, ausgestattet mit mehreren Pooltischen, zwei Bars, Sofas, Fernsehern, Kickertischen und einem Basketball-Automaten. Die überall in die Steinwand eingelassenen Wandleuchten spendeten ein angenehm sanftes Licht.

Hier unten war es voller als oben, aber immer noch nicht überfüllt – vielleicht war auch der Raum einfach zu riesig dafür. Ich meinte Casey an der Bar auf der anderen Seite des Raums zu erkennen und machte mich auf den Weg zu ihr.

»Emma Thomas?«, rief eine Frauenstimme hinter mir. Als ich mich umdrehte, sah ich eine Gruppe von Mädels in gewagten Glitzertops, die mich, Martinigläser in der Hand, gebannt anstarrten. »Ich hätte echt nicht gedacht, dich hier zu treffen. Das ist ja der Wahnsinn.«

Verwirrt sah ich von einer zur anderen. Ich kannte keine von ihnen.

»Wir haben vor zwei Jahren unseren Abschluss gemacht«, erklärte die zierliche Brünette, die mich angesprochen hatte.

»Oh, hi«, sagte ich. Etwas Besseres fiel mir leider nicht ein.

»Wie geht's denn mittlerweile?«, erkundigte sich das Mädchen mit den schwarzen Locken und den vollen roten Lippen.

»Hm …« Ich stockte, denn ich nahm ihr nicht ab, dass sie sich wirklich für mein Befinden interessierte. Schließlich rang ich mich doch zu einer Antwort durch. »Es geht mir ganz gut, danke. Aber eigentlich bin ich auf der Suche nach Casey Straus. Habt ihr sie vielleicht gesehen?«

»Nein, tut mir leid«, erwiderte das Mädchen. »Aber wir sollten uns nachher unbedingt mal ein bisschen unterhalten, okay?«

»Klar, machen wir.« Ich zwang mich zu lächeln, die Mädels winkten mir zu und gingen weiter. Worauf hatte ich mich da nur eingelassen?

Als ich mich wieder der Bar zuwandte, waren die blonden Locken, die ich vorhin Casey zugeschrieben hatte, spurlos verschwunden. Weil ich nicht den ganzen Abend hinter ihr herjagen wollte, ließ ich mich erst einmal auf einem Barhocker nieder und nahm mir vor, ihr nach der vereinbarten Stunde eine SMS zu schreiben und mich dann gezielt irgendwo mit ihr zu treffen – wo immer das auch sein mochte.

»Was kann ich dir bringen?«, fragte der Typ im weißen Oxfordhemd hinter der Bar. Unfassbar, dass es hier sogar einen richtigen Barkeeper gab. Andererseits gab es ja auch einen Parkservice.

»Irgendwas mit Koffein«, antwortete ich. Als der Typ nach einer Alkoholflasche griff, setzte ich schnell hinzu: »Aber ohne Alkohol.« Er nickte und gab mir ein Mountain Dew.

Ich schaute an ihm vorbei auf den Bildschirm hinter der Bar und vertrieb mir die Zeit mit einer Sendung über die aktuellen Basketball-Highlights. So musste ich mich wenigstens nicht mit Leuten unterhalten, die ich nicht kannte. Oder mit jenen, die ich nur allzu gut kannte …

»Ich hab ihm gesagt: ›Du bist ein elender Mistkerl und wirst dir noch wünschen, du wärst tot‹.«

Ohne nachzudenken, drehte ich mich um. Vielleicht, weil der Kerl eine dieser fiesen Stimmen hatte, die man überall heraushört und auf die man beinahe ebenso instinktiv reagiert wie auf den Klang einer Autohupe.

Jay sperrte Mund und Nase auf. »Ach du Scheiße – Emma! Ich wusste gar nicht, dass es dich noch gibt. Oh, sorry, ich hab das nicht so gemeint.«

Ich brauchte einen Moment, um zu begreifen, was Drews nerviger bester Freund tatsächlich damit gemeint hatte. Als der Groschen gefallen war, rutschte ich von meinem Hocker hinunter, ging hocherhobenen Hauptes davon und ließ ihn und sein Gefolge stehen.

Inzwischen kam ein stetiger Strom von Gästen die Treppe herunter, also ging ich weiter zur anderen Seite des Raums, wo neben der zweiten Bar eine Glasschiebetür auf eine Steinterrasse hinausführte. Ich schlüpfte schnell hindurch, ehe mich noch jemand ansprechen konnte.

Warum ließ ich mich bloß immer wieder dazu überreden, auf eine Party zu gehen? Mein genervtes Stöhnen formte eine Wolke in der frostigen Luft, ich vergrub die Hände in den Taschen und überlegte, was ich jetzt tun sollte.

Schließlich zog ich mein Telefon heraus, leider nur, um festzustellen, dass ich immer noch unerträgliche fünfundvierzig Minuten vor mir hatte. Angestrengt spähte ich in die Dunkelheit und versuchte zu erkennen, wie ich von hier zur Vorderseite des Schlosses gelangen konnte. Vielleicht erlaubte mir ja der Mann vom Parkservice, mich in Caseys Auto zu setzen und dort auf sie zu warten.

Die Terrasse mündete in einen mit Steinplatten gepflasterten, vom Schnee freigeschaufelten Weg, der sich ein Stück weiter gabelte. Der eine Teil führte zu einem abgedeckten Pool, der andere zu einem langen Gebäude aus dunkel gebeiztem Holz. In den kleinen Fenstern brannte Licht.

Ich näherte mich der Tür des Holzgebäudes, um einen Blick

hineinzuwerfen, aber als ich sie öffnete, wurde ich unwiderstehlich ins Innere gezogen. Der Geruch von frisch gebohnerten Holzböden und einer Spur Gummi stieg mir in die Nase. Eigentlich überraschte es mich nicht, in Drews Hinterhof eine Basketballhalle zu entdecken, aber ich konnte nicht verstehen, warum er mir nie etwas davon erzählt hatte.

Das leere Spielfeld schien mir der perfekte Zufluchtsort zu sein, hier konnte ich mich die nächste halbe Stunde ungestört vergnügen. Ich zog meine Jacke aus und ließ sie auf die Bank fallen. Perfekte schwarze Linien umrahmten das Spielfeld, an einer Seite standen zwei Bänke für die beiden miteinander konkurrierenden Teams. Über der Schmalseite des Felds hing eine Profi-Anzeigentafel an der Wand, in der einen Ecke führte eine Tür in eine Umkleidekabine. Lachend schüttelte ich den Kopf. Unglaublich.

Weil meine Schuhe schwarze Sohlen hatten, zog ich sie aus und marschierte in Socken aufs Spielfeld, nahm die Bälle an der Grundlinie in Augenschein, suchte mir einen aus und dribbelte auf die Freiwurflinie zu. Dann wandte ich mich um, zielte und warf. Der Ball prallte am hinteren Rand ab und rutschte problemlos in den orangefarbenen Korb. Ich dribbelte zurück, um den nächsten Wurf anzupeilen.

Langsam arbeitete ich mich an der Linie entlang und beobachtete dabei mit einem Auge, wie auf der gittergeschützten Uhr hinter dem Korb eine Minute nach der anderen vorbeiklickte. Als ich die Tür zuknallen hörte, hielt ich in der Bewegung inne und wirbelte mit dem Ball auf der Handfläche herum.

»Dachte ich mir doch, dass ich dich hier finden würde«, sagte Drew mit einem Lächeln, das seine Grübchen zum Vorschein brachte. »Andererseits hab ich eigentlich überhaupt nicht mit dir auf meiner Party gerechnet.«

»Sorry«, entschuldigte ich mich. Vor Nervosität fing ich am ganzen Körper an zu schwitzen.

»Nein, schon okay«, beruhigte er mich und kam langsam auf mich zu. »Ich war nur überrascht, als ich gehört habe, dass du hier bist. Kein Problem.«

Er trug einen hellblauen Pulli, der die Farbe seiner Augen betonte; sie wirkten wie schimmernde Bergseen. Seine schwarzen Haare waren zur Seite gekämmt – eine etwas zahmere Frisur als der Surfer-Look, an den ich mich erinnerte.

»Wo ist Sara?«, fragte er.

»In Cornell«, antwortete ich.

»Mit wem bist du dann hier? Vermutlich ja wohl nicht mit Evan«, meinte er etwas spöttisch.

»Mit Casey.« Natürlich entging mir sein Tonfall nicht. Er nickte.

Ich balancierte den Ball auf der Hüfte und überlegte, wie ich am besten verschwinden konnte, ohne die Situation noch unangenehmer zu machen.

»Hast du Lust auf ein Spiel?«, schlug er vor, ehe ich zu einem Entschluss gekommen war, und streckte mit einer erwartungsvollen Geste die Hände in die Höhe.

»Warum nicht.« Achselzuckend warf ich ihm den Ball zu. In ein paar Minuten musste ich ohnehin gehen.

Er dribbelte näher, reckte sich, und der Ball glitt geschmeidig in den Korb. Ich schnappte ihn mir und warf ihn zu Drew zurück, damit er noch einen Wurf versuchen konnte. Er machte ein paar Schritte nach rechts und landete den nächsten Treffer.

»Herzlichen Glückwunsch übrigens, dass ihr schon wieder die Fußball-Landesmeisterschaften gewonnen habt«, sagte Drew und nahm den Ball erneut an.

»Danke«, antwortete ich knapp, ganz auf die Rebounds konzentriert, damit ich die Nerven nicht verlor.

»Ich hab gehört, das Mädchen-Basketballteam ist auch nicht schlecht«, fuhr Drew fort, während er den Ball ein ums andere Mal in den Korb beförderte.

»Ja, wir haben ein gutes Team.«

Jetzt warf er den Ball zurück zu mir und ließ mich ein paarmal auf den Korb werfen. Ich dribbelte zur Dreipunktelinie, zielte und landete ebenfalls einen Treffer.

»Schöner Wurf.« Drew ließ den Ball zu mir springen, ich nahm ihn an und warf erneut. Diesmal prallte der Ball vom Brett ab und ging dann in den Korb.

»Syracuse Basketballteam, was? Warum hab ich eigentlich nicht mitgekriegt, dass die dich geholt haben?«, fragte ich, immer noch ganz auf den Ball konzentriert. »Das ist doch der Wahnsinn.«

»Davon wusste fast niemand«, erwiderte er, und ich wunderte mich über seinen gleichgültigen Ton. Ich zögerte und sah ihn kurz an, ehe ich warf. »Ich wollte es nicht an die große Glocke hängen, mein Dad prahlt schon genug für uns beide. Außerdem habe ich dieses Jahr noch keinen Stammplatz in der Mannschaft, also komme ich eh nicht viel zum Spielen.«

»Ah.« Ich nickte, obwohl ich immer noch nicht verstand, warum niemand in der Schule gewusst hatte, was für ein hoffnungsvolles Talent er war. Dabei hatte man ihn doch schon in der elften Klasse gescoutet. Und ich fragte mich, wie wichtig ihm Basketball eigentlich war – für seinen Vater schien es ja offensichtlich keine Kleinigkeit zu sein. Ich brachte mich in Wurfposition. Drew lief los und wollte mir den Ball aus der Hand schlagen, aber ich riss ihn nach unten weg. Als seine Hand meiner Bewegung folgte, zog ich den Ball blitzschnell wieder hoch und warf.

»Netter Versuch«, spottete ich und beeilte mich, den Rebound zu kriegen. Auch Drew sprintete los, und da er die richtigen Schuhe trug, war er schneller als ich.

Mit einem frechen Grinsen dribbelte er von mir weg. Ich ging vor ihm in Verteidigungsstellung, blieb ihm dicht auf den Fersen, als er sich nach innen bewegte, und sprang hoch, als er warf. Aber der Ball segelte über meine Fingerspitzen hinweg direkt in den Korb.

»Das war reines Glück«, stichelte ich.

Mit jedem Wurf nahm meine Nervosität ab. Drew zog seinen Pullover aus, darunter kam ein graues T-Shirt mit einem Surf-Logo zum Vorschein. Ich entledigte mich ebenfalls meines Pullovers und legte ihn zu seinem auf die Bank. Als ich mich wieder dem Feld zuwandte, wanderte Drews Blick über mein enges weißes Top, aber ich ignorierte sein anzügliches Grinsen.

Er warf mir den Ball zu, und ich dribbelte los.

»Wieso haben wir eigentlich noch nie zusammen gespielt?«, fragte er und versuchte, mir den Ball wieder abzunehmen. Ich drehte mich, blockte ihn mit der Schulter und kicherte fies.

»Keine Ahnung«, antwortete ich, wirbelte herum und gab den Ball frei. Pfeilschnell landete er im Netz. »Wieso hast du mir nie erzählt, dass du zu Hause eine Basketballhalle hast?«

»Das war ein Geschenk zu meiner Abschlussprüfung«, erklärte er. Ich nickte. Im letzten Juni hatten wir weder miteinander gesprochen, noch war ich in der Lage gewesen, Basketball zu spielen.

»Ich kann nicht in Socken spielen«, entschied ich, nachdem ich wieder einmal hinter dem Ball hergeschlittert war. »Barfußregel.«

»Na gut«, stimmte Drew zu, kickte seine Schuhe weg und zog die Socken aus.

Wir spielten weiter, und mit jedem Rebound und jedem Korb wurde das Spiel intensiver. Ich rempelte Drew ein paarmal an, um unter den Korb zu kommen, und er stieß mich mindestens genauso häufig mit dem Ellbogen weg. Ich konnte nicht beurteilen, wer von uns vorne lag, denn wir zählten nicht mit.

Als ich innerhalb der Dreipunktelinie zu einem Sprung ansetzte, kam Drews Blockversuch zu spät, und er traf mich mit der Schulter. Ich landete hart auf dem rechten Fuß, der unter der plötzlichen Belastung nachgab, und ging zu Boden. Sofort zog ich das Knie an die Brust, umklammerte den Knöchel und sog hörbar die Luft durch die zusammengebissenen Zähne ein.

»Oh, das tut mir echt leid.« Drew beugte sich zu mir. »Alles okay?«

»Ja«, knurrte ich und inspizierte den Schaden. »Bin nur falsch aufgekommen.«

»Wäre auch echt Scheiße gewesen, wenn ich die Teamkapitänin direkt vor dem Spiel ausgeschaltet hätte.« Sein Satz blieb in der Luft hängen, als sein Blick auf die Narbe fiel. »O Em. Ist wirklich alles okay?«

»Ja, alles in Ordnung.« Ich versuchte, locker zu klingen. Er streckte mir die Hand hin, um mich hochzuziehen. Vorsichtig belastete ich den Fuß und hinkte zur Bank.

»Ich hol dir einen Eisbeutel.« Ehe ich protestieren konnte, lief er schon in die Kabine und kam kurz darauf mit einem weißen Plastikbeutel zurück. Ich legte mein Bein auf die Bank, und er packte das Eis auf meinen Knöchel.

»Wird schon wieder«, beharrte ich etwas verlegen, weil er sich so bemühte. »Außerdem – du schmeißt doch heute eine Party oder etwa nicht? Du musst dich wirklich nicht um mich kümmern.«

»Ach was, die Party läuft von selbst«, wehrte er lächelnd ab. »Aber ich wünschte, ich hätte mich besser um dich gekümmert, als ich noch die Gelegenheit dazu hatte.«

Seine Worte beschwichtigten mich etwas.

»Was ich sagen wollte – es tut mir leid«, fuhr er leise fort. Er hatte sich neben meinem Fuß auf der Bank niedergelassen und hielt den Eisbeutel fest. »Ich war auf dieser Party damals wirklich ein Arschloch, und ich wollte, ich könnte es ungeschehen machen. Deshalb möchte ich … deshalb möchte ich, dass du weißt, wie leid es mir tut.«

Ich schluckte. Zu mehr war ich nicht in der Lage. In seinen

ruhigen Augen erkannte ich, dass er es ernst meinte, trotzdem wusste ich nicht, was ich sagen sollte. Aber ich glaubte ihm.

Dann fiel mein Blick auf die Uhr an der Wand. »Scheiße, ich bin zu spät dran!«, rief ich erschrocken.

»Was ist?«, fragte Drew erstaunt.

»Ich war vor ungefähr einer Stunde mit Casey verabredet, ich Idiot.«

»Sie ist bestimmt noch drüben«, beruhigte er mich.

Hastig zog ich meinen Fuß unter seiner Hand hervor und griff nach meinen Socken und Schuhen. Mein Knöchel war empfindlich, aber ich hatte schon Schlimmeres erlebt. Ich nahm meine Jacke von der Bank und machte mich auf den Weg zur Tür.

»Warte«, rief Drew mir nach, nahm ebenfalls seine Jacke und zog sich in Windeseile die Schuhe an.

Als ich mein Handy aus der Tasche zog, um Casey anzurufen, sah ich, dass ich fünf Anrufe verpasst hatte. Drei davon waren von Casey, außerdem hatte sie mir mehrere SMS geschickt. Ich stöhnte.

Die letzte SMS lautete: *Keine Ahnung, wo du bist, ich fahre jetzt zu einer anderen Party. Ruf an, wenn du mich brauchst.*

»Na toll«, grummelte ich.

»Was ist denn?«, fragte Drew, der sich gerade seine Schuhe zuband.

»Sie ist weg. Was soll ich denn jetzt machen?«

»Willst du nach Hause?«, fragte er, stand auf und steckte die Arme in die Ärmel seines Pullovers, ehe er ihn über den Kopf zog.

»Nimm's mir nicht übel, es ist bestimmt eine tolle Party, aber …«

»Versteh schon. Ich fahre dich.«

»Du kannst doch nicht von deiner eigenen Party weg«, widersprach ich.

»Bis jetzt hat mich keiner vermisst.« Er grinste sarkastisch. »Ich hab nur ein Bier intus, und das kann ich guten Gewissens von niemand anderem auf der Party behaupten. Du trinkst immer noch keinen Alkohol, oder?«

Ich schüttelte den Kopf.

»Dann lass mich dich heimfahren.«

Ich holte tief Luft, um Zeit zu gewinnen. »Na gut«, sagte ich schließlich.

Ich folgte Drew ins Haus, damit er seinen Autoschlüssel holen konnte, und wir bahnten uns gemeinsam einen Weg durch die inzwischen dicht gedrängte Menschenmenge.

»Wo warst du denn?«, fragte ein Mädchen mit langen blonden Haaren und einem engen schulterfreien Top, als Drew an ihr vorbeikam.

»Ich war die ganze Zeit über hier«, antwortete er, ohne sie richtig anzuschauen. »Bin gleich zurück.« Dann gingen wir die Treppe hinunter, und ich wich den bohrenden Blicken aus, die uns folgten.

Am Fuß der Treppe stand ein ganz in Schwarz gekleideter Mann, der uns erst aufhalten wollte, dann aber Drew erkannte und ihn höflich begrüßte. »Guten Abend, Mr Carson.«

»Hi, Frank«, erwiderte Drew. »Hat Ihnen jemand Probleme gemacht?«

»Niemand, mit dem ich nicht fertiggeworden wäre«, antwortete der Muskelmann. Jetzt erst bemerkte ich den Stöpsel in seinem Ohr. Prompt drückte er auf das kleine Mikro, das an seinem Revers steckte, und wechselte ein paar Worte mit jemandem.

»Deine Partys bewegen sich auf einem ganz anderen Niveau als andere«, bemerkte ich, während wir durch den langen, breiten Korridor gingen.

»Ich weiß eben, was passieren kann, wenn etwas schiefläuft«, erklärte Drew und blieb vor einer Tür stehen. Ich wartete, während er aufschloss. »Du kannst gerne reinkommen, wenn du magst.«

»Nein«, erwiderte ich hastig. »Ich bleibe lieber hier auf dem Flur.«

Drew grinste und verschwand in seinem Zimmer. Ein paar Minuten später kam er zurück, hatte sich eine Jacke übergezogen und hielt den Schlüssel in der Hand. Wir stiegen am Ende des Korridors eine weitere Treppe hinunter, die ebenfalls von einem Mann in Schwarz bewacht wurde.

»Ich bin kurz weg«, sagte Drew zu ihm, als wir vorbeigingen.

»Keine Sorge, wir haben alles unter Kontrolle«, versicherte der Mann.

Die Treppe führte in eine Halle beim Seiteneingang, und wir verschwanden, ohne dass jemand es bemerkte. Drews Geländewagen stand gleich an der Hauswand, was uns die Flucht erleichterte.

»Danke, dass du mich fährst«, sagte ich, während ich den Sicherheitsgurt festschnallte.

»Kein Problem«, meinte er und ließ den Motor an.

Den größten Teil der Fahrt schwiegen wir. Ich hatte Angst, etwas zu sagen, denn ich wollte kein Gespräch anfangen, auf das ich im Grunde nicht vorbereitet war. Ich schaute aus dem Fenster, und auf einmal überfiel mich Panik.

»Wo fahren wir denn hin?«, fragte ich.

»Zu deinem … oh. Scheiße!«

Mein Herz klopfte so schnell, dass ich kaum noch Luft bekam. Drew setzte zu einer Entschuldigung an und fuhr auf den leeren Parkplatz des inzwischen geschlossenen Coffee-Shops.

Ich schloss die Augen und versuchte, mich so gut es ging zusammenzunehmen.

»Ich kann nicht fassen, dass mir das passiert ist«, sagte Drew kopfschüttelnd. Dann fuhr er wieder los, und wir entfernten uns von dem Haus. »Wo wohnst du denn jetzt?«

Ich erklärte ihm den Weg zum Haus meiner Mutter in der Decatur Street. Je größer die Distanz zwischen mir und dem Haus wurde, desto leichter fiel mir das Atmen.

Schließlich hielt Drew hinter Jonathans Truck in der Auffahrt und wandte sich mir zu.

»Es war schön, dich zu sehen«, sagte er.

»Ja«, antwortete ich und löste den Sicherheitsgurt.

»Hey«, fuhr Drew fort, als meine Hand schon auf dem Türgriff lag, »ich wollte, ich hätte es gewusst.« Ich sah ihn an und ließ ihn weitersprechen, obwohl mir klar war, dass ich ihn besser hätte stoppen sollen. »Du weißt schon – was du durchgemacht hast«, erklärte er leise.

Nervosität durchzuckte mich, und ich zog mich innerlich zurück, fest entschlossen, seine Worte nicht an mich heranzulassen.

»Ich weiß, dass ich mich oft wie ein Blödmann benommen habe, aber du warst mir ehrlich wichtig.«

Damit hatte ich nicht gerechnet. Mir wurde warm ums Herz. »Ich weiß.«

»Ich wollte dich besuchen«, gestand er. »Als du im Krankenhaus warst. Aber die Polizei hat mich nicht zu dir gelassen. Es tut mir wirklich leid, Emma – alles.«

Ich lächelte ihn an. »Danke, Drew. Niemand wusste etwas davon, du warst nicht der Einzige.«

»Meinst du, ich könnte dich gelegentlich mal anrufen?«, fragte er vorsichtig. »Damit wir in Kontakt bleiben?«

»Ich hab mich auch gefreut, dich zu sehen, Drew«, sagte ich, ohne auf seine Frage einzugehen. »Noch mal danke fürs Fahren.« Damit stieg ich aus. Er wartete, bis ich die Haustür geöffnet hatte, aber ich schloss die Tür hinter mir, ohne mich umzuschauen.

16

*Be*Reit?

Es klopfte an meiner Tür. Ich zog die Ohrstöpsel heraus und legte die Zeitschrift neben mich aufs Bett.

»Hi.« Im Türspalt erschien das lächelnde Gesicht meiner Mutter. »Darf ich reinkommen?«

»Klar«, antwortete ich und fragte mich, warum sie so nervös wirkte. Dann bemerkte ich den Bilderrahmen in ihrer Hand.

»Ich wollte dir das hier geben«, erklärte sie und stellte den Rahmen neben die Weihnachtskarte von Leyla und Jack auf die Kommode. Ich rutschte vom Bett, um das Geschenk in Augenschein zu nehmen. »Ich finde, du solltest es haben – es ist das einzige Foto, das meiner Tollpatschigkeit entgangen ist.«

Auf dem Bild trug mein Vater mich auf den Schultern, ein stolzes Lächeln umspielte seine Lippen. Ich hatte ein Fußballtrikot an und reckte triumphierend eine Trophäe in die Höhe.

»Danke«, sagte ich und lächelte.

»Er hat dir so gern beim Fußballspielen zugeschaut«, erinnerte sich meine Mutter. Doch so lange ich das Foto auch anstarrte, ich konnte den Moment in meinem Gedächtnis nicht genau verorten. Auf dem Foto war ich schätzungsweise fünf oder sechs, vielleicht noch zu jung, um mich richtig erinnern zu können. »Du verstehst, warum ich kein Bild von ihm aufstelle, oder?«, fragte meine Mutter zögernd, und ich nickte. »Aber du kannst das gerne tun.«

Was sollte ich darauf antworten? Offensichtlich hatte diese

Geste meine Mutter große Überwindung gekostet, daher wollte ich ihr zeigen, wie viel sie mir bedeutete. Wahrscheinlich hätte ich sie in den Arm nehmen sollen. Aber wir standen nur verlegen nebeneinander und konnten uns kaum in die Augen schauen – von Berührungen ganz zu schweigen.

»Wie war denn die Party?«, fragte sie schließlich und brach damit die angespannte Stimmung.

»Wie Partys eben so sind.« Ich seufzte.

»Hat jemand was zu deinem Pulli gesagt?«, hakte sie nach.

»O nein!«, rief ich und schüttelte fassungslos den Kopf.

»Was ist?«, fragte sie erschrocken.

»Ich hab den Pulli liegen lassen«, erklärte ich ärgerlich. »Unfassbar. Wie konnte ich ihn nur vergessen?«

»Kannst du nicht einfach hingehen und ihn holen?«, fragte meine Mutter, die mein Dilemma natürlich nicht verstand.

»Na ja … die Party war bei meinem Exfreund, deshalb wäre das wahrscheinlich keine so gute Idee.«

»Bei deinem Exfreund?«, wiederholte meine Mutter mit hochgezogenen Brauen. »Weiß Evan denn, dass du dort warst?«

Schuldbewusst kniff ich die Lippen zusammen. »Nein. Und ich freue mich auch nicht gerade darauf, es ihm zu erzählen.«

»Viel Glück dabei«, meinte sie ironisch.

»Danke«, gab ich zurück und bekam Magengrummeln beim Gedanken daran, Evan gestehen zu müssen, dass ich nicht nur bei Drew gewesen war, sondern er mich am Ende auch noch heimgefahren hatte. »Da fühle ich mich gleich viel besser.«

»Sorry«, kicherte sie.

»Bereit?«, rief Jonathan vom Flur aus.

»Wofür?«, fragte meine Mutter verwirrt, und im selben Augenblick landeten eine rote und eine violette Wasserpistole auf meinem Bett.

Selbst mit einer blauen Pistole bewaffnet, erschien Jonathan an der Tür. »Dafür!«, rief er und zielte mit einem fiesen Grinsen auf uns.

Dem zweiten Wasserstrahl konnte ich rechtzeitig ausweichen. Meine Mutter kreischte vor Lachen.

»Oh, das wirst du mir büßen«, quietschte sie, schnappte sich die rote Pistole und jagte wild um sich spritzend hinter ihm die Treppe hinunter.

Kurzentschlossen packte ich die dritte Pistole und verfolgte die beiden, verlor Jonathan jedoch aus den Augen, als meine Mutter in die Küche rannte, um dort Schutz zu suchen. Die Wasserpistole im Anschlag ging ich ins Wohnzimmer, aber dort war er auch nicht.

Auf Zehenspitzen schlich ich zurück in die Diele. Meine Mutter streckte den Kopf durch die Tür und nickte in Richtung des dunklen Korridors, der zur Kellertür führte. Ehe ich reagieren konnte, stürzte Jonathan aus dem Schatten, packte meinen Arm und zog mich im selben Moment vor sich, in dem meine Mutter schussbereit aus der Küche rannte.

Jonathan hielt mich fest an sich gedrückt, so dass meine Mutter ihn nicht nassspritzen konnte, ohne auch mich zu treffen.

»Du benutzt mich als menschlichen Schutzschild!«, rief ich empört, während er seine Waffe mal auf meine Mutter, mal auf mich richtete – bereit, diejenige nasszuspritzen, die sich als Erste rührte.

»Auf *dich* wird sie niemals schießen«, erklärte er und bugsierte mich weiter die Diele hinunter. Unterdessen versuchte meine Mutter, sich um uns herumzulavieren, damit sie besser zielen konnte.

»Tut mir leid, Schätzchen«, sagte sie schließlich und richtete die Spritzpistole genau auf meinen Kopf.

»Mom?« Fassungslos riss ich die Augen auf, doch dann sah ich, wie sie kurz, aber demonstrativ den Blick senkte, und verstand.

Sofort duckte ich mich und glitt aus Jonathans Arm auf den Boden, während sie ihn von oben bis unten nassspritzte. Blitzschnell drehte ich mich um und richtete meine Pistole ebenfalls auf ihn.

Eine Hand schützend vor sich haltend, erwiderte Jonathan das Wasserfeuer. Keiner von uns war gewillt, den Rückzug anzutreten, und so lachten und spritzten wir, bis unsere Pistolen leer waren.

»Zeit zum Nachfüllen!«, verkündete Jonathan und streckte kapitulierend die Hände in die Höhe.

Ich setzte mich auf die Treppe, und meine Mutter nahm mir die Pistole ab, damit ich mir das Gesicht trockenwischen konnte.

»Okay, aber diesmal kriegen wir einen Vorsprung«, erklärte meine Mutter, als sie die aufgefüllten Wasserpistolen ein paar Minuten später wieder verteilte. »Jonathan, du musst zwanzig Sekunden in der Küche warten. Bereit, Emily?«

Ich nickte. Jonathan musterte uns argwöhnisch, zog sich aber gehorsam in die Küche zurück.

»Schnell«, flüsterte meine Mutter. »Nach oben.«

Ich rannte die Treppe hinauf, meine Mutter kam mir dicht auf den Fersen hinterher. Wir sausten zum Bad, und ich versteckte mich hinter der Tür, während meine Mutter sich auf den Flurboden legte, um Jonathan hinterrücks überfallen zu können, sobald er die Treppe hochkam.

»Bereit?«, fragte sie und sah sich zu mir um. Im selben Moment glaubte ich ein Klopfen an der Tür zu hören.

»Warte mal, du kannst nicht einfach nach draußen verschwinden, Jonathan«, brüllte meine Mutter, als die Haustür sich mit ihrem üblichen Quietschen öffnete. Sie sprang auf und begann, noch bevor sie sich ganz aufgerichtet hatte, in Richtung Tür zu spritzen. Ich stürzte aus dem Bad, um sie zu unterstützen, aber sie hörte abrupt auf, schlug sich die Hand vor den Mund und blieb wie erstarrt stehen.

»Es tut mir leid!«, stieß sie hervor. Als ich ihrem erschrockenen Blick folgte, entdeckte ich Evan am Fuß der Treppe, völlig verdutzt – und vor allem pitschnass.

Im ersten Moment war ich schockiert, aber dann prustete ich los.

»Was habt ihr euch denn dabei gedacht?«, fragte Jonathan. »Das ist wirklich keine angemessene Art, einen Gast zu begrüßen.«

»Evan, ich dachte, du wärst Jonathan und wolltest vor uns abhauen«, erklärte meine Mutter eifrig und mit hochrotem Gesicht. Ich schüttelte den Kopf und eilte, immer noch lachend, die Treppe hinunter.

Evan wischte sich mit dem Jackenärmel über das Gesicht. »Nicht so schlimm, ist ja nur Wasser.« Er musterte mich mit einem amüsierten Grinsen. »Du lachst? Anscheinend findest du das lustig, was?« Ich kannte diesen Gesichtsausdruck nur zu genau.

Aber ehe ich die Treppe wieder hinauflaufen und mich in Sicherheit bringen konnte, hatte er schon die Arme um mich geschlungen und mich hochgehoben.

»Nein, Evan, bitte nicht«, bettelte ich. Zwar hatte ich keine Ahnung, was er vorhatte, aber ich wusste, dass ich mich auf etwas gefasst machen konnte. Jonathan schien sich ebenfalls blendend zu amüsieren, nur meine Mutter wirkte etwas besorgt.

»Was hast du mit ihr vor?«, fragte sie und beobachtete aufmerksam, wie Evan mich in die Küche bugsierte.

»Mom, Hilfe …!« Abwechselnd flehend und lachend versuchte ich, mich aus der Umklammerung zu befreien. Dann streckte er plötzlich eine Hand zum Spülbecken aus. »Evan!«

Wortlos drückte er den Gummischlauch am Hahn zusammen und richtete den Wasserstrahl auf mich, ehe ich mich losreißen konnte. Meine Mutter und Jonathan versteckten sich eilig hinter der Tür. Als ich mich endlich in Sicherheit gebracht hatte, tropfte ich von Kopf bis Fuß.

»So, das finde ich auch lustig«, meinte Evan, und alle lachten.

»Danke für eure Hilfe«, schmollte ich und sah auf mein durchnässtes T-Shirt hinunter.

»Dir helfen? Und dabei so nass werden wie du?«, kicherte meine Mutter.

»Gut gemacht, Evan«, meinte auch Jonathan. »Das nächste Mal gehörst du zu meinem Team.« Kopfschüttelnd und immer noch tropfend stieg ich die Treppe hinauf.

Ein paar Minuten später kam ich mit einem trockenen T-Shirt zurück, die nassen Haare zu einem Zopf zurückgebunden. Evan war dabei, das Wasser in der Küche aufzuwischen.

»Du hast da was übersehen!«, versuchte ich, ihn zu ärgern.

Grinsend wandte er sich zu mir um und musterte meine nassen Haare. »Nein, hab ich nicht.«

»Oh, du bist so witzig«, stöhnte ich und verdrehte die Augen. »Wollen wir los?«

»Wohin geht ihr denn?«, fragte meine Mutter und nahm Evan das nasse Handtuch ab.

»Zu Evan.«

»Ach ja?« Offenkundig hatte Evan davon nichts gewusst.

Ich nickte.

»Okay, dann gehen wir zu mir.«

»Bis später«, verkündete ich und holte meine Jacke aus dem Wandschrank.

»Na, dann viel Glück«, rief meine Mutter. Ich zögerte kurz, begriff dann aber, was sie meinte. Vielleicht hätten wir doch bleiben sollen.

»Alles klar bei dir?«, erkundigte sich Evan, der meinen plötzlich veränderten Gesichtsausdruck natürlich sofort bemerkt hatte.

»Ja«, murmelte ich. »Ich dachte nur, ich hätte was vergessen.« Als wir auf die Veranda traten, fügte ich noch leise hinzu: »Aber leider hab ich das nicht.«

»Warum wolltest du nicht bleiben?«, fragte Evan, als wir ins Auto stiegen. »Sah aus, als hättet ihr echt Spaß miteinander.«

»Ja«, bestätigte ich zerstreut. »Aber ich hab dich die ganze Woche nicht gesehen, ich wollte gern mit dir allein sein.« Zumindest hatte ich das vorhin gewollt.

Als wir bei Evans Haus ankamen, war mir so flau im Magen, dass es schon fast an Übelkeit grenzte.

»Ist wirklich alles in Ordnung?«, fragte Evan noch einmal und musterte mich prüfend, als wir den Freizeitraum betraten. Ich konnte mir ungefähr vorstellen, wie blass ich war.

»Nein«, platzte ich heraus, ehe ich auch nur die Jacke ausgezogen hatte. Dann atmete ich lange aus und begann meine Beichte, die ich auf dem Weg hierher unzählige Male im Kopf geprobt hatte. »Du wirst es morgen ohnehin erfahren, also sage ich es dir lieber selbst«, fuhr ich fort, während ich krampfhaft die Finger ineinander verflocht. Evan lehnte sich an die Couch und wartete. »Ich war auf einer Party bei Drew«, fuhr ich fort. »Ich wusste nicht, dass die Party bei ihm stattfinden würde, und wenn ich es gewusst hätte, wäre ich nicht hingegangen. Es tut mir echt leid.«

Ich hielt inne, um zu sehen, wie der Schock seine Wirkung entfaltete, aber stattdessen fing Evan an zu grinsen, und der besorgte Ausdruck in seinen Augen verschwand.

»Warum machst du so ein Gesicht?«, fragte ich betroffen.

»Das war's schon?«, erkundigte er sich.

»Ja. Ich meine, nein«, antwortete ich schuldbewusst, denn ich verstand nicht, warum er so ein komisches Gesicht machte. »Am Schluss hat er mich auch noch heimgefahren, weil Casey allein abgedampft ist. Aber es ist nichts passiert, das schwör ich dir.«

»Ich weiß«, antwortete er lässig, zog die Jacke aus und warf sie über die Rückenlehne der Couch.

Ich musterte ihn und kapierte immer noch nicht, warum er so

ruhig blieb, wo ich vor lauter Nervosität schon Magenkrämpfe bekam.

»Das weißt du?«

Er stellte sich vor mich und legte die Hände auf meine Taille. »Emma, ich vertraue dir. Ich mache mir keine Sorgen darüber, zu welchen Partys du gehst und bei wem sie stattfinden. Hat Drew sich denn wieder danebenbenommen?«

»Nein«, antwortete ich, immer noch wie erstarrt.

»Dann ist ja alles gut«, meinte Evan und küsste mich auf den Kopf, bevor er zum Pooltisch ging und begann, die Kugeln aus den Taschen einzusammeln.

Kopfschüttelnd sah ich ihm zu. »Wo bist du bloß hergekommen?«

»Was?« Er lachte.

»Wie bin ich bei dir gelandet? Mein Leben ist so verkorkst, und dann …« Ich staunte immer noch. »Und dann gibt es da dich. Ich hätte mir dich nicht erträumen können, selbst wenn ich es versucht hätte.«

»Ich hab keine Ahnung, wovon du redest«, meinte er, lächelte aber breit, während er die Kugeln im Dreieck anordnete. Als er fertig war und ich immer noch dastand und ihn anstarrte, kam er zu mir herüber und nahm mich in die Arme. »Über den größten Teil deines Lebens konntest du nicht selbst entscheiden – du hattest keinen Einfluss darauf, wer deine Eltern sind, dass du als Kind den Tod deines Vaters erlebt hast, dass man dich danach in dieses schreckliche Haus zu deiner Tante gesteckt hat …« Er biss die Zähne zusammen. »Das alles hast du dir nicht ausgesucht. Aber wenn du dich für etwas entscheidest, dann steckst du deine ganze Energie hinein – in deine schulischen Leistungen, in deinen Sport –, und außerdem tust du alles, um die Leute zu beschützen, die dir am Herzen liegen. Und mich hast du dir auch ausgesucht.«

Mir wurde warm ums Herz, und es fiel mir schwer, seinem Blick zu begegnen.

»Deshalb ist dein Leben keineswegs verkorkst.« Evan hielt inne, legte seine Stirn an meine und zwang mich, ihm genau zuzuhören. »Du hast das alles toll hingekriegt«, sagte er, dann küsste er mich zärtlich und zog mich an sich.

»Ich liebe dich«, murmelte ich an seiner Brust und hielt ihn eine Weile ganz fest. Schließlich legte ich den Kopf in den Nacken und sah direkt in seine graublauen Augen.

»Das weiß ich auch«, schmunzelte er, und mir blieb der Mund offen stehen.

»Schön«, schoss ich zurück und schob ihn weg, aber er griff nach meiner Hand und zog mich wieder zu sich.

»Ich liebe dich auch«, flüsterte er und beugte sich über mich.

Ich schloss die Augen und fühlte seinen warmen Atem auf meinen Lippen, bevor sein Mund sich auf meinen drückte. Ich atmete tief ein, sofort flatterten die Schmetterlinge in meinem Bauch. Sanft strich seine Hand über meinen Nacken, und sein Mund glitt über meine geöffneten Lippen.

Mein Herz raste, mein Atem beschleunigte sich. Er zog den Reißverschluss an meiner Jacke auf und ließ sie auf den Tisch fallen. Mit atemberaubender Zärtlichkeit wanderten seine Lippen über meinen Hals, während ich mich auf die Kante des Pooltischs setzte und die Beine um seine Taille schlang.

Vorsichtig schob er beide Hände unter mich, hob mich hoch und trug mich zur Couch, ohne dass unsere Lippen auch nur eine Sekunde voneinander abließen. Mein ganzer Körper pulsierte. Evan legte mich auf die Couch und ließ sich langsam auf mir nieder.

Meine Hände glitten unter seinen Pullover, und er zog sich einen kurzen Moment von mir zurück, um ihn auszuziehen. Auch ich richtete mich auf, ließ meine Lippen über die festen Muskeln seines Brustkorbs wandern, ehe ich mein T-Shirt über den Kopf streifte.

Als ich die Hand nach seinem Hosenbund ausstreckte, packte Evan die Wolldecke auf der Couchlehne und zog sie über uns.

Mein beschleunigter Puls erzeugte eine Hitze, die sich in meinem ganzen Körper ausbreitete. Wir überschritten Grenzen, lösten Verschlüsse, erforschten nackte Haut. Zahllose Male trafen sich unsere Lippen in einem atemlosen Austausch.

Immer fester pressten sie sich aufeinander, unser Atem wurde noch schneller, während unsere Hände unerforschte Rundungen und Kurven ertasteten. Evan seufzte leise unter meinen Liebkosungen, sein Herz pochte wild an meiner nackten Haut, seine Rückenmuskeln streckten und beugten sich. Spannung schoss durch seinen Körper, und er stöhnte an meinem Ohr. Als seine Finger mich fanden, keuchte ich laut auf und schloss die Augen. Hitze wallte in mir auf, während er mich zu streicheln begann, und ich krümmte mich unter seinen Händen, gab mich ganz meinen Empfindungen hin, bis sie sich endlich rauschhaft entluden.

Evan zog die Decke enger um uns und atmete tief aus. »Wow.«

»Ja«, hauchte ich, noch immer unfähig, klar zu denken. Ich kuschelte mich in seinen Arm, legte den Kopf auf seine Brust und ließ mein Bein über seines gleiten. »Kann ich dich was fragen?«

»Alles, was du willst«, antwortete er und strich mit seiner warmen Hand über meinen Rücken.

»Wann werden wir Sex haben?«

»Äh …« Evan lachte. »Mit dieser Frage habe ich nicht gerechnet.«

Ich hob den Kopf, um ihm ins Gesicht schauen zu können. »Ich will damit nicht sagen, dass mir das, was wir gerade gemacht haben, nicht gefällt, es ist bloß …«

»Ich weiß«, lächelte er. »Und wir werden ja auch Sex haben. Aber das ist eine große Sache, und ich möchte es nicht auf der Couch in der Garage machen und auch nicht auf dem Rücksitz im Auto. Ich möchte, dass es sich richtig anfühlt.«

»Was, wenn es ganz schrecklich wird?« Ich stützte das Kinn auf seine Brust. »Ich hab doch keine Ahnung, was ich tue. Du möchtest, dass es ein großer Moment für uns beide wird, und ich habe Angst, jämmerlich zu versagen.«

»Du bist albern«, sagte Evan und lachte leise. »Darüber mache ich mir überhaupt keine Gedanken.« Er holte tief Luft und wiederholte: »Glaub mir – ich verschwende nicht den geringsten Gedanken daran.« Wie zur Bestärkung legte er die Hand unter mein Kinn und zog mich zu sich, um mich zu küssen.

Mir bereitete meine sexuelle Unerfahrenheit hingegen große Sorgen. Sosehr ich auch versuchte, mich nicht davon verunsichern zu lassen, ich konnte doch an nichts anderes mehr denken. Ich wartete darauf, dass es passierte, und das seit … na ja, eigentlich schon seit wir uns kennengelernt hatten.

Als ich später an diesem Abend im Bett lag und darauf wartete, dass Sara auf meine SMS antwortete, klingelte mein Handy. Ich drückte auf *Annehmen.*

»Was ist los?«, wollte Sara wissen, bevor ich sie überhaupt begrüßen konnte.

»Wie war Cornell?«, fragte ich und bereute es auf einmal, ihr die SMS überhaupt geschickt zu haben.

»Ach, halt den Mund, Em«, erwiderte Sara. »Du hast geschrieben, du brauchst meine Hilfe. Also – was ist los?«

Als ich mich wieder einigermaßen gesammelt hatte, antwortete ich ziemlich direkt: »Sara, ich möchte Sex haben.«

»Selbstverständlich willst du das«, meinte sie, als wäre es das Normalste der Welt.

»Aber was, wenn ich vollkommen unbegabt bin?«

Sara fing lauthals an zu lachen. Ich legte auf. Zehn Sekunden später rief sie wieder an.

»Sorry«, sagte sie. »Jetzt hab ich begriffen, dass du es ernst meinst – ich dachte, du hättest wieder mal Wahnvorstellungen.«

Ich schwieg etwas gekränkt.

»Emma, du und Evan, ihr liebt euch doch, da kannst du überhaupt nichts falsch machen. Aber wenn du willst, gebe ich dir gern ein paar Tipps.«

Ich stieß ein kurzes, nervöses Lachen aus, vor Aufregung drehte sich mir der Magen um. »Danke, vielleicht komme ich darauf zurück.«

»Keine Sorge, ich werde keine Diagramme zeichnen oder so. Obwohl – vielleicht sollte ich das doch tun.«

»Sara!«

»Emma, jetzt stell dich nicht so an!«, schimpfte sie. »Ich würde niemals jemandem vorschreiben, dass er Sex haben soll oder nicht. Aber wenn du nicht mal mit mir darüber reden kannst, dann bist du vielleicht noch nicht bereit dafür. Ich weiß, das ist eine Riesensache für dich, und gerade du solltest emotional wirklich darauf vorbereitet sein.«

»Ich weiß«, räumte ich ein. »Und ich bin bereit – das glaube ich zumindest. Aber was genau meinst du denn mit ›emotional darauf vorbereitet‹?«

»Na ja, du vertraust eigentlich … niemandem. Sogar Evan und mir nicht richtig. Und Sex hat sehr viel mit Vertrauen zu tun. Man kann es nicht ungeschehen machen, wenn es einmal passiert ist, und man macht sich dabei emotional sehr verletzlich. Vertraust du Evan ganz und gar?«

»Natürlich«, antwortete ich automatisch. Wie sollte ich Evan nicht vertrauen, nach allem, was wir zusammen durchgemacht hatten?

»Emma«, entgegnete Sara tadelnd. »Stimmt das wirklich? Vertraust du ihm hundertprozentig – ganz egal, was in deinem Leben passiert, ganz egal, wie kompliziert und intim es auch sein mag?«

Ich war mir nicht sicher, warum ich zögerte, aber bei dem Gedanken, mich irgendjemandem ganz zu öffnen – und sei es Evan –, durchzuckte mich plötzlich Panik.

»Ja«, antwortete ich trotzdem, wenn auch nicht sonderlich überzeugend.

»Hab ich mir gedacht«, sagte Sara. Anscheinend war ihr das Zittern in meiner Stimme nicht entgangen. »Ich behaupte nicht, ihr solltet keinen Sex haben, ich möchte ja, dass du diese Erfahrung machst. Aber ich möchte auch, dass du dich ganz bewusst der Frage stellst, was in dir vorgehen könnte, wenn du deine Klamotten wieder anziehst.«

»Danke«, seufzte ich und fühlte mich ein bisschen ernüchtert. »Sehen wir uns morgen?«

»Klar«, antwortete sie enthusiastisch. »Ich hab dir so viel zu erzählen!«

Wir verabschiedeten uns und beendeten das Gespräch.

Dann lag ich da, starrte an die Decke und dachte über Vertrauen nach. Evan war der vertrauenswürdigste Mensch, den ich kannte. Ich glaubte an ihn, ich wusste, dass er immer für mich da sein würde. Aber als Sara gefragt hatte, ob ich ihm meine intimsten Geheimnisse anvertrauen würde, da hatte sich mir die Kehle zugeschnürt.

Wenn ich jemandem – irgendjemandem – Einblick in die Finsternis gewähren würde, der ich mich selbst nicht stellen konnte, wäre meine Verletzlichkeit unermesslich. Nicht, dass ich Evan nicht hundertprozentig vertraute. Ich wollte diese Abgründe niemandem offenbaren, nicht einmal mir selbst. Schließlich waren sie aus einem guten Grund ein Geheimnis.

17
AusgeFlippT

Als ich Sara am nächsten Morgen traf, schien sie vor lauter Mitteilungsbedürfnis gleich zu platzen. Sie glühte förmlich. Aber als Erstes schlug sie mir kräftig gegen die Schulter.

»Hey«, rief ich. »Wofür war das denn?«

»Dafür, dass du nicht nur zu Drews Party gegangen bist, sondern dich auch noch von ihm hast nach Hause fahren lassen. Die Gerüchteküche brodelt!«

»Oh.« Ich bekam ein schlechtes Gewissen. »Das war keine große Sache. Es ist überhaupt nichts passiert.«

»Das weiß ich, aber die Leute in der Schule wissen es nicht, und sie sind dämlich. Wenn du nicht willst, dass sie sich das Maul über dich zerreißen, darfst du ihnen keinen Gesprächsstoff liefern.«

»Ach, ist doch egal«, meinte ich achselzuckend. »Die reden sowieso über mich, selbst wenn ich den ganzen Tag kein Wort sage.«

Sara lachte. »Ja, wahrscheinlich hast du recht.«

»Können wir das Thema beenden?«, fragte ich etwas genervt. »Verrätst du mir jetzt endlich, was bei dir in der letzten Woche passiert ist?«

Das ließ Sara sich nicht zweimal sagen. Was sie vor der ersten Stunde nicht loswurde, erzählte sie mir beim Lunch. Vermutlich war Evan nicht gerade begeistert, all die Geschichten über seinen Bruder zu hören, denn nach einer Weile meinte er, er müsse vor der nächsten Stunde noch mit seinem Coach reden, und stand auf. Ich war mir ziemlich sicher, dass er einfach wegwollte.

»Ich seh dich dann in Kunst«, verabschiedete er sich und gab mir einen Kuss auf die Wange.

»Was ist denn los mit ihm?«, fragte Sara irritiert.

»Sara, du gehst mit seinem Bruder aus. Glaubst du nicht, dass es für ihn seltsam ist, wenn du von Jared schwärmst?«

Sie zuckte die Achseln, als hätte sie daran bisher gar nicht gedacht. »Doch, vermutlich schon. Ich weiß nicht.« Als sich das Thema Jared schließlich erschöpft hatte, kam Sara direkt zur Sache: »Was willst du jetzt eigentlich über Sex wissen?«

Auf diese Frage war ich hier, mitten in der Cafeteria, gar nicht gefasst gewesen, erschrocken riss ich Mund und Nase auf.

»Sag mir doch einfach, was ihr bisher so gemacht habt«, schlug mir Sara mit dem seriösen Ernst einer Therapeutin vor.

»Müssen wir wirklich ausgerechnet hier und jetzt darüber reden? Du bist doch diejenige, die mich davor gewarnt hat, die Gerüchteküche anzuheizen. Und ich möchte wirklich nicht, dass mich jemand beim Thema Sex belauscht.«

»Na gut«, räumte sie ein. »Dann komm doch heute Abend nach dem Training zu mir.«

Ich zögerte. Eigentlich war es mir nicht peinlich, über Sex zu reden, ich war nur … na ja, okay, vielleicht schämte ich mich doch ein bisschen. Ich war nie richtig aufgeklärt worden – was ich wusste, hatte ich größtenteils im Sexualkundeunterricht erfahren. Demzufolge kannte ich mich mit diesem Thema nicht sonderlich gut aus. Sara erzählte mir gelegentlich von ihren Erlebnissen, aber selbst sie ging nicht in die pornographischen Einzelheiten.

»Wenn du noch röter wirst, besteht die Gefahr, dass du Feuer fängst«, bemerkte sie jetzt kopfschüttelnd. »Komm heute Abend einfach vorbei, ja?«

»Okay.«

Als wir nach dem Lunch zu unseren Spinden zurückgingen, zog

Sara ein Buch aus ihrer Umhängetasche. »Das hilft dir bestimmt weiter.«

Ich nahm es entgegen und riss die Augen auf, als ich den Titel sah: *Unsere Sexualität.* »O mein Gott, ist das dein Ernst?« Ich blätterte kurz darin, klappte das Buch aber beim Anblick all der nackten Haut schnell wieder zu.

»Das ist ein College-Lehrbuch«, erklärte Sara ganz locker. »Ich dachte, vielleicht interessierst du dich mehr für die technischen Einzelheiten als für die Zeitschriftenvariante – du weißt schon, für die Wissenschaft dahinter.«

»Äh, danke.« Hastig wollte ich das Buch in meinen Spind schieben, aber es rutschte mir aus der Hand und landete mit dem Cover nach oben auf dem Boden.

»Hier«, sagte Evan und bückte sich, um es aufzuheben, doch ich riss es an mich, ehe er es berühren konnte. Mein Puls raste, ich brachte kein Wort heraus.

»Was ist das?«, fragte er, als ich das Buch hektisch in meinen Rucksack stopfte.

»Bloß der ein oder andere Rat, wie sie dir eine besondere Freude machen kann«, flüsterte Sara mit einem verschmitzten Grinsen, drehte sich um und ging davon. Ich bekam den Mund nicht mehr zu und sah Evan an, der mich verwundert musterte.

»Echt?«

»Wir kommen zu spät«, sagte ich und knallte meine Spindtür zu. Inzwischen war ich so aufgeregt, dass ich schwitzte. Mit einem amüsierten Lachen folgte mir Evan.

»Du brauchst dieses Buch überhaupt nicht«, flüsterte er mir im Kunstkurs von seinem Hocker aus zu.

»Evan!«, flüsterte ich entsetzt zurück.

»Sara weiß von nichts, oder?«, fuhr er mit einem hinterhältigen Grinsen fort.

»Ich will nicht darüber reden«, wehrte ich ab und vergrub mein knallrotes Gesicht in den Händen. Er lachte schon wieder.

»Guten Tag allerseits«, begrüßte uns Ms Mier, die gerade hereingekommen war. Sie platzierte ein großes Stück Holz auf einer Staffelei. »Heute wollen wir visuelle Kunst mit Nägeln erschaffen.« Auf dem Holzbrett war ein Frauenprofil zu sehen – erschaffen aus diversen angerosteten Nägeln, die unterschiedlich weit und in unterschiedlichem Winkel ins Holz geschlagen waren, so dass ein dreidimensionales Bild entstand. Die Technik beeindruckte mich; ich fand es faszinierend, wie die Nägel die Wölbung der Wangenknochen und die Neigung der Nase hervorbrachten.

»Ich habe hier ein paar Kistchen mit Nägeln für euch. Sucht euch ein Stück Holz und einen Hammer, dann könnt ihr loslegen.«

»Ich garantiere dir, dass ich am Ende des Projekts einen blauen Daumen haben werde«, bemerkte ich an Evan gewandt. Er nickte, ohne mich anzusehen.

Wir holten uns das Material. Während ich meinen Nagelvorrat in eine Schale füllte, überlegte ich, was ich darstellen wollte.

Als ich zu meinem Hocker zurückkehrte, hielt Evan den Hammer in der Hand und betrachtete ihn, als hätte er so etwas noch nie gesehen. Langsam wanderte sein Blick über das Werkzeug, er schien mit seinen Gedanken Lichtjahre entfernt zu sein.

»Evan?« Ich setzte mich und neigte den Kopf, um ihm ins Gesicht sehen zu können. »Evan, ist alles okay mit dir?«

Er war blass und wollte mich nicht ansehen. »Evan, was ist denn los?«, wiederholte ich.

Aber er legte nur den Hammer weg und verließ wortlos das Zimmer. Ich brauchte einen Augenblick, um zu begreifen, was er gerade getan hatte, dann rannte ich ihm nach. Doch als ich in den Korridor trat, war er nirgends mehr zu sehen.

Ratlos kehrte ich in den Kunstraum zurück und ließ mich wieder auf meinem Hocker nieder.

»Ist alles in Ordnung mit Evan?«, fragte Ms Mier.

»Ich weiß nicht«, antwortete ich ehrlich.

Die ganze Stunde über behielt ich die Tür im Auge, aber Evan kehrte nicht zurück.

Nach dem Kurs wartete er auch nicht bei meinem Spind auf mich. Ich kramte mein Handy aus dem Rucksack und schrieb ihm eine SMS: *Wo bist du? Ist alles in Ordnung?*

Dann stellte ich das Handy auf Vibrationsmodus, steckte es in die Vordertasche meiner Jeans und zog den Pullover darüber, damit der Mathelehrer es nicht sehen konnte.

Mitten im Kurs vibrierte das Handy in meiner Tasche. Ich zog es unter dem Tisch heraus und las: *Mir geht's nicht besonders – bin nach Hause gefahren.*

Völlig verblüfft las ich die SMS ein zweites Mal.

Soll ich nach dem Training vorbeikommen?

Evan antwortete: *Nein. Wir sehen uns morgen, okay?*

Das hörte sich gar nicht gut an, er hatte keinen kranken Eindruck auf mich gemacht. Ich konnte mir sein Verhalten einfach nicht erklären, also tippte ich nur: *Okay.*

»Ich geh heute nach dem Training nach Hause«, sagte ich zu Sara, als wir bei Schulschluss unsere Sachen packten.

»Ist irgendwas?«, fragte sie. Natürlich hatte sie meine trübe Stimmung bemerkt.

»Ich weiß es nicht«, antwortete ich und schloss meinen Spind. »Ich ruf dich nachher an.«

»In Ordnung«, antwortete sie, und ich trottete davon.

Sobald ich nach dem Training im Auto saß, wählte ich Evans Nummer. Er ging nicht dran. Mein Magen war völlig verkrampft vor Sorge, als ich heimkam.

»Vielleicht ist er krank«, tröstete Sara mich am Telefon.

»Vielleicht«, stimmte ich zu, aber ich glaubte nicht daran.

»Zerbrich dir jetzt bloß nicht wieder unnötig den Kopf.«

»Mach ich nicht«, versicherte ich ihr, obwohl es dafür längst zu spät war – ich spielte alles, was Evan und ich den ganzen Tag über gesagt hatten, innerlich noch einmal durch, fand aber immer noch keine Erklärung für sein plötzliches Verschwinden. In den paar Minuten, die ich im Kunstraum nicht bei ihm gewesen war, musste irgendetwas passiert sein. Vielleicht hatte er in meiner Abwesenheit eine SMS bekommen? Was immer es gewesen sein mochte, es war plötzlich und unerwartet eingetreten, und er war nicht bereit, es mir mitzuteilen.

»Lass uns erst mal abwarten, ob er morgen zur Schule kommt. Aber schreib mir eine SMS, wenn dein Hirn verrückt spielt und du jemanden zum Reden brauchst.«

Nachdem ich aufgelegt hatte, zog ich meine Bücher aus der Schultasche. Hoffentlich würden mich die Hausaufgaben ein wenig ablenken.

Ein Klopfen riss mich aus den Untiefen politischer Theorie. Ehe ich reagieren konnte, steckte meine Mutter den Kopf zur Tür herein.

»Hi«, sagte sie. Als sie mich auf dem Bett liegen sah, öffnete sie die Tür noch ein Stück weiter. »Ich wollte Evan fragen, ob er vielleicht Lust hat, morgen mit uns zu Abend zu essen. Ich dachte, er wäre hier bei dir.«

Ich öffnete den Mund, um ihr zu antworten, doch im selben Moment entdeckte sie das Sexualkundebuch, das aus meinem Rucksack hervorlugte. Ich verzog das Gesicht, als meine Mutter den Titel laut vorlas.

»Was ist das denn?«, fragte sie, zog es heraus und begann, darin zu blättern. »Wow, die bringen euch in der Highschool heutzutage ja wirklich alles bei. So was hätte ich auch gebrauchen können.«

Unvermittelt platzte ich heraus: »Es ist nicht für die Schule.«

Meine Mutter machte große Augen und verzog erstaunt den Mund. Am liebsten hätte ich mich hinter dem Buch versteckt.

»Das ist für dich privat?«, erkundigte sie sich verblüfft. »Du bist also noch Jungfrau«, schloss sie, und ihr Ton klang, als wäre sie überrascht. Mein beschämtes Gesicht ließ an ihrer Vermutung nicht den geringsten Zweifel aufkommen. »Ich hätte gedacht, du und Evan …« Ich ließ den Kopf aufs Bett sinken. Dieser Tag konnte unmöglich noch schlimmer werden. »Möchtest du darüber sprechen? Ich hätte nie gedacht, ich müsste ein Aufklärungsgespräch mit dir führen, aber ich kann das machen, wenn du willst.« Mit einem Ruck hob ich den Kopf wieder – und sah, dass Jonathan vor meiner geöffneten Zimmertür stand. Der Tag war also doch noch schlimmer geworden.

»Nein … äh, danke, schon okay«, stammelte ich und zuckte innerlich zusammen.

»Du kannst mich wirklich alles fragen«, fuhr sie fort. Hätte Jonathan sich in diesem Moment nicht mit einem Klopfen bemerkbar gemacht, hätte meine Mutter vermutlich auf meinem Bett Platz genommen und in diesem Stil weitergeredet.

»Bist du fertig?«, fragte er. Ich konnte ihn nicht anschauen, am liebsten wäre ich im Boden versunken.

»Ja, klar«, antwortete meine Mutter und kam im Nu auf ihre ursprüngliche Frage zurück, als hätte sie nicht gerade sämtliche Mutter-Tochter-Grenzen überschritten. »Frag Evan wegen des Essens, ja?« Ich brachte nur ein Nicken zustande. Die Bemerkung, er sei wahrscheinlich krank, blieb mir unausgesprochen im Hals stecken. Als meine Mutter das Buch weglegte, schob ich es sofort möglichst tief in meinen Rucksack.

Jonathan hielt meiner Mutter die Tür auf und wünschte mir eine gute Nacht. Als ich aufschaute, grinste er breit.

»Gute Nacht«, antwortete ich. Mein ganzer Körper fühlte sich an, als stünde er in Flammen.

Ein paar Minuten später hörte ich die Haustür ins Schloss fallen. Ich gab mir Mühe, mich meinen Hausaufgaben zuzuwenden, erwischte mich aber immer wieder dabei, wie ich mein Handy checkte – und es anflehte, mir endlich eine Nachricht von Evan anzuzeigen.

Ungefähr eine Stunde später kam tatsächlich eine SMS: *Sorry, dass ich deinen Anruf verpasst habe. Alles okay bei mir. Kann ich dich morgen abholen?*

Ja, schrieb ich zurück. Natürlich sollte die SMS mich beruhigen, aber ich wusste, dass ich erst durchatmen konnte, wenn wir uns wiedersahen.

In dem ruhelosen Haus schlief ich nur schwer ein, und Durchschlafen war nahezu unmöglich. Mit klopfendem Herzen knipste ich das Licht neben meinem Bett an und starrte zur Tür. Vor einem Moment hätte ich noch schwören können, sie wäre von einem Hammer zertrümmert worden, damit Carol zu mir eindringen und mich holen konnte. Aber im Schein der Lampe sah die schwarze Tür unversehrt aus und rührte sich nicht.

Ich stieg aus dem Bett, zog mir ein Sweatshirt über und schlich auf Zehenspitzen nach unten, um der Panik zu entfliehen, die immer noch in mir rumorte. Ich fühlte mich zwar völlig erschöpft, konnte jedoch unmöglich wieder einschlafen, also ließ ich mich mit einer Decke auf der Couch nieder. Ich fand einen Film mit mehr Dialog als Handlung, der mich schon bald einlullte.

Ungefähr eine halbe Stunde später hörte ich die Treppe knarren – zögernd näherten sich Schritte.

»Hey«, erklang Jonathans verschlafene Stimme. Er nahm sich die Decke von der Lehne des kleinen Sofas und setzte sich zu mir auf die Couch. »Was ist das für ein Film?«, fragte er mit einer Kopfbewegung zum Fernseher.

»Weiß ich nicht genau«, flüsterte ich. Mich überraschte es nicht sonderlich, ihn hier unten zu sehen.

Nachdem wir ein paar Minuten lang schweigend das wenig überzeugende Drama auf der Mattscheibe verfolgt hatten, fragte Jonathan mit Blick auf den Fernseher: »Hast du immer den gleichen Albtraum, oder ist es jedes Mal ein anderer?«

»Er ist jedes Mal ein anderer«, antwortete ich und presste den Kopf ans Kissen. »Aber für gewöhnlich hört er erst auf, wenn ich kurz davor bin zu sterben.«

Jonathan schwieg.

Als ich mich zu ihm umwandte, sah ich, dass er mich mitfühlend musterte. »Ich nehme an, deine sind nicht so, was?«, fragte ich ihn.

Er schüttelte den Kopf und wandte den Blick wieder zum Fernseher. »Meine Träume sind immer gleich«, antwortete er mit leiser Stimme. Sein Kiefer spannte sich an, und er starrte ins Leere. Dann wurde sein Blick plötzlich hart, und er murmelte kaum hörbar: »Sie lassen es mich nicht vergessen.« Auf einmal wirkte sein Gesicht wie aus Stein gemeißelt, seine Lippen zogen sich zu einem schmalen Strich zusammen, und das Licht schimmerte in seinen dunklen, pupillenlosen Augen. Ein kalter Schauer durchlief mich.

Um ein Haar hätte ich ihn gefragt, was ihn die meisten Nächte aus dem Bett jagte, aber ich war mir nicht sicher, ob ich wirklich wissen wollte, was ihn so … so mit Hass erfüllte. Warum er plötzlich aussah wie ein völlig anderer Mensch – ein Mensch, den ich lieber nicht kennen wollte. Ich zog meine Beine näher an mich heran, um die Kälte abzuwehren.

Dann drehte Jonathan sich zu mir, und auf einmal hoben sich seine Mundwinkel, kleine Fältchen erschienen um seine Augenwinkel – und er war wieder der Typ, der eine Wasserpistolenschlacht angezettelt hatte. Kopfschüttelnd fragte ich mich, ob ich mir die Verwandlung vielleicht nur eingebildet hatte. Womöglich flößte mir das Licht hier unten solche Ideen ein. Oder der Schlafmangel.

Ich zog meine Decke bis unter die Nasenspitze. »Ich möchte einfach nur schlafen«, murmelte ich. Meine Augen brannten vor Müdigkeit.

»Ich weiß.« Jonathan gähnte.

Dann widmeten wir uns wieder dem Film, meine Lider wurden immer schwerer. Doch gerade, als ich wieder ins Bett gehen wollte, fragte Jonathan: »Und, brauchst du noch ein paar Tipps zum Thema Jungs?«

Im Handumdrehen war meine Müdigkeit verflogen, ich wurde feuerrot. »Fang bloß nicht damit an!«, stöhnte ich, setzte mich auf und schlug mit dem Kissen nach ihm. Er hielt die Hand schützend vor sich und fing an zu lachen.

»Du hättest dein Gesicht sehen sollen, als deine Mutter angeboten hat, ein Aufklärungsgespräch mit dir zu führen.« Er kicherte. »Ich musste mir echt Mühe geben, nicht loszuprusten.«

»O ja, das war urkomisch«, schoss ich ironisch zurück. »Können wir bitte nicht über diesen demütigenden Augenblick sprechen?«

Jonathan grinste breit, und seine makellosen Zähne schimmerten im gedämpften Licht. »Sorry.«

»Sind die echt?«, platzte ich unüberlegt heraus.

»Wer?«, fragte er verdutzt.

»Deine Zähne.« Ich konnte nicht aufhören, ihm auf den Mund zu starren – seine Zähne kamen mir viel zu weiß und zu gerade vor. Bestimmt ein Zeichen, dass ich ins Bett musste.

»Das war ein ziemlich bizarrer Themenwechsel«, bemerkte Jonathan amüsiert. »Und ja, die sind echt. Natürlich hab ich jahrelang eine feste Zahnspange getragen, aber es sind trotzdem meine eigenen Zähne.« Immer noch grinsend schüttelte er den Kopf.

»Was ist?«, fragte ich, obwohl ich mir nicht sicher war, ob ich wirklich wissen wollte, warum er grinste.

»Ach, vergiss es«, meinte er scherzhaft. »Darüber willst du bestimmt nicht reden.«

Ich verdrehte die Augen. »Mein Privatleben steht jedenfalls nicht zur Debatte.«

»Nicht dein Privatleben«, verbesserte er. »Dein Sexleben.«

»Ich hab überhaupt kein Sexleben«, wehrte ich hastig ab, und mein Gesicht wurde heiß.

Wieder lachte Jonathan. »Ich weiß.«

Ich vergrub den Kopf unter meinem Kissen und stöhnte genervt.

»Warum machen denn alle so einen Wind darum?«, murmelte ich unter dem Kissen hervor.

»Weil es wichtig ist«, erwiderte Jonathan direkt, jetzt ohne jeglichen Humor in der Stimme. »Ihr meint es ernst, nicht wahr? Du und Evan?«

Vorsichtig lugte ich unter meinem Kissen hervor. Als ich sah, dass er auf eine Antwort wartete, nickte ich nachdrücklich.

»Und was passiert, wenn du nach Stanford gehst?«

»Dann kommt er hoffentlich mit«, antwortete ich, setzte mich auf und fuhr mir durch die Haare.

»Ist er auch so schlau wie du?«

»So ziemlich. Und im Gegensatz zu mir hat er auch noch Beziehungen.«

»Geld also«, folgerte Jonathan grinsend.

»Ja, auch das«, räumte ich ein.

»Und einflussreiche Eltern«, meinte er, wartete aber meine Antwort nicht ab, sondern fuhr fort: »Möchten sie auch, dass er mit dir nach Stanford geht?«

Ich senkte den Blick, denn ich wollte nicht daran denken, was Stuart am Neujahrsabend gesagt hatte.

»Aaah«, machte Jonathan. »Also nicht unbedingt.«

»Es liegt an seinem Dad«, erklärte ich leise. »Er akzeptiert mich nicht.«

»Er akzeptiert dich nicht?«, wiederholte Jonathan und lachte laut, als wäre das total absurd. »Dann liegt es wahrscheinlich am Geld. Diese Art Vater kenne ich. Aber ich bin trotzdem mit meiner Freundin zusammen aufs College gegangen.«

Ich horchte auf, und er nickte schuldbewusst. »Ja, ich hab mich auch mal in ein reiches Mädchen verliebt. Anfangs haben ihre Eltern gute Miene zum bösen Spiel gemacht – bis ihnen klar geworden ist, wie ernst uns die Beziehung war. Wir sind trotzdem zusammen an die Penn State gegangen, obwohl ich eigentlich so weit wie möglich wegwollte – und Pennsylvania war unter diesen Umständen viel zu nah.« Er holte tief Luft. »Ich hätte nicht dort bleiben sollen.«

»Habt ihr euch getrennt?«, fragte ich, obwohl ich die Antwort bereits kannte, schließlich war er jetzt mit meiner Mutter zusammen.

»So ungefähr.« Er grinste wieder, aber sein Blick blieb traurig. Ich sah ihm an, dass es ihn nach all den Jahren noch immer schmerzte. »Das College ist … anders.«

Ich wartete. Sollte ich ihn bitten weiterzuerzählen? Ich wollte die Geschichte unbedingt hören.

Jonathan umklammerte seine Decke und schaute zur dunklen Diele. Mir war klar, dass er daran dachte, was damals passiert war.

»Menschen verändern sich. Wenn man anfängt zu studieren, weiß man kaum, wer man ist, und man versucht Stück für Stück herauszufinden, was man sich vom Leben wünscht und wen man um sich haben möchte. Doch dann sind die Leute, von denen man gedacht hat, sie würden immer da sein, auf einmal weg, und die Person, von der du gedacht hast, du könntest ihr hundertprozentig vertrauen, ist plötzlich doch nicht die, die du zu kennen geglaubt hast.«

Er ließ die Schultern sinken. »Und dann, sechs Jahre später, lebst du gerade mal einen Bruchteil des Lebens, das du dir erträumt hattest.«

Ich schwieg, obwohl ich gern etwas gesagt hätte, um ihn aus der Vergangenheit zurückzuholen, die ihn so sehr bedrückte. Ihm fiel das Atmen schwer, sein Kopf war auf die Brust gesunken.

»Ich hab übrigens einen Studienplatz an der USC bekommen«, verkündete er plötzlich mit einem stolzen Lächeln, das seine Niedergeschlagenheit sofort zerstreute.

»Tatsächlich? Jonathan, das ist ja toll! Herzlichen Glückwunsch.« Ich freute mich ehrlich für ihn, aber dann begriff ich auf einmal, was für Konsequenzen das nach sich ziehen würde. »Warte. Du hast es ihr noch nicht gesagt, stimmt's?« Erschrocken kniff ich die Augen zusammen.

»Noch nicht. Aber ich sag es ihr bald.« Er seufzte.

Mit einem Schlag blieb mir die Luft weg. Ich fühlte mich, als hätte mir jemand in den Magen geboxt.

»Was ist los, Emma?« Seine Stimme klang ernsthaft besorgt.

»Er müsste es inzwischen auch wissen.« Atemlos, panisch rang ich nach Luft. »Wenn er angenommen worden ist … er müsste es jetzt wissen.«

»Evan?«, hakte Jonathan nach. Ich nickte, mein Brustkorb zog sich zusammen. Auf einmal passte alles zusammen – sein überstürzter Aufbruch beim Lunch, sein Gesichtsausdruck im Kunstkurs. Er hatte sich geweigert, mich anzuschauen, und er hatte mich nicht mal zurückgerufen.

»Man hat ihn nicht genommen.« Ich konnte kaum atmen.

»Tu das nicht, Emma«, sagte Jonathan tröstend. »Flipp nicht aus, bevor du was Genaues weißt.«

»Du hast leicht reden«, jammerte ich. Von einem Moment auf den anderen war meine Welt aus den Fugen geraten.

»Was wäre denn, wenn er nicht genommen wird?«, hakte Jonathan nach. Ich starrte ihn mit aufgerissenen Augen an, ganz so, als hätte er mir gerade mitgeteilt, dass ich alles verloren hatte. Ich schüttelte den Kopf. Das war unmöglich. Ich konnte mir nicht vorstellen, ohne Evan nach Kalifornien zu ziehen. Daran wollte ich nicht einmal denken.

»Wow – das bedeutet dir tatsächlich eine Menge, stimmt's?«, bemerkte Jonathan.

Ich sank auf die Couch zurück und versuchte, den Schmerz in meiner Brust zu lindern.

»Frag ihn. Mach dich nicht verrückt.«

Ich nickte. »Und du musst ihr sagen, dass du weggehst.«

Er machte ein betroffenes Gesicht. »Ich weiß einfach nicht, wie ich es ihr beibringen soll«, gestand er niedergeschlagen. »In ein paar Wochen hat sie Geburtstag, da will ich hier sein. Ist das schlimm?«

»Dann möchtest du dich also lieber nach ihrem Geburtstag von ihr trennen?« Ich wusste nicht, welche Variante ich bevorzugte.

»Es ist einfach nur … ich bin noch nicht bereit zu gehen.« Er hielt inne. »Dann ist es also wirklich schlimm.«

»Das kann ich nicht entscheiden«, erklärte ich. »Aber sie sollte es wissen.«

»Du hast recht.«

»Warte.« Ich kniff die Augen zusammen, weil mir plötzlich einfiel, dass er vorhin davon gesprochen hatte, wie anders sein Leben vor sechs Jahren gewesen war. »Wie alt bist du eigentlich?«

Jonathan zuckte sichtbar zusammen. »Meinst du, wie alt ich wirklich bin, oder, für wie alt Rachel mich hält?«

»Oh.« Mir blieb der Mund offen stehen. »Du hast sie also angelogen?«

»Sie hat auch so schon ein Problem mit dem Altersunterschied«, erklärte er mit einem schuldbewussten Lächeln. »Da wollte ich ihr wirklich nicht gestehen, dass ich eigentlich erst vierundzwanzig bin.«

»Du bist echt schlimm«, sagte ich kopfschüttelnd, konnte meine zornige Miene aber nicht lange aufrechterhalten.

»Das kannst du laut sagen«, erwiderte er mit einem ironischen Lächeln, und schon prusteten wir beide los.

»Jonathan«, rief meine Mutter in diesem Augenblick von oben. Gewissensbisse setzten unserem Gelächter ein Ende.

Sie schaltete das Licht auf dem Flur an und spähte von der Treppe hinunter ins Wohnzimmer. Als sie uns auf der Couch entdeckte, flackerte etwas in ihren Augen auf. Ich konnte nicht sagen, ob es Schock oder Wut war. Aber was auch immer es gewesen sein mochte, es verschwand so schnell wieder, dass ich fast glaubte, ich hätte es mir nur eingebildet.

»Schlafprobleme?«, fragte sie mit einem mitfühlenden Lächeln, das an niemanden direkt gerichtet war.

»Ich komme bald wieder nach oben«, versprach Jonathan. Sie nickte, ging zurück in ihr Schlafzimmer und schaltete das Flurlicht aus, bevor sie die Tür hinter sich zumachte.

»Ich muss auch ins Bett«, verkündete ich, stand auf und faltete meine Decke zusammen.

»Ich mag das«, stellte Jonathan abrupt fest. »Ich rede gern mit dir. Ich hab das Gefühl, dir Dinge sagen zu können, die ich normalerweise für mich behalte, weil die meisten Leute sie nicht verstehen.«

»Ich weiß.« Zögernd blieb ich stehen.

Es stimmte. In diesem Augenblick begriff ich plötzlich: Mit Jonathan konnte ich über die Dämonen reden, die mich nachts quälten. Er verstand mich wie kein anderer, weil er selbst mit ihnen zu kämpfen hatte. Dadurch waren wir einander nähergekommen.

Der Ansatz eines Lächelns erschien auf seinem Gesicht, und einen Moment lang konnte ich nicht wegschauen – gefangen im Dunkel seiner Augen. Sie blickten in mein Innerstes und forschten nach dem, was mich verfolgte. Blinzelnd entzog ich mich diesem Bann. »Bleibst du noch auf?«

»Ich bin noch nicht bereit fürs Bett«, gab er zu und griff nach der Fernbedienung.

»Sei vorsichtig mit den Dauerwerbesendungen«, warnte ich ihn – das waren seine Worte gewesen, als er mich zum ersten Mal aus meinen Albträumen gerettet hatte. Er lächelte. »Sonst komme ich erst am nächsten Morgen wieder zu mir.«

Ich ließ ihn auf der Couch zurück und schlich in mein Zimmer. Schlaf fand ich in dieser Nacht kaum, aber das hatte nichts mit meinen Träumen zu tun. Ich konnte nicht aufhören, über meine Zukunft nachzugrübeln und darüber, dass ich sie hoffentlich mit Evan gestalten konnte.

Als ich kurz vor der Morgendämmerung zur Toilette ging, lag Jonathan schlafend auf der Couch. Ich überlegte kurz, ob ich ihn wecken und ins Bett schicken sollte, ließ ihn dann aber in Ruhe. Er hatte seinen Schlaf verdient.

18
MärcHenstuNde

Ich wusch gerade meine Müslischüssel aus, als es leise an der Tür klopfte. Ehe ich öffnen konnte, ging sie schon von selbst auf, und Evan kam herein.

»Hi.« Er machte einen zaghaften Eindruck, was eigentlich gar nicht zu seiner selbstsicheren Art passte.

»Hi«, antwortete ich und suchte in seinem Gesicht nach Anzeichen, ob er vielleicht tatsächlich krank war. Er sah müde und bedrückt aus, was meine Sorgen verstärkte.

Auch als er mich anlächelte, wich der Kummer nicht aus seinem Blick. Ich ging langsam auf ihn zu und wappnete mich innerlich für die Nachricht, dass er nicht nach Stanford gehen würde.

»Alles in Ordnung mit dir?«, fragte er stattdessen und musterte mich aufmerksam.

Vermutlich entgingen ihm weder die dunklen Ringe unter meinen Augen noch die Besorgnis, die wie ein Stein auf meine Brust drückte.

»Ist denn mit *dir* alles in Ordnung?«, fragte ich zurück und trat dicht an ihn heran.

»Ich mache mir Gedanken um dich«, antwortete er, während er mein Gesicht zentimeterweise erforschte. »Geht es dir wirklich gut?« Als er mir über die Wange strich, schloss ich die Augen und sog seine Wärme in mich auf.

»Ja, alles okay.« Mehr brachte ich nicht heraus, denn innerlich war ich total durcheinander. Ich musste unbedingt wissen, warum er sich so seltsam benahm!

Evan beugte sich zu mir, drückte sanft seine Lippen auf meine, und sofort lockerte sich der Knoten in mir, der mir seit der Szene im Kunstraum zu schaffen machte.

»So ist es schon ein bisschen besser«, murmelte ich, als er sich zurückzog. »Aber erzählst du mir, was gestern passiert ist? Geht es um Stanford? Hast du eine Absage bekommen?«

Überrascht sah er mich an. Dann erschien ein Lächeln auf seinem Gesicht. »Oh, du glaubst, es war wegen Stanford?«

»Ich weiß ja nicht, worum es ging«, erwiderte ich. Seine amüsierte Reaktion erleichterte mich überhaupt nicht. »Du müsstest inzwischen doch Bescheid wissen.«

»Ja, ich hab den Brief erhalten«, gab er zu.

Ich hielt die Luft an und wartete angespannt auf den Rest.

»Aber ich weiß nicht, ob ich angenommen worden bin.«

»Was?«, rief ich und ließ die Schultern sacken. »Was soll das heißen?«

»O Em.« Er schüttelte den Kopf. »Es tut mir leid, dass ich es dir nicht längst gesagt habe. Meine Eltern wollen mir nicht verraten, auf welches College ich gehen werde, bis alle Briefe eingetrudelt sind. Und momentan warten wir noch auf Yale.«

»Deine Eltern treffen die Entscheidung für dich?«, fragte ich entsetzt. Wenn es nach Stuart ging, würde Evan niemals in Kalifornien studieren. So viel war klar.

»Nein.« Evan lachte leise, schlang die Arme um mich und drückte mich an sich. »Ich schreibe meine drei Favoriten auf, und dann gibt meine Mutter feierlich bekannt, auf welches College ich gehen werde. Sie macht ein Riesentheater daraus, das heißt, wir essen in einem schönen Restaurant, und dann überreicht sie mir einen Umschlag mit dem Namen des Colleges. Aber keine Panik – du wirst mich nicht verlieren, ganz gleich, was passiert.«

»Warum tut deine Mutter das?« Ich war völlig von den Socken.

»Auf diese Idee ist sie gekommen, als Jared sich um einen Studienplatz beworben hat. Er wollte nach Dartmouth, ist dort aber nicht angenommen worden. Um den Schock etwas abzumildern, hat sie sich diese ›feierliche Verkündigung‹ ausgedacht und meint jetzt, es sei nur recht und billig, das Gleiche auch für mich zu inszenieren. Du kommst doch mit uns essen, ja?«

»Natürlich«, antwortete ich automatisch. Doch nachdem ich einen Moment lang darüber nachgedacht hatte, konnte ich mir nicht mehr vorstellen, Freude zu heucheln, falls Evan nicht in Stanford angenommen worden war.

»Besser?«, fragte er unbeirrt und musterte mich noch einmal. Ich nickte. Er gab mir einen weiteren Kuss. »Wollen wir los?«

»Ich hol nur schnell meine Jacke«, antwortete ich, und er ließ mich los.

Nachdem ich mich angezogen hatte, folgte ich ihm aus der Tür, schloss ab, und er nahm meine Hand.

Erst als wir losgefahren waren, fiel mir ein, dass er mir immer noch nicht erklärt hatte, was gestern vorgefallen war. Die ganze Fahrt über versuchte ich, seine Gedanken zu lesen. Tatsächlich strahlten seine Augen nicht ganz so sehr wie sonst, also musste er etwas auf dem Herzen haben.

»Was ist los?«, fragte ich schließlich. »Ich weiß doch, dass dich irgendwas beschäftigt.« Er atmete hörbar aus, anscheinend hatte er mit dieser Frage gerechnet.

»Besuchst du mich heute Abend?«, erwiderte er. »Ich möchte dir gerne etwas erzählen, aber ich wäre dabei lieber allein mit dir.« Wieder stockte mir der Atem. Sein Ton war viel zu ernst, das konnte nichts Gutes bedeuten.

Ich nickte, in meiner Brust tobte ein Paniksturm.

Als er auf den Parkplatz fuhr, warf er mir einen Blick zu. Dann schaute er mich genauer an. Mir war klar, dass er mir meine Angst ansah – ich versuchte ja nicht einmal, sie vor ihm zu verbergen. »Em, es tut mir leid, das klang viel dramatischer als beabsichtigt. Du brauchst dir keine Sorgen zu machen, ehrlich«, versuchte er, mich zu trösten.

Ich nickte stumm.

Er stieg aus, kam auf meine Seite des Autos und zog mich an sich. »Ich liebe dich«, sagte er zärtlich, und in seinen Augen sah ich nichts als Ehrlichkeit. »Denk daran, ehe du dich den ganzen Tag mit irgendwelchen Sorgen quälst. Okay?«

»Okay«, flüsterte ich.

Doch ehe er mich küssen konnte, hörte ich Jills Stimme: »Das hier sind Evan und Emma, sie gehören zu den Power-Pärchen unserer Schule. Evan ist traumhaft, aber spar dir die Mühe, ihn auch nur anzuschauen – er sieht dich nämlich nicht.«

Verdutzt spähte ich an Evan vorbei. Neben Jill stand eine zierliche Blondine mit großen Rehaugen und einem roten Schmollmund. Als sich unsere Blicke trafen, schaute sie schnell weg. Wahrscheinlich wurde ihr klar, dass ich alles gehört hatte.

Evan nahm meine Hand und wandte sich den beiden mit einem belustigten Kopfschütteln zu. Anscheinend kannte er die Neue, denn er begrüßte sie mit einem freundlichen: »Hi, Analise.«

Sie lächelte etwas verlegen und antwortete hastig, während ihre Wangen sich rosig verfärbten: »Hi, Evan.«

Dann zog Jill die kleine Blondine hastig weiter, bestimmt weil sie so schnell wie möglich in Erfahrung bringen wollte, woher Evan und sie sich kannten.

»Woher kennst du die Neue denn?«, fragte in diesem Moment Sara hinter uns. Ich hatte sie nicht kommen hören und drehte mich überrascht um.

»Guten Morgen, Sara!«

»Guten Morgen«, antwortete sie, dann wandte sie sich wieder an Evan. »Und?«

»Meine Mutter hat Analises Mom für ihre neue Beratungsfirma angeheuert«, erklärte er. »Sie sind aus New York hergezogen.«

»Garantiert werden meine Eltern ihre Eltern demnächst zum Essen einladen, um sie in Weslyn willkommen zu heißen«, stöhnte Sara.

»Es gibt nur sie und ihre Mom«, betonte Evan. »Ich glaube, am Freitag sind die beiden zum Essen bei uns. Deine Eltern kommen auch, da bin ich mir ziemlich sicher.«

»Das überrascht mich nicht«, gab Sara zurück und verdrehte die Augen. »Ist sie in der Elften?«

»Ja, ich denke schon.«

Als wir auf dem Korridor das nächste Mal an Analise und Jill vorbeigingen, nahm ich den Neuzugang, der so viel Aufmerksamkeit erregte, etwas genauer in Augenschein. Analise war auf eine naive Art sehr hübsch. Durch ihre helle Haut kamen ihre roten Lippen und ihre rosigen Wangen noch deutlicher zum Vorschein – wie bei einer Porzellanpuppe. Ihre blonden, welligen Haare waren knapp schulterlang, und sie zwirbelte eine Strähne nervös um den Finger. Insgesamt machte sie einen eher schüchternen Eindruck und hatte offensichtlich Schwierigkeiten, Blickkontakt aufzunehmen. Aber mit Jill an ihrer Seite würde sie sich bald bestens in der sozialen Hierarchie von Weslyn auskennen.

Ich mochte mir nicht mal vorstellen, wie sie bei den Mathews am Esstisch saß – das war mein Territorium. Augenblicklich schämte ich mich für den Gedanken, aber das änderte nichts an meinen Gefühlen.

»Meine Mutter lässt fragen, ob du heute zum Essen zu uns kommen möchtest«, meinte ich zu Evan, ehe er sich auf den Weg zu seinem Spind machte.

»Alles in Ordnung mit dir, Evan?«, unterbrach uns Sara. »Du siehst so müde aus.«

»Ich muss über was hinwegkommen«, gab Evan zu, was mich

sofort ins Mark traf. Mehr denn je wünschte ich mir, endlich zu erfahren, was er mir zu erzählen hatte.

Auf meine Einladung antwortete er: »Gern, wir können nach dem Training gleich zu dir fahren.« Dann gab er mir einen Kuss auf die Wange und ging davon.

»Und *du* solltest wirklich anfangen, dich zu schminken.« Kopfschüttelnd musterte Sara mich. »Die Nächte, in denen du durchschläfst, kannst du wahrscheinlich an einer Hand abzählen; deine Augenringe sehen schlimm aus.«

»Vielen Dank, Sara«, schnaubte ich und blieb vor unseren Spinden stehen. »In einem der grusligsten Häuser von ganz Weslyn zu wohnen, macht die Sache nicht gerade einfacher. Und so schick deine schwarze Wand bei Tag aussehen mag, ich schwöre dir, bei Nacht atmet sie.«

»Vielleicht solltest du doch mal die Pillen ausprobieren, die der Arzt dir verschrieben hat«, meinte Sara. Als ich darauf keine Antwort gab, wechselte sie das Thema. »Wie geht es Rachel? Oder besser: Wie geht es Jonathan?«

Ich grinste ironisch, weil sie so gespannt klang. »Den beiden geht es gut. Obwohl meine Mom gestern Abend das Lehrbuch entdeckt hat und drauf und dran war, mir Schritt-für-Schritt-Anweisungen zu geben. Und Jonathan stand im Flur und hat alles mitangehört. Ich wäre am liebsten gestorben.«

Sara lachte. »Und, hast du das Buch gelesen?«

»Nein!«, gab ich hastig zurück, und sie lachte noch lauter. »Ich glaube, das werde ich auch nicht. Du kannst es gern zurückhaben.«

»Hätte ja hilfreich sein können.« Sara zuckte die Achseln und grinste mich vielsagend an.

»Ich werde mich wohl allein durchmogeln müssen«, murmelte ich und schloss meine Spindtür.

Den Rest des Tages gab es viel Aufregung wegen unserer neuen

Mitschülerin. Da sie in der elften Klasse war, hatten wir keine Kurse zusammen, und ich konnte der Neugier, mit der sie verfolgt wurde, größtenteils aus dem Weg gehen. Aber als ich in den Kunstraum kam, saß sie auf Evans Hocker.

»Hi«, sagte sie zögernd, als ich neben ihr Platz nahm.

»Hm, das ist eigentlich Evans Platz«, erwiderte ich ziemlich kühl.

»Er wird an diesem Projekt nicht teilnehmen«, sagte Ms Mier, die hinter uns getreten war. Wir drehten uns beide um. »Deshalb kannst du gern für die Dauer dieses Projekts dort sitzen bleiben, Analise. Emma, erklärst du unserer Neuen bitte, woran wir momentan arbeiten?«

»Na klar«, antwortete ich langsam, während ich zu verdauen versuchte, dass Evan in nächster Zeit nicht in diesem Kurs sein würde.

Bestimmt hielt Analise mich nach dieser Begegnung für die böse Hexe von Weslyn High. Ich erklärte ihr barsch, worum es bei unserer aktuellen Aufgabe ging, und ignorierte sie den Rest der Stunde. Ich war viel zu sehr mit meinen Gedanken beschäftigt. Was wollte Evan mir wohl sagen? Und warum war er einfach so aus dem Projekt ausgestiegen? Diese beiden Dinge hatten irgendwas miteinander zu tun, davon war ich fest überzeugt.

»Es hat mich gefreut, dich kennenzulernen«, sagte Analise freundlich, als wir unsere Sachen wegräumten, und ich fühlte mich noch mieser.

»Sorry, dass ich so wortkarg war«, antwortete ich schuldbewusst. »Es ist ein komischer Tag.«

»Ich hab schon gehört, dass du gern für dich allein bleibst«, sagte Analise. »Das versteh ich.«

»Bis morgen dann.« Ich versuchte, ein Lächeln aufzusetzen.

»Klar.« Sie erwiderte mein Lächeln, dann gingen wir getrennter Wege.

Evan wartete vor meinem Spind auf mich.

»Hast du den Kunstkurs endgültig aufgegeben?«, fragte ich, bevor er auch nur »Hi« sagen konnte.

Er zögerte und presste die Lippen zusammen. »Nein, ich hab nur darum gebeten, eine Weile an etwas anderem arbeiten zu dürfen, und Ms Mier hat mir ein Fotoprojekt zugeteilt.«

»Oh.« Sofort waren mir die paranoiden Gedanken, mit denen ich mich den ganzen Kurs über herumgequält hatte, zutiefst peinlich. Schließlich gab Evan nicht zum ersten Mal einem Fotoprojekt den Vorzug. Meine Schultern entspannten sich. »Ja, das klingt einleuchtend.«

Ich öffnete meinen Spind und fing an, meine Bücher in meinen Rucksack zu legen.

»Wir teilen uns heute den Platz beim Training«, sagte Evan, während er mir zusah. »Also könnten wir danach zusammen zu dir fahren.«

»Klingt großartig«, antwortete ich. Er gab mir einen schnellen Kuss, dann ging er die Treppe zur Umkleidekabine der Jungs hinunter.

Als sein Daumen über meine Narbe strich, hob ich die Augen von meinem Physikbuch. Wir saßen uns gegenüber auf der Couch und versuchten, vor dem Abendessen noch ein bisschen zu lernen. Ganz sanft umfasste er meinen Knöchel und streichelte die verunstaltete Haut, widmete sich aber weiterhin seinem Geschichtsbuch. Jede einzelne Berührung löste ein seltsames Prickeln in meinem Knöchel aus.

Er hob den Kopf, zog seine Hand jedoch nicht zurück, als er sah, dass ich ihn beobachtete.

»Sorry, dass wir nicht reden konnten«, sagte ich und legte mein aufgeschlagenes Buch auf meinem Bauch ab.

»Das können wir doch noch.« Er stockte, und ich beobachtete

nervös, wie er seine Gedanken sammelte und nach den richtigen Worten suchte. »Als ich gehört habe, dass …«

»Magst du Brokkoli, Evan?«, rief meine Mutter aus der Küche. Im Hintergrund lief Wasser in einen Topf.

Lächelnd rief Evan zurück: »Ja!«

Dann sah er wieder zu mir, und ich zog die Augenbrauen in die Höhe. »Und … was wolltest du gerade sagen?«

Er warf einen Blick zur Küche, in der meine Mutter die Hüften zu der Rockmusik aus dem Radio schwang. »Das kann warten.«

»Bist du sicher?« Wieder versuchte ich, in seinem Gesicht zu lesen. Ich befürchtete, das Warten wäre nur eine Qual – für ihn und für mich.

»Ja, hundertprozentig«, versicherte er, beugte sich zu mir und küsste mich. Ich schlang beide Hände um seinen Hals, damit er sich nicht gleich wieder zurückzog, und er drückte sich an mich.

»Ähem …« Meine Mutter räusperte sich. Evan ließ mich los, und meine Wangen fingen sofort Feuer. Allerdings war das Gesicht meiner Mutter genauso rot, wie meines sich anfühlte. Sie schlug die Augen nieder und verkündete: »Das Essen ist fertig.«

In diesem Moment ging der Rauchmelder los. Ich lief in die Küche. Meine Mutter war bereits halb auf die Spüle geklettert und schob das Fenster ein Stück hoch. Dann packte sie ein Handtuch und schwang es unter dem kreischenden Rauchmelder im Kreis, um den Qualm zu vertreiben. Inzwischen war das fast zur Routine für uns geworden – jedes Mal, wenn ich versucht hatte zu kochen, war der Alarm losgegangen.

»Dieser dämliche Backofen«, brummte meine Mutter, während sie das Holzfenster Zentimeter um Zentimeter in die Höhe stemmte. »Da drin kleben wahrscheinlich ungefähr fünfzig Jahre angebranntes Essen.«

»Brauchst du Hilfe?«, fragte Evan und ging zu ihr.

»Nein, jetzt hab ich's«, antwortete sie und drückte das Fenster noch ein kleines bisschen höher. Dann hüpfte sie von der Spüle und lächelte. »Ihr könnt euch hinsetzen.« Der Rauchmelder war verstummt.

Mit einem genervten Seufzer setzte ich mich auf den Stuhl an der Wand, dessen Beine selbst unter meinem geringen Gewicht ein wenig nachgaben. Evan nahm rechts von mir Platz, auf dem stabilsten unserer drei Küchenstühle.

Meine Mutter stellte Schüsseln mit Brokkoli und Süßkartoffelbrei vor uns ab und servierte uns mit einer Gabel je ein Stück Hähnchenbrust.

»Was möchtest du trinken?«, fragte ich Evan. Als ich meinen Stuhl zurückschob, neigten sich dessen Beine noch ein bisschen mehr.

»Wasser ist gut, danke«, antwortete Evan, der offensichtlich amüsiert immer noch den Rauch wegwedelte. Meine Mutter und ich taten, als gehöre dieses Schauspiel bei uns zu jeder normalen Mahlzeit. Genaugenommen war es ja auch meistens so.

Während ich uns aus einem großen Kanister Wasser eingoss, ließ meine Mutter sich mit einem Glas Rotwein gegenüber von Evan nieder. Ich entdeckte die Weinflasche auf der Küchentheke, bereits zu zwei Drittel leer, und beäugte meine Mutter nervös. Sie gab die Vorlegelöffel in die Schüsseln, bis jetzt schien der Alkohol sie nicht sonderlich zu beeinträchtigen.

»Bedient euch«, forderte sie uns auf und schaufelte sich zum Ansporn ein paar Brokkoliröschen auf ihren eigenen Teller.

Ich setzte mich wieder, Evan nahm sich von den Süßkartoffeln.

»Wie war Basketball?«, fragte meine Mutter und trank einen Schluck Wein; ihr Essen ignorierte sie. »Ich liebe Basketball«, fuhr sie fort, ohne eine Antwort abzuwarten, »aber es hat ewig gedauert, bis ich es Emily schmackhaft machen konnte. Sie war besessen von Fußball, genau wie ihr Vater. Dabei spielt sie ganz schön gut Basketball. Ich selbst hab nie gespielt, aber ich schau wahnsinnig gerne zu. Fußball kommt mir immer so unübersichtlich vor, da weiß ich nie, wo der Ball gerade ist und warum gepfiffen wird.«

Sie hielt inne, weil sie merkte, dass wir sie anstarrten. Bis zu diesem Augenblick hatte ich keine Ahnung gehabt, dass sie nervös war.

»Sorry.« Sie verzog das Gesicht.

»Schon okay«, meinte Evan mit einem beruhigenden Lächeln und warf mir aus dem Augenwinkel einen kurzen Blick zu. Ich sah ihn entschuldigend an, und er drückte unter dem Tisch meine Hand. »Basketball ist wirklich toll.«

»Habt ihr es in die Play-Offs geschafft?«, fuhr meine Mutter fort, und ich merkte, dass sie Mühe hatte, sich zu konzentrieren. Wieder trank sie einen Schluck, ihre Wangen waren gerötet.

»Nur ganz knapp«, gestand Evan und legte kurz die Gabel weg, um ihr ausführlicher zu antworten. »Am Donnerstag haben wir ein Auswärtsspiel; wenn wir das überleben, spielen wir am Samstagabend in Weslyn.«

»Ich muss dich unbedingt spielen sehen!«, rief meine Mutter aufgeregt. »Wenn ihr bis Samstag durchhaltet, bin ich dabei.«

»Super«, meinte Evan höflich und sah wieder verstohlen zu mir herüber. Ich versuchte, mir nicht anmerken zu lassen, wie sehr es mich beunruhigte, dass meine Mutter zu einem Basketballspiel meines Freundes wollte.

»Emma spielt übrigens am Freitag«, verkündete Evan.

»Nur wenn wir Mittwoch gewinnen«, gab ich zu bedenken.

»Das werdet ihr. Dein Team ist schließlich der Favorit für die Meisterschaft.«

»Das wäre ja unglaublich toll«, platzte meine Mutter heraus. »Wenn ihr es schafft, müssen wir eine Party schmeißen.« Ich riss entsetzt die Augen auf, und Evan musste lachen.

»Was denn?«, fragte meine Mutter, die unsere Reaktion nicht begriff.

»Emma und Partys – das sind zwei getrennte Welten«, erklärte Evan grinsend.

»Ach komm, Emily«, bettelte meine Mutter. »Es wäre bestimmt ein Riesenspaß.«

»Himmel, nein.« Ich schüttelte den Kopf.

»Na ja, ich will in ein paar Wochen eine Party zu meinem Geburtstag geben«, verkündete sie. »Da seid ihr aber dabei, oder nicht?« Erwartungsvoll sah sie uns an.

»Ja, selbstverständlich«, beteuerte ich, obwohl ich nicht den blassesten Schimmer hatte, worauf ich mich da einließ.

»Evan, hat Emily dir eigentlich schon erzählt, wie sie mal vom Baum gefallen ist?« Meine Mutter lachte und schob ihren Teller weg, sie hatte das Essen kaum angerührt.

Ich erhob mich, um meinen Teller wegzubringen. Auch Evan machte Anstalten aufzustehen. »Bleib ruhig sitzen«, bremste ich ihn und nahm seinen Teller. Als er mich fragend ansah, nickte ich ihm lächelnd zu und trug die Teller zur Spüle.

»Nein, die Geschichte kenne ich noch nicht«, antwortete Evan meiner Mutter und sank zurück auf den Stuhl.

Während ich die Spülmaschine einräumte, hörte ich meiner Mutter aufmerksam zu, denn ich war mir nicht sicher, ob ich selbst überhaupt die Geschichte kannte.

»Emily ist wahnsinnig gern auf Bäume geklettert und war ständig schmutzig. Deshalb haben wir sie ermutigt, Sport zu machen, damit sie nicht irgendwann vom nächstbesten Felsen hüpft und sich womöglich umbringt.«

Evan lachte leise. Gedankenverloren spülte ich das Geschirr ab und versuchte, mich an diese Zeit meines Lebens zu erinnern.

»Wir haben im Wald gewohnt, mitten zwischen Bäumen, Käfern und was da sonst noch alles kreucht und fleucht – es war ziemlich scheußlich.« Ich drehte mich um und sah sie schaudern. »Sorry, ich bin einfach kein Insektenfan.«

Evan lachte.

»Jedenfalls ist Emily einmal viel zu hoch in einen Baum geklettert, und der Ast ist unter ihr abgebrochen. Da ist sie abgestürzt und hat unterwegs noch jede Menge Äste mitgenommen. Ich hab sie schreien gehört und bin rausgerannt. Da hing sie, ungefähr sechs Meter über der Erde – sie hatte es gerade noch geschafft, den letzten Ast zu packen, sonst wäre sie ziemlich hart auf den Boden geknallt.«

An die Spüle gelehnt hörte ich mir die Geschichte an, ohne den geringsten emotionalen Bezug. Doch irgendwo tief in meinem Innern tat sich ein Abgrund auf.

»Derek musste sie mit der Leiter runterholen.« Meine Mutter lachte, als wäre es amüsant für sie gewesen, mich verzweifelt im Baum hängen zu sehen. »Zum Glück war nichts gebrochen, sie hatte nur überall am Körper blaue Flecke. Danach ist sie nie wieder auf einen Baum geklettert.«

Sie sah zu mir herüber. »Hast du immer noch Höhenangst?«

Ich starrte sie an und begriff plötzlich, was die Leere in meinem Innern verursachte – es war Angst. Ich schluckte und antwortete: »Na ja, ich mag Höhen jedenfalls auch heute noch nicht besonders.«

»Ich wusste gar nicht, dass du damit Probleme hast«, warf Evan ein und musterte mein blasses Gesicht. »Als wir uns letztes Jahr abgeseilt haben, hab ich nichts davon gemerkt.«

»Ich war überzeugt, dass ich in den Tod stürzen würde«, gab ich zu. »Das wollte ich nur nicht vor dir zugeben. Zum Glück musste ich ja kaum nach unten schauen, immer nur für den nächsten Schritt. Und wir haben es danach auch nie wieder versucht, stimmt's?«

»Stimmt«, bestätigte Evan. »Aber ich hatte wirklich keine Ahnung.«

Ich zuckte nur stumm die Achseln, denn bis zu diesem Augenblick war mir selbst nicht klar gewesen, warum ich Höhenangst hatte. Zwar konnte ich mich an keine Sekunde des Vorfalls erinnern, aber die Gefühle waren da, ganz eindeutig. Die Angst, die Verzweiflung. Deshalb wusste ich auch, dass die Geschichte wahr sein musste.

Meine Mutter gab noch einige weitere Kindheitsanekdoten zum Besten. Teilweise hätte ich mich schämen müssen, aber es fühlte sich überhaupt nicht an, als würde sie von mir erzählen. Offensichtlich hatte ich keinerlei Erinnerung an meine Kindheit, und das beunruhigte mich. Die Zeit war mir komplett entschwunden, und nun lebte ich in einer Gegenwart ohne Vergangenheit.

Als wir den Tisch abgeräumt hatten, war die Weinflasche meiner Mutter leer – und sie ein haltlos kicherndes Wrack.

»Wollen wir ein Stück spazieren gehen?«, fragte ich Evan. Er lächelte noch über einen weiteren für mich nicht abrufbaren Moment meiner Vergangenheit – diesmal war es um einen Haarschnitt gegangen, den ich mit acht Jahren unbedingt gewollt hatte und mit dem ich ausgesehen hatte wie ein Junge.

»Gern«, antwortete Evan und wandte sich dann an meine Mutter. »Danke für das Essen.«

»Das Vergnügen war ganz meinerseits.« Sie lächelte ihn voller Zuneigung an.

Nachdem ich Schal und Handschuhe angezogen hatte, flohen Evan und ich hinaus in die kalte Spätwinterluft. Zwar hatte es schon seit längerem nicht mehr geschneit, aber die Schneereste hielten sich hartnäckig.

Schweigend, die Hände in den Taschen vergraben, starrte ich auf den Boden.

»Das Essen hat dir nicht gefallen«, sagte Evan nach einer Weile. »Ich fand es gar nicht so schlimm.«

»Nein, es war schon in Ordnung«, wiegelte ich ab. Zum Teil stimmte das auch. Das nervöse Geschnatter meiner Mutter machte mir nichts aus, nicht einmal, wenn sie eine Flasche Wein intus hatte. Evan wartete ab, aber ich fügte nichts mehr hinzu.

»Sagst du mir, was dir durch den Kopf geht?«

Ich atmete tief ein und suchte nach den richtigen Worten. »Ich habe keine Erinnerungen an unser Haus.« Ich dachte kurz nach, dann fuhr ich fort: »Ich weiß noch, dass ich es geliebt habe, aber abgesehen von diesem Gefühl erinnere ich mich an nichts. Bäume und Sonne – mehr kann ich in meinem Gedächtnis nicht abrufen. Und dass ich mich sicher gefühlt habe. Also kann es nicht so grässlich gewesen sein, wie sie es darstellt.«

Ich führte Evan zu dem Park, den ich entdeckt hatte, und wir folgten dem ausgetretenen Pfad zum Spielplatz. Ich ließ mich auf dem kalten schwarzen Plastiksitz einer Schaukel nieder. »Mir war nicht bewusst, dass ich keine Erinnerung an meine Kindheit habe. Erst als meine Mutter angefangen hat, davon zu reden, ist es mir klar geworden.«

»Du warst noch klein«, gab Evan zu bedenken.

»Aber nicht zu klein, um mich an etwas erinnern zu können«, konterte ich. »Man sollte doch meinen, ein so traumatisches Erlebnis wie ein Sturz von einem Baum wäre mir im Gedächtnis geblieben.«

Evan setzte sich auf die Schaukel neben mir und sah zu, wie ich vor und zurück glitt, ohne die Füße vom Boden zu nehmen. Aufgewühlt starrte ich auf den plattgetretenen Schnee vor mir. Ich hatte alles weggeschlossen, Gutes wie Schlechtes, und nun war mir kaum etwas geblieben, an dem ich mich festhalten konnte.

»An eines erinnere ich mich allerdings«, sagte ich und sah ihn lächelnd an.

»Woran denn?«

»Mein Vater hat mir eine Schaukel gebaut, aus einem Stück Holz, das er an einen der Bäume gehängt hat. Darauf hab ich so hoch geschaukelt, dass meine Zehen den Zweig über mir berührt haben. Dann hab ich den Kopf in den Nacken gelegt und die Augen geschlossen – das war wie ein Rausch. Und ich war überzeugt, dass es sich so anfühlen müsste, wenn ich fliegen könnte. Stundenlang hab ich auf dieser Schaukel gesessen.«

Evan lächelte mich liebevoll an, und ganz langsam füllte die Wärme dieser Erinnerung meine innere Leere.

»Manchmal wünsche ich mir, ich wäre wieder an diesem Ort – dort, wo alles perfekt war und ich glücklich durch mein Leben geschaukelt bin.«

19

warTen auF freitag

»Hab ich gestern Abend totalen Mist gebaut?«, fragte meine Mutter, während sie sich Kaffee einschenkte. »Vermutlich schon, stimmt's? Ich hab dich sicher blamiert. Und weil ich so nervös war, hab ich zu viel Wein getrunken und zu viele Geschichten erzählt. Es tut mir leid, Emily. Sag Evan bitte …«

»Mom – ich meine, Rachel …« Mit zusammengekniffenen Lippen sah sie zu mir auf, und ich fuhr fort: »Es war vollkommen okay. Ehrlich.«

»So hast du aber nicht ausgesehen«, entgegnete sie und musterte mich ängstlich. »Du hast ein richtig gequältes Gesicht gemacht.«

»Aber nein.« Ich lächelte sie an.

Doch so schnell ließ sich ihr schlechtes Gewissen nicht beruhigen. »Bist du ganz sicher?«, hakte sie nach.

Weil ich nicht wusste, wie ich sie überzeugen konnte, nickte ich einfach nur.

»Es tut mir leid, dass ich es heute Nachmittag nicht zu deinem Spiel schaffe.«

»Ich verstehe das. Du musst arbeiten.«

»Stört es dich, dass ich mich zu Evans Spiel eingeladen habe? War das eine blöde Idee? Ich möchte ihn wirklich gerne spielen sehen, das war ganz ernst gemeint.«

»Das ist absolut okay.« Ich lachte und wünschte mir, sie würde sich endlich beruhigen. »Du warst großartig. Wirklich. Und es stört mich nicht, wenn du am Samstag zu seinem Spiel gehst. Wenn du magst, kannst du ruhig auch Jonathan mitbringen.«

Sie wandte den Blick ab und starrte in ihre Kaffeetasse.

»Was ist?«, drängte ich und bemerkte die steile Falte zwischen ihren Augenbrauen.

»Ich weiß nicht, was mit ihm los ist«, murmelte sie. »Ich glaube, er verheimlicht mir etwas.« Ihre plötzliche Traurigkeit tat mir weh. »Hat er dir vielleicht irgendwas erzählt? Du weißt schon, nachts, wenn ihr beide nicht schlafen könnt?«

Ich schüttelte den Kopf – was sollte ich ihr auch sagen, ohne zu lügen?

»Worüber redet ihr da eigentlich?«, fragte sie, als hätten Jonathan und ich einen Geheimbund, von dem sie ausgeschlossen war.

»Über nichts Interessantes«, wiegelte ich ab. »Sport, Werbung, wie schön es wäre, wenn wir schlafen könnten.«

»Weißt du, warum er nicht schlafen kann?« Sie beobachtete mich genau, aber ich zuckte nur die Achseln und sah weg. »Er erzählt mir nichts«, fuhr sie fort. »Im Grunde sprechen wir beide nicht über unsere Vergangenheit. Das ist gut so, weil mir jeder Gedanke daran weh tut, aber ich wünschte, er würde mir genug vertrauen, dass er mir wenigstens *irgendwas* erzählt.«

Ich nickte bloß. Mein schlechtes Gewissen schnürte mir derart die Kehle zu, dass ich keinen Ton herausbrachte. Bestimmt war ich die schlechteste Tochter der Welt. Ich hätte ihr erzählen sollen, dass Jonathan nach Kalifornien ziehen und dort studieren würde. Dass auch er eine schwierige Vergangenheit hatte, über die er kaum sprechen konnte. Und das Wichtigste: dass es nichts mit ihr zu tun hatte und dass sie ihm wirklich am Herzen lag. Aber dann hätte sie sich wahrscheinlich gewundert, warum er all das mir sagte und nicht ihr. Und darauf hätte ich keine Antwort gewusst – vor allem, weil ich nicht erklären konnte, warum ich ausgerechnet mit Jonathan über Dinge sprach, die ich allen anderen verschwieg. Deshalb blieb ich stumm und beobachtete, wie sich in ihrem Gesicht Unsicherheit und Zweifel widerspiegelten.

»Wann seht ihr euch das nächste Mal?«

»Am Freitag«, antwortete sie seufzend. »Dann frag ich ihn auch wegen des Spiels.«

»Ich bin sicher, es ist nichts«, meinte ich schließlich und fühlte mich prompt noch schlechter, weil ich sie mit einer Lüge zu beruhigen versuchte.

»Na ja, ich muss los«, sagte sie und schaute auf die Uhr an der Mikrowelle. »Schick mir eine SMS, wie es ausgegangen ist, ja?«

Ich nickte, und als ich ihr nachsah, wurde mir plötzlich heiß. Ich war wütend auf Jonathan. Wütend, dass er mich in diese Situation gebracht hatte. Wütend, dass meine Mutter sich quälte, weil er es nicht fertigbrachte, ihr die Wahrheit zu sagen.

Ich zog mein Handy heraus und schrieb ihm: *Du musst es ihr sagen!*

Auf dem Schulparkplatz bekam ich die Antwort: *Bin bis Freitag in New York – dann sag ich es ihr, versprochen.*

Es konnte gar nicht schnell genug Freitag werden.

»Hey! Ich freu mich so, dass ihr gewonnen habt!« Dieser Satz war das Erste, was ich hörte, als ich abends die Haustür öffnete. Ich fand meine Mutter auf der Couch, ein Glas Wein in der Hand, noch in Arbeitsklamotten.

»Hi«, antwortete ich nur und ließ meine Sachen auf die Treppe fallen.

»Du bist ja die Begeisterung in Person«, bemerkte sie sarkastisch, beugte sich zur Weinflasche und goss den Rest in ihr Glas. »Alles okay?«

»Ja«, antwortete ich, wenn auch nicht sehr überzeugend. Ich wollte nicht darüber reden, dass Analise und Evan nach dem Spiel zusammen zu seinem Auto gegangen waren, wollte nicht laut aussprechen, wie elend ich mich fühlte, weil er ihr angeboten hatte, sie nach Hause zu fahren, obwohl ich doch gern ein bisschen Zeit mit ihm verbracht hätte. So wollte ich mich nicht fühlen … ich wollte nicht eifersüchtig sein. Und es gab auch überhaupt keinen triftigen Grund dafür. Aber kein vernünftiger Gedanke linderte das Ziehen in meinem Magen, das ich jedes Mal spürte, wenn Analise mit ihren großen Bambiaugen schwärmerisch zu ihm aufblickte. Nichts davon wollte ich meiner Mutter erzählen, also lenkte ich ab. »Wie geht es dir?«

Meine Mutter lachte ohne eine Spur von Humor. »Mir geht es ganz hervorragend!«

Sie konnte mein Gesicht nicht sehen, und ich schloss genervt die Augen und biss die Zähne zusammen – der Ton in ihrer Stimme verriet, dass sie wieder einmal betrunken war.

Statt in mein Zimmer zu gehen und an meinem Englischreferat zu arbeiten, wie ich es eigentlich vorgehabt hatte, setzte ich mich zu ihr auf die Couch. Ich hoffte, sie zumindest so weit trösten zu können, dass sie nicht mehr weitertrank.

»So viele Punkte hab ich bisher noch nie geholt«, erzählte ich und versuchte einzuschätzen, in welcher Verfassung sie war. Als sie sich mir zuwandte, merkte ich, dass sie den Kopf schon nicht mehr gerade halten konnte, sie lächelte träge und musste sich anstrengen, die Augen offen zu halten. Offensichtlich war sie ziemlich hinüber.

»Das ist ja wundervoll, Emily«, lallte sie. »Hätte ich dich doch bloß sehen können.« Dann trank sie wieder einen großen Schluck, schloss einen Moment lang die Augen, und setzte das Glas wieder ab.

»Sorry«, sagte sie und deutete auf sich selbst. »Ich hab das Abendessen ausgelassen, deshalb wirkt der Wein stärker.«

Ich nickte, hätte ihr das Weinglas aber gern aus der Hand gerissen. Stattdessen sah ich zu, wie sie es mit zwei weiteren großen

Schlucken leerte und dabei den Kopf in den Nacken legte, um auch noch das letzte Tröpfchen zu erwischen.

»Komm, ich nehme es dir ab«, bot ich an und streckte die Hand nach dem Glas aus.

»Danke.« Sie lächelte mich mit violett verfärbten Zähnen an und überließ mir das Glas. Als ich es in die Küche brachte, entdeckte ich dort eine zweite leere Flasche. Ich seufzte, schüttelte den Kopf und stellte das Glas in die Spüle.

Im selben Moment piepte mein Handy. *Kann ich zu dir kommen*?

Ich zögerte. Wie konnte ich ablehnen, ohne dass es falsch bei Evan ankam? *Versuche grade, die Hausarbeit auf die Reihe zu kriegen. Seh dich morgen, okay?* Noch einmal schaute ich zu der Weinflasche, dann drückte ich auf *Senden*. Ich wollte nicht, dass er meine Mutter in diesem Zustand sah.

Okay, antwortete er nur. Ich steckte das Handy wieder in die Tasche und ging zurück ins Wohnzimmer.

»Du findest mich bestimmt erbärmlich«, murmelte sie undeutlich und wischte sich mit einer fahrigen Bewegung die Haare aus dem Gesicht. »Dass ich mich wegen eines Kerls so gehenlasse.«

»Nein, ich finde dich nicht erbärmlich«, widersprach ich ruhig. Sie antwortete nicht, sondern atmete mit geschlossenen Augen tief durch die Nase aus und ein. Offensichtlich war sie kurz davor einzuschlafen. »Komm, ich helfe dir die Treppe hoch ins Bett.«

»Ja«, hauchte sie. »Bin müde. Hätte was essen sollen.«

Ich streckte ihr meine Hand hin und zog sie von der Couch. Sie konnte kaum stehen. »Hoppla, mir wird schwindlig.«

Ich blendete alles aus – die Enttäuschung, den Frust, die Wut – und konzentrierte mich nur noch darauf, sie ohne Zwischenfälle die Treppe hinaufzuhieven. Sie kroch in ihr Bett, ich nahm ihr noch die Schuhe ab und deckte sie dann zu. Sie zog sich die Decke bis ans Kinn und blickte schuldbewusst zu mir empor.

»Es liegt nicht daran, dass ich ihn so mag«, erklärte sie. »Das ist es nicht. Ich meine, ich mag ihn sehr.« Sie holte tief Luft, ihre Augen tränten. Ich schluckte schwer, entsetzt über die unendliche Traurigkeit in ihren Augen.

»Ich will nicht alleine sein.« Ihre Unterlippe zitterte, und sie drehte sich von mir weg.

Ihre Worte waren wie ein Schlag in den Magen. Ich sah, wie ihr Rücken zuckte, und wusste, dass sie weinte. Zögernd biss ich mir auf die Lippen – sollte ich sie berühren? Wie konnte ich sie trösten? Aber dann ging ich nur auf Zehenspitzen zur Tür und schloss sie hinter mir.

Doch das Schluchzen meiner Mutter war auch durch die geschlossene Tür noch zu hören. Wie gelähmt ließ ich mich am Türrahmen auf den Boden hinunterrutschen und zog die Knie an die Brust. Wut und Enttäuschung waren verflogen, an ihre Stelle war tiefer Kummer getreten. Tränen strömten über meine Wangen, während ich zuhörte, wie sie weinte.

Ich hatte das schon einmal durchgemacht. *Wir* hatten das schon einmal durchgemacht. Einen großen Teil meiner Kindheit hatte ich ihr beim Weinen zuhören müssen. Ihr Schluchzen verfolgte mich, es hallte noch immer in meinem Kopf wider, als ich in dieser Nacht einzuschlafen versuchte.

»Alles okay mit dir?«

»Hm?« Ich schüttelte meine Benommenheit mit einer schnellen Bewegung ab. Meine Spindtür stand offen, Sara starrte mich an.

»Du glotzt schon seit einer Ewigkeit in deinen Spind und hast immer noch nichts rausgeholt. Was ist denn los mit dir?«

»Ich hab nicht viel geschlafen«, antwortete ich wahrheitsgemäß. Das Weinen meiner Mutter klang noch immer in meinen Ohren nach. Halbvergessene Erinnerungen quälten mich, Erinnerungen an nächtliche Ausraster voll Wut und Schmerz. Erinnerungen daran, wie ich mich zitternd unter meiner Bettdecke versteckt hatte. Ich blinzelte angestrengt, um mich zurück in die laute Realität des Schulkorridors zu zwingen.

»Gibt es sonst irgendwelche Neuigkeiten?« Sara grinste und stieß mich mit der Schulter an. »Hast du Lust, heute bei mir zu übernachten?«

Ich öffnete schon den Mund, um ihr zuzusagen, schloss ihn dann aber wieder. Jonathan würde erst morgen zurückkommen, und ich war mir nicht sicher, ob ich meine Mutter allein zu Hause lassen konnte.

»Wie wäre es mit Samstag?«, schlug ich stattdessen vor.

»Okay, das passt auch.« Sara schloss ihren Spind und machte sich auf den Weg zu ihrem Kurs. Ich packte meine Bücher und ging zum Computerraum. Ich hatte beschlossen, Politische Theorie heute auszulassen und stattdessen mein Englischreferat fertig zu machen – gestern Abend hatte ich es nicht mehr angerührt.

Lustlos schleppte ich mich durch den Tag, tauschte in Kunst falsche Nettigkeiten mit Analise aus und wünschte mir währenddessen, das Nagelprojekt wäre vorbei, damit Evan wieder neben mir sitzen konnte.

»Schaust du dir Evans Spiel heute Abend an?«, fragte Analise mich eifrig.

Ich nickte, machte mir aber nicht die Mühe zu fragen, ob sie auch da sein würde, denn ich kannte die Antwort bereits.

»Vielleicht können wir zusammensitzen«, zirpte sie unbeschwert.

»Ja, vielleicht«, antwortete ich gezwungen freundlich und hämmerte aggressiv meinen Nagel ins Holz, ohne Analise eines Blickes zu würdigen.

Ihr Sonnenscheinlächeln war für meinen emotionalen Kater viel zu hell, ich fürchtete, die Augen zusammenkneifen zu müssen, wenn ich sie anschaute. Also hielt ich den Kopf gesenkt und tat so, als konzentrierte ich mich auf meine Arbeit. Den Rest der Stunde ließ sie mich tatsächlich in Frieden.

Evan wartete vor meinem Spind auf mich, den Rucksack über die Schulter gehängt.

»Hi«, begrüßte er mich mit einem Lächeln, das mich aus meiner miesen Stimmung rüttelte.

»Ich bin so froh, dich zu sehen«, seufzte ich, schlang die Arme um ihn und vergrub meinen Kopf an seiner Schulter. Mit einem tiefen Atemzug sog ich seinen Duft ein, sofort löste sich meine Anspannung.

»Wie schön«, lachte er und drückte mich an sich. »Schlechter Tag heute?«

»Könnte man so sagen«, antwortete ich mit gedämpfter Stimme, da ich mein Gesicht noch immer an ihn presste.

»Was hast du nach meinem Spiel vor?«

Ich blickte auf, ohne meine Umarmung zu lockern. »Ich hab Training.«

»Stimmt«, erinnerte er sich. »Wir wollen danach zusammen essen gehen, und ich hatte gehofft, du bist dabei.«

»Sorry«, antwortete ich und ließ ihn nun doch los. »Aber wir sehen uns doch morgen nach meinem Spiel, richtig?«

»Selbstverständlich.« Er lächelte. »Da haben wir unser Date. Ziehst du dich zu Hause um, oder erledigst du das hier?«

»Ich wollte eigentlich zu Hause duschen. Ist das okay für dich? Oder sind wir dann zu spät dran?«

»Nein, nein, kein Problem. Ich muss ja auch duschen. Reicht das für dich zeitlich?«

»Ja«, antwortete ich und hatte zum ersten Mal an diesem Tag einen Grund zu lächeln. »Das klingt wundervoll.« Die Warterei nahm einfach kein Ende – das Warten auf mein Date mit Evan, das Warten auf Jonathans Rückkehr und auf sein Geständnis, das er meiner Mutter zu machen hatte. Aber ich weigerte mich, an dieses

Gespräch zu denken. Damit würde ich mich nach meinem Date mit Evan auseinandersetzen.

Bei Evans Spiel achtete ich darauf, dass Jill und Sara zwischen mir und Analise saßen. Trotzdem war es schwer, ihre spitzen Freudenschreie zu überhören – jedes Mal, wenn Evan einen Wurf blockte oder einen Rebound schaffte. Nach einer besonders enthusiastischen Jubelrunde sah selbst Sara etwas irritiert zu Analise hinüber und warf mir dann einen vielsagenden Blick zu. Sie wollte etwas sagen, aber ich schüttelte nachdrücklich den Kopf und verdrehte nur stumm die Augen. Sara lachte, offensichtlich hatte sie mal wieder mühelos meine Gedanken gelesen.

»Kommst du noch mit eine Pizza essen?«, fragte mich Analise, als wir nach dem Spiel die Tribünentreppe hinuntergingen.

»Ich muss zum Training«, erklärte ich, nicht sonderlich angetan, dass sie offenbar zu jenen gehörte, mit denen Evan essen ging.

»Ich bin dabei, keine Angst«, platzte Sara mit einem etwas forcierten Lächeln heraus.

»Oh«, rief Analise, »super.« Ihre Vorfreude schien sichtlich gedämpft.

Hinter ihrem Rücken ahmte Sara sie mit einem breiten Grinsen nach: »Super.«

Ich lachte und schlug nach ihrem Arm. »Sei nicht so gemein.«

»Ja, du hast recht.« Aber sie stöhnte, als fiele es ihr schwer, sich zurückzuhalten. »Ich werde mir alle Mühe geben, nett zu sein. Versprochen.«

Mit Sara auszukommen, war wirklich sehr einfach, die meisten Menschen liebten sie auf Anhieb. Aber wenn sie jemanden nicht mochte, konnte sie ziemlich bösartig sein. Sie und ich wussten beide, dass es keinen triftigen Grund gab, Analise nicht zu mögen, trotzdem hegten wir keine großen Sympathien für sie. Ich war froh, dass ich nicht die Einzige war, die unerklärliche Vorbehalte gegen dieses zierliche Püppchen hatte, das ständig in der Gegend herumlächelte.

»Du warst hinreißend«, flötete Analise sofort, als Evan auf uns zukam.

»Danke«, erwiderte er knapp, denn er hatte mich hinter ihr entdeckt. Ich drängte mich an Analise vorbei zu ihm durch und küsste ihn auf den Mund, verschwitzt wie er war. Er atmete langsam aus, als ich mich von ihm löste. »Danke«, sagte er noch einmal, grinste und drückte meine Hand.

»Ich muss mich fertig machen fürs Training«, sagte ich. »Sehen wir uns morgen?«

»Ich warte in der Eingangshalle auf dich«, unterbrach uns Analise abrupt.

»Okay, geht klar«, antwortete Evan ihr mit einem raschen Blick. »Ich brauche ein paar Minuten, aber ich werde dich schon finden.«

Ich blickte von Analises blonden Locken zu Evan.

»Ich hab sie hergefahren«, erklärte er, als er meinen verwirrten Gesichtsausdruck bemerkte. Ich konnte nur nicken, denn ich hatte Angst, was aus meinem Mund herauskommen würde, wenn ich ihn aufmachte. Er beugte sich zu mir und küsste mich noch einmal. »Ja, wir sehen uns morgen.«

Als ich zur Kabine ging, piepte mein Handy.

Gehe nach der Arbeit mit den Mädels weg. So sorry wegen gestern Abend. Jonathan kommt morgen – hurra! Mach keine Dummheiten.

Japp. Es konnte gar nicht schnell genug Freitag werden.

20

NormalitäT giBt es nichT

Nichts würde mich davon abhalten, mein Date mit Evan zu genießen, gar nichts. Nicht die zuckersüße Analise, die bei meinem Spiel unbedingt neben Evan hatte sitzen müssen – ja, das war mir aufgefallen –, und auch nicht mein Schlafmangel, unter dem ich litt, weil ich die ganze Nacht wach gelegen hatte, bis meine Mutter torkelnd und schwankend nach Hause gekommen war. Und schon gar nicht die Tatsache, dass ich spät dran war, weil ich vergessen hatte, das Scheinwerferlicht auszumachen, und Jill mir nach dem Spiel Starthilfe geben musste. Ich war fest entschlossen, einen wunderbaren Abend zu verbringen.

Als ich die Haustür hinter mir zuknallte und die Treppe hinaufrannte, bemerkte ich nur flüchtig, dass meine Mutter das Flurlicht angelassen hatte. Ich warf meine Turnschuhe ab, kickte sie quer durchs Zimmer, zog die Socken aus und schleuderte mein verschwitztes Trikot in den Wäschekorb. Auf einmal hatte ich ein äußerst unerwünschtes Déjà-Vu-Erlebnis – so ähnlich war es auch an dem Konzertabend mit Evan gewesen. Fehlte nur noch, dass Jonathan unerwartet durch die Tür kam.

In Slip und Sport-BH rannte ich zum Bad, stieß die Tür auf und schloss sie mit einer raschen Bewegung hinter mir. Aber dann erstarrte ich, und die Ironie traf mich wie ein Schlag ins Gesicht …

»Hey?« Vor mir stand Jonathan. Er hielt den Bund seiner Jogginghose fest und starrte mich verwundert an.

»Oh, sorry!« Im ersten Moment konnte ich ihn nur angaffen, dann verschränkte ich instinktiv die Arme vor der Brust. Schweiß rann über Jonathans Gesicht, über seinen kräftigen, sehnigen Hals, seine breiten Schultern und seine muskulöse Brust. Sein T-Shirt lag zerknittert auf dem Fußboden. Hastig schloss ich meinen offen stehenden Mund und stammelte: »Ich wusste gar nicht, dass du hier bist.«

So schnell wie möglich wandte ich mich ab und öffnete die Tür. Doch dann hörte ich Evans Stimme: »Em? Ich bin da!«

Eilig schloss ich die Tür wieder. »Scheiße«, stieß ich hervor und schlug mit der Stirn gegen den Türrahmen. »Ich bin noch nicht fertig«, rief ich dann. »Aber ich beeil mich!«

»Okay«, antwortete er.

Ich atmete tief durch und überlegte angestrengt, was ich tun sollte.

»Wow«, meinte Jonathan leise. »Das ist ja heikel.«

Ich wirbelte herum und fuhr ihn an: »Findest du?«

»Du hast also ein Date?«, erkundigte er sich beiläufig, als stünden wir nicht verschwitzt und halbnackt voreinander.

»Jonathan!« Ich sah ihn wütend an. »Was soll ich machen? Wie soll ich erklären, dass du aus dem Bad kommst, wenn ich gerade dusche?« Ich war kurz davor zu hyperventilieren.

»Reg dich nicht auf«, meinte Jonathan beschwichtigend. »Geh einfach duschen.«

»Was?!«, fauchte ich ein bisschen zu laut und schlug mir die Hand vor den Mund. Hoffentlich hatte Evan mich nicht gehört! Ich lauschte angestrengt. Die Haustür quietschte, das Fenster klapperte leise, als sie sich wieder schloss.

»Hallo Evan«, ertönte die Stimme meiner Mutter. »Wie geht's? Wo ist Emily?«

Mir traten fast die Augen aus dem Kopf, aber Jonathan lachte leise. Unglaublich.

»Sie duscht gerade«, erklärte Evan meiner Mutter. »Vermutlich ist sie nach dem Spiel aufgehalten worden und jetzt ein bisschen spät dran.«

»Emily!«, rief meine Mutter, und ich hörte die Treppe knarren. Ihre Schritte kamen näher.

Der Türgriff bewegte sich, die Tür öffnete sich einen Spaltbreit. Im letzten Moment warf ich mich mit dem Rücken dagegen und schlug sie ihr vor der Nase zu.

»Hey!«, rief sie empört.

»Sorry.« Hastig verriegelte ich die Tür. »Ich wollte gerade in die Dusche steigen. Musst du rein?«

»Nein, ich kann warten«, antwortete sie. »Hast du Jonathan gesehen? Er müsste eigentlich längst wieder hier sein.«

Ich warf Jonathan einen Blick zu. Er hatte die Lippen zusammengepresst, um nicht lauthals loszulachen. Am liebsten hätte ich ihm irgendwas an den Kopf geworfen.

»Äh, nein«, antwortete ich, weil mir nichts Besseres einfiel. »Aber ich hab auch nicht nach ihm Ausschau gehalten.«

Jonathan konnte sich nicht mehr zusammenreißen und stieß ein unterdrücktes Lachen aus.

Hör auf!, formte ich mit den Lippen und runzelte drohend die Stirn. Aber er grinste nur breit.

»Na gut. Evan wartet auf dich.«

»Ich weiß. Ich beeil mich.« Kopfschüttelnd schloss ich die Augen, ich hatte keine andere Wahl. Als ihre Schritte sich endlich wieder entfernten, flüsterte ich: »Schön, ich dusche, aber du bleibst gefälligst an der Tür stehen.«

»Keine Sorge, ich werde nicht gucken.«

»Sehr lustig«, zischte ich sarkastisch. »Wir müssen die Plätze tauschen, damit ich in die Dusche kann. Bitte mach das Ganze nicht noch unangenehmer, als es ohnehin schon ist.«

In dem winzigen Badezimmer aneinander vorbeizukommen,

war leichter gesagt als getan – eingequetscht zwischen Badewanne und Waschbecken drängte ich mich an ihm vorbei.

Ich drehte den Kopf zur Seite und zog den Bauch ein, um jegliche Berührung zu vermeiden. Ich spürte seinen heißen Atem am Hals und nahm seinen Geruch wahr – eine Mischung aus Schweiß und einem Parfüm, das nach Meerwasser roch. So dünn ich mich auch machte, seine feuchte Haut glitt dennoch über meine.

Jonathan lachte leise, und als ich den Kopf hob, war mein Gesicht nur wenige Zentimeter von seinem entfernt. »Diese seltsamen Begegnungen müssen aufhören«, scherzte er leise. Hastig schob ich mich vollends an ihm vorbei, mein Herz klopfte heftig.

Ich griff nach seinem verschwitzten T-Shirt und warf es nach ihm, aber er lachte nur noch mehr. Mit einem verärgerten Kopfschütteln stieg ich in die Wanne, während Jonathan sich brav zur Tür umdrehte. Ich zerrte den Duschvorhang zurecht und zog den Rest meiner Klamotten aus, mein Herz raste immer noch.

Ehe ich das Wasser anstellte, öffnete ich den Vorhang einen Spalt, um meine feuchten Klamotten vor die Toilette zu werfen. Dann duschte ich so schnell wie noch nie in meinem Leben – und ich war jahrelang gezwungen gewesen, sehr schnell zu duschen. Irgendwie schaffte ich es sogar, Haare und Körper gleichzeitig zu waschen.

Als ich das Wasser abstellte, lugte ich vorsichtig hinter dem Vorhang hervor, aber Jonathan war weg. Die Tür war geschlossen, der Riegel zurückgeschoben. Ich holte tief Luft und griff nach dem Handtuch.

»Jonathan?«, hörte ich im selben Moment die Stimme meiner Mutter von unten. »Warst du schon die ganze Zeit hier?«

Plötzlich fiel mir auf, dass ich nichts zum Anziehen mit ins Bad genommen hatte. Ich nahm den Bademantel meiner Mutter vom Haken an der Tür und hüllte mich darin ein.

»Ich war an Emilys Computer«, erklärte Jonathan so ruhig und überzeugend, dass sogar ich ihm beinahe glaubte. »Ich hatte ein Videotelefonat mit den Leuten im Büro und konnte nicht reagieren, als du reingekommen bist. Sorry.«

Ich wartete nicht ab, ob meine Mutter ihm die Geschichte abkaufte, sondern öffnete kurzentschlossen die Tür und huschte in mein Zimmer. Unterwegs erhaschte ich einen kurzen Blick auf Jonathan, der mich aus dem Augenwinkel beobachtete – er schien zu grinsen. Mein Gesicht glühte immer noch.

»Das Bad ist frei!«, rief ich und schloss meine Zimmertür.

»Dann dusche ich mal schnell, okay? Dazu bin ich nach dem Laufen noch nicht gekommen«, hörte ich Jonathan zu meiner Mutter sagen. Ich steckte den Föhn in die Steckdose. Unter dem Geblase konnte ich endlich alles ausblenden – die Lügen, den Argwohn in der Stimme meiner Mutter, meinen rasenden Herzschlag, der sich immer noch nicht ganz davon erholt hatte, dass ich mit Jonathan im Bad eingesperrt gewesen war.

Als ich den Föhn wieder abstellte, hörte ich von unten Musik und im Badezimmer das Wasser rauschen. Ich steckte meine Haare im Nacken zu einem Knoten zusammen – die einzige Frisur, die ich mir inzwischen recht gut selbst machen konnte. Dann holte ich mein Kleid aus meinem Wandschrank und entfernte die Plastikhülle – es war perfekt für unser ganz normales Date.

Mit einem tiefen Atemzug betrachtete ich mich noch einmal im Ganzkörperspiegel, ließ den Saum des roten Empire-Kleids hin und her schwingen und versuchte mich zu beruhigen, damit mein Gesicht wieder eine normale Farbe annahm. Ein letzter Blick zeigte mir, dass alles soweit okay war – solange ich Jonathan nicht noch einmal zu Gesicht bekam, bevor wir gingen.

Einigermaßen gefasst verließ ich mein Zimmer. Im Wohnzimmer, aus dem auch die Musik drang, schienen sich Evan und meine Mutter zu unterhalten. Es klang, als erzählte sie ihm von den Rockkonzerten, die sie früher besucht hatte.

Mein Kleid strich mit einer sanften Bewegung über meine Beine, als ich, die Hand auf dem Geländer, die Treppe hinuntergging. Als Evan mich kommen hörte, kam er sofort aus dem Wohnzimmer gelaufen. Ich sah, wie seine Augen aufleuchteten, und war endgültig beruhigt. Doch dann hörte ich, wie oben die Tür geöffnet wurde. Aus Angst, wieder zu erröten, drehte ich mich lieber nicht um.

»Du siehst so schön aus, Emily«, freute sich meine Mutter und betrachtete mich lächelnd.

»Ja.« Kaum hörbar wehte das Wort durch die Luft. Eigentlich hatte ich es aus Evans Mund erwartet, aber das Ja kam von oben; ich wäre fast gestolpert vor Schreck.

Evan streckte die Arme aus, um mich aufzufangen, doch ich fand gerade noch rechtzeitig mein Gleichgewicht wieder und grinste verlegen. »Mit hohen Absätzen hab ich immer noch meine Schwierigkeiten.«

»Ich lass dich schon nicht hinfallen«, versprach Evan und nahm meine Hand. Ich lächelte, denn ich wusste, das stimmte.

»Hallo, du!«, rief meine Mutter im selben Augenblick ganz aufgeregt und eilte die Treppe hinauf zu Jonathan. Das war mein Stichwort, so schnell wie möglich das Weite zu suchen.

Evan half mir in den Mantel, dann drehte ich mich zur Treppe, um mich zu verabschieden. Meine Mutter hatte bereits die Arme um Jonathan geschlungen und klammerte sich an ihn, als könnte er wegfliegen. Er hingegen beobachtete uns und hatte den Arm nur lässig um ihre Schultern gelegt.

»Bye!«, riefen wir. Ich war aus dem Haus, ehe jemand antworten konnte, und hörte nur, wie meine Mutter noch rief: »Viel Spaß!« Dann zog Evan die Tür ins Schloss.

»Das gehört zu meinen Lieblingsbeschäftigungen«, verkündete Evan aus dem Nichts, als wir losfuhren.

»Was meinst du?«, fragte ich. In Gedanken war ich noch immer bei der hibbeligen Aufregung meiner Mutter, die in krassem Gegensatz stand zu Jonathans deutlich erkennbarer Zurückhaltung. Doch ich schob das Problem beiseite und konzentrierte mich auf Evan.

»Zuzuschauen, wie du die Treppe runterkommst.« Er legte seine Hand auf meine, und mein Herz tanzte mit den Schmetterlingen in meinem Bauch.

Wir fuhren zu einem Restaurant an der Küste. An Evans warmer Hand schwebte ich praktisch in den Speisesaal, wir bekamen einen Tisch mit Blick aufs Meer, und ich begann, »normale« Dates allmählich durchaus zu mögen.

»Was ist denn nach dem Spiel passiert?«, fragte Evan, als wir unsere Getränke bestellt hatten.

»Oh, ich hatte aus Versehen das Scheinwerferlicht angelassen, und die Batterie war komplett leer. Jill musste mir Starthilfe geben. Ich hätte dich anrufen und dir sagen sollen, dass ich spät dran bin, aber ich war zu sehr darauf fixiert, möglichst schnell nach Hause zu kommen. Tut mir echt leid.«

»Kein Problem«, versicherte Evan. »Ich hab beim Warten viel über die Konzerterlebnisse deiner Mutter erfahren.« Er lachte, aber ich konnte nur nicken – ich fand ihr abenteuerliches Leben nicht gerade lustig, vor allem nicht die Zeit, nachdem sie mich im Stich gelassen hatte.

Der Kellner kam mit unseren Getränken zurück, und wir bestellten das Essen. Die harmonischen Klänge eines Streichquartetts schwirrten durch die Luft und überdeckten das leise Summen der Gespräche um uns herum; ich hätte mir leicht einbilden können, wir wären die einzigen Gäste im ganzen Restaurant. Das Kerzenlicht ließ Evans Gesicht weicher wirken, die Flammen spiegelten sich in seinen Augen. Als der Kellner gegangen war, griff er nach meiner Hand und drückte sie zärtlich. Ich spürte die Berührung tief in meiner Brust.

»Ich weiß nicht viel über deine Jungs in Kalifornien«, sagte ich, als ich wieder sinnvolle Sätze bilden konnte. »Erzählst du mir ein bisschen von ihnen?«

»Gern.« Evan lächelte, anscheinend amüsierte ihn meine Frage. Einen Moment zögerte er, dann begann er: »Also, da ist zum Beispiel Brent. Er ist sehr … unkompliziert, man kommt gut mit ihm klar. Bei den Mädchen ist er nicht ganz so beliebt, wie er es sich gern einbildet, und er möchte aus jeder Situation das Beste herausholen.

Ren ist der entspannteste Typ, der mir je begegnet ist. Surfen ist für ihn das Größte, ich bin überzeugt, wenn er könnte, würde er am Strand auf seinem Brett schlafen. Außerdem ist er extrem hilfsbereit, er kümmert sich um jeden, ganz egal, ob er ihn kennt oder nicht. Ich hab echt Glück, mit ihm befreundet zu sein.

Und dann gibt es noch T.J.« Mit einem schiefen Grinsen hielt Evan inne, offensichtlich überlegte er, wie er T.J. beschreiben sollte. »Er ist oft anstrengend, aber immer unterhaltsam – über manche Dinge, die er abzieht, lachen wir noch Tage später. Er ist ein guter Freund, obwohl wir ihn manchmal am liebsten auf den Mond schießen würden.

Bleibt noch Nate. Er ist mein bester Freund. Ich vertraue ihm hundertprozentig – ich würde ihm sogar dich anvertrauen, wenn es notwendig sein sollte.« Unsere Blicke trafen sich, und mir schoss ein stechender Schmerz durch die Brust, als ich plötzlich begriff, was er meinte. »Bei ihm wären wir untergetaucht. Bei ihm hätten wir untertauchen *sollen.* Seine Familie hat ein Sommerhäuschen in Santa Barbara, aber sie sind nur ganz selten dort, selbst im Sommer kaum. In den Ferien wird es von den Jungs praktisch besetzt. Ich hoffe, wir können wenigstens eine Woche dort verbringen, ehe du zum Fußball auf den Campus musst.«

»Ja, das wäre schön«, antwortete ich. Im selben Moment erschien der Kellner mit der Vorspeise. »Ich wünschte …«

Mitten im Satz wurde ich von einer lauten Stimme unterbrochen. »Nein, ich werde nicht leiser sprechen!«

Auf der anderen Seite des Raums diskutierte ein Mann in einem dunkeln Anzug mit dem Oberkellner, der sich zu ihm beugte und leise auf ihn einredete. Die Frau ihm gegenüber sah sich verlegen um, als wollte sie sich für das Benehmen ihres Mannes entschuldigen. Dann händigte sie dem Kellner einen Scheck aus und griff nach ihrer Handtasche.

»Komm, Roger, es wird Zeit, dass du mich heimfährst«, sagte sie mit beschwörender Stimme. Alle Gespräche waren verstummt, die anderen Gäste beobachteten fasziniert das Spektakel.

Aber ich drehte ihnen demonstrativ den Rücken zu. Ich fühlte mit der Frau mit, die wirkte, als würde sie sich am liebsten unter dem Tisch verkriechen. »Ich glaube, ich werde das nie verstehen«, meinte ich kopfschüttelnd.

»Was denn?«, fragte Evan.

Ich hob den Blick. »Warum Leute trinken. Offensichtlich werden sie dadurch dumm, und am Ende sagen sie Dinge, die sie bereuen. Oder sie benehmen sich wie komplette Idioten. Ich kapier das einfach nicht.«

»Na ja, man sollte eben nicht mehr trinken, als man verträgt«, erwiderte Evan.

Ich nickte, natürlich hatte ich Evan auch schon Alkohol trinken sehen, und er hatte nie die Kontrolle verloren. »Warst du schon mal richtig betrunken?«

Evan lachte. »Ja, und es war nicht schön. Ich bin sicher, ich habe mich schon einige Male zum Idioten gemacht.«

»Echt?« Seine Antwort überraschte mich. Ich konnte mir Evan überhaupt nicht betrunken vorstellen.

»Zum Glück passiert es nicht oft, und das letzte Mal ist schon ziemlich lange her. Ich mag das Gefühl nicht besonders, vor allem nicht das am nächsten Tag. Hast du jemals Alkohol getrunken?«

Ich schüttelte den Kopf. An die wenigen Schlucke, die ich bei den wilden Partys meiner Mutter probiert hatte, wollte ich lieber nicht denken. Damals war ich zu jung gewesen, um es besser zu wissen, deshalb zählten sie für mich nicht. »Und ich denke, ich werde es auch nie tun. Ich hab wirklich nicht das geringste Interesse daran, meine Dummheiten hinterher auf Facebook zu sehen. Für meinen Geschmack ziehe ich sowieso schon zu viel Aufmerksamkeit auf mich.« Evan lachte.

»Was möchtest du am Sonntag unternehmen?«, wechselte ich das Thema.

»Hast du vielleicht Lust, wandern zu gehen?«, schlug er vor. »Es soll etwas wärmer werden, und wir ziehen besser jetzt los, bevor der ganze Schnee schmilzt und alles matschig wird.«

»Gern«, antwortete ich. Die frische Luft und die Ruhe im Wald wären eine willkommene Abwechslung von allem, was mich in Weslyn bedrückte. Vorher musste ich nur noch das Basketballspiel mit meiner Mutter überstehen. »Das fände ich toll.«

Als wir nach dem Essen zu Evans Auto zurückgingen, meinte ich: »Wollen wir zu mir nach Hause fahren und uns einen Film anschauen? Ich bin mir ziemlich sicher, dass meine Mutter und Jonathan ausgegangen sind.«

»Klingt hervorragend«, stimmte Evan zu.

Unterwegs hielten wir bei einem DVD-Verleihautomaten. Bei mir zu Hause war wie vermutet alles dunkel. Ich hatte keine Lust mich umzuziehen, schlüpfte nur aus meinen Schuhen und machte es mir dann in Evans Arm gemütlich. Wir ließen das Licht ausgeschaltet, und der Actionfilm, den wir ausgesucht hatten, tauchte das dunkle Zimmer in ein seltsames Flackerlicht.

Als wir ungefähr bei der Hälfte des Films angelangt waren, wurde in der Einfahrt eine Autotür zugeschlagen. Ich sah Evan überrascht an. »Die sind aber früh zurück.«

Dann hörten wir das Geschrei. Beim Klang der lauten Stimme meiner Mutter zuckte ich zusammen, denn ich wollte nicht, dass Evan einen Streit zwischen Jonathan und ihr mitbekam.

Sie stürzte zur Tür herein. »Dann erklär es doch. Los, ich will es hören.« Sie hielt irgendetwas in der Hand, und Evan zog mich an sich, denn mein ganzer Körper erstarrte. »Wie zum Teufel ist ihr Pulli in dein Auto gekommen?«

Jonathan stand direkt hinter ihr und blickte irritiert von meiner Mutter zu mir und Evan auf der Couch. In diesem Moment begriff ich. Meine Mutter hatte den Pulli in der Hand, den ich bei Drew vergessen hatte! »Ich dachte, es wäre deiner«, erklärte er leise, und sein Blick schoss zwischen mir und meiner Mutter hin und her.

Jetzt erst bemerkte sie Evan und mich. Ihr Kiefer war angespannt, ihre Augen weit aufgerissen – ein deutliches Zeichen, dass sie kurz davor war auszurasten. Aber ich hatte nur einen Sekundenbruchteil Zeit, sie einzuschätzen. Wenn sie wirklich betrunken war, würde sie gleich explodieren.

Sie hielt mir den grünen Pullover entgegen und schüttelte ihn. »Ich dachte, du hast ihn bei deinem blöden Exfreund vergessen.« Das war keine Frage, sondern eine Anschuldigung.

Ich konnte mich nicht rühren und wusste auch nicht, was ich erwidern sollte. Ich spürte, dass Evan mich ansah. Auch Jonathan starrte mich an, stumm versuchte er sich zu entschuldigen. Ich verstand immer noch nicht ganz, was eigentlich los war und wie mein Pullover in sein Auto gekommen war.

»Ich weiß doch, dass da irgendwas läuft.« Meine Mutter funkelte uns wütend an. »Ich bin ja nicht blöd.« Als wir sie daraufhin alle drei nur sprachlos anstarrten, brüllte sie: »Zum Teufel mit euch!«, stapfte die Treppe hinauf und knallte ihre Zimmertür so heftig zu, dass es mich nicht gewundert hätte, wenn sie kaputtgegangen wäre.

»Es tut mir wirklich leid«, sagte Jonathan. »Wir hatten … na ja, einen schwierigen Abend, deshalb kann sie anscheinend nicht mehr klar denken.«

Ich sackte in mich zusammen. Also hatte er ihr gesagt, dass er weggehen würde. Deshalb war sie so durch den Wind. Zwar erklärte es die Sache mit dem Pullover nicht, aber es erklärte genug. Jonathan verschwand in der Küche.

»Möchtest du gehen?«, flüsterte Evan mir ins Ohr. Ich nickte, wir standen auf, und ich schlüpfte wieder in meine Schuhe, während Evan unsere Jacken holte. Meine Hand fest in seiner, verließen wir das Haus.

Meine Brust schmerzte, meine Gedanken rasten. Als wir uns seinem Auto näherten, begann ich mir Sorgen zu machen. Zwar konnte ich nicht genau sagen, wie betrunken meine Mutter war, aber ich wusste, sie war auf jeden Fall verletzt. Und wenn sie verletzt war …

Abrupt blieb ich stehen. »Ich kann nicht weg.«

»Was willst du damit sagen?« Jetzt war Evan völlig verwirrt.

»Ich muss hierbleiben«, erklärte ich. »Meine Mutter ist total durcheinander, ich muss für sie da sein.«

»Sie muss sich beruhigen«, meinte Evan, der meiner Logik nicht ganz folgen konnte.

»Das stimmt. Aber ich muss für sie da sein, wenn sie sich beruhigt hat.«

Einen Moment lang sah Evan mich durchdringend an. »Ich weiß wirklich nicht, was da drin gerade abgegangen ist, aber es war nichts Gutes. Willst du den beiden nicht erst mal Zeit geben, um sich zu sortieren?«

»Nein, meine Mutter braucht mich.« In meinem Kopf war kein Platz für einen anderen Gedanken. Ich konnte sie doch jetzt nicht verlassen, womöglich würde sich ihr Zustand in meiner Abwesenheit noch verschlechtern.

»Ich bleibe bei dir«, sagte Evan und drückte meine Hand.

»Nein«, widersprach ich sofort, und er sah mich fragend an. »Es ist kompliziert«, fuhr ich fort, »du musst das alles nicht mitbekommen. Wir sehen uns morgen, ja?«

Evan schwieg. Ganz offensichtlich beunruhigte ihn die Situation, und ich wusste, er wollte mich nicht alleinlassen.

»Es wird alles wieder gut, ganz bestimmt«, versicherte ich ihm mit einem schwachen Lächeln. Ich versuchte, die Sache herunterzuspielen. »Es ist ein Frauending. Sie hat Liebeskummer, weiter nichts. Wenn sie sich beruhigt hat, braucht sie eine Vertraute, mit der sie reden kann, verstehst du?«

Evan holte tief Luft und nickte widerwillig. »Na gut. Aber ruf mich an, wenn du mich brauchst, ja? Egal wofür. Auch mitten in der Nacht, auch wenn du mir nur was erzählen willst.«

Ich stellte mich auf die Zehenspitzen, um ihn zu küssen. »Mach ich.« Ich wandte mich wieder ab, doch er hielt mich fest, als hätte er Angst, mich gehen zu lassen, zog mich an sich und küsste mich noch einmal. »Ich ruf dich an, okay?«, flüsterte ich atemlos. Er nickte, und ich ging zurück zum Haus.

Als ich die Tür hinter mir geschlossen hatte, lehnte ich mich einen Moment lang mit dem Rücken dagegen, blickte zum Zimmer meiner Mutter hinauf und überlegte, was ich tun sollte.

»Sie ist betrunken«, kam Jonathans Stimme aus dem dunklen Wohnzimmer. »Wahrscheinlich ist sie inzwischen schon weggekippt.«

»Na toll«, murmelte ich und hätte mich gern auf den Boden gesetzt, so geschafft war ich. Stattdessen zog ich mir nur die Schuhe aus. »Ich geh ins Bett.« Ich hatte tausend Fragen an Jonathan, aber ich war zu erledigt, um mich vernünftig zu unterhalten. Was immer heute Abend passiert war, es hatte eine ganz andere Seite meiner Mutter zum Vorschein gebracht, eine Seite voller Wut und Hass. Eine Seite, die mich schaudern ließ. Ich wollte mich nur noch unter meiner Bettdecke verkriechen.

»Sie hat mir gesagt, dass sie mich liebt«, sagte Jonathan in die Stille hinein. Ich drehte mich um. »Sie hat mir gesagt, dass sie mich liebt, und ich hab ihr gesagt, dass ich weggehe.«

Ich ließ mich auf die unterste Treppenstufe sinken und versuchte zu verarbeiten, was ich soeben gehört hatte. Jonathan setzte sich neben mich. Ich starrte weiter auf den Boden.

»Zuerst war sie nur ganz bestürzt und wollte wissen, wie lange ich ihr das schon verheimlicht hätte und ob ich sie nur ausnutzen würde. Aber dann hat sie angefangen zu trinken … eine ziemliche Menge in relativ kurzer Zeit. Und schließlich hat sie geweint.« Er hielt inne. »Als sie sich wieder beruhigt hatte, haben wir miteinander geredet und beschlossen, dass wir unsere Beziehung weiterführen möchten, bis ich wegmuss.«

Ich sah ihn an. »Warum hast du das getan?« Meine Stimme klang scharf und wütend.

»Was meinst du?« Er sah verwirrt aus.

»Du machst es nur schlimmer, wenn du ihr etwas vorgaukelst«, warf ich ihm vor.

»Das tue ich doch gar nicht.«

»O doch«, beharrte ich. »Siehst du denn nicht, dass sie fix und fertig ist? Du kannst ihr doch nicht erst Hoffnungen machen und sie dann sitzenlassen.«

»So ist das nicht«, verteidigte er sich, und seine Stimme wurde lauter.

Ich schüttelte den Kopf und ließ ihn dann resigniert auf die Brust sinken.

»Es tut mir leid, Emma«, murmelte Jonathan leise.

Aber ich war zu wütend, um ihm richtig zuzuhören, stand auf und ging ohne ihn eines Blickes zu würdigen in mein Zimmer. Dort knipste ich das Licht an. Krampfhaft zog sich mein Magen zusammen, als ich den grünen Pullover auf meinem Bett liegen sah – völlig zerfetzt.

21
DraMa

Am nächsten Morgen war Jonathan nicht mehr da. Meine Mutter ebenfalls nicht. Allerdings war ich auch immer noch viel zu aufgewühlt, um einem von ihnen gegenüberzutreten.

Gegen Mittag tauchte meine Mutter wieder auf, mit einer Einkaufstüte in der Hand.

»Es tut mir wirklich leid«, sagte sie, als sie die Tüte neben mir auf der Couch abstellte. Doch sie konnte mich nicht anschauen. Einen Moment zögerte sie, verflocht nervös die Hände ineinander und trat unbehaglich von einem Fuß auf den anderen. Dann verschwand sie wortlos nach oben in ihr Zimmer.

Ich sah ihr eine Weile nach, schließlich öffnete ich die Tüte und zog einen grünen Pullover heraus. Nicht den gleichen, den sie zerfetzt hatte. Aber darum ging es ja auch gar nicht.

Ich stieg die Treppe hinauf und stellte mich an ihre offene Zimmertür. »Danke«, sagte ich. Sie war dabei, Wäsche zusammenzulegen und in ihren Schubladen zu verstauen.

»Bist du sauer auf mich?« Sie klang kleinlaut und zerbrechlich.

»Nein«, antwortete ich mit einem zaghaften Lächeln.

»Darf ich trotzdem zu Evans Spiel heute Abend mitkommen?« Aus ihren großen blauen Augen sah sie mich ängstlich an und zog einen Schmollmund.

»Ja«, versicherte ich und lachte über ihren komischen Gesichtsausdruck – sie sah aus wie ein Kind, das beim Bemalen der Wände erwischt worden war.

»Super! Und was machen wir danach?« Auf einmal hörte sich meine Mutter sehr munter an.

»Hm, ich weiß nicht«, stammelte ich, an ihre rasanten Stimmungswechsel hatte ich mich noch immer nicht gewöhnt. »Jill und Casey haben was von einer Party erzählt, Sara ist bei Jared in Cornell. Aber Evan und ich haben nichts Besonderes vor.«

Ich lehnte mich an den Türrahmen.

»Du kannst gern reinkommen«, ermunterte mich meine Mutter. Jetzt hängte sie Sachen in ihren Wandschrank.

Bisher hatte ich das Zimmer meiner Mutter nie richtig in Augenschein genommen, es war immer dunkel gewesen, wenn ich ihr ins Bett geholfen hatte. Der Raum war schlicht eingerichtet, mit weißen Vorhängen an den Fenstern. Über dem Bett lag eine Decke mit Blattmuster, etwas unordentlich, ganz so, als hätte meine Mutter sie einfach über die zerwühlten Laken gezogen.

Gegenüber vom Bett stand eine Kommode mit Spiegel, an dem mehrere Halsketten baumelten, auf der zerkratzten Oberfläche lagen verstreut Parfümfläschchen und Ringe. Dann entdeckte ich ein gerahmtes Foto, das mich sofort interessierte.

»Ich weiß überhaupt nicht, was ich heute Abend anziehen soll«, seufzte sie.

»Es ist bloß ein Basketballspiel, da sind Jeans völlig okay«, beruhigte ich sie, während ich das Foto in die Hand nahm, um es genauer zu betrachten. Dabei stellte ich fest, dass es gar kein Foto war, sondern eine kunstvoll schattierte Bleistiftzeichnung. Ich inspizierte sie genau.

»Ja, aber ich hab gehofft …« Meine Mutter hielt inne und sah mich an. Rasch stellte ich das Porträt an seinen Platz zurück. Vielleicht störte es sie ja, dass ich mich für ihre Sachen interessierte.

»Du kannst es dir gerne anschauen«, sagte sie.

Ich nahm den Rahmen erneut in die Hand, blickte von der

Zeichnung zu ihr und sah, dass es tatsächlich ein Porträt meiner Mutter war – sie lachte, noch ohne die Stressfalten, die sich inzwischen um ihre Augen und ihren Mund gebildet hatten. Auf diesem Bild war sie ganz offensichtlich glücklich.

»Du erinnerst dich nicht an die Zeichnung, oder?«, fragte sie und musterte mich forschend. Meine Augen zuckten, ihre Frage erstaunte mich.

»Das hat dein Vater gemalt, noch vor deiner Geburt. Als du klein warst, hast du das Bild dauernd angestarrt.«

»Ach wirklich?«

»Derek hat oft Bilder für dich gemalt. Ihr habt am Küchentisch gesessen, er hat dich nach deinem schönsten Erlebnis an diesem Tag gefragt, und das hat er dann gemalt. Deine komplette Zimmerwand war mit seinen Zeichnungen zugepflastert. Erinnerst du dich gar nicht daran?«

Mit zu Boden gerichteten Augen durchforschte ich mein Gedächtnis, ich wünschte mir, die verschwundenen Erinnerungen würden wieder auftauchen. Ich konnte meinen Vater lachen hören, ich erhaschte einen kurzen Blick auf sein Gesicht, aber die Bilder wollten sich nicht ausformen. Stirnrunzelnd und frustriert schüttelte ich den Kopf.

»Erinnerst du dich überhaupt an irgendetwas?«, hakte meine Mutter vorsichtig nach und musterte dabei mein verwirrtes Gesicht, als würde auch sie sich über meine Gedächtnislücken wundern. »Du weißt nichts mehr … auch nicht, was ich durchgemacht habe, als … warum ich dich weggegeben habe.«

Ich konnte ihre kryptischen Äußerungen nicht entschlüsseln. Langsam schüttelte sie den Kopf und starrte in die Ferne – oder vielleicht auch in die Vergangenheit. Nach einer Weile schloss sie die Augen und schluckte, doch dann schien sie sich zusammenzunehmen, und plötzlich war jede Spur von Traurigkeit aus ihrem Gesicht verschwunden.

»Magst du vor dem Spiel noch was essen gehen? Es fängt um sieben an, richtig?«

Ich brauchte einen Augenblick, bis ich ihr antworten konnte, so verwirrt war ich von dem, was gerade geschehen war. »Ja, um sieben. Und ich gehe gern mit dir essen, klar.« Ich versuchte zu lächeln, schaffte es aber nicht, weil mich der Glanz in ihren Augen, den sie tapfer wegzulächeln versuchte, immer noch irritierte. Aber ich beschloss, lieber nicht nachzufragen, woran ich mich unbedingt erinnern sollte. Nicht heute.

»Ich muss noch Hausaufgaben machen, Evan und ich wollen morgen nämlich wandern gehen. Sag mir einfach Bescheid, wenn du so weit bist.«

»Okay«, antwortete sie und ging wieder zu ihrem Schrank.

Ich schloss meine Zimmertür, setzte mich aufs Bett und rief mir noch einmal den verblüfften Gesichtsausdruck meiner Mutter in Erinnerung, als sie begriffen hatte, dass ich mich an gar nichts erinnern konnte. Mir war nie klar gewesen, wie wenig ich noch von meiner Kindheit wusste, wahrscheinlich weil ich mich immer so auf die Zukunft konzentriert hatte, darauf, Weslyn endlich hinter mir lassen zu können. Lange hatte ich mich an die guten Gefühle geklammert, daran, wie es gewesen war, geborgen und glücklich zu sein. Das hatte mir gereicht. Aber jetzt wollte ich mich an Einzelheiten erinnern, an Ereignisse. Aus irgendeinem Grund war es plötzlich wichtig für mich herauszufinden, was in den vergessenen Zeiten meines Lebens geschehen war.

Ich öffnete meinen Wandschrank, holte den Stapel Fotos heraus, den ich unter meinen Sweatshirts versteckt hatte, und legte ihn aufs Bett. Dann ging ich zur Tür und schloss sie ab, denn ich machte mir Sorgen, wie meine Mutter reagieren würde, wenn sie sah, dass ich die runtergeschmissenen Bilder sorgfältig aufbewahrt hatte.

Ich setzte mich wieder aufs Bett und blätterte die Fotos langsam durch. Auf einem davon hielt mein Vater mich als Neugeborenes im Arm, auf einem anderen saß er mit mir auf dem Schoß in einem Schaukelstuhl und hatte ein Buch in der Hand. Behutsam strich ich über sein lachendes Gesicht beim Fußballspielen mit mir. Er sah so glücklich aus. Wir sahen beide glücklich aus. Meine Mutter fehlte auf den Bildern, und ich konnte nur vermuten, dass sie die Fotos aufgenommen hatte.

Es gab allerdings auch Fotos von ihr mit meinem Vater, lachend und offensichtlich verliebt. Eigentlich hatte ich damit gerechnet, ein Hochzeitsbild der beiden zu sehen, konnte aber keines entdecken. Vielleicht hatte meine Mutter die Hochzeitsbilder irgendwo bei sich aufbewahrt. Das hoffte ich jedenfalls.

Nachdem ich die Fotos in allen Einzelheiten studiert hatte, legte ich mich aufs Bett zurück, schloss die Augen und versuchte, in mir eine Erinnerung an diese vergangene Zeit heraufzubeschwören, aber sosehr ich mir auch wünschte, die Schatzkammer würde sich öffnen, mein Gedächtnis wollte mir nichts preisgeben. Mit einem frustrierten Seufzer packte ich die Bilder schließlich in den Schrank zurück.

Langsam ging ich nach unten und schaltete den Fernseher an, aber mein Blick wanderte immer wieder zum Schaukelstuhl hinüber. An ihn erinnerte ich mich tatsächlich, vielleicht war das ein Anfang. Ich hielt mir das Bild von meinem Vater vor Augen, wie er in diesem Stuhl saß und mir vorlas. Dann versuchte ich, mich an den entsprechenden Moment zu erinnern. Nichts.

»Wollen wir los?«

Ich fuhr zusammen. Meine Mutter schlüpfte gerade in ihren Mantel und sah mich seltsam an.

»Woran denkst du denn?«, fragte sie und versuchte, in meinem Gesicht zu lesen.

»Ach nichts.« Ich schüttelte den Kopf. Vielleicht war es besser, mich nicht zu erinnern.

Dann bemerkte ich plötzlich, was meine Mutter anhatte – einen engen Jeansminirock und darunter eine Leggings. Sie hatte meinen Rat, Jeans zu tragen, befolgt, allerdings nicht ganz so, wie ich es mir vorgestellt hatte. Ich musterte ihr gewagtes Outfit und hoffte, sie würde einverstanden damit sein, im Elternbereich zu sitzen – obwohl uns selbst das nicht hundertprozentig vor Klatsch und Tratsch schützen würde.

Wir aßen in einem kleinen, überfüllten Pub mit großen Bildschirmen, auf denen College-Basketballspiele gezeigt wurden. Die anderen Gäste jubelten immer wieder auf.

»Ich weiß nicht, ob Jonathan heute Abend auch kommt«, erklärte meine Mutter, nachdem sie sich bei dem überfreundlichen Kellner ein Bier bestellt hatte. Mit angespanntem Gesicht studierte sie die Speisekarte. »Es war grässlich gestern.«

»Er hat mir gesagt, dass er im Herbst auf die USC geht«, sagte ich. »Das muss hart für dich sein – ich weiß ja, wie gern du ihn hast.«

»Ich dachte, ich hätte mich in ihn verliebt«, gestand sie und ließ die Speisekarte mit einem tiefen Seufzer sinken. »Ich weiß nicht, ich bin total durcheinander. Ein Teil von mir möchte die Beziehung sofort beenden, weil sie ja sowieso enden wird. Aber der andere Teil weiß, wie sehr ich ihn vermissen werde, und möchte wenigstens noch die fünf Monate mit ihm zusammen sein.« Gespannt sah sie mich an. »Was meinst du, was soll ich tun?«

Ich zögerte. »Das, was dich am glücklichsten macht«, schlug ich schließlich vor.

»Das sagt sich so leicht.« Wieder seufzte sie tief. »Es wird weh tun, egal wie. Hoffentlich kommt er nachher. Ich hab mich heute ungefähr eine Million Mal bei ihm entschuldigt, und er hat gesagt, er will versuchen, sich rechtzeitig loszueisen. Aber er muss bei der Arbeit ein Projekt fertigbekommen, deshalb ist er sich nicht sicher, ob er es schafft. Und es tut mir auch leid, dass ich dir vorgeworfen habe, dass … na, du weißt schon.«

Ich trank einen Schluck von meinem Wasser und hoffte inständig, dass wir diesen Teil von letzter Nacht nicht vertiefen würden.

»Ich weiß eben, dass ihr beide gut miteinander klarkommt«, fuhr meine Mutter fort. »Mitten in der Nacht höre ich euch reden und lachen. Manchmal denke ich, er wartet, bis du aufstehst, und geht dann erst nach unten – als würde er nicht mal versuchen zu schlafen. Ich weiß, das klingt paranoid und verrückt. Ich meine, du bist meine Tochter, und …«

»Er würde so was nie tun«, beruhigte ich sie. Ihre Eifersuchtsphantasien schockierten mich. »Außerdem reden wir wirklich über nichts Interessantes, das schwör ich dir. Vielleicht solltest du ihn fragen … du weißt schon, wegen seines Albtraums.«

»Das hab ich versucht.« Sie hielt inne, als der Kellner unsere Burger brachte. »Hat er dir etwa davon erzählt?«

Ich schüttelte den Kopf.

»In letzter Zeit ist er total distanziert. Ich glaube, ich hab es vermasselt, er will nicht mehr mit mir zusammen sein, nicht mal für die kurze Zeit, bis er wegzieht. Ich meine, wir hatten schon über eine Woche keinen Sex mehr.«

Um ein Haar hätte ich mich an meinem Cheeseburger verschluckt.

»Sorry.« Sie verzog das Gesicht. »Das war wohl etwas zu viel Information.«

»Das kann man wohl sagen«, gestand ich und hustete.

Wie meine Mutter vorausgeahnt hatte, war Jonathan nicht da, als wir die Schule erreichten. Mit traurigem Gesicht las sie Jonathans SMS, danach brachte ich es nicht mehr übers Herz, sie zu bitten, sich in den Elternbereich zu setzen.

»Er verspätet sich«, murmelte sie und ließ ihr Handy wieder in die Tasche gleiten. »Ich weiß, er kommt nicht.«

»Vielleicht ist er mit seinem Projekt noch nicht fertig«, versuchte ich, sie ein wenig zu beruhigen. Aber meine Worte prallten an ihr ab, als hätte ich sie nie gesagt.

Wir kauften uns eine Limo und machten uns auf den Weg zur Tribüne.

»Hey, Rachel«, riefen ein paar Jungs.

»Hi, Mark! Hi, James!«, antwortete meine Mutter mit einem strahlenden Lächeln, hinter dem sie ihre Traurigkeit perfekt versteckte.

»Du kennst die Leute hier?«, fragte ich überrascht.

»Was glaubst du denn, wo ich bei deinen Spielen sitze?«

Darüber hatte ich noch nie nachgedacht. Schockiert nahm ich zur Kenntnis, dass meine Mutter wesentlich mehr meiner Mitschüler kannte als ich.

»Hi, Rachel«, rief auch Casey und stieg über die Sitze, um zu uns zu gelangen. Jill folgte dicht hinter ihr. »Was machst du denn hier?«

»Ich will Evan spielen sehen«, erklärte meine Mutter, und Casey nickte, als hätte sie nichts anderes erwartet.

»Hey, Emma«, begrüßte mich Jill und setzte sich zu Casey, die bereits neben meiner Mutter Platz genommen hatte. Ich fühlte mich wie eine Fremde, sogar in Gesellschaft meiner Freundinnen – denen meine Mutter offensichtlich sympathischer war als ich.

»Wo ist Jonathan?«, fragte Jill, und ich staunte immer mehr.

Meine Mutter zuckte ausweichend die Achseln, ohne die Augen vom Spielfeld abzuwenden, wo jeden Moment das Spiel angepfiffen werden würde. Und dann flog der Ball auch schon in die Luft, und um uns herum brach lauter Jubel aus.

Meine Mutter skandierte mit dem Rest der Schule, als gehörte sie dazu. Ich dagegen war dazu verdammt zu beobachten – nicht nur das Spiel, sondern auch die Popularität meiner Mutter. Es war mehr als seltsam.

Während der ersten Halbzeit wurde meine Mutter immer ausgelassener, und die Leute um uns herum quittierten ihre Kommentare mit lautem Gelächter. Ich begann, argwöhnisch zu werden. Irgendetwas stimmte hier nicht. Aber je lauter sie wurde, desto mehr Zuspruch erntete sie, die Jungs rückten immer näher an sie heran. Wäre ich nicht ihre Tochter gewesen, hätten sie mich wahrscheinlich einfach von meinem Platz neben ihr geschubst.

In der Halbzeitpause verschwand meine Mutter mit Casey und Jill auf die Toilette. Ein paar Minuten später folgte ich ihnen und sah, wie sie sich aus einer Flasche etwas in ihre Limos schütteten. Auf einmal leuchtete ihr krasses Verhalten mir ein – ich hätte es ahnen müssen.

»Casey, du solltest doch die Tür abschließen«, schimpfte Jill.

»Sorry«, antwortete Casey schuldbewusst. »Aber es ist doch nur Emma.«

Meine Mutter sah mich an. »Du bist doch nicht etwa sauer, oder?«

Ich blickte von einer zur anderen. Sie warteten gespannt auf meine Antwort, aber ich schüttelte nur den Kopf und verzog mich wortlos in die erstbeste Kabine. Dort lehnte ich mich an die Wand und lauschte, während sie im Vorraum kicherten und Casey in den höchsten Tönen von dem süßen Typen schwärmte, der hinter ihr saß.

»Sollen wir auf dich warten?«, rief meine Mutter nach einer Weile.

»Nein, schon okay«, antwortete ich so gelassen wie möglich. Aber innerlich bebte ich vor Zorn – ich konnte einfach nicht glauben, dass ich meine Mutter dabei erwischt hatte, wie sie meinen Freundinnen Alkohol einschenkte, damit sie sich mit ihr zusammen betranken. Ich atmete tief durch und bemühte mich, einen einigermaßen kühlen Kopf zu bewahren. Wie konnte ich verhindern, dass die Situation eskalierte?

Kurzentschlossen zog ich mein Handy aus der Tasche und schrieb Jonathan eine SMS.

Wenn er nicht auftauchte, würde meine Mutter einfach weitertrinken, das wusste ich, und je mehr sie trank, desto unberechenbarer wurde sie. Das Ganze würde in einer Katastrophe enden.

Mein Telefon piepte. *Bin in 15 Minuten da.*

Ich überlegte, ob ich auf ihn warten sollte, so müsste ich nicht allein zurück auf die Tribüne. Aber dann ging ich doch ohne ihn zu meiner beschwipsten Mutter und ihrer giggelnden Clique. Immer wieder sah ich zu ihnen hinüber und behielt ihr Getratsche und Gelächter genau im Auge.

Kurz darauf entdeckte ich Jonathan an der Seitenlinie. Er ließ den Blick suchend über die Zuschauer schweifen. Auch meine Mutter hatte ihn entdeckt, sprang auf und winkte fieberhaft, um seine Aufmerksamkeit zu gewinnen – was ihr mühelos gelang. Er kam die Treppe in meiner Nähe herauf und entschuldigte sich höflich bei den Leuten, an deren Sitzen er sich vorbeidrängen musste. Ich rutschte ein Stück zur Seite, und er nahm neben meiner Mutter Platz.

Ehe er etwas sagen konnte, lehnte sie sich zu ihm und küsste ihn. Er wich etwas verdutzt zurück.

»Was denn?«, fauchte sie und runzelte die Stirn.

»Bist du betrunken?«

Sie grinste nur und zuckte die Achseln.

»Bei einem Highschool-Basketballspiel?! Wie kannst du nur, Rachel!« Jonathan versuchte nicht einmal, seinen Ärger zu überspielen.

Meine Mutter stieß ein ärgerliches Schnauben aus und verdrehte die Augen. »Was ist denn los mit dir? Du warst schon mal humorvoller.« Dann wandte sie ihm den Rücken zu und jubelte mit den Mädels.

Jonathan drehte sich zu mir. »Und – was ist passiert?«

»Sie hat Angst, dass du sie nicht mehr magst.«

»Warum?«, fragte er eindringlich. »Weil ich arbeiten musste?«

Ich antwortete nicht, sondern rutschte auf meinem Sitz lediglich ein Stück nach unten und wünschte mir, ich wäre woanders.

Meine Mutter kramte in ihrer Tasche und zog ihre kleine Pillendose heraus.

»Ist das dein Ernst?«, fragte Jonathan entsetzt, als sie eine davon in den Mund steckte.

»Na ja, wenn du nicht für gute Laune sorgst, muss ich sie mir eben woanders herholen.«

»Was war das?«, fragte ich, denn ich hatte schon unzählige Male gesehen, wie sie kleine weiße Pillen schluckte, aber ich wusste nicht genau, was für welche es waren. Jonathan schüttelte nur voller Abscheu den Kopf.

Dann sahen wir zu, wie sie immer aufgedrehter wurde und mehr und mehr Aufmerksamkeit auf sich zog. Jonathan biss die Zähne zusammen, seine Halssehnen traten hervor.

Nach etwa fünf Minuten murmelte er ärgerlich: »Tut mir leid, Emma, aber – ich kann das nicht.« Damit stand er auf und ging zur Treppe.

»Wo willst du hin?«, brüllte meine Mutter ihm nach. Er blickte sich nicht um, ich konnte nur zusehen, wie er die Seitenlinie entlangging und durch die Hallentür verschwand.

»Wo will er hin?«, fragte meine Mutter panisch.

»Das weiß ich auch nicht«, antwortete ich unruhig.

»Halt ihn auf«, flehte sie, den Tränen nahe. »Bitte, Emily, du musst verhindern, dass er geht.«

Sie schniefte, ihre Augen glänzten.

»Okay, okay«, stieß ich verzweifelt hervor. »Ich werde ihn aufhalten.«

Jill drehte sich zu meiner Mutter um, und ihr Lächeln erstarb. Sie sah besorgt aus. »Rachel, was ist denn los mit dir?«

»Bitte hilf ihr, sich zu beruhigen«, bat ich Jill, dann rannte ich die Treppe hinunter und aus der Halle. Jonathan näherte sich bereits dem Ausgang, als ich ihn endlich einholte.

»Jonathan!«, rief ich. Er drehte sich um. »Wo gehst du hin?«

Er wartete, bis ich bei ihm war, ehe er antwortete: »Emma, ich kann das nicht mehr. Ich möchte nicht jedes Mal dafür verantwortlich sein, wenn sie paranoid und gefühlsduselig wird.« Er klang völlig fertig.

»Bitte geh nicht«, bat ich ihn. »Ich hab solche Angst, dass sie dann wieder ausrastet und eine Riesenszene macht. Ich weiß echt nicht, wie ich damit umgehen soll.«

Jonathan zögerte. In meinem Magen rumorte es, wenn ich nur daran dachte, wie kurz davor meine Mutter war, vor den Augen der ganzen Schule zusammenzubrechen.

»Verlässt du mich?« Auf einmal stand meine Mutter hinter mir. »Ich wusste es.«

»Hör auf damit, Rachel«, entgegnete Jonathan mit fester Stimme. »Nicht hier.«

»Wo denn dann? Was spielt es denn für eine Rolle, wo es passiert? Ich weiß, dass du nicht mehr mit mir zusammen sein willst, ganz egal, was du gestern gesagt hast.«

»Mom, komm, ich fahr dich heim«, drängte ich. »Ich hole nur schnell unsere Jacken.«

»Nenn mich gefälligst nicht so«, fuhr sie mich an und machte ein paar torkelnde Schritte auf Jonathan zu. Ich blieb stehen, erschüttert von ihrem schroffen Tonfall. Tränen standen in ihren Augen, als sie den nächsten Schritt auf Jonathan zuging. »Bitte verlass mich nicht. Ich darf dich nicht auch noch verlieren.«

»Lass dich von Emma nach Hause fahren«, entgegnete er sachlich und sah mich an, um sich zu vergewissern, dass ich dazu in der Lage war. Ich nickte. »Dann treffen wir uns dort und können in Ruhe über alles reden. Okay?«

»Warum kann ich nicht mit dir fahren?«, schmollte sie und fing wieder an zu schniefen.

»Weil ich weiß, dass du sofort auf mich einreden würdest, sobald wir im Truck sitzen, und das halte ich nicht aus. Wir treffen uns im Haus, wo wir uns hinsetzen und ungestört unterhalten können.« Ehe sie noch etwas einwenden konnte, drehte er sich um und ging. Tränen strömten meiner Mutter übers Gesicht. Ich seufzte, versuchte aber, trotz des niederschmetternden Gefühls in meiner Brust die Fassung zu bewahren.

Ich schrieb Jill eine SMS und bat sie, unsere Jacken mitzunehmen. Ich würde sie dann später bei ihr abholen.

»Komm«, ermunterte ich meine Mutter sanft, war mir aber nicht sicher, ob ich sie anfassen sollte oder lieber nicht. »Lass uns gehen.«

Mit schwankenden Schritten folgte sie mir langsam zu meinem Auto.

Die ganze Fahrt über starrte sie stumm aus dem Fenster. Ich konzentrierte mich auf die Straße, denn ich wollte sie nicht leiden sehen. Jonathans Truck stand bereits in der Auffahrt, als ich ankam. Ich stieg nicht gleich aus, sondern beobachtete, wie meine Mutter die Treppe hinaufstolperte.

Ich wollte so gerne weg, ich wollte nicht mitansehen müssen, was jetzt geschehen würde. Aber das war unmöglich. Ich musste für sie da sein, ganz gleich, was passierte. Also zog ich mein Handy heraus und schrieb eine SMS an Evan. *Musste meine Mutter heimbringen. Sorry, dass ich dich verpasst habe – ruf mich an, wenn du kannst.*

Mir wurde immer kälter im Auto, schließlich holte ich tief Luft und machte mich auf den Weg zum Haus. Aber sobald ich die Tür geöffnet hatte, wünschte ich, ich wäre draußen geblieben.

»So geht das nicht«, sagte Jonathan gerade zu meiner Mutter. »Wie soll ich mit dir reden, wenn du immer weitertrinkst?«

»Na gut«, brüllte meine Mutter und schleuderte ihr Weinglas auf den Boden, wo es in tausend Stücke zersprang, und der Wein in alle Richtungen spritzte. »Dann trinke ich eben nichts mehr.«

Das Klirren erschreckte mich so sehr, dass ich wie gelähmt stehen blieb, die Türklinke noch in der Hand.

»Rachel«, schrie Jonathan zurück. »Was zur Hölle ist denn los mit dir?«

Leise schloss ich die Tür hinter mir – anscheinend jedoch nicht leise genug.

»*Sie* ist schuld daran«, lallte meine Mutter und deutete auf mich. Meine Augen wurden groß, und ich schaute vom Finger meiner Mutter zu Jonathan, dem deutlich anzusehen war, dass er vor Ekel und Empörung nicht wusste, wohin. Verwirrt öffnete ich den Mund, um zu fragen, womit ich ihren hasserfüllten Blick verdient hatte.

»Mit Emma hat das gar nichts zu tun, also hör auf damit«, wies Jonathan sie zurecht.

»Warum nennst du sie eigentlich dauernd so?«, fauchte sie ihn an. »Sie heißt Emily! Und sie wird mir dich auch wegnehmen, genau wie ihn damals.« Ihre Worte bohrten sich wie spitze Pfeile in mein Innerstes. Ich hatte keine Ahnung, woher ihre plötzliche Feindseligkeit kam, aber sie lähmte mich komplett. Ich brachte kein Wort heraus.

»Du redest Unsinn«, gab Jonathan zurück. »Ich hör mir das nicht mehr länger an.« Er ging zur Tür.

Ich hatte es fast die Treppe hinauf geschafft, als in der Küche noch mehr Glas zu Bruch ging.

»Was soll das, Rachel?!« Jonathan drehte sich wieder um. »Du kannst doch nicht jedes Mal ausflippen, wenn du deinen Willen nicht bekommst.«

»Du darfst nicht weggehen«, wimmerte sie. Dann hörte man Glas knirschen.

»Rühr dich nicht vom Fleck!«, beschwor Jonathan sie. »Du stehst mitten in den Glasscherben.«

Jonathan verschwand in der Küche. Als er wieder zum Vorschein kam, hielt er meine Mutter in den Armen. Sie schmiegte sich an seine Brust, ihr Gesicht war tränenüberströmt.

»Bleibst du bei mir?«, stammelte sie verschwommen. Jonathan antwortete nicht, sondern trug sie schweigend die Treppe hinauf in ihr Zimmer.

Ich atmete mühsam aus; mein Brustkorb schmerzte von der ganzen Anspannung im Haus. Kurz überlegte ich, ob ich Jonathan folgen und ihm helfen sollte, meine Mutter ins Bett zu bringen, aber ich brachte es nicht über mich. Stattdessen schlich ich die Treppe wieder hinunter, um das Chaos zu begutachten. An der Küchentür hielt ich inne und schüttelte den Kopf. Dann stieg ich vorsichtig über die Scherben hinweg und mied dabei, so gut es ging, die Weinpfützen, die einen großen Teil des Bodens bedeckten. Als ich gerade den Besen aus dem Schrank geholt hatte, klingelte mein Handy.

Ich zog es aus der Tasche und sah Evans Namen auf dem Display. Nachdem ich tief Luft geholt hatte, antwortete ich einigermaßen gefasst: »Hi.«

»Hey, ich hab deine SMS bekommen. Ist alles okay?«

»Oh, ja«, antwortete ich und bemühte mich, so beiläufig wie möglich zu klingen. »Meine Mutter und Jonathan haben sich wieder gestritten, deshalb musste ich sie heimfahren. Wie üblich hat sie alles überdramatisiert, also musste ich ihr eine Weile zuhören. Sorry, dass wir uns nach deinem Spiel nicht sehen konnten.«

»Bist du sicher, dass bei dir alles in Ordnung ist?«

»Ja, mir geht's gut. Sie ist alles losgeworden und liegt jetzt oben im Bett.« Meine Lüge drehte mir fast den Magen um. »Kann ich nachher zu dir kommen? Ich würde dich schrecklich gern sehen.« Ich sehnte mich danach, die zerstörerischen Gefühle in mir loszuwerden. Mich in Evans Arme zu kuscheln, war genau das, was ich brauchte.

»Äh, hm …«, stammelte Evan, und erst jetzt hörte ich die Stimmen im Hintergrund.

»Bist du fertig?«, fragte ein Mädchen ganz in seiner Nähe.

»Moment noch«, antwortete Evan ihr, und mein Herz setzte einen Schlag aus, denn ich wusste genau, wessen Stimme das gewesen war. »Ich hab nur, äh, ich hab Analise versprochen, dass ich sie zu Jeffs Party fahre. Es ist ihre erste Party hier, und sie kennt kaum jemanden. Aber ich kann auch fragen, ob jemand anderes sie mitnimmt. Lass mich schnell …«

»Nein, nein, schon okay.« Ich strengte mich an, gelassen zu klingen, obwohl der Schmerz in meiner Brust sich immer tiefer bohrte. »Geh ruhig. Ich bin sowieso ziemlich müde.«

»Ist das dein Ernst, Em?«

»Ja, alles klar«, sagte ich und versuchte, ruhig zu atmen. So gut es ging, verbannte ich alle Gefühle aus meiner Stimme. »Es war ein blöder Abend, und ich bin total erschöpft. Sehen wir uns morgen?« Trotz aller Anstrengungen zitterte meine Stimme, ich schloss die Augen, um die Tränen zurückzuhalten.

»Okay«, antwortete er, und ehe er noch etwas sagen konnte, beendete ich das Gespräch. Da stand ich, mitten in der Küche, den Besen in der Hand, und versuchte, gegen den Schmerz in meiner Brust anzuatmen.

Schließlich öffnete ich die Augen wieder und blendete alles aus, bis ich nichts mehr fühlte. Dann machte ich mich daran, die Schweinerei zu beseitigen, die meine Mutter angerichtet hatte.

»Warte, ich helfe dir.«

Ich drehte mich um und sah Jonathan im Türrahmen stehen. Ich blieb stumm, aber er füllte einen Eimer mit Wasser und Spülmittel und begann, den Wein abzuwischen, der auf die Schränke gespritzt war. Schweigend machten wir zusammen sauber.

Nachdem ich die Tüte mit den Scherben nach draußen gebracht hatte, setzte ich mich auf die unterste Treppenstufe, schlug die Hände vors Gesicht und stützte die Ellbogen auf die Knie. Ich war völlig ausgelaugt. Jonathan machte in der Küche das Licht aus und setzte sich zu mir.

»Was passiert denn jetzt?«, fragte ich, ohne aufzublicken. »Hast du mit ihr Schluss gemacht?«

»In ihrem Zustand konnte ich das nicht«, meinte er schuldbewusst. »Es tut mir leid, dass du das alles mitgekriegt hast. Es ging echt nicht um dich.«

Jetzt hob ich doch den Kopf. »Ich habe keine Ahnung, was heute Abend los war, aber sie war so … so wütend. Ich glaube, sie gibt mir tatsächlich die Schuld an irgendetwas, aber ich weiß nicht, woran.«

Jonathan schüttelte den Kopf. »Das ist eine Sache zwischen mir und Rachel. Mit dir hat das gar nichts zu tun«, widersprach er.

»Aber du verlässt sie, nicht wahr?«, schlussfolgerte ich nüchtern.

Einen Moment schwieg Jonathan. »Möchtest du, dass ich bleibe?«

Ich kniff die Augen zusammen. Was sollte ich darauf antworten? Ich verstand nicht einmal seine Frage genau.

»Wenn ich jetzt sofort gehe, wäre es dann schlimmer für dich … hier zu wohnen?«

»Mach dir um mich keine Sorgen«, beruhigte ich ihn ohne große Überzeugungskraft. »Das wäre auch kein guter Grund zu bleiben. Letztlich würde es die Sache nur schlimmer machen, für alle Beteiligten. Sie wird wohl oder übel über dich hinwegkommen müssen.«

»Es tut mir leid, Emma«, sagte er leise.

»Mir auch«, hauchte ich. Er sah mich mitfühlend an und zog mich an sich. Ich brauchte einen Moment, bevor ich mich wieder von ihm losmachen konnte. »Ich glaube, ich hatte heute Abend genug Drama, ich gehe jetzt lieber ins Bett.«

»Und ich sollte lieber verschwinden«, meinte er und stand mit mir auf. Als er die Tür öffnete, drehte ich mich noch einmal zu ihm um.

»Leb wohl, Jonathan.«

»Ich verlasse nicht *dich*, Emma«, versicherte er. »Wenn du mich brauchst, bin ich immer für dich da.«

»Danke«, sagte ich. Meine Stimme klang schwer vor Erschöpfung. Dann war er weg, die Tür fiel hinter ihm ins Schloss, und ich ging hinauf in mein Zimmer.

Als ich unter die Decke schlüpfte, piepte mein Handy. *Ich komm vorbei*, erschien auf dem Display.

Bin schon im Bett. Wir sehen uns morgen früh, schrieb ich zurück.

10 Uhr bei mir?

Okay.

Dann verkroch ich mich unter meiner Decke. Ich wollte morgen am liebsten niemanden sehen – nicht einmal Evan.

22

verKehrt herUm

Ich erinnerte mich nicht daran, eingeschlafen zu sein, aber als ich wieder etwas wahrnahm, war es Morgen. Mir schien es unwahrscheinlich, dass ich diese Nacht ohne Albtraum überstanden hatte, vor allem, weil ich immer noch erschöpft war, als ich die Decke zurückschlug. Aber auch davon wusste ich nichts mehr.

Es war fast unheimlich still, nur das Haus gab sein übliches Stöhnen von sich, während ich mich im Bad fertigmachte. Als ich die Haustür hinter mir ins Schloss zog, rührte sich immer noch nichts. Ehe ich losfuhr, blieb ich eine Minute regungslos im Auto sitzen, umklammerte das Lenkrad und starrte auf das Haus, als könnte es mir sagen, was ich tun sollte, damit alles wieder gut werden würde. Aber das Haus schwieg beharrlich und starrte mich ebenso regungslos an.

»Klar«, flüsterte ich. »Jetzt bist du plötzlich stumm.« Dann atmete ich tief durch und ließ den Motor an.

Als ich in Evans Auffahrt einbog, standen dort mehr Autos als gewöhnlich. Außer den beiden BMWs, die Vivian und Evan gehörten, und Stuarts Mercedes waren dort heute noch ein schwarzer Lexus und ein blauer Prius. Ich parkte in der Mitte des langen Weges und blockierte damit alle anderen – denn ich ging fest davon aus, dass wir verschwinden würden, sobald Evan in seine Jacke geschlüpft war.

Ich klopfte. Keine Antwort. Ich klopfte noch einmal und wartete etwas länger – aber niemand kam zur Tür. Da nicht abgeschlossen war, ging ich schließlich hinein und spähte vorsichtig in die Küche.

»Hallo?«, rief ich und betrat den großen Raum. Auf einmal hörte ich Gelächter, hielt einen Moment lang inne und lauschte. Dann folgte ich den Stimmen den Korridor hinunter.

Eine Tür, die bei meinen bisherigen Besuchen immer geschlossen gewesen war, stand diesmal einen Spaltbreit offen, die Stimmen kamen aus dem Zimmer dahinter. Ich erkannte deutlich die von Evan.

»Du bist alles andere als unbeholfen«, sagte er.

»Glauben Sie mir, damit kennt er sich aus«, warf Stuart spöttisch ein und lachte leise.

»Dad!«, protestierte Evan mit deutlich scherzhaftem Unterton. »Sie ist nicht unbeholfen.«

»Nein, sie ist was ganz anderes.« Stuart lachte.

»Was meinen Sie?«, fragte eine weibliche Stimme. Analise – natürlich.

Ich klopfte. Das Gespräch verstummte sofort, als ich eintrat.

»Hi.« Ich sah in die überraschten Gesichter und dann zu dem Konferenztisch, auf dem mehrere große Stapel Briefumschläge lagen.

»Hi.« Evan begrüßte mich mit seinem strahlenden Lächeln. »Ist es wirklich schon zehn?« Ich nickte. »Sorry, ich hab die Zeit aus den Augen verloren. Magst du uns helfen? Ich hab meiner Mutter versprochen, die Briefe einzutüten, ehe wir gehen. Wir sind auch schon fast fertig.«

»Oh.« Ich schaute von Analise zu Stuart, der mich keines Blickes würdigte. »Hm, ich muss meine Sachen für die Wanderung noch zusammenpacken, ich hab sie vorhin einfach nur ins Auto geworfen. Treffen wir uns draußen – wenn das für dich in Ordnung ist.«

»Okay, klar«, antwortete Evan zögernd. »Ich bin gleich da.« Ich nickte und ging langsam davon.

Allem Anschein nach hatte ich bei irgendetwas gestört, und ich wollte ihnen nicht mit meiner Unbeholfenheit zur Last fallen. Unglaublich, dass Stuart gelacht hatte! Ich hatte ihn bisher nicht einmal lächeln sehen, noch nie. Leise zog ich die Küchentür hinter mir zu und schloss damit die Stimmen und das Lachen drinnen ein.

Statt zu meinem Auto ging ich zur Garage, meinen penibel gepackten Rucksack ließ ich auf dem Rücksitz liegen. Ich stieg die Treppe hinauf ins Freizeitzimmer und fläzte mich auf die Couch.

Dort lag ich und starrte auf die Dachbalken.

Mein Telefon piepte, eine SMS erschien auf dem Display. *Wie geht es dir heute früh?*

Müde. Und dir?

Auch, antwortete er. *Tut mir echt leid wegen gestern. Wie geht es ihr jetzt?*

Hab sie noch nicht gesehen.

Ich rede mit ihr. Ganz offen und ehrlich.

Ich starrte auf die letzte Nachricht und war mir nicht sicher, was er mit dieser Ankündigung genau meinte. Ehe ich zurückschreiben konnte, hörte ich eine Stimme: »Da bist du ja.« Am Treppenabsatz stand Sara.

»Hi.« Überrascht setzte ich mich auf. »Was machst du denn hier?«

»Wir gehen mit euch wandern«, verkündete sie fröhlich.

»Großartig«, antwortete ich, aber meine Stimme klang alles andere als begeistert.

Sara musterte mich misstrauisch. »Findest du es gut, dass wir mitkommen? Oder wolltest du lieber mit Evan allein sein?«

»Nein, es ist großartig.« Ich lächelte schwach – dass die beiden mitkamen, fand ich wirklich nicht schlimm.

»Du hast doch irgendwas auf dem Herzen«, hakte Sara nach, kam zur Couch und ließ sich neben mir nieder. »Raus damit.«

»Es ist nichts, ehrlich. Ich bin bloß müde. Meine Mutter und Jonathan haben sich gestern Abend wieder gestritten, und ich dachte, sie machen endgültig Schluss miteinander …«

»Hab ich gehört«, rief Sara. »Aber ich dachte, Jill übertreibt.«

Ich stöhnte. Natürlich. Jill hatte das gestrige Debakel in der Schule hautnah miterlebt. »Hat Jill sonst noch was erzählt?«, fragte ich, plötzlich besorgt, dass auch die Geschichte mit dem Alkohol schon durchgesickert war.

»Nein«, gab Sara zurück. »Warum? Ist noch was passiert?«

»Nein«, log ich. »Das war echt genug Drama für einen Abend.«

»Deshalb ist die Wanderung heute genau das Richtige für dich.« Sara strahlte, dann sprang sie auf und zog mich ebenfalls hoch. »Ab an die frische Luft mit deinem Freund und deiner besten Freundin! Und natürlich auch mit meinem Freund. Ich hab dich vermisst. Wir alle können diesen Tag gut gebrauchen.«

»Stimmt«, pflichtete ich ihr bei, und endlich konnte ich lächeln, ohne dass ich mich dazu zwingen musste.

Ich folgte Sara nach unten. Annas Geländewagen parkte hinter meinem Auto, Jared warf gerade zwei Rucksäcke hinein. Ich legte meinen dazu und beäugte die Taschen – es waren eindeutig zu viele.

»Wie bitte?!«, hörte ich im selben Moment Saras Stimme.

Von der untersten Treppenstufe starrte sie zu Analise empor, die neben Evan auf der Veranda stand, aufgekratzt und fröhlich wie immer. Nach Saras Reaktion schwächte sich ihr Lächeln allerdings etwas ab. Ich ging auf die Gruppe zu. Was war hier los?

»Ach komm, Sara«, sagte Evan gerade. »Eine Person mehr oder weniger, was macht das denn?«

Jetzt wusste ich, worüber sie sprachen, und ich ließ resigniert die Schultern sinken. Aber als Evan mich hilfesuchend ansah, rang ich mir ein Lächeln ab und rief fröhlich: »Analise, du kommst also auch mit zum Wandern?«

»Ist das okay?«, fragte sie und sah zweifelnd zwischen mir und Sara hin und her. Sara warf mir einen grimmigen Blick zu. Dann wandte sie sich mit einem zuckersüßen Lächeln wieder an Analise.

»Na klar«, rief sie mit erzwungener Begeisterung. »Das wird bestimmt toll.« Ich grinste noch breiter. »Jared, fährst du?«, fuhr Sara unbeirrt fort. »Dann können Emma und ich Analise ein bisschen näher kennenlernen.« Sie warf ihm die Autoschlüssel zu.

Nachdem ich mein Auto umgeparkt hatte, kletterte ich auf den Rücksitz des Geländewagens, und wir fuhren entlang der Grenze zwischen Connecticut und New York nach Norden in die Berge.

Sara nutzte die gesamte neunzigminütige Fahrt, um Analise auszufragen, natürlich auf ihre Sara-Art. Sie lachte und freute sich, wenn Analise bei einem Thema mit ihr einer Meinung war, aber sie warf mir auch immer wieder verstohlene Blicke zu, die ich nicht anders zu deuten wusste als: Spinnt die denn? Ich konnte gar nicht aufhören zu grinsen.

Sobald wir unsere Rucksäcke geschultert und uns auf den Weg gemacht hatten, hängte Analise sich an Evan und Jared, so dass Sara und ich ungestört die Nachhut bilden konnten – anscheinend hatte unsere neue Bekannte für den Augenblick genug von uns.

»Was ist eigentlich los mit der?«, fragte Sara, während wir beobachteten, wie Analise kicherte und spielerisch nach Evans Arm schlug. »Sie macht einen ganz netten Eindruck, aber ich … ich kann sie einfach nicht leiden.«

Ich lachte – wahrscheinlich zu laut, denn das Trio vor uns drehte sich prompt um.

»Emma!«, tadelte mich Sara. »Hör auf! Sonst denkt sie noch, wir reden über sie.«

Ich lächelte unbeirrt, hielt von jetzt an aber genügend Abstand zu den dreien, damit wir außer Hörweite blieben. »Ich bin mir sicher, sie weiß, dass wir über sie reden.«

»Für meinen Geschmack ist sie einfach zu aufgekratzt. Sie ist doch kein Hundewelpe.«

»Wenn sie sogar dir zu aufgekratzt ist, dann muss es echt schlimm sein.«

»Superschlimm.« Sara lachte. »Und wenn sie Evan noch ein einziges Mal anfasst, dann muss ich sie für dich aus dem Weg räumen. Warum stört dich das denn nicht?«

»Oh, es stört mich«, gab ich zu. »Aber ich wollte nicht die blöde eifersüchtige Freundin sein.«

»Bist du auch nicht«, versicherte mir Sara, und ich fühlte mich noch schlechter. »Sie kann sich doch verdammt nochmal nicht so an ihn ranschmeißen mit ihren großen braunen Bambiaugen.«

»Sara!« Ich lachte, Sara stimmte ein.

»Was ist denn so lustig?«, fragte Evan und blieb stehen, bis wir aufgeholt hatten.

»Sara«, antwortete ich, als bedürfe es keiner weiteren Erklärung.

Evan griff nach meiner Hand, Sara machte ein paar schnelle Schritte und hakte sich bei Jared unter. Nun war Analise das fünfte Rad am Wagen, und während wir weitergingen, betrachtete sie mit gespieltem Interesse die Baumwipfel, damit sie uns nicht ansehen musste.

Als wir uns einer Biegung näherten, verlangsamte Evan das Tempo, wartete, bis die anderen verschwunden waren, und blieb dann stehen. »Hi.« Er lächelte, und die brennende Eifersucht in mir verpuffte blitzschnell. Als er sich dann auch noch über mich beugte und mich küsste, war mein Herz außer Rand und Band. »Das wollte ich schon die ganze Zeit tun.«

»Und ich warte schon die ganze Zeit darauf«, hauchte ich.

»Wie geht es dir denn überhaupt? Ich hab von dem Streit bei unserem Spiel gehört.« Er musterte mich aufmerksam.

»Es ist schwer mitanzusehen«, gab ich zu. »Ich hab das Gefühl, sie sind kurz davor, sich zu trennen, und ich möchte nicht, dass es meiner Mutter schlechtgeht.«

»Ich weiß«, sagte er und küsste mich zärtlich. »Auf jeden Fall ist es gut, dass du mal eine Weile diese angespannte Atmosphäre hinter dir lässt.« Ich nickte. Evan drückte meine Hand, und wir gingen weiter. Genau das war es, was ich brauchte – ob Analise nun dabei war oder nicht.

»Kann ich dich was fragen?« Evan kletterte zu mir auf einen großen Stein, nachdem er mir unseren Lunch hinaufgereicht hatte.

»Klar«, antwortete ich und packte das Sandwich aus.

»Was hatte es neulich eigentlich mit diesem Pulli auf sich?«

Ich wollte gerade in das Brot beißen, hielt aber mit geöffnetem Mund inne. Bisher hatte ich überhaupt noch nicht darüber nachgedacht, wie die Situation für Evan ausgesehen haben mochte. Schnell ließ ich die Hand mit dem Sandwich wieder sinken und sagte: »Das war bloß ein Missverständnis.« Dann nahm ich einen Bissen, doch Evan wartete, dass ich weitersprach. Ehe ich wusste, was ich sagte, fügte ich hinzu: »Es war überhaupt nicht mein Pulli.«

»Oh«, erwiderte Evan nur. Dann ließ er das Thema fallen, wickelte sein Sandwich aus, und wir unterhielten uns darüber, dass wir beide nächste Woche nur noch ein einziges Spiel bis zur Meisterschaftsrunde überstehen mussten.

Aber mir war der Appetit vergangen, und ich musste mich zwingen, noch einmal von meinem Sandwich abzubeißen. Lügen drehten mir immer den Magen um. Ich wusste nicht, warum Jonathan meinen Pullover im Auto gehabt hatte, aber aus irgendeinem Grund konnte ich das Evan nicht sagen.

Als wir zum Auto zurückkehrten, verschwand gerade die Sonne hinter den Bäumen. Evan und ich saßen mit Analise hinten, und ich sorgte dafür, dass ich den Platz in der Mitte bekam. Analise war wirklich nett, aber es war offensichtlich, dass sie für Evan schwärmte. Und ich würde nicht so tun, als wäre ich blind.

Ich kuschelte mich in Evans Arm, legte den Kopf auf seine Brust, atmete seinen sauberen, mit der würzigen Waldluft vermischten Geruch ein und schloss die Augen. Er küsste mich auf den Kopf, spielte zärtlich mit meinen Fingern und malte Kreise auf meine Handfläche. Ich ließ mich von seinen prickelnden Berührungen in den Schlaf lullen.

Ich schaute in sein Gesicht, als wir Hand in Hand am Strand entlanggingen. Da er sich ein paar Tage nicht rasiert hatte, sah er aus, als wäre er auf einem Campingausflug und nicht beim Muschelsuchen mit seiner kleinen Tochter. Die Seeluft zerzauste seine dunkelbraunen Haare, und wenn er lächelte, erschienen kleine Fältchen um seine Augen, fast so, als würden sie mitlächeln.

Ich schwang einen Eimer in der Hand und hatte die Augen überall, nur nicht am Boden – bei den Vögeln, die an der Küste entlangsegelten oder im Sand pickten, bei den Wellen, die gegen die Klippen schlugen, dann wieder beim Gesicht meines Vaters, das so entspannt und friedlich wirkte.

»Da ist ein schönes Exemplar«, rief er, blieb stehen und puhlte eine perlweiße Muschel aus dem Sand. »Wie findest du sie, Emma?« Er hielt die Muschel in die Höhe, damit ich sie anschauen konnte.

Ich nahm sie in die Hand und fuhr mit den Fingern über die glatte Oberfläche.

»Sie ist wunderschön …« Doch als ich aufblickte, war er weg. Suchend drehte ich mich um, aber ich war allein.

»Emma?«, flüsterte Evans wohltuende Stimme in mein Ohr. »Emma, wir sind zu Hause.«

Panisch riss ich die Augen auf. Ich war immer noch in Evans Arm gekuschelt, aber das Auto war leer, still und dunkel. Ich holte tief Luft, streckte mich und richtete mich langsam auf.

»Ich hätte dich gerne schlafen lassen«, sagte Evan leise und hielt immer noch meine Hand fest. »Du hast so friedlich ausgesehen. Wahrscheinlich hast du in letzter Zeit nicht viel geschlafen, was?«

»Nein, nicht wirklich«, gestand ich. »Unglaublich, ich hab die ganze Fahrt verpennt. Sind alle schon weg?«

»Sara und Jared sind ins Haus gegangen.«

Er öffnete die Tür und wartete, bis ich ausgestiegen war.

»Hast du Lust, heute bei mir zu übernachten?«, fragte Sara, als Evan und ich zur Küchentür hereinkamen.

»Klar, gerne«, antwortete ich und entschied spontan, dass ich schon viel zu viel von der Auseinandersetzung zwischen meiner Mutter und Jonathan mitbekommen hatte. Heute Abend wollte ich nicht schon wieder dabei sein.

Nachdem wir uns verabschiedet hatten, folgte Sara mir in ihrem Wagen zu meinem Haus. Da Jonathans Truck in der Auffahrt stand, parkte ich am Straßenrand, denn ich wollte mein Auto hierlassen. Ich musste nur schnell ins Haus und meine Bücher und Klamotten für den nächsten Tag holen. Einen Moment lang überlegte ich, direkt bei Sara einzusteigen und alles andere zu vergessen – ich hatte ja keine Ahnung, was mich dort drin erwartete –, aber ich brauchte unbedingt ein paar Arbeiten, die ich morgen abgeben musste.

»Bin gleich wieder da«, sagte ich zu Sara, dann joggte ich den Gehweg hinauf. Vor der Haustür zögerte ich und blieb stehen. Ich hörte keine Stimmen, nur Musik. Unten war alles dunkel, deshalb vermutete ich, dass sie im Zimmer meiner Mutter waren.

Ich holte tief Luft und öffnete langsam die Tür. Vielleicht konnte ich meine Sachen holen und wieder verschwinden, ohne dass sie es mitbekamen. Leise schloss ich die Tür und konzentrierte mich auf die Treppe. Nur schnell in mein Zimmer und dann wieder weg, wiederholte ich in Gedanken.

Als auf halber Treppe das lose Brett unter meinem Fuß knarrte, biss ich die Zähne zusammen, erstarrte und lauschte. Aus den Lautsprechern im Wohnzimmer kam eine zärtliche Stimme, die durch das ganze Haus hallte, aber dann hörte ich auch … ein Stöhnen? Ich hielt den Atem an und drehte mich langsam um.

Das Stöhnen wurde lauter, und ich bemerkte, dass sich auf der Couch etwas bewegte. Angestrengt versuchte ich, etwas zu erkennen – und sah zu meinem Entsetzen ineinander verschlungene nackte Beine. Wie gelähmt verharrte ich auf der Treppe, unfähig, den Blick von den beiden Körpern abzuwenden. Die Muskeln an seinem Rücken, den sie fest umklammerte, bewegten sich rhythmisch, sie hatte die Augen fest geschlossen, ihr Mund war leicht geöffnet.

Wieder stöhnte er leise, das Geräusch riss mich endlich aus meiner Starre. Ich flog praktisch die Treppe hinunter und zur Haustür hinaus, rannte zu Saras Geländewagen, knallte die Tür hinter mir zu und ließ mich keuchend auf den Beifahrersitz fallen.

»Was ist los? Wo sind deine Sachen?«, fragte Sara erschrocken.

»Ich konnte sie nicht …«, japste ich und schnappte nach Luft, während das Bild noch immer durch meinen Kopf flackerte. Sosehr ich auch versuchte, es abzuschütteln, es wollte nicht verschwinden.

»Streiten sie sich?«, fragte Sara besorgt.

»Nein«, antwortete ich. »Ganz im Gegenteil.«

»O mein Gott«, stieß Sara hervor. »Nein! Du hast sie doch nicht etwa erwischt, wie sie …« Sie wollte sich ausschütten vor Lachen.

Ich ließ mich gegen die Rückenlehne fallen. »Japp«, hauchte ich. »Wie es aussah, haben sie nicht Schluss gemacht.« Sara lachte noch heftiger. Als wir wegfuhren, blickte ich zum Haus zurück, und ein ungutes Gefühl überkam mich.

23

GrenZen

fühlst du dich ein bisschen besser?«, fragte Sara am nächsten Morgen beim Frühstück. Ihre Eltern waren bereits zur Arbeit gegangen, wir saßen allein am Tisch.

Ich schüttelte den Kopf, denn die eindeutige Pose, in der ich meine Mutter und Jonathan gestern erwischt hatte, verfolgte mich noch immer.

»Ich weiß nicht, wie ich den beiden jemals wieder ins Gesicht sehen kann«, sagte ich mit einem tiefen Seufzer. Aber Sara lachte nur. Für meinen Geschmack amüsierte sie sich etwas zu sehr über mein traumatisches Erlebnis. »Sara, ich hab seinen Hintern gesehen, seinen nackten Hintern – und er lag auf meiner Mutter! Jetzt überlege ich ernsthaft, ob ich nicht doch eine Therapie brauche.« Ich ließ den Kopf auf meine verschränkten Arme sinken.

»Ich wette, er hat einen phantastischen Hintern«, meinte Sara versonnen und strahlte dabei übers ganze Gesicht.

Entsetzt und mit knallroten Wangen blickte ich wieder zu ihr empor. Aber meine Reaktion ließ sie nur erneut loslachen. »Ich glaube, so sehr hab ich nicht mehr gelacht, seit du dich vor den ganzen College-Typen in Kalifornien auf die Schnauze gelegt hast.« Sara hielt sich den Bauch.

»Du siehst mich gern gequält und gedemütigt, was?«, schmollte ich. »Du bist mir echt eine tolle Freundin!«

»Hör auf!« Sara konnte sich immer noch nicht richtig beruhigen. »Es ist wirklich lustig.«

»Klar, meine Mutter und ihren Freund beim Sex zu erwischen, ist echt superlustig. Allerdings wollte er eigentlich mit ihr Schluss machen, also ist es vielleicht doch nicht ganz so lustig.«

»Ach was – die beiden haben sich eben versöhnt«, meinte Sara achselzuckend. »Paare streiten und vertragen sich doch die ganze Zeit. Was ist daran so besonders?«

»Er geht weg, weil er an der USC einen Studienplatz gekriegt hat«, erklärte ich. »Und meine Mutter ist in ihn verliebt.«

»Weiß sie denn, dass er weggeht?«

»Ja«, antwortete ich. »Aber sie will bis dahin unbedingt mit ihm zusammenbleiben.«

»Warum ist das denn so schlimm?« Offensichtlich verstand Sara meine Angst überhaupt nicht.

»Wenn er wegzieht, bin ich auch nicht mehr da«, fügte ich hinzu.

»Und du machst dir Sorgen, weil sie dann allein ist?«

Ich nickte und biss mir auf die Lippen, um die Tränen zurückzuhalten. Wenn ich daran dachte, was meine Mutter in ihrer Einsamkeit alles tun könnte, wurde mir ganz flau vor Angst. Ich wollte nicht, dass sie das ohne mich durchstehen musste.

Auf dem Schulweg machten Sara und ich bei mir halt, um meine Bücher zu holen. Gott sei Dank war niemand zu Hause. Ich schaffte es sogar, meiner Mutter und Jonathan den ganzen Tag aus dem Weg zu gehen.

Auch als ich am nächsten Morgen zur Schule aufbrach, hielt ich mein Timing für perfekt, denn ich kam im selben Augenblick aus meinem Zimmer, als meine Mutter in ihrem Wagen die Auffahrt verließ. Doch auf der Treppe hörte ich die Kühlschranktür zuklappen, also war Jonathan noch da. Frustriert hielt ich inne. Er war doch sonst nie zu Hause, wenn ich zur Schule aufbrach!

Leise ging ich weiter, direkt zur Tür, aber gerade als ich sie hinter mir geschlossen hatte, rief er meinen Namen.

Ich beschleunigte meine Schritte, ich wollte ihn nicht sehen, geschweige denn mit ihm sprechen. Im nächsten Augenblick kam er aus dem Haus, einen Kaffeebecher in der Hand, die Laptoptasche über der Schulter. Er sah zu mir herüber, als ich mein Auto aufschloss, und zögerte kurz. Aber ich schlüpfte ohne jeden Blickkontakt in meinen Wagen, und schließlich ging er weiter zu seinem Truck.

Ich drehte den Zündschlüssel und … nichts passierte.

»O nein«, stöhnte ich, trat das Gaspedal durch und drehte den Schlüssel noch einmal. Das Auto gab nicht das geringste Geräusch von sich. Ich sank auf meinem Sitz in mich zusammen und schlug mit den Händen frustriert aufs Lenkrad.

Jonathan bremste am Ende der Auffahrt. Ich blieb im Auto und schimpfte vor mich hin, ohne ihn zu beachten. Das war wirklich das Letzte, was ich brauchte. Er klopfte ans Fenster und zwang mich damit, es herunterzulassen. »Alles klar?«, fragte er.

»Nein«, schnaubte ich und konnte ihn immer noch nicht ansehen. »Mein Auto springt nicht an.«

»Ich kann dich mitnehmen«, bot er an. »Und später schau ich es mir mal an.«

Zögernd blickte ich auf meine Uhr. Ich wusste, dass Sara und Evan bereits unterwegs waren, es wäre sinnlos, sie den ganzen Weg hier rausfahren zu lassen, nur um mich abzuholen.

»Bitte, ich kann dich doch einfach zur Schule bringen«, wiederholte Jonathan, als ich nicht antwortete.

»Na gut«, brummte ich, stieg aus und knallte wütend die Autotür hinter mir zu. Ich schleuderte meine Büchertasche in den Truck, hievte mich selbst in den Sitz, schloss die Tür und schnallte mich an, immer noch fest entschlossen, Jonathan so gut es ging zu ignorieren.

Wortlos fuhren wir die Straße hinunter und aus unserem Viertel.

»Können wir darüber reden?«, fragte Jonathan, als das Schweigen zu ungemütlich wurde. Er stellte das Radio leiser.

»Nein«, fauchte ich. »Ich will ganz bestimmt nicht darüber reden.«

Ungefähr zehn Sekunden später wandte ich mich ihm trotzdem zu und blaffte: »Warum tust du ihr das an, Jonathan? Ich versteh das nicht!«

»Ich … ich weiß«, stammelte er. »Ich konnte nicht Schluss machen. Ich wusste, dann wird alles nur noch schlimmer.«

»Du quälst sie also lieber und riskierst, dass sie sich noch mehr in dich verliebt, damit du sie richtig fallenlassen kannst, kurz bevor du gehst?! Das ist wirklich großartig!«, schoss ich zurück, und mit jedem Wort steigerte sich meine Wut.

»Emma, bitte sei nicht sauer auf mich«, erwiderte er. »Das möchte ich nicht, ganz ehrlich. Ich war einfach nicht … dazu in der Lage.«

»Wenn du das Unvermeidliche hinauszögerst, hilft ihr das aber nicht«, belehrte ich ihn streng. »Das ist pure Folter, du kannst sie nicht ewig vor der Wahrheit schützen. Damit schwächst du sie nur.«

»Tust du das etwa nicht?«, konterte er und sah aus dem Augenwinkel zu mir herüber. Ich machte den Mund auf, um mich zu verteidigen, aber kein Wort kam heraus. Eigentlich wusste ich überhaupt nicht, wovon er sprach. Er fuhr fort, und seine Stimme wurde fester. »Emma, du räumst hinter ihr auf, du putzt die Sauerei weg, die sie hinterlässt, du tröstest sie, wenn sie sich verantwortungslos benimmt, und an dem Abend neulich hat sie dir praktisch vorgeworfen, du würdest ihr Leben ruinieren. Du beschützt sie genauso vor der Wahrheit wie ich.«

Ich konnte ihn nur stumm anstarren.

»Es tut mir leid«, fuhr er fort, und sein Ton wurde weicher. »Das hätte ich nicht sagen sollen.«

Ich ließ seine Worte in mich einsickern. Inzwischen waren wir auf dem Schulparkplatz angelangt. Jonathan hielt an dem Weg, der um das Gebäude herumführte, legte den Leerlauf ein und wandte sich mir zu. An seinem Blick erkannte ich, wie leid es ihm tat.

»Und wie kriegen wir das geregelt?«, fragte ich bedrückt. »Abgesehen davon, dass du mit ihr schläfst.« Die Worte kamen aus meinem Mund, ehe ich sie zurückhalten konnte. Sie klangen viel bissiger, als ich es beabsichtigt hatte.

»Äh«, stotterte Jonathan und sah mich schockiert an. »Das hättest du nicht sehen sollen. Tut mir echt leid.«

Mit zusammengebissenen Zähnen starrte ich zu Boden. Was er getan hatte, beunruhigte mich mehr, als ich mir erklären konnte. »Was machen wir denn jetzt?«

»Du hast recht«, meinte er nachdrücklich. »Ich muss mit ihr Schluss machen.«

Ich sah ihn an und war nicht davon überzeugt, dass er es wirklich ernst meinte.

»Soll ich bis nach ihrem Geburtstag warten?«

Ich stöhnte, daran hatte ich noch gar nicht gedacht. »Das weiß ich auch nicht.«

Unsere nachdenklichen Blicke trafen sich und hielten einander fest, bis ich mich blinzelnd abwandte.

»Danke fürs Mitnehmen.« Ich griff nach meinem Rucksack, aber im selben Moment fiel mir noch etwas ein. »Mein Pullover!«

»Hä?« Jonathan konnte mir offenbar nicht folgen.

»Wie ist mein Pullover damals in dein Auto gekommen?«, fragte ich.

Jonathan musterte mich. »Ich habe ihn auf dem Weg zur Arbeit auf der Veranda gefunden. Ich dachte, er gehört Rachel. Und dann hab ich ihn im Auto vergessen, ehrlich.«

»Oh«, antwortete ich und wurde rot. Plötzlich war es mir peinlich, dass ich so vorwurfsvoll geklungen hatte. Was unterstellte ich ihm überhaupt? Vielleicht ließ mich das ganze Drama um mich herum einfach überreagieren. In diesem Moment sah ich Evan ein paar Reihen weiter aus dem Auto steigen, und streckte erfreut die Hand nach dem Türgriff aus. Doch dann öffnete sich die Beifahrertür von Evans Wagen, und Analise erschien. Mein Herz erstarrte, mein Lächeln verschwand.

»Alles in Ordnung?«, fragte Jonathan. Aber ich konnte nicht antworten. »Emma?«

»Ja, ja, alles klar«, stieß ich mühsam hervor, packte meinen Rucksack und öffnete die Tür.

»Emma«, wiederholte Jonathan und hielt mich auf, ehe ich aus dem Truck klettern konnte. Sein Blick nahm mich gefangen. »Sie ist nicht der Grund, warum ich mich entschieden habe zu bleiben.«

»Emma?«, rief Evan, als ich Jonathan gerade fragen wollte, was er damit meinte. Einen Moment zögerte ich, aber ich wusste, dass ich gehen musste.

»Danke«, stammelte ich, dann stieg ich aus und warf die Tür hinter mir zu.

Als Jonathan losfuhr, kam Evan auf mich zu und sah mich mit zusammengekniffenen Augen an. »War das Jonathan?« Er griff nach meiner Hand und verschränkte seine Finger mit meinen.

»Mein Auto ist nicht angesprungen«, erklärte ich und versuchte, Analise zu ignorieren, die immer noch neben uns stand.

»Soll ich es mir später mal anschauen?«

»Schon okay«, erwiderte ich. »Jonathan hat gesagt, er macht das nachher. Aber danke.« Evan nickte, und seine Augen folgten Jonathans Truck, der gerade auf die Straße einbog.

»Hi, Emma«, zwitscherte Analise und bedachte mich mit ihrem strahlenden Lächeln, gegen das ich heute gern eine Sonnenbrille dabeigehabt hätte.

»Hi, Analise«, antwortete ich beiläufig. »Wo ist denn *dein* Auto?«

»Evan und ich erledigen nach der Schule was für Vivian, da haben wir uns überlegt, gleich zusammen zu fahren«, verkündete sie. Um ein Haar wäre ich gestolpert. Evan bemerkte meinen fassungslosen Gesichtsausdruck.

»Großartig«, sagte ich tonlos. Dann trennten sich unsere Wege, Analise verschwand zu ihrem Spind, Evan und ich gingen weiter zu meinem.

»Du bist sauer«, stellte Evan fest, als Analise endlich außer Hörweite war.

»Nein«, murmelte ich, ohne ihn anzuschauen. »Ich bin nur frustriert wegen der Geschichte mit meinem Auto.«

»Morgen!«, unterbrach uns Sara. »Wie geht's …?« Ihr Blick wanderte von mir zu Evan, und sie kniff die Lippen zusammen. »Äh … ich seh schon, ihr zwei seid heute Morgenmuffel. Bis später dann.« Sie nickte mir verständnisvoll zu und verschwand zu ihrem Kurs.

Ich zerrte meine Bücher aus dem Spind. Wie sollte ich Evan ins Gesicht sehen, ohne dabei preiszugeben, wie viel mir seine ständigen Verabredungen mit Analise ausmachten?

»Em, du brauchst doch nicht …«

»Ich muss zum Unterricht«, unterbrach ich ihn gereizt und drängte mich an ihm vorbei. Heute lief echt alles schief, ich wünschte mir jetzt schon, dieser Tag wäre vorüber. Dabei hatte er gerade erst angefangen.

Hinter der ersten Biegung wartete Sara auf mich. »Ich komm heute Abend zu dir, dann reden wir über das Analise-Problem, ja?«

»Okay.« Ich seufzte, ich hatte wirklich Redebedarf.

Der Tag wurde nicht besser, als Analise sich beim Lunch mit ihrem niedlichen Hintern an unseren Tisch setzte. Sara starrte sie so fassungslos an, als hätte Analise damit sämtliche Grenzen überschritten. Sie öffnete schon den Mund, um ihr das auch zu sagen, aber ich warf ihr einen flehenden Blick zu und flüsterte: »Bitte nicht.«

»Bist du sicher?«, flüsterte sie ungläubig zurück. Ich nickte, und im selben Augenblick setzte Evan sich auch schon auf den Platz zwischen mir und Analise.

Unbehagliches Schweigen breitete sich aus, bis Analise plötzlich loszwitscherte: »Das Essen sieht besser aus als das bei Mrs Timmins' gestern Abend, stimmt's, Evan?« Sie kicherte. »Das war das seltsamste Huhn, das ich jemals gegessen habe – du hättest es sehen sollen, Emma. Es war grau. Nicht wahr, Evan?«

Ich war wie gelähmt. Obwohl ich wusste, dass Evan mich beobachtete, konnte ich mich nicht rühren.

»Was war das denn für ein Essen?«, fragte Sara und starrte mich an. Ich wusste, dass sie mich wortlos anflehte, mich zu wehren.

»Oh, nur so ein Geschäftsessen«, sprudelte Analise mit einem nervösen Lachen los. Vielleicht hatte sie gemerkt, dass sie ins Fettnäpfchen getreten war.

»Wie fandest du es denn – abgesehen von dem grauen Huhn?«, fragte ich mit geheucheltem Interesse und einem gezwungenen Lächeln.

Analise zögerte. Wahrscheinlich versuchte sie zu entscheiden, ob es mich ehrlich interessierte, oder ob ich ihr gleich den Kopf abreißen würde. »Im Großen und Ganzen war es eigentlich ganz angenehm. Stuart und Vivian sind so nett, sie machen es einem sehr leicht. Und Evan kann mit jedem reden. Er hat mich einer Menge Leute vorgestellt, deshalb war es längst nicht so schlimm, wie ich befürchtet hatte. Eigentlich hatten wir alle viel Spaß.«

Abrupt stand ich auf und stürmte wortlos aus der Cafeteria. Doch ich hatte kaum den Korridor erreicht, als Evan mich einholte.

»Es war doch bloß ein blödes Essen für die Firma meines Vaters«, erklärte er hastig.

»Japp«, antwortete ich tonlos und ging weiter, ohne ihn zu beachten. Äußerlich blieb ich gefasst, aber in meinem Inneren tobte ein Sturm – so heftig, dass ich fürchtete, mich übergeben zu müssen.

»Em, jetzt bleib doch mal stehen«, bettelte Evan. »Bitte, hör mir zu.«

Mit einer blitzschnellen Bewegung drehte ich mich zu ihm um. Er zuckte zurück, als er die Kälte in meinem Blick sah.

»Meine Mutter wollte, dass Laura ein paar potentielle Klienten kennenlernt, die der Firma meines Vaters angegliedert sind«, erklärte er ruhig. »Analise hat ihre Mutter begleitet. Es ist überhaupt nicht so, wie es sich vielleicht angehört hat.«

Ich drehte mich um und ging weiter. Meine Wut erstickte jede Logik und jeden vernünftigen Gedanken im Keim, ich konnte kaum atmen. Ich war nur imstande zu fühlen – und ich befürchtete, wenn ich den Mund aufmachte, kämen Worte heraus, die ich später mit Sicherheit bereuen würde.

»Außerdem hasst du doch solche Veranstaltungen«, rief Evan mir nach.

Ich wirbelte herum. »Genauso wie du bisher«, fauchte ich, dann hastete ich weiter und ließ ihn stehen.

»Hey, Emma«, sagte Jill neben mir, als ich meine Bücher mit Gewalt aus dem Spind zog und dabei immer noch vor mich hin schimpfte – unglaublich, dass Evan Analise zu einem Geschäftsessen mitgenommen hatte! »Wie geht es Rachel?«

Ich fuhr herum, es kostete mich alle Willenskraft, ihr nicht an den Kopf zu werfen, sie solle sich gefälligst um ihre eigenen Angelegenheiten kümmern. So gut ich konnte, schluckte ich meinen Ärger hinunter und antwortete: »Ganz gut.«

»Wir haben niemandem von dem Alkohol erzählt«, versicherte

sie mir mit leiser Stimme. Irgendetwas kam mir seltsam vor, und ich sah sie fragend an. Ihr Gesicht war voller Mitgefühl.

Dann ging mir ein Licht auf. O mein Gott, sie hielt meine Mutter für eine Alkoholikerin!

»Danke«, antwortete ich schnell und sah weg, weil mein Gesicht heiß wurde.

»Wir hätten das nicht tun sollen«, fuhr sie fort. »Casey und ich. Es tut mir echt leid.«

»Ja, okay«, murmelte ich. Mir war ganz flau im Magen.

»Wenn du je mit jemandem darüber sprechen möchtest …«, meinte sie freundlich, aber ich hätte mich am liebsten umgedreht und wäre weggelaufen.

»Japp«, erwiderte ich nur kurzangebunden. »Wir sehen uns dann beim Training. Ich muss zum Unterricht.«

»Klar«, antwortete sie unbehaglich, auch sie war rot im Gesicht. Mit gesenktem Kopf ging ich davon.

Ich konnte die Augen nicht länger vor der Wahrheit verschließen, ausgerechnet Jills tröstliche Worte hatten mir das klargemacht. Auch wenn meine Mutter ständig beteuerte, es sei alles in Ordnung mit ihr, stimmte das einfach nicht. Es war Zeit, dass ich mich der Realität stellte. Ich hatte mir eingeredet, sie würde nur dann zu viel trinken, wenn sie durcheinander oder traurig war – und dass hatte ich in Ordnung gefunden. In Ordnung? Was machte ich mir bloß vor?

»Hi, Mädels«, begrüßte uns meine Mutter fröhlich aus der Küche, als Sara und ich nach dem Training die Haustür hinter uns schlossen.

»Hi, Rachel«, antwortete Sara, stellte ihre Tasche an der Treppe ab und ging in die Küche. Ich folgte ihr, hatte aber plötzlich Angst, meiner Mutter unter die Augen zu treten. Es war, als sähe ich zum ersten Mal, wie sie mit dem Weinglas neben dem Schneidebrett Gemüse schnippelte. Der Anblick tat mir weh.

Sie nahm das Glas und trank einen Schluck. »Bleibst du zum Essen, Sara?«

»Danke, aber ich muss gleich wieder los«, erklärte Sara. »Ich hab Emma nach Hause gefahren, wir wollen uns kurz unterhalten.«

»Oh, okay«, meinte meine Mutter. »Jonathan holt übrigens gerade eine neue Batterie für dein Auto, Emily.«

»Super«, antwortete ich matt. »Wir gehen dann mal rauf.«

»Ach, Sara«, rief meine Mutter, als wir schon auf dem Weg zur Tür waren. »Am Samstag ist mein Geburtstag, und ich hab ein paar Freunde eingeladen. Es wäre schön, wenn du auch kommen könntest, du weißt schon, für Emily. Ich denke, wir spielen bloß ein bisschen Poker und hören Musik.«

»Klar, ich komme gerne.«

»Ehrlich?« Die Augen meiner Mutter leuchteten auf. »Das freut mich. Ich möchte, dass wir Spaß haben.«

»Das werden wir bestimmt«, versicherte Sara. »Wenn ich irgendwas mitbringen oder helfen kann, sag bitte Bescheid.«

»Mach ich.« Meine Mutter strahlte, und mir wurde klar, wie wichtig diese Party für sie war. Bei dem ganzen Durcheinander in den letzten Tagen hatten wir gar nicht mehr richtig darüber gesprochen. Ich wünschte mir sehr, dass sie glücklich war – trotz allem.

»Ich glaube, Evan hat einen Pokertisch, den wir uns leihen könnten«, sagte ich.

»Das wäre ja toll«, rief meine Mutter und war sofort Feuer und Flamme. »Danke.«

»Gern«, antwortete ich mit einem schwachen Lächeln, dann folgte ich Sara die Treppe hinauf. In meinem Zimmer schrieb ich gleich eine SMS an Jonathan: *Warte bis nach ihrem Geburtstag. Und mach dir meinetwegen keine Sorgen.*

Ich zog meine Jacke aus und warf sie auf einen Stuhl, während

Sara es sich auf meinem Bett bequem machte. Mein Handy piepte. *Okay. Aber ich mache mir trotzdem Sorgen, kann nichts dagegen tun.* Ich spürte, wie ich errötete, und steckte das Handy wieder in die Tasche.

»Okay. Also – du musst unbedingt mit ihm reden«, begann Sara, noch ehe ich mich hinsetzen konnte. »Du musst ihm sagen, dass er nicht dauernd mit ihr rumhängen kann, damit muss Schluss sein.«

Ängstlich fragte ich mich, welche Katastrophen uns wohl auf der Geburtstagsparty meiner Mutter bevorstanden, und wie Sara und Evan darauf reagieren würden. Vielleicht würde meine Mutter sich aber auch einfach nur betrinken, viel zu laut reden und einen peinlichen Kommentar nach dem anderen abgeben. Damit könnte ich wenigstens einigermaßen leben.

»Emma!«

»Ja, was denn?« Mit einem Ruck kehrte ich in die Gegenwart zurück.

»Das Problem mit Analise!«, erklärte Sara ungeduldig. »Was ist denn los mit dir? Hast du auch nur ein einziges Wort von dem gehört, was ich gesagt habe?«

»Ja«, antwortete ich. »Ich muss Grenzen setzen.«

»Nein«, korrigierte sie mich streng. »Evan muss Grenzen setzen. Er kann nicht dauernd mit einem Mädchen rumhängen, das von ihm besessen ist, und erwarten, dass du als liebende Freundin so tust, als wäre das in Ordnung.«

»Richtig«, stimmte ich zu. Sara hatte sich offensichtlich etwas mehr Leidenschaft von mir gewünscht – sie starrte mich missbilligend an.

»Aber was, wenn ich einfach überreagiere?«, wandte ich leise ein und legte mich neben Sara auf mein Bett.

»Überreagieren? Hör mal, die ganze Schule tuschelt schon über Evan und Analise. Letzten Freitag waren sie zusammen auf einer

Party, sie ist ständig bei ihm zu Hause, und er fährt sie fast jeden Tag zur Schule. Sie wirken mehr wie ein …«

»Okay«, unterbrach ich sie, denn mir war ganz und gar nicht nach anschaulichen Einzelheiten zumute. »Ich hab kapiert. Ich rede mit ihm.«

»Warum hab ich dann das Gefühl, ich würde dich zu etwas zwingen? Weißt du nicht mehr, wie kalt es dich heute beim Lunch erwischt hat? Ich hab deinen Gesichtsausdruck genau gesehen, als sie von diesem Geschäftsessen anfing.«

Schon die bloße Erwähnung der Situation ließ mich die Zähne zusammenbeißen. »Ja, ich rede mit ihm.«

»Na gut. Ich muss jetzt leider los. Meine Mom erwartet mich zum Abendessen. Wir sehen uns dann morgen«, sagte Sara, packte ihre Sachen und öffnete die Tür.

Im selben Moment erschien Evan oben an der Treppe, und Sara blieb verblüfft stehen. »Oh – hi, Evan.«

»Hi, Sara«, grüßte er zurück. Sie flitzte an ihm vorbei und warf mir im Hinausgehen schnell noch einen aufmunternden Blick zu. Dann war sie verschwunden.

Vor meiner Zimmertür blieb Evan zögernd stehen.

»Hi«, sagte er dann leise, kam herein und schloss die Tür hinter sich.

»Hi«, antwortete ich kaum hörbar, setzte mich ans Kopfende meines Betts und drückte ein Kissen an meinen Bauch.

Evan nahm mir gegenüber Platz. Die Spannung zwischen uns war nahezu unerträglich.

»Ich hätte sie nicht zu dem Essen einladen dürfen«, begann er. »Natürlich weiß ich, wie sehr du solche Veranstaltungen hasst … aber ich hätte dich trotzdem fragen sollen.«

»Es geht mir nicht nur um das Essen«, erwiderte ich mit einem Seufzen. »Du hast eine Menge Zeit mit ihr verbracht, und ich … na ja, das gefällt mir nicht. So einfach ist das.«

»Em, ich schwöre dir, es ist nicht so, wie du vielleicht denkst. Sie ist für mich wie eine kleine Schwester.« Er sah mir in die Augen und bat mich stumm, ihm zu glauben.

»So empfindest *du* vielleicht für sie, aber Evan – sie ist total verrückt nach dir. Das musst du doch merken.«

»Ja, schon«, seufzte er. »Aber ich wollte doch nicht, dass so etwas passiert. Ich wollte nur, dass sie sich willkommen fühlt, sie ist doch neu hier. Ich weiß aus eigener Erfahrung, wie schwer das ist.«

Mir wurde warm ums Herz. Ich wusste, dass er es genauso meinte, so war er einfach. »Evan, du bist der einfühlsamste Mensch, den ich kenne, und dafür liebe ich dich. Aber du musst ihr Grenzen setzen.«

»Das werde ich«, versprach er und kam näher. »Hast du gerade gesagt, dass du mich noch liebst?«, fügte er hinzu, während er immer näher zu mir krabbelte.

»Ja.« Ich konnte mein Lächeln nicht unterdrücken. »Irgend so ein zuckersüßes Püppchen wird mir nicht ...«

»Emma!« Er sah mich überrascht an.

»Sorry«, grinste ich. »Sie ist wirklich nett. Ich meine ja bloß ...«

Diesmal unterbrach mich sein warmer Mund, der sich zart auf meinen drückte. Und plötzlich verlor Analise jede Bedeutung, ich schlang die Arme um Evans Hals, zog ihn an mich und rutschte langsam hinunter, bis ich mit dem Rücken auf dem Bett lag. Er schob das Kissen von meinem Bauch.

Immer wieder fanden seine Lippen meine, sie wanderten über meinen Hals, während seine Hand über meinen Bauch zum Rücken glitt. Ich streckte meine Beine aus, als er sich sanft auf mich legte, und schlang sie um ihn.

Unser Atem beschleunigte sich, unsere Küsse wurden leidenschaftlicher. Ich strich über seine festen, schlanken Rückenmuskeln, griff den Saum seines Hemds und zog es hoch.

Aber in diesem Augenblick quietschte meine Tür. »Dein Auto ist …«

Sofort saß Evan kerzengerade auf dem Bett. Ich richtete mich genauso schnell auf, fuhr mir mit der Hand durch die Haare und starrte in Jonathans Gesicht. Seine Augen waren weit aufgerissen, sein Mund stand offen.

»Sorry, ich hätte wohl besser klopfen sollen«, stieß er hervor und schloss die Tür hastig wieder.

»Hm – Grenzen setzen, ja?«, meinte Evan vielsagend.

»Ja«, hauchte ich atemlos und konnte den Blick nicht von der Tür abwenden.

24

HapPy BirtHday

Muss ich mir Sorgen machen?«, fragte ich leise. Meine Mutter tanzte in der Küche herum, zog Schalen und Schüsseln aus dem Schrank und füllte sie mit Chips und Dips.

»Willst du eine ehrliche Antwort?«, fragte Jonathan, der neben mir stand und das Schauspiel ebenfalls beobachtete.

»Natürlich«, antwortete ich ungeduldig.

»Wahrscheinlich schon.« Seine Offenheit gab mir den Rest.

»Das dachte ich mir«, seufzte ich niedergeschlagen.

»Hi«, begrüßte mich Sara, die gerade zur Tür hereinkam. Ich wandte mich zu ihr um und überspielte meine Sorge mit einem Lächeln.

»Sara!«, rief meine Mutter, hastete an mir vorbei und schloss Sara in die Arme.

»Herzlichen Glückwunsch, Rachel«, sagte Sara und drückte sie an sich, warf mir über die Schulter meiner Mutter hinweg jedoch einen leicht schockierten Blick zu. Ich konnte nur die Achseln zucken.

»Ich hab dir was mitgebracht«, fügte Sara hinzu, als meine Mutter sie losließ, und zog ein hübsch eingepacktes Päckchen in der Größe eines Kartenspiels aus ihrer Tasche.

»Oh, du bist ja süß.« Ohne zu zögern öffnete meine Mutter das Päckchen und nahm mit leuchtenden Augen die zierliche silberne Halskette aus der kleinen Box. »Die ist wunderschön! Vielen Dank.«

»Gern geschehen«, erwiderte Sara und zog die Jacke aus.

»Sara, du kannst doch bestimmt kochen«, meinte meine Mutter aufgeregt, während sie sich die Kette um den Hals legte.

»Nein, nicht wirklich«, gestand Sara. »Meine Mutter hat zwar schon mehrmals versucht, es mir beizubringen, bis jetzt allerdings ohne Erfolg.«

»Was ist bloß los mit euch?« Kopfschüttelnd kehrte meine Mutter in die Küche zurück und begann, Zutaten aus dem Kühlschrank zu holen. »Ich muss wohl mal ein Wörtchen mit Anna reden. Wie soll das nur auf dem College werden?«

Es klopfte an der Tür. Jonathan machte auf, während Sara und ich die Chips ins Wohnzimmer trugen. Jared kam herein, in der Hand eine Flasche Wein mit einer Schleife. Ich zuckte unwillkürlich zusammen.

»Oh, hallo«, begrüßte meine Mutter ihn freundlich.

»Rachel, das ist Jared«, stellte Sara ihn vor und hakte sich bei ihm unter.

»Herzlichen Glückwunsch«, sagte er und überreichte meiner Mutter die Flasche.

»Mein Lieblingsgetränk!«, freute sich meine Mutter und nahm sie entgegen. »Danke sehr.«

»Wo ist denn Evan?«, fragte ich Jared. Draußen konnte ich ihn nicht entdecken. Ich schloss die Tür.

»Er ist allein gefahren, aber er müsste jede Minute hier sein«, erklärte Jared und folgte Sara und meiner Mutter in die Küche.

Ich blieb in der Diele – der Küche wollte ich nicht zu nahe kommen, aus Angst, sonst beim Kochen helfen zu müssen. Hoffentlich würde Evan bald auftauchen.

»Bist du mit Evan befreundet?«, fragte meine Mutter, während sie die Tortillas auf den Grill legte.

»Evan ist mein Bruder«, erklärte Jared.

»Oh, das hätte ich nicht gedacht«, staunte meine Mutter und nahm seinen breiteren Körperbau und seine blonden Wuschelhaare in Augenschein. »Ihr seht euch nicht ähnlicher als Emily und ich.« Sie lachte, und auch Jared grinste. »Dann kannst *du* bestimmt kochen«, fügte sie noch hinzu.

»Nicht die Bohne«, gestand Jared und warf Sara einen Blick zu – ganz offensichtlich wusste er nicht recht, was er von meiner Mutter halten sollte. »Mein Bruder und ich sind so ziemlich in allem das komplette Gegenteil voneinander. Aber kann ich vielleicht sonst was helfen?«

»Weißt du, wie man Margaritas macht?«

»Ja, damit kenne ich mich ganz gut aus«, antwortete Jared und ging in die Küche.

»Na toll«, murmelte ich vor mich hin.

Es klopfte wieder, gleich darauf öffnete sich die Tür, und Evan erschien mit dem Pokertisch.

»Komm, ich helfe dir«, bot Jonathan an, der gerade aus dem Wohnzimmer kam, und nahm den Tisch in Empfang. Evan folgte ihm, Klappstühle in beiden Händen.

»Endlich!«, rief meine Mutter. »Evan, bitte hilf mir mit den Quesadillas. Anscheinend sind wir die Einzigen, die in der Küche nicht völlig unbegabt sind.«

»Jared hat eine Menge Talente«, protestierte Sara. »Nur eben nicht in der Küche.«

»Oh, über welches Zimmer sprechen wir denn wohl dann?«, sagte meine Mutter grinsend. »Das Schlafzimmer vielleicht?«

»Ich hab mich wohl verhört«, platzte Jared heraus und blickte fassungslos von meiner Mutter zu Sara, die lauthals losprustete. Ich wäre vor Scham über die taktlose Bemerkung meiner Mutter am liebsten im Boden versunken. Hatte sie sich womöglich schon Mut angetrunken?

Nachdem Evan seine Jacke aufgehängt hatte, kam er in die Küche. »Okay – was soll ich tun?«, fragte er, ohne zu wissen, in was er da gerade hineingeplatzt war.

»Dreh sie um, wenn sie fertig sind«, wies meine Mutter ihn an und drückte ihm den Pfannenwender in die Hand. »Möchtest du was trinken?«

»Ich glaube, ich könnte was gebrauchen«, warf Jared ein. Meine Mutter holte zwei Gläser aus dem Schrank, füllte sie mit Eis und hielt sie Jared hin, damit er seine Margarita-Mischung darübergeben konnte.

Sie reichte ihm ein Glas und hob ihres. »Auf unsere Talente.«

Immer noch etwas irritiert stieß Jared mit ihr an.

»Hey, ich möchte auch was«, rief Sara und füllte ein weiteres Glas. Ich bemühte mich, keine Herzattacke zu bekommen, während ich zusah, wie meine Mutter ihr Glas blitzschnell zur Hälfte austrank. Mir wurde klar, dass ich mich auf einiges gefasst machen konnte.

»Alles klar mit dir?«, fragte Jonathan, der gerade mit einem Stapel Klappstühle von der Veranda hereinkam.

»Nicht vor morgen früh«, murmelte ich, während wir die Stühle gemeinsam um den Tisch herum gruppierten.

»Emily, kannst du bitte ein bisschen Musik auflegen?«, brüllte meine Mutter aus der Küche, obwohl ich sie auch in normaler Lautstärke gut verstanden hätte.

»Mach ich«, antwortete ich wesentlich leiser. Eine Weile kramte ich in ihrer CD-Sammlung herum, fand aber nichts, was zu einer Party passte.

»Hier«, meinte Jonathan und hielt mir seinen iPod hin. »Da ist eine Playlist für Rachels Party drauf.«

»Danke«, sagte ich, nahm den iPod entgegen, stöpselte ihn ein und scrollte zu *Rachels Party*. Als der erste Song ertönte, stieß meine Mutter in der Küche einen Begeisterungsschrei aus.

»Perfekt, Emily«, jubelte sie.

Ich wollte ihr erklären, dass es nicht meine Auswahl war, aber Jonathan hielt mich zurück. »Lass sie doch in dem Glauben.«

»Okay.« Ich verstand nicht, was für eine Rolle das spielte, und zuckte die Achseln.

Etwa eine halbe Stunde später ging die Tür erneut auf, und sechs weitere Gäste kamen herein, beladen mit braunen Tüten, in denen sich Bierdosen und alle möglichen Snacks befanden.

»Findet hier die Party statt?«, fragte ein Typ mit gepflegtem Bart und spähte in die Küche. Als meine Mutter kreischend auf ihn zustürzte, breitete er die Arme aus, sie fiel ihm um den Hals und küsste ihn auf die Wange. »Herzlichen Glückwunsch, Rachel«, sagte er und erwiderte die Wangenküsschen. Sie umarmte die Neuankömmlinge, zeigte ihnen, wo sie ihre Jacken aufhängen konnten, und wies sie an, das Bier in die Kühlbox auf der Veranda zu stellen. Sie schien so glücklich, dass ich mit aller Kraft versuchte, meine Sorgen zu vergessen und mich mit ihr zu freuen. Schließlich war heute ihr Geburtstag.

»Wir haben noch einen Pokertisch und Stühle mitgebracht«, verkündete einer der Männer, als er mit einer Bierdose von der Veranda zurückkam.

Wir mussten uns mit den Gäste selbst bekannt machen, meine Mutter war vollauf damit beschäftigt, den beiden Frauen, die sie zu sich in die Küche gelotst hatte, Margaritas einzuschenken.

»Wow, du bist also Emily«, bemerkte eine Frau namens Sharon. »Ich kann gar nicht glauben, dass du schon so erwachsen bist.«

»Danke«, antwortete ich höflich und musterte die Frau, die mich offensichtlich kannte. Ihre Stimme war heiser von zu vielen Zigaretten und ihr Gesicht zerfurcht von Falten, anscheinend hatte das Leben es nicht allzu gut mit ihr gemeint. Ihre schwarzen Locken fielen ihr weit über die Schultern, sie trug dicken schwarzen Lidstrich und mehrere Schichten Mascara auf den Wimpern.

»Du siehst deinem Vater immer noch sehr ähnlich«, fuhr Sharon fort.

»Nicht wahr?«, mischte sich jetzt meine Mutter ein, die hinter

Sharon aufgetaucht war und ihr ein Glas hinhielt. »Ich schwöre, sie ist nicht meine Tochter«, scherzte sie lachend.

Auch Sharon kicherte. »Das versuchst du uns schon seit Jahren weiszumachen. Aber ich war diejenige, die dich in die Klinik gefahren hat, als die Wehen losgegangen sind, weißt du noch?«

»Ich konnte ja nicht selbst fahren«, schnaubte meine Mutter.

»Was möglicherweise auch daran lag, dass du eine Flasche Wein intus hattest«, fuhr Sharon fort, und diesmal ging ihr Lachen nahtlos in ein Husten über. Ich kniff argwöhnisch die Augen zusammen und sah von ihr zu meiner Mutter.

»Ach, entspann dich, Emily«, kicherte meine Mutter. »Das war doch bloß ein Witz.« Ich nickte und grinste verlegen. Sharon hielt sich den Mund zu, um nicht zu lachen, was zu einem weiteren Hustenanfall führte.

»Kann ich hier rauchen?«, fragte sie mit ihrer schnarrenden Stimme und zog ein Päckchen Zigaretten aus der Tasche.

»Nur auf der Veranda«, ordnete meine Mutter an. »Aber warte, ich komm mit dir nach draußen.«

Die beiden verschwanden durch die Haustür.

Endlich kam Evan mit einer Platte Quesadillas aus der Küche. Jared und Jonathan halfen den beiden neuen Gästen, Platz für den zweiten Pokertisch zu schaffen, und rückten die Möbel umher, Sara und ich stellten die Margarita-Krüge auf den Couchtisch.

»Das weiß ich doch«, sagte meine Mutter gerade zu Sharon, als sie wieder von der Veranda hereinkamen. An ihnen klebte der Geruch nach kaltem Zigarettenrauch.

»Evan, nimm dir doch ein Bier«, drängte meine Mutter. »Ich hab Geburtstag, außerdem übernachtest du heute hier und brauchst dir keine Sorgen wegen des Fahrens zu machen.« Lächelnd drückte sie ihm eine gerade geöffnete Flasche in die Hand.

»Danke.« Er nahm das Bier entgegen und legte mir die andere

Hand auf den Rücken. Wahrscheinlich bemerkte er meine unregelmäßige Atmung, während ich beobachtete, wie meine Mutter sich den nächsten Drink einschenkte. Aber ich gab mir alle Mühe, ruhig zu bleiben.

»Alles okay?«, fragte Evan leise in mein Ohr.

»Na ja, ich weiß überhaupt nicht, wie man Poker spielt«, erklärte ich ausweichend.

»Ich helfe dir«, versicherte er mir. »Ich mach dir einen Spickzettel, damit du weißt, welches Blatt das andere schlägt.«

»Okay«, antwortete ich so lässig wie möglich. In diesem Moment begegnete ich Jonathans Blick, er stand auf der anderen Seite des Raums. Kopfschüttelnd schaute er zu meiner Mutter und wieder zurück zu mir. Anscheinend war er überzeugt, dass irgendetwas passieren würde. Mein Magen krampfte sich zusammen, denn ich spürte es ebenfalls. Schnell sah ich wieder weg und versuchte, das Gefühl abzuschütteln.

»Na, dann legen wir mal los«, rief meine Mutter und komplimentierte ihre Gäste ins Wohnzimmer.

Doch je mehr sie trank, desto weniger spielte sie. Schließlich hörte sie ganz damit auf und verkündete, Jonathans Gewinne würden von jetzt an ihr gehören. Sie schlenderte zwischen den Tischen hin und her, fing Gespräche an, sprang mitten im Satz auf, um einen Song auf dem iPod zu suchen und tanzte mit jedem, den sie vom Tisch zerren konnte.

Ich spielte Poker – oder versuchte es zumindest, letztlich hatte ich keine Ahnung, was ich tat. Ohne Evans Spickzettel wäre ich verloren gewesen. Da wir – auf Drängen des Geburtstagskindes hin – Chips kaufen mussten, ging es beim Spielen um bares Geld. Einige der männlichen Mitspieler nahmen die Sache deshalb gleich viel zu ernst, dabei hatte das Ganze ursprünglich einfach nur ein großer Spaß sein sollen.

Einige Margarita-Krüge später war mit meiner Mutter nicht

mehr viel anzufangen, sie saß kichernd auf Jonathans Schoß, die Arme fest um seinen Hals geschlungen.

»Na los, Baby, setz ordentlich was, du hast ein gutes Blatt auf der Hand«, drängte sie und küsste Jonathan auf die Wange. Einer der Mitspieler passte sofort.

»Danke, Rachel«, sagte Jonathan, machte aber trotzdem seinen Einsatz.

»Nein, du musst mehr setzen!«, lallte sie und schob noch ein paar Spielchips in die Mitte. »Mit dem Blatt gewinnen wir doch locker!« Zur Bekräftigung streckte sie Sara und dem anderen Typen, der noch nicht ausgestiegen war, die Zunge heraus. Sara lachte und nippte entspannt an ihrer Margarita.

»Ich mag dich, Sara«, gestand meine Mutter unvermittelt, selig von all dem Tequila.

»Danke, Rachel«, antwortete Sara freundlich. »Happy Birthday.« Sie hob das Glas, und meine Mutter stieß etwas tollpatschig mit ihr an.

»Komm, tanz mit mir«, drängte sie dann plötzlich, sprang von Jonathans Schoß und packte Saras Hand.

»Ich spiel doch noch«, protestierte Sara schwach, aber meine Mutter ließ nicht locker, bis Sara aufstand und ihre Karten auf dem Tisch liegen ließ. Während Jared an unserem Tisch die Karten mischte, beobachtete ich, wie meine Mutter sich unter Saras ausgestrecktem Arm im Kreis drehte.

»Du redest nicht gern, was?«, bemerkte die Frau mit den blondierten Haaren neben mir, die Sally oder Ally hieß.

»Nein, nicht so besonders«, erwiderte ich, ohne den Blick von den Karten zu heben, die Jared gerade vor mir auf den Tisch legte.

»Und du trinkst auch nicht, richtig?«, fügte sie verschwommen hinzu und hob den Kopf.

»Nein.«

»Als du klein warst, hast du immer das Bier für uns geholt«, erzählte die Frau, und ich hielt kurz inne, bevor ich meine Karten aufnahm. »Du warst so süß, und bei Rachel gab es immer die besten Partys.«

Ich studierte aufmerksam meine Karten, denn ich wusste, dass Evan und Jared mich beobachteten.

»Ich nehme zwei«, verkündete ich und tat so, als ließe mich der Blick in mein früheres Leben mit meiner Mutter völlig kalt.

Tatsächlich hatte ich jedoch durchaus begriffen, dass sich seit damals offensichtlich nicht viel verändert hatte – ich nippte bloß nicht mehr an den Bierdosen. Unser Leben war voller Stimmungsschwankungen, die früher sicher noch extremer gewesen waren als heute – im einen Moment wurde gelacht, im nächsten geschrien und geweint. Ständig war irgendwo Musik gelaufen, Freunde und Bekannte hatten sich die Klinke in die Hand gegeben. Doch trotz all dieser Menschen hatte ich mich oft einsam gefühlt. Vermutlich war ich auch deshalb schon so früh auf die Schule und den Sport fokussiert gewesen. Meine Mutter hatte sich zwar wenig für meine schulischen Leistungen interessiert, mir jedoch immer ermöglicht, Fußball und Basketball zu spielen – auch wenn sie selbst meistens nicht in der Lage gewesen war, mich persönlich zum Training oder zu den Spielen zu fahren.

Inzwischen lachten meine Mutter und Sara so laut, dass alle zu ihnen schauten. Gerade war meine Mutter gegen ein Beistelltischchen getorkelt und hatte ein paar Bilderrahmen umgeworfen. Sharon, die soeben wieder einmal nach Qualm stinkend von der Veranda kam, gesellte sich zu ihnen.

»Was machst du eigentlich beruflich, Sharon?«, lenkte Evan ab und trank einen Schluck aus seiner Bierflasche.

»Ich arbeite in einer Bar«, antwortete sie und musterte Evan etwas zu ausführlich. »Bist du wirklich noch auf der Highschool? Warte mal …« Sie blickte zwischen mir und Evan hin und her. »Ihr beide seid zusammen, richtig?«

Evan nickte, dann verlangte er von Jared ebenfalls zwei Karten.

»Ich vermisse die Highschool«, seufzte Ally und trank einen großen Schluck.

»Stimmt doch gar nicht«, widersprach meine Mutter und ließ sich auf den leeren Stuhl neben ihr fallen. »Du hast die Highschool immer gehasst.«

Ally lachte. »Ja, du hast recht. Aber wir haben eine Menge Scheiß gemacht und sind damit fast immer durchgekommen.«

»Kann man wohl sagen«, bestätigte meine Mutter kichernd.

»Weißt du noch, wie du Mr Hall bequatscht hast, du könntest den Test nicht mitschreiben, weil du so schlimme Krämpfe hättest, und dann sind wir in den Wald gegangen, um zu kiffen?«

Meine Mutter lachte so sehr, dass ihr die Tränen kamen.

Ally konnte ebenfalls nicht aufhören zu lachen. Japsend sagte sie: »Und als du Emily einmal Whisky-Cola gegeben hast und wir sie gefilmt haben, wie sie immer wieder gegen die Wände getorkelt ist.«

Meine Mutter hielt sich den Bauch. Der Typ neben Ally kicherte ebenfalls. »Das weiß ich auch noch. Du warst echt witzig.«

Ich rang mir ein Lachen ab, aber dann konnte ich plötzlich nicht mehr, entschuldigte mich und ging zur Toilette. Als ich wieder aus dem Bad kam, wartete meine Mutter bereits vor der Tür.

»Emily!«, rief sie fröhlich. »Amüsierst du dich gut?«

»Ja, es ist großartig«, antwortete ich und versuchte zu lächeln. »Und du?«

»Ich gebe mir Mühe«, sagte sie und drängte sich an mir vorbei ins Bad. »Aber es wäre leichter, wenn er aufhören würde, dich dauernd anzustarren.« Damit schloss sie die Tür hinter sich und ließ mich fassungslos stehen. Von wem redete sie da?

Ich wandte mich zur Treppe und stieß fast mit Jonathan zusammen, der gerade heraufgekommen war.

»Hey«, grüßte er mich. »Stehst du Schlange?«

»Nein«, antwortete ich und ging weiter, immer noch schockiert über das, was meine Mutter mir gerade an den Kopf geworfen hatte.

»Was ist los?«

Ich zuckte die Achseln, weil ich selbst keine Ahnung hatte.

»Was?« Hinter uns ging die Tür auf, und meine Mutter kam heraus. Jonathan und ich wirbelten herum.

»Aaah«, sagte sie, als hätte sie uns bei etwas Verbotenem erwischt. »Da seid ihr ja, ihr beiden. Ich weiß Bescheid. Es ist wirklich dermaßen offensichtlich. Aber könnt ihr nicht wenigstens warten, bis ihr in Kalifornien seid? Heute ist mein Geburtstag! Ihr müsst es mir doch nicht ausgerechnet jetzt unter die Nase reiben.«

»Rachel, was redest du denn da?«, fragte Jonathan mit einem unbehaglichen Lachen.

»Ach egal«, winkte sie ab. »Ich bin längst drüber weg.«

Ich konnte sie nur anstarren. »Du willst doch wohl nicht ernsthaft andeuten, dass zwischen Jonathan und mir irgendwas läuft, oder?«, hakte ich schließlich nach.

»Vielleicht doch.« Achselzuckend wandte sie sich ab und ging die Treppe hinunter. Mit offenem Mund sahen wir ihr nach. Dann atmete ich tief durch und folgte ihr, Jonathan verschwand im Badezimmer.

Den Rest des Abends sah ich Jonathan kein einziges Mal mehr an, denn ich hatte nicht vor, meiner Mutter weiteren Stoff für ihre Hirngespinste zu liefern. Außerdem wollte ich nicht, dass sie etwas Ähnliches in Evans Anwesenheit von sich gab.

Das Geld wurde knapp, die Pokerspieler begannen aufzubrechen. Jared und Sara waren die Ersten.

»Ich glaube, ich bin ein bisschen beschwipst«, flüsterte Sara mir lachend ins Ohr, als sie mich zum Abschied etwas ungelenk umarmte.

»Schon okay«, beruhigte ich sie und tätschelte ihr aufmunternd den Rücken, während Jared darauf wartete, ihr in die Jacke zu helfen. »Wir sehen uns dann morgen.«

Kurz darauf brach ein weiteres Grüppchen auf, der zweite Pokertisch und die Stühle wurden zusammengeklappt.

»Aber ihr könnt doch nicht schon gehen«, jammerte meine Mutter und drückte Ally an sich.

»Happy Birthday, Rachel.«

Meine Mutter winkte ihnen auf der Veranda nach.

»Wer mag noch einen Absacker?«, fragte sie, als sie die Tür wieder hinter sich schloss. Ohne eine Antwort abzuwarten, reihte sie auf dem Beistelltisch Schnapsgläser aneinander, goss Tequila ein und stellte jedem eines hin, auch mir.

Als ich die goldene Flüssigkeit vor mir sah, wurde mir fast schlecht, und ich warf Jonathan über den Tisch hinweg einen hilfesuchenden Blick zu.

»Darauf, dass wir ewig jung bleiben«, rief meine Mutter und hielt ihr Glas hoch. »Na los, Evan«, rief sie, »nimm schon!«

Evan prostete ihr wie alle anderen zu und kippte seinen Schnaps mit einer Grimasse hinunter. Ich rührte meinen nicht an, aber Jonathan zog das Glas unauffällig über den Tisch, trank es aus und schob es schnell zu mir zurück.

»So ist's recht, Emily«, lobte mich meine Mutter und sammelte die leeren Gläser wieder ein.

Dann verschwand sie in der Küche, und Evan nutzte die Gelegenheit, um mich zu fragen, ob ich lieber bleiben oder gehen wollte.

Ehe ich zu einer Entscheidung gekommen war, schob der bärtige Typ seine Karten zusammen und meinte laut: »Ich glaube, ich bin pleite. Komm, Sharon, wir gehen.«

Aber sie wollte nicht von der Couch aufstehen.

»Ja, ich weiß, du bist kurz davor, die Besinnung zu verlieren«, bemerkte er und erhob sich.

»Nein, ihr nicht auch noch«, schmollte meine Mutter, als er die Jacken holte und sie ihm auf dem Flur begegnete.

»Dein Typ hat mir mein ganzes Geld abgenommen«, erklärte er. »Also – noch mal: Happy Birthday. Hau nicht das ganze Geld auf einmal auf den Kopf.« Sie umarmte ihn und gab ihm ein Küsschen auf den Mund.

Nun saßen wir nur noch zu dritt am Spieltisch, ich hatte bloß eine Handvoll Spielchips übrig. »Auszahlung?«, schlug Jonathan vor.

»Gute Idee«, antwortete ich und stand auf. Evan half Jonathan, die Chips wieder in den silbernen Behälter einzusortieren, ich fing in der Küche mit dem Aufräumen an.

Nach einer Weile kam meine Mutter fröstelnd von der Veranda. »Jetzt sind nur noch wir da, was?« Sie registrierte die Jungs im Wohnzimmer und mich in der Küche. »Ich hatte eine Menge Spaß«, beteuerte sie.

»Gut«, antwortete ich und goss die halbvollen Gläser in der Spüle aus.

»Tut mir leid wegen vorhin. Du weißt schon, mit Jonathan. Ich bin manchmal ein bisschen blöd.«

Darauf fiel mir keine Antwort ein.

»Du erinnerst dich nicht, stimmt's?«, fuhr sie unvermittelt fort.

Ich drehte mich um. »Woran denn? An die Partys damals, als ich bei dir gelebt habe? Doch, an die kann ich mich erinnern.«

»Das beschäftigt mich einfach«, meinte sie, ohne meine Antwort zu beachten, und setzte sich auf einen Küchenstuhl – wahrscheinlich war ihr das Stehen zu anstrengend geworden. »Die ganzen Jahre musste ich diesen Tag im Kopf wieder und wieder erleben, und du erinnerst dich nicht einmal mehr daran.« Träge sah sie zu mir hoch, ihr Gesicht blieb ausdruckslos.

Gerade als ich sie fragen wollte, was sie damit meinte, begriff ich – sie sprach von dem Tag, an dem mein Vater gestorben war. Ich schloss den Mund wieder und sah weg.

»Du musstest immer Rosa tragen«, fuhr sie fort, mit glasigen Augen, versunken in der Vergangenheit. »Er hat dir jedes Jahr ein neues rosafarbenes Kleid gekauft.«

Ihre Worte nahmen mich gefangen, ich konnte sie nicht bitten aufzuhören. Mein Herz schlug immer schneller.

»Du hast am Fenster auf ihn gewartet und wolltest wissen, warum er immer noch nicht da war. Alle paar Minuten hast du nach ihm gefragt.« Kummer überschattete ihr Gesicht. »Es ist nicht fair, dass du dich nicht an den Tag erinnerst, den ich niemals werde vergessen können. Wann hast du das letzte Mal deinen Geburtstag gefeiert, Emily?« Ihre Frage war wie ein Stich in mein Herz.

Mein Brustkorb zog sich zusammen, ich musste mich zwingen zu atmen. Auf einmal war ich nicht mehr in diesem Raum. Ich trug ein rosafarbenes Rüschenkleid und starrte aus dem Fenster.

»Er ist extra früh von der Arbeit losgefahren, um diese blöden bunten Lampions im Garten aufzuhängen«, erinnerte sich meine Mutter ungerührt.

Eine Sekunde lang sah ich die Laternen, verschiedene Formen und Farben, kreuz und quer im Garten verteilt. Kälte breitete sich in mir aus, ich konnte mich nicht rühren.

»Er hat dir einen Geburtstagskuchen mitgebracht, aus einer lächerlich teuren Bäckerei in der Stadt. Es musste immer Schokokuchen mit Himbeerfüllung sein.«

»Wann kommt Daddy nach Hause?«, fragte ich und schob den Vorhang beiseite, damit ich nach draußen sehen konnte.

»Es dauert bestimmt nicht mehr lange«, bekam ich jedes Mal zu hören, aber nicht von meiner Mutter, sondern von einer anderen Frau. Als ich mich zu ihr umdrehte, sah ich, dass sie gerade einen Auflauf aus dem Backofen holte.

»Aber es wird schon dunkel, und es ist sonst nie dunkel, wenn er kommt«, wandte ich ein und spähte weiter aus dem Fenster.

»Kannst du ihn schon sehen?«, fragte die Frau, und ihre Stimme klang besorgt. In diesem Moment betrat ein Mann den Raum, in der Hand hielt er einen Telefonhörer.

»Nein«, sagte er. »Man hat mir gesagt, er hat schon vor Stunden das Büro verlassen.« Der Mann kam mir bekannt vor, aber ich wusste nicht, woher.

»Rachel!«, rief er laut.

»Was ist?«, fragte sie von oben.

»Ich glaube, wir müssen anrufen.«

Ehe sie antworten konnte, klingelte das Telefon. Sie kam die Treppe heruntergestürmt, der Mann hob ab. »Wer ist das?«, wollte sie wissen, ehe der Mann sich auch nur gemeldet hatte.

Die Angst in ihren Augen machte mich nervös. Ich beobachtete sie, unfähig, den Blick von ihrem gequälten Gesicht abzuwenden. Als er das Gespräch beendete, verwandelte sich die Sorge meiner Mutter in Verzweiflung. »Er hatte einen Unfall.«

»Du hast ihn mir weggenommen«, murmelte meine Mutter und sah mich durchdringend an.

»Rachel? Was hast du getan?« Jonathans Stimme klang, als käme sie tief aus einem Tunnel.

Tränen verschleierten meinen Blick. Die Augen meiner Mutter weiteten sich, als sie begriff, was mit mir los war. »Oh«, hauchte sie. »Du erinnerst dich.«

Der Schmerz floss durch meinen Körper wie Gift, und ich öffnete den Mund, um zu schreien, aber nichts passierte.

»Was hast du getan, Rachel?«, fragte Jonathan noch einmal. »Emma, ist alles in Ordnung mit dir?«

»Emma, was ist los?« Evans leise Stimme war brüchig vor Sorge.

Ich blickte in ihre Augen, und auf einmal war ich mir sicher, dass sie mich hasste. Ich zuckte zusammen.

Hier konnte ich nicht bleiben, ich musste weg. Aber ich war wie gelähmt, meine Beine wollten mir nicht gehorchen, mein Schluchzen schnürte mir den Hals zu. Mein ganzer Körper stand in Flammen, der Schmerz verbrannte ihn. Ich musste weg, weg von ihr.

Ehe ich wusste, was ich tat, war ich auch schon zur Haustür hinaus – meine Beine, die mir gerade noch den Dienst versagt hatten, trugen mich die Straße hinunter. Doch egal, wie schnell ich auch rannte, ich konnte dem Schmerz nicht entfliehen, der meinen Brustkorb zu zermalmen drohte. Ich atmete ein, aber ich bekam nicht genug Luft.

Ich lief durch die Straßen, bis ich schließlich auf dem feuchten, schlammigen Boden zusammenbrach. Krampfhaft hielt ich meine Brust umklammert, es fühlte sich an, als wollte sie zerspringen, und ich schrie vor Schmerzen auf.

Dann plötzlich kam alles zurück. Der Anruf. Meine Mutter, die schluchzte und es nicht wahrhaben wollte. Ich sah die Szenen vor mir wie ein Zuschauer in einem Theaterstück. Ich verstand nicht, was los war, aber gleichzeitig verstand ich es nur allzu genau. Er kam nicht nach Hause. Er würde nie mehr nach Hause kommen.

Ich weiß nicht, wie lange ich, von Trauer überwältigt, auf dem kalten, nassen Boden lag. Erst als eine warme Hand über meine Wange strich, kam ich langsam wieder zu mir. Sanft bettete er meinen Kopf auf seinen Schoß und tröstete mich mit Worten, die nicht wirklich zu mir durchdrangen. »Es ist okay«, flüsterte er.

»Aber es tut so weh«, stieß ich hervor, und wieder spannte sich mein ganzer Körper an. »Bitte mach, dass es aufhört.« Unablässig strömten die Tränen über mein Gesicht.

Evan zog mich vom Boden hoch und trug mich zum Auto. Behutsam setzte er mich auf den Beifahrersitz, beugte sich über mich und küsste mich auf die Stirn. Ich rollte mich zusammen, umklammerte immer noch meine Brust – voller Angst, sie würde auseinanderbrechen, sobald ich losließ.

Dann begann ich zu frösteln, als wäre die Kälte des Bodens in meine Knochen gesickert. Selbst die Wärme im Auto half nicht gegen mein Zittern. Evan legte mir seine Jacke um die Schultern, und ich vergrub meine Nase in dem Kragen, um seinen Duft einzuatmen.

Mit bebenden Lippen kämpfte ich um jeden Atemzug. Der Schmerz fraß mich auf, ich konnte ihm nicht entrinnen. Er erdrückte mich.

Gefangen in meiner Trauer nahm ich kaum wahr, dass das Auto anhielt. Vielleicht versuchte Evan, mit mir zu sprechen, aber ich hörte nicht, was er sagte. Seine Stimme war gedämpft und weit weg. Ich schloss die Augen und drückte das Gesicht an seine Brust, als er mich aus dem Wagen hob.

Willenlos ließ ich mich aufs Bett legen, spürte, wie meine Schuhe von meinen Füßen glitten und die Jeans über meine Beine gezogen wurde. Obwohl meine Augen offen waren, sah ich alles verschwommen, fühlte nur und wusste nicht, wie ich die Gefühle aushalten sollte. Ungehindert strömten sie auf mich ein, ich konnte sie nicht mehr in die finsteren Tiefen meines Inneren zurückstoßen, in die ich sie vor so vielen Jahren verbannt hatte. Jetzt verlor ich ihn ein zweites Mal.

Ein warmer Körper drückte sich an meinen Rücken, Evan zog mich an sich. Ich griff nach seiner Hand und hielt sie fest, verband mich mit der Gegenwart, lange genug, um mir vor Augen zu halten, wo ich war. In Evans Bett.

»Ich bin hier, Emma. Ich lass dich nicht im Stich, niemals«, flüsterte er mir ins Ohr und hielt mich noch fester.

Mein ganzer Körper bebte, als ich zu schluchzen begann, und sich die Qual, die ich seit zehn Jahren in mir trug, einen Weg nach draußen bahnte. Erst in den frühen Morgenstunden dämpfte die Erschöpfung den Schmerz, und ich sank in einen Schlaf, der erfüllt war von den Bildern meines Vaters.

25

noCh eiNmal

Ehe ich die Augen aufschlug, hörte ich leise Musik. Ich konnte nicht erkennen, wer da sang, aber die Stimme des Mannes war angenehm und beruhigend. Ich atmete ein und ließ die Melodie über mich hinwegfließen, ehe ich beschloss, die Augen zu öffnen. Allerdings kam ich damit nicht sehr weit.

Sie waren vom vielen Weinen geschwollen, mein ganzer Körper schmerzte, vor allem der Brustkorb. Vorsichtig löste ich mich aus meiner zusammengerollten Haltung, in der ich die ganze Nacht verbracht hatte. Evan war nicht im Zimmer, aber er hatte die Musik mit dem wunderbar tröstlichen Text für mich aufgelegt.

Ich setzte mich auf die Bettkante und atmete langsam aus. Ich fühlte mich leer, als wäre nichts in mir zurückgeblieben. Langsam erhob ich mich und ging ins Bad. Ich machte mir nicht die Mühe, unterwegs in den Spiegel zu schauen. Den leeren Gesichtsausdruck hatte ich schon allzu oft gesehen.

Ich zog mich aus, stieg in die Dusche und ließ das warme Wasser über meine Haut laufen. Aber die Erschöpfung wollte nicht weichen. Als ich herauskam, lagen eine Jogginghose und ein T-Shirt vor der Duschkabine, offensichtlich hatte Evan gemerkt, dass ich aufgestanden war.

Ich schlüpfte in das T-Shirt, das mir bis über die Hüften reichte, und schlug den Bund der Hose um, damit ich nicht über sie stolperte. Bevor ich zurück in Evans Zimmer ging, flocht ich meine nassen Haare zu einem festen Zopf. Evan saß am Kopfende des

Betts, zappte von einem Fernsehprogramm zum nächsten und wartete auf mich.

Als ich zu ihm kletterte und mich an seine Brust schmiegte, schaltete er den Fernseher sofort aus.

»Wie geht es dir?«, fragte er und nahm mich in die Arme.

»Geht schon«, antwortete ich etwas heiser vom Weinen.

Er drückte mich an sich und fragte: »Kannst du mir sagen, was gestern passiert ist?«

Ich schluckte schwer, schon bei dem Gedanken daran, es laut auszusprechen, schossen mir Tränen in die Augen.

»Wenn es jetzt nicht geht …«

»Ist schon okay«, sagte ich mit erstickter Stimme. Dann setzte ich mich auf, atmete tief durch und sah in Evans graublaue Augen. Zwischen den Brauen hatte sich eine Sorgenfalte gebildet, und ich wusste, ich musste versuchen zu erklären, was mit mir geschehen war.

»Meine Mutter gibt mir die Schuld am Tod meines Vaters.« Mir stockte der Atem bei diesen Worten.

Er erstarrte. »Warum?«

»Er ist an meinem Geburtstag ums Leben gekommen«, erklärte ich. »Auf dem Heimweg, nachdem er einen Kuchen für mich gekauft hatte.«

»Wie kann das deine Schuld sein?«

Ich zuckte die Achseln. »Logisch ist es nicht, aber … sie ist verletzt und sieht in mir den Grund für ihren Schmerz. Ich habe ihr Leben zerstört.«

»Emma, das ist nicht wahr. Sie ist erwachsen. Ihr muss klar sein, dass Unfälle passieren. Du darfst nicht glauben, dass du daran schuld bist.«

»Ich …« Ich konnte nicht sagen, was er von mir hören wollte – dass ich nicht schuld war und dass ich das auch wusste. Mein schlechtes Gewissen vertrieb die Worte von meiner Zunge, ehe ich sie aussprechen konnte. Natürlich war mir klar, dass sie der Wahrheit entsprachen, aber ich konnte nicht leugnen, wie entsetzlich es sich anfühlte, der Grund dafür gewesen zu sein, dass er in diesem schicksalhaften Augenblick auf genau dieser Straße gefahren war.

Der Mensch, den ich am meisten liebte, war mir weggenommen worden, da spielte Logik keine Rolle. Endlich verstand ich, warum es meiner Mutter so wichtig war, dass ich ihr Leid ebenfalls spürte. Es war zu groß, um es allein zu ertragen, sie wollte nicht die Einzige sein, die ihn so sehr vermisste.

»Ich konnte mich nicht an ihn erinnern«, sagte ich mit Blick auf die Bettdecke, und ließ den Bildern meines Vaters in mir freien Lauf. »Mich an ihn zu erinnern, hätte bedeutet, zu akzeptieren, dass ich ihn verloren habe. Ich hätte mich dem Kummer stellen müssen. Deshalb habe ich mich nicht erinnert. An nichts – bis gestern Abend. Und es hat so weh getan …«, stieß ich hervor, und wieder quollen Tränen aus meinen Augen.

Evan zog mich an sich und hielt mich fest.

»Es hat so weh getan, dass ich nicht atmen konnte.« Nun strömten die Tränen warm über mein Gesicht. »Ich hab mich gefühlt, als wäre es gerade erst geschehen, und …« Ich schluckte ein Schluchzen hinunter.

»Alles wird gut«, tröstete Evan mich und küsste mich zärtlich auf den Kopf. »Ich verstehe dich.« Schweigend verharrte ich in seinen Armen, bis ich mich wieder bewegen konnte.

Dann richtete ich mich auf und wischte die Tränen weg.

»Können wir einfach eine Weile hier liegen?«, fragte ich und schniefte. Evan reichte mir ein Taschentuch.

»Natürlich können wir das.«

Also lehnte ich mich wieder an seine Brust und lauschte dem Klopfen seines Herzens. Er zog die Decke über uns und umarmte mich, als könnte er den Kummer damit von mir fernhalten.

Die Musik verklang, der Fernseher ging an. Evan suchte einen Film für uns aus, aber ich hielt nicht lange durch, so ausgepumpt war ich immer noch von dem Gefühlsausbruch.

Als ich die Augen wieder öffnete, wurde es bereits dunkel im Zimmer. Evan lag auf der Seite und schlief fest, die Arme noch immer um mich geschlungen. Ich atmete seinen Duft ein, drückte das Gesicht an sein Hemd und stemmte mich hoch, um ihn auf den Hals zu küssen.

Er räkelte sich und zog mich näher zu sich. Ich ließ den Mund über seinen Hals wandern und spürte seinen warmen Puls unter meinen Lippen. Ein Lächeln erschien auf seinem Gesicht, seine Augen blieben geschlossen. Ich fand die Stelle unter seinem Ohr und küsste ihn wieder.

»Hi«, murmelte er. Sein Lächeln wurde breiter, er schlug die Augen auf und holte tief Luft.

»Hi«, flüsterte ich ihm ins Ohr, während ich sein Kinn mit Küssen bedeckte und mich langsam zu seinem Mund vorarbeitete. Er öffnete seine Lippen. Ich atmete ihn ein und schmiegte mich fest an ihn, küsste ihn drängender, während seine Hände unter mein Shirt wanderten und über meinen Rücken strichen.

Unsere Körper drückten sich aneinander. Seine warmen Hände pressten sich an meine nackte Haut und lösten ein Prickeln in mir aus, das mein Herz beben ließ. Unser Atem wurde schneller, seine Hände glitten unter den Bund meiner Jogginghose. Ich schob sein Hemd nach oben, er zog es sich über den Kopf und entblößte seinen muskulösen Oberkörper.

Sanft ließ ich meine Hände über seinen Brustkorb und seinen Bauch wandern, küsste seine Schultern und schließlich seinen Hals.

Aber als ich mein Shirt ausziehen wollte, richtete er sich abrupt auf und sah mir fest in die Augen.

»Was?«, fragte ich verwirrt. Hatte ich etwas falsch gemacht?

»Noch nicht«, erklärte er. »Nicht so.«

Ich ließ mich auf ihn sinken, mein ganzer Körper vibrierte. »Okay«, seufzte ich enttäuscht.

»Du verstehst das doch, oder?« Er strich mir die Haare hinter die Ohren.

»Ja«, antwortete ich, konnte ihm aber nicht ins Gesicht sehen. Natürlich verstand ich es. Unser erstes Mal sollte nicht ausgerechnet an dem Tag sein, den ich damit verbracht hatte, um meinen Vater zu trauern. Aber ich wollte Evan spüren, ich brauchte ihn, ich musste ihm nahe sein, um die Kluft zu überwinden, die sich über Nacht in mir aufgetan hatte.

»Möchtest du auch heute hier schlafen?«, fragte er leise. Ich spürte seinen Atem in den Haaren, er drückte die Lippen an meine Schläfe.

»Ich glaube, ich sollte lieber heimgehen.«

»Zu Rachel?«, fragte er überrascht. »Ich hätte nicht gedacht …«

»Doch, das sollte ich«, unterbrach ich ihn schnell. »Es ist okay, ich möchte mit ihr reden. Jetzt verstehe ich sie endlich. Vielleicht … vielleicht hilft uns das irgendwie, besser miteinander zurechtzukommen.«

»Em.« Evan wartete, bis ich ihn anschaute, und ich nahm seinen besorgten Gesichtsausdruck in mich auf. »Es ist nicht deine Schuld. Ganz gleich, was sie sagt oder glaubt. Bitte behalt das immer im Kopf, ja?«

»Ja«, antwortete ich leise und küsste ihn.

Das Haus war dunkel, als wir in die Auffahrt einbogen, der Wagen meiner Mutter parkte am anderen Ende. Einen Moment lang zögerte ich, dann öffnete ich die Autotür und starrte auf die schwarzen Fenster.

»Soll ich mit dir reinkommen?«, fragte Evan und legte den Leerlauf ein.

»Nein«, antwortete ich, ohne das Haus aus den Augen zu lassen. »Ich schaff das schon.«

»Rufst du mich nachher an? Ja?«

»Mach ich«, versprach ich, stieg aus und schloss die Tür hinter mir. Dann holte ich tief Luft und bereitete mich innerlich auf das vor, was mich in der Dunkelheit erwarten würde. Evan fuhr erst weg, als ich im Haus verschwunden war.

Ich knipste das Flurlicht an und lauschte, es war ungewöhnlich still. Langsam ging ich ins Wohnzimmer und beobachtete durchs Fenster, wie Evan die Auffahrt hinunterfuhr, dann erst machte ich das Licht an. Der Pokertisch stand noch da, halbvolle Chipsschalen und leere Schnapsgläser waren überall im Raum verteilt. Ich sammelte die Überreste der Party ein und trug alles in die Küche.

Als ich fertig war, nahm ich allen Mut zusammen und stieg die Treppe hinauf. Ich näherte mich der Zimmertür meiner Mutter, plötzlich hörte ich sie weinen.

Ich erstarrte, mein Magen rebellierte. Doch ehe ich die Flucht ergreifen konnte, klopfte ich an. Sofort verstummte das Schluchzen.

»Herein«, rief sie kaum hörbar.

Mit wild klopfendem Herzen öffnete ich die Tür und trat ein. »Hi«, sagte ich leise.

Meine Mutter lag auf ihrem Bett, das Make-up verschmiert, die Haare völlig zerzaust. Ihr rotes Gesicht und ihre verquollenen Augen schienen mir nur allzu vertraut. Sie trug noch immer die Sachen vom Vorabend.

Ich setzte mich auf die Bettkante, so weit weg von ihr wie möglich.

»Ich dachte schon, du hättest mich auch verlassen«, stieß sie heiser hervor und zog ein Taschentuch aus der Box auf ihrem Nachttisch.

»Nein«, erwiderte ich. »Ich hab nur ein bisschen Zeit für mich gebraucht.«

»Dann … dann bleibst du also?« Ihr Atem ging stoßweise, aber sie schien sich etwas zu erholen.

»Ja, ich bleibe«, bestätigte ich.

Meine Mutter drehte sich weg, an ihren bebenden Schultern erkannte ich, dass sie wieder weinte. Zögernd streckte ich die Hand aus. Sollte ich sie berühren? Aber dann durchbrach ich den inneren Schutzwall, der mich vor allem bewahrte, was weh tat, öffnete mich und fühlte ihren und meinen Schmerz. In diesem Augenblick wurde ich ihre Tochter, und meine Hand legte sich sanft auf ihren Rücken.

Ich spürte, wie sich ihr Brustkorb hob, als sie die Luft mit einem Schluchzen tief in sich einsog. Ganz allmählich fing sie sich wieder. Ich saß nur da und ließ sie wissen, dass ich bei ihr war.

Nach einiger Zeit wurde sie still. Ich nahm meine Hand weg, als sie sich auf den Rücken drehte und mich mit geröteten Augen ansah.

»Möchtest du mit mir einen Film anschauen und dazu einen großen Becher Eis essen?«, fragte ich leise.

Sie versuchte zu lächeln. »Gern.«

Langsam setzte sie sich auf, wischte sich Schminke und Tränen aus den Augen und sagte: »Ich glaube, ich geh erst mal duschen.« Ehe sie das Zimmer verließ, wandte sie sich noch einmal zu mir um und fügte hinzu: »Ich bin froh, dass du mich nicht verlassen hast.«

Es fiel mir schwer, aber ich lächelte.

Auf dem Weg ins Badezimmer rief sie noch: »Aber bitte nichts Romantisches – sonst zerdeppere ich womöglich den Fernseher.«

Ich musste lachen, sie schloss die Badtür hinter sich. Dann ging ich in mein Zimmer, um mein Portemonnaie und meinen Schlüssel zu holen. Das Handy blinkte, also nahm ich es auch gleich mit nach unten.

Nachdem ich mich durch die verpassten Anrufe von Jonathan

und Evan gestern Nacht und durch die besorgten SMS der beiden geklickt hatte, löschte ich alles.

Auf dem Parkplatz des Supermarkts nahm ich allen Mut zusammen und rief Jonathan an, obwohl ich nicht genau wusste, was ich ihm sagen sollte.

»Hi«, antwortete er schon nach kurzem Klingeln. »Wie geht es dir?«

»Ganz gut.«

»Bist du sicher? Gestern Abend hast du gar nicht danach ausgesehen.«

»Es geht aufwärts«, versicherte ich ihm und fuhr mit den Fingern über mein Lenkrad.

»Ich kann immer noch nicht richtig glauben, dass Rachel sich so benommen hat. Ich wollte dich suchen, aber Evan war schon zur Tür raus, und Rachel hat angefangen, mich anzuschreien. Sorry, ich hätte es trotzdem tun sollen.«

»Nein«, wehrte ich entschieden und auch etwas verwirrt ab. »Ich verstehe das.«

»Wo bist du denn jetzt? Bei Sara?«

»Nein, zu Hause«, antwortete ich ruhig.

»Wirklich?« Er klang überrascht. »Warum?«

»Äh …« Ich stockte. Warum hörte er sich an, als fände er das nicht gut? »Weil sie meine Mutter ist und weil ich denke, so etwas sollte sie nicht allein durchmachen.«

»Emma, ihr Verhalten war echt schrecklich. Wie …« Er hielt inne, und ich hörte, wie er ausatmete, als müsste er sich beruhigen. »Ich verstehe nicht, warum du so tust, als wäre es eine Kleinigkeit.«

»Das tu ich auch nicht … ehrlich«, antwortete ich schwach. »Ich glaube nur, dass ich die ganze Geschichte jetzt besser verstehe, weiter nichts.«

Jonathan schwieg einen Moment, dann fügte er hinzu: »Ich

konnte nicht zulassen, dass sie dich so behandelt. Ich musste mit ihr Schluss machen. Das verstehst du doch, oder?«

»Mir war klar, dass es passieren würde«, antwortete ich. Er schwieg. »Ich muss los«, sagte ich schließlich, als das Schweigen mir zu unangenehm wurde.

»Ruf mich an«, stieß er hastig hervor, ehe ich auflegen konnte. »Wenn du irgendetwas brauchst – was auch immer es sein mag –, selbst wenn du nur Hallo sagen möchtest, ruf mich an, okay? Ruf mich einfach an.« Seine Stimme war so voller Sorge, dass ich erneut stutzte.

»Mach ich«, versprach ich, ohne zu wissen, ob ich es jemals tun würde – und ob es gut wäre, wenn ich es tat.

Als ich nach Hause zurückkam, war meine Mutter geduscht und saß unter einer Decke auf der Couch. Ohne Make-up waren die Falten um ihren Mund und ihre Augen deutlich zu erkennen. Sie sah müde aus. Erledigt.

Als ich mit dem Film und zwei großen Behältern Eis hereinkam, versuchte sie zu lächeln, aber ihr Blick blieb glanzlos und unfokussiert.

Ich legte den Film ein und setzte mich neben sie auf die Couch. Schweigend aßen wir das Eis und sahen uns den Film an, bis meine Mutter plötzlich meinte: »Ich bin manchmal echt ein Biest.«

Mir fiel darauf keine Antwort ein, ich hatte Angst, sie anzusehen, und hoffte, sie würde keine Reaktion von mir erwarten. Ich kratzte mit meinem Löffel weiter an meinem Eis herum und wartete.

»Ich weiß nicht, wie das passiert«, fuhr sie nach einer Weile fort, und jetzt wagte ich es, sie verstohlen anzuschauen. Sie sah mich nicht an, sondern starrte gedankenverloren auf den Boden. »Es passiert, wenn ich zu viel trinke. Dann … dann sage ich

Sachen, die ich gar nicht meine. Ich bin ein schrecklicher Mensch.«

»Nein, das bist du nicht«, widersprach ich automatisch. Sie sah mit einem schuldbewussten Blick auf. Ich lächelte sie an und fuhr fort: »Mir war wirklich nicht klar, was du durchgemacht hast. Ich hab es nicht gewusst.«

»Er macht es weniger hart«, fuhr sie fort, und ich sah sie fragend an. »Der Alkohol«, erklärte sie, »der Alkohol macht den Schmerz erträglich. Ich bin nicht so stark wie du. Du kannst einfach alles ausblenden. Schon als kleines Mädchen konntest du das. Du hast nicht mal geweint bei der … bei der Beerdigung.« Ihre Stimme brach, ihre Augen füllten sich mit Tränen, ihre Unterlippe zitterte. »Ich vermisse ihn so.« Jetzt rollten die Tränen über ihre Wangen, und sie schluchzte: »Ich vermisse ihn so, und ich weiß nicht, ob das jemals aufhören wird.« Ihre Schultern sackten nach vorn, sie überließ sich ihrem Schmerz.

Ich stellte mein Eis weg, rutschte näher zu ihr und legte ihr tröstend den Arm um die Schultern. Sie ließ sich gegen mich sinken, und ich hielt sie fest.

Ich konnte nicht weinen, ich wusste selbst nicht, warum. Vielleicht hatte ich genug Leid ertragen und musste es einfach ausblenden – so, wie meine Mutter es gerade beschrieben hatte. Ich tröstete sie, ließ ihre Traurigkeit aber nicht an mich heran. Ich konnte mich nicht erinnern, dass wir je so zusammen gesessen hatten, trotzdem konnte ich in diesem Moment ihre Berührung kaum fühlen. Ich stand neben mir, wie abgespalten, und war alles andere als stark.

Aber ich blieb bei ihr, strich ihr beruhigend über die Haare, tröstete sie mit ermutigenden Worten, versicherte ihr, dass es vollkommen okay war, ihn zu vermissen. Und dass alles gut werden würde.

Irgendwann hob sie den Kopf und wischte sich die Tränen

vom Gesicht. »Danke.« Sie rang sich ein Lächeln ab, aber ihr Gesicht schien zu müde dafür. Mit einem tiefen Atemzug richtete sie sich auf. »In diesem Haus sind Geburtstage echt beschissen, was?«

Ich zog die Augenbrauen hoch. Wie sollte ich darauf reagieren?

»Ich glaube, ich geh jetzt ins Bett«, fuhr meine Mutter fort. »Letzte Nacht hab ich nicht viel geschlafen, ich bin ziemlich erschöpft. Sehen wir uns morgen früh?«

»Natürlich«, antwortete ich und sah, wie sie aufstand und die Treppe zu ihrem Zimmer hinaufging. Dann legte ich mich auf die Couch und zog die Decke über mich, ich konnte noch nicht schlafen.

Ein lautes Klopfen weckte mich, und ich fuhr erschrocken in die Höhe. Alles war still und dunkel. Vielleicht hatte ich es mir nur eingebildet? Doch dann klopfte es wieder, und ich sprang panisch auf. Mein Herz raste.

In meinem Zimmer war es so finster, dass ich nicht einmal die Tür sehen konnte. Ich blinzelte, erkannte aber nichts. Wie gelähmt lag ich im Bett.

Hinter der Tür erklang ein Schrei, panisch, wie der von einem Kind. Die Stimme eines kleinen Mädchens. Ich schlug die Decke zurück, sprang auf und lief über die kalten Dielen in die Dunkelheit hinein.

Ich konnte nicht genau verstehen, was die Stimme sagte, das Klopfen übertönte ihre Worte. »Ich will raus hier!«, glaubte ich zu hören. Sie klang so verzweifelt, ich musste zu ihr!

Mit ausgestreckten Händen tastete ich im Dunkeln nach der Tür. Endlich spürte ich etwas Hartes unter meinen Fingerspitzen. Das Holz bebte, so heftig schlugen die kleinen Fäuste dagegen. Und da hörte ich, was sie schrie. »Raus hier!«

Ich schnappte nach Luft und riss meine Augen auf. Der Fernseher lief, ich lag auf der Couch, mein Herz schlug mir bis zum Hals. In meinem Kopf hallte noch immer die Angst in der Stimme des kleinen Mädchens wider, und ich setzte mich zitternd auf.

Einen Moment lang spähte ich hinüber zur Treppe und überlegte, ins Bett zu gehen, aber ich wusste, ich würde nicht einschlafen können. Also griff ich nach der Fernbedienung und zappte mich durch die Kanäle. Doch das Schreien wollte mir nicht aus dem Kopf gehen, immer wieder sandte es einen kalten Schauer durch meinen Körper. Ich zog die Decke enger um mich.

Schließlich nahm ich mein Handy und wählte, ohne richtig darüber nachzudenken. Ich musste eine andere Stimme hören.

Fast sofort kam die Antwort: »Hi. Kannst du nicht schlafen?«

Ich lächelte, als ich seine Stimme hörte. »Nein. Du auch nicht?«

»Nein. Was schaust du dir gerade an?«, fragte Jonathan.

26
EnttäUs*ch*unG

Und wie geht es Rachel?«

»Ganz gut, glaube ich.« Ich saß auf meinem Bett und fuhr mit den Fingern das Muster der Tagesdecke nach. »Die letzten Wochen hat sie sich ziemlich zurückgezogen und ihre ganze Energie darauf verwendet, mir das Kochen beizubringen – mit sehr zweifelhaftem Erfolg. Und ich hab versucht, ihr Basketball beizubringen, mit noch weniger Erfolg.«

Er lachte. Sobald meine Mutter beim Dribbeln den Kopf hob, verlor sie die Kontrolle über den Ball. Wenn ich nur daran dachte, wie sie ihm dann nachjagte, musste ich grinsen.

»Hört sich so an, als würdet ihr ganz gut miteinander auskommen.«

»Wir versuchen es zumindest«, meinte ich. »Ist nicht immer ganz leicht. Ab und zu gibt es Tränen, aber glücklicherweise kriegen wir es mit einem großen Becher Eis immer wieder hin.« Ich hielt inne und fügte dann hinzu: »Sie vermisst dich.«

»Ich bin mir nicht sicher, ob sie wirklich mich vermisst, oder ob sie es vermisst, überhaupt mit jemandem zusammen zu sein«, entgegnete Jonathan.

»Wie auch immer«, sagte ich. »Ich will nicht mit dir darüber diskutieren. Aber ich bin fest davon überzeugt, dass es ihr um dich geht.«

Er lachte wieder, denn im Grunde hatten wir ja gerade darüber diskutiert.

»Schade, dass ihr das Meisterschaftsspiel nicht gewonnen habt. Aber es war knapp.«

»Japp.« Ich seufzte. Die letzten anderthalb Wochen hatte ich die Schlussminuten unzählige Male Revue passieren lassen.

»Das Foul war eine falsche Entscheidung.«

»Warte. Du warst da?«

»Äh, ja«, gestand er widerwillig. »Ich musste einfach den Schluss sehen.«

»Na ja, jetzt ist auf jeden Fall Schluss, so viel ist sicher. Warum hast du mir denn nicht gesagt, dass du kommst?«

»Ich dachte, es wäre dir womöglich unangenehm, wegen Rachel, du weißt schon.«

»Ja, vielleicht«, räumte ich zögernd ein. »Aber ich hab dich auch eine ganze Weile nicht gesehen.«

»Vielleicht könnten wir daran ja was ändern.«

»Vielleicht.«

»Wir könnten uns doch mal treffen. Einfach irgendwas … unternehmen.«

»Irgendwas – klingt verlockend«, meinte ich ironisch. »Das tu ich oft, und es ist immer ein Riesenspaß.«

»Sehr witzig. Aber im Ernst – ich überlege mir was und dann kommst du einfach mit.«

»Unbedingt«, spottete ich.

»Heute ist also der große Tag«, wechselte er das Thema.

»Mach dich nicht darüber lustig«, warnte ich ihn. »Es ist wirklich ein wichtiger Abend für mich.«

»Nur weil du ihn dazu erklärst, Emma. Was kommt, das kommt.«

»Was für eine großartige Hilfe«, gab ich sarkastisch zurück. »Ich möchte nicht darüber reden, sonst muss ich mich womöglich auf mein Handy übergeben, und ich mag dieses Handy. Ich will es nicht wegwerfen müssen.«

Jonathan lachte wieder. »Gut. Reden wir nicht darüber. Aber lass dich von seinem Vater nicht einschüchtern, egal was passiert.«

»Mach ich nicht.« Ich seufzte, Stuart Mathews war der einschüchterndste Mensch auf dem ganzen Planeten. Eigentlich war es unmöglich, sich *nicht* von ihm einschüchtern zu lassen. Er jagte mir eine Heidenangst ein.

»Erzähl mir später, wie es war. Ich halte die Spannung jetzt schon kaum aus«, neckte er mich.

»Ha, ha«, höhnte ich. »Ich muss Schluss machen. Wundere dich nicht, wenn ich dich heute Nacht um drei anrufe, weil ich geträumt habe, dass mich ein Riese mit seinem Anzugschuh zertreten hat. Ich würde dir gern eine Marke nennen, aber ich habe keinen blassen Schimmer, was Männer so tragen.«

»Wie gesagt, ich bin gespannt«, kicherte Jonathan. »Bye, Emma.«

Ich sah, wie der Button *Anruf beendet* auf dem Display erschien, und versuchte, mich innerlich für das Essen mit Evan und seinen Eltern zu wappnen. Ich hätte mich besser gefühlt, wenn Jared dabei gewesen wäre – er schien selbst in den angespanntesten Situationen immer genau zu wissen, was er sagen musste, um die Stimmung aufzulockern. Aber mitten in der Woche konnte er nicht einfach so aus Cornell weg.

»Was ziehst du an?« Meine Mutter erschien im Türrahmen. Überrascht blickte ich auf und fragte mich, wie lange sie wohl schon da gestanden hatte.

»Äh, ich dachte an die graue Hose und die weiße Bluse«, antwortete ich und zeigte auf die beiden Kleidungsstücke, die bereits an meinem Schrank hingen. Die Hose wirkte seriös, als hätte ich ein Vorstellungsgespräch bei einer Anwaltskanzlei. Aber die kurzärmelige Bluse mit den verspielten Puffärmeln lockerte das Outfit wieder etwas auf.

»Eine Hose?«, hakte meine Mutter nach.

»Ich werde vor Nervosität schwitzen wie verrückt. Weißt du, wie unangenehm es ist, in den Kniekehlen zu schwitzen, wenn man einen Rock anhat? Genaugenommen ist das ekelhaft.«

Meine Mutter lachte. »Ach, sei doch nicht so nervös. Ich bin sicher, dass alles gutgeht.«

»Du kennst Evans Vater nicht«, seufzte ich.

»Na ja, schlimmer als deine Großmutter kann er nicht sein«, meinte meine Mutter und rollte mit den Augen. Ich stutzte und sah sie an. Ich hatte eine Großmutter? Carol und George hatten sie nie erwähnt, genauso wenig wie meine Mutter bis zu dieser Sekunde. Ich hatte immer geglaubt, meine Großeltern wären schon vor meiner Geburt gestorben. Vielleicht hatte sie aber auch in der Vergangenheit von ihr gesprochen.

Ihr fiel mein verdutztes Gesicht nicht auf – oder sie ignorierte es absichtlich.

»Willst du noch duschen? Es ist schon spät.«

»Stimmt!«, rief ich, sprang vom Bett und ließ mein Handy, das ich noch in der Hand hielt, auf die Tagesdecke fallen. Dann griff ich mir alles, was ich im Bad brauchte, und ging an meiner Mutter vorbei den Korridor hinunter.

Nachdem ich mir weiche Locken in die Haare gedreht und mein seriöses, aber nicht zu ernstes Outfit angezogen hatte, war ich fertig. Zumindest sah ich so aus. Sara wäre stolz auf mich gewesen.

Mein Handy piepte. Ich drehte mich zum Bett um, aber da lag es nicht mehr. Suchend schaute ich mich um und entdeckte es auf der Kommode. Etwas verwundert nahm ich es in die Hand und sah: *Schon unterwegs?*

Fahre gerade los, schrieb ich zurück und rannte die Treppe hinunter.

»Viel Glück!«, rief meine Mutter von oben. Sie trug einen kurzen Rock und ein knappes Top.

»Gehst du aus?«, fragte ich.

»Ich hätte schon längst wieder damit anfangen sollen«, antwortete sie. »Gibt ja keinen Grund, an einem Donnerstagabend zu Hause zu bleiben.« Ihre Stimme klang seltsam angespannt. »Außerdem ist heute der 1. April. Was kann da schon schiefgehen?«

Alles, dachte ich, sagte aber nur: »Na, dann viel Spaß!« Sie drehte sich um und verschwand wieder in ihrem Zimmer. Vor der Flurgarderobe blieb ich kurz stehen und fragte mich, ob ich mir Sorgen darüber machen musste, dass sie ausging. Aber dann holte ich tief Luft und beschloss, mich erst einmal auf meinen nervenaufreibenden Abend zu konzentrieren. Ich griff nach meinem Mantel und verließ das Haus.

Als ich bei den Mathews ankam, trat Vivian sofort auf die Veranda. Sie trug einen langen weißen Mantel und hielt eine kleine schwarze Handtasche in der Hand.

»Perfektes Timing, Emily«, rief sie und kramte einen Schlüssel aus der Tasche. »Evan, wir sind so weit.«

Nun erschien auch Evan, höchst elegant, in einem Mantel, unter dem sich vermutlich ein Anzug verbarg. Als ich seine glänzenden Anzugschuhe sah, musste ich grinsen, denn mir fiel plötzlich mein angekündigter Traum wieder ein.

Mit den Mathews essen zu gehen, machte mich immer nervös – ich hatte Angst, das Falsche zu sagen oder Evan zu blamieren mit meinen mangelhaften sozialen Fähigkeiten. Aber heute war ich ein reines Nervenbündel und überzeugt davon, keinen Bissen hinunterzubekommen.

»Evan, wärst du so nett, zu fahren?«, fragte Vivian und drückte ihm den Schlüssel ihres BMW in die Hand.

»Na klar«, sagte Evan, doch ehe er zum Auto ging, kam er zu mir und nahm mich in den Arm. »Du siehst hinreißend aus. Ein bisschen blass, aber hinreißend. Du kannst dich ruhig entspannen.«

»Noch nicht«, murmelte ich, das Gesicht an seinen Mantel gedrückt. Er küsste mich auf den Kopf und öffnete dann die Autotür für mich.

»So ein aufregender Abend«, sagte Vivian, als wir losfuhren. »Ich hoffe, wir müssen nicht zu lange auf deinen Vater warten.«

»Es spielt keine Rolle, ob er da ist«, erwiderte Evan. »Die Entscheidung wird ihm sowieso nur dann gefallen, wenn ich nach Yale gehe.«

»Evan«, meinte Vivian tadelnd. »Jetzt sei doch nicht so. Er möchte bloß das Beste für dich, irgendwann wird er deine Entscheidung schon akzeptieren. Er braucht nur noch ein bisschen Zeit.«

»Ja, noch vier Jahre ungefähr«, murmelte Evan, laut genug, dass wir es hören konnten.

»Warte. Weißt du denn schon, wo du studieren wirst?«

»Ich weiß jedenfalls, wo ich studieren will«, erwiderte Evan. »Ich muss nur noch von meiner Mutter hören, ob ich dort angenommen worden bin oder nicht. Sie kann Geheimnisse echt gut für sich behalten, sogar meinem Vater gegenüber.«

»Na ja, wenn er schon wüsste, wo du hingehst, wäre der heutige Abend ja längst nicht so spannend«, sagte Vivian lächelnd. »Ich bin aus gutem Grund die Einzige, die Bescheid weiß.«

Aber ich verstand ihre Taktik noch immer nicht. Warum enthielt sie ihrem Sohn die Uni-Bescheide vor? Was für einen Sinn hatte es, ihn auf die Folter zu spannen? Am liebsten hätte ich sie angeschrien, sie solle die Briefe endlich rausrücken. Aber natürlich tat ich das nicht, sondern kauerte still auf dem Rücksitz. Ich konnte kaum atmen.

Im Restaurant wurden wir zu einem Ecktisch geführt, an dem wir einigermaßen ungestört waren. Evan half mir aus dem Mantel und legte erst dann seinen eigenen ab. Als ich sah, was er darunter trug, fing ich an zu strahlen.

Unter seinem geöffneten Jackett prangte das Stanford-T-Shirt, das ich ihm zu Weihnachten geschenkt hatte.

»Ich wollte meine Wahl unmissverständlich klarmachen«, erklärte Evan mit einem Grinsen.

»Sehr clever«, stellte Vivian bewundernd fest, und ihre Augen leuchteten. »Ich bin mir zwar nicht ganz sicher, ob dein Vater diesen Kleidungsstil zu schätzen weiß, aber ich finde ihn großartig.«

»Ich auch«, stimmte ich ihr zu und fühlte mich ein bisschen zuversichtlicher – fast so, als würde Evan mit diesem T-Shirt bereits nach Stanford gehören.

Vivian bestand darauf, dass wir bestellten, obwohl Stuart noch nicht da war. Ich wählte das Gericht, das sie mir empfahl – allzu viel davon würde ich ohnehin nicht essen, denn ich wurde einfach das Gefühl nicht los, dass Evans Vater das letzte Wort bei der Collegewahl haben würde, ganz gleich, wohin Evan auch wollte, oder welches College ihn sonst noch angenommen hatte. Schließlich war es Stuarts Geld, mit dem Evan sein Studium finanzierte.

Und dann warteten wir.

Vivian hielt das Gespräch am Laufen, aber sie konnte nicht verhindern, dass Evan alle paar Minuten auf die Uhr schaute. Ich saß still dabei, hörte zu und nickte nur gelegentlich – Evan schien von Minute zu Minute verkrampfter. Als die Vorspeise abgeräumt wurde, von der mehr als die Hälfte wieder zurückging, war jeder Muskel seines Körpers angespannt – so angestrengt versuchte er, ruhig zu bleiben.

Schließlich entschuldigte sich Vivian, stand auf und ging mit ihrem Handy nach draußen.

»Er kommt nicht«, meinte Evan sachlich zu mir. »Er will mir deutlich klarmachen, dass er meine Entscheidung nicht billigt und sie auch nicht unterstützt.«

Ich hätte gern etwas Aufmunterndes gesagt, blieb aber stumm. Sein Vater hatte ihn an einem der wichtigsten Tage seines Lebens im Stich gelassen. Was gab es dazu schon zu sagen? Also hielt ich einfach seine Hand und zeigte ihm so, dass ich für ihn da war.

Schon nach kurzer Zeit kam Vivian zurück. »Tja, sieht ganz so aus, als würde dein Vater es nicht schaffen«, erklärte sie mit einem gezwungenen Lächeln. »Es tut mir leid. Jetzt gibt es keinen Grund mehr, euch länger auf die Folter zu spannen. Evan, du hast Stanford gewählt, und Stanford hat dich gewählt. Herzlichen Glückwunsch.« Sie gab sich alle Mühe, erfreut zu klingen, aber Stuarts demonstrative Abwesenheit hatte den Abend vergiftet.

»Danke«, sagte Evan, machte aber immer noch ein Gesicht, als hätte er einen schlechten Geschmack im Mund. Ich sah ihn besorgt an und spürte, wie er meine Hand noch fester umklammerte.

Auch ich rang mir ein Lächeln ab und suchte Rückhalt in Vivians Blick, fand dort aber nur Kummer. Evans Entscheidung für Stanford hatte die Familie gespalten, und das war wahrhaftig kein Grund zum Feiern.

Ernüchtert und verwirrt kehrte ich nach Hause zurück. Das, was ich mir mehr als alles andere wünschte, erschien mir auf einmal nur noch egoistisch und falsch. Und ich hatte keine Ahnung, wie ich das ändern konnte.

Das Haus war dunkel. Ich schaltete das Licht in der Diele an und suchte nach Anzeichen, dass meine Mutter schon zurückgekommen war. Aber ihr Auto stand nicht in der Auffahrt. Und ihre Jacke hing nicht an der Garderobe.

Ich warf einen Blick auf die Uhr und kam zu dem Schluss, dass ich mir keine Sorgen zu machen brauchte – noch nicht. Langsam ging ich nach oben, zog mich aus und putzte mir die Zähne, dann ging ich wieder ins Wohnzimmer und machte es mir auf der Couch gemütlich, um auf sie zu warten.

Blinzelnd öffnete ich die Augen und hob lauschend den Kopf vom Kissen. Angestrengt versuchte ich, die Zeit auf der Anzeige des Receivers zu erkennen – es war kurz nach drei. Sofort schlug ich die Decke zurück und ging zum Fenster, aber noch immer stand nur mein eigenes Auto in der Auffahrt. So schnell ich konnte, rannte ich die Treppe hinauf und riss die Zimmertür meiner Mutter auf. Die Laken waren zerknittert von ihrem halbherzigen Versuch, das Bett zu machen. Sie war nicht da.

Ich gab mir Mühe, nicht in Panik zu geraten, musste aber dauernd an die Nacht denken, in der Jonathan und ich sie aus der Bar hatten holen müssen. Was, wenn ihr etwas zugstoßen war? Was, wenn sie versucht hatte, betrunken heimzufahren? Bei jedem schrecklichen Gedanken hämmerte mein Herz heftiger.

Nervös wanderte ich in der Diele auf und ab. Was sollte ich bloß tun? Schließlich griff ich nach meinem Handy.

»War es der Schuh?«, fragte Jonathan am anderen Ende anstelle einer Begrüßung.

»Sie ist nicht zu Hause«, platzte ich heraus. »Es ist nach drei Uhr, und sie ist immer noch nicht zu Hause. Was, wenn ihr etwas passiert ist? Was, wenn …«

»Emma!«, unterbrach Jonathan mich mit lauter Stimme. »Wovon redest du?«

»Von meiner Mutter«, erklärte ich panisch. »Sie ist immer noch nicht zu Hause, und ich weiß nicht, was ich tun soll.«

»Hast du versucht, sie anzurufen?«

Eine naheliegende Frage. Ich schloss die Augen und schüttelte verlegen den Kopf. »Nein.«

»Ruf sie an und melde dich dann noch mal, okay?«

»Okay.« Ich legte auf und wählte sofort die Nummer meiner Mutter. Warum hatte ich daran nicht gleich gedacht? Vermutlich hatte die Horrorvision, sie könnte in einem Graben liegen und verbluten, jeden klaren Gedanken verdrängt.

Das Telefon klingelte ein paarmal, dann meldete sich eine Frauenstimme. »Hallo?«

»Hi, hier ist Emily«, antwortete ich zögernd, denn ich erkannte die Stimme nicht. »Ich suche Rachel.«

»Oh«, antwortete die Frau heiser, offensichtlich hatte ich sie geweckt. »Sie ist hier. Aber sie schläft tief und fest.«

»Äh – wo ist denn hier?«, stammelte ich.

»Ich bin's, Sharon.«

»Sorry«, brachte ich mühsam heraus.

»Möchtest du mit ihr sprechen?«

»Nein, ich seh sie dann morgen früh.« Damit legte ich auf und ließ mich wieder auf die Couch fallen. Ich wollte erleichtert sein, und das war ich auch … zum größten Teil jedenfalls.

Dann rief ich Jonathan zurück. »Sie ist bei Sharon. Sorry, dass ich so ausgeflippt bin, ich hätte sie zuerst anrufen sollen. Aber ich konnte nicht richtig denken.«

»Macht nichts«, beteuerte er. »Kommst du klar? Soll ich rüberkommen? Oder kann ich dir sonst irgendwie helfen?«

Ich hielt inne. Das Angebot kam unerwartet. »Äh, nein danke. Ich geh einfach ins Bett, schließlich ist morgen Schule.«

Ich ging tatsächlich ins Bett. Aber schlafen konnte ich nicht.

27
vErschwomMen

Hast du an deinen Badeanzug gedacht?«

»Hm?« Ich wandte mich zu Sara um, die mit der Schulter an ihrem Spind lehnte und auf meine Antwort wartete. Schon wieder hatte sie mich dabei erwischt, wie ich ins Leere starrte, an meine Mutter dachte und mich fragte, warum ich sie auch heute Morgen nicht gesehen hatte. Ich war fest davon ausgegangen, dass sie heimkommen und sich für die Arbeit fertig machen würde. Aber vielleicht hatte sie sich von Sharon etwas zum Anziehen geliehen. In dem Fall war die Auswahl allerdings bestimmt begrenzt gewesen.

»Du hast doch deine Badesachen dabei, oder?«, wiederholte Sara mit gerunzelter Stirn. »Für Jills Party heute Abend.«

»Ja, hab ich«, antwortete ich. »Bleiben wir über Nacht bei ihr oder schlafen wir bei dir?«

»Das ist noch nicht klar«, antwortete sie. Wir gingen nebeneinander her, bis wir uns trennen mussten. »Wir sehen uns dann beim Lunch.« Ich nickte und machte mich auf den Weg zur Treppe.

Den ganzen Tag fühlte ich mich wie eine Schlafwandlerin. Stimmen murmelten unzusammenhängendes Zeug, im Unterricht machte ich mir Notizen, obwohl ich eigentlich nicht verstand, worüber die Lehrer redeten. Alles schwirrte nur so an mir vorbei, bloß ich selbst bewegte mich wie in Zeitlupe.

Ich erwartete, dass Sara und Evan deswegen etwas sagen würden, aber nichts dergleichen geschah. Vielleicht überraschten sie mein glasiger Blick und meine Schweigsamkeit auch gar nicht mehr. Sie machten sich sowieso fast immer Sorgen um mich, also war der heutige Tag nichts Besonderes. Aber er fühlte sich … irgendwie verkehrt an.

Ich konnte es nicht genau erklären, aber irgendetwas stimmte nicht. Sicher, ich war hundemüde, weil ich in der Nacht kaum geschlafen hatte, doch es war mehr als das. Ich hatte ein ungutes Gefühl, als hätte ich vergessen, das Bügeleisen abzuschalten – nur noch viel schlimmer.

Nach der Schule fuhr ich zum Fußballplatz. Der Rest der Mannschaft war noch nicht da, denn das Training begann erst in einer Dreiviertelstunde. Normalerweise machte ich meine Hausaufgaben in der Schule und zog mich dort um, aber heute war ich direkt hergekommen. Müde lehnte ich mich in meinem Sitz zurück und schaute zu den Wolken hinauf. Ich würde mich umziehen, sobald die anderen Mädels eintrafen.

Je länger ich die Wolken anstarrte, desto schwerer wurden meine Lider. Schließlich schloss ich die Augen, ich würde schon aufwachen, wenn die Autos der anderen neben mir hielten.

»Hast du deine Fußballschuhe?«

»Japp«, antwortete ich und hielt sie an den Schnürsenkeln in die Höhe.

»Hast du deine Schienbeinschoner?«

»Japp.« Ich klemmte sie unter meinen Arm.

»Hast du deinen Coach?«

»Daaad«, rief ich lachend. »Sei doch nicht so albern.«

»Ich will nur sichergehen, dass du alles hast, was du brauchst«, meinte er grinsend. »Schließlich muss ich mich doch um meinen Fußballstar kümmern.« Er hob mich hoch in die Luft und kitzelte mich am Bauch, bis ich zappelte und vor Lachen kreischte. Zum Schluss drückte er mich an sich und küsste mich auf die Wange.

»Wir werden gewinnen«, sagte ich, stolz und zuversichtlich.

»Wir werden Spaß haben«, verbesserte er mich und zerzauste mir die Haare, während er mich zum Auto schleppte.

Auf dem Fußballplatz rannte ich sofort zu meinen Freundinnen. Mein Dad holte die Fußbälle aus dem Kofferraum.

Doch als ich näher kam, erstarb das Lachen der anderen Kinder, und der Wind frischte auf. Ich kniff die Augen gegen die grelle Sonne zusammen und schaute mich um. Alle waren verschwunden.

»Dad?«, rief ich. Wo war er geblieben? Meine Haare wehten mir ins Gesicht, ungeschickt strich ich sie mir aus den Augen.

»Dad!«, schrie ich laut und bekam immer größere Angst. Ich drehte mich im Kreis, schaute in alle Richtungen, aber ich war ganz allein. »Dad!«, schrie ich verzweifelt.

»Emma!« Ich riss die Augen auf und fuhr in die Höhe. Mit einem überraschten Blinzeln stellte ich fest, dass die Sonne schon hinter den Bäumen unterging. Jemand klopfte an mein Fenster.

»Emma, warst du die ganze Zeit im Auto?«, fragte Casey von draußen. Sie war verschwitzt, ihr Gesicht gerötet. Ich riss die Autotür auf, schwang die Beine hinaus und versuchte, wieder Luft zu bekommen. »Du hast das Training verpasst.«

»Wirklich?« Kopfschüttelnd versuchte ich, mich aus meinem Traum zu befreien. »Unglaublich.«

»Hoffentlich lässt der Coach dich am Sonntag überhaupt spielen.«

»Ist er noch da?«, fragte ich und ließ die Augen suchend über den fast leeren Parkplatz schweifen.

»Nein«, antwortete Casey. »Ich wollte auch gerade los, da hab ich dein Auto gesehen. Alles klar bei dir? Bist du krank oder so?«

»Nein.« Ich schüttelte wieder den Kopf. »Ich war schon ganz früh hier, und dann bin ich wohl eingenickt. Ich kann immer noch nicht fassen, dass ich so lange geschlafen habe. Wow.«

»Kommst du heute Abend zu Jill?«

»Ja. Ich muss los, zu Sara. Wir sehen uns dann dort.«

»Okay«, meinte sie mit einem unsicheren Lächeln. »Aber morgen kommst du wieder zum Training, oder?«

»Na klar«, versprach ich und hoffte, dass ich mir nicht meine Startposition für Sonntag verspielt hatte.

Das Team gehörte zu einer herumreisenden Frühlings-Liga und war deshalb nicht an einen bestimmten Schulbezirk gebunden. Deshalb gab es strenge Trainingsregeln, vor allem, weil wir nur zwei Tage pro Woche trainierten. Der Coach wollte sichergehen, dass alle Spielerinnen die Sache ernst nahmen, und scheute nicht davor zurück, nachlässige Teammitglieder zu ersetzen. Ich brauchte die Spiele dieser Liga, um für Stanford in Form zu kommen, und wollte meinen Stammplatz nicht wegen eines Mittagsschlafs in meinem Auto riskieren.

Sara war mit Anna in der Küche, als ich ankam. Die beiden lachten, Sara knabberte an einem Stück Paprika, das sie von dem Brett geklaut hatte, auf dem Anna Zutaten für einen Salat schnippelte. Ich kam mir vor wie ein Eindringling, plötzlich wurde mir bewusst, dass ich ganz vergessen hatte anzuklopfen. Jetzt, da ich nicht mehr hier wohnte, wäre es vielleicht eine gute Idee gewesen.

»Emma!«, rief Sara, als sie mich entdeckte. »Perfektes Timing. Du kannst meine Mutter bestimmt davon überzeugen, dass sie sich irrt: Du glaubst doch auch nicht, dass Kyle seine ganzen College-Freunde zu der Party heute Abend mitbringt, oder?«

»Äh«, begann ich und brauchte einen Moment, um zu kapieren, worum es ging. »Nein, so ist Kyle nicht drauf«, bestätigte ich dann.

»Er hängt also einfach gern mit Leuten aus der Highschool rum, obwohl er selbst schon letztes Jahr seinen Abschluss gemacht hat«, erwiderte Anna und grinste. »Ich bin mir ziemlich sicher, dass er ein paar Freunde aus Syracuse mitbringt.«

Ich schüttelte den Kopf, als mir plötzlich einfiel, wer zu diesen Freunden gehörte. »Hoffentlich nicht«, seufzte ich.

Sara lachte, denn sie begriff, was mir durch den Kopf ging. »Womöglich kommt dann nämlich auch Drew«, erklärte sie ihrer Mutter. »Das wäre echt blöd. Ich muss Jill anrufen.« Ehe ich etwas sagen konnte, verschwand sie nach oben, obwohl ihr Handy griffbereit in ihrer Hosentasche steckte.

»Schön, dich zu sehen, Emma«, sagte Anna, die inzwischen den Salat in der Schüssel mischte. »Du warst schon eine ganze Weile nicht mehr hier. Wie läuft es denn so mit deiner Mutter? Ich hab mich neulich mit ihr zum Lunch getroffen, da hatte ich den Eindruck, sie ist sehr glücklich.«

»Wirklich?« Ich gab mir Mühe, nicht allzu überrascht zu klingen. »Ja, es läuft echt ... gut.«

»Freut mich. Sie und ich, wir unterhalten uns ja gelegentlich, deshalb weiß ich auch, wie viel du zu tun hast. Aber ich finde es schade, dass du nicht mehr so oft hier bist – ich vermisse dich.«

Ehe ich reagieren konnte, ging die Haustür auf, und Carl rief ein lautes »Hallo!« in die Küche.

»Hi Dad«, antwortete Sara, die gerade die Treppe herunterkam und zusammen mit ihm in die Küche trat.

»Emma, freut mich, dass du hier bist«, begrüßte er mich und stellte seine Aktentasche ab. »Wie geht es dir denn so?«

»Großartig«, antwortete ich mechanisch.

»Ich hab heute mit deinem Stanford-Coach gesprochen und weiß jetzt auch, wo du wohnen wirst. Ich denke, wir sollten bald einen Flug für dich buchen.«

»O ja, sicher«, antwortete ich. Auf einmal wurde mir klar, dass meine Abschlussprüfungen schon in zwei Monaten waren. »Ich übernachte heute hier, vielleicht können wir uns morgen darum kümmern.«

»Gute Idee«, stimmte er zu. »Ich zieh mich vor dem Essen noch schnell um«, verkündete er und küsste Anna auf die Wange. »Kann ich irgendetwas helfen?«

»Nein, das Essen ist fertig, sobald du runterkommst.«

Als Carl außer Hörweite war, sagte Sara: »Jill hat gesagt, dass Kyle tatsächlich ein paar Freunde mitbringt, sie wusste nur nicht, wen. Aber es wird keine verrückte Collegeparty, keine Angst, Mom.«

»Ich möchte ja nur, dass ihr keine Dummheiten macht«, meinte Anna. »Ruft mich an, wenn ich euch abholen soll, ja?«

Sara lächelte, und ihre Augen blitzten. »Selbstverständlich.« Ich wusste, was sie dachte – diese Party war wie jede andere, einschließlich der, die Sara hier gegeben hatte und von der ihre Eltern noch immer keinen blassen Schimmer hatten.

Wie versprochen trafen wir schon früh bei Jill ein. Sie brauchte unsere Unterstützung bei ihrem Outfit – besser gesagt Saras Unterstützung. Casey war auch schon da, und zwar in Begleitung von … Analise.

Ich bemühte mich zwar weiterzulächeln, aber als Sara mich mit dem Ellbogen anstieß, wusste ich, dass es mir nicht gelungen war. »Ich hab total vergessen, dass sie auch kommt«, flüsterte sie neben mir. »Wahrscheinlich sollte ich nicht zu viel trinken, sonst werde ich zu ehrlich.«

Grinsend malte ich mir aus, was sie in dem Fall wohl zu Analise sagen würde.

»Wenn sie heute Abend allerdings auch nur ein einziges Mal von Evan spricht, kann ich mich möglicherweise nicht zurückhalten, egal, wie nüchtern ich bin.«

»Sara!« Ich lachte. »Er hat mit ihr geredet, und in letzter Zeit ist es wirklich besser geworden.«

»Kann schon sein«, gab sie seufzend zu. »Wann kommt Evan überhaupt? Und mit wem?«

Ich griff nach meinem Handy, um nachzusehen, ob er mir eine SMS geschickt hatte. Aber da waren nur ein verpasster Anruf von einer unbekannten Nummer und eine Nachricht auf der Mailbox. Mir wurde flau im Magen. »Das weiß ich nicht mehr«, gestand ich geistesabwesend.

»Heute bist du noch mehr neben der Spur als sonst«, bemerkte Sara.

»Ich weiß«, gab ich seufzend zu. Ich wollte mich gerade auf die Toilette verziehen, um die Nachricht abzuhören, als ein Schrei uns unterbrach.

Sara und ich rannten in das Zimmer, aus dem der Schrei gekommen war. Lautes Schimpfen folgte: »Du Blödmann!«, kreischte Jill. »Ich fass es nicht – wie kannst du bloß deinen Drink auf Dads Ledercouch verschütten? Die Party hat noch nicht mal angefangen, und du veranstaltest schon so eine Sauerei. Mach, dass du hier wegkommst! Verschwinde!«

Ein Junge mit knallrotem Gesicht und dunklen Locken versuchte verzweifelt, die Pfütze mit einem Blatt Papier aus dem Drucker wegzuwischen, verteilte sie damit jedoch nur auf der Couch.

»Pfoten weg«, schimpfte Jill, »du machst es bloß schlimmer. Ich bin sowieso schon angepisst, dass du unbedingt hier sein musst.«

Casey drängte sich mit einer Rolle Küchentücher an uns vorbei.

»Bin ich froh, ein Einzelkind zu sein«, meinte Sara und konnte sich das Lachen kaum verkneifen.

Erst jetzt wurde mir klar, dass ich den Jungen von dem Familienbild kannte, das im Esszimmer an der Wand hing – es war Jills kleiner Bruder.

»Wie alt ist er denn?«, fragte ich Sara. Wir ließen das Drama hinter uns und gingen zur Küche.

»Neunte Klasse«, erklärte sie. »Er hat damit gedroht, Jills Eltern von der Party zu erzählen, wenn er und seine Freunde nicht dabei sein dürfen. Jill war so sauer. Erinnerst du dich nicht, dass sie uns beim Lunch davon erzählt hat?«

»Äh, nein. Schon wieder ein Blackout. Sorry.«

Sara sah mich prüfend an. Mit Sicherheit hätte sie mich gern gefragt, ob mit mir alles in Ordnung war, aber sie wusste, welche Antwort sie darauf bekommen würde.

Ich schaute auf die Uhr und fragte mich, was meine Mutter heute Abend wohl vorhatte. Ich hatte ihr zwar eine SMS geschrieben, dass ich bei Sara übernachten würde, aber sie hatte mir nicht geantwortet. Irgendetwas stimmte nicht, dieses ungute Gefühl wurde ich immer noch nicht los.

»Bin gleich wieder da«, sagte ich zu Sara. »Ich geh schnell zur Toilette, solange das noch möglich ist.« Sie nickte, und ich verschwand in das geblümte Badezimmer.

Gleich nachdem ich die Tür verriegelt hatte, hörte ich die Nachricht ab, und spitzte überrascht die Ohren. »Hallo Emily, hier ist Vivian. Ich hab gehofft, wir könnten vielleicht am Sonntagvormittag um elf zusammen brunchen gehen. Ich möchte dich nämlich gern mit jemandem bekannt machen. Bitte ruf mich doch auf dieser Nummer zurück, ich freue mich, von dir zu hören.«

Damit hatte ich nun überhaupt nicht gerechnet.

Innerhalb einer Stunde füllte sich das Haus mit Elft- und Zwölftklässlern und den handverlesenen Neuntklässlern, die mit Jills Bruder befreundet waren. Evan erschien mit ein paar Jungs vom Baseballteam. Als ich ihre Gesichter erkannte, erinnerte ich mich vage, dass er mir gesagt hatte, er würde sie mitbringen.

Als ich ihn durch die Menge auf mich zukommen sah, wurde mir gleich viel leichter ums Herz. Wegen seiner Größe war er unter den anderen leicht auszumachen, wir wiederum waren dank Saras roter Haarmähne im Gedränge ebenfalls kaum zu übersehen.

»Hi«, sagte ich und strahlte ihn an. Er küsste mich.

»Wie ist die Party bisher?«, fragte er und legte die Hand auf meinen Rücken.

»Ziemlich gut eigentlich«, kam Sara mir zuvor, ehe ich bloß die Achseln zucken konnte. »Hast du Badesachen dabei? Jills Eltern haben einen riesigen Whirlpool auf der Terrasse, und den dürfen ein paar Auserwählte nachher benutzen.«

»Nein, ich hab nichts mitgebracht«, erwiderte Evan. »Aber vielleicht finde ich im Auto ein Paar Shorts.«

»Super«, flötete eine aufgekratzte Stimme neben uns – ich hatte Analise gar nicht bemerkt. Wie lange stand sie da wohl schon?

Sara drückte vielsagend meinen Arm. Allmählich bekam ich das Gefühl, dass Sara sich mehr über Analise aufregte als ich – falls das überhaupt möglich war.

»Hat Jill dir etwa auch davon erzählt?«, fragte sie Analise jetzt, ohne einen Hehl aus ihrer Missbilligung zu machen.

»Ja«, antwortete Analise unbeeindruckt. »Sie sagt, da passen ungefähr zwanzig Leute rein. Vermutlich geben Jills Eltern da drin dauernd irgendwelche Partys.«

»Das hab ich auch gehört.« Sara nickte. Dann murmelte sie: »Hoffen wir, dass sie ordentlich Chlor reingefüllt haben.«

Ich sah sie verwirrt an, aber Evan lachte leise und sagte: »Das war ganz schön krass, Sara.«

Jetzt begriff auch ich, was sie gemeint hatte, und verzog angeekelt das Gesicht. Sara verdrehte die Augen, weil ich so langsam geschaltet hatte.

»Mach bloß keinen Rückzieher«, meinte Sara drohend an mich gewandt. »Wenn ich reingehe, gehst du auch rein.«

»Großartig«, stöhnte ich, völlig entsetzt von der Vorstellung, was in diesem Whirlpool wohl alles schon vorgefallen war.

In diesem Moment tauchte Kyle mit einem kleinen Bierfass und ein paar Jungs aus dem College auf. Ich trat einige Schritte zurück, um den Leuten Platz zu machen, die sich auf das Freibier stürzten, und konnte deshalb nicht erkennen, wen Kyle mitgebracht hatte. Sollte tatsächlich Drew hier sein, würde ich es früh genug erfahren.

Ich gab mir wirklich Mühe, mich einigermaßen zu amüsieren, schaute aber dauernd auf meinem Handy nach, ob meine Mutter angerufen oder eine SMS geschickt hatte. Ich hätte sie gern gefragt, wo sie war und wie es ihr ging, fürchtete aber, sie könnte sich von mir kontrolliert fühlen. Was genaugenommen ja auch stimmte.

»Komm, wir holen unsere Badeklamotten«, schlug Sara vor, nachdem Jill ihr Glas mit irgendeiner roten Eigenkreation aufgefüllt hatte.

»Wo ist Evan?«, fragte sie auf dem Weg zu Jills Zimmer.

»Keine Ahnung«, antwortete ich. »Er wollte sich was zu trinken holen und seine Shorts suchen, glaube ich. Er wird uns schon finden.«

Sara klopfte. »Wer ist da?«, erklang Jills Stimme von drinnen.

»Mach auf, Jill, wir sind's, Sara und Emma.«

Vorsichtig wurde die Tür geöffnet, ein Augenpaar lugte durch den Spalt. Genervt schob Sara die Tür auf, so energisch, dass das Mädchen dahinter ein paar Schritte zurückstolperte. Im Zimmer waren mehrere Mädchen, die gerade ihre Badeanzüge anzogen oder vor dem Spiegel ihr Äußeres überprüften. Sara begann sich umzuziehen, ohne im Geringsten darauf zu achten, ob ihr jemand dabei zuschaute. Ich stellte mich in die Schlange vor dem Badezimmer, denn ich zog mich nicht gern vor jemandem aus – auch nicht nach all den Jahren in diversen Sportteams mit Mädchen, die überhaupt keine Scheu davor hatten. Früher hatte ich es vermieden, damit niemand meine blauen Flecke sah; vielleicht war es mir inzwischen einfach zur Gewohnheit geworden.

Ehe ich das Bad verließ, untersuchte ich noch ein letztes Mal meinen Rücken. Ich wollte ganz sichergehen, dass keine Striemen mehr zu sehen waren. Dort, wo der Gürtel tief ins Fleisch geschnitten und Narben hinterlassen hatte, waren noch ein paar blasse Streifen sichtbar – obwohl seither ein ganzes Jahr verstrichen war. Ich beruhigte mich damit, dass es im Pool garantiert zu dunkel sein würde, um etwas zu erkennen – außerdem würde ich dann im Wasser sein.

In einem weißen Bikini mit orangefarbenen Punkten und in einer Shorts trat ich wieder hinaus ins Zimmer. Meine Haare hatte ich hochgesteckt, über dem Arm trug ich ein Handtuch.

Eigentlich hätte ich Sara gern gefragt, ob die blassen Narben wirklich nicht mehr auffielen, aber ich wollte keine Aufmerksamkeit darauf lenken. Deshalb zog ich mir lieber noch ein Tanktop über, bis wir im Dunkeln waren. Dann folgte ich den anderen durch eine Schiebetür hinaus auf eine stille Terrasse hinter dem Haus. Aus dem Whirlpool stiegen dicke Dampfschwaden in die kühle Aprilnacht. Es hatte den größten Teil des Tages geregnet, und das Holz unter meinen Füßen fühlte sich feucht und kalt an. Im Gegensatz zu den meisten anderen Mädchen hatte ich nichts getrunken und war deshalb viel kälteempfindlicher.

Vier oder fünf Leute saßen bereits im Whirlpool, unter anderem Evan – und Analise. Es widerte mich immer mehr an, wie berechenbar sie war. Und schlimmer noch – zu ihrer anderen Seite saß Drew. Abrupt blieb ich stehen. Eins der kichernden Mädchen hinter mir bremste nicht rechtzeitig und rammte mich.

»Sorry«, sagte sie und drängte sich an mir vorbei.

»Ach du Scheiße«, stöhnte Sara leise neben mir. »Wo ist der denn hergekommen?«

Evan entdeckte mich und lächelte mir zu. Als er meine betroffene Miene sah, zuckte er nur lässig die Achseln. Wenn er mit der Situation zurechtkam, obwohl er letztes Jahr mit Drew heftig aneinandergeraten war, dann schaffte ich das auch. Oder vielleicht doch nicht? Der Druck in meinem Magen signalisierte mir jedenfalls etwas anderes, und wenn ich ehrlich war, konnte ich mir kaum eine unangenehmere Situation vorstellen.

Doch ich schälte mich tapfer aus Shorts und Top und stieg in den Pool. Im Handumdrehen vertrieb das warme Wasser meine Gänsehaut, die ich auf dem Weg über die kalte Terrasse bekommen hatte.

Ich watete zu Evan, ließ mich neben ihm ganz ins Wasser gleiten, und er legte den Arm um meine Schulter. Das Wasser schäumte und blubberte, die Wärme entspannte mich.

»Ich mag deinen Bikini«, flüsterte Evan dicht an meinem Ohr. Ich grinste.

»Stimmt ja«, bemerkte ich, »du hast mich noch nie im Bikini gesehen. Aber diesen hier trage ich heute auch zum ersten Mal.« Wir waren zwar letzten Sommer ein paarmal zusammen am Strand gewesen, aber da hatte ich noch den Gips getragen und Shorts und T-Shirt gar nicht erst ausgezogen, da ich ohnehin nicht ins Wasser hatte gehen können.

»Diesen Sommer werden wir definitiv viel Zeit am Strand verbringen«, lächelte Evan. Ich konnte mich nicht zurückhalten und schielte kurz zu Analise hinüber, die uns aufmerksam beobachtete. Als unsere Blicke sich trafen, schaute sie hastig weg. Mir war klar, dass auch Drew uns nicht aus den Augen ließ. Er saß nur scheinbar lässig da, die Ellbogen auf den Rand des Beckens gelegt, ein Bier in der Hand.

»Hey, Emma«, sagte er und hob grüßend die Flasche. Ich nickte und lächelte, dann sah ich schnell wieder weg.

Sara saß uns gegenüber und unterhielt sich mit Jill und Natalie. Nach einer Weile rief sie Analise zu sich herüber, die Saras Aufforderung nicht ablehnen konnte, obwohl sie deren Hintergedanken wahrscheinlich ebenso durchschaute wie ich. Zum Glück kletterten kurz darauf noch ein paar weitere Leute in den Whirlpool und setzten sich zwischen Evan und Drew.

»Ich glaube, ich muss meine Eltern überreden, sich einen Whirlpool anzuschaffen«, meinte Evan und strich dabei mit der Hand zärtlich über meinen Oberschenkel. Ich schnappte kurz nach Luft, aber niemand hatte die Berührung bemerkt – die anderen konnten ja nicht sehen, was unter der Wasseroberfläche vor sich ging. »Sie könnten ihn an den Pool bauen, den wir nie benutzen.«

»Stimmt, ich hab den Pool noch nie aufgedeckt gesehen«, bestätigte ich und hielt seine Hand fest, die sich jetzt zur Innenseite meines Schenkels vorarbeitete. Zum Glück konnte auch niemand sehen, wie rot ich im Gesicht war.

»Evan«, tadelte ich ihn leise und drückte seine Hand.

»Sorry, das liegt an deinem Bikini«, verteidigte er sich grinsend. »Der ist einfach zu verführerisch.« Dann beugte er sich zu mir und küsste mich zärtlich. Seine feuchten Lippen glitten sacht und doch fordernd über meine. Es war kein langer Kuss, aber er reichte aus, um mein Herz stolpern zu lassen. Eine Sekunde lang vergaß ich beinahe, dass wir nicht allein waren. Aber dann öffnete ich die Augen, sah über Evans Schulter Drew mit seiner Bierflasche und setzte mich etwas aufrechter hin.

»Jetzt wird Analise euch sicher nicht mehr beobachten«, meinte Sara leise. Ich hatte gar nicht bemerkt, dass sie sich neben mich gesetzt hatte. »Ihr beide sorgt dafür, dass es hier drin immer heißer wird.« Lachend stupste sie mich mit dem Knie an.

»Haben alle das mitgekriegt?«, fragte ich sie, denn mir wurde schlagartig bewusst, wie viele Leute um uns herumsaßen.

»Nein, nur die, die eigentlich nicht hätten hinschauen sollen.«

Ich ließ zu, dass Evan seine Hand auf mein Knie legte, küsste ihn aber lieber nicht mehr, egal, wie verlockend es auch war – die Feuchtigkeit auf seinem glatten Gesicht, seiner geraden Nase, seinen leicht geöffneten Lippen … Ich musste mir immer wieder in Erinnerung rufen, dass wir Publikum hatten, auch wenn der

Dampf die Sicht zur gegenüberliegenden Seite des Beckens verschleierte.

Wieder drückte sich Evans Bein an meines, mir verschlug es fast den Atem. Er umfasste mein Knie, ich blickte zu ihm auf. »Das ist eine Folter«, sagte er und rückte näher. »Wollen wir verschwinden? Meine Eltern sind nicht zu Hause.«

Mein Herz flatterte, und ich lächelte. »Wirklich?«

»Ja, wirklich«, sagte er, und sein Atem kitzelte meine Lippen. »Komm, lass uns abhauen.«

»Okay«, sagte ich und biss mir auf die Lippe. Zu gern hätte ich das Wasser geschmeckt, das ihm über den Mund lief.

»Geh du zuerst. Wir treffen uns dann an der Tür.« Er lehnte sich zurück, und ich brauchte einen Moment, bevor ich mich Sara zuwenden konnte, die sich mit einem Mädchen neben ihr unterhielt.

»Evan und ich wollen lieber zu ihm nach Hause«, informierte ich sie. »Ich schreib dir, falls ich doch bei dir übernachte, ja?«

»*Falls* du bei mir übernachtest«, wiederholte sie mit Nachdruck und einem wissenden Blick. »Ist das Wasser zu heiß für euch?«

»Könnte man sagen, ja.« Mit einem breiten Grinsen im Gesicht stand ich auf und machte mich auf den Weg zur Treppe, ohne jemanden anzusehen – ich wusste, dass mir meine Gedanken ins Gesicht geschrieben standen, und niemand brauchte sie zu erfahren.

»Du gehst schon?«, fragte Drew hinter mir, als ich mich gerade in mein Handtuch wickelte. Das heiße Wasser verdunstete in der kalten, feuchten Luft.

»Es wird mir ein bisschen zu voll«, erklärte ich, schaute ihn dabei aber kaum an.

»Hast du eigentlich deinen Pullover zurückbekommen? Ich hab ihn auf eure Veranda gelegt.«

»O ja, danke«, antwortete ich vage, denn ich sah Evan näher kommen, und wollte nicht, dass er uns hörte.

Auch Drew bemerkte ihn und meinte: »War nett, dich wiederzusehen.« Dann verschwand er durch die Schiebetür, die ins Schlafzimmer von Jills Eltern führte.

»Bis gleich«, rief ich Evan über die Schulter zu, ehe ich in Jills Zimmer eilte. Dort sammelte ich meine Sachen ein und verdrückte mich ins Badezimmer. Mein Herz klopfte so schnell, dass mir schon ganz schwindlig war, selbst tiefe Atemzüge halfen nichts – ich war einfach zu aufgeregt.

Als ich meine Jeans anzog, fiel mein Handy aus der Tasche, und ich sah an dem blinkenden roten Licht, dass ich eine Nachricht bekommen hatte. Hastig fuhr ich mit dem Finger über den Bildschirm, und all die freudige Erwartung verpuffte – ich hatte einen verpassten Anruf und eine Nachricht auf der Mailbox, beides von meiner Mutter.

Ich gab den Code ein und lauschte. »Emily? Bist du da?« Sie sprach langsam, kaum hörbar. »Bist du bei ihm? Verdammte Scheiße, ja …« Stille. Offensichtlich war sie völlig durch den Wind, mir drehte sich fast der Magen um – ich wusste nicht, ob ich schreien oder weinen sollte. Stattdessen holte ich tief Luft, biss die Zähne zusammen und schob alle Gefühle beiseite.

Als ich angezogen war, ging ich zurück auf die Terrasse und suchte Sara. »Bleibst du heute Nacht hier?«

»Ich denke schon«, antwortete sie. »Warum?«

»Ich nehme mein Auto«, erklärte ich, denn ich war gefahren, damit Sara etwas trinken konnte.

»Kein Problem«, meinte sie achselzuckend. »Ich will Details.«

Ich zwang mich zu lächeln, momentan war ich nicht in der Lage, ihr zu erklären, was los war.

An der Haustür wartete Evan bereits auf mich, unsere Jacken im Arm.

»Planänderung«, sagte ich nur, und es klang bedrückter, als mir recht war.

»Was ist denn los?«, fragte er besorgt.

»Äh, ich fühl mich nicht so gut«, wich ich aus, und mein Puls beschleunigte sich bei der Lüge. »Ich glaube, ich fahre lieber nach Hause.«

Evan kniff die Augen zusammen. »Was?«

»Äh«, stammelte ich erneut, weil ich sah, dass er mir meine Ausrede nicht abnahm. »Ich glaube, ich muss ins Bett. Anscheinend hat mich der Schlafmangel jetzt doch plötzlich eingeholt.«

»Vor ein paar Minuten ging es dir noch blendend«, entgegnete er skeptisch. »Ich versteh das nicht. Ist irgendwas passiert?«

»Nein, nein«, wehrte ich etwas zu bestimmt ab. Evan zog die Augenbrauen in die Höhe. »Es tut mir echt leid, aber ich bin hundemüde. Okay?«

»Nein, ich finde es nicht okay«, entgegnete Evan. »Ich weiß doch, dass irgendwas nicht stimmt. Aber wenn du es mir nicht sagen willst …«

»Evan, ich schwöre dir, ich muss einfach nur nach Hause und mich hinlegen«, beharrte ich und blickte ihn flehend an.

Evan presste die Lippen aufeinander und nickte langsam.

»Bis morgen dann?« Mein Magen zog sich zusammen, als ich seinen enttäuschten Gesichtsausdruck sah.

»Schickst du mir wenigstens eine SMS, bevor du schlafen gehst?«, fragte er und beugte sich zu mir, gab mir aber nur einen sehr flüchtigen Kuss.

Er blieb an der Tür stehen, während ich zu meinem Auto eilte. Mir war übel von all den Lügen, vor allem, weil ich wusste, dass Evan sie durchschaute. Aber darum würde ich mich erst morgen kümmern können.

Ich umklammerte das Lenkrad und machte mich auf die Suche nach meiner Mutter. Ich wählte ihre Nummer, doch es ging gleich die Mailbox ran. Schließlich beschloss ich, erst einmal nach Hause zu fahren und dann weiterzusehen. Leider kannte ich Sharons

Nummer nicht, aber vielleicht würde ich sie irgendwo im Zimmer meiner Mutter finden. Wo konnte ich sonst noch danach suchen? Vielleicht hatte Jonathan sie.

Aber ich rief ihn nicht an. Es war elf Uhr, also noch nicht sonderlich spät, und ich wollte ihn nur im allergrößten Notfall einschalten. Zunächst würde ich alles daransetzen, allein mit der Situation fertigzuwerden.

Noch immer rasten meine Gedanken, mein Bauch grummelte die ganze Fahrt über. Als ich das Auto meiner Mutter in der Auffahrt stehen sah, atmete ich hektisch aus und parkte hinter ihr. Dann bemerkte ich, dass die Fahrertür offen war und der Wagen mit einem Vorderrad auf dem Rasen stand. Beim Aussteigen hörte ich den Warnton, also steckte der Schlüssel noch, und jetzt fiel mir auf, dass auch der Motor lief.

Verwirrt und mit klopfendem Herzen kletterte ich in ihren Wagen, stellte den Motor ab und schloss die Tür. Und da entdeckte ich sie – regungslos lag sie auf der Verandatreppe, Kopf und Arme auf den Holzbrettern. Ich stürzte zu ihr.

Sie hatte keine Schuhe an und auch keine Jacke. Als ich mich neben sie hockte, sah ich, dass ihre Knie aufgeschürft und blutig waren, auf ihrer Stirn prangte eine dicke Beule. Außerdem schlug mir eine durchdringende Alkoholfahne entgegen.

»Mom«, sagte ich leise, setzte mich auf die oberste Treppenstufe und hob vorsichtig ihren Kopf an. »Mom, du musst aufstehen.« Ich versuchte, sie auf die Seite zu drehen. »Mom! Rachel!« Ich strengte mich an, energisch und aufmunternd zu klingen. »Wach auf! Komm, lass uns gehen. Du musst ins Haus, dann kannst du schlafen, so lange du willst.« Ich schüttelte sie, aber sie reagierte nicht.

Als ich ihren Kopf in meine Richtung kippte, übergab sie sich. Ehe ich mich in Sicherheit bringen konnte, landete die warme Flüssigkeit auf meiner Jeans.

»Scheiße!«, rief ich laut und wälzte sie schnell von mir weg, als sie erneut zu würgen begann. Aber sogar nachdem sie sich ausführlich auf mich, sich selbst und den größten Teil der Treppe erbrochen hatte, wachte sie nicht auf. Angeekelt blickte ich auf die stinkende Sauerei, mein Hals war wie zugeschnürt, mein Magen rebellierte.

Ich konnte sie unmöglich tragen, sie war viel zu schwer. Sicher, ich hätte sie ins Haus schleifen können. Aber was dann? Ich konnte sie ja nicht in ihrem Erbrochenen auf der Diele liegen lassen. Anscheinend musste ich doch auf meinen Notfallplan zurückgreifen.

28
biS zuM äußersTen

Ich saß auf der Treppe und wartete auf ihn. Am liebsten hätte ich den Gartenschlauch ausgerollt und mich, meine Mutter und die Treppe sofort abgespritzt, aber ich hatte keine Ahnung, wo meine Mutter ihn aufbewahrte. Und da ich Angst hatte, meine Mutter allein zu lassen, während ich duschte und mich umzog, blieb ich einfach sitzen.

Als er in die Auffahrt bog, hatte ich alle Mühe, meine Tränen zurückzuhalten. Ich war frustriert, traurig und sogar ein bisschen wütend darüber, dass ich in diesem Schlamassel steckte. Außerdem schämte ich mich – vor allem, als ich Jonathan im Anzug aus seinem Truck steigen sah.

»Ach du Scheiße«, murmelte ich, während er näher kam. »Du warst unterwegs, du hattest Pläne für heute Abend. Es tut mir so leid, Jonathan. Ich hätte dich nicht anrufen sollen.«

»O doch«, erwiderte er ohne zu zögern. Die Hände in die Hüfte gestemmt, begutachtete er die Lage. Das enganliegende Kleid meiner Mutter war hochgerutscht, so dass man ihre Unterwäsche sah. Ihre Knie waren blutig, ihre Haare mit Erbrochenem verklebt, das auch über ihr Gesicht und über ihre Brust verschmiert war. Reglos lag sie auf der Seite. Auf den ersten Blick schien sie nicht einmal zu atmen, aber ich wusste, dass sie es tat, denn aus ihrem Mund kam der Gestank nach Alkohol und Erbrochenem.

Ich sah nicht viel besser aus – zusammengesackt, erledigt, bedeckt von dunkelroter Kotze, als wäre ich mit Eingeweiden beworfen worden. Ich konnte mich nicht rühren. Bei der geringsten Bewegung spürte ich die kalte, schleimige, stinkende Brühe auf meiner Haut, und ein abgrundtiefer Ekel übermannte mich.

»Schlechter Abend, was?«, meinte Jonathan und schüttelte mitfühlend den Kopf.

»Findest du?« Ich seufzte sarkastisch.

Er holte tief Luft und fragte: »Ist die Tür offen?«

»So weit haben wir es noch nicht geschafft«, antwortete ich und gab ihm den Hausschlüssel. Sorgfältig darauf bedacht, mit seinen glänzenden Anzugschuhen nur auf die trockenen Stellen der Veranda zu treten, arbeitete er sich zur Haustür vor, schloss sie auf, schaltete das Licht in der Diele an und verschwand im Haus. Kurz darauf kam er in T-Shirt und Anzughose wieder heraus.

»Geh nach oben und lass schon mal Wasser in die Wanne laufen für sie«, sagte er, sah mich dann an und fügte hinzu: »Und für dich natürlich auch.«

Als ich mich in meiner vollgekotzten Jeans in Bewegung setzte, musste ich mich zusammenreißen, um nicht selbst zu kotzen.

»Denk einfach nicht dran«, riet mir Jonathan, der sah, wie ich zusammenzuckte.

Ich legte ein Handtuch auf den Boden, kniete mich darauf und zog den Duschvorhang aus der Wanne. Jonathan folgte mir mit meiner Mutter auf dem Arm. Er hielt sie so weit wie möglich von sich weg. Trotzdem hinterließ ihre Wange eine dunkelrote Spur auf seinem T-Shirt, als er sie in die Wanne legte.

Gemeinsam zogen wir sie aus, und ich stopfte ihre Kleider in einen Müllsack. Eigentlich hätte es mir unangenehm sein müssen, meine Mutter in Jonathans Gegenwart in Unterwäsche zu sehen, aber solche Empfindlichkeiten hatte ich längst beiseitegeschoben. Ich wollte sie nur noch waschen, ins Bett bringen und endlich diesen grässlichen Geruch loswerden.

Bevor Jonathan sie in ihr Zimmer trug, zog er sein T-Shirt aus, damit er sie nicht gleich wieder einsaute. Ich half ihm, meine Mutter auf die Seite zu legen. Dann stellten wir einen leeren Mülleimer neben ihr Bett, obwohl sie wahrscheinlich sowieso nicht in der Lage war hineinzuzielen. Die ganze Zeit hatte sie sich kein bisschen gerührt, sie atmete nur schwer und stöhnte hin und wieder laut auf.

»Jetzt bist du dran mit Duschen«, meinte Jonathan. »Ich bleibe bei ihr, falls sie sich noch mal übergeben muss.«

Ich nickte stumm und ging in mein Zimmer, um mir saubere Kleidung zu holen. Benommen schälte ich mich aus meinen vollgekotzten Sachen, ließ sie in den Müllbeutel fallen und band ihn fest zu. Dann stellte ich mich unters warme Wasser und schrubbte mir den Gestank von der Haut. Erst als ich das Wasser wieder abdrehte und meine Wangen trotzdem feucht blieben, merkte ich, dass ich weinte.

Ich setzte mich in die Wanne, zog die Beine an den Bauch, legte den Kopf auf meine verschränkten Arme und weinte einfach weiter.

»Emma?«, hörte ich Jonathans Stimme vor der Tür. »Alles okay?«

»Ja, ich bin gleich fertig«, antwortete ich und versuchte, so normal wie möglich zu klingen. Ich schaffte es nicht.

Nachdem ich mich angezogen und mein Gesicht noch einmal mit kaltem Wasser gewaschen hatte, nahm ich den Müllbeutel und öffnete die Tür. Jonathan saß vor dem Zimmer meiner Mutter auf dem Boden, mit dem Rücken am Treppengeländer. Sein weißes Hemd hing über der Hose.

Ich gab mir alle Mühe, ein Lächeln zustande zu bringen, vergeblich. »Danke«, sagte ich leise und stellte den Müllbeutel auf die oberste Stufe – ich würde ihn wegwerfen, die Klamotten waren hinüber. »Es tut mir wirklich leid, dass ich dich gestört habe. Ich hoffe, du warst nicht bei einem Geschäftsessen oder« – schlimmer noch! – »bei einem Date.«

Jonathan lächelte. »Ich hab dir doch gesagt, du sollst mich anrufen, wenn du mich brauchst. Und das hab ich auch so gemeint.«

Ich setzte mich in den Türrahmen, damit ich meine Mutter sehen und mich gleichzeitig mit Jonathan unterhalten konnte.

»Worum ging es eigentlich?«, fragte er und deutete mit dem Daumen zu meiner Mutter hinüber.

»Ich hab keine Ahnung«, antwortete ich und seufzte. »Sie hat eine seltsame Nachricht auf meiner Mailbox hinterlassen, da war sie wohl schon ziemlich betrunken. Aber was genau passiert ist, weiß ich nicht. In letzter Zeit ging es ihr echt gut, wir haben viel mehr miteinander geredet. Ich hab sie schon eine ganze Weile nicht mehr trinken sehen, nicht mal ein Glas Wein nach der Arbeit oder so. Sie ist auch nicht ausgegangen ... na ja, bis auf gestern Abend. Heute hatte ich dann gleich das ungute Gefühl, dass etwas nicht stimmt. Ich wusste es einfach.« Ich rieb mir die Augen. »Ich weiß nicht mehr, was ich tun soll.«

»Du musst morgen mit ihr reden. Rausfinden, was los ist. Sie kann dir das nicht noch mal antun.«

Ich nickte, hatte aber nicht die Energie, etwas zu sagen. Ich war an meine Grenzen gestoßen und völlig erschöpft.

Er musterte mich. »Du solltest dich ausruhen.«

»Ich möchte aber nicht, dass sie sich übergibt und daran erstickt«, entgegnete ich und betrachtete meine Mutter. Ihr Mund war schlaff und leicht geöffnet, das Kissen feucht unter ihren nassen dunklen Haaren.

»Ich bleib bei ihr im Zimmer«, versprach Jonathan. »Wenn ich mich auf den Boden lege, kann ich sie im Auge behalten. Außerdem hab ich einen leichten Schlaf.«

»Du musst nicht hierbleiben. Ich pass auf sie auf.«

»Du siehst aus, als wärst du kurz davor umzukippen. Ich glaube, wenn du einschläfst, weckt dich nicht mal mehr ein Tornado.«

Er hatte recht, ich war so müde, dass ich mich kaum aufrecht halten konnte.

»Danke noch mal«, murmelte ich und schlurfte in mein Zimmer. Aber ich schloss die Tür nicht hinter mir, denn ich wollte ihm, falls nötig, sofort helfen können. Ich fiel in mein Bett und schlief sofort ein.

»Emma.« Ich hörte seine Stimme. »Emma.« Die Matratze gab neben mir nach. »Emma.« Seine kühlen Finger glitten über meine Wange und strichen meine Haare hinter die Ohren. »Emma, mach die Augen auf.«

Mühsam hob ich die Lider und sah Jonathan auf der Bettkante sitzen. »Ich gehe jetzt.« Die Uhr zeigte kurz nach sieben. »Es ist besser, ich bin nicht mehr hier, wenn sie aufwacht. Dann wird es ihr sowieso ziemlich schlechtgehen. Rufst du mich später kurz an?«

»Mach ich«, murmelte ich in mein Kissen. Meine Augen wollten einfach nicht richtig aufgehen. Kurze Zeit später hörte ich die Treppe knarren und das Fenster an der Haustür klappern. Ich ließ meine Augen wieder zufallen und schlief weiter.

Ich hatte das Gefühl, eine Minute später klingelte mein Handy auf dem Tisch neben meinem Bett. Ich angelte danach und hielt es ans Ohr.

»Wo bist du?«, fragte Casey ohne irgendeine Begrüßung. Ich schoss in die Höhe und schaute zur Uhr – es war schon nach zehn, ich hätte beim Fußballtraining sein müssen! Panik durchzuckte mich, und ich schlug die Decke zurück, bereit, zum Sportplatz zu sprinten, der eine gute halbe Autostunde entfernt war.

»Ich bin krank«, log ich und ließ mich wieder in die Kissen sinken. »Tut mir leid.«

»Deshalb bist du gestern auch so früh von der Party weg, was? Das hat Evan schon gesagt.«

»Ja«, antwortete ich, dankbar, dass es anscheinend doch nicht vollkommen sinnlos gewesen war, Evan anzulügen. »Ich hätte anrufen sollen, aber ich liege im Bett.« Was ja stimmte.

»Dann sag ich dem Coach Bescheid«, versprach Casey. »Er schreit mich bestimmt gleich an, weil ich telefoniere.« Hastig fügte sie noch hinzu: »Wenn du dich besser fühlst, musst du aber morgen zum Spiel kommen. Vielleicht setzt er dich trotzdem ein.«

Ich wusste, das war reines Wunschdenken, nachdem ich zweimal hintereinander das Training verpasst hatte – ich konnte froh sein, wenn ich nächste Woche in der Startelf war, morgen hatte ich garantiert keine Chance. Ich seufzte frustriert und starrte an die Decke. Noch nie hatte ich etwas derart Wichtiges versäumt. Ich fühlte mich furchtbar, dass ich meinen Coach und auch meine Teamkolleginnen im Stich gelassen hatte. Ich würde morgen zum Spiel gehen, erzählen, dass ich krank gewesen sei, und hoffen, dass niemand meine Lüge durchschaute.

Jetzt konnte ich auch genauso gut aufstehen. Ich wälzte mich aus dem Bett.

Die Tür meiner Mutter stand offen. Als ich in ihr Zimmer spähte, sah ich, dass sie immer noch schlief. Der Mülleimer neben ihr war leer – was mich an die Veranda erinnerte. Ich mochte mir gar nicht vorstellen, wie sie bei Tageslicht aussah.

Trotzdem schlüpfte ich in ein Paar alte Turnschuhe und ging nach unten. Der Müllsack war verschwunden. In der Küche füllte ich die beiden Krüge, die meine Mutter für ihre Margaritas benutzte, mit Spülmittel und heißem Wasser. Dann riss ich mich zusammen und öffnete die Haustür – doch da war nichts.

Langsam trat ich auf die Veranda, um sie mir genauer anzuschauen. Bis auf die nassen Flecken auf den Holzplanken, war von der gestrigen Katastrophe keine Spur mehr zu sehen. Mein Blick fiel auf den Schlauch, der ordentlich aufgerollt neben der Garage lag – natürlich entdeckte ich ihn jetzt auf Anhieb. Bestimmt hatte Jonathan die Treppe abgespritzt, bevor er gegangen war.

Ich machte mir nicht die Mühe, ins Bett zurückzukriechen, sondern rollte mich unter einer Wolldecke auf der Couch zusammen. Ich hatte eine SMS von Evan und einen verpassten Anruf von Sara auf meinem Handy. Beides beantwortete ich mit einer SMS, in der ich versprach, mich später zu melden. Momentan würde ich keine überzeugende Lügnerin abgeben, ich musste erst darüber nachdenken, was ich ihnen sagen wollte. Für die Wahrheit war ich noch nicht bereit.

Ich klickte mich zu Vivians Anruf und hinterließ ihr eine Nachricht auf der Mailbox, dass ich morgen gern kommen würde. Bis dahin war ich hoffentlich wieder salonfähig.

Dann schloss ich die Augen und schlief ein. Ich war immer noch so müde, dass ich am liebsten drei Tage durchgeschlafen hätte.

Das Knarren der Treppe weckte mich. Im Zimmer war es hell, die Nachmittagssonne schien durchs Fenster. Ich blinzelte.

Meine Mutter war aufgestanden und stolperte in Trainingshose und einem T-Shirt die Treppe herunter, die Augen zu schmalen Schlitzen zusammengekniffen, die Hand am Kopf. Ich richtete mich auf. Sie sah mich an und winkte kurz.

»Ich möchte jetzt nicht darüber reden«, stieß sie hervor, offensichtlich rechnete sie mit Fragen.

»Soll ich dir irgendwas bringen?«

»Aspirin, Kaffee und einen neuen Kopf«, stöhnte sie.

Ich folgte ihr in die Küche und fand in dem Schränkchen über der Spüle eine Packung Aspirin. Während ich Kaffee aufsetzte, legte ich zwei Tabletten vor sie auf den Küchentisch und stellte ein Glas Wasser dazu. Sie stützte den Kopf in eine Hand, beförderte das Aspirin mit behutsamen Bewegungen in ihren Mund, schluckte und zog eine Grimasse.

Als der Kaffee fertig war, stellte ich ihr eine Tasse hin und setzte mich ihr gegenüber. Sie trank einen Schluck und sah mich zögernd an. »Du möchtest darüber reden, stimmt's?«

»Ja, ich denke, das sollten wir tun«, antwortete ich und zupfte nervös an meinem Daumen herum. »Aber bevor du irgendwas sagst, muss ich dich um etwas bitten.«

»Was denn?« Ihren glasigen, blutunterlaufenen Augen sah man die katerbedingten Schmerzen nur allzu deutlich an.

»Bitte fahr nie wieder Auto, wenn du getrunken hast«, sagte ich. Eigentlich sollte es eine Bitte sein, aber der Satz kam viel forscher über meine Lippen, als ich beabsichtigt hatte. Sie hob den Kopf. »Wenn dir oder jemand anderem etwas passiert wäre …« Ich schüttelte den Kopf und konnte es nicht aussprechen. Mein Kiefer verkrampfte sich, wenn ich nur daran dachte.

»Ich tu es nicht mehr, versprochen«, flüsterte sie. »Das war dumm von mir. Ich hätte nicht selbst nach Hause fahren sollen.«

»Du kannst mich immer anrufen.«

Meine Mutter lachte, aber es klang eher wie ein Husten. »Gestern nicht. Ich war so wütend auf dich, ich hätte dich unmöglich um etwas bitten können.«

Bestürzt rutschte ich auf meinem Stuhl nach hinten. »Warum?«

»Ach, tu doch nicht so unschuldig«, sagte sie vorwurfsvoll, und ihre Augen bohrten sich in meine. »Ich hab gehört, wie du mitten in der Nacht mit ihm gesprochen hast. Ich hab die Nachrichten auf deinem Handy gesehen. Warum hast du noch Kontakt zu Jonathan, und das fast jeden Tag?«

Sie war immer noch wütend auf mich, das sah ich an ihrem Blick. Aber ihre brüchige Stimme zeigte mir auch, wie verletzt sie war. Ich senkte die Augen und verflocht unter dem Tisch die Finger ineinander.

»Ich wollte dir nicht weh tun«, begann ich, unsicher, wie ich meine Freundschaft mit Jonathan erklären sollte. »Wir können einfach gut miteinander reden … weiter nichts.«

Sie schüttelte den Kopf. »Hast du denn keinen Gedanken daran verschwendet, wir sehr du mich damit verletzt? Emily, ich war in ihn verliebt. Ich dachte, ich hätte endlich den Menschen gefunden, der mir hilft, die Vergangenheit hinter mir zu lassen. Ich wusste, dass er geht, und ich wollte nichts weiter als diesen Sommer mit ihm zu verbringen. Und ich hab wohl auch gehofft, dass er mich am Ende doch bittet, mit ihm nach Kalifornien zu ziehen. Warum auch nicht? Dann wäre er in meiner Nähe gewesen und du auch. Aber …« Sie hielt inne und presste die Finger auf ihre Augenlider.

»In der Nacht nach meiner Geburtstagsparty hat er sich mehr Sorgen um dich gemacht als um mich«, fuhr sie mit leiser, zitternder Stimme fort. »Wie es mir ging, war ihm anscheinend egal. Du hast mir mein dummes Verhalten verziehen, und ich verstehe nicht, warum er das nicht auch kann. Ist dir denn wirklich nicht klar, wie weh es mir tut, dass du immer noch mit ihm sprichst? Es ist, als wäre ich dir überhaupt nicht wichtig.« Sie schniefte und schloss die Augen. Ich fühlte mich, als hätte ich einen Schlag in den Magen bekommen.

Mit der Kaffeetasse in der Hand stand meine Mutter auf und verließ wortlos die Küche.

Ich hatte nie richtig darüber nachgedacht, welche Auswirkungen meine Freundschaft mit Jonathan auf die Menschen in meiner Nähe hatte. Ich hielt meine Beziehung zu ihm ja nicht absichtlich geheim.

Während ich in der leeren Küche saß und auf den Stuhl mir gegenüber starrte, gestand ich mir endlich ein, dass ich tatsächlich ein Geheimnis aus Jonathan gemacht hatte. Und ich hatte mich geweigert, darüber nachzudenken, wie meine Mutter sich fühlen würde, wenn sie es herausfand. Jonathan war der Einzige, der den dunklen Teil in mir verstand, ihm konnte ich Dinge erzählen, die ich sonst keinem sagen konnte. Das hatte ich nicht aufgeben wollen – aus ganz egoistischen Gründen.

Ich schlug die Hände vors Gesicht und holte tief Luft. Schuldgefühle ätzten in meinem Inneren wie Säure. Mir war übel.

»Willst du mich verarschen?«, brüllte meine Mutter in diesem Moment von oben. Ich rannte in die Diele und sah, dass sie Jonathans weißes T-Shirt in der Hand hielt. »Er war gestern Abend hier? Verdammte Scheiße, Emily!«

»Ich konnte dich nicht allein ins Bett tragen«, stieß ich hervor, und meine Unterlippe zitterte. »Ich wusste nicht, was ich machen sollte. Es tut mir leid.«

»Das ist doch unglaublich!« Sie kochte vor Wut. »Einfach unglaublich.«

Sie wandte mir den Rücken zu. Mein Herz pochte wild vor Angst. Hatte ich sie jetzt so weit gebracht, dass sie mich nicht mehr bei sich haben wollte? Verzweifelt rannte ich die Treppe hinauf und rief: »Ich werde den Kontakt zu ihm abbrechen, das verspreche ich dir! Aber bitte sei nicht sauer auf mich, ich wollte dir wirklich nicht weh tun, das schwöre ich. Ich werde nie wieder mit ihm reden, aber bitte, sei nicht wütend auf mich.« Ich biss mir auf die Unterlippe, Tränen verschleierten meinen Blick.

Vor dem Badezimmer blieb meine Mutter stehen.

»Es bringt mich um, dich so zu sehen wie gestern Abend. Ich will das nicht. Bitte, sei nicht mehr wütend! Bitte!« Mein Hals schmerzte von den Tränen, die ich verzweifelt zurückzuhalten versuchte. Ich schluckte schwer und wartete. Langsam drehte sie sich zu mir um.

Ihr Blick wurde sanfter, als sie mein gequältes Gesicht sah. »Sag ihm, dass du nie wieder mit ihm reden willst, okay?«

»Okay«, schluchzte ich, und eine Träne rollte mir über die Wange. Der Druck in meiner Brust ließ ein wenig nach, meine Mutter verschwand im Bad und zog die Tür hinter sich zu. Ich schloss die Augen und atmete tief durch. Mir graute vor dem, was ich jetzt tun musste.

29

VäteRlicher rAt

Als ich am Sonntagvormittag das Haus verließ, um mich mit Vivian zu treffen, regte sich nichts. Meine Mutter war mir mehr oder weniger aus dem Weg gegangen, und ich hatte nichts erzwingen wollen.

Die Wache am Tor hakte meinen Namen auf der Liste ab, und ich fuhr weiter die Straße entlang, die den Golfplatz teilte, folgte den Schildern zum Clubhaus und parkte auf dem Platz vor dem dunklen Steingebäude mit der großen Fensterfront.

Vivian unterhielt sich im Foyer mit einer Gruppe elegant gekleideter Frauen. Ich war froh, dass ich Evan gestern gefragt hatte, was ich anziehen sollte, von allein wäre ich nie auf die Idee gekommen, zum Brunch ein Kleid zu tragen.

»Emily!«, rief Vivian lächelnd, breitete die Arme aus und gab mir ein Küsschen auf die Wange. »Du siehst entzückend aus, wie immer.«

Dann wandte sie sich an die Frauen neben ihr. »Ladys, das ist Emily Thomas, Evans Freundin.«

»Oh, natürlich«, meinte eine der Frauen freundlich. Alle taxierten mich und bildeten sich eine Meinung über das Mädchen aus den Schlagzeilen.

»Wollen wir?«, meinte Vivian zu mir und wandte sich dann noch einmal an die Frauen. »Hat mich gefreut, euch alle wiederzusehen.« Dann gingen wir zügig an ihnen vorbei in den Speisesaal.

»Perfektes Timing«, flüsterte Vivian mir zu. »Es fällt mir immer schwerer, diese oberflächlichen Menschen höflich zu behandeln.« Ich sah sie verwundert an, aber sie grinste nur verschmitzt, und zum ersten Mal erkannte ich in ihrem Gesicht Evans Züge. Lächelnd folgte ich ihr zu einem Tisch an der Fensterfront, von dem aus wir einen herrlichen Blick über den Golfplatz hatten.

»Die Frau, mit der ich dich bekannt machen möchte, wird sich ein wenig verspäten«, begann Vivian, nachdem sie Sekt mit Orangensaft für sich und Orangensaft pur für mich bestellt hatte. »Das gibt uns Gelegenheit, über den Abend neulich zu sprechen.«

Mein Herz setzte einen Schlag aus vor lauter Angst, sie würde mir sagen, dass Evan nun womöglich doch nicht nach Stanford ging.

»Stuart hat einen sehr starken Willen, und Evan ebenfalls. Wenn sie unterschiedlicher Meinung sind, können sie sich manchmal unmöglich einigen. Für gewöhnlich greifen Jared und ich dann ein, denn im Allgemeinen sind wir offener und kompromissbereiter. Bei dieser Angelegenheit bin ich mir allerdings nicht sicher, ob wir es schaffen zu vermitteln. Stanford ist eine wunderbare Uni, und ich bin sehr stolz, dass Evan dort angenommen worden ist. Aber Stuart hat sich schon bei der Geburt seiner Söhne darauf versteift, dass sie in Yale studieren sollen. Jared hatte trotz Stuarts Bemühungen nicht den erforderlichen Notendurchschnitt, um dort einen Studienplatz zu bekommen, aber bei Evan sieht das anders aus. Er ist allerdings fest davon überzeugt, nicht aus eigenen Stücken in Yale angenommen worden zu sein, Stuart wiederum weigert sich preiszugeben, ob er seinen Einfluss geltend gemacht hat oder nicht. Aber ich weiß, dass ich meinen Mann noch niemals so aufgelöst erlebt habe, und ich versuche, seine Gründe zu verstehen.«

»Es liegt an mir«, sagte ich so leise, dass Vivian mich bitten musste, den Satz zu wiederholen. »Mr Mathews akzeptiert mich nicht, und Evans Entscheidung nach Stanford zu gehen, heißt für ihn, sein Sohn entscheidet sich für mich und gegen seinen Vater.«

Ich sah aus dem Fenster und versuchte, den Krampf in meiner Brust zu lösen.

»Wie in aller Welt kommst du denn auf so eine Idee?«, fragte Vivian völlig verwirrt.

»Ich habe bei der Silvesterparty zufällig gehört, wie er Evan gesagt hat, dass ich nicht die Richtige für ihn bin«, gestand ich leise. Es tat immer noch weh, das auszusprechen.

Vivian schwieg. Ihr Gesicht blieb glatt, aber ihre durchdringenden blauen Augen zuckten unruhig.

»Nein, ich glaube nicht, dass es um dich geht«, meinte sie schließlich bestimmt. »Es ist eine Sache zwischen meinem Mann und meinem Sohn, und es tut mir leid, dass du das Gefühl bekommen hast, es läge an dir. Emily, ich habe dich sehr gern, und es würde mich mehr als glücklich machen, dich auch in Zukunft bei meinem Sohn zu wissen. Ich erzähle dir das alles nur aus einem einzigen Grund, nämlich um mich für die Spannungen bei unserem Essen neulich zu entschuldigen. Ich wünschte, du hättest den stummen Trotz meines Mannes nicht miterleben müssen.« Sie nahm meine völlig verkrampften Hände in ihre. »Bitte mach dir keine Sorgen. Ich bin mir ganz sicher, dass sich alles wieder einrenkt.«

»Eines möchte ich dir noch versprechen: Ich werde Evan niemals absichtlich verletzen, und ich werde mich auch nie zwischen ihn und seine Familie drängen. Ich liebe ihn, aber ich würde ihn eher verlassen, als sein Glück aufs Spiel zu setzen«, erklärte ich leidenschaftlich.

Vivian lächelte mich voller Zuneigung an. »Ich weiß, Liebes. Deshalb möchte ich ja auch, dass Evan mit niemand anderem als dir zusammen ist.« Mir wurde warm ums Herz, ich war so gerührt, dass ich die Tränen wegblinzeln musste. Vivian lachte leise über unsere Gefühlsduselei und tupfte sich die Augenwinkel mit einem Taschentuch trocken.

»Oh, da ist sie ja!«, rief sie dann und stand auf.

Eine hochgewachsene, schlanke Frau mit dunkler Haut und großen braunen Augen kam auf uns zu. Mit ihrem hellblauen Kleid und ihrer Perlenkette wirkte sie sehr elegant. Ich erhob mich ebenfalls und wartete, dass Vivian mich mit ihr bekannt machte.

»Emily Thomas, ich freue mich, dir Dr. Michelle Vassar vorzustellen. Sie ist Absolventin der Stanford University und war dort im Frauen-Basketballteam.«

Dr. Vassar streckte mir die Hand entgegen. »Schön, Sie kennenzulernen, Emily.« Ich lächelte und begrüßte sie mit einem festen Händedruck.

Als wir uns wieder gesetzt hatten, begann Vivian sofort, überschwänglich von meiner Stanford-Zusage und meinem Fußball-Stipendium dort zu erzählen. Noch nie in meinem Leben war ein Mensch so unverhohlen stolz auf mich gewesen, und in diesem Moment wünschte ich mir diese Worte von niemand anderem als Vivian Mathews.

Nachdem wir uns stundenlang über Stanford, die medizinische Fakultät und Dr. Vassars berufliche Erfahrungen unterhalten hatten, fuhr ich zum Sportplatz. Ich fühlte mich so beschwingt und zuversichtlich wie schon seit Monaten nicht mehr. Immer wieder ließ ich die Einzelheiten des Gesprächs im Kopf Revue passieren.

Als ich umgezogen aus der Kabine kam, sah ich Evan an der Seitenlinie stehen.

Leise schlich ich mich von hinten an ihn heran. »Hi«, rief ich, als ich nahe genug war.

Er wirbelte herum, sein Gesicht leuchtete auf, und mein Herz klopfte. »Hi – wie geht es dir?« Erleichtert nahm ich zur Kenntnis, dass er nicht mehr so misstrauisch wirkte wie bei unserem Abschied auf der Party.

»Großartig! Ich komme gerade von einem echt netten Brunch mit deiner Mom.«

»Gut«, antwortete er und zog mich an sich. Ich umarmte ihn, und er küsste mich. »Viel Glück für dein Spiel«, sagte er.

»Vermutlich spiele ich heute gar nicht«, meinte ich und verzog das Gesicht. »Wenn du keine Lust hast, brauchst du nicht hierzubleiben.«

»Ich möchte aber gern bleiben.« Er hielt die Arme fest um meine Taille geschlungen. »Dann können wir danach noch etwas zusammen unternehmen.«

In der ersten Halbzeit saß ich auf der Ersatzbank, aber zu Beginn der zweiten Hälfte wechselte der Coach mich ein. Vermutlich tat er es, weil wir zurücklagen, und nicht, weil er mir verziehen hatte – ein Sieg war ihm immer noch wichtiger als seine Prinzipien. Die offizielle Begründung lautete, wenn ich nicht mehr krank sei, könne ich auch spielen. Die beiden verpassten Trainingstermine erwähnte er nicht.

In der zweiten Halbzeit kam unser Team denn auch tatsächlich zurück, und wir gewannen mit zwei Toren Abstand. Gut, dass Evan doch dageblieben war.

»Wollen wir zu mir fahren?«, fragte er nach dem Spiel. »Sara und Jared sind auch da. Sie wollen heute Abend mit uns bowlen gehen.«

»Bowlen?«, wiederholte ich skeptisch.

»Ja.« Evan lachte vergnügt. »Du warst wohl noch nie bowlen, was?« Als ich den Kopf schüttelte, grinste er noch breiter.

»Na gut, ich komme mit«, willigte ich seufzend ein.

»Emma«, lachte Sara, »du hast die Kugel ja schon losgelassen! *So* kriegst du sie nicht gerade die Bahn runter.«

Ich lehnte mich nach rechts und hoffte, die Kugel würde meiner Bewegung folgen und nicht immer weiter nach links abdriften. Aber alle meine Verrenkungen halfen nichts, und am Ende kippten nur zwei Kegel um.

»Sorry«, sagte ich resigniert. »Ich bin echt mies.«

»Du spielst heute zum ersten Mal«, versuchte Jared, mich bei Laune zu halten. »Das wird schon. Versuch, das Handgelenk gerade zu halten, damit du der Kugel nicht so viel Drall gibst. Keine Sorge, Sara ist auch nicht gerade die Beste.« Als Sara daraufhin mit der Hand nach ihm schlug, duckte er sich schnell weg.

Es tat gut zu lachen. In letzter Zeit hatte ich nicht viel Gelegenheit dazu gehabt.

Nachdem Evan die restlichen Kugeln abgeräumt hatte, stand Jared auf und sagte: »Ich versuch, dich zu schonen, Evan.« Evan grinste spöttisch. »Ach, übrigens – kommst du dieses Wochenende nach New York, ehe du in den Frühlingsferien nach Hawaii abdampfst?«

»Ich weiß noch nicht genau«, antwortete Evan, setzte sich neben mich und legte den Arm auf die Rückenlehne meines orangefarbenen Plastikstuhls.

Während Jared die perfekte Kugel aussuchte, wandte Evan sich an mich: »Kannst du wirklich nicht mitkommen?«, fragte er eindringlich.

»Nach Hawaii?« Ich lachte, als hätte er mich gerade gefragt, ob ich mit ihm zum Mond fliegen wolle. »Unmöglich, so eine Reise kann ich mir nicht leisten. Außerdem muss ich Fußball spielen. Deshalb fahre ich ja auch nicht mit Sara nach Florida.«

»Erstens hab ich dir doch schon gesagt, dass du nichts bezahlen müsstest. Zweitens bist du bereits in Stanford angenommen. Da kannst du ja wohl mal eine Woche verpassen. Bitte komm doch mit«, bettelte er noch einmal und ließ seinen ganzen Charme spielen.

Ich lächelte, aber ehe ich auch nur auf die Idee kommen konnte, darüber nachzudenken, sagte ich schnell: »Tut mir leid, ich kann nicht.«

»Ich hab es versucht, Evan«, warf Sara ein. »Glaub mir, ich hab es wirklich versucht. Ich glaube, sie will Weslyn noch einmal so richtig auskosten, bevor ihr nach Stanford zieht.«

»Ja, genau«, rief ich mit entsetztem Gesicht. Sara musste lachen. »Ich kann gar nicht schnell genug aus Weslyn verschwinden«, fügte ich hinzu.

»Apropos«, sagte Jared, nachdem er uns gestikulierend auf seinen guten Wurf aufmerksam gemacht hatte, der gerade auf den Bildschirm über unseren Köpfen übertragen wurde, »wann feiern wir denn offiziell deine Zusage von Stanford? *Eure* Zusage, meine ich natürlich.«

»Nach den Prüfungen vielleicht?«, schlug ich vor. Erst wenn ich mit meinem Zeugnis den Gang hinunterschritt, würde ich glauben können, dass ich tatsächlich in Stanford studieren durfte.

Evan überlegte. »Eigentlich eine prima Idee. Wir können in unserem Garten eine Riesenparty feiern.«

»Ja!«, rief Sara, ehe sie ihre Kugel die Bahn hinunterrollen ließ.

»Und dein Dad würde das erlauben?«, fragte ich etwas skeptisch. Schließlich wusste ich, dass er und Evan zurzeit so gut wie gar nicht miteinander sprachen – ein bisschen wie ich und meine Mutter, nur aus ganz anderen Beweggründen.

»Spielt das eine Rolle?« Evan zuckte die Achseln. »Was will er dagegen machen?«

Jared lachte, aber seine Augen weiteten sich, als wüsste er genau, wozu sein Vater fähig war. Evan schien sich davon nicht beirren zu lassen, nur ich rutschte auf meinem Stuhl ein Stück weiter nach unten.

»Meinst du, ich muss mir wegen Evan und seinem Vater Sorgen machen?«, fragte ich Sara, als ich sie nach Hause fuhr.

»Hättest du gern Insider-Informationen, weil Evan so tut, als wäre es keine große Sache?«

»Ja«, antwortete ich unbehaglich. »Hat Jared irgendwas gesagt?«

Sara schwieg und suchte offensichtlich nach den richtigen Worten. Wenn sie mir etwas sagen musste, das ich nicht hören wollte, wurde sie immer hibbelig.

»Raus mit der Sprache, Sara«, drängte ich.

»Ich hab Jared eigentlich versprochen, nicht darüber zu reden. Du musst schwören, es Evan nicht zu verraten, um keinen Preis.« Ich starrte sie ungeduldig an. »Also gut. Mr Mathews hat damit gedroht, Evan den Hahn zuzudrehen, sollte er wirklich nach Stanford gehen. Er will sein Konto einfrieren, ihm seinen Pass und sogar sein Auto wegnehmen.«

»Nur, weil er sich für Stanford entschieden hat?« Ich brachte die Frage kaum über die Lippen.

»Du weißt, dass es dabei nicht um Stanford geht.«

»Ja«, hauchte ich. »Ich weiß. Ich muss das verhindern.«

»Das ist nicht deine Entscheidung, Emma«, meinte Sara warnend. »Sondern die von Evan.«

30
UnerWartete ZukuNft

Meine Mutter konnte nicht lange schweigen, das war einfach nicht ihre Art. Ich wusste nicht, ob sie mir wirklich verziehen hatte, aber sie redete wieder mit mir wie eh und je.

»Vielleicht wird es heute Abend ein bisschen später«, informierte sie mich am Morgen, während sie wie üblich hektisch in der Gegend herumwirbelte. »Hast du heute Training?«

»Nein, heute nicht«, antwortete ich von meiner Beobachterposition auf der Couch aus, wo ich mein Müsli verzehrte.

»Meinst du, du könntest dir selbst Abendessen machen?« Sie hielt inne, um mich anzusehen. »Oder vielleicht was vom Lieferservice bestellen? Ich glaube nämlich nicht, dass ich rechtzeitig aus dem Meeting komme.«

»Kann sein, dass ich bei Evan esse«, erwiderte ich.

»Großartig. Ich fühle mich gleich besser, wenn ich weiß, dass du keine Mikrowellengerichte isst. Ich komme auch nicht allzu spät, okay?«

»Okay.« Seit ein paar Tagen informierte sie mich genauestens über ihre Termine. Ich war mir ziemlich sicher, dass sie sich damit indirekt entschuldigte, weil ich mir letzten Donnerstag, als sie bei Sharon eingeschlafen war, solche Sorgen um sie gemacht hatte.

Mit ihrer dünnen Jacke über dem Arm eilte sie schließlich zur Tür hinaus.

In den letzten Tagen war es angenehm warm geworden, bis Freitag sollte es sogar um die fünfundzwanzig Grad geben, was in

Connecticut Anfang April die absolute Ausnahme war. Aber ich beklagte mich nicht.

Dank des schönen Wetters und der Tatsache, dass nur noch acht Wochen sie von der Freiheit trennten, konnten sich die meisten Zwölftklässler kaum noch konzentrieren. In den Kursen wurde mehr geschwatzt, auf den Korridoren spürte man die überschüssige Energie.

»Hast du Lust zu schwänzen?«, fragte mich Sara beim Lunch.

»Geht leider nicht«, erwiderte ich und ließ den Kopf hängen. »Ich muss ein Referat abgeben.«

»Und was machst du nach der Schule? Du könntest mit zu mir kommen.«

»Ich fürchte, ich hab keine Zeit. Ich muss noch Wäsche waschen, sonst habe ich bald nichts mehr anzuziehen, und danach esse ich bei Evan.«

»Dann vielleicht am Wochenende? Ich fahre erst am Montag nach Florida, also könnten wir das ganze Wochenende zusammen verbringen. Hast du ein Spiel?«

»Am Samstag«, antwortete ich. »Ja, wir könnten wirklich ein bisschen Zeit für uns gebrauchen.«

Sara lächelte. »Genau! In letzter Zeit hatten wir viel zu wenig davon, wir haben eine Menge nachzuholen.«

»Einverstanden.«

Schon vor unserem Gespräch hatte ich beschlossen, Sara genauestens in die Probleme mit meiner Mutter einzuweihen. Mit Jonathan konnte ich nun ja nicht mehr reden, und Sara war meine beste Freundin. Sie *musste* einfach über all diese Dinge Bescheid wissen. Die Aussicht auf unser gemeinsames Wochenende hob meine Laune. Sara würde bestimmt wissen, was ich tun sollte. Oder mir wenigstens ganz offen ihre Meinung sagen.

Ich versprach Evan, dass wir uns nach dem Baseballtraining bei ihm zu Hause treffen würden, und fuhr mit offenen Fenstern nach

Hause. Der Frühling breitete die Arme aus, und nach dem kalten, schneereichen Winter hieß ich ihn herzlich willkommen. Die ersten Frühlingsblumen blühten, die Bäume hatten dicke Knospen und würden in wenigen Wochen endlich wieder grüne Blätter zeigen.

Natürlich war mir klar, dass das warme, sonnige Wetter Anfang April ein absoluter Ausnahmefall war – schon nach dem Wochenende sollte es wieder kälter werden und regnen. Aber die warme Luft, die mir ins Gesicht wehte, fühlte sich ausgesprochen gut an.

Als ich in die Auffahrt einbog, sah ich einen Mann vor unserer Tür stehen. Er trug einen dunklen Anzug und hatte eine Aktenmappe in der Hand. Zuerst glaubte ich, er wollte etwas verkaufen. Er hatte sogar einen Hut auf. Aber dann stieg ich aus und bemerkte, dass sein Anzug maßgeschneidert war – viel zu elegant für einen Hausierer. Außerdem gab es so etwas kaum noch.

»Kann ich Ihnen helfen?«, fragte ich, als ich näher kam.

»Sind Sie Emily Thomas?«, entgegnete der große Mann, nahm seinen Hut ab und entblößte einen dichten weißen Haarschopf, der nach hinten gekämmt war und seine Geheimratsecken entblößte.

»Ja«, antwortete ich und blieb vorsichtshalber auf dem Gehweg stehen.

»Meine Name ist Charles Stanley«, erklärte er. So, wie er da auf der Veranda stand, sah er aus, als würde er mich weit überragen. »Ich bin der Anwalt der Familie Thomas, der Testamentsvollstrecker Ihres Vaters.«

»Meines Vaters?«, wiederholte ich, unfähig, mich zu rühren.

»Ja, Derek Thomas«, antwortete er geduldig. »Können wir uns irgendwo unter vier Augen unterhalten? Wissen Sie, ob Rachel demnächst nach Hause kommt?«

»Nein, sie ist heute länger bei der Arbeit«, erklärte ich und schaffte es endlich, meine Beine Richtung Tür zu bewegen. »Haben Sie vielleicht eine Karte?«

»Selbstverständlich«, antwortete er, zog ein silbernes Visitenkartenetui aus der Tasche, öffnete es und hielt mir eine Karte entgegen, die seine Angaben bestätigte. Ich hatte keinen Grund, ihm nicht zu glauben.

Ich hielt ihm die Tür auf. »Wir können uns in die Küche setzen.«

»Wunderbar.« Er folgte mir in die Küche und legte seinen Hut auf den Tisch. Ich behielt ihn im Auge, denn ich fürchtete, er könnte sich in Luft auflösen, wenn ich auch nur eine Sekunde wegschaute.

»Darf ich Ihnen etwas zu trinken anbieten?«

»Nein danke«, antwortete er, setzte sich auf einen Stuhl und öffnete seine Aktenmappe. Ich nahm ihm gegenüber Platz, meine Hände zitterten ein bisschen. »Bestimmt fragen Sie sich, was ich hier zu suchen habe, also lassen Sie uns anfangen. Wie gesagt, ich heiße Charles Stanley und vertrete die Interessen der Familie Thomas nun schon fast mein gesamtes berufliches Leben lang, wobei ich meist mit Vermögensangelegenheiten, der Einrichtung von Trustfonds und anderen finanziellen Anliegen befasst bin.«

»Entschuldigen Sie bitte«, unterbrach ich ihn, denn ich war schon jetzt völlig verwirrt. »Sie sprechen dauernd von der Familie. Das verstehe ich nicht. Wer gehört denn dazu?«

Charles Stanley nickte und begann noch einmal von vorn. »Ihr Vater hat mir die Erlaubnis gegeben, ganz offen mit Ihnen zu sprechen, deshalb kann ich Ihnen zu diesem Thema gerne alles sagen, was ich weiß. Derek Anders Thomas war der Sohn von Laura und Nicolas Thomas, die beide die meiste Zeit ihres Lebens in Lincoln, Massachusetts lebten. Dereks Bruder George Samuel Thomas ist drei Jahre jünger als er.

Derek besuchte eine private Highschool, danach studierte er in Cornell Bauingenieurwesen und schloss mit einem Master ab.«

»In Cornell?«, fragte ich überrascht. Warum hatte ich nichts davon gewusst?

»Ja«, bestätigte Charles Stanley ruhig, und seiner gleichmäßigen, tiefen Stimme war keinerlei emotionaler Bezug anzuhören. Dann fuhr er fort: »Danach beschloss er, nach Massachusetts zurückzukehren, um in der Nähe seiner Familie zu sein. Er nahm in Boston eine Ingenieurstelle bei einer Spitzenfirma an. Dort lernte er Rachel Walace kennen.« Er hielt inne, und ich hätte schwören können, dass in seinen dunklen Augen für einen Moment so etwas wie Mitgefühl aufflackerte. Dann führte er seinen nüchternen Bericht fort.

»Sie war die Urlaubsvertretung der Rezeptionistin. Ab hier vermischen sich die leicht recherchierbaren Fakten mit den Erzählungen Ihres Vaters und seiner eigenen Interpretation der Ereignisse. Demzufolge lässt sich vieles von dem, was ich Ihnen jetzt sage, leider nicht objektiv beweisen.

Bei ihrer ersten Verabredung glaubte Derek, Rachel wäre älter, als sie es tatsächlich war. Sie behauptete, sie sei sechsundzwanzig; er war damals zweiunddreißig. Sie gingen ein paarmal miteinander aus, und er fühlte sich in ihrer Gesellschaft ausgesprochen wohl. Sie war anders als die meisten Frauen in seinen Kreisen, und er sagte einmal, sie bringe frischen Wind in sein Leben.«

Mir wurde bereits anders, denn ich wusste, wie alt meine Mutter bei meiner Geburt gewesen war.

»Nach einiger Zeit fand er heraus, dass sie in Wirklichkeit erst zwanzig war, und brach die Beziehung sofort ab. Ihr Vater glaubte an Ehrlichkeit und Vertrauen, das war ihm das Allerwichtigste, und Rachel hatte ihn angelogen. Sie war tieftraurig über die Trennung und unternahm mehrere Versuche, ihn zurückzugewinnen. Gerade als er dachte, sie hätte endlich aufgegeben, erschien sie nach der Arbeit an seinem Auto – mit der Nachricht, sie sei schwanger.«

Ich atmete aus und schloss die Augen. Inzwischen war ich innerlich zu Eis erstarrt. Also war ich kein Wunschkind. Meine Eltern waren nicht verheiratet, eigentlich nicht einmal richtig zusammen gewesen.

»Ist alles in Ordnung mit Ihnen, Emily?«, erkundigte sich Charles. »Soll ich Ihnen ein Glas Wasser holen?«

»Ich mach das schon«, wehrte ich hastig ab und stand auf. Ich brauchte eine Unterbrechung, ich musste mich erst mal davon erholen, unter welchen Umständen ich in diese Welt gekommen war. Ich hatte es mir immer ganz anders vorgestellt. Mit meinem Glas Wasser setzte ich mich wieder an den Tisch, trank einen kleinen Schluck und sagte: »Machen Sie weiter, ich bin wieder fit.«

»Derek erklärte sich bereit, die Beziehung erneut aufzunehmen und die Verantwortung für das Baby zu tragen, wenn es auf der Welt war – für Sie also. Ein paar Monate später kaufte er ein Haus in Lincoln, wo Sie sieben Jahre lang aufgewachsen sind, Emily. Nach Dereks Tod wollte Rachel nicht mehr dort wohnen, das Haus gehörte rechtmäßig nicht ihr und wurde daher Teil von Dereks Vermögen. Was mich zu dem Grund führt, weshalb ich heute hier bin.«

»Warten Sie«, unterbrach ich ihn. »Haben meine Eltern je geheiratet? Hat mein Vater Rachel geliebt? Was ist mit seinen Eltern? Leben sie immer noch in Lincoln?«

»Tut mir leid, Sie haben sicher viel mehr Fragen, als ich Ihnen beantworten kann. Nein, Rachel und Derek haben nie geheiratet. Er hat für Rachel gesorgt und war sich sicher, dass sie ihn liebte. Aber er hat mir einmal gestanden, dass er ihr nicht vertraut hat. Sie war jung, verantwortungslos und neigte dazu, über die Stränge zu schlagen.«

Ich schüttelte den Kopf und verzog das Gesicht. Mir war klar, dass er auf seine höfliche Art andeuten wollte, sie sei schon damals Alkoholikerin gewesen. Vermutlich hatte sie schon immer getrunken – es hatte nichts mit ihrer Trauer zu tun, es war kein Versuch, mit dem plötzlichen Tod meines Vaters zurechtzukommen. Ihre Trinkerei war genauso ein Teil von ihr wie all die Lügen, die sie mir jahrelang aufgetischt hatte. Die Lüge von der märchenhaften Romanze, die Lüge einer glücklichen Ehe, die Lüge einer durch einen sinnlosen Unfall zerstörten Liebe. Und welchen Platz nahm ich in ihren Hirngespinsten ein?

Mein Hals war wie zugeschnürt, ich fühlte mich leer, doch gleichzeitig platzte mir vor lauter Gefühlen fast der Kopf.

»Ihre Großeltern zogen schon vor Ihrer Geburt nach Florida. Vor allem Ihre Großmutter missbilligte es zutiefst, dass ihr Sohn ein uneheliches Kind hatte, deshalb brachen sie den Kontakt zu Derek und Rachel und natürlich auch zu Ihnen ab. Anscheinend war Ihr Großvater nicht ganz so streng. Als er vor fünfzehn Jahren starb, vermachte er seinen Söhnen trotz Lauras Einwände eine beträchtliche Summe.

Dieses Erbe ist die Grundlage des Vermögens Ihres Vaters.« Er klappte den Aktenordner auf und breitete Blätter mit Zahlen und Graphiken vor mir auf dem Tisch aus. Ich war zu überwältigt, um zu begreifen, was sie bedeuteten, ich sah bloß verschwommene Tintenkleckse.

»Was ist das?«, stieß ich mit zitternder Stimme hervor.

»Das, Emily, ist Ihre Zukunft«, erklärte er. »Ihr Vater hat klug investiert, so dass sich mit dem Erbe Ihres Großvaters und dem, was Derek bei der Bostoner Firma verdient hat, dem Verkauf des Hauses in Lincoln sowie seiner Lebensversicherung ein recht eindrucksvolles Vermögen gebildet hat, das legal Ihnen gehören wird, wenn Sie im Juni achtzehn werden.

Ich habe beschlossen, nicht bis zu diesem Datum zu warten, um mit Ihnen zu sprechen, da Sie in Stanford ja finanzielle Verpflichtungen einzugehen haben, die im Voraus geregelt werden müssen. Herzlichen Glückwunsch übrigens zu Ihrer Zulassung.«

»Äh, danke«, antwortete ich mechanisch und starrte auf den Betrag unten auf dem Papier – die Zahlen vor dem Komma tanzten vor meinen Augen. »Das gehört alles mir? Ich kann mir also mein Studium selbst finanzieren?«

»Mein liebes Mädchen, Sie können sich das College samt Medizinstudium leisten und dann noch eine Klinik in Afrika eröffnen, wenn Sie möchten.« Ich sah in sein faltiges Gesicht, und zum ersten Mal entdeckte ich auf seinen Lippen die Andeutung eines Lächelns.

»Ich verstehe immer noch nicht ganz«, wandte ich ein. »George hat nie ein Vermögen erwähnt. Ich meine, ich habe doch jahrelang bei ihm und Carol gelebt.«

»George.« Charles Stanley wiederholte den Namen, als wäre er ihm ein unergründliches Rätsel. »Georges Entscheidungen waren mir nie ganz verständlich. Er hat auf jeden Fall eine ähnliche Summe geerbt wie Ihr Vater. Was er damit gemacht und ob er beispielsweise seine Frau eingeweiht hat – das weiß ich nicht.« Er hielt inne und sah mich ernst an. »Ich kann Ihnen gar nicht sagen, wie leid es mir tut, was Ihnen in seinem Haus widerfahren ist.« Tränen brannten in meinen Augen, und ich versuchte, sie wegzublinzeln. »Kein Mensch sollte so etwas durchmachen müssen, aber Ihr Vater wäre stolz auf die junge Frau, die aus Ihnen geworden ist, Emily. Sie sind stark und klug, und die Tatsache, dass Sie versuchen, mit Rachel ins Reine zu kommen, zeigt, dass Sie ein gutes Herz haben. Ihr Vater wäre sehr stolz auf Sie.«

Ich nickte, schluckte und wandte den Blick ab, denn ich wollte nicht, dass dieser Mann mich weinen sah.

»Sie werden weiterhin Ihre monatliche Auszahlung bekommen, wenn Sie achtzehn werden, wird sie erhöht. Bis zum College-Abschluss beziehungsweise Ihrem einundzwanzigsten Geburtstag haben Sie noch nicht die vollständige Kontrolle über Ihr Vermögen, aber wenn Sie irgendetwas brauchen – sei es einen Computer, ein Auto oder Hilfe in einer Notsituation –, können Sie jederzeit Kontakt mit mir aufnehmen, und ich werde die entsprechenden Maßnahmen für Sie einleiten. Ihr Vater hat mir die Aufgabe anvertraut, Sie nach bestem Wissen und Gewissen zu unterstützen.«

»Danke«, flüsterte ich, hatte aber nicht einmal die Hälfte dessen, was er mir gerade mitgeteilt hatte, verdaut.

»Emily …«, begann er noch einmal, und ich blickte in sein faltiges Gesicht, das bis auf das Leuchten in seinen Augen unbewegt blieb. »Sie können mich jederzeit anrufen, ganz gleich, aus welchem Grund. Bitte denken Sie immer daran. Ich weiß, dass Sie mich nicht kennen, aber ich hoffe, dass ich mir mit der Zeit Ihr Vertrauen verdienen kann, so, wie ich mir damals das Vertrauen Ihres Vaters verdient habe. Einstweilen möchte ich Ihnen raten, Rachel nichts von meinem Besuch und auch nichts von Ihrem Erbe zu erzählen.«

»Mein Vater hat ihr nie vertraut, nicht wahr?«

»Nein, niemals«, antwortete Charles Stanley sachlich. »Er hat Sie, seine Tochter, mehr geliebt als alles andere auf der Welt, und er wollte, dass Sie mit beiden Elternteilen aufwachsen. Aber in finanziellen Dingen hat er sich nie auf Rachel verlassen, und er hätte ihr auch seine Tochter niemals anvertraut.«

»Was?«, fragte ich verwundert. »Wie meinen Sie das?«

»Er hat eine Frau eingestellt, die sich um Sie gekümmert hat, wenn er bei der Arbeit war. Rachels Impulsivität hat ihm immer Sorgen gemacht, und er wollte Sie nicht mit ihr allein lassen. Leider konnten wir vor dem Unfall kein alternatives Sorgerechts-Arrangement mehr für den Fall seines Todes aushandeln. Er hat nach einer Möglichkeit gesucht, die Rechte der biologischen Mutter zu umgehen, damit Sie bei jemandem aufwachsen, der Sie liebt und für Sie sorgt.

Wir haben aber Rachels Anteil an seinem Vermögen festgelegt, genauso wie die monatliche Summe für Ihren Unterhalt – die dann George und Carol zugänglich gemacht wurde, als sie das Sorgerecht für Sie übernommen haben.

Ihr Leben hätte anders aussehen sollen, Emily. Ihr Vater hat sich so viel mehr für Sie gewünscht, und ich bin überzeugt, er würde sich freuen, wenn er wüsste, dass Sie es jetzt endlich bekommen.«

Aber ich würde alles hergeben, wenn ich dafür ihn wiederhaben könnte, hätte ich am liebsten gesagt. Ich musste mich anstrengen, Charles Stanley noch einmal ins Gesicht zu sehen, so sehr wühlten meine Gefühle mich auf.

Einen Moment lang saßen wir schweigend am Tisch, dann schob er die Papiere zusammen, legte sie wieder in den Ordner und gab ihn mir. Aber ich schüttelte abwehrend den Kopf. »Ich glaube, die sind bei Ihnen besser aufgehoben. Ich möchte nicht, dass meine Mutter sie findet.«

Charles nickte zustimmend und steckte die Akte zurück in seine Mappe. »Dann sollten Sie meine Nummer aber auch lieber in Ihr Handy einspeichern, anstatt meine Karte aufzuheben.«

Ich holte sofort mein Telefon heraus und gab die Nummer unter den Initialen »CS« ein.

»Es war mir ein Vergnügen, Sie endlich kennenzulernen, Emily«, sagte Charles, stand auf und schob den Stuhl wieder unter den Küchentisch. »Haben Sie noch eine Frage, bevor ich gehe?«

»Nein«, antwortete ich leise. Mit schwirrte der Kopf.

»Bitte rufen Sie mich an, falls Ihnen etwas einfällt.«

Ich brachte ihn zur Tür, er drehte sich zu mir um und setzte seinen Hut auf. »Geben Sie auf sich acht.« Ehe ich etwas erwidern konnte, war er schon draußen, und ich sah ihm nach, wie er die Auffahrt hinunter zu einem großen, glänzenden Auto ging, das am Straßenrand auf ihn wartete. Es hätte mich nicht überrascht, wenn ein Chauffeur ausgestiegen wäre und ihm die Tür aufgehalten hätte.

Ich starrte noch immer zu der Stelle, wo der Wagen gestanden hatte, als mein Telefon in meiner Tasche vibrierte. Ich zog es heraus und nahm das Gespräch an.

»Wir haben heute früher Schluss beim Training«, verkündete Evan aufgeregt. Die Leichtigkeit in seiner Stimme war wie ein Schock für meine Ohren, denn ich hatte immer noch das Gefühl, gerade durch einen Wirbelsturm gesegelt zu sein. »Können wir uns in einer Stunde bei mir zu Hause treffen?«

Plötzlich fiel mir ein, dass ich meine Wäsche noch nicht einmal in die Waschmaschine gesteckt hatte. »In einer Stunde? Ja … das müsste ich schaffen.«

Ich legte auf und ging gedankenverloren in den Keller. Dort sortierte ich meine Sachen, damit ich auf jeden Fall die richtigen Klamotten wusch.

Dann ging ich in mein Zimmer und setzte mich aufs Bett. Immer noch benommen starrte ich auf das Foto, das Leyla und Jack mir geschickt hatten. Schließlich stand ich auf und nahm es in die Hand. Sosehr ich sie auch vermisste, ich vermied es doch, an sie zu denken, es quälte mich zu sehr.

Nachdenklich betrachtete ich die Frau auf dem Bild. Die Frau mit den grauen Haaren. Meine Großmutter.

Diese Familie würde niemals meine sein.

Dann ging mir plötzlich ein Licht auf.

Ich krümmte mich zusammen, als hätte ich einen Schlag in den Magen bekommen. Noch immer begriff ich nicht vollständig, was gerade passiert war, aber eine Erkenntnis traf mich mit einer solchen Wucht, dass es mir den Atem verschlug.

Ich war unerwünscht, ich hätte niemals existieren sollen!

31
waS wäRe, wEnn

Als ich bei Evan ankam, hatte ich mich immer noch nicht wieder ganz im Griff. Er saß in der Hollywoodschaukel auf der Veranda und las in irgendeinem Lehrbuch.

»Hi«, sagte ich, setzte mich neben ihn, und wie immer füllte mich seine Gegenwart augenblicklich aus. Offensichtlich hatte er gerade geduscht, denn seine Haare waren noch nass. »Was liest du denn da?«

»Ach, nichts Interessantes«, antwortete er, klappte das Buch zu und legte es unter die Schaukel. Dann hob er den Arm, damit ich es mir an seiner Seite gemütlich machen konnte. Ich lehnte den Kopf an seine Brust und atmete seinen Duft ein. »Mir gefällt diese Woche«, sagte er leise.

Ich wusste, dass er damit das Wetter meinte – wie angenehm es war, Anfang April mit kurzen Ärmeln hier draußen sitzen zu können –, aber ich war so in Gedanken, dass ich nur ein kurzes spöttisches Schnauben ausstieß, was er als Widerspruch auffasste.

»Was denn, gefällt es dir etwa nicht?«, fragte er und sah auf mich herunter.

»Oh – sorry!«, entschuldigte ich mich hastig. »Doch, natürlich, es ist wunderschön hier draußen.«

»Woran hast du denn gerade gedacht?«, fragte Evan. Er kannte mich einfach viel zu gut.

Ich setzte mich auf, um ihm ins Gesicht sehen zu können. Mir schwirrte noch immer der Kopf, ich wusste nicht, ob ich in Worte fassen konnte, was ich selbst noch nicht vollständig begriffen hatte, aber ich wollte es wenigstens versuchen. Es dauerte eine Weile, bis ich den Mund aufbekam, Evan wartete geduldig.

»Ich will ja jetzt nicht übertrieben tiefsinnig klingen, aber ich habe darüber nachgedacht, was für große Auswirkungen eine einzige Kleinigkeit manchmal haben kann. Ursache und Wirkung. Eine Entscheidung und ihre Folgen. Steckt ein Grund dahinter, oder ist es einfach nur Zufall? Beliebigkeit? Zum Beispiel die Begegnung von zwei Menschen. Sie verabreden sich, sie schlafen miteinander, und ehe man sich's versieht, kommt ein Baby auf die Welt. Ob es nun gewollt war oder nicht. Ob die beiden einander lieben oder nicht. Es ist einfach passiert. Aber was ist, wenn es nie hätte passieren sollen?«

Evan schwieg einen Moment. »Wo kommen denn diese Gedanken plötzlich her?«

»Ich habe heute Nachmittag etwas erfahren, und ich bin mir nicht sicher, ob ich jetzt schon darüber sprechen kann.«

»Hast du Lust, ein Stück spazieren zu gehen und dabei weiter über den Sinn des Lebens zu philosophieren? Wir können das Reden natürlich auch lassen und einfach nur spazieren gehen. Allerdings bestehe ich darauf, deine Hand zu halten – dieser Punkt ist nicht verhandelbar.«

»Gut«, antwortete ich und bemühte mich zu lächeln, damit ich nicht ganz so ernst rüberkam. »Ich möchte auch, dass du meine Hand hältst.«

Evan führte mich zur Rückseite des Hauses, und wir folgten dem Weg über die Wiese zum Wald hinüber. Eine Weile gingen wir schweigend nebeneinander her und lauschten den Vögeln und dem Rascheln des Windes in den Bäumen. Sonst war nichts zu hören. Aber meine Gedanken waren keineswegs still.

»Bist du bereit, etwas mit mir auszuprobieren?«, fragte ich und betrachtete dabei fasziniert unsere Füße, die sich vollkommen synchron nebeneinander her bewegten.

»Ja … klar«, antwortete er zögernd.

»Lass uns über ›Was wäre, wenn‹ nachdenken. Aber du darfst nicht zu viel hineininterpretieren, es ist bloß eine Art Spiel.«

»Ja, ich weiß, wie ›Was wäre, wenn‹ geht«, meinte Evan.

»Also – was wäre, wenn es mich nicht geben würde? Wenn ich nie auf die Welt gekommen wäre.«

»Em!« Stirnrunzelnd blieb Evan stehen.

»Es ist bloß hypothetisch, denk dran. Ich habe nicht vor, mich umzubringen, ehrlich nicht«, versicherte ich ihm hastig.

»Na gut«, gab er nach. »Was wäre, wenn du nicht existieren würdest? Ich denke, du hast dir bereits eine Antwort überlegt, also sag sie mir doch einfach.«

»Wenn es mich nicht gäbe, wäre mein Vater noch am Leben.« Ich blickte zu Boden, denn allein die Worte ließen mich schaudern. Meine Augen füllten sich mit Tränen.

»Wenn ich nie existiert hätte, würden Leyla und Jack immer noch mit beiden Elternteilen zusammenleben«, fuhr ich fort, so ruhig ich konnte.

»Wenn ich nie existiert hätte, wäre meine Mutter womöglich glücklich.«

Evan blieb stehen. Inzwischen waren wir am Ende des Waldweges angekommen, vor uns lag eine große Wiese.

»Und was ist mit mir?«, fragte er und sah mich durchdringend an.

»Na ja, dann würdet ihr miteinander reden, du und dein Vater«, antwortete ich gewollt humorvoll. Ich versuchte, zu dem ursprünglich hypothetischen Spiel zurückzukehren.

Evan lachte leise. »Nein, ich glaube, das ist eher unwahrscheinlich. Wir würden garantiert einen anderen Grund finden, um uns zu streiten … oder nicht miteinander zu reden.«

Wieder schwiegen wir eine Weile und überquerten stumm die Wiese, die bereits in atemberaubendem Frühlingsgrün leuchtete. Nach all dem Regen in der letzten Zeit sprudelte der Bach munter über die Steine.

Evan setzte sich, ich schmiegte mich an ihn und sah hinaus aufs Wasser.

»Bin ich jetzt dran?«, fragte Evan. »Ich möchte deinen Vorschlägen gerne etwas entgegensetzen.«

»Schieß los.«

»Du kannst nicht wissen, wie das Leben deines Vaters verlaufen wäre, wenn er den Unfall nicht gehabt hätte. Ich habe das Gefühl, dass er ohne dich nicht halb so glücklich gewesen wäre. Ich habe ihn auf den Fotos mit dir gesehen, sein strahlendes Gesicht. Du hast ihn glücklich gemacht, und ich finde die Vorstellung schrecklich, dass er auf dieses Glück hätte verzichten müssen – selbst wenn er es nicht für immer behalten konnte.« Mit tränennassen Augen lächelte ich ihn liebevoll an. Er hielt meine Hand ganz fest, und ich lehnte den Kopf an seine Schulter.

»Und so leid es mir für Leyla und Jack auch tut, Carol wäre ohne dich dieselbe gewesen. Du hast sie nicht zu dem gemacht, was sie ist, und mehr Worte möchte ich über sie auch gar nicht verlieren.« Ich sah ihn an und merkte, wie sein Nacken sich anspannte, wenn er an Carol dachte. Ich drückte seine Hand, um ihm zu zeigen, dass ich ihn verstanden hatte.

»Die Verfassung deiner Mutter kann ich nicht gut genug nachvollziehen, um deinem Gedankengang zu widersprechen. Wenn du meinst, es würde sie glücklich machen, wenn dein Vater noch am Leben wäre – vielleicht. Aber in ihr schwelt noch viel mehr als nur Traurigkeit, das war an ihrem Geburtstag allzu deutlich zu erkennen. Wie gesagt, ich durchschaue nicht ganz, was genau mit ihr los ist, aber ich bezweifle sehr, dass es in erster Linie etwas mit dir zu tun hat.« Ich hatte nicht die Kraft, ihn vom Gegenteil zu überzeugen – ich wusste einfach, dass ich zumindest entscheidend zu ihrem Unglück beitrug.

»Und ich wäre ganz bestimmt nicht derselbe ohne dich.« Gespannt hob ich den Kopf und lauschte. »Wir können über den Sinn deines Lebens nachdenken, soviel du möchtest, aber du sollst wissen, dass du der Grund für beinahe alles bist, was ich tue – und ich will es so.« Ein Lächeln erschien auf seinem Gesicht, mir wurde warm ums Herz, und meine Brust weitete sich vor Liebe. Ich reckte mich zu ihm empor und küsste ihn.

»Und was ist mit deinem Vater?«, fragte ich, nachdem wir uns voneinander gelöst hatten.

Mit einem ironischen Lächeln antwortete Evan: »Da brauchst du dir absolut keine Sorgen zu machen. Meine Mutter wird niemals zulassen, dass er mir Stanford vermiest und mir dich wegnimmt. Er hat mich zu dem erzogen, der ich heute bin, also muss er endlich loslassen und anerkennen, wer ich bin. Die Entscheidung, wo ich hingehe, liegt einzig und allein bei mir. Mein Vater muss lernen, damit zu leben.« Evans Stimme war ruhig und fest, keine Spur von Hass oder Frustration, wie ich befürchtet hatte. Ich bewunderte ihn für sein reifes Verhalten.

»Und – fühlst du dich jetzt besser? Hast du dich ein bisschen mit der Tatsache angefreundet, dass du existierst?«, fragte er.

»Ja«, antwortete ich und schlug schüchtern die Augen auf. »In deiner Nähe kommt man sich … irgendwie wichtig vor.«

»Gut.« Evan lächelte, beugte sich zu mir und küsste mich. Seine Worte besänftigten den Sturm in meinem Innern, bis nur noch ein leichter Windhauch zu spüren war. Ich war zwar von dem, was ich heute erfahren hatte, immer noch durcheinander, aber dafür wusste ich jetzt, wohin ich gehörte – hierher, zu Evan.

Ich legte meinen Kopf auf seinen Schoß und schloss die Augen, um die Wärme der Sonne in mich aufzusaugen. »Hier gefällt es mir.«

»Mir auch.« Evan spielte mit meinen Haaren. »Die Sonne steht dir gut.«

Ich lauschte dem murmelnden Bach neben uns, die Sonne schien mir warm ins Gesicht, und Evans zärtliche Berührung prickelte auf meiner Haut. Zu gern hätte ich den Moment festgehalten und aufbewahrt, damit ich ihn bei Bedarf immer wieder erleben konnte.

»Man hat mir irgendwann mal gesagt, dass Mädchen ein bisschen Zeit brauchen, um sich vorzubereiten«, meinte Evan nach einer Weile. »Deshalb stelle ich dir lieber jetzt schon die Frage: Emma Thomas, möchtest du mit mir zum Abschlussball gehen?«

Ich fuhr auf, setzte mich kerzengerade hin und starrte ihn schockiert an. »O mein Gott, der Ball ist ja schon in einem Monat, richtig?« Er nickte, und ich antwortete: »Ja, Evan Mathews, ich würde sehr gern mit dir zum Abschlussball gehen.« Aber dann fiel mir etwas ein. »O nein, das heißt, ich muss mir ein Kleid besorgen, stimmt's?«

»Oder nackt hingehen. Ich hab gehört, das ist die neueste Mode«, sagte Evan grinsend. Ich lachte.

»Das würde dir wohl gefallen, was?«, neckte ich ihn. »Oh, warte! Versprich mir bitte, dass wir nicht in der Nacht des Abschlussballs miteinander schlafen.« Evan machte große Augen. »Wir können doch nicht eins dieser Pärchen sein, die ausgerechnet nach dem Abschlussball Sex haben.« Schon allein der Gedanke war mir unangenehm. So wollte ich mich auf gar keinen Fall an mein erstes Mal erinnern. Das war doch wie in einem schlechten Film …

»Na gut, wir werden nicht ausgerechnet nach dem Ball miteinander schlafen, versprochen«, sagte Evan und verkniff sich allzu offensichtlich ein Lächeln. »Wie wäre es denn mit der Nacht davor?«

»Was? Meinst du das ernst?« Ich musterte ihn prüfend und sah, dass er tatsächlich nicht spaßte. »Du willst das wirklich *planen*?«

»Warum denn nicht? Spontan klappt es ja anscheinend bei uns nicht. Da können wir doch genauso gut einen Termin vereinbaren.«

»Dann, ja. Ich werde in der Nacht vor dem Abschlussball mit dir schlafen«, sagte ich, und es klang auf komische Weise ernst. »Jetzt haben wir eine Verabredung zum Sex.«

Evan lachte. »Ja, und ich kann es kaum erwarten.« Dann beugte er sich über mich und nahm mir mit seinen Lippen den Atem.

Als ich nach Hause kam, stieg Rachel gerade aus dem Auto. Ich fand es immer noch seltsam, sie so zu nennen – Rachel –, und wiederholte es in Gedanken. Sie hatte schon früher gewollt, dass ich sie beim Vornamen nannte, und auch Charles Stanley hatte das gemacht. »Ihr Vater«, hatte er gesagt, aber immer »Rachel« – kein einziges Mal hatte er sie als meine Mutter bezeichnet. Und das war garantiert kein Zufall gewesen.

Sie wartete auf mich, und wir gingen zusammen ins Haus. »Wie war das Essen?«

»Schön«, antwortete ich. »Genau das, was ich brauchte.«

»Freut mich«, meinte sie, wirkte aber etwas verdutzt über meine Antwort.

»Hast du auch schon gegessen?«, fragte ich sie, als wir das Licht in der Diele und im Wohnzimmer anknipsten.

»Wir haben uns im Büro was bestellt.«

Meine Mutter schleuderte ihre High Heels von den Füßen und zerrte ihre Bluse aus dem Bund ihrer eleganten Hose. Ich beobachtete sie und wartete, ob sie sich wie üblich ein Glas Wein aus der Küche holen würde, aber sie setzte sich gleich neben mich auf die Couch und schaltete den Fernseher an.

Plötzlich überwältigten mich all die Gedanken in meinem Kopf, und ich hörte mich fragen: »Wo kommst du her?« Ich sah sie nicht an, sondern hielt den Blick starr auf den Bildschirm gerichtet.

»Was?«, fragte sie überrascht, zappte sich aber unbeirrt weiter durch die Programme.

Jetzt hätte ich meine Frage zurücknehmen und nicht weiter in sie dringen können. Aber ich wollte es wissen. »Wo bist du aufgewachsen?«

Bei einer Angelsendung, die sie unmöglich absichtlich eingeschaltet haben konnte, hielt sie inne, also wusste ich, dass sie mich gehört hatte. Ich wandte mich ihr zu. Sie starrte mich verständnislos an, und ich machte mich darauf gefasst, dass sie meine Frage nicht beantworten würde.

»Auf einer kleinen Farm in Pennsylvania«, antwortete sie langsam. »Warum willst du das wissen?«

»Vermutlich, weil du bisher nicht mit mir darüber geredet hast«, erklärte ich sachlich. »Wohnen deine Eltern immer noch dort?«

Sie schwieg, schaute von mir zum Fernseher und wieder zurück, als müsste sie überlegen, ob sie dieses Gespräch tatsächlich führen wollte. Allem Anschein nach hatte sie mit meinen Fragen nicht gerechnet, und vielleicht antwortete sie mir nur, weil sie so überrumpelt war. »Kann sein, dass meine Mutter noch dort lebt, aber ich weiß es nicht genau. Ich bin mit ein paar Freunden weggezogen, als ich siebzehn war, und hab nie zurückgeschaut. Meinen Vater hab ich gar nicht gekannt, er war ein Säufer und ist abgehauen, als ich noch ganz klein war.«

»Warum weiß ich das alles nicht?«, fragte ich neugierig. Es überraschte mich nicht, dass sie aus einem zerrütteten Elternhaus stammte, schließlich hatte sie nie über ihre Familie gesprochen und sie auch nie besuchen wollen.

»Ich beschäftige mich nicht gern mit der Vergangenheit. Was für einen Sinn soll das auch haben?« Sie sah wieder zum Fernseher und begann erneut, sich durch die Programme zu zappen.

Was sie sagte, erschien mir ziemlich absurd, vor allem, da sie den Tod meines Vaters angeblich nie überwunden hatte. Vielleicht hatte sie ihn ja überwunden, und der schreckliche Unfall war für sie nur eine Entschuldigung dafür, sich schlecht zu fühlen. Jedenfalls schien sie sich nicht allzu sehr anzustrengen, glücklich zu sein. Außer vielleicht mit Jonathan – aber selbst dieses Glück hatte sie mit ihrer Trinkerei und ihren Ausrastern sabotiert. Womöglich suhlte sie sich gern in ewiger Traurigkeit. Ich verstand einfach nicht, warum sie so leben wollte.

»Warum unternimmst du nicht mal den Versuch, mit mir über das zu sprechen, was mir bei Carol und George widerfahren ist?«

Das traf sie anscheinend hart, und mir wurde klar, dass ich an eine Grenze gestoßen war. Aber ich konnte mich nicht mehr zurückhalten.

»Warum bin ich überhaupt zu ihnen gekommen? Warum hast du mich mit ihnen alleingelassen?« So viele Jahre lang hatte diese Frage mich gequält und fast zerstört, denn ich hatte immer geglaubt, es läge an mir, ich wäre einfach zu anstrengend für sie gewesen. Deshalb hatte ich perfekt sein und niemals wieder jemandem zur Last fallen wollen. Die Narben, die ich davongetragen hatte, waren noch heute sichtbar.

Und jetzt wollte ich endlich die Wahrheit wissen.

»Ich hab dich nicht alleingelassen«, flüsterte sie. Was sollte das bedeuten? Ich war fassungslos, aber bevor ich ein Wort herausbrachte, stand sie auf und verließ das Zimmer. Ich sah, wie sie in die Küche ging und nach der Kühlschranktür griff. Einen Moment lang verharrte sie. Offenbar kämpfte sie mit der Entscheidung, ob sie die Kühlschranktür aufmachen sollte oder nicht.

Ich wartete. Nach einer Weile ließ sie den Griff wieder los und schüttelte heftig den Kopf. Sie wirkte verstört und erschöpft.

»Ich weiß wirklich nicht, warum du darüber reden möchtest«, sagte sie von der Tür her, und ihre Stimme zitterte. »Warum musst du Dinge wieder ausgraben, die so lange her sind? Wir können die

Vergangenheit nicht ändern, also lass uns doch lieber nach vorn blicken, okay?«

Ich sah das nervöse Zucken in ihren blauen Augen und nickte langsam.

»Ich geh in die Badewanne«, verkündete sie und verschwand die Treppe hinauf.

Ich hatte immer Angst gehabt, ihr Fragen zu stellen, und wusste nicht, woher ich den Mut dafür plötzlich genommen hatte. Aber mit Sicherheit hatte der Besuch von Charles Stanley etwas damit zu tun.

Ich war darauf gefasst gewesen, dass sie wütend auf mich werden, mich vielleicht sogar anschreien würde, aber nichts dergleichen war passiert. Stattdessen hatte sie nervös und betroffen reagiert. Und vielleicht sogar ein bisschen … schuldbewusst?

32

im WaLd

In dieser Nacht schlief ich schlecht, aber ich hatte auch nichts anderes erwartet. Immer wieder griff ich nach meinem Handy und wollte Jonathan anrufen, damit er mich mit absurden Gesprächen über verpfuschte Science-Fiction-Filme oder Kissen gegen Fußpilz ablenkte. Aber ich hatte meiner Mutter versprochen, den Kontakt zu ihm abzubrechen, also ließ ich es bleiben.

Als es Morgen wurde, hörte ich Rachels Zimmertür aufgehen und dann das Dröhnen der Wasserleitung. Sie war früh dran, wahrscheinlich wollte sie aus dem Haus sein, bevor ich aufstand. Also mied sie mich wieder einmal. Vielleicht war ich nicht die Einzige, die letzte Nacht keinen Schlaf gefunden hatte.

Ich wartete, bis die Haustür ins Schloss fiel, dann stand ich auf. Unter der Dusche überlegte ich, ob ich mich bei meiner Mutter entschuldigen sollte, damit sie mir nicht mehr aus dem Weg ging. Andererseits würde vielleicht schon heute Abend alles wieder normal sein, oder mein Wochenende mit Sara würde es richten. Vielleicht war es mir aber auch einfach egal, dass sie mich mied.

Dieser Gedanke überraschte mich.

Ich hatte keine Ahnung, woher er kam, aber er fühlte sich so untypisch für mich an. Gleichzeitig allerdings auch ehrlicher als so viele andere Gedanken in der letzten Zeit.

Ich zog mir meine Jeans und ein figurbetontes graues T-Shirt an. Dazu wählte ich die rosa karierten Chucks, die ich mich bisher nur selten zu tragen getraut hatte. Die Schuhe waren ein Hingucker, und normalerweise wollte ich keine Aufmerksamkeit auf mich ziehen. Trotz der angekündigten fünfundzwanzig Grad nahm ich sicherheitshalber meine Kapuzenjacke mit.

Irgendwie fand ich es gemein, dass das Wetter uns einen Sommer vorgaukelte, der noch nicht da war. Bei den momentanen Temperaturen schienen der Sommer und die Abschlussprüfungen zum Greifen nahe – dabei würde es noch gut zwei Monate dauern, bis es endlich so weit war.

Ich griff mir meinen Rucksack und meine Fußballtasche und verließ das Haus. Auf dem Weg zu meinem Auto sah ich ein schwarzes Motorrad näher kommen. Verwundert beobachtete ich, wie es in die Auffahrt einbog und neben mir anhielt.

Der Fahrer trug Jeans, ein schwarzes T-Shirt und einen Helm, der mich an einen Gefechtshelm erinnerte – kein sonderlich guter Schutz, soweit ich wusste. In der verspiegelten Brille sah ich mein verdutztes Gesicht. Dann lächelte der Motorradfahrer, und dieses Lächeln kam mir sehr bekannt vor.

»Jonathan?«

»Guten Morgen«, antwortete er und schaltete den Motor ab. »Wie geht's?«

»Äh, ganz gut«, antwortete ich, immer noch etwas verwirrt. »Was machst du denn hier? Ich dachte, wir hätten vereinbart, es wäre besser, wenn wir nicht mehr miteinander reden.«

»Nein, das haben wir nicht vereinbart«, gab er zurück und nahm die Brille ab. »*Rachel* hat es beschlossen, und sie ist momentan nicht hier. Ich persönlich halte nämlich überhaupt nichts davon, den Kontakt zu dir abzubrechen. Du etwa?«

Seine trotzige Haltung erstaunte mich, und ich wusste nicht, was ich davon halten, geschweige denn dazu sagen sollte.

»Lass uns was zusammen unternehmen«, sagte Jonathan, und es klang nicht wie ein Vorschlag, sondern wie eine Aufforderung.

Ich lachte. »Aber ich muss zur Schule! Und du solltest bestimmt längst bei der Arbeit sein, oder nicht?«

»So einen Tag solltest du nicht in der Schule verbringen. Und nein, *ich* sollte genau hier sein«, erklärte er mit fester Stimme. »Komm schon, Emma. Du hast deinen Studienplatz in Stanford sicher. Daran wird auch ein Tag Schuleschwänzen nichts ändern.«

»Ich weiß nicht«, erwiderte ich zögernd, musterte skeptisch seine schwarze, chromverzierte Harley und überlegte, ob ich wirklich aufsteigen – und tatsächlich die Schule schwänzen sollte.

»Du warst damit einverstanden, dass wir etwas zusammen machen, also los. Denk nicht so viel nach, steig einfach auf, Emma.« Seine Stimme klang energisch, er wollte keine Ausflüchte hören. Er setzte die Sonnenbrille auf, startete die Maschine, und sie erwachte mit einem tiefen Laut zum Leben. Auch sie rief mich auf die Straße hinaus.

Ich holte tief Luft ... und hörte auf zu denken. So schnell ich konnte, warf ich meine Taschen hinten ins Auto, packte meine Sonnenbrille und streifte meine Kapuzenjacke über. Als ich mich wieder zu Jonathan umdrehte, hielt er mir mit einem schiefen Lächeln den zweiten schwarzen Helm hin.

Ich befestigte die Riemen unter meinem Kinn und setzte die Sonnenbrille auf. Währenddessen klappte Jonathan den Ständer des Motorrads hoch. Ich schwang mich auf den Sitz. Wir rutschten sofort eng zusammen, meine Beine pressten sich an seine. Ich umfasste Jonathans Taille und schloss die Augen.

Vielleicht hatte ich es geschafft, für den Moment mein Gehirn auszuschalten, aber mein Herz raste wie wild. Mir war klar, dass die Panik mich überwältigen würde, wenn ich auch nur eine Sekunde lang innehalten und darüber nachdenken würde, was für ein Irrsinn dieser Ausflug war – und das in mehrfacher Hinsicht! Wir würden einen grausamen Tod sterben, wenn Jonathan sich mit dem Motorrad ungeschickt in die Kurve legte. Vielleicht war es durchaus von Vorteil, sich über manche Dinge keine Gedanken zu machen.

Langsam wendete Jonathan die Maschine, stieß sich ein paarmal vom Boden ab und beschleunigte dann. Als wir unser Viertel verließen, schaltete sich mein Gehirn wieder ein – was zur Hölle tat ich da? Ich schwänzte die Schule, um mit dem Exfreund meiner Mutter auf dem Motorrad weiß Gott wohin abzuhauen – das war definitiv keine gute Idee. Aber bevor diese Stimme der Vernunft zu laut werden konnte, verdrängte ich sie schnell wieder. Stattdessen sah ich Weslyn an mir vorübersausen, schloss die Augen und spürte den Wind in meinem Gesicht, während das Motorrad zwischen meinen Beinen vibrierte. Ein Adrenalinrausch durchflutete mich, und ich beschloss, mich einfach mitreißen zu lassen, ohne an die Konsequenzen zu denken.

Natürlich hatte ich keine Ahnung, wohin Jonathan uns fahren würde. Bis zu meiner spontanen Entführung hatte ich nicht einmal über dieses »Irgendwas« nachgedacht, das ich Jonathan am Telefon versprochen hatte. Wir landeten auf dem Highway, fuhren von dort in westlicher Richtung durch Connecticut und dann über die Grenze in den Bundesstaat New York.

Dort verließen wir den Highway und folgten einer kurvenreichen Straße durch den Wald. Die Häuser lagen in den Bäumen versteckt, nur die Briefkästen an der Straße wiesen auf sie hin. Jetzt verlangsamte Jonathan das Tempo, und ich traute mich, ihn etwas zu fragen, das mich schon die ganze Zeit beschäftigte: »Wo fahren wir eigentlich hin?« Ich musste schreien, um mich verständlich zu machen.

»Ich möchte dir gern etwas zeigen!«, antwortete er ebenso laut.

Nach ein paar weiteren Kurven wurde Jonathan noch langsamer und bog schließlich in eine Straße ein, die kaum diese Bezeichnung verdient hatte – in den ausgefahrenen Spurrillen wucherten Unkraut und Gras. Wir schlängelten uns über Stock und

Stein, bis wir endlich vor den skelettartigen Überresten eines Gebäudes haltmachten.

Ich nahm meinen Helm ab und betrachtete neugierig das Grundstück, während Jonathan das Motorrad parkte. Als ich abstieg, zitterten meine Beine von der langen Fahrt.

Offensichtlich war das Haus komplett abgebrannt und nur eine Ruine zurückgeblieben. Zwischen den verkohlten Pfeilern stand aufrecht ein großer steinerner Schornstein, ganz hinten hatten einige rußgeschwärzte Querbalken dem Feuer getrotzt. Sie verbanden die Ruine noch immer mit dem, was einmal die Veranda gewesen sein mochte. Das Steinfundament umriss ein eher bescheidenes Heim, dessen Innenausstattung nicht mehr zu erkennen war.

»Warum sind wir hier, Jonathan?«, fragte ich und drehte mich zu ihm um. Aber er hatte keine Augen mehr für mich, sondern starrte gebannt auf die verkohlte Ruine.

Auf einmal meldete sich mein Bauchgefühl. Mir gefiel dieser Ort nicht, irgendetwas an diesen verrußten Überresten eines Hauses mitten im Wald wirkte gespenstisch, als verberge es eine dunkle Geschichte, die ans Licht kommen würde, wenn man nur genau genug hinsah.

»Wovor hast du Angst, Emma?«

»Was?« Ich zuckte heftig zusammen, denn es kam mir vor, als hätte er meine Gedanken gelesen.

»Was hält dich nachts wach? Woher kommen deine Albträume? Wovor hast du Angst?«

Das ungute Bauchgefühl wurde immer stärker, ich wollte nur noch weg. An diesem Ort waren schlimme Dinge passiert, hier hatten Albträume ihren Ursprung. Mir lief es kalt den Rücken runter, als mir plötzlich klar wurde, wo wir waren.

»Du hast hier gewohnt, nicht wahr?«, fragte ich, kaum hörbar, verstört von dem fernen Glanz in Jonathans Augen, die unablässig über die Ruine wanderten und jeden Zentimeter absuchten – als wollte er das Haus im Kopf wieder zusammensetzen. »Was ist hier geschehen?«

»Ich dachte, ich würde anders reagieren. Mich mehr fürchten, glaube ich«, meinte Jonathan nachdenklich, aber er sprach eher zu sich selbst als zu mir. »In meinen Träumen ist es so viel schrecklicher. Flammen schlagen aus den Fenstern, Rauch verdunkelt die Sterne. Und ich kann nicht näher kommen, weil es so heiß ist. Ich habe das Gefühl, meine Haut würde schmelzen.« Er ging auf das Haus zu, die Hände vor sich ausgestreckt, als fühlte er die Hitze.

Ich sah zu, wie sich der Albtraum vor ihm entfaltete. Jonathan war nicht mehr hier, in der Gegenwart, bei mir – er war tief in die Vergangenheit eingetaucht und durchlebte sie erneut. Ich war zu bestürzt, um ihn zurückzuholen.

Langsam hockte er sich vor den Steinstufen hin und streckte wieder die Hände aus, zögernd, als wäre er darauf gefasst, sie schnell wieder zurückziehen zu müssen. Vorsichtig fuhr er mit den Händen über die unebene Oberfläche und schüttelte den Kopf.

»Ich hab einfach im Wald gesessen und zugeschaut, wie alles niederbrannte. Aber die Schreie … ihre Schreie klingen alle gleich.«

»Was?«, hakte ich schockiert nach. Mir wurde eng um die Brust. »Ist in dem Feuer jemand umgekommen?« Dann fiel es mir wieder ein. »War dein Vater dort drin? Ist er im Feuer gestorben?«

»Ja, zusammen mit meiner Mutter und meinem kleinen Bruder«, murmelte Jonathan, der jetzt auf der untersten Steinstufe saß und sich mit den Fingern durch die Haare fuhr.

Behutsam kam ich näher und setzte mich neben ihn auf den kühlen Stein. »Hat er das Feuer gelegt?« Jonathan schüttelte den Kopf.

»Hast du mich deswegen hergebracht? Um mir deinen Albtraum zu zeigen – den Traum, der dich immer wieder heimsucht?«

»Eigentlich hab ich es für mich getan«, gestand Jonathan und warf mir einen Blick zu. »Ich dachte, wir sollten uns gemeinsam unseren Ängsten stellen. Vor allem, weil wir beide bald von hier weggehen. Dann können wir offiziell neu anfangen, ohne dass unsere Angst uns verfolgt. Aber eigentlich habe ich gar keine Angst, ich bin eher wütend.« Er ballte die Fäuste und presste sie gegen seine Oberschenkel. »Dieser Mann hat mir in jener Nacht alles genommen, und ich kann es nicht ändern. Er ist tot, und sie sind es auch.« Jonathans Gesicht war hart, sein Blick kalt. Dann beugte er sich plötzlich vor und schlug die Hände vors Gesicht.

Kaum hörbar stieß er hervor: »Sie hätten nicht da drin sein sollen. So etwas hätte ihnen niemals passieren dürfen. Ich höre ihre Schreie, ständig, immer wieder. Sie erinnern mich daran, dass ich es nicht geschafft habe, sie zu retten.«

»Es ist nicht deine Schuld«, tröstete ich ihn leise. »Du hast ihnen das nicht angetan. Vielleicht musst du genau das tun – dir selbst vergeben.«

Jonathan hob den Kopf und runzelte die Stirn. »Mir selbst vergeben?«, wiederholte er fragend, als wäre das ein vollkommen neuer Gedanke für ihn. Dann atmete er tief ein und kam zu mir in die Gegenwart zurück. »Ich wette, du wünschst dir, du hättest die Schule heute nicht geschwänzt, was?« Er grinste matt und versuchte, uns aus seinem Albtraum zu befreien.

»Lass uns von hier verschwinden und irgendwas Interessanteres machen. Meine Angst ist nicht hier.« Er wandte sich mir zu und sah mich wie immer durchdringend an. »Okay, Emma – wovor hast du Angst?«

»O nein.« Ich schüttelte entschieden den Kopf. »Meine Angst müssen wir heute wirklich nicht in Angriff nehmen, ich bin mir sicher, wir finden eine andere Beschäftigung.« Aber er sah mich weiterhin erwartungsvoll an, und schließlich gab ich nach. »Na gut. Ich hab Höhenangst.«

»Aha. Aber ich weiß, dass sie nichts mit deinen Albträumen zu tun hat, also denk ja nicht, du könntest mich so leicht abwimmeln«, warnte Jonathan, stand auf und ging zu seinem Motorrad. Ich blieb reglos auf der Treppe sitzen, unsicher, ob ich bereit war, mit ihm meiner Angst zu begegnen. Genaugenommen *wusste* ich, dass ich nicht bereit dazu war. Aber dann holte ich tief Luft, stand auf und gab nach – wie ich es bei ihm anscheinend immer tat.

Ich kletterte wieder auf den Sitz und beobachtete, wie Jonathans Vergangenheit hinter uns verschwand, von den Bäumen verschluckt wurde, als wir losfuhren. Dann hielt ich mich an ihm fest, verbarg mein Gesicht an seinem Rücken und versuchte, mich auf die Konfrontation mit meiner Angst vorzubereiten.

Wir mussten nicht allzu weit fahren. Schon zwanzig Minuten später bog Jonathan wieder von der Straße ab und fuhr in eine kiesbedeckte Einbuchtung, die man leicht übersehen konnte.

»Wo sind wir denn jetzt?«, fragte ich, nahm den Helm ab und zog meine Kapuzenjacke aus – es war tatsächlich ziemlich warm geworden.

»Das wirst du gleich sehen«, antwortete Jonathan mit einem hinterhältigen Grinsen, und ich folgte ihm. Der Weg führte in den Wald, schon bald hörte ich durch die Bäume ein Rauschen und erhaschte gelegentlich einen kurzen Blick auf die Stromschnellen, die über Felsen sprudelten.

Im Schatten der Bäume war es etwas kühler. Wir folgten dem Wasser, das sich jedoch immer wieder unseren Blicken entzog. Dabei klang es, als flösse es direkt vor unseren Füßen.

Auf einem flachen Felsvorsprung machte Jonathan halt. Ungefähr sechs Meter unter uns war ein Becken, in das sich ein kleiner Wasserfall ergoss. Der Weg führte zum Ufer hinunter, wo eine Reihe großer Felsbrocken lagen.

»Das ist im Sommer ein beliebter Badeplatz«, erklärte Jonathan, und ich konnte gut nachvollziehen, warum – auf den glatten Steinen konnte man sich von der Sonne aufheizen lassen und dann direkt ins Wasser tauchen. Das Herz klopfte mir bis zum Hals, als ich vorsichtig über den Rand der Klippe spähte, hinunter auf die Steine am Grund des kristallklaren Wassers.

»Bist du bereit?«, fragte Jonathan hinter mir.

Ich fuhr zu ihm herum. »Was? Bereit wofür?« Plötzlich schnürte Angst mir die Luft ab, denn ich wusste genau, was er von mir erwartete.

»Möchtest du deine Jeans anbehalten? Womöglich zieht sie dich allerdings unter Wasser. Aber die Turnschuhe würde ich auf gar keinen Fall ausziehen, es kann sonst ziemlich weh tun, wenn man falsch aufkommt.«

»Das meinst du nicht ernst«, stieß ich hervor. »Das kannst du unmöglich ernst meinen.«

»Ich hab ein Messer dabei, falls du deine Jeans abschneiden möchtest«, fuhr er fort, ohne meine Panik zu beachten.

»Nein, nein, nein, nein, nein«, schrie ich und wollte mich von dem Felsvorsprung zurückziehen. Aber Jonathan stellte sich mir in den Weg. »Was machst du da?« Mit weit aufgerissenen Augen starrte ich ihn an, mein Herz pochte so heftig, dass es weh tat.

»Spring, Emma«, befahl er mir mit strenger, aber nicht drohender Stimme.

»Kommt überhaupt nicht in Frage!«, brüllte ich. »Wir stehen hier ganz schön weit oben, und das Wasser ist nicht tief. Du kannst mich nicht dazu zwingen, ich mach das nicht.«

»Das Wasser ist tief genug, das verspreche ich dir«, fuhr er in ruhigem, bestimmtem Ton fort. »Emma, entweder springst du jetzt, oder ich schubse dich runter.« Er kam näher, und ich wich an den Rand des Felsens zurück.

Hektisch hielt ich nach einer anderen Möglichkeit Ausschau,

um von dem Felsen runterzukommen, aber es war einfach zu eng, um mich an Jonathan vorbeizudrängen. »Bitte zwing mich nicht dazu.«

»Emma, spring rein, sonst schubs ich dich«, wiederholte er nachdrücklich. Er schien vollkommen ruhig, aber an seinem Blick erkannte ich, dass er es ernst meinte. Ich würde diesen Felsen nicht verlassen, ohne im Wasser zu landen.

Langsam wandte ich mich von ihm ab und konzentrierte mich darauf zu atmen – ich hatte die ganze Zeit über krampfhaft die Luft angehalten.

Einatmen, ausatmen – ein, aus. Mein Brustkorb bewegte sich, auf und ab. Ein und aus. Ich schluckte schwer und schaute auf das Wasser hinunter.

Jonathan stand direkt hinter mir, sagte aber kein Wort. Ich sah ihn nicht an.

Stück für Stück bewegte ich mich auf den Felsrand zu, bis ich noch ungefähr dreißig Zentimeter von der Kante entfernt war. Mir wurde schwindlig. Rasch hob ich den Blick und konzentrierte mich auf die Bäume auf der anderen Uferseite, um mich wieder zu erden. Dann schloss ich die Augen, mein Herzschlag pochte in meinen Schläfen. Mein Atem wurde schneller, mein Bauch grummelte nervös, und dann durchfuhr mich ein Adrenalinstoß.

Bevor das Adrenalin sich verflüchtigen konnte, machte ich einen Schritt nach vorn und sprang – im selben Augenblick spürte ich Jonathans Hand an meinem Rücken. Mein Magen fühlte sich hohl an, die Luft rauschte an mir vorüber, mein Kopf schwirrte vor Angst und Aufregung. Eine Sekunde später schlugen meine Füße aufs Wasser, und die Kälte verschlang mich.

Mit ein paar entschlossenen Stößen gelangte ich prustend wieder an die Oberfläche. Meine Brust war wie erstarrt vom eisigen Wasser, meine Muskeln verkrampften sich, ich schnappte nach Luft. Aber dann konzentrierte ich mich darauf, zu den Felsen zu schwimmen. Meine Jeans klebte bleischwer an meinen Beinen. Plötzlich hörte ich hinter mir ein Platschen, Wasser spritzte über mich hinweg.

Ich wusste, es war Jonathan, aber ich war vollauf damit beschäftigt, aus dem eisigen Wasser zu kommen, und blickte mich nicht um. So schnell ich konnte, kletterte ich auf einen kleineren Felsbrocken und von dort auf einen größeren. Meine Jeans rutschte ein Stück nach unten, als ich heftig zitternd in die Sonne krabbelte.

Ich schlang die Arme um mich und gab mir alle Mühe, das Bibbern zu unterdrücken. Hoffentlich würde mich die Sonne bald wärmen.

Auch Jonathan hievte sich aus dem Wasser und kletterte auf den Felsen neben mir. Ich achtete nicht auf ihn, sondern versteckte den Kopf zwischen meinen verschränkten Armen. Allmählich taten mir die Muskeln weh, so sehr zitterte ich.

»Scheiße, ist das kalt.« Als ich schließlich zu Jonathan hinüberschaute, sah ich, dass er nur noch seine schwarzen Boxershorts trug. Schnell wandte ich mich ab und starrte aufs Wasser, meine Wangen wurden heiß. Im Gegensatz zu mir wirkte Jonathan nicht wie ein Häufchen Elend; er hatte die Beine vor sich ausgestreckt und die Hände hinter sich aufgestützt. »Aber die Sonne fühlt sich echt gut an.«

Langsam streckte auch ich die Beine aus. Auf einmal bemerkte ich, dass mir hauptsächlich wegen meiner klatschnassen Jeans so kalt war. »Leihst du mir dein Messer?«, fragte ich Jonathan.

Er kniff die Augen zusammen. »Warum? Willst du mich erstechen, weil ich dich dazu gebracht habe zu springen?«

Ich grinste, als würde ich tatsächlich darüber nachdenken. Aber dann lachte ich. »Nein, nein, keine Angst.«

»Es ist noch oben, in meiner Jeans«, erklärte er. Da er keine Anstalten machte aufzustehen, erhob ich mich mühsam und stolperte zu dem Felsvorsprung. Bei jedem Schritt blieb ich mit den Fersen an meiner klatschnassen Jeans hängen.

Oben fand ich Jonathans Hose und in der Vordertasche ein Messer mit schwarzem Griff. Vorsichtig klappte ich es auf, zog den Stoff meiner Hose möglichst weit weg von meinem Bein und bohrte mit der Messerspitze ein Loch hinein. Dann schnitt ich die Jeans rund um meinen Schenkel ab, bis das Hosenbein endlich auf meine Füße fiel. Sofort vertrieb die warme Luft meine Gänsehaut.

Nachdem ich auch das zweite Hosenbein abgeschnitten hatte, steckte ich das Messer zurück in Jonathans Jeans, und mein Blick wanderte zu ihm hinunter. Er lag immer noch auf dem Stein und tankte Sonne, die Hände hinter dem Kopf verschränkt, die Augen geschlossen. Er wirkte vollkommen entspannt. Auf seinem Oberkörper zeichneten sich deutlich die Brustmuskeln ab. Rasch schaute ich wieder weg und starrte unabsichtlich über den Rand des Felsvorsprungs, hinunter auf das Wasser.

Ich erwartete, dass Panik in mir aufstieg, aber nichts passierte. Mein Herz klopfte schneller, doch das kam nur durch den erneuten Adrenalinstoß. Ich fühlte mich wie berauscht.

Ohne lange darüber nachzudenken, ging ich zum Rand der Klippe, sprang und wappnete mich in der Luft gegen die Kälte, die mich unten erwartete. Der Nervenkitzel raubte mir den Atem, dann verschluckte mich das eiskalte Wasser erneut.

Mit einem Lächeln ließ ich das Adrenalin durch meinen Körper kreisen und schwamm zu den Steinen hinüber – was in Shorts natürlich viel leichter war. Ich suchte mir einen Felsbrocken aus und stemmte mich hoch. Sofort drang die Wärme des Steins an meine Beine, ich zog Schuhe und Socken aus und legte sie zum Trocknen neben mich.

Dann bemerkte ich, dass Jonathan mich mit einem amüsierten Grinsen beobachtete.

»Was ist?«, fragte ich ungeduldig.

»Du hast keine Höhenangst.«

»Ich weiß. Du hast mich geheilt, was?«, entgegnete ich, meine Stimme triefte geradezu vor Sarkasmus.

»Emma, du hattest nie wirklich Höhenangst.« Argwöhnisch kniff ich die Augen zusammen. »Woran hast du gedacht, als du vorhin aufs Wasser hinuntergeschaut hast? Was ist dir da durch den Kopf gegangen?«

»Dass ich ganz bestimmt nicht springen werde.«

Jonathan lachte leise. »Und sonst noch?«

»Dass ich …« Ich stockte. Er sah es in meinen Augen, und die unausgesprochenen Worte brachten mein Herz aus dem Takt.

»Emma, wovor hast du Angst?«, fragte Jonathan noch einmal und sah mir fest ins Gesicht.

»Ich habe Angst vor dem Tod«, hauchte ich. Als ich die Worte hörte, schmerzte meine Brust so sehr, dass mir die Tränen in die Augen schossen. So gut ich konnte, blinzelte ich sie weg. Jonathan presste die Lippen zusammen und senkte den Kopf.

Das Geräusch des fernen Wasserfalls erfüllte die Stille. Wir sagten beide kein Wort, denn wir wussten, woher diese Angst kam. Ich fragte mich, ob ich sie jemals besiegen würde. Ich würde mich niemals mehr sicher fühlen, selbst wenn ich mich außerhalb ihrer Reichweite befand und sie mich nicht töten konnte.

33
KonseQuenzeN

Hättest du gern eine Kirsche obendrauf?«, fragte das Mädchen kokett.

»Nein, so ist es gut«, antwortete Jonathan unbeeindruckt von ihren Blicken.

Ich saß auf dem Picknicktisch, die Füße auf der Bank, beobachtete die Szene und musste mir das Lachen verkneifen. Als Jonathan mit zwei Eisbechern zurückkam, hörte ich die beiden Mädchen hinter der Theke leise kichern und flüstern – sie konnten einfach nicht die Augen von ihm lassen.

»Du hast einen Fanclub«, neckte ich ihn und nahm das Eis entgegen, das er mir hinhielt. »Die kennen dich bestimmt aus der Werbung.«

»Sehr lustig«, entgegnete Jonathan mit einem flüchtigen Blick und nahm neben mir Platz.

»Vielleicht glauben sie aber auch nur, du hast dich nassgemacht«, lachte ich und deutete mit dem Kopf auf seine Jeans, unter der er die nassen Boxershorts trug.

Er grinste. »Ja, wahrscheinlich ist es eher das. Du weißt aber, dass du selbst auch einen nassen Fleck auf dem Holz hinterlässt, wenn du aufstehst, oder?«

Ich verlagerte mein Gewicht und betrachtete den dunklen Fleck unter meinem Hintern. »Na ja, was soll's.«

»Wann hast du heute Training?«, fragte Jonathan und probierte sein Eis.

»Um halb vier«, antwortete ich und nahm meinen Löffel aus dem Mund.

»Dann fahren wir am besten, sobald wir aufgegessen haben.«

Zum ersten Mal dachte ich an unsere Rückkehr, und auf einmal wurde ich ziemlich nervös. Ich hätte Evan wenigstens eine SMS schicken sollen, bevor ich losgefahren war. Aber mein Handy lag im Auto, und ich konnte nichts daran ändern.

»Machst du dir Sorgen?«, fragte Jonathan, dem meine angespannte Miene aufgefallen war.

»Ich bin ein paar Erklärungen schuldig«, seufzte ich.

»Wem denn – Rachel? Sie wird noch nicht mal zu Hause sein.«

»Nein, Evan«, erklärte ich bedrückt. »Er ist wahrscheinlich schon am Durchdrehen, weil ich heute nicht in der Schule war.«

»Oh.« Jonathan nickte. »Und was wirst du ihm sagen?«

»Ich weiß es nicht«, antwortete ich achselzuckend. »Die Wahrheit vermutlich.«

»Und ist das okay für ihn? Ich meine, dass du den Tag mit mir verbracht hast?«

»Warum sollte das nicht okay sein?«, erwiderte ich unbekümmert, darüber machte ich mir wirklich keine Sorgen. »Er vertraut mir, und wir beide hatten ja auch nie was miteinander, oder so. Wir sind einfach nur … Freunde.«

»Ja«, sagte Jonathan grinsend. »Für mich wäre es an seiner Stelle wahrscheinlich trotzdem nicht so okay. Aber ich hab ja auch Schwierigkeiten, anderen Menschen zu vertrauen.«

Der letzte Satz hallte in meinem Kopf wider, und auf einmal begriff ich. »Es fällt dir schwer, jemanden an dich ranzulassen, richtig?«

»Ja«, antwortete Jonathan. »Ich denke schon. Niemand soll mir zu nahekommen, ich glaube, ich habe Angst …« Er erstarrte. Ich wartete darauf, dass er es aussprach, denn ich wusste, es lag ihm auf der Zunge. Aber stattdessen wurde sein Blick hart, sein Kiefer spannte sich an. Er würde es nicht sagen.

Abrupt stand er auf, warf den Rest seines Eisbechers in den Müll und marschierte zu seinem Motorrad, das am anderen Ende des Parkplatzes stand.

»Jonathan!«, rief ich ihm nach, aber er ging einfach weiter. Ich warf mein Eis ebenfalls weg und rannte ihm nach. »Jonathan!«

Dann hatte ich ihn endlich eingeholt und packte ihn am Arm. »Jonathan, bleib doch stehen.«

»Wir sollten zurückfahren, damit du nicht zu spät kommst«, entgegnete er trocken.

»Schau mich an«, beharrte ich und hielt immer noch seinen Arm fest, obwohl er mir hartnäckig den Rücken zuwandte. »Bitte!«

Er holte tief Luft und drehte sich um, hielt den Blick aber weiter zu Boden gerichtet.

»Mir kannst du es doch sagen«, versicherte ich ihm, aber Jonathan blieb stumm. »Was ist los, Jonathan? Wovor hast du Angst?«

»Du weißt genau, wovor ich Angst habe«, entgegnete er abwehrend.

»Und du?«, fragte ich. »Hast du es auch schon vorher gewusst?«

Jetzt endlich sah er mich an. Sein Blick war wieder sanft, aber auch voller Schmerz. Langsam schüttelte er den Kopf. Ich umfasste immer noch seinen Arm, ließ meine Hand zu seiner gleiten und drückte sie. Er sah auf unsere Hände hinunter und lächelte schwach. Ich ließ ihn wieder los.

Er ging nicht zu seinem Motorrad, wie ich angenommen hatte, sondern weiter zu dem Holzzaun, der den Parkplatz begrenzte, und lehnte sich mit dem Rücken dagegen.

»Jetzt ergibt alles einen Sinn«, murmelte er und stützte sich seitlich mit den Händen auf. »Rachel war seit Sadie meine erste richtige Freundin – und auch das war nicht geplant gewesen. Daraus hätte sich nie eine Beziehung entwickeln sollen. Deshalb konnten wir vermutlich auch nicht mehr zusammenbleiben, nachdem sie mir gesagt hat, dass sie mich liebt. Es war einfach unmöglich für mich.«

»Hast du sie denn nicht geliebt?«

Er schüttelte den Kopf und schlug die Augen nieder.

»Was ist mit Sadie passiert?«, fragte ich vorsichtig.

Ohne mich anzuschauen, antwortete Jonathan: »Am Ende des zweiten Semesters an der Penn State hab ich ihr einen Heiratsantrag gemacht.«

Mein Herz setzte einen Schlag aus, so überrascht war ich. »Und sie hat nein gesagt?«, hakte ich nach, als er stockte.

»Sie hat ja gesagt.« Jetzt suchten seine dunklen Augen meine, und die Traurigkeit, die ich in ihnen sah, ließ mir fast den Atem stocken. »Zwei Wochen später hab ich sie mit einem anderen erwischt.«

Darauf wusste ich nichts zu antworten, aber auf einmal passte alles zusammen – deshalb hatte Jonathan solche Angst vor Nähe, deshalb brauchte er ein simples, vorhersehbares Leben. Er fürchtete sich davor, jemanden zu lieben und verletzt zu werden – noch einmal. Das erklärte seine undurchdringliche, selbstbewusste Fassade, mit der er sich stets auf Distanz hielt.

»Ich hatte meine Mutter und meinen Bruder verloren. Sadie war die Einzige, die wusste, wie sehr ich darunter litt. Nachdem sie mir das angetan hatte … habe ich nie wieder einen Menschen an mich rangelassen. Ich habe keinem je wieder so vertraut. Na ja, außer …« Er sah mich an, und ich wurde rot. »Das ist natürlich etwas anderes«, korrigierte er sich hastig. »Du und ich, wir haben diese seltsame Verbindung, es ist nicht so, als wären …« Er sprach den Satz nicht zu Ende.

»Ja, klar«, nickte ich. »Wir verstehen einander einfach. Das ist alles.«

»Richtig«, bestätigte er mit einem schiefen Lächeln. »Aber es sieht ganz danach aus, als wären wir tatsächlich ziemlich depressiv drauf – wer außer uns beschäftigt sich schon an einem so wunderschönen Tag mit unüberwindlichen Ängsten? Du willst garantiert nie wieder irgendwas mit mir unternehmen.«

»Und ob«, lachte ich. »Solange du nicht noch mal versuchst, mich zu heilen.«

»Abgemacht.« Er lächelte. »Warte. Meinst du, jemand von der Schule ruft bei Rachel an und erkundigt sich, wo du heute warst? Ich möchte die Dinge nicht verkomplizieren, ich weiß ja, wie deine Mutter sein kann.«

»Damit komme ich schon klar«, erwiderte ich. »Zurzeit geht sie mir sowieso aus dem Weg.«

»Warum tust du dir das an? Ehrlich gesagt verstehe ich eure Beziehung nicht.«

»Ich auch nicht«, antwortete ich wahrheitsgemäß.

»Emma, hat sie überhaupt jemals etwas Nettes zu dir gesagt? Dass sie stolz auf dich ist oder dass sie dich liebhat?«

»Ich möchte jetzt nicht über sie reden«, murmelte ich und nahm meinen Helm. Die letzten vierundzwanzig Stunden hatten mich ziemlich durcheinandergebracht, und ich wollte erst wieder über meine Mutter nachdenken, wenn es sich nicht mehr vermeiden ließ. »Wir sollten losfahren, sonst komme ich doch noch zu spät zum Training.«

Jonathan nickte und griff ebenfalls nach seinem Helm.

Je näher wir Weslyn kamen, desto schwerer fiel es mir, die Fragen wegzuschieben, die meine Mutter nicht beantwortet hatte. Was in aller Welt hatte sie damit gemeint, als sie sagte, sie hätte mich nicht alleingelassen? Ich verstand es einfach nicht. Mir war immer erzählt worden – und seltsamerweise glaubte ich mich sogar daran zu erinnern –, dass sie meine Sachen in einen schwarzen Müllbeutel gestopft und mich dann mitten in der Nacht auf der Türschwelle meines Onkels und seiner Frau abgesetzt hätte.

Wenn sie es nicht gewesen war, wer dann? Und warum hatte sie mich nicht zurückgeholt?

Hatte sie mir jemals gesagt, dass sie mich liebte? Daran hätte ich mich doch bestimmt erinnert – vor allem, wenn die Worte von meiner eigenen Mutter gekommen wären. Mütter überschütteten ihre Kinder doch ständig mit solchen Zärtlichkeiten – sogar Carol hatte Leyla und Jack ihre Zuneigung gezeigt und ihnen vermittelt, dass sie geliebt wurden.

Mir fiel es zwar schwer, mich an meine Kindheit zu erinnern, ich hatte jedoch keine Sekunde meines Lebens daran gezweifelt, dass mein Vater mich liebte. Aber meine Mutter? Liebte sie mich auch?

Als wir in der Decatur Street ankamen, konnte ich an nichts anderes mehr denken. Mir schwirrte der Kopf, und ich fragte mich, welche Rolle meine Mutter in meinem Leben eigentlich spielte und warum ich überhaupt versuchte, eine Beziehung zu ihr aufzubauen. Ich wusste, dass ich mich zum Teil aus Schuldgefühlen so anstrengte, aber ich hatte keine Ahnung, was sie dazu bewegte, es weiter mit mir zu versuchen.

Kurz vor unserem Haus bremste Jonathan scharf, und ich blickte auf. Rachels Auto stand in der Auffahrt. Meine Brust zog sich zusammen.

Jonathan fuhr an den Straßenrand und hielt an, um mich absteigen zu lassen. »Es tut mir so leid, Emma«, sagte er, als ich den Helm absetzte. »Soll ich mit reinkommen?«

»Nein«, antwortete ich und hoffte, dass meine Mutter nicht aus dem Fenster schaute und uns beobachtete. »Das würde es nur schlimmer machen. Du musst gehen.«

»Bist du sicher?«

Ich nickte.

»Ruf mich an, wenn du irgendetwas brauchst, okay?«

»Ich hab dir doch gesagt, dass ich damit klarkomme«, erwiderte ich ruhig, obwohl es in mir tobte. Ich wusste nicht, was mir bevorstand, aber ich würde es gleich herausfinden. Jonathan fuhr los. Ich sah ihm nach, holte tief Luft und ging zum Haus.

Rachel saß auf der Veranda. Als ich mich ihr näherte, sprang sie sofort auf.

»Wo warst du denn? Wer war das auf dem Motorrad? Warum hast du nicht angerufen? Hast du eine Ahnung, was wir den ganzen Tag durchgemacht haben?« Sie hatte die Stimme erhoben und die Hände in die Hüften gestemmt.

Langsam ging ich die Treppe hinauf und sammelte mich, um es ihr zu erklären. Hoffentlich würde sie verstehen, dass ich diese Auszeit dringend gebraucht hatte. Ich verschränkte die Hände vor mir, blickte von den Holzplanken der Veranda auf, sah in das gerötete Gesicht meiner Mutter und begann zu sprechen …

Doch im selben Moment weiteten sich ihre Augen, und sie fiel mir ins Wort. »O mein Gott, du warst mit ihm zusammen! Das war Jonathan, stimmt's? Ich hatte recht, da läuft was zwischen euch! Wie konntest du mir das antun? Bin ich dir dermaßen egal?«

Ungläubig zog ich die Augenbrauen zusammen und atmete tief durch, um das Feuer in mir unter Kontrolle zu bekommen.

»Es geht dich nichts an, wo ich war oder mit wem«, fauchte ich, und sie zog schockiert den Kopf ein.

»Was redest du denn da?«, erwiderte sie dennoch. »Natürlich geht mich das was an, ich bin immer noch deine Mutter.«

»Nein, das bist du nicht«, gab ich höhnisch zurück. »Das warst du nie, also bilde dir nicht ein, dass du es jetzt auf einmal sein kannst.«

»Warum redest du so mit mir? Was hat er dir erzählt?«

»Mit Jonathan hat das überhaupt nichts zu tun. Nur mit dir. Es geht doch immer nur um dich – was du willst, wie es dir geht, mit wem du zusammen sein möchtest. Hast du überhaupt jemals an mich gedacht, daran, was ich durchmache? Liegt dir überhaupt etwas an mir?«

Rachel blieb der Mund offen stehen, so schockiert war sie.

»Hast du dir je überlegt, wie es für mich ist, wenn du dich betrinkst, wenn du einfach in eine Bar verschwindest und heimkommst, wann es dir passt und mit wem es dir passt?«

Sie stolperte buchstäblich ein paar Schritte von mir zurück. Heiße Wut breitete sich in mir aus, und weder ihr bestürzter Gesichtsausdruck noch die Tränen in ihren Augen konnten mich berühren. Meine Stimme wurde lauter, ich war blind vor Wut, ich hätte mich nicht einmal zusammennehmen können, wenn ich es gewollt hätte.

»Mein ganzes Leben lang hast du nie an einen anderen Menschen gedacht, immer nur an dich selbst. Liebst du mich überhaupt? Wahrscheinlich hast du mich nie gewollt. Deshalb hast du mich auch zu Carol und George abgeschoben. Hast du auch nur ansatzweise eine Vorstellung davon, was Carol mir angetan hat? Denkst du jemals daran? Wahrscheinlich nicht, denn dann müsstest du ja eine Minute lang aufhören, an dich zu denken!«

Ich trat näher an sie heran, und sie duckte sich. Doch die Angst in ihren Augen schürte meine Wut nur noch. Meine Hände zitterten, ich biss die Zähne zusammen, aber mein heißer Zorn ließ sich nicht länger kontrollieren.

Ich hatte das Gefühl, in Flammen zu stehen. »Ich verstehe nicht, warum ich hier bin!«, brüllte ich. »Du bist keine Mutter, du warst nie eine! Ich brauche dich nicht! Außerdem bist du so mit dem Tod meines Vaters beschäftigt, dass du überhaupt nicht fähig bist, dich um jemand anderen zu kümmern. Warum hängst du so an einem Mann, der dich nie geliebt hat?«

Ein lautes Geräusch unterbrach mich, meine Wange brannte, und die Heftigkeit des Schlags warf meinen Kopf zur Seite. Langsam blickte ich auf und starrte meine Mutter an, plötzlich aus der Spirale meiner Wut gerissen. Tränen strömten über ihr Gesicht, sie sah aus, als würde sie gleich zusammenbrechen.

Auch ich zitterte am ganzen Leib. Bis jetzt hatte ich nicht bemerkt, dass ich weinte, aber meine Augenwinkel brannten von den Tränen.

»Emma?« Ich wirbelte herum, als ich die Stimme hörte – Evan kam den Gehweg herauf. »Was ist hier los?« Er sah vollkommen verstört aus, doch als er den roten Handabdruck meiner Mutter auf meinem Gesicht sah, verwandelte sich seine Sorge in Wut. »Was ist passiert? Hast du sie geschlagen?« Er starrte Rachel an, aber sie stand noch immer so unter Schock, dass sie nicht sprechen konnte.

Ich wischte mir die Tränen vom Gesicht und stolperte die Treppe hinunter. »Ich muss los.«

»Was?« Evan war fassungslos. »Emma, wo warst du den ganzen Tag? Warum hast du mich nicht angerufen? Was ist hier passiert?«

»Ich hatte mein Handy nicht dabei, und es tut mir schrecklich leid.« Meine Stimme zitterte, allmählich wurden mir die Konsequenzen meines Ausbruchs bewusst. »Ich muss zum Training.«

»Bist du sicher? Du siehst nicht aus, als solltest du irgendwohin gehen. Lass uns miteinander reden.«

Ich blieb stehen, atmete tief durch und beschwor ihn mit Blicken, mich zu verstehen. »Ich werde mit dir reden, versprochen, aber jetzt kann ich nicht. Ich muss los. Hast du nicht selbst ein Spiel?«

»Ja, aber …«

»Evan, bitte geh zu deinem Spiel. Ich kann jetzt nichts erklären, sonst komme ich zu spät zum Training.« Meine Hände zitterten unkontrollierbar. Als ich zur Veranda zurückschaute, war meine Mutter verschwunden. »Ich bin übers Wochenende bei Sara, komm doch heute Abend dort vorbei, ja?«

Ich drehte mich um und wollte los, aber Evan stellte sich mir in den Weg. »Ich kann dich so nicht gehen lassen. Was war denn los?«

»Wir haben uns gestritten«, antwortete ich und schluckte schwer, um meine Schuldgefühle zu bändigen. Ich wollte jetzt nicht darüber nachdenken, was ich getan hatte, sonst würde ich womöglich direkt hier in der Auffahrt zusammenklappen. »Bitte. Bitte lass mich jetzt zum Training gehen. Wenn du mir nicht traust, kannst du mir gerne folgen.«

Er kniff die Augen zusammen. »Was?«, fragte er ärgerlich. »Emma, das hat nichts mit Vertrauen zu tun. Ich hab mir Sorgen um dich gemacht. In letzter Zeit hast du dich vor mir zurückgezogen, und gestern hast du angefangen zu fragen, ob du vielleicht besser nie existiert hättest. Ich hatte Angst, dass dir etwas zugestoßen ist. Dass du …« Er konnte den Satz nicht zu Ende sprechen. Sein Schmerz nahm ihm die Worte.

Ich biss mir auf meine bebende Unterlippe und schloss die Augen. »Es tut mir so leid«, murmelte ich leise. »Ich kann nicht fassen, dass ich dir das angetan habe. Ich musste einfach einen Tag weg, um mir über ein paar Dinge klarzuwerden. Aber ich hätte dich anrufen sollen. Es tut mir wirklich sehr, sehr leid, Evan.« Am liebsten hätte ich ihn berührt, ihn in die Arme geschlossen und an mich gedrückt. Aber ich hatte Angst, es zu tun, denn ich hätte es nicht ertragen, wenn er vor mir zurückgewichen wäre.

»Okay«, murmelte er und nickte, kam jedoch nicht näher. »Okay«, wiederholte er, sah mir in die Augen und nickte noch mal, als würde er versuchen, das, was ich gesagt hatte, zu akzeptieren. »Geh zum Training. Wir sehen uns dann heute Abend bei Sara.« Damit wandte er sich ab und ging ohne ein weiteres Wort und ohne mich zu berühren zu seinem Auto.

Ich ging zu meinem und blendete alles aus – ich konnte nicht denken, ich konnte nicht fühlen. Ich musste weg, und ich wusste, das Training würde mich lange genug ablenken, um mich wenigstens ein bisschen zu beruhigen.

Bevor Evan auch nur ins Auto gestiegen war, hatte ich die Auffahrt schon verlassen. Als ich einen schnellen Blick in den Rückspiegel warf, sah ich ihn an der Autotür stehen und mir nachschauen.

Ich wischte mir die Tränen vom Gesicht und umklammerte das Lenkrad. Es war meine Schuld. Alles war meine Schuld. Und jetzt hatte ich zwei Stunden Zeit, um herauszufinden, wie ich es wieder in Ordnung bringen konnte.

34
GestÄndnisSe

Was zur Hölle ist eigentlich los, Emma?«, fragte Sara mich am Telefon. »Was ist denn heute mit dir passiert?«

Schweißbedeckt saß ich in meinem Auto, nachdem ich mich beim Training vollkommen ausgepowert hatte, um mich abzulenken – und um mich zu bestrafen. Jetzt wollte ich alles wiedergutmachen, was ich verbockt hatte.

»Ich weiß, ich war heute total daneben«, antwortete ich und seufzte. »Und jetzt sind alle sauer auf mich. Ich komme gerade vom Training, aber sobald ich mir frische Klamotten fürs Wochenende geholt habe, fahre ich zu dir. Dann erzähle ich dir alles, okay?«

»Ja, das wirst du«, erwiderte sie bestimmt und gab mir damit zu verstehen, dass sie die ausführliche Version erwartete. »Wir sehen uns dann gleich.«

Als ich auflegte, bemerkte ich, dass ich eine SMS von Jonathan bekommen hatte. *Alles okay?*

Ich hab einiges wiedergutzumachen, antwortete ich.

Ich machte mich auf den Weg zum Haus meiner Mutter und fragte mich, ob Rachel da sein würde oder nicht. Ich wollte auf beide Möglichkeiten vorbereitet sein, fand aber beide gleichermaßen beunruhigend.

Unterwegs piepte mein Handy. Ich warf einen schnellen Blick darauf: *Es war meine Schuld. Wenn du willst, erklär ich es. Tut mir echt leid, Emma. Bist du sauer?*

Als ich in der Auffahrt parkte, schrieb ich zurück: *Ich hab gewusst, was ich tue, du bist also nicht schuld. Bin nicht sauer, muss es aber in Ordnung bringen. Lass uns bald mal reden.*

Als ich gerade die Tür aufmachen wollte, klingelte das Handy schon wieder. Mein Puls beschleunigte sich, als ich sah, wer es war. »Hi«, meldete ich mich.

»Hi«, antwortete Evan, so leise, dass ich ihn kaum hören konnte.

»Ich hole mir gerade Klamotten fürs Wochenende. Danach fahre ich gleich zu Sara«, sagte ich, ebenfalls leise und vorsichtig.

»Ich glaube, ich komme lieber nicht zu Sara.«

Mein Herz krampfte sich zusammen, ich schloss die Augen.

»Warum nicht?«, hauchte ich.

»Ich glaube, ich brauche auch ein bisschen Zeit für mich«, erklärte er ausdruckslos. Meine Augen füllten sich mit Tränen. »Emma, ich weiß, dass du nicht ehrlich mit mir warst.« Sofort hatte ich einen dicken Kloß im Hals. »Ich verstehe nicht, was los ist und warum du es mir nicht sagen kannst, aber ich weiß, dass du Probleme mit deiner Mutter hast. Ich wusste es, als sie mitten in der Nacht bei Sara angerufen hat, und ich hab es selbst gesehen, als sie sich wegen deinem Pullover so aufgeregt hat. Ich hab miterlebt, was sie dir bei ihrer Geburtstagsparty angetan hat, und ich wusste auch, dass du ihretwegen so schnell von Jills Party verschwunden bist. Und jetzt das.«

Ich konnte kaum atmen, während ich ihm zuhörte. Wieder einmal wurde mir klar, dass ich nichts vor ihm verbergen konnte, er kannte mich einfach zu gut.

»Emma, du schottest dich von mir ab … und das nicht zum ersten Mal. Ich kann das nicht … Wenn ich Teil deines Lebens sein soll, darfst du mich nicht ausschließen.«

Einen Moment schwiegen wir beide. Schuldgefühle schnürten mir die Kehle zu, und ich erstickte fast an den Worten, die gesagt werden wollten.

»Ich bin nächsten Samstag wieder da. Dann können wir reden«, fuhr er fort.

»Evan«, flehte ich, aber er hatte bereits aufgelegt. Mühsam schluckte ich meine Tränen hinunter und biss die Zähne zusammen, um meinen Schmerz nicht laut herauszuschreien. Wie sollte ich es eine ganze Woche aushalten, nicht mit ihm zu sprechen? Und ich wusste immer noch nicht, wie ich ihm die Gründe für mein Verhalten erklären sollte.

Schließlich stieg ich aus und schleppte mich zum Haus. Nichts, was Rachel zu mir sagen konnte, würde mir so weh tun wie Evans Schweigen.

Ich dachte daran, wie der Tag begonnen hatte, so vielversprechend, mit Vorahnungen auf den Sommer. Die Wärme hing noch in der Luft, sogar der Duft eines Feuers stieg mir in die Nase. Was für ein Pech, dass sich dieser schöne Tag in einen der dunkelsten verwandelt hatte.

Die Haustür war nicht verschlossen, aber nirgends brannte Licht. Durch die Fenster fiel goldenes Abendlicht und malte Schattenmuster auf den Boden. Ich ging zur Treppe. Vielleicht brauchten wir einfach nur Zeit. Ich beschloss, mir die Sachen zu holen, die ich unbedingt brauchte, und Rachel einfach in Ruhe zu lassen.

»Ich hab es versucht«, hörte ich sie im Wohnzimmer murmeln. Ich wandte mich um und zögerte. »Ich hab wirklich versucht, dich zu mögen, Ich wollte es so gern.«

Ich trat einen Schritt näher und erkannte sofort, dass sie getrunken hatte. Aber ich war mir sicher, dass mich ihre Worte nicht mehr verletzen konnten. Trotzdem wollte ich sie hören.

Das Licht von draußen fiel auf den Couchtisch, die Couch selbst war im Halbdunkel. Rachel lag mit dem Kopf auf der Armlehne da. Auf dem Tischchen stand eine fast leere Wodkaflasche, daneben ein Glas mit Eiswürfeln.

Rachel packte die Flasche und goss den restlichen Inhalt über das Eis, bis das Glas randvoll war. Als sie es in die Hand nahm, schwappte der Wodka über, aber sie trank unbeirrt einen großen Schluck und stellte das Glas wieder zurück.

Ich stand im Türrahmen und beobachtete sie. Ob der Wodka ihren Schmerz linderte? Alkohol schien ihre Gefühle immer eher zu verstärken als zu dämpfen. Wenn meine Mutter trank, posaunte sie ihre Geheimnisse ungefiltert, brutal und offen in die Welt hinaus. Ich rechnete mit einem frontalen Angriff.

»Ich dachte, er würde mich deinetwegen mehr lieben. Er hat sich so gefreut, als du auf die Welt gekommen bist. Aber du hast ihn mir weggenommen.« Wieder griff sie nach dem Glas, trank, und als sie es absetzte, war es zur Hälfte leer.

»Du kannst sie mir nicht alle wegnehmen, Emily.«

Ich war mir nicht sicher, wovon genau sie redete. Zuerst dachte ich, sie spräche über den Tod meines Vaters. Ich wusste nicht, wen sie sonst noch meinen könnte. Aber dann ging mir ein Licht auf. Jonathan! Sie glaubte, er hätte mich ihr vorgezogen.

»Warum haben sie mich nicht geliebt? Warum war ich nicht gut genug für sie?« Sie hob die Stimme. »Und warum warst du es?« Mit unsicheren Bewegungen richtete sie sich von der Lehne auf und wandte sich mir zu. Ihre Lider waren schwer, aber der Hass in ihren Augen war unverkennbar. »Warum du?« Sie schüttelte langsam den Kopf, und ihre Lider schlossen sich. »Ausgerechnet du. Wenn du doch nie geboren wärst.«

Ich hatte gedacht, sie könnte mir nicht mehr weh tun, doch ihre Worte raubten mir die letzte Kraft. Ich musste mich am Türrahmen abstützen, um mich auf den Beinen zu halten.

»Sharon hat dich weggegeben, nicht ich.«

Erneut war ich völlig verwirrt, aber dann fuhr sie fort: »Ich hab dich nicht im Stich gelassen, ich war im Krankenhaus. Hab zu viele Pillen geschluckt.« Je mehr sie redete, desto schwerer fiel es ihr, Worte zu formen. Der Wodka übernahm die Kontrolle. »Sie hat gesagt, ich kann dich nicht behalten. Ich wollte dich ja eh nie. Ich kann nicht.« Schwer atmend und völlig erschöpft stieß sie hervor: »Kann dich nicht lieben.«

Mir schwirrte der Kopf, jeder Atemzug war eine Qual. Meine Mutter trank noch einen Schluck aus ihrem Glas und hätte beim Zurückstellen um ein Haar den Tisch verpasst. Sie legte den Kopf wieder auf die Armlehne und schloss die Augen.

Ich stolperte aus dem Zimmer. Kurz vor der Treppe merkte ich, dass etwas nicht stimmte, und wandte mich um. Panisch suchten meine Augen das Wohnzimmer ab. Wo war er? Was hatte sie damit gemacht?

Dann fiel mir der Holzqualm wieder ein, der mir draußen in die Nase gestiegen war. Blitzschnell wandte ich mich zur Hintertür um, rannte in den kleinen Garten hinaus und brach auf der Treppe praktisch zusammen. Es fühlte sich an, als hätte mir jemand mit voller Wucht die Faust in den Magen gerammt.

In der Mitte des Hofs lag ein noch nicht ganz erloschenes Häufchen Asche. In der Glut waren ein paar spindelförmige Holzstücke zu erkennen, der Rest war verbrannt. Sie hatte den Schaukelstuhl in Brand gesetzt, nichts war mehr davon übrig.

Schwerfällig ließ ich mich auf die Treppenstufen sinken und starrte, noch immer ans Geländer geklammert, auf die glimmenden Überreste des Stuhls. Traurig schüttelte ich den Kopf.

Nach einer Weile zog ich mich am Geländer hoch und stolperte ins Haus zurück, leer und gebrochen. Mein Inneres fühlte sich an, als wäre es herausgerissen und ebenfalls verbrannt worden. Ich konnte nicht klar sehen, meine Augen waren tränenverschleiert.

Ohne einen Blick ins Wohnzimmer zu werfen, schleppte ich mich in mein dunkles Zimmer, knipste das Licht an und stopfte geistesabwesend irgendwelche Klamotten in meine Tasche. Dann zog ich den Reißverschluss der Tasche zu, machte das Licht wieder aus und fiel zurück in die Dunkelheit. Wie betäubt trugen meine

Beine mich die Treppe hinunter, meine Hand glitt auf dem Geländer neben mir her.

An der Tür zögerte ich noch einmal und blickte zurück ins inzwischen ebenfalls dunkle Wohnzimmer. Ich konnte meine Mutter nicht sehen, aber ich hörte sie atmen.

Wie ferngesteuert ging ich zum Zweiersofa und setzte mich meiner Mutter gegenüber, verschränkte meine Arme vor der Brust, starrte auf ihre Silhouette und lauschte ihrem Atem.

Ich hatte es gewusst. Ich hatte immer gewusst, dass sie mich nicht liebte. Warum hatte ich geglaubt, ich könnte daran etwas ändern, nach all dieser Zeit? Es würde sich niemals ändern. Meistens brachte sie es kaum fertig, mich auch nur anzusehen, ganz zu schweigen davon, mich zu lieben.

Ich hatte es gewusst. Aber ich verstand nicht, warum sie es weiter versucht hatte. Sie war zu meinen Wettkämpfen gekommen. Und die Briefe, die sie mir geschrieben hatte – warum? Vermutlich hatte sie sich ehrlich bemüht, das hatte sie ja mehrmals beteuert. Sie konnte sich nicht dazu überwinden, mich zu lieben, genauso wenig, wie ich glauben konnte, dass sie mich liebte.

Als ich mich von ihr abwenden wollte, fiel mein Blick auf das Glas, das auf dem Couchtisch einen nassen Ring hinterließ. Ihr Schmerzstiller. Wirkte er denn tatsächlich?

Ich beugte mich vor und hob das halbvolle Glas hoch. Die Eiswürfel waren zu kleinen Kieseln geschmolzen. Ich hielt das Glas an meine Nase und roch daran. Sofort lief mir der Speichel im Mund zusammen, und ich schauderte. Aber dann setzte ich das Glas an die Lippen und kippte einen großen Schluck hinunter.

Ich hustete und verzog das Gesicht. Die Flüssigkeit setzte meinen Magen in Brand, ich holte tief Luft und schüttelte mich. Das Zeug schmeckte scheußlich, aber das traf auch auf Aspirin zu, zumindest, wenn man es sich auf der Zunge zergehen ließ – und Aspirin war bekanntlich ebenfalls ein Schmerzmittel. Ich hielt mir die Nase zu und nahm einen weiteren Schluck – ich wollte, dass es funktionierte und mir endlich meinen Schmerz nahm.

Dann hielt ich das leere Glas in der Hand, Tränen schossen mir in die Augen. Was hatte ich getan? Mit zusammengebissenen Zähnen atmete ich heftig durch die Nase aus und ein. Was hatte ich getan? Entsetzt schüttelte ich den Kopf.

Ich knallte das Glas auf den Tisch und stand auf. Der Anblick der Wodkaflasche erfüllte mich mit solcher Wut, dass ich am liebsten laut aufgeschrien hätte. Ich griff nach ihr, umklammerte sie so fest, als wollte ich sie mit meiner bloßen Hand zermalmen, und schleuderte sie, bebend vor Zorn, in die Dunkelheit. Sie zerschellte an der gegenüberliegenden Wand in tausend Stücke.

Mit einem unterdrückten Schluchzen rannte ich hinaus, griff mir meine Tasche und schlug die Tür hinter mir zu.

An die Fahrt zu Sara erinnerte ich mich später nicht mehr. Wahrscheinlich hätte ich nicht fahren sollen, blind vor Tränen, mit benebeltem Kopf. Als ich ankam, versuchte ich mich zusammenzureißen, so gut es ging. Anna und Carl schienen zum Glück nicht zu Hause zu sein.

Ich nahm meine Tasche vom Rücksitz und stieg die Treppe zur Haustür hinauf. Noch ehe ich oben war, riss Sara die Tür auf. »Wo warst du? Ich hab mir …« Sie ließ den Satz unvollendet in der Luft hängen, ihr bestürztes Gesicht sagte mir, dass ich noch schrecklicher aussah, als ich gedacht hatte.

Sara hielt mir die Tür auf, und ich ging mit niedergeschlagenen Augen an ihr vorbei ins Haus. Wortlos stiegen wir die Treppe zu ihrem Zimmer hinauf.

Dort ließ ich meine Tasche neben dem Bett, in dem ich gewöhnlich schlief, auf den Boden fallen, setzte mich auf die Bettkante und ließ die Schultern sacken. Mir war schwindlig.

Sara setzte sich neben mich und wartete. Sie wusste, dass ich ihr alles erzählen würde, sobald ich die Kraft dazu fand.

Nach einigen Minuten holte ich tief Luft und sagte: »Ich hätte nicht leben sollen.«

»Was?«, stieß Sara hervor, ohne sich zu rühren.

»Sie hat mich getötet, Sara. Ich war tot. Warum bin ich dann immer noch da?« Meine Stimme klang hart, meine Augen waren voller Tränen.

»O Emma«, flüsterte Sara. »So was darfst du nicht denken.«

»Ich möchte mich so auch nicht fühlen. Ich will diesen Schmerz nicht. Ich sollte ihn nicht fühlen, ich müsste tot sein.« Eine Träne quoll aus meinen Augen und rollte langsam über meine Wange.

»Emma, bitte sag mir, was passiert ist«, drängte Sara mich sanft. »Was du erzählst, ergibt überhaupt keinen Sinn.«

Ich atmete zittrig ein und versuchte, es ihr zu erklären. »Meine Mutter hat mir gesagt, dass sie mich nie wollte. Und dass ich der Grund dafür bin, warum mein Vater sie nie geliebt hat. Er hat mir alles hinterlassen, Sara.« Ich sah in ihre großen blauen Augen, die traurig schimmerten, und musste den Blick abwenden, weil ich ihren Schmerz nicht auch noch ertragen konnte.

»Was meinst du damit, er hat dir alles hinterlassen?«, fragte sie geduldig.

»Gestern hat mich ein Anwalt besucht. Mein Vater hat einen Trustfonds für mich eingerichtet. Der Anwalt hat mir auch die Wahrheit über meine Eltern erzählt – sie waren nie verheiratet, und mein Vater ist nur meinetwegen bei Rachel geblieben. Jetzt gibt sie mir die Schuld an allem. Sie hasst mich. Ich bin mir sogar ziemlich sicher, dass sie versucht hat, sich umzubringen wegen allem, was passiert ist.«

»Was redest du denn da?« Jetzt sah Sara mich wieder völlig verwirrt an.

»Deswegen hat man mich zu Carol und George gegeben. Sie war im Krankenhaus, weil sie Tabletten geschluckt hatte, und ich glaube, es war ein Selbstmordversuch.« Irgendwie war mir der Bezug zu dem, was ich sagte, verlorengegangen, mein ganzer Körper war ein Chaos unzusammenhängender Einzelteile, ich konnte weder denken noch fühlen.

»Wann hat sie dir das alles gesagt?«, fragte Sara fassungslos und schüttelte den Kopf.

»Vorhin«, antwortete ich ausdruckslos. »Ich hätte dir alles früher erzählen sollen, ich hätte dir längst sagen sollen, was los ist … dass sie trinkt … Aber ich dachte, ich komm damit zurecht. Ich dachte, ich kann dafür sorgen, dass es ihr bessergeht. Aber das stimmt nicht.«

»Es ist nicht deine Schuld«, tröstete Sara mich und nahm meine Hand. Ihre Worte hallten durch meinen ganzen Körper. Sara sagte das Gleiche, was ich heute Nachmittag zu Jonathan gesagt hatte, und in diesem Moment erkannte ich, dass ich mir unmöglich selbst vergeben konnte, solange mein Inneres in Schuldgefühle verstrickt war. Schuld machte einsam, sie isolierte, und ich fragte mich, wie Jonathan das all die Jahre ausgehalten hatte.

»Ich bin so müde«, sagte ich, der Schmerz in meiner Brust nahm mir alle Willenskraft und Energie. »Ich möchte das nicht mehr.«

»Was möchtest du nicht mehr?«, flüsterte Sara und half mir beim Aufstehen, damit sie die Decke zurückschlagen konnte.

»Den Schmerz«, murmelte ich, und Tränen strömten über meine bebenden Lippen.

»Das musst du auch nicht«, tröstete Sara mich und drückte mich sanft aufs Bett. »Emma, es wird besser werden. Du musst das nicht alleine durchstehen. Ich bin für dich da, hörst du?«

Sie legte sich neben mich auf die Decke und strich mir die Haare aus dem Gesicht. »Du musst den Schmerz nicht mehr ertragen«, hörte ich sie noch einmal flüstern, als ich die Augen schloss.

35

jedEr kenNt den SchmErz

Ich dachte, ich würde die ganze Nacht wach liegen, aber als ich die Augen öffnete, war es Vormittag und Saras Bett war leer. Eine Weile blieb ich noch unter der Decke liegen und überlegte, welchen Sinn es eigentlich hatte aufzustehen. Aber weil ich dringend zur Toilette musste, zwang ich mich schließlich, aus dem Bett zu steigen.

Da ich schon mal im Bad war, beschloss ich, auch gleich zu duschen. Mir fiel ein, dass ich weder nach dem Ausflug mit Jonathan noch nach dem Training gestern Abend unter der Dusche gewesen war, also war es dringend nötig. An meiner inneren Leere änderte auch das warme Wasser auf meiner Haut nichts, ich konnte keine Regung in mir spüren – keine Gefühle, keine Gedanken. Als ich das Bad in ein Handtuch gewickelt verließ, war ich kurz versucht, wieder ins Bett zu kriechen, aber Sara hatte es bereits gemacht, lag gemütlich auf der Tagesdecke und las in einer Zeitschrift.

»Hey«, begrüßte sie mich lächelnd. »Hast du Hunger? Meine Mom macht gerade Pfannkuchen.«

Ich zuckte die Achseln und begann mich anzuziehen. Es war mir egal, ob Sara meine Narben sah – sie hatte die Striemen sowieso längst zu Gesicht bekommen, und das in einem viel schlimmeren Zustand.

»Wo warst du denn nun gestern, als du eigentlich in der Schule hättest sein sollen?«, fragte sie beiläufig, ohne die Augen von der Zeitschrift zu heben.

»Unterwegs mit Jonathan«, gestand ich leise.

Sofort hatte ich ihre ganze Aufmerksamkeit. »Wie bitte – mit Jonathan? Warum … äh, was habt ihr denn gemacht?« Sara fehlten nicht oft die Worte.

»Wir haben einen Ausflug mit seinem Motorrad gemacht«, antwortete ich. Sara wartete, aber ich schwieg. Viel mehr konnte ich nicht sagen, ohne Jonathans Geheimnis zu offenbaren, und das war unmöglich.

»Was läuft da zwischen euch?«, fragte Sara. »Muss ich mir Sorgen machen?«

»Nein«, antwortete ich schlicht. »Wir kommen einfach gut miteinander klar. Er versteht, was ich durchmache, das ist alles.«

»Was meinst du mit ›was du durchmachst‹?« Sie klang besorgt, vermutlich wäre ich es an ihrer Stelle auch gewesen.

»Mit Rachels Stimmungsschwankungen und so«, versuchte ich zu erklären. »Wir reden. Er versteht mich. Ich meine … er war mit Rachel zusammen, deshalb kennt er den Hintergrund. Inzwischen sind wir Freunde geworden.«

»Okay – glaube ich zumindest«, meinte Sara nachdenklich. »Hast du es Evan auch erklärt?«

»Dazu hatte ich noch keine Gelegenheit«, hauchte ich und setzte mich zu ihr aufs Bett. »Sara, ich hab totalen Mist gebaut. Er ist so sauer, dass er sich nicht mal mehr mit mir treffen wollte, bevor er weggefahren ist.« Wenn ich an unser Telefonat gestern dachte, wurde mir schwer ums Herz.

»Ja, ich weiß«, erwiderte sie beschwichtigend. »Er war total durch den Wind, als du gestern nicht in die Schule gekommen und dann nicht mal an dein Handy gegangen bist. Ich dachte schon, er dreht durch. Irgendwann hat er mich dann nach Rachels Nummer gefragt, und ich hab sie ihm gegeben – nicht dass deine Mutter eine große Hilfe gewesen wäre. Du hättest ihn wirklich anrufen oder eine SMS schicken oder dich sonst irgendwie melden sollen.«

»Ich weiß«, sagte ich niedergeschlagen. »Aber ich hatte das Handy im Auto vergessen. Ich wünschte, ich hätte mich gemeldet, aber ich hab gehofft, wir könnten reden und ich könnte ihm alles erklären. Ich wollte doch nicht, dass er sich solche Sorgen macht.«

»Wie willst du mit Rachel umgehen?«

Ich schwieg einen Moment. »Ich kann nicht mehr bei ihr wohnen.« Meine Stimme versagte, auf einmal brachen die Gefühle heraus, sosehr ich mich auch bemühte, sie zu verstecken.

»Ich weiß«, antwortete Sara mitfühlend. »Möchtest du nächste Woche mit mir nach Florida fahren?«

»Ich kann nicht«, lehnte ich automatisch ab. »Ich muss hier sein, wegen Fußball.«

»Ich hab geahnt, dass du das sagen würdest, deshalb hab ich schon mit meiner Mom geredet. Ich fliege erst am Donnerstag mit meinem Dad statt wie geplant mit ihr am Montag. Ich möchte hier bei dir bleiben, weißt du.«

»Danke.« Ich lächelte schwach. »Das weiß ich sehr zu schätzen.« Und so war es auch. Ich war froh, dass es wenigstens eine Person gab, die nicht sauer auf mich war und die mich nicht zwang, jedes Gefühl zu erklären, das gerade durch meinen Körper kreiste.

»Kannst du mir ein kleines bisschen davon erzählen, was letzte Nacht los war?«, fragte sie leise. »Es war etwas verwirrend, aber du warst gestern so aufgeregt, deshalb hab ich lieber bis heute gewartet.«

»Was möchtest du wissen?«

»Wer ist dieser Anwalt, und was hat er dir gesagt?«

Ich berichtete ihr, was Charles Stanley mir über meine Eltern und Großeltern erzählt hatte und über den Trustfonds, den ich erben würde.

»Wow«, sagte Sara, als ich fertig war. »Das ist ja verrückt. Bestimmt sind Leyla und Jack bei deiner Großmutter in Florida.«

»Wahrscheinlich, ja«, antwortete ich und nickte.

»Em«, begann Sara vorsichtig, »du hast gesagt, du glaubst, deine Mutter hätte womöglich einen Selbstmordversuch hinter sich. Wie kommst du auf die Idee?«

Ich verschränkte die Arme, senkte den Kopf und rief mir ins Gedächtnis, wie Rachel auf dem Sofa gelegen und mir – kaum in der Lage, zusammenhängende Sätze zu bilden – gebeichtet hatte, was keine Mutter jemals beichten sollte, auch wenn es der Wahrheit entsprach. Mir tat das Herz weh, wenn ich an ihren Ausbruch dachte.

Irgendwann hatte sie in ihrem verworrenen Gebrabbel erwähnt, dass nicht sie es gewesen war, die mich bei Carol und George untergebracht hatte, sondern Sharon. Sie selbst war im Krankenhaus gewesen, sie hatte zu viele Tabletten geschluckt. Ich erzählte Sara die ganze Geschichte samt meiner Schlussfolgerung, dass sie eine Überdosis genommen hatte.

»Vielleicht war es aber auch ein Unfall«, wandte Sara ein.

Ich zuckte nachdenklich die Achseln, bezweifelte es aber. Meine Mutter hatte den Tod meines Vaters nicht verkraftet, also lag der Verdacht nahe, dass sie die Pillen absichtlich geschluckt hatte. Als ich mich an all das erinnerte, was ich ihr auf der Veranda an den Kopf geworfen hatte, schämte ich mich zutiefst. Auch wenn sie keine Gefühle für mich aufbringen konnte – so etwas hätte ich nicht zu ihr sagen dürfen, das war grausam.

Kurz darauf rief Anna uns zum Frühstück, und ich folgte Sara hinunter in die Küche, obwohl ich nicht hungrig war.

An Annas mitfühlendem Blick erkannte ich, dass Sara ihr alles erzählt haben musste. Nach allem, was letztes Jahr passiert war, konnte ich verstehen, dass sie ihren Eltern gegenüber so ehrlich und offen wie möglich war. Es störte mich nicht, aber ich war mir nicht sicher, ob ich mit Anna darüber sprechen wollte.

Allerdings wusste ich, dass sie nicht zu den Müttern gehörte, die so etwas einfach auf sich beruhen ließen. Und tatsächlich – als

Sara nach dem Frühstück duschen ging, kam sie zu mir in den Freizeitraum, in dem ich mich ziellos durch die Fernsehkanäle zappte, und setzte sich neben mich auf die Couch. Ich schaltete den Fernseher aus und wartete darauf, dass sie loslegte.

»Manchmal wird einem Menschen mehr Leid aufgebürdet, als er ertragen kann«, begann sie schließlich und musterte mich aufmerksam. Mir fiel es schwer, ihr in die Augen zu sehen. »Diesen Menschen fällt es oft nicht leicht, um Hilfe zu bitten. Sie sind so in ihrem Schmerz gefangen, dass sie am Ende allen um sich herum weh tun. Ich wünsche mir so, du würdest nicht immer wieder von neuem verletzt werden.«

Ich antwortete nicht, aber das erwartete sie auch gar nicht.

»Ich weiß, du hast deine Verpflichtungen hier und willst nicht mit uns nach Florida kommen. Aber wenn wir nächste Woche wieder da sind, helfen wir dir, deine Sachen aus dem Haus deiner Mutter zu holen.« Sie legte ihre Hand auf meine, sie war warm und weich. Ich bemühte mich zu lächeln, mit mäßigem Erfolg.

Noch lange nachdem sie das Zimmer verlassen hatte, ging mir das, was sie gesagt hatte, durch den Kopf. Ich dachte an Evan und daran, was ich ihm zugemutet hatte. War ich diejenige, die verletzt wurde, oder die, die anderen weh tat?

»Ich möchte ihn anrufen«, sagte ich zu Sara, als wir später im Restaurant des Einkaufszentrums saßen. Irgendwie hatte sie mich überredet, mit ihr shoppen zu gehen. Ich musste gedanklich ganz woanders gewesen sein, als ich zugestimmt hatte.

»Es ist grade mal einen Tag her«, entgegnete Sara. »Gib ihm noch ein wenig Zeit.«

»Ich möchte nur …« Ich schob meine Pommes auf dem Teller hin und her, aß sie aber nicht. »Ich möchte mich entschuldigen. Er muss mir nicht mal gleich verzeihen, ich möchte nur, dass er weiß, wie schrecklich ich mich fühle.«

»Ich bin mir nicht sicher, ob es das ist, was er sich wünscht, Emma.«

Mir war klar, dass sie recht hatte. Eine Entschuldigung, das waren immer nur Worte. Aber Evan wünschte sich ja, dass ich ihm vertraute – das war schon immer so gewesen. Er wollte derjenige sein, an den ich mich wandte, wenn die Welt um mich herum zusammenbrach. Er wollte … ja, er wollte die Person sein, die Jonathan für mich war.

Ich konnte nicht mehr nachvollziehen, wann es passiert war. Seit wann genau ich Jonathan anrief, wenn ich Hilfe brauchte, wenn mir alles zu kompliziert wurde. Er war es, an den ich mich wandte, wenn ich nachts nicht schlafen konnte oder wenn ich es nicht schaffte, Rachel ins Bett zu schleppen, oder wenn ich vor ihr fliehen musste. Er kannte mich auf eine Art, auf die Evan mich nicht kannte – obwohl er es sich immer gewünscht hatte.

»Warum will er ständig alles wissen?«, überlegte ich laut. »Warum will er all die schlimmen Dinge wissen, die die meisten Menschen viel lieber verdrängen? Warum will er wissen, dass ich leide, warum interessiert es ihn, dass meine Mutter mich nie geliebt hat? Man könnte fast meinen, das ist für ihn wichtiger, als zu hören, dass es mir gutgeht.«

»Das ist aber längst nicht alles«, entgegnete Sara stirnrunzelnd. »Emma, Evan will einfach alles wissen, was dich betrifft und was dich zu dem Menschen macht, der du bist. Das Gute, das Schlechte und das Schreckliche. Er sollte sich selbst auch ein paar Dinge eingestehen und nicht jedes Mal weglaufen, wenn seine Gefühle verletzt werden. Aber du kannst ihn nicht im Dunkeln tappen lassen, wenn deine Welt ins Wanken gerät. Damit schützt du ihn nicht, weißt du. Du stößt ihn weg.«

»Ich glaube, ich war mir nicht sicher, ob er mich versteht«, gestand ich mit einem tiefen Seufzer.

»So wie Jonathan dich versteht?«, vervollständigte Sara den Gedanken. Ich nickte. »Gib ihm doch eine Chance, es zu lernen«, fügte sie hinzu.

Mein Handy klingelte, ich schaute aufs Display – und wandte mich dann voller Entsetzen Sara zu.

»Wer ist es?«

»Rachel«, antwortete ich. »Soll ich drangehen?« Sara zuckte unsicher die Achseln. Ich wartete, bis das Klingeln verstummte.

Kurz darauf kam eine SMS: *Wo bist du?*

Ich zeigte Sara die Nachricht. »Weiß sie nicht, dass du bei mir bist?«

»Ich hab vergessen, ob ich es ihr gesagt habe, vielleicht erinnert sie sich auch einfach nicht mehr daran. Aber warum kümmert es sie überhaupt?«

»Ich weiß nicht«, antwortete Sara, ebenso verwundert wie ich.

Ich schrieb zurück: *Bei Sara.*

Dabei ließ ich es bewenden, und meine Mutter antwortete: *Okay*. Verwirrt schüttelte ich den Kopf.

»So, genug Trübsal geblasen.« Sara stand auf. »Komm, wir schauen uns ein paar Kleider für den Abschlussball an«, schlug sie mit einem strahlenden Lächeln vor. Als sie sah, wie ich das Gesicht verzog, fügte sie schnell hinzu: »Keine Sorge, bis zum Ball hat er dir längst verziehen. Komm, ich versprech dir, es wird lustig.«

Sie zerrte mich vom Stuhl und führte mich gnadenlos von einem Laden in den nächsten, suchte die scheußlichsten Kleider aus und probierte sie für mich an, wild entschlossen, mich irgendwann zum Lachen zu bringen. Und ich lachte. Genau, wie sie es beabsichtigt hatte.

Sara sprang mit ihrer Elektrogitarre fast im Spagat auf die Couch. Ich kniete zurückgelehnt am Boden, hielt die Gitarre hoch über den Kopf und brachte mit meiner Einlage den Verstärker zum Vibrieren. In ohrenbetäubender Lautstärke dröhnte unser Song aus den Lautsprechern.

Plötzlich nahm ich aus dem Augenwinkel eine Bewegung wahr. Als ich mich umdrehte, sah ich Anna an der Treppe stehen. »Emma!«, brüllte sie aus Leibeskräften.

Ich stand auf und nahm den Gitarrengurt ab. Sara bemerkte meine Verwandlung vom Rockstar in ein besorgtes Schulmädchen, noch ehe sie ihre Mutter entdeckte, und hüpfte von der Couch und schaltete den Verstärker aus.

Es dröhnte noch in meinen Ohren, als Anna sagte: »Deine Mom ist an meinem Handy.« Ich erstarrte. »Sie macht sich Sorgen um dich. Mein Telefon liegt unten in meinem Zimmer.«

Ich warf Sara einen kurzen Blick zu, dann folgte ich Anna die Treppe hinunter. Wir gingen in ihr Zimmer, ihr Koffer lag schon aufgeklappt auf dem Bett. In einer Stunde musste sie zum Flughafen, offensichtlich hatte der Anruf sie beim Packen unterbrochen. Neben dem Koffer lag das Handy.

Anna nahm es in die Hand. »Sie steht neben mir«, sagte sie zu Rachel, dann gab sie mir das Telefon, ging aus dem Zimmer und schloss die Tür hinter sich.

»Hi«, sagte ich vorsichtig.

»Emily?« Rachels Stimme klang erleichtert. »Alles in Ordnung? Ich wusste nicht, dass du das ganze Wochenende weg bist. Ich hab nichts von dir gehört.«

Verwirrt runzelte ich die Stirn. »Was?«

»Hast du mir gesagt, dass du übers Wochenende bei Sara bist?«, fragte sie nervös. »Hab ich es vergessen? Wenn ja, tut es mir sehr leid. Wahrscheinlich hab ich es vergessen.«

»Was ist los mit dir?«, fragte ich. »Warum machst du dir plötzlich Sorgen um mich?«

»Oh.« Sie seufzte und klang enttäuscht, als sie fortfuhr: »Bist du immer noch sauer auf mich? Es tut mir wirklich leid, dass ich am

Freitag so übertrieben reagiert habe. Ich weiß eigentlich, dass du mich niemals absichtlich verletzen würdest. Aber ich war so durcheinander. Bist du wirklich noch sauer?«

Ich nahm das Telefon vom Ohr und starrte es an. Mir hatte es die Sprache verschlagen. Wer war diese Frau? Selbst wenn sie zu betrunken gewesen war, um sich daran zu erinnern, was sie in jener Nacht zu mir gesagt hatte, musste sie doch noch wissen, was ich *ihr* alles an den Kopf geworfen und wie sehr ich sie verletzt hatte.

»Emily?«, rief sie ins Handy.

»Ja, ich bin noch dran«, antwortete ich sachlich. »Ich bleibe die nächste Woche hier bei Sara. Es sind sowieso Ferien, also … bleibe ich hier«, beendete ich den Satz lahm. Ich brachte es nicht übers Herz, ihr zu sagen, dass ich nicht mehr zu ihr zurück wollte. Eigentlich hatte ich es fest vorgehabt, aber ich schaffte es einfach nicht.

»Okay.« Ihre Stimme klang angespannt. »Na ja, dann seh ich dich vermutlich nächste Woche.«

»Ja«, sagte ich, mehr brachte ich nicht heraus.

»Und?«, fragte Sara, als ich wieder nach oben kam. Ich antwortete nicht. Ich konnte immer noch nicht fassen, was gerade passiert war. »Emma«, drängte sie ungeduldig, »was hat sie gesagt?«

»Ich hab keine Ahnung«, murmelte ich benommen. Aber ich setzte mich neben Sara auf die Couch und erzählte ihr, was passiert war.

»Dann erinnert sie sich also nicht?«, fragte Sara skeptisch. »Irgendwie kann ich das nicht glauben, Em. Ich wette, sie möchte dir das einreden, damit du doch bei ihr bleibst.«

»Warum sollte sie das tun? Sie will mich doch gar nicht.« Ich hatte dieselben Schlüsse gezogen wie Sara, aber es ergab einfach keinen Sinn.

»Ich versteh es auch nicht«, stimmte Sara mir zu. »Vielleicht solltest du mit ihr reden.«

»Du meinst, ich sollte mit ihr Schluss machen«, korrigierte ich. »Ich kann nicht fassen, dass ich mit meiner eigenen Mutter ein Trennungsgespräch führen muss. Wie deprimierend ist das denn?«

»Sie kann dir nicht immer wieder weh tun und dich als emotionalen Punchingball benutzen. Wie oft willst du ihr noch verzeihen, bevor sie dich endgültig fertigmacht?«

Ich wusste, dass sie recht hatte. Es war nur eine Frage der Zeit, bis sie sich wieder betrinken und die nächste Katastrophe heraufbeschwören würde. Aber ich verstand einfach nicht, warum sie mich immer wieder an sich band, warum sie mir das Gefühl gab, dass sie mich bei sich haben wollte. Sie hatte mir doch in ihrer wodkageschwängerten Rede unmissverständlich klargemacht, dass sie sich wünschte, ich wäre nie geboren.

»Ich komme mit dir«, sagte Sara. »Ich werde dich das nicht allein durchziehen lassen.«

Am nächsten Abend fuhr Sara nach dem Fußballspiel mit mir zum Haus meiner Mutter. Mir war immer noch nicht ganz klar, was ich sagen wollte, als wir hinter Rachels Auto parkten.

»Du brauchst wirklich nicht mit reinzukommen«, versicherte ich Sara, während ich meinen Sicherheitsgurt löste. Aber mein Herz klopfte wie verrückt.

»O doch«, entgegnete Sara hartnäckig. »Ich komme mit dir.«

Ich atmete tief durch, als wir auf die Haustür zugingen, aber es war nutzlos, ich war ein Nervenbündel. Sara blieb dicht neben mir und öffnete die Fliegengittertür für mich. Die Haustür war verschlossen, ich musste meinen Schlüssel benutzen.

Wir hatten nur ein paar Schritte in die Diele gemacht, als wir beide abrupt stehen blieben. Das Haus sah katastrophal aus.

Sprachlos ließen wir den Blick von der Küche zum Wohnzimmer schweifen: Überall standen rote Plastikbecher und Gläser herum, Flaschen lagen auf dem Boden, daneben stapelten sich Schüsseln mit Chipsresten und leere Pizzakartons. Der Gestank nach abgestandenem Bier war so durchdringend, dass wir angeekelt die Nase rümpften. Es sah hier zehnmal schlimmer aus als bei Sara nach der Anti-Valentinstags-Party.

»Anscheinend hat Rachel eine Party gegeben«, bemerkte Sara und stieg vorsichtig über die herumliegenden Sachen hinweg ins Wohnzimmer. »Oder auch zwei.«

»Was zur Hölle …?«, murmelte ich fassungslos. Was war hier los gewesen? Ich rannte die Treppe hinauf, in der Erwartung, meine Mutter in der üblichen Verfassung in ihrem Zimmer zu finden – aber es war leer. Gerade wollte ich wieder nach unten gehen, da blieb mir vor Entsetzen der Mund offen stehen. »Das kann nicht wahr sein!«

Meine Tür stand offen, mein Bett war zerwühlt. »O nein, bitte nicht!« Ich schüttelte den Kopf. »Sie kann doch nicht jemanden hier …« Ich hatte Angst, den Satz zu Ende zu sprechen.

Sara erschien hinter mir. »Wir werden die Laken verbrennen.«

»Egal«, sagte ich mit einem tiefen Seufzer, »ich kann hier nicht mehr leben.«

»Nein, auf gar keinen Fall«, bestätigte Sara. »Hattest du dich auf dem Weg zur Haustür etwa umentschieden?«

»Nein, ich meine nur …«, stotterte ich.

»Du verschließt die Augen vor der Realität«, meinte Sara streng. »Em, schau dich um und mach endlich die Augen auf. Deine Mutter wird sich nie ändern.«

»Ich weiß«, hauchte ich und hörte die Enttäuschung in meiner Stimme. Dann ließ ich mich auf die oberste Treppenstufe sinken und stützte die Ellbogen auf die Knie. Der Hoffnungsschimmer, an den ich mich nach dem gestrigen Gespräch mit Rachel geklammert hatte, war erloschen, als ich den Zustand meines Zimmers gesehen hatte.

»Es tut mir so leid, Em.« Sara setzte sich neben mich und lehnte ihre Schulter an meine. »Ich möchte nicht so hart klingen, aber ich will einfach nicht mehr, dass man dir weh tut. Sie hat dich nicht verdient.«

Tränen schossen mir in die Augen, ich nickte. Ich konnte die Beziehung zwischen mir und meiner Mutter nicht retten. Die Enttäuschung darüber brach mir fast das Herz, und ich schluckte schwer. Ich gab nicht gerne auf. Sogar jetzt hörte ich in meinem Kopf noch leise hoffnungsvolle Gedanken – vielleicht würde sie sich doch ändern, wenn ich es nur richtig versuchte. Aber ich schob die Gedanken beiseite, ehe sie lauter werden konnten.

»Gehen wir«, sagte ich schließlich und stand zusammen mit Sara auf.

Im selben Augenblick öffnete sich die Haustür und Rachel erschien, lachend, den Arm um einen blonden Kerl mit einem breiten Grinsen gelegt.

Sie blickte auf und entdeckte uns. »Oh, ich dachte, du wärst diese Woche nicht hier.«

»Bin ich auch nicht«, antwortete ich, ging an ihr vorbei und würdigte sie dabei kaum eines Blickes. »Ich komme nächste Woche noch mal vorbei und hole meine Sachen.«

»Emily!« rief sie mir von der Veranda aus nach. »Wie meinst du das? Sei nicht sauer, ich mach alles wieder sauber, versprochen!«

Ohne mich umzudrehen stieg ich in Saras Auto. Solange Rachel mich sehen konnte, riss ich mich zusammen, aber als wir die Straße erreicht hatten, begann ich hemmungslos zu schluchzen. Ich wusste, dass sie mich nie geliebt hatte und mich auch niemals lieben würde. Aber ganz gleich, ob sie mich verdiente oder nicht, diese Erkenntnis schmerzte mich zutiefst.

36
rastloS

Gerade hab ich an dich gedacht. Kannst du nicht schlafen?«

»Nein«, antwortete ich leise.

»Ich wollte dich nicht wecken und deshalb erst morgen anrufen.«

»Na ja, jetzt ist es ja eigentlich schon morgen«, erwiderte ich mit einem schwachen Lächeln.

»Aber noch nicht lange.« Er lachte leise. »Ich freue mich, dass du anrufst.«

»Ich hatte Angst, du würdest nichts von mir hören wollen.«

»Emma, ich will immer von dir hören. Wenn du dich nicht meldest, mache ich mir Sorgen um dich.«

»Tut mir leid. Echt, es tut mir sehr leid, dass ich dir nicht gesagt habe, was mit meiner Mutter los ist. Aber ich möchte es dir erzählen. Ich möchte dir alles erzählen.«

»Wir reden, sobald ich wieder da bin, okay? Im Moment möchte ich vor allem wissen, ob bei dir alles einigermaßen in Ordnung ist.«

»Es geht mir jedenfalls besser.«

»Ein Anruf um zwei Uhr früh klingt ganz danach«, entgegnete er scherzhaft.

Ich musste lächeln. »Nachdem ich jetzt mit dir geredet habe, kann ich bestimmt schlafen.«

»Und ich auch.«

»Rufst du mich trotzdem morgen an?«, fragte ich und gab mir Mühe, nicht allzu verzweifelt zu klingen.

»Ja, mach ich. Versuch jetzt ein bisschen zu schlafen.«

»Okay«, flüsterte ich. Aber ehe ich auflegte, rief ich hastig: »Evan?«

»Ja, Emma?«

»Ich liebe dich.«

»Ich liebe dich auch.«

Als ich am nächsten Morgen aufwachte, hoffte ich, dass ich das Gespräch nicht nur geträumt hatte. Es hallte wie ein leises Flüstern in meinem Kopf nach und schien irgendwie nicht ganz real. Aber als ich meine Anrufliste durchging, fand ich dort Evans Nummer, um zwei Uhr zwölf, und atmete erleichtert auf.

»Wow, ist das ein Lächeln auf deinem Gesicht, Emma Thomas?«, neckte mich Sara, als sie ins Zimmer trat. »Hattest du ausnahmsweise mal einen richtig schönen Traum?«

»Äh, nein«, gab ich zurück. »Aber ich hab heute Nacht mit Evan gesprochen.«

»Echt? Worüber denn?«

»Über nichts Bestimmtes, es war ja schon so spät, aber er hat versprochen, mich heute anzurufen.«

»Das ist gut«, meinte sie. »Er kann nicht lange sauer auf dich sein. In dieser Hinsicht ist er wirklich bedauernswert.«

»Sara!«, rief ich entsetzt. »Er ist nicht bedauernswert.«

Aber sie grinste nur und ging zu ihrem Wandschrank.

»Die nächsten zwei Monate können gar nicht schnell genug vorbeigehen«, seufzte ich, schaute zu den Dachfenstern empor und drückte mein Kissen an die Brust. »Kommst du im Sommer, bevor die Uni anfängt, mit mir und Evan nach Santa Barbara? Ich bin mir ziemlich sicher, Jared kennt die Jungs auch, bei denen wir wohnen.«

Ich wartete, aber Sara schwieg. »Sara?«

Sie kam aus dem Wandschrank, konnte mir jedoch nicht in die

Augen sehen. Irgendetwas stimmte nicht. »Sara, erzähl mir, was los ist.«

Sie holte tief Luft, und schien sich schon jetzt entschuldigen zu wollen für das, was gleich kommen würde. Ich machte mich auf alles gefasst.

»Ich hab den Studienplatz am California College of the Arts in San Francisco nicht angenommen.« Schockiert riss ich die Augen auf. Wir hatten praktisch schon immer vorgehabt, gemeinsam in Kalifornien zu studieren. Saras Zusage vom CCA hatte perfekt in unsere Pläne gepasst, so wären wir ganz in der Nähe voneinander gewesen.

»Ich gehe auf die Parsons New School of Design.«

»Nach New York?« Mir fiel fast die Kinnlade runter, ich war sprachlos vor Enttäuschung. Seit Sara und ich uns kannten, waren wir unzertrennlich, ich konnte mir einfach nicht vorstellen, ohne sie irgendwo zu studieren. Einen Moment lang sagte ich nichts, ich musste den Schock erst einmal verdauen. Dann versuchte ich, die Sache aus ihrer Perspektive zu sehen.

Parsons lag wesentlich näher bei ihrer Familie ... und bei Jared. Außerdem war es eine der weltbesten Unis für Modedesign. Sara beobachtete mich aufmerksam und wartete auf meine Reaktion. Schließlich sah ich sie an – mit Tränen in den Augen und einem stolzen Lächeln auf den Lippen. »Ich werde dich vermissen. Aber ich freue mich so für dich, Sara.« Der besorgte Ausdruck verschwand aus ihrem Gesicht, und ein umwerfend strahlendes Lächeln erschien, das ihre Augen zum Leuchten brachte.

»Echt?«, fragte sie und kam um das Bett herum zu mir. »Du bist nicht sauer?«

»Sauer? Ich will dich nicht anlügen, ich bin schon traurig, dass wir nicht zusammen studieren werden, aber ich finde es trotzdem gut – für dich. Parsons ist toll, und du hast es absolut verdient, dort zu studieren.«

Sara setzte sich neben mich und umarmte mich. Zuerst war ich überrascht, aber dann schlang auch ich die Arme um sie, hielt sie fest und vergrub mein Gesicht in ihren Haaren. So saßen wir lange Zeit eng umschlungen da, und ich hatte fast ein bisschen Angst, sie loszulassen. Auf einmal rollte mir eine Träne über die Wange. Ich konnte mir ein Leben ohne Sara einfach nicht vorstellen.

»Ich werde den Sommer in Kalifornien verbringen, bis die Uni anfängt«, murmelte sie mit erstickter Stimme an meinem Ohr. Dann lösten wir uns langsam voneinander. Auch in Saras Augen schimmerten Tränen. »In den Ferien werden wir uns immer sehen. Und ich schreibe dir Mails und SMS, und wir können jeden Tag skypen – es wird sich anfühlen, als wäre ich bei dir. Und du wirst mit Evan zusammen da sein, also bist du nie allein.«

Ich musste über ihre Beteuerungen lachen. »Ich weiß. Wir werden immer Freundinnen bleiben.«

»Nein, wir werden immer *Schwestern* bleiben.« Sara lächelte mich an und wischte sich die Tränen vom Gesicht.

»Außerdem gibt es so vieles in den nächsten zwei Monaten, auf das wir uns freuen können«, fügte sie hinzu und versuchte, die Traurigkeit wegzulachen. »Erst kommt der Abschlussball, dann die Abschlussfahrt, dann die feierliche Zeugnisvergabe. Emma, ich weiß, dass du gerade eine blöde Zeit durchmachst, aber bald wird es besser – jetzt ziehst du ja auch wieder bei mir ein. Ich weiß, momentan fühlt sich das nicht so an, aber du stehst das durch – wie immer. Und vielleicht kannst du die letzten beiden Monate Highschool sogar ein bisschen genießen.«

Ich nickte, trocknete meine tränennassen Wangen und rang mir ein Lächeln ab. Ganz unterschiedliche Gefühle ließen mich weinen: Ich hatte meine Mutter (wieder) verloren, und jetzt würde ich auch Sara verlieren … Sie war wirklich in jeder Hinsicht wie eine Schwester für mich, und ich war stolz auf sie. Doch alles veränderte sich so schnell, und ich konnte nur hoffen, dass sich nicht zu viel ändern würde.

»Das war aber kurz«, bemerkte Sara, als ich von meinem Telefonat mit Evan zurückkam, auf das ich den ganzen Tag so ungeduldig gewartet hatte. Ich setzte mich zu ihr an den Küchentisch.

»Er wollte nur schnell Hallo sagen, bevor es zu spät wird«, erklärte ich leise und nahm mir mit der Nudelzange eine Portion Fettuccine aus der Schüssel. »Sie wollten gerade surfen gehen, die Jungs haben schon auf ihn gewartet.«

»Er ist immer noch ein bisschen angefressen, oder?«

»Ein bisschen«, gab ich zu und stocherte mit meiner Gabel in der Pasta herum – ohne einen Bissen davon auch nur in Erwägung zu ziehen.

»In ein paar Tagen ist er wieder da«, meinte Sara ermutigend. »Am Telefon ist so was immer schwer. Wenn ihr euch seht, wird es garantiert ganz anders.«

»Hoffentlich.« Ich seufzte, innerlich spielte ich unser unangenehmes Gespräch noch einmal durch. Die ganze Zeit hatten wir beide darum gekämpft, irgendetwas Positives zu sagen. Es hatte nicht viel zu besprechen gegeben, und daran würde sich auch erst etwas ändern, wenn ich Evan das erzählte, was ich ihm in den letzten Monaten vorenthalten hatte. Dieses ausstehende Gespräch trennte uns mehr als die Entfernung zwischen Connecticut und Hawaii.

»Was sollen wir heute Abend machen?«, versuchte Sara, mich abzulenken.

»Musst du morgen nicht ziemlich früh aufstehen und zum Flughafen?«

»Wir könnten uns einfach einen Film anschauen und danach ins Bett gehen«, schlug sie vor. »Du könntest den Schlaf auch gut gebrauchen.« Sie grinste mich an – vor ihr konnte ich meinen

Schlafmangel nie verbergen, sie brauchte mich nur anzusehen und wusste schon, wann ich das letzte Mal eine ruhige Nacht gehabt hatte. Und das war eine Weile her. Dank des ganzen Dramas und der Nervosität schien Schlaf für mich im Moment so greifbar wie eine schemenhafte Fata Morgana.

»Kommst du allein hier zurecht?«

»Ich hab überlegt, Casey zu fragen, ob ich bei ihr übernachten kann – wir spielen immerhin zusammen Fußball«, antwortete ich. »Evan kommt am Samstag zurück, es wären also eh nur zwei Nächte.«

»Keine schlechte Idee«, meinte Sara nachdenklich. Mit einem fiesen Grinsen fügte sie dann hinzu: »Anscheinend gehst du fest davon aus, am Samstag bei Evan zu übernachten – du zweifelst also nicht daran, dass er dir verzeiht, was?«

Verlegen zuckte ich die Achseln. »Ich hoffe einfach, dass ich Mittel und Wege finde, ihn zu überzeugen.«

»Emma!« Sara kicherte. »Ich hab wohl tatsächlich ein bisschen auf dich abgefärbt.«

Ich starrte sie an. »Sara, ich werde ihn bestimmt nicht verführen, damit er mir verzeiht. Außerdem werden wir erst nächsten Monat miteinander schlafen.«

»Was?« Sie lachte ungläubig. »Ihr habt das geplant?«

»Ja«, gab ich zu und wurde rot. »Wir haben in der Nacht vor dem Abschlussball eine Verabredung zum Sex.«

Jetzt lachte Sara noch lauter. »Ihr zwei macht mich verrückt. Wie um alles in der Welt soll so was romantisch sein? Wie kann man planen, miteinander zu schlafen? Wo bleibt da die Lust und die Leidenschaft?«

»Du kennst Evan nicht«, antwortete ich, ohne nachzudenken, und wurde noch röter, als Sara die Kinnlade runterfiel. »Okay – welchen Film wollen wir uns anschauen?«

Ich schloss die Augen, lauschte ihren gleichmäßigen Atemzügen und hoffte, sie würden mich in den Schlaf wiegen. Ein und aus. Ich konnte vorhersagen, wann sie wieder einatmete. Aber dann geriet sie plötzlich ins Stocken. Ich wartete. Nichts geschah.

Erschrocken öffnete ich die Augen, wälzte mich auf den Rücken und lauschte angestrengt. Als ihre Silhouette an meinem Bett erschien, schnappte ich nach Luft.

»Sara?«, fragte ich. »Stimmt irgendwas nicht?«

Sie rührte sich nicht. Vielleicht schlafwandelte sie. Ich stützte mich auf die Ellbogen, versuchte, sie im Dunkeln anzusehen und fragte noch einmal: »Sara?«

Als meine Augen sich an die Dunkelheit gewöhnt hatten, erkannte ich, dass es nicht Sara war, die vor mir stand. So schnell ich konnte, wollte ich die Decke loswerden, aber je mehr ich strampelte, desto mehr verhedderte ich mich in den Laken. Dann konnte ich auf einmal nichts mehr sehen, ich war unter der Decke, Dunkelheit umhüllte mich. Verzweifelt versuchte ich, mich zu befreien, fesselte mich dadurch aber nur immer mehr. Dann packten mich zwei Hände an der Gurgel.

Ich würgte und hustete und versuchte, die Hände wegzuziehen, aber sie waren zu stark. Ich schlug um mich, warf den Kopf von einer Seite zur anderen, um ihre Klauen loszuwerden. Vergeblich.

»Du verdienst es nicht zu leben«, knurrte sie.

Mit allerletzter Kraft packte ich ihre Handgelenke, zog und zerrte, bis ihre Klauen sich endlich lösten, und schrie: »Du hast mich doch schon umgebracht!«

Als ich aufwachte, lagen meine Hände noch an meinem Hals, ich atmete schwer, mein Herz klopfte wild. Das Zimmer war dunkel, und ich hörte Sara im Bett neben mir atmen. Leise schlug ich die Decke zurück und schlich mich aus dem Zimmer. Der Schlaf und ich würden heute Nacht nicht mehr zusammenfinden, es war sinnlos, im Bett liegen zu bleiben und in die Dunkelheit zu starren.

Zitternd nahm ich mein Handy und setzte mich auf die Couch im Freizeitraum. Ich überlegte, Evan anzurufen, aber ich wusste, es würde nur ein weiteres unbehagliches Gespräch werden, und das brauchte ich nicht zweimal an einem Tag.

Ich schaltete den Fernseher an und reduzierte die Lautstärke, um Sara nicht aufzuwecken. Dann zappte ich mich durch die Kanäle, bis ich bei einer Dauerwerbesendung landete, in der gerade ein Tuch angepriesen wurde. Man brauchte es angeblich nur nass zu machen, um Autos, Computer und Boote »streifenfrei« sauber zu bekommen. Nachdem ich eine Minute lang von der enthusiastischen Verkaufsmasche in Bann gezogen worden war, griff ich erneut zum Telefon.

»Ich hab deine Dauerwerbesendung gesehen«, sagte ich, als er dranging.

»Man braucht nur ein bisschen Wasser«, antwortete er, und ich hörte an seiner Stimme, dass er lächelte. »Ich hab mich schon gefragt, wie du wohl schläfst zurzeit. Hab gedacht, du bist vielleicht geheilt.«

»Wohl kaum«, erwiderte ich. »Und du? Hast du dich in letzter Zeit mal verabredet?«

»Noch nicht.« Er lachte leise. »Wo bist du denn?«

»Bei Sara.«

»Gut. Du gehst nicht mehr zurück, oder?«

»Nein«, antwortete ich leise. »Manche Dinge lassen sich einfach nicht reparieren.«

»Du hast dich lange nicht mehr gemeldet. Ich dachte schon, er hätte auch von dir verlangt, dass du den Kontakt zu mir abbrichst.«

Ich wunderte mich, wie er darauf kam. »Evan ist gerade nicht da, wir hatten noch keine Gelegenheit, richtig miteinander zu reden.«

»Oh«, antwortete Jonathan. »Meinst du, dann ist es eine gute Idee, wenn du dich jetzt mit mir unterhältst?«

»Ja, warum denn nicht? Wir sind doch Freunde«, erwiderte ich verdutzt. »Evan ist auch mit anderen Mädchen befreundet. Und du bist sowieso nicht der Grund dafür, warum die Dinge zwischen mir und ihm zurzeit etwas schwierig sind.«

»Möchtest du darüber sprechen?«, fragte Jonathan zögernd.

»Nein«, flüsterte ich.

Wir schwiegen kurz, dann sagte er: »Hast du Lust, noch mal was mit mir zu unternehmen?« Er stockte und fügte schnell hinzu: »Kein Sprung von der Klippe diesmal, versprochen.«

Ich lachte. »Klar. Wir könnten morgen was zusammen machen, wenn du magst. Nachmittags hab ich Training, aber vielleicht danach?«

»Ja, ich komme gegen sechs von der Arbeit. Wie wäre es …« Er hielt einen Moment lang inne. »Wie wäre es, wenn wir zusammen irgendwo was essen? Ich würde dir gern was erzählen.«

»Echt?«, antwortete ich neugierig. »Dann schick mir doch einfach eine SMS, wo und wann wir uns treffen.«

»Okay, bis morgen.« Als ich auflegte, merkte ich, dass ich lächelte, und mein Herz schlug ein bisschen schneller.

37

MittEn in eiNem AlbtRaum

»Du hast doch gesagt, du wärst nicht sonderlich gut«, neckte mich Jonathan, als wir aus der Poolhalle in den kalten, regnerischen Abend hinaustraten.

»Bin ich auch nicht«, gab ich zurück und zog mir die Kapuze über den Kopf. »Aber zum Glück bist du noch schlechter als ich.«

»Danke«, grinste er. »Und was jetzt? Musst du zurück zu deiner Freundin?«

Ich checkte mein Handy. Casey hatte versprochen, mir auf dem Heimweg von der Party eine SMS zu schicken. Allerdings war es auch gut möglich, dass sie es vergessen hatte, deshalb schrieb ich ihr lieber selbst und fragte, wo sie war.

»Ich glaube, sie ist noch auf der Party«, sagte ich. »Kannst du mich noch eine Weile ertragen?«

»Du kannst bei mir bleiben, solange du magst«, versicherte Jonathan. »Aber ich weiß nicht, wo wir hingehen könnten, außer in eine Bar.«

»Ich würde mir gern mal die Band anhören, von der du erzählt hast. Wenn das okay ist für dich.«

»Oh, ja, klar«, stammelte Jonathan.

»Wenn du nicht in deine Wohnung willst, können wir aber auch was anderes machen«, meinte ich auf seine seltsame Reaktion hin.

»Nein, ist schon okay. Ich hatte nur ehrlich gesagt noch nie Gäste bei mir und überlege gerade, wie groß das Chaos in meinem Apartment ist.«

»Wirklich? Du hattest noch nie Besuch?«, wiederholte ich überrascht. »Warum denn nicht?«

Jonathan zuckte die Achseln. »Hm, das weiß ich eigentlich auch nicht. Anscheinend treffe ich mich mit Leuten immer irgendwo anders. Aber ja, lass uns zu mir gehen.« Ich folgte Jonathan über die Kreuzung und dann eine Nebenstraße hinunter, an deren Ende man das Wasser schimmern sah.

»Dann war Rachel also auch nie bei dir?«

»Nein«, sagte er nachdrücklich. »Ich hab gelegentlich eine Auszeit gebraucht. Aber sie hätte die Wohnung für ihr Leben gern kennengelernt, das kannst du mir glauben.«

Ich nickte, denn ich konnte mir gut vorstellen, wie sehr es sie gestört hatte, nicht zu wissen, wo er wohnte. Ich erinnerte mich auch noch sehr gut daran, dass Jonathan jede Woche ein paar Tage verschwunden war. Wenn Rachel gewusst hätte, wo er zu finden gewesen wäre, hätte sie ihn wahrscheinlich nicht in Ruhe gelassen.

Wir überquerten die Straße und gingen am Wasser entlang Richtung Yachthafen.

»Warum bist du geblieben?«, fragte ich. Er war lange mit meiner Mutter zusammengeblieben, wenn man bedachte, wie oft er sich hatte zurückziehen müssen.

»Äh, was?«, fragte er verwirrt. »Du meinst, bei Rachel?«

»Ja – du hättest doch jedes Recht dazu gehabt, dich schon viel früher von ihr zu trennen. Was hat dich dazu gebracht zu bleiben?«

»Ich dachte, wir hätten ausgemacht, nicht über sie oder sonst irgendwas Deprimierendes zu sprechen«, wich Jonathan meiner Frage aus. Inzwischen näherten wir uns einem alten weißen Backsteingebäude am Kai.

»Du hast recht«, räumte ich ein und beäugte das heruntergekommene Gebäude argwöhnisch, als Jonathan seinen Schlüssel in die schwarze Metalltür steckte.

»Beurteile das Haus nicht nach seinem Äußeren«, ermahnte mich Jonathan. »Die haben es völlig entkernt.« Als er die Tür aufgeschlossen hatte, knipste er das Licht an, und wir stiegen eine Metalltreppe hinauf.

»Sieht ganz danach aus«, sagte ich und betrachtete bewundernd den modernen Raum, der sich am Treppenabsatz auftat. Die weißen, an die sechs Meter hohen Wände reckten sich zu einer freigelegten Balkendecke empor. Eine Wand war komplett aus Backstein und hatte riesige Fenster, durch die man das Wasser sah. Die breiten Holzdielen waren abgeschliffen und frisch poliert worden. »Beeindruckend.«

»Ich hatte großes Glück, diese Wohnung zu finden«, gab Jonathan zu.

Ich ging hinüber zum Fenster und sah hinunter auf die im Wasser schaukelnden Boote. Gegenüber war eine Werft, vor der noch mehr Boote darauf warteten, wieder ins Meer gelassen zu werden.

»Möchtest du was trinken?«, fragte Jonathan aus dem Küchenbereich. Die Geräte waren aus glänzendem Edelstahl, über einer Theke mit marmorner Arbeitsplatte hingen große Holzschränke.

»Nein danke.«

Jonathan holte sich ein Bier aus dem Kühlschrank und öffnete es. Dann ging er zu der Anlage, die auf einem langen schwarzen Tisch stand, und ich machte es mir auf dem Sofa gemütlich. Von hier aus hatte ich den gesamten Raum perfekt im Blick. Das beigefarbene Sofa war wesentlich bequemer, als es aussah.

Ich ließ mich in die Polster sinken und spähte zu der eingezogenen Decke empor. Eine Metalltreppe führte hinauf, vermutlich war es Jonathans Schlafzimmer. Aber das konnte ich aus meiner Perspektive nicht genau erkennen.

Seine Wohnung war so … sauber. Ich konnte mir nicht vorstellen, warum er sich solche Sorgen darüber gemacht hatte, sie könnte unordentlich sein. Sie war wie geleckt, beinahe zu sauber.

Plötzlich fiel mir auf, dass es hier außer den Möbeln nichts gab – keine Bilder, keine Kunstgegenstände, keine Dekoration, nichts. Überhaupt nichts Persönliches.

»Wie lange wohnst du eigentlich schon hier?«, fragte ich, weil ich dachte, vielleicht wäre er noch dabei sich einzurichten.

»Seit ich meine Abschlussprüfung gemacht habe«, antwortete Jonathan, während er seine Downloads nach der Band durchsuchte, von der er mir vorhin vorgeschwärmt hatte.

»Zwei Jahre also?«, folgerte ich und nahm das Zimmer erneut in Augenschein.

»So ungefähr«, bestätigte er. Dann ertönten Gitarrenakkorde, gefolgt von einer weichen Frauenstimme. »Ich weiß. Ist ziemlich spartanisch eingerichtet. Ich hab aber nicht den leisesten Schimmer, wie man eine Wohnung dekoriert.«

»Hast du denn keine Freundinnen, die dir dabei helfen können?«

»Ich habe die Erfahrung gemacht, dass Freundschaften zwischen Männern und Frauen nur zu Komplikationen führen. Also hab ich keine.«

»Komplikationen?«, wiederholte ich neugierig.

»Ja. Irgendwann will eine Freundin meistens mehr als Freundschaft, und dann wird es … na ja, kompliziert eben«, erklärte er und trank einen Schluck Bier.

»Oh.« Jetzt verstand ich, was er meinte. »Ja, das stimmt.«

»Dann hast du also auch diese Erfahrung gemacht?«, fragte Jonathan interessiert und ließ sich auf einem Sessel neben dem Sofa nieder.

»Ich persönlich?« Einen Moment lang überlegte ich, dann fuhr ich fort: »Ja, schon. Mit Evan ist es mir passiert. Wir waren zuerst Freunde, sind es aber nicht lange geblieben.« Mein Gesicht begann zu glühen, als ich an unsere »Freundschaft« dachte.

»Ich hab das Gefühl, ihr wart nie wirklich ›Freunde‹, auch nicht zu Anfang«, bemerkte Jonathan und musterte mein errötetes Gesicht.

Meine Wangen wurden noch heißer. »Nein, wahrscheinlich nicht. Aber ich weiß trotzdem, was du meinst. Momentan gibt es da auch ein Mädchen, das angeblich nur mit ihm befreundet sein will, aber definitiv auf ihn steht. Und das ist kompliziert, genau wie du gesagt hast.«

»Es stört dich nicht, wenn Evan mit anderen Mädchen befreundet ist, oder?«, wollte Jonathan wissen. »Du bist ja schließlich auch mit mir befreundet.«

»Nein, es stört mich nicht. Aber du und ich, das ist etwas anderes«, erwiderte ich. »Bei uns ist es nicht kompliziert.«

Jonathan zog eine Augenbraue in die Höhe, und für einen Moment dachte ich, er würde das, was ich gesagt hatte, anzweifeln wollen. »Richtig«, meinte er dann aber nur. »Wir sind einfach bloß verkorkst.«

Ich lachte und nickte, streifte die Schuhe ab und zog die Beine auf die Couch. Im selben Moment piepte mein Handy, und ich kramte es aus der Tasche.

Bin noch auf der Party. Willst du kommen? Ist ganz nett hier.

Ich grinste über Caseys Nachricht und schrieb zurück: *Nein danke.*

»War das deine Freundin?«, wollte Jonathan wissen. »Musst du gehen?«

»Nein, sie ist noch auf der Party.«

»Gut«, sagte er so bestimmt, dass ich neugierig von meinem Handy aufblickte. Er kippte schnell einen Schluck Bier hinunter, um mir nicht ins Gesicht sehen zu müssen.

»Die Musik gefällt mir«, lenkte ich ab, ohne auf seine Bemerkung einzugehen. »Hübscher Sound.«

»Ja, nur ein Typ und ein Mädchen«, erklärte Jonathan. »Ich finde die beiden echt toll.«

Der Gesang war schön, aber vor allem die Texte faszinierten mich. Schweigend saßen wir nebeneinander und ließen die beiden Künstler für uns sprechen. Ich schloss die Augen und nahm die Musik in mich auf.

»Emma?«, sagte Jonathan plötzlich laut, und ich öffnete die Augen wieder, was mir extrem schwerfiel. Anscheinend war ich dabei gewesen einzunicken. »Ist alles okay mit dir?«

»Sorry.« Ich schüttelte den Kopf und setzte mich auf. »Ich bin nur müde.«

»Ist wirklich alles in Ordnung?«, fragte er noch einmal und musterte mich prüfend.

Ich entzog mich seinem durchdringenden Blick und nickte erneut. »Ich hab einfach nicht sonderlich viel geschlafen in letzter Zeit.«

»Und auch nicht sonderlich viel gegessen«, fügte Jonathan tadelnd hinzu.

Ich zuckte schuldbewusst die Achseln. »Ist das so offensichtlich?«

»Ja«, sagte er und nickte.

»Es war eine verrückte Woche«, verteidigte ich mich matt.

»Das ist vermutlich die Untertreibung des Jahrhunderts«, entgegnete er mit einem ironischen Lächeln. »Ich weiß, wir haben eigentlich beschlossen, nicht darüber zu reden, aber wenn du möchtest, können wir es trotzdem tun. Was passiert ist, tut mir ehrlich leid. Ich denke immer noch, dass es meine Schuld war.«

»Das stimmt aber nicht«, widersprach ich. »Es hat wirklich nichts damit zu tun, dass ich die Schule geschwänzt und den Tag mit dir verbracht habe. Letztlich ging es einfach um die Wahrheit, und darum, dass ich sie nicht sehen wollte.«

»Wie meinst du das?«

»Rachel liebt mich nicht. Sie hat mich nie geliebt. Und nichts wird daran je etwas ändern.«

Jonathan antwortete nicht. Eine Weile schwiegen wir, dann fragte er: »Und du?« Ich sah zu ihm hinüber. Seine Stimme klang ruhig und klar. »Was empfindest du für sie?«

Unsere Blicke trafen sich, während ich über meine Antwort nachdachte. »Ich weiß nicht recht. Ich hab immer geglaubt, dass ich sie liebe. Ich meine, sie ist meine Mutter. Aber ... ich weiß es einfach nicht.«

»Stell dir doch mal vor, sie wäre nicht deine Mutter, sondern einfach eine Frau, die du irgendwo kennengelernt hast. Was würdest du dann für sie fühlen?«, drängte er.

»Ich würde sie nicht leiden können«, antwortete ich, ohne zu zögern. »Auf den ersten Blick kommt sie einem lustig und nett vor, aber schaut man genauer hin, merkt man, wie egoistisch und manipulierend sie ist und außerdem, na ja, außerdem wie labil. Also ... also liebe ich sie anscheinend genauso wenig, wie sie mich liebt.« Ich sah auf den Boden und versuchte, die Erkenntnis zu verdauen. »Wow. Das ist ja echt verkorkst.«

»Offenbar kommen wir um dieses Thema nicht herum«, meinte Jonathan mit einem schuldbewussten Grinsen. »Sorry. Wir sind einfach depressiv drauf, das lässt sich nicht leugnen.«

»Ich glaube, es liegt daran, dass wir beide wissen, wie sich so was anfühlt. Es ist nicht leicht, mit anderen Leuten darüber zu sprechen, weil die meisten keine Ahnung davon haben. Sie verstehen nicht, wie es ist, wenn man von Menschen gehasst wird, die einen eigentlich lieben sollten.« Ich sank wieder tiefer in die Polster und ließ, müde wie ich war, die trostlose Stimmung in mich einsickern. Einen Moment lang überlegte ich aufzubrechen, aber ich musste mich wenigstens noch kurz ausruhen. Erschöpft legte ich den Kopf auf die Couchlehne.

»Wie fühlt es sich an?«, holte Jonathan mich in die Gegenwart zurück. Ich sah in seine dunklen Augen. »Was macht es mit dir?«

Ich stieß ein kurzes humorloses Lachen aus. »Es macht mich dumm.«

»Wie?«, hakte Jonathan beunruhigt nach. »Das verstehe ich nicht.«

Ich konzentrierte mich auf ein fernes Licht draußen auf dem Wasser und suchte nach den richtigen Worten, um Jonathan das zu erklären, was mir selbst immer klarer wurde: Ich hatte das letzte Jahr fast unaufhörlich darüber nachgegrübelt, was ich falsch gemacht hatte. Diese Erkenntnis hatte ich meiner Mutter zu verdanken – oder vielmehr ihrer vom Alkohol beflügelten Offenheit.

»Ich verschließe oft die Augen vor der Wahrheit. Ich weigere mich zu sehen, was tatsächlich vor sich geht, und rede mir ein, dass ich mit allem fertigwerde – dass ich stark bin und dass ich es rechtzeitig merken würde, wenn doch irgendetwas meine Kräfte übersteigen sollte. Aber um der Wahrheit wirklich ins Gesicht zu sehen, muss ich mir eingestehen, wie sehr ich gehasst werde. Und wer möchte schon glauben, dass er so viel Wut, so viel Verachtung verdient hat? Dass es tatsächlich jemanden gibt, der sich wünscht, man wäre nie geboren.« Ich hielt inne, um durchzuatmen.

»Das hab ich ausgeblendet. Ich habe *entschieden*, es nicht zu sehen. Ich habe sogar versucht, andere davon zu überzeugen, dass es keine Rolle spielt. Sie wissen nichts darüber. Niemand weiß, wie schlimm es ist, weil ich nicht zulasse, dass jemand es erfährt.« Ich machte eine Pause, dann meinte ich: »Deshalb hab ich gesagt, es macht mich dumm.«

Jonathan hatte meiner geflüsterten Beichte schweigend gelauscht. Plötzlich überkam mich große Erschöpfung, mein Kopf wurde so schwer wie mein Herz. Ich stand neben mir, meine Augen brannten vor Müdigkeit.

»Wie schaffst du das nur?«, fragte Jonathan. Seine Stimme klang weit weg, und sosehr ich es auch versuchte, ich konnte mich nicht mehr konzentrieren. »Wie stehst du das durch?«

»Indem ich nichts fühle«, murmelte ich und blinzelte, eingelullt von den angenehmen Stimmen, die im Hintergrund immer noch zu hören waren. Meine Gefühle wegzudrücken, fiel mir nicht schwer, ich hatte diese Fähigkeit in all den Jahren bei Carol perfektioniert. »Ich blende es aus. Und wenn es ganz schlimm wird, dann schotte ich mich vollkommen ab. Mir ist nicht klar gewesen, dass ich mich so verhalte, bis meine Mutter meine verdrängten Erinnerungen wachgerufen hat.«

Ich schloss die Augen. »Sie glaubt, ich bin stark, weil ich alles in die dunklen Tiefen meines Inneren verbannen kann. Aber es macht mich leer. Und letzten Endes findet mich die Dunkelheit immer wieder – im Schlaf.«

Ich spürte, wie eine Decke über mich gebreitet wurde, und als ich mühsam die Augen öffnete, sah ich Jonathan vor mir, lächelnd, ein Kissen in der Hand. So gut ich konnte, richtete ich mich auf, damit er es unter meinen Kopf stopfen konnte, und ließ mich wieder zurücksinken. »Sorry«, flüsterte ich, meine Augen schlossen sich wie von selbst wieder. »Aber ich bin so müde.«

»Ich weiß«, antwortete er sanft. »Du kannst hier schlafen, wenn du willst.«

»Ich muss mich nur ein bisschen ausruhen, dann verschwinde ich«, murmelte ich und blinzelte matt. Meine Lider waren so schwer, dass es beinahe weh tat, die Augen zu öffnen. Jonathan stand auf.

»Jonathan?«

Er kauerte sich vor mich auf den Boden. »Ja, Emma?«

»Meinst du, du kannst jemals wieder einen Menschen lieben?«, murmelte ich und kämpfte nicht mehr gegen die schweren Lider an.

»Ich glaube schon«, flüsterte er, strich mir die Haare aus dem Gesicht, und ich erzitterte unter seiner Berührung. »Ich seh dich dann in meinen Träumen.«

Ein letztes Mal riss ich die Augen auf. Er entfernte sich langsam. »Was hast du gesagt?«

»Ich hab gesagt, wir sehen uns dann morgen früh. Jetzt schlaf ein bisschen.«

»Ich ruh mich nur ein wenig aus«, erwiderte ich verschwommen und schloss die Augen. Ich konnte sie einfach nicht mehr offen halten.

Meine Schreie waren noch nicht ganz verklungen, als ich mich panisch aufsetzte und nach Atem rang.

»Emma?«, rief Jonathan. Das Klappern der Metalltreppe drang hart durch die Dunkelheit. Ich brauchte einen Moment, um ihn zu erkennen, als er sich vor mir niederkauerte. »Alles ist gut, es war nur ein Traum.«

Ich nickte, meine Lippen bebten. »Ich kann das nicht mehr«, stieß ich hervor, und meine Augen füllten sich mit Tränen. Ich war zu erschöpft und erschüttert, um sie zurückzuhalten. »Ich bin so müde.«

»Ich weiß«, tröstete mich Jonathan. Er glitt neben mich auf die Couch und massierte meine Schulter.

Ich atmete zittrig aus und wischte mir mit dem Ärmel über die Augen. »Ich weiß nicht, was ich tun kann, damit es aufhört.«

Jonathan sah mich mitfühlend an.

»Kann ich bitte ein Glas Wasser haben?«, bat ich ihn. Nur mühsam erholte ich mich von meinem Gefühlsausbruch.

Jonathan nickte und erhob sich. In die Decke gewickelt setzte ich mich auf und atmete tief durch, um das Zittern zu vertreiben. Mittlerweile hatte Jonathan das Licht über der Kücheninsel angemacht, es war hell genug, dass ich mich umschauen konnte.

»Wo steht dein Fernseher?«, fragte ich, denn ich konnte diese Ablenkungsmöglichkeit von meinen Albträumen nirgends entdecken.

»Oh, der ist oben in meinem Schlafzimmer«, antwortete Jonathan und deutete mit dem Kopf die Treppe hinauf. »Brauchst du was, um wieder einen klaren Kopf zu kriegen?«

»Ja, irgendwas«, bestätigte ich. »Ich will nicht mehr daran denken müssen, wie sie mich umgebracht hat.«

»Du darfst ihr nicht die Kontrolle überlassen, Emma, du bist zu stark dafür. Du musst nur daran glauben.« Er drückte mir ein Glas Wasser in die Hand und setzte sich neben mich. »Weißt du, was in der Nacht damals passiert ist? Oder hast du das auch verdrängt?«

»Ich bin gestorben«, antwortete ich geradeheraus. »Deshalb habe ich keine Ahnung, was passiert ist.«

Ich spürte, wie sich seine warme Hand um meine legte. Ihre Kraft tröstete mich, aber sie ließ auch mein Herz schneller schlagen. Behutsam entzog ich mich ihm und hielt das Glas mit beiden Händen fest. Jonathan tat so, als würde er es nicht bemerken.

»Emma …« Er gab mir ein Zeichen, dass ich ihn anschauen sollte, während ich an meinem Wasser nippte. »Emma, möchtest du besser schlafen?«

Argwöhnisch kniff ich die Augen zusammen. »Was hast du vor?«

»Vertraust du mir?«

»Willst du mich schon wieder heilen?«, erkundigte ich mich skeptisch.

»Ja.« Er grinste. »Ich denke, das könnte funktionieren oder dir zumindest helfen. Lässt du es mich versuchen?«

Ich überlegte. Jonathans Blick flehte mich an, ihm zu vertrauen. Seufzend kapitulierte ich, drohte aber: »Wenn es nicht funktioniert, dann halte ich dich jede Nacht wach, in der ich nicht schlafen kann.«

»Damit komme ich klar«, meinte er und grinste. »Hol deine Jacke.«

»Was?«, fragte ich erschrocken. »Gehen wir weg?«

»Hast du gedacht, ich will dich hypnotisieren oder was?«

Wieder seufzte ich resigniert, schlüpfte in meine Schuhe und zog mir die Jacke an.

»Und wie läuft dein Triathlontraining?«, fragte ich in das angespannte Schweigen hinein, das sich zwischen uns ausgebreitet hatte, seit wir im Truck saßen.

»Willst du das wirklich wissen?« Jonathan lachte ungläubig.

»Na ja, über irgendwas müssen wir doch reden«, meinte ich seufzend. »Wie es aussieht, sind wir auf dem Weg zurück nach Weslyn. Und wenn wir tatsächlich dorthin fahren, wohin ich denke, dann sollten wir lieber anfangen zu reden, ehe ich dich zwinge umzukehren.«

»Das Training läuft hervorragend«, antwortete Jonathan prompt. »In letzter Zeit bin ich nicht Rad gefahren, weil das Wetter so beschissen war, aber sonst ...«

»Okay, ich glaube, das bringt nichts«, unterbrach ich ihn und warf ihm einen entschuldigenden Blick zu. »Sorry, ich möchte das wirklich hören, aber ich bin kurz vor einem Herzanfall oder einer Panikattacke oder so.«

»Du musst atmen, Emma«, drängte er. »Langsam, tief und ruhig atmen. Einfach nur atmen.«

Ich versuchte, mich daran zu erinnern, wie man das tat. Aber mein Herz zog sich noch enger zusammen, das Atmen wurde immer schwieriger.

»Warte.« Plötzlich kam mir ein Gedanke. »Woher weißt du eigentlich, wo wir hinmüssen?«

Ich glaubte ihn lachen zu hören. »In Weslyn etwas herauszufinden, ist nicht schwer. Du musst die Leute nur fragen, sie geben dir bereitwillig Auskunft. Aber keine Sorge, dir passiert schon nichts«, beruhigte er mich. »Ich verspreche es dir.«

Ich schlug die Hände vors Gesicht, alles schien in diesem Moment außer Kontrolle zu geraten, ich konnte nicht hinschauen, während wir eine Abzweigung nach der anderen nahmen. Je näher wir kamen, desto größer wurde mein Drang, die Tür aufzureißen und aus dem Truck zu springen.

»Komm, Emma.« Ich war so in meine Angst versunken, dass ich bis jetzt nicht einmal bemerkt hatte, dass wir stehen geblieben waren.

»Ich kann nicht«, wimmerte ich, unfähig, die Hände vom Gesicht zu nehmen.

»Doch, du kannst«, drängte er. »Ich bin bei dir. Es wird dir nichts passieren.«

Meine Hände zitterten, als ich sie von meinem Gesicht löste. Die Augen hielt ich nach wie vor geschlossen, verzweifelt versuchte ich, die Panik niederzukämpfen. »Ich glaube nicht, dass ich aussteigen kann.«

Seine Tür öffnete und schloss sich wieder. Wie gelähmt blieb ich im Dunkeln sitzen. Dann ging die Beifahrertür auf, und Jonathans warme Hand umschloss meine. »Du schaffst das.«

Ich öffnete die Augen und sah ihn an. »Komm, Emma.« Ich konzentrierte mich auf sein Gesicht. Es war ruhig und zuversichtlich. Seine Hand war meine Rettungsleine. Auf einmal fühlte ich mich ganz klein.

»Schau mich an«, ermutigte er mich, als ich aus dem Truck kletterte. »Schau mich einfach weiter an.«

Ich nickte nur, denn ich fand meine Stimme nicht. Ich sah ihn an, und sein Blick unterstützte mich bei jedem Schritt.

»Okay, jetzt mach die Augen zu«, ordnete er an. »Ich werde dich so drehen, dass du das Haus vor dir hast.« Meine Knie wurden weich, aber er packte mich sofort an den Schultern und hielt mich aufrecht.

»Warum tun wir das?«, flüsterte ich und fühlte heiße Tränen über mein Gesicht fließen.

»Weil ich schlafen kann«, antwortete Jonathan leise an meinem Ohr. Er ließ mich nicht los.

»Was?« Seine Worte lenkten mich einen Moment von meiner Angst ab. Ich neigte den Kopf in seine Richtung. »Was hast du gerade gesagt?«

»Ich weiß nicht, ob es daran liegt, dass ich mich der Sache gestellt habe, oder daran, dass ich sie mit dir geteilt habe, aber ich kann jetzt nachts durchschlafen. Und ich möchte, dass du es auch schaffst.« Zärtlich strich er mir mit dem Daumen die Tränen von den Wangen. »Jetzt mach die Augen auf und sieh hin.«

Widerwillig riss ich die Augen auf und zwang mich, das Haus vor mir anzuschauen. Mein Herz fühlte sich wie versteinert an. Ich lehnte mich an Jonathan.

»Hier ist es geschehen«, sagte er mit leiser Stimme und legte seinen Arm um meine Schulter. »Hier bist du gestorben.«

Ich nickte, durch meine Tränen hindurch konnte ich kaum etwas erkennen.

»Erinnerst du dich jetzt?«

Ich blinzelte und blickte hinauf zu dem grauen Hügel, der im Schatten der angrenzenden Bäume versank. In dem winzigen Vorgarten stand ein Schild: *Zu verkaufen*. Alles wirkte viel kleiner, als ich es in Erinnerung hatte. Ich verlor mich in den dunklen Fenstern, hinter denen so viel Leid verborgen lag.

»Wo ist es passiert?«, fragte Jonathan, seine Stimme war ein leises Flüstern in meinem Kopf.

»In meinem Zimmer«, antwortete ich heiser, und meine Augen wanderten zur Längsseite des Hauses. Jonathan nahm meine Hand und führte mich näher heran. Mein Puls raste, jeder Schritt verlangte mir eine fast übermenschliche Kraft ab. Doch Jonathan ging unbeirrt mit mir an dem Holzzaun entlang, der den Nachbargarten begrenzte.

»Wo?«, fragte er noch einmal.

Ich deutete auf das zweite Fenster. »Hier.« Zitternd stand ich unter dem weißen Rahmen und hörte ihre Stimme von der anderen Seite. *Ich werde meine Familie nicht deinetwegen verlieren.* Ich schauderte.

»Emma, was ist passiert?«, drängte er.

Ich starrte in die Finsternis und ließ mich von dem Albtraum verschlingen. *Wie ich an den Fesseln um meine Handgelenke zog und zerrte.* »Ich konnte mich nicht bewegen«, murmelte ich. *Das Kissen auf meinem Gesicht.* »Und ich konnte nichts sehen.« Jonathans Arm legte sich fester um mich. *Wie ich versuchte, mich unter ihrem Gewicht wegzudrehen.* »Ich wollte mich befreien, aber ich konnte nicht. Dann … dann hab ich ihre Hände gespürt …« Blindlings berührte ich meinen Hals, ich fühlte noch immer ihre kalten Klauen. Ich schauderte erneut. »Ich hab mich gewehrt, so gut ich konnte. Aber es hat so … weh getan …« Ich schnappte nach Luft, als der Schmerz durch meinen Körper schoss. »Mein Knöchel …« Ich presste die Augen zu. *Dumpfe Schläge, gedämpfte Schreie.* »Aber dann … dann hab ich aufgegeben.«

Keuchend senkte ich den Kopf, und die Tränen rannen mir in Strömen übers Gesicht.

»Aber du hast nicht aufgegeben, Emma. Du bist hier.«

»Ich möchte aber nicht mehr hier sein«, flüsterte ich.

»Okay«, sagte er ganz leise, seine Lippen dicht an meinem Ohr. »Okay, lass uns gehen.«

Ohne ihn anzusehen wandte ich mich ab, und er ließ mich gehen. Mit gesenktem Kopf kehrte ich zum Truck zurück und versuchte, den unerträglichen Druck auf meiner Brust zu lockern. Ich war mitten in einem meiner Albträume gewesen. Und ich kämpfte darum, wieder herauszufinden.

38

verTuschen

Guten Morgen.« Jonathan saß auf dem Sessel mir gegenüber, eine Decke über den Knien, und lächelte mich an. »Du hast geschlafen.«

Ich atmete tief ein und blinzelte. »Warst du die ganze Nacht hier?«

»Du meinst, den ganzen Morgen? Mehr war von der Nacht nicht übrig«, neckte er mich. »Aber du hast geschlafen.«

»Du nicht?«, fragte ich und richtete mich auf. Ich war immer noch müde, obwohl ich mich ein paar Stunden ausgeruht hatte.

Jonathan zuckte schweigend die Achseln, grinste aber weiterhin selbstzufrieden.

»Oh, denk jetzt bloß nicht, du hast mich geheilt oder so was«, warnte ich ihn, als mir klar wurde, warum er grinste. »Nur weil ich ein bisschen geschlafen habe, heißt das noch lange nicht, dass die Albträume verschwunden sind. Frühestens morgen zeigt sich, ob du ein bisschen Schulterklopfen verdient hast. Außerdem träume ich nicht jede Nacht davon, das weißt du doch.«

»Du bist echt gut darin, Dinge abzustreiten.« Er lachte. »Du hast keine Ahnung, was los ist, bis du es absolut nicht länger ignorieren kannst, richtig?«

»Ja«, schnaubte ich. »Ich liebe es nämlich, nachts nicht schlafen zu können, und möchte nur beweisen, dass du im Unrecht bist.«

»Das hab ich nicht gemeint.« Er grinste noch breiter, aber ehe ich ihn deswegen zur Rede stellen konnte, stand er auf. Die Decke ließ er auf dem Sessel liegen. »Hast du Hunger? Ich hab … Müsli.«

»Danke, aber ich muss jetzt wirklich zu Casey«, entgegnete ich, stand auf und streckte mich erst einmal ausgiebig. Mein Nacken und mein Rücken waren total verspannt. »Deine Couch ist nicht sonderlich bequem.«

»Sie ist auch nicht zum Schlafen gedacht. Ich hab dir das Bett angeboten.« Ich antwortete nicht. Das Angebot war mir mehr als unangenehm gewesen.

Ich zog meine Schuhe an und checkte den Nachrichtenverlauf auf meinem Handy. Dort standen einige SMS von Casey, und eine Antwort von mir, die ich nicht selbst geschrieben hatte. »Danke, dass du Casey Bescheid gesagt hast.«

»Ich wollte nicht, dass sie sich Sorgen macht«, antwortete er, während er Müsli in eine Schüssel kippte. »Sie weiß nicht, dass die Nachricht nicht von dir gekommen ist, und ich finde, sie muss auch nicht unbedingt erfahren, wo du die Nacht verbracht hast.«

Ich nickte, denn ich wusste selbst nicht, wie ich es ihr hätte erklären sollen. Zum Glück war Casey nicht gerade neugierig, vielleicht würde sie gar nicht darauf zu sprechen kommen. Das hoffte ich zumindest.

»Ich muss noch bei Rachel vorbeifahren und mein Trikot für das Spiel morgen holen«, erinnerte ich mich seufzend, als ich in die Jacke schlüpfte.

Jonathan sah mich besorgt an.

»Keine Angst«, beruhigte ich ihn. »Um diese Zeit ist sie bestimmt längst bei der Arbeit. Apropos – kommst du nicht zu spät?«

»Ich arbeite heute von zu Hause aus«, erklärte er. »Du hast also morgen ein Spiel?«

»Ja.«

»Wäre es okay, wenn ich zuschaue? Ich hab dich noch nie spielen sehen, und ich möchte gerne wissen, ob du das Stipendium verdient hast.«

»Hm, ja, klar«, stammelte ich. »Ich schreib dir, wo wir spielen, es fällt mir gerade nicht ein.«

»Großartig, danke.«

Als ich gehen wollte, rief er mich noch einmal zurück. »Emma?«

Ich zögerte.

Er lehnte an der Kücheninsel, seine dunklen Haare waren noch ungekämmt und zerzaust, aber durch seine Locken wirkte es irgendwie beabsichtigt. Unter seinem zerknitterten T-Shirt zeichneten sich deutlich seine Muskeln ab; als ich ihn da so locker an der Theke stehen sah, konnte ich ihn mir tatsächlich gut in einer Zeitschriftenwerbung vorstellen, und ich begriff, warum er so viel Aufmerksamkeit auf sich zog.

»Ich mag das«, sagte er. »Ich mag uns. Dass wir reden können. So was habe ich bisher nie gekonnt. Nicht mal mit Sadie. Ich hab das gebraucht … wahrscheinlich hab ich dich gebraucht. Und jetzt bist du da, und … na ja, danke.«

Mir lief eine Gänsehaut über den Rücken, als unsere Blicke sich trafen und ich sofort wieder in der Tiefe seiner Augen versank. Dann blinzelte ich hastig und nickte. »Mir gefällt es auch.« Meine Stimme hörte sich leise und heiser an, und ich merkte, dass mein Gesicht glühte.

»Bis morgen dann«, sagte Jonathan und lächelte.

»Ja«, antwortete ich und erwiderte matt sein Lächeln. Auf einmal war ich mir nicht mehr so sicher, ob es eine gute Idee war, dass er zum Spiel kam. Irgendetwas war anders heute Morgen – als hätte meine Verletzlichkeit gestern Nacht ihm erlaubt, mir zu nahezukommen, noch näher als ohnehin schon. »Bis morgen.«

Als ich in die Decatur Street einbog, drosselte ich das Tempo und fuhr ganz langsam weiter – für den Fall des Falles. Als ich Rachels Auto in der Auffahrt stehen sah, trat ich sofort auf die Bremse und legte den Rückwärtsgang ein. Frustriert verließ ich die Straße. Spätestens morgen früh brauchte ich das Trikot, aber das Letzte, was ich wollte, war eine neue Konfrontation oder ein völlig absurdes Gespräch, in dem meine Mutter so tat, als wäre alles in Ordnung.

Wie erwartet hatte Casey sich keine Gedanken darüber gemacht, wo ich die letzte Nacht verbracht hatte. Stattdessen erzählte sie begeistert von der tollen Party, die ich verpasst hatte. Durch den wenigen Schlaf auf Jonathans unbequemer Couch war ich den ganzen Tag ziemlich daneben. Aber auch das schien sie nicht zu bemerken.

Ich nahm mir fest vor, später noch einmal bei Rachel vorbeizufahren, in der Hoffnung, dass sie an einem Freitagabend wie üblich nicht zu Hause, sondern unterwegs sein würde. Aber dazu kam es nicht.

»Emma, du kannst im Gästezimmer schlafen.« Caseys Stimme weckte mich schlagartig. Ich riss die Augen auf und sah sie vor mir stehen. Im Hintergrund lief noch der Film.

»Sorry«, sagte ich. »Mit mir ist heute wirklich nicht viel anzufangen, ich weiß. Aber ich bin dermaßen k. o.«

»Schon okay«, beruhigte mich Casey. »Ich hab nicht erwartet, dass wir heute auf eine Party gehen oder so. Außerdem bin ich von gestern auch ziemlich müde. Sehen wir uns dann morgen früh?«

»Ja«, antwortete ich und schlurfte ins Gästezimmer. Als ich gerade unter die Decke schlüpfen wollte, klingelte mein Handy. Ich sah nicht nach, wer es war, sondern hielt das Telefon sofort ans Ohr. »Hallo?«

»Hi«, sagte Evan am anderen Ende, und mein Herz setzte einen Schlag aus.

»Hi«, erwiderte ich voller Freude. »Wie geht es dir?«

»Gut.« Er klang ein bisschen überrascht. Vielleicht war meine

Begrüßung etwas zu enthusiastisch gewesen. »Ich warte in L.A. auf meinen Anschlussflug und wollte kurz deine Stimme hören. Es war echt schwer, nicht mit dir zu reden.«

»Das kannst du laut sagen«, seufzte ich. »Wann bist du zu Hause?«

»Morgen Nachmittag. Können wir uns sehen? Ich kann direkt vom Flughafen zu dir kommen.«

»Hm, warum treffen wir uns nicht lieber bei dir zu Hause? Sind deine Eltern da?«

»Meine Mutter vielleicht«, meinte er und schien zu überlegen. »Ich glaube nicht, dass mein Vater da sein wird, meine Mom hat etwas von einem Termin in Washington erzählt. Ich müsste zwischen halb drei und drei zurück sein.«

»Perfekt.«

»Ich hätte dich anrufen sollen, Emma. Tut mir leid«, fügte er rasch hinzu. Seine betrübte Stimme ließ mein Herz schneller schlagen.

»Du hast ein bisschen Zeit für dich gebraucht«, sagte ich leise. »Und ich hatte es verdient.«

»Nein. Ich hätte anrufen sollen. Es war nicht richtig, dir das zuzumuten. Aber wir sehen uns morgen, ja?«

Als ich auflegte, empfand ich genauso viel Vorfreude wie Angst. Ich vermisste ihn so sehr, dass es weh tat. Aber ich wusste auch, was auf mich zukam, wenn wir uns wiedersahen, und ich wünschte, ich hätte es schon hinter mir. Leider konnte ich das Unvermeidliche nicht überspringen, also musste ich wohl oder übel akzeptieren, dass uns eine lange und schwierige Diskussion bevorstand. Ich sank ins Bett, wo ich vor Erschöpfung sofort in einen traumlosen Schlaf fiel.

Ich fuhr ein bisschen zu früh zum Spiel, damit ich unterwegs noch schnell mein Trikot holen konnte. Die ganze Fahrt über trommelten meine Finger nervös aufs Lenkrad. Hoffentlich war Rachel bei ihrem neuen Kerl – wer immer er auch war.

»Scheiße«, knurrte ich, als ich zwei Autos in der Auffahrt stehen sah. Ich fuhr an den Straßenrand, machte die Augen zu, umklammerte das Lenkrad und konzentrierte mich darauf, dass ich nur ins Haus laufen, mein Trikot packen und sofort wieder herauskommen musste. Ich würde nicht einmal den Motor abstellen. Und wenn meine Mutter etwas zu mir sagte, würde ich sie einfach ignorieren.

Als ich mich der Haustür näherte, klopfte mir das Herz bis zum Hals. Ich zögerte einen Moment, bevor ich öffnete, denn ich glaubte, meine Mutter schreien zu hören. Doch gleich darauf war alles wieder still, und ich ging rasch hinein.

Sie schrie tatsächlich. Vor Schreck stockte mir der Atem, ich erstarrte – vor mir stand ein großer Mann, der mit der Faust auf meine Mutter einschlug. Sie kauerte vor der Couch auf dem Boden, die Hände schützend über den Kopf gelegt. Bei jedem Hieb schrie sie laut auf vor Schmerzen und wollte sich vor ihm wegducken, aber sie konnte ihm nirgendwohin ausweichen.

»Was machen Sie da?«, rief ich. Er musste sofort damit aufhören. Nur daran konnte ich denken. Es war mir egal, dass er mich um gut einen Kopf überragte und so wütend aussah, dass er es wahrscheinlich mit einem wilden Stier aufgenommen hätte.

»Das geht dich überhaupt nichts an«, knurrte der Kerl. »Mach, dass du verschwindest.«

»Emily«, keuchte meine Mutter und versuchte, sich am Couchtisch hochzuziehen. Als ich ihre blutende Nase und ihr fast komplett zugeschwollenes rechtes Auge sah, blieb mir vor Entsetzen der Mund offen stehen.

Aber der Mann hatte offensichtlich nicht vor, sie auf die Beine kommen zu lassen. Blitzschnell drehte er sich wieder zu ihr um, und als sie sich schwankend hochstemmte, hob er drohend seine blutbeschmierte Faust. »Nein!«, brüllte ich, so laut ich konnte. Doch der Schlag erreichte meine Mutter, bevor ich bei ihr war. Sie stürzte auf den Couchtisch, der mit einem lauten Krachen unter ihr zusammenbrach. Reglos blieb sie auf dem geborstenen Holz liegen.

Der Kerl stellte sich mir in den Weg und schubste mich ohne die geringste Anstrengung beiseite. Stöhnend landete ich auf dem Boden.

»Willst du dich etwa einmischen?«, drohte er mir. Ich duckte mich. Zähnefletschend und schwer atmend starrte er auf mich herab. Seine schwarzen Augen schienen mich zu durchbohren. »Dann muss ich dir verdammt weh tun, Kleine. Das hier ist eine Sache zwischen mir und Rachel, deshalb warne ich dich ein letztes Mal: Halt dich gefälligst raus.«

Jeder Muskel meines Körpers spannte sich an, gleich würde er sich auf mich stürzen. Aber er ging an mir vorbei und knallte die Haustür hinter sich zu. Mühsam rappelte ich mich auf und kroch auf allen vieren zu dem zusammengebrochenen Couchtisch. Meine Mutter stöhnte.

»Mom?«, rief ich mit Tränen in den Augen. »Mom, kannst du mich hören?«

Sie stöhnte lauter und kniff ihr unverletztes Auge zusammen. »Emily? Ist er weg?«

»Ja, er ist weg«, beruhigte ich sie und half ihr vorsichtig, sich aufzusetzen. Bei der geringsten Bewegung begann sie jämmerlich zu wimmern. »Kannst du aufstehen?«, fragte ich. »Wir müssen dich ins Krankenhaus bringen.«

»Ich glaube, mein Handgelenk ist gebrochen«, schluchzte sie und hielt ihre linke Hand hoch, mit der sie den Sturz abzufangen versucht hatte.

»Langsam, langsam«, beschwor ich sie sanft. Meine Stimme war ruhig, obwohl ich am ganzen Körper zitterte.

»Es tut mir leid«, keuchte sie, und erneut liefen ihr Tränen übers Gesicht. »Es tut mir so leid.«

Ich tröstete sie und reagierte nicht auf ihre Entschuldigungen. »Lass uns probieren, ob du stehen kannst.« Ich fasste sie unter die Achseln und half ihr, sich aufzurichten.

Als wir mein Auto erreichten, weinte sie hemmungslos. Ich setzte mich hinters Lenkrad, holte tief Luft und versuchte, mich an den Weg zum Krankenhaus zu erinnern. Vor allem musste ich ruhig bleiben, nur so konnte ich klar denken.

»Es ist okay«, beschwichtigte ich mich. »Alles wird wieder gut.« Dann sah ich zu meiner schluchzenden Mutter und wiederholte es lauter, damit sie mich hören konnte: »Alles wird gut.«

Als wir uns dem Krankenhaus näherten, ebbte ihr Schluchzen ab und ging in ein krampfhaftes Luftschnappen und Schniefen über.

»Wie geht es dir?«, fragte ich, ließ die Straße jedoch nicht aus den Augen.

»Es tut mir leid«, wiederholte sie.

»Okay«, antwortete ich, ohne darauf einzugehen. »Aber wie fühlst du dich? Kannst du mit dem geschwollenen Auge sehen? Wo tut es dir sonst noch weh?«

»Ach, das heilt schon wieder«, murmelte sie und wischte sich mit dem Ärmel das Blut vom Gesicht.

»Wer war dieser Kerl?«, fragte ich, da sie wieder einigermaßen bei Verstand zu sein schien.

Sie schüttelte nur den Kopf.

»Rachel«, herrschte ich sie an. »Wer war dieser Kerl? Warum hat er dich verprügelt?«

Sie schluckte hörbar und atmete zittrig aus. »Ich schulde ihm Geld«, flüsterte sie dann.

Stirnrunzelnd hakte ich nach: »Wofür?«

Sie antwortete nicht, und ich fragte nicht noch einmal.

Stattdessen versuchte ich, mir das Aussehen des Kerls in Erinnerung zu rufen und mich auf die Fragen der Polizei vorzubereiten. Er war groß und schmierig gewesen, aber an sein Gesicht konnte ich mich kaum erinnern. Dann wurde mir plötzlich alles klar. Es gab nur einen einzigen Grund, weshalb meine Mutter einem solchen Ekeltypen Geld schuldete.

»Er ist dein Dealer!«, rief ich. Rachel sagte immer noch nichts. Ich konnte sie nicht ansehen. Mit zusammengebissenen Zähnen starrte ich auf die Straße, während Ärger in mir hochkochte und sämtliche Muskeln meines Körpers sich anspannten.

Als wir am Eingang der Notaufnahme hielten, sagte ich barsch: »Gib mir dein Handy.«

»Was?«, jammerte meine Mutter. »Warum denn?«

»Ich rufe Sharon an, sie soll dich abholen«, erklärte ich. »Du bleibst am besten bei ihr, bis du den ganzen Schlamassel wieder in Ordnung gebracht hast.«

»Emily«, flehte sie mich an, »bitte geh nicht weg.«

»Hier bleibe ich auf gar keinen Fall«, fauchte ich, immer noch unfähig, ihr ins Gesicht zu schauen. »Ich packe zu Hause eine Tasche für dich und stelle sie auf die Veranda, damit Sharon sie abholen kann.«

»O nein«, schluchzte sie. »Aber sag ihr nichts, ja?«

Angewidert wandte ich mich zu ihr um. Ich konnte nicht glauben, dass sie mich tatsächlich bat, für sie zu lügen. Fassungslos schüttelte ich den Kopf.

»Bitte«, bettelte sie weiter. »Ich sage denen, dass ich überfallen worden bin und dass er weggelaufen ist, bevor ich ihn richtig sehen konnte.« Ihr Auge war inzwischen komplett zugeschwollen, unter ihrer Nase klebte geronnenes Blut. Aus dem unverletzten Auge rannen Tränen, sie atmete stoßweise und sah wirklich furchtbar aus. Aber ich empfand kein Mitleid. Wie sie da so neben mir kauerte und mich anflehte, sie mit einer ihrer jämmerlichen Lügen zu beschützen, verabscheute ich sie zutiefst.

»Keine Sorge«, stieß ich hervor, »ich werde der Polizei nicht verraten, dass dein Drogendealer dich verprügelt hat, weil du ihm Geld schuldest. Es geht mich nämlich nichts an, weißt du noch?«

Schluchzend wandte sie sich ab, stieg vorsichtig aus dem Auto und ließ ihr Handy auf dem Sitz liegen. Als sie die Tür zugemacht hatte, fuhr ich los, ohne mich ein einziges Mal umzuschauen.

Erst als ich auf die Hauptstraße bog, begriff ich allmählich die Bedeutung dessen, was geschehen war, und ich kniff die Lippen fest zusammen, damit sie nicht so sehr zitterten. Meine Wut hielt die Tränen zurück, aber das Zittern konnte sie nicht unterdrücken.

In einem Wohngebiet hielt ich an und hinterließ Sharon mit Rachels Handy eine Nachricht. Kurz darauf klingelte mein eigenes Telefon.

Ich holte tief Luft, ehe ich den Anruf annahm.

»Emma?«, fragte Jonathan. »Alles okay? Wo bist du denn?«

Ich schloss die Augen – er war bestimmt bei meinem Fußballspiel. »Oh … ich wollte nur mein Trikot holen«, versuchte ich zu erklären, aber mir versagte die Stimme.

»Was ist los?«, fragte er eindringlich. »Emma, wo bist du?«

»Ich musste Rachel ins Krankenhaus fahren«, antwortete ich und bemühte mich, ruhig zu klingen. »Jonathan …« Ich biss mir auf die Lippen. Die Wut drohte die Oberhand zu gewinnen, womöglich würde ich gleich die Fassung verlieren. So gut ich konnte, atmete ich durch die Nase ein und aus und unterdrückte die Tränen.

»Alles okay mit dir?«

»Ja.« Ich atmete aus und noch einmal tief ein und erklärte dann: »Ein Typ wollte Geld von ihr haben und hat sie ziemlich schlimm verprügelt.«

»Was?« Jonathan schrie beinahe. »Bist du verletzt?«

»Nein, ich nicht, aber sie ist ganz schön übel zugerichtet.« Wieder biss ich mir auf die Lippe, aber jetzt bahnten sich die Tränen trotzdem ihren Weg über meine Wangen.

»Wo bist du?«, wollte er wissen. »Ich fahre gerade zurück nach Weslyn. Wo bist du?«

»Ich fahr zu ihrem Haus«, antwortete ich. »Ich muss ein paar Sachen für sie einpacken, damit sie bei Sharon bleiben kann.«

»Emma, ich glaube, du solltest nicht noch mal ins Haus gehen.«

»Der Typ ist doch längst weg«, entgegnete ich und wischte mir übers Gesicht.

»Geh nicht ins Haus, bevor ich da bin«, befahl er mir mit fester Stimme, dann legte er auf.

Ich fuhr zurück auf die Straße und versuchte, alles zu verdrängen – das konnte ich doch so gut. Als ich in die Auffahrt einbog, war ich allen meinen Gefühlen gegenüber taub, aber hochkonzentriert. Jonathan war noch nicht da.

Die Haustür stand nach unserem überstürzten Aufbruch offen. Ich suchte die Straße nach Autos ab, aber keines war zu sehen. Der Dealer meiner Mutter würde bestimmt nicht zurückkommen.

Dann betrat ich das Haus, blieb in der Diele stehen und lauschte. Es war vollkommen still, ich beschloss, nach oben zu gehen. Ich wollte gerade ins Zimmer meiner Mutter treten, als ich ein lautes Knarren hörte. Mir blieb fast das Herz stehen. Aber als ich mich zur Treppe umwandte, war niemand da.

Ich merkte, dass ich die Luft angehalten hatte, und atmete bewusst aus, bevor ich weiterging. Aus dem Augenwinkel sah ich, dass meine Zimmertür offen stand, und erstarrte. Irgendetwas stimmte nicht. Mit wild klopfendem Herzen drehte ich mich um. Auf dem Boden in meinem Zimmer lag eine kleine blaue Geschenkbox – die Box, in der die Halskette war, die Evan mir geschenkt hatte. Sie hätte eigentlich gut versteckt unter meinen Klamotten in der obersten Kommodenschublade liegen sollen.

Der Kerl war also doch zurückgekommen.

»Nein, nein, nein, nein«, stammelte ich atemlos und rannte auf meine Tür zu. Im nächsten Moment stieß ich auch schon mit ihm zusammen. Er grinste höhnisch, und ich wich ängstlich zurück. Würde er mich jetzt verprügeln, wie er meine Mutter verprügelt hatte? Mein Herz raste, ich machte mich bereit, die Flucht zu ergreifen. Aber da bemerkte ich plötzlich meine Halskette zwischen seinen Fingern.

»Nein!«, schrie ich. Ohne nachzudenken stürzte ich mich auf ihn und griff nach der Kette. Aber ehe ich sie ihm entreißen konnte, schubste er mich mühelos von sich weg.

»Du hättest auf mich hören sollen«, knurrte er, und das fiese Funkeln in seinen Augen jagte mir eine Gänsehaut über den Rücken. Diesen Blick kannte ich. Instinktiv hob ich die Hände, um mich zu schützen, aber der Schlag warf mich trotzdem zu Boden. Ein stechender Schmerz schoss durch meinen Kiefer, schwarze Punkte tanzten vor meinen Augen.

Mühsam rappelte ich mich auf und versuchte, wieder klar zu sehen. Ich musste den Mann erwischen, ehe er zur Treppe gelangte! Tatsächlich holte ich ihn rechtzeitig ein, griff nach seiner Hand und zog wild daran. Er riss die Kette weg und brüllte: »Du kleines Miststück! Was bildest du dir ein?«

»Die kriegen Sie nicht«, schrie ich. »Meinetwegen gebe ich Ihnen das Geld, aber die Kette bekommen Sie nicht.«

Er lachte und schubste mich zurück, diesmal so heftig, dass ich gegen die Wand torkelte.

»Für wen hältst du dich eigentlich?«, höhnte er und holte aus. Seine Faust traf mich am Kopf, und ich landete auf allen vieren. Mein Schädel dröhnte, aber ich nahm all meine Kraft zusammen und richtete mich langsam auf. Doch bevor ich es geschafft hatte, krachte sein Stiefel gegen meine Rippen.

Ich schrie auf und ging erneut zu Boden. Röchelnd schlang ich die Arme um meinen Körper, rollte mich zusammen und rang nach Luft.

»Emma!«, hörte ich in diesem Moment Jonathans Stimme von unten.

Ich wollte ihn warnen, ihn wegschicken, aber ich brachte keinen Ton heraus. Ich konnte mich auch nicht rühren. Hilflos lauschte ich ihrem Gerangel. Erst nach einer Weile schaffte ich es, mich auf die beiden zuzuschleppen, und sah, wie Jonathan den Kerl gegen die Wand stieß. Er rammte ihm die Faust in den Magen. Der Typ krümmte sich zusammen.

An die Wand gestützt, richtete ich mich auf. Mein anderer Arm lag noch immer schützend um meine Rippen. Jeder Atemzug war eine Qual, ich wollte schreien, brachte aber nur ein Keuchen hervor. Verzweifelt suchte ich nach meinem Handy, aber es war weder in meiner Tasche noch irgendwo auf dem Boden.

Plötzlich sah ich vor meinen Füßen ein Glitzern – meine Kette! Ich hob sie mühsam auf und hielt sie so fest umklammert, dass der Edelstein sich in meine Handfläche grub.

Inzwischen traf Jonathan den Mann so hart an der Schläfe, dass dieser zurücktaumelte. Bevor er das Gleichgewicht wiedererlangt hatte, verpasste Jonathan ihm einen Kinnhaken, und der Kerl ging zu Boden. Sofort packte Jonathan ihn am Hemd, riss ihn wieder hoch und stieß ihm die Faust ins Gesicht. Der Mann wehrte sich nicht mehr, seine Arme hingen schlaff herunter, doch Jonathan schlug gnadenlos weiter zu.

»Jonathan!«, schrie ich, aber er achtete nicht auf mich. In blindem Zorn prügelte er auf das geschundene Gesicht des Mannes ein, bis Blut aus Mund und Nase spritzte.

Ich wankte zu ihm hinüber und packte seinen Arm. »Jonathan!«

Jetzt sah er mich endlich an, sein Blick war dunkel und wild, sein hasserfülltes Gesicht fast bis zur Unkenntlichkeit verzerrt. Entsetzt wich ich zurück.

Es dauerte einen Moment, bis er mich wirklich wahrnahm, erst dann wurde sein Blick sanfter, und der versteinerte Ausdruck in seinem Gesicht verschwand allmählich. Aber es war zu spät. Voller Abscheu starrte ich ihn an. Als er das Grauen in meinen Augen sah, verzog er schmerzlich das Gesicht.

Langsam und ohne den Blick von mir abzuwenden, ließ er den Kerl zu Boden gleiten und stand auf.

»Emma«, stieß er atemlos hervor. Ich schüttelte nur den Kopf. Ich konnte nicht begreifen, was ich gerade mitangesehen hatte, und wich noch weiter vor ihm zurück. Wie gebannt starrte ich auf die Gestalt am Boden. Der Mann rührte sich nicht, ich konnte nicht einmal erkennen, ob er noch atmete. Sein Gesicht war entstellt und blutüberströmt, er sah nicht einmal mehr aus wie ein Mensch.

»Emma, schau mich an.« Jonathan war aus seiner Trance erwacht und sprach ruhig und sachlich. »Emma, schau *mich* an, nicht ihn. Ist alles okay?«

Er trat auf mich zu und wollte meine Wange berühren. »Dein Gesicht.« Aber ich zuckte sofort zurück und zwang ihn, seine blutbeschmierten Finger wegzuziehen. Geistesabwesend hob ich die Hand an meinen Mund. Als ich sie wieder sinken ließ, war sie voller Blut. Zuerst war ich mir nicht sicher, ob es meines war, aber dann schmeckte ich das Blut auch in meinem Mund und spürte mit der Zunge die Wunde an der Innenseite meiner Lippe. Ich musste daraufgebissen haben.

Doch ich stand viel zu sehr unter Schock, um den Schmerz zu spüren. Alles bewegte sich wie in Zeitlupe, ich konnte nicht denken, ich konnte nicht atmen. Ich stand nur da und starrte in Jonathans besorgtes, blutbespritztes Gesicht.

»Ist er …«, fragte ich heiser, konnte die Frage aber nicht ganz aussprechen. Mein Blick wanderte zu dem Blut, das den Boden bedeckte.

»Schau ihn nicht an.« Jonathan kam auf mich zu, um mir die Sicht zu versperren. Dann leitete er mich ohne jegliche Berührung mit ausgebreiteten Armen zur Treppe.

»Was hast du getan?« Wieder erinnerte ich mich an sein hartes, eiskaltes Gesicht und erschauderte. »Du hast so … so wütend ausgesehen.«

»Es tut mir leid, dass du das miterleben musstest. Aber er hat dir weh getan. Und ich werde niemals zulassen, dass jemand dir weh tut.« In seiner Stimme hörte ich eine ruhige Kraft. »Setz dich hierher. Okay.«

Ich hielt mich am Geländer fest und ließ mich ganz langsam auf der obersten Stufe nieder. Ich fühlte mich immer noch wie betäubt, unfähig, einen klaren Gedanken zu fassen. Immer wieder sah ich das Blut aus dem zerstörten Gesicht des Mannes spritzen und spürte die Tropfen auf meinen Wangen. Aber was mich am meisten beunruhigte, war Jonathans Gesicht, so kalt und starr vor Zorn. Ich versuchte, mir mit dem Handrücken das Blut von der Wange zu wischen.

Jonathan setzte sich neben mich auf die Treppe und half mit einem feuchten Handtuch nach. Ausdruckslos starrte ich ihn an – jetzt war sein Gesicht sauber und glatt, er wirkte ruhig und aufmerksam, aber er sah mich prüfend an, als befürchtete er, ich könnte zusammenbrechen.

Als das Tuch meinen Mund berührte, schnappte ich nach Luft und fuhr zurück. »Wenn wir zurück sind, legen wir Eis darauf.« Seine braunen Augen suchten meine, und er fuhr leise fort: »Bleib einfach hier sitzen und schau geradeaus, okay?«

Ich nickte. Alles fühlte sich irreal an. Allmählich fragte ich mich, ob ich vielleicht träumte. Ich konnte mich nicht bewegen. Es musste ein Traum sein. Aber dann spürte ich den Schmerz in meinen Rippen, meine Wange pochte, auf meiner Zunge schmeckte ich Blut.

Ich hörte, wie Jonathan den bewusstlosen Körper des Mannes wegschleifte, dann klirrte ein Schlüsselbund. Ich hielt die Augen geschlossen, als er an mir vorbei und die Treppe hinunterging. Bei jedem Atemzug spürte ich den quälenden Schmerz in meiner Körpermitte. Ich ließ ihn durch mich hindurchsickern, denn ich brauchte ihn, um mich in der Wirklichkeit zu verankern.

»Emma«, rief Jonathan. Als ich die Augen öffnete, war er schon direkt neben mir. »Du musst bitte in dein Auto steigen und mir nachfahren, okay?«

Ich betrachtete sein ruhiges Gesicht und wurde langsam etwas wacher. »Wohin fahren wir denn?«

»Mach dir keine Sorgen, du brauchst mir nur zu folgen.« Mit seinen dunklen Augen beschwor er mich, ihm zu vertrauen, und ich nickte.

Doch als ich mich aufrichtete, entfuhr mir ein Stöhnen.

»Alles in Ordnung?«, fragte er sofort voller Angst und legte die Hand auf meinen Arm, um mich zu stützen. »Wie schlimm bist du verletzt?«

»Es geht schon«, hauchte ich und ging langsam die Treppe hinunter. Ich wollte nicht, dass er mich berührte. Der gnadenlose Zorn, der von ihm Besitz ergriffen hatte, verfolgte mich noch immer.

Mein Auto stand nicht in der Auffahrt. Stattdessen parkten dort Jonathans Truck und ein dunkelblauer Charger. Verwirrt blickte ich um mich, aber dann entdeckte ich meinen Wagen am Straßenrand, in der Nähe des Nachbarhauses. Langsam machte ich mich auf den Weg, bei jedem Schritt schnappte ich vor Schmerzen nach Luft.

Kurz darauf saß ich bei laufendem Motor in meinem Auto, starrte geradeaus und wartete. Schließlich schwenkte der Charger vor mir auf die Straße.

Wie in Trance folgte ich ihm, ganz auf das Nummernschild

konzentriert, den rechten Arm um die Rippen geschlungen, die Halskette noch immer fest in der Faust. Wir fuhren auf den Parkplatz hinter der Bar, aus der wir damals Rachel geholt hatten. Obwohl es helllichter Tag war, standen ein paar Autos auf dem trostlosen Gelände.

Ich sah zu, wie Jonathan den Türgriff des Chargers abwischte, dann kam er zu mir und setzte sich auf den Beifahrersitz.

»Fahr los«, sagte er nur. Ich tat es und bog wieder auf die Hauptstraße.

Als die Bar außer Sichtweite war, bot er an, das Steuer zu übernehmen.

Aber ich schüttelte den Kopf, denn ich wollte mich lieber auf etwas anderes konzentrieren als auf das, was wir gerade getan hatten. Schweigend fuhren wir zurück zum Haus meiner Mutter. Ich stellte den Motor ab, blieb aber sitzen.

»Jonathan, ist er tot?«, fragte ich jetzt endlich, wenn auch nur flüsternd, und wandte mich ihm zu.

»Nein«, versicherte er. »Er muss ins Krankenhaus, aber er ist nicht tot. Jemand wird ihn finden.«

»Meinst du, er wird uns verfolgen?«

»Nein. Du brauchst dir seinetwegen keine Gedanken zu machen. Versprochen.« Er schien fest daran zu glauben. Aber ich war davon nicht so überzeugt.

Ich stieg aus, und er folgte mir zum Haus. Als er die Fliegengittertür für mich aufmachte, sah ich seine blutigen Fingerknöchel und hielt inne. »Deine Hände«, stieß ich erschrocken hervor.

»Mach dir deswegen keine Sorgen«, antwortete er abwehrend. »Wir müssen jetzt erst einmal Eis auf dein Gesicht legen.«

Ich schüttelte entschieden den Kopf. »Du musst deine Hand verbinden. Warte, ich glaube, wir haben was im Badezimmer.«

Ich ging die Treppe hinauf und geradewegs weiter ins Bad, vorbei an dem Blut, das noch immer den Boden bedeckte. Jonathan folgte mir. Während er sich die Hände wusch, durchwühlte ich den Schrank und holte Wundsalbe und Verbandzeug heraus.

Er tupfte seine Knöchel trocken, und ich legte seine Hand auf meine Faust, um die abgeschürfte Haut zu inspizieren, auf der das Blut feucht schimmerte. Als ich die Salbe auf der Wunde verteilen wollte, zog er die Hand mit einem Ruck weg. »Es geht schon.«

»Jonathan«, beschwor ich ihn und sah ihm ins Gesicht. Aber mir versagte die Stimme, als ich merkte, wie nahe wir uns waren.

Seine dunklen Augen bohrten sich in meine, ich konnte mich nicht rühren. Langsam hob er die Hand und ließ seine Fingerspitzen über mein lädiertes Gesicht gleiten. Ich atmete zitternd ein, langsam beugte er sich vor. Ich hielt die Luft an und verlor mich in seinem durchdringenden Blick. Kurz bevor seine Lippen zärtlich über meine streiften, schloss ich die Augen.

Ich ballte die Faust, und der Edelstein schnitt in meine Hand. Mit einem entschiedenen Kopfschütteln wich ich zurück. Jonathan runzelte gequält die Stirn. Ich hastete an ihm vorbei aus dem Zimmer.

»Emma!«, rief er, als ich die Treppe hinuntereilte. »Emma, bitte!« Aber ich war schon halb durch die Tür.

39

atmE fÜr miCh

»Evan?«, rief ich in die Küche, schob die Tür auf und blickte mich suchend um. Dann hielt ich inne und lauschte, aber ich hörte nur meinen eigenen unregelmäßigen Atem.

»Evan?«, rief ich noch einmal, lauter jetzt, und ging den Korridor hinunter.

»Emma?« Seine Augen wurden erst schmal, weiteten sich dann aber erschrocken. Er stand am Fuß der Treppe. »Emma!«, rief er. »Was ist mit dir passiert?«

Der Schmerz in seinem Blick lähmte mich. Ich öffnete zwar den Mund, um etwas zu sagen, aber es kam nur ein Keuchen heraus, ich fand keine Worte. Panik breitete sich auf seinem Gesicht aus, als ich kraftlos auf die Knie sank und die Hände an meine Rippen legte.

Ich spürte, wie seine Arme sich um mich schlangen, schloss die Augen und sank an seine Brust. Ich weinte nicht, ich sagte kein Wort, ich atmete stoßweise, während er sanft meinen zitternden Körper wiegte und seine Wange an meine Schläfe drückte. Ich hörte ihn kaum, so leise fragte er noch einmal: »O Emma, was ist dir denn bloß passiert?« Ich blieb stumm und ließ mich einfach von ihm halten.

Mir ging das blutige Gesicht des Mannes nicht aus dem Kopf, und auch nicht Jonathans eiskalter, harter Blick, während er sinnlos darauf einschlug. Die finstere Miene, mit der er sich schließlich zu mir umwandte, dann der Schock, als er das Entsetzen in meinen Augen sah. Seine Fingerspitzen an meiner Wange, seine Lippen auf meinen.

Mit einem Ruck riss ich den Kopf hoch und suchte fieberhaft Evans Blick.

»Emma?« Seine Augen glitten aufmerksam über mein Gesicht. »Jetzt kann dir niemand mehr weh tun. Okay?«

Ich nickte, mein Unterkiefer zitterte. Sonst konnte ich nichts tun, mein Atem ging noch immer stoßweise, ein Tränenschleier legte sich über meine Augen. Aber ich weinte nicht, ich konnte nicht weinen. Mein Körper fühlte sich an, als wollte er auseinanderbrechen, und nur mit großer Mühe hielt ich ihn zusammen.

»Schaffst du es aufzustehen?«, fragte Evan, ohne mich loszulassen. Ich schüttelte den Kopf und drückte mich an seine Brust, schloss die Augen und lauschte seinem raschen Herzschlag. »Du zitterst ja immer noch, Em. Bitte sag mir, was passiert ist.«

Keuchend atmete ich aus, noch immer war ich nicht in der Lage zu sprechen. Es war, als müsste ich unter Wasser atmen. Ich presste die Nase an Evans Hemd, atmete ihn ein und versuchte, mich wieder an die Oberfläche zu kämpfen.

»Evan?«, hörte ich Vivians Stimme verwirrt fragen. »Warum bist du …? Oh, Emily? Was ist denn los?«

»Ich weiß es nicht«, antwortete Evan für uns beide.

Als Vivians kühle, weiche Hand über meine Wange strich, öffnete ich die Augen. Sie musterte mich besorgt. »Wir kümmern uns um dich«, sagte sie leise. Ich presste vor Schmerz die Lippen zusammen und nickte. Dann schloss ich die Augen wieder, Evan umfasste sanft meinen Hinterkopf und drückte mich zärtlich an sich.

Ich hörte Absätze über den Boden klackern und dann wieder Vivians Stimme: »Ich glaube, das reicht für heute. Danke für deine Hilfe, Analise. Sei bitte so nett und sag deiner Mutter, dass wir das Treffen auf einen anderen Tag verschieben müssen.«

Langsam rückte Evan ein Stück von mir weg, um mich besser anschauen zu können. Zögernd begegnete ich seinem ängstlichen Blick. Er hob behutsam mein Kinn an und nahm mein Gesicht in Augenschein. »Lass mich einen Eisbeutel für dich holen.«

Als er Anstalten machte aufzustehen, wurde ich panisch. »Nein«, flehte ich und griff nach seinem Arm. »Bitte bleib hier.«

Sofort zog Evan mich wieder an sich und küsste mich auf den Kopf. »Okay.«

»Was brauchst du denn?«, fragte Vivian hinter mir.

»Einen Eisbeutel«, antwortete Evan leise und hielt mich ganz fest.

»Meinst du, sie muss ins Krankenhaus?«, fragte Vivian.

»Ich weiß nicht. Sie hat kaum etwas gesagt, seit sie hier ist.«

»Emma?«, wandte Vivian sich an mich. Sie hatte mich noch nie bei meinem Lieblingsnamen genannt. Unwillkürlich öffnete ich die Augen. Evan lockerte seine Umarmung ein wenig. »Emma, was ist passiert, Liebes?«, fragte Vivian.

Ich blickte in ihre klugen blauen Augen, während sie geduldig auf meine Antwort wartete. »Er hat versucht, sie mir wegzunehmen.« Meine Stimme klang leise und zittrig.

»Was wegzunehmen?«, hakte sie vorsichtig nach.

Evan ließ mich behutsam los, damit ich meine Hand zwischen uns hervorziehen und die Kette zeigen konnte. Ich hörte, wie Vivian scharf Luft holte, als sie das Blut auf meiner Hand sah – ich hatte den Diamanten so fest umklammert, dass er meine Haut durchstochen hatte. Ohne die Wunde zu spüren, schloss ich meine Faust wieder um das Schmuckstück.

»Wer wollte sie dir wegnehmen?«, fragte Vivian zärtlich, aber bestimmt.

»Ich weiß es nicht«, antwortete ich. »Er war in meinem Zimmer, als ich nach Hause gekommen bin.«

Vivian nickte und stand wieder auf. »Ich rufe die Polizei.«

»Nein«, widersprach ich und drehte mich zu ihr um, aber sofort schoss der Schmerz von meinen Rippen durch meinen ganzen Körper, ich schrie auf und krümmte mich.

»Emma!«, rief Evan und nahm mich wieder in die Arme. »Wo hat er dich sonst noch verletzt?«

Mein Brustkorb verengte sich, ich konnte sogar kaum noch keuchen. Tränen liefen mir übers Gesicht.

»Emma, wir müssen uns das anschauen, okay?«

Langsam setzte ich mich auf und hob vorsichtig mein Shirt. Dort, wo mich der Stiefel des Mannes getroffen hatte, war alles rötlich-violett verfärbt. Evan zuckte zusammen und drückte meine Hand. Ich wandte hastig den Blick ab, weil ich seine erschrockene Miene nicht ertragen konnte.

»Ich will nicht ins Krankenhaus«, flehte ich Evan an.

»Dann rufe ich Michelle an«, meinte Vivian entschlossen. »Wir gehen zu ihrer Praxis, dort treffen wir uns mit der Polizei.« Ihr entschlossener Blick sagte mir, dass diese Entscheidung unumstößlich war. Sie beugte sich zu uns und legte mir die Hand auf die Wange. »Wir kümmern uns um dich, Emma«, versprach sie mit einem liebevollen Lächeln.

Es war schwer, mich meinem Spiegelbild zu stellen, als ich aus der Dusche kam. Die rechte Seite meines Kiefers war dunkelrot und meine Unterlippe so geschwollen, dass es aussah, als lägen in meinem Mund noch immer die Mulltupfer. Dabei hatte ich sie schon vor einer Weile entfernt, weil der Riss nicht mehr blutete. Dort, wo die Zähne auf das Fleisch getroffen waren, lief ein kleiner Schnitt über meine Lippe.

Vorsichtig verteilte ich das klare Gel über die geschwollene, verfärbte Haut. Sofort fühlte sie sich kühler an. Neugierig betrachtete ich die Tube und fragte mich, ob die homöopathische Salbe wirklich so schnell wirken würde, wie Dr. Vassar behauptet hatte.

Ich wollte auf gar keinen Fall in die Schule und auch sonst nirgendwohin, bevor alles verheilt war. So sollte mich niemand sehen.

Behutsam zog ich Evans T-Shirt über den Kopf und hielt die Luft an. Sobald ich meine Arme anhob, durchzuckte mich ein stechender Schmerz. Vier bis sechs Wochen würde es dauern, bis die beiden gebrochenen Rippen wieder zusammengewachsen waren. Hoffentlich würde der Schmerz schon etwas früher nachlassen, denn das Atmen war wirklich eine Qual.

Langsam ging ich ins Gästezimmer. Ich fühlte mich genauso kaputt, wie ich aussah. Als ich Evan neben dem Bett auf und ab gehen sah, die Hände um den Kopf gelegt, blieb ich stehen. Allem Anschein nach bemerkte er mich nicht.

Er wanderte hin und her, offensichtlich versunken in äußerst unangenehme Gedanken. Den ganzen Tag war er so ruhig gewesen – er hatte mich festgehalten, mich getröstet und still dabei zugesehen, wie Dr. Vassar mich untersucht hatte. Schweigend hatte er zugehört und meine Hand gehalten, als die Polizei mich befragt hatte. Er war die ganze Zeit an meiner Seite geblieben, stark und unterstützend, aber ohne viel zu sagen.

Doch jetzt sah er auf einmal aus, als würde er gleich die Fassung verlieren. Er rang die Hände, atmete heftig aus und ein. Sein verstörter Blick lähmte mich. Dann hob er den Kopf, bemerkte mich und blieb abrupt stehen.

Seine Augen wirkten glasig. Er versuchte zwar, seine Verzweiflung abzuschütteln, doch sein Kiefer spannte sich nur noch mehr an, die Halssehnen traten hervor.

»Evan?«, flüsterte ich, blieb aber reglos stehen.

Er sah mich gequält an, und die Falte zwischen seinen Brauen wurde tiefer. Einen Augenblick lang verharrten wir so. Seine Verzweiflung zerriss mir fast das Herz.

»Ich hab dir versprochen, dass dich niemand jemals wieder verletzt.« Trotz seiner Anspannung klang seine Stimme ruhig und stark. Ich wurde von seinem verzweifelten Blick innerlich fast erdrückt.

»Was?« Ich schüttelte verwirrt den Kopf.

Evan kam nicht auf mich zu, sondern blieb stocksteif stehen, als würden ihm allein schon die Worte unerträgliche Qualen bereiten. »In jener Nacht, als du verletzt dagelegen und kaum noch geatmet hast, da hab ich es geschworen. Ich habe geschworen, dich immer zu lieben und dafür zu sorgen, dass dich niemand jemals wieder verletzt.«

Schockiert öffnete ich den Mund, brachte aber kein Wort heraus. Ich ging zum Bett, setzte mich ans Fußende und starrte blind auf den Boden. Mein erster zusammenhängender Gedanke kam mir ungefiltert über die Lippen: »Was hab ich dir bloß angetan?«

Evan kniete sich vor mir hin. Mir stockte der Atem.

»Du warst dort?«, fragte ich entsetzt. Davon hatte ich keine Ahnung gehabt, bisher hatte ich mich strikt geweigert, über jene Nacht zu reden. Ich hatte nicht wissen wollen, was mir wirklich widerfahren war. Und er hatte es mir auch nie gesagt.

Evan schluckte, blinzelte und nickte langsam. »Ich hatte dich nicht dazu überreden können, mit mir abzuhauen, deshalb bin ich dageblieben. Ich hab im Auto gewartet und wollte auf dich aufpassen. Aber dann bin ich eingeschlafen, und als ich wieder aufgewacht bin, war sie schon da.«

»O mein Gott«, stieß ich hervor. Es fiel mir unendlich schwer zu akzeptieren, was er da sagte. »Nein«, entgegnete ich und schüttelte den Kopf.

»George war schon in deinem Zimmer und hat versucht, sie von dir runterzuzerren. Aber er hat es nicht geschafft. Ich hab ihn aus dem Weg gestoßen und Carol weggerissen, aber ...« Er hielt inne und schloss die Augen. Ich sah, wie seine Brust sich krampfhaft hob, als er tief Luft holte. Am liebsten hätte ich ihm verboten weiterzusprechen. Ich wollte es nicht hören. Er hätte nicht da sein sollen, mitten in meinem Albtraum.

Aber ich war zu erschüttert, ich konnte ihn nicht bitten aufzuhören. Stattdessen sah ich wie gebannt auf seine Lippen. »Ich konnte nicht fassen, was sie dir angetan hatte. Du warst ans Bett gefesselt, ein Klebeband über dem Mund. Du musst geweint haben, die Tränen liefen dir noch übers Gesicht. Aber … du hast nicht mehr geatmet.«

»Evan«, stieß ich hervor. Das Zimmer verschwamm vor meinen Augen, ich legte die Hand auf seine Wange. Jedes seiner Worte traf mich wie ein Nadelstich. »Das hättest du nicht mitansehen sollen.«

Aber er blickte mich an und schüttelte heftig den Kopf. »Ich hätte dich beschützen müssen, Emma.«

Eine Träne rollte über meine Wange.

»Aber ich hab es nicht getan.« Seine Augen schlossen sich, er kämpfte mit den Worten. Ich wusste, dass ihn das, was er gesehen hatte, noch immer quälte.

»Du warst so still und so blass«, fuhr er fort. Seine rauchgrauen Augen fanden meine, und er flüsterte: »Ich hab für dich geatmet.«

»Du?« Seine Beichte war wie ein Schock.

»Mit jedem Atemzug hab ich dich angefleht zu atmen, immer wieder. Und dann … dann hast du es getan.« Er blinzelte die Tränen in seinen Augen weg. »Ich hab geschworen …«

»Evan«, fiel ich ihm ins Wort. »Es ist nicht deine Schuld.« Unvorstellbar, was er in jener Nacht durchgemacht, was er gesehen hatte. Wozu er gezwungen gewesen war. Und womit er danach hatte leben müssen, ohne mit mir darüber sprechen zu können, fast ein ganzes Jahr lang. »Es tut mir so leid«, sagte ich leise.

»Nein, Emma«, wehrte er energisch ab. »Dir braucht gar nichts leidzutun.«

»Aber du«, stammelte ich, »aber du hättest nicht …« Ich fand nicht die richtigen Worte, um ihm zu erklären, dass er nicht in diesem Haus hätte sein dürfen. Ich hatte damals beschlossen zu bleiben. Mein Schweigen, mein Leugnen, meine Entscheidung – das waren die Gründe, die uns in jener Nacht in dieses Haus geführt hatten.

»Was hätte ich nicht?«, hakte er nach. »Ich hätte die Polizei rufen sollen. Schon lange vor dieser Nacht hätte ich jemandem davon erzählen sollen. Das weiß ich jetzt. Und damit muss ich leben. Aber ich will dich beschützen, dich lieben … Du wirst immer das Wichtigste in meinem Leben sein.«

Seine Worte durchdrangen mich, ich schloss die Augen und ließ den Tränen freien Lauf. Evan legte den Kopf in meinen Schoß und schlang die Arme um mich. Zärtlich strich ich ihm über die Haare.

Ich hatte ihn nie verletzen, ihm Schaden zufügen wollen. Aber ich hatte es getan. Und selbst jetzt noch drohten meine Entscheidungen ihn zu zerstören – ich musste ihm nur in die Augen sehen, um das zu wissen.

Vivian sagte nichts, als Evan die Nacht über bei mir blieb. Wir lagen nebeneinander, wandten uns das Gesicht zu, seine Hand ruhte auf meiner. Es tat weh, auf meinen gebrochenen Rippen zu liegen, aber Dr. Vassar hatte mir erklärt, dass es mir beim Atmen helfen würde, und so war es tatsächlich. Der gequälte Ausdruck in Evans Gesicht brach mir das Herz, und ich fand nur schwer Ruhe.

»Erzählst du mir bitte von Rachel und warum du den Tag mit Jonathan verbracht hast?«, fragte Evan irgendwann sehr leise, ohne seinen Blick von meinem Gesicht abzuwenden.

»Du hast es gewusst?«

»Natürlich«, erwiderte er. »Was ist in diesem Haus passiert, Emma?«

Ich wollte wegschauen, aber ich konnte nicht. Seine blaugrauen Augen hielten mich gefangen. Meine Stimme klang dünn vor lauter Gefühlen, als ich antwortete: »Ich dachte, sie hätte sich geändert. Aber das hat sie nicht. Als sie wieder angefangen hat zu trinken, hab ich geglaubt, es wäre meine Schuld – weil ich sie an meinen Vater erinnere. Ich wollte ihr helfen, aber sie hat weitergetrunken. Und es wurde immer schlimmer. Jedes Mal hat sie mir mehr weh getan. Letztlich … liebt sie mich einfach nicht. Und hat mich nie geliebt.«

Evan schwieg und streichelte zärtlich über meine Wange.

»Und Jonathan?«, fragte er nach einer Weile.

Meine Augen zuckten, ich fürchtete, er könnte meine Gedanken lesen. »Er war dabei. Er weiß, wie labil meine Mutter ist, deshalb versteht er es. Er ist … ein Freund geworden. An dem Tag damals haben wir einen Ausflug gemacht, um von ihr wegzukommen. Es war nicht geplant. Er wollte einfach für mich da sein.« Mehr konnte ich nicht sagen. An seinem konzentrierten Blick erkannte ich, dass Evan mich verstehen wollte, es ihm aber schwerfiel. Was ich sonst noch mit Jonathan erlebt hatte, behielt ich lieber für mich.

»Jetzt bin ich für dich da«, flüsterte er, zog meine Hand an seinen Mund und küsste sie. »Mach die Augen zu, Emma. Ich bin bei dir, ich gehe nicht weg.«

Ich schloss die Augen. Aber ich schlief nicht ein.

Als ich die Augen wieder öffnete, war es hell, und neben mir lag nicht mehr Evan, sondern Sara.

»Hey«, begrüßte sie mich mit einem liebevollen Lächeln. »Du hast aber lange geschlafen.«

»Ach ja?«, antwortete ich überrascht, denn ich konnte mich nicht daran erinnern, überhaupt eingeschlafen zu sein. Mit angehaltenem Atem richtete ich mich auf und sah, dass es schon fast

Mittag war. »Was machst du denn hier? Ich dachte, du kommst erst morgen zurück.«

»Jared hat mich angerufen«, erklärte sie. »Ich hab den frühesten Flug genommen, den ich kriegen konnte.«

»Du hättest nicht …«

»Fang gar nicht erst damit an«, schimpfte sie. »Du weißt, dass ich alles für dich tun würde. Sogar neben einem nervigen Kerl sitzen, der den ganzen Flug über an meiner Schulter schnarcht.« Sie grinste, aber ihr Blick blieb besorgt.

»Danke, Sara«, antwortete ich von Herzen. »Wo ist Evan?«

»Er kocht irgendwas«, erklärte sie. Sie rückte näher zu mir und hob die Hand zu meiner Wange, berührte sie jedoch nicht. »Das wird große Schminkkünste erfordern. Gut, dass du mich hast.«

»Ja, das ist gut«, stimmte ich ihr mit einem schiefen Lächeln zu und verzog das Gesicht, als ich mich aufrichtete und mir umständlich das Kissen in den Rücken stopfte. Sara musterte mich aufmerksam.

»Oh, ich hab was für dich«, sagte sie dann und überreichte mir zwei Eisbeutel. »Evan hat mir strikte Anweisungen gegeben.«

Ich nahm das Eis entgegen und legte es auf die Prellungen. Sara öffnete den Mund, um etwas zu sagen, hielt aber in letzter Sekunde inne, runzelte die Stirn und lauschte angestrengt. Dann ging sie zur Tür und öffnete sie. Ich sah ihr neugierig zu, doch plötzlich hörte ich es auch. Es klang, als würde jemand meinen Namen rufen.

Sara lief hastig aus dem Zimmer, ich rutschte vom Bett und folgte ihr. Ich wusste nicht wer, aber irgendjemand rief eindeutig meinen Namen.

»Ich weiß, dass sie da ist«, erklärte die gedämpfte Stimme. »Emma!«

Als ich um die Ecke kam, stand Sara an der offenen Küchentür.

»Sara, lass sie nicht hier raus, ja?«, befahl Evan von der Veranda.

»Was ist hier los?«, fragte ich, und mein Puls beschleunigte sich, als ich Evans harten Gesichtsausdruck sah.

Sara schloss die Tür, und ich hörte, wie Evan unfreundlich sagte: »Es geht ihr gut. Du brauchst nicht hier rumzustehen.«

Ich ging ins Wohnzimmer und spähte aus dem Fenster – in der Auffahrt stand Jonathan. Mein Herz stockte. Er hatte die Fäuste geballt, sein Gesicht war rot angelaufen.

»Evan, lass sie mich wenigstens sehen.« Aufgeregt trat er einen Schritt auf Evan zu. »Oder sag ihr wenigstens Bescheid, dass ich da bin.«

»Was will er denn hier?«, fragte Sara hinter mir.

»Er will nur wissen, ob mit mir alles in Ordnung ist«, erklärte ich, und mein Gesicht wurde heiß. Mir war klar, dass Jonathan dabei war, die Geduld zu verlieren, weil Evan ihn so auflaufen ließ. Ich konnte nicht zulassen, dass die Situation eskalierte. Eilig ging ich an ihr vorbei in die Küche.

»Wo willst du hin?«, fragte Sara.

»Er möchte doch bloß wissen, ob es mir gutgeht«, wiederholte ich mit klopfendem Herzen.

Ich öffnete die Tür. Evan sah sich kurz um, erkannte im ersten Moment jedoch nicht, dass ich es war, die hinaustrat. Aber dann begriff er und wandte sich erneut um: »Tu das nicht, Emma«, rief er.

Doch als ich an ihm vorbeiging, hielt er mich nicht auf.

Jonathans Gesicht wurde sofort weicher, seine Wut wich einem freundlichen Lächeln, nur die Angst in seinen Augen blieb.

»Hey«, begrüßte er mich leise. Ich blieb vor ihm stehen, die Arme schützend über die Rippen gelegt.

»Hey«, erwiderte ich zaghaft. »Was willst du hier?«

»Entschuldige«, begann er. »Ich hab versucht, dich anzurufen, ich war halb verrückt vor Sorge um dich. Du bist so schnell verschwunden, nachdem …« Er stockte. Bei dieser Andeutung geriet mein Herz schon wieder aus dem Rhythmus. »Ich wusste nicht, wie schlimm du verletzt bist. Ich musste dich einfach sehen.«

»Oh«, antwortete ich und wurde rot. »Äh, ich weiß nicht mal, wo mein Handy ist, aber du hast recht – ich hätte dich anrufen sollen. Sorry.« Ich spürte, dass Evan uns beobachtete, und wahrscheinlich stand Sara neben ihm, aber ich wagte es nicht, mich nach ihnen umzusehen.

»Wie geht es dir?«, fragte Jonathan. Das war zweifellos eine Fangfrage, und ich antwortete ihm erst, als er hinzufügte: »Wie schlimm sind die Verletzungen?«

»Das wird schon wieder«, sagte ich leise.

»Ich hab dir Angst gemacht, stimmt's?«, meinte er unsicher. Ich sah ihm in die Augen. Bisher hatte ich das vermieden. Sein besorgter Blick bestürzte mich. »Ich hab geschworen, so etwas nie zu tun. Es tut mir schrecklich leid, Emma.«

Ich schluckte schwer.

»Du liegst mir am Herzen«, fuhr er fort. »Ich könnte nie …« Er ließ den Satz unvollendet und sah zu Evan hinüber. »Wie viel weiß er?«

»Äh …« Ich stockte. »Ich hab ihm eigentlich gar nichts erzählt. Nur von den Schwierigkeiten mit Rachel. Und ich habe der Polizei auch nicht gesagt, dass du da warst, sondern bloß, dass der Kerl auf mich gewartet hat, als ich nach Hause gekommen bin, und dass ich mich nicht daran erinnern kann, wie er ausgesehen hat.«

»Okay«, meinte Jonathan und nickte. »Dann weiß er also nichts über deine Albträume oder deine Ängste oder …«

Ich schüttelte den Kopf und senkte schuldbewusst den Blick. Die Anspannung zwischen uns war so groß, dass ich kaum atmen konnte. Nervös spielte ich mit meinen Fingern. Als Jonathan die Hand ausstreckte und meinen Arm berühren wollte, schreckte ich zurück und schüttelte entschieden den Kopf.

»Ich weiß«, sagte er und seufzte resigniert. »Es ist nicht richtig, dich in so eine Lage zu bringen.«

Ich hob die Augen und sah ihn an. Sein trauriger Blick brach mir fast das Herz.

»Emma, bitte gib mich nicht auf«, stieß er verzweifelt hervor. Ich war sprachlos.

»Bitte«, fügte er flehend hinzu.

»Ich gebe dich doch nicht auf«, entgegnete ich. »Aber ich brauche ein bisschen Zeit.«

»Das verstehe ich«, sagte er und senkte den Kopf. »Ich gehe jetzt, aber lass von dir hören … wenn du so weit bist, ja?«

Ich nickte, wich aber seinem Blick aus. Ich fühlte mich wie erschlagen von meinen Schuldgefühlen und wandte mich mit hängenden Schultern ab. Evan und Sara erwarteten mich auf der Veranda, von wo aus sie alles genauestens beobachtet hatten, doch ich ging wortlos an ihnen vorbei ins Haus. Wenigstens hatten sie nichts von dem Gespräch zwischen Jonathan und mir gehört.

Sara folgte mir, aber Evan wartete, bis Jonathan die Auffahrt verlassen hatte.

»Woher wusste er überhaupt, wo du wohnst, Evan?«, fragte Sara, als Evan die Tür schloss.

»Keine Ahnung«, antwortete Evan und musterte mich aufmerksam.

»In Weslyn was herauszufinden, ist nicht schwer«, hörte ich mich antworten. »Du musst die Leute nur fragen, sie geben dir bereitwillig Auskunft.« Die beiden sahen mich neugierig an.

»Worum ging es denn?«, wollte Sara wissen, als ich Anstalten machte, das Zimmer zu verlassen. »Er schien ziemlich aufgeregt.«

»Er war dabei«, sagte Evan, ehe ich ein Wort herausbrachte. Wieder setzte mein Herz einen Schlag aus, und ich fragte mich, woher er das wusste.

»Was?« Saras Augen schossen zwischen Evan und mir hin

und her. Ich sah zu Boden. Das genügte ihr. »Er war dabei. Aber warum?«

»Und warum hast du die Polizei angelogen?«, fügte Evan noch hinzu.

Ich holte tief Luft und begann zu erzählen. »Der Kerl war der Drogendealer meiner Mutter. Ich wollte nicht, dass die Polizei das erfährt.« Ich sah die beiden an und wartete auf ihre Reaktion. Sie wirkten überrascht, blieben aber ruhig. Also senkte ich den Blick wieder und fuhr fort: »Er hat sie ziemlich übel zugerichtet, weil sie ihm Geld schuldet. Ich hab sie gefunden, als ich mein Fußballtrikot holen wollte. Am Ende musste ich sie ins Krankenhaus fahren. Jonathan hat es herausgefunden und wollte nicht, dass ich ins Haus zurückgehe, aber ich war mir sicher, dass der Typ längst über alle Berge war. Leider hab ich mich geirrt.« Ich machte eine Pause und überlegte, wie ich fortfahren sollte. »Jonathan ist mir gefolgt und hat sich mit dem Kerl geprügelt.«

»Das hab ich mir schon gedacht – ich hab seine Fingerknöchel gesehen«, sagte Evan scharf. »Er hat dich also beschützt?« Ich hob betroffen den Kopf. Als ich nickte, sah ich, wie er erneut schmerzhaft das Gesicht verzog. Jonathan hatte das getan, was er geschworen hatte – mich zu beschützen.

»Und warum ist er hierhergekommen?«, fragte Sara und setzte unserem angespannten Blickwechsel ein Ende.

»Ich bin weggerannt«, erklärte ich schnell. Ich konnte ihnen nicht sagen, wie schlimm Jonathan den Mann zugerichtet hatte, und dass ich Angst gehabt hatte, er könnte tot sein. Auch den wahren Grund für meinen überstürzten Aufbruch konnte ich ihnen nicht erzählen. Stattdessen atmete ich tief ein und wiederholte: »Er wollte sich nur vergewissern, dass mit mir alles einigermaßen in Ordnung ist.«

»Weiter nichts?«, fragte Evan skeptisch und musterte mich prüfend. Sofort wurde ich rot, denn ich fürchtete, er könnte noch mehr zwischen Jonathan und mir gesehen haben. Aber ich nickte. Allerdings war ich unfähig, seinem Blick länger als eine Sekunde standzuhalten.

»Ich weiß, du hast mir erklärt, ihr seid Freunde, du und Jonathan. Du kannst mit ihm über Rachel sprechen, okay. Aber warum hab ich trotzdem das Gefühl, dass er mehr weiß als ich?« Mit jedem Wort wurde Evans Stimme aufgebrachter. Ich hatte schon den Mund geöffnet, um Jonathan zu verteidigen, doch als ich Evans herausfordernden Blick sah, überlegte ich es mir anders. »Wie er sich da draußen aufgebaut hat … wie er dich angeschaut hat …« Ich wandte die Augen ab. Evan atmete hörbar aus und senkte die Stimme. »Tut mir leid, Emma, aber ich traue ihm einfach nicht über den Weg.«

Und vielleicht hatte er auch allen Grund dazu.

40
diE uNverfä*L*schte WahRh*eit*

Egal, wie viel Mühe ich mir auch gab, mich abzulenken, ich musste immer wieder daran denken, was Jonathan getan hatte. Seine Augen konnten so unwiderstehlich, so vertrauenerweckend sein und innerhalb von Sekunden kalt und hart werden. In ihren dunklen Tiefen lag mehr als Schmerz und Qual. Mehr als Wut und Hass.

Mir kam es absurd vor, dass derselbe Mann, der die ganze Nacht mit mir wach blieb und sich über Dauerwerbesendungen amüsierte, dazu fähig war, jemandem das Gesicht zu einer blutigen Masse zu zerschlagen. Die Erinnerung jagte mir eine Gänsehaut über den Rücken, und ich drückte mein Kissen fester an mich.

»Woran denkst du?«

Erschrocken blickte ich auf. Evan stand in der Tür zum Wintergarten, die Sonne beschien sein hinreißendes, markantes Gesicht. In seinen graublauen Augen verbarg sich keine Dunkelheit; sobald ich ihn sah, lösten sich meine verstörenden Gedanken in Nichts auf.

»Hi«, begrüßte ich ihn fröhlich. »Wie war die Schule?« Ich klappte das Buch auf meinem Schoß zu und legte es zusammen mit dem Kissen, das ich umklammert hielt, auf den Rattantisch neben mir.

»Wie immer«, antwortete er achselzuckend, setzte sich und zog meine Beine auf seinen Schoß. »Wie war dein Tag?«

»Ich hab Briefe in Umschläge gesteckt. Total aufregend.«

Evan lachte, beugte sich zu mir und strich mit dem Daumen

über den verblassenden Bluterguss an meinem Kiefer. Dann küsste er mich zärtlich auf den Mund.

»Solltest du nicht beim Training sein?«, erinnerte ich mich plötzlich, als er sich von mir löste.

»Unser Coach hatte einen Termin, wir haben das Training auf morgen verschoben.«

»Auf einen Samstag?«

»Ja, leider.« Er verzog das Gesicht.

»Oh. Ich dachte, wir könnten morgen meine Sachen holen. Anna hat fürs Wochenende ein paar Helfer engagiert, bis dahin muss ich alles zusammengepackt haben.«

»Ist Rachel zurück?«

»Keine Ahnung. Ich hab nichts von ihr gehört, aber das hatte ich auch nicht erwartet. Ich hoffe, sie ist noch weg.«

»Wollen wir dann gleich heute Nachmittag hin?«

Allein bei der Vorstellung, ins Haus meiner Mutter zurückzukehren, wurde mir ganz anders. Natürlich wusste ich, dass ich es irgendwann tun musste, aber mit heute Nachmittag hatte ich nicht gerechnet. Ich hatte gehofft, ich würde mich ein bisschen länger darauf vorbereiten können.

»Okay«, antwortete ich trotzdem, denn mir wurde klar, dass alle Zeit der Welt nicht ausreichen würde, um wirklich dafür bereit zu sein. »Bringen wir es hinter uns.«

»Du musst das nicht machen«, sagte Evan, der meine Nervosität sofort bemerkt hatte. »Ich kann mit Sara rüberfahren, wenn sie vom Leichtathletiktraining kommt. Sie hat sowieso gesagt, dass sie gerne helfen möchte.«

»Nein.« Ich versuchte, entschlossen zu klingen. »Es geht schon. Ich schreibe Sara, dass sie uns dort treffen soll, wenn sie fertig ist.«

»Bist du sicher?«, hakte Evan nach und musterte mich skeptisch. »Was, wenn deine Mutter doch da ist?«

Ich wusste nicht, wie ich ihm erklären sollte, dass es mir nicht wegen Rachel davor graute, in dieses Haus zurückzukehren. Ich hatte Angst, dass auf dem Boden immer noch Blut klebte. Allerdings war die Polizei nicht noch mal bei mir aufgetaucht, nachdem sie das Haus durchsucht hatte, also musste Jonathan vorher saubergemacht und den kaputten Couchtisch entsorgt haben. Aber ich hatte das ungute Gefühl, ich würde das Blut selbst mit geschlossenen Augen noch vor mir sehen.

»Ich schaffe das schon«, versicherte ich Evan. Er stand auf, nahm meine Hand und zog mich vorsichtig von meinem Korbsessel hoch. Ich hatte ihn mit Kissen ausgepolstert, aber sie konnten leider wenig dagegen ausrichten, dass mir jeder Atemzug höllisch weh tat.

»Ich bin gespannt, wie schlimm es aussieht«, überlegte ich laut, während wir uns durch die schmalen Seitenstraßen von Weslyn schlängelten.

»Was?«, fragte Evan.

»Mein Zimmer.«

»Warum bist du nicht mit den Polizisten hingefahren und hast überprüft, ob irgendwas gestohlen wurde?«

»Weil ich wusste, dass er nichts mitgenommen hat«, antwortete ich ausdruckslos. Das Einzige, was er zu stehlen versucht hatte, hing um meinen Hals.

»Glaubst du, er wird zurückkommen?« Ich spürte, wie Evan mich beobachtete und auf eine Reaktion wartete.

Ich schüttelte stumm den Kopf und starrte weiter aus dem Fenster, während ich die entsetzliche Erinnerung – *Blut, überall Blut* – zurückzudrängen versuchte. *Was haben wir getan?*, flüsterte ich meinem Spiegelbild in der Scheibe lautlos zu, lehnte meinen Kopf an das kühle Glas und dachte daran, wie Jonathan die Fingerabdrücke von der Autotür abgewischt hatte. Ich fragte mich, wie sorgfältig er wohl die Beweise im Haus entfernt hatte.

Ich war so damit beschäftigt, mich auf das Chaos im Haus meiner Mutter vorzubereiten, dass ich gar nicht darüber nachdachte, wie es sein würde, *sie* wiederzusehen – vorausgesetzt, sie war überhaupt da. Als wir in die Einfahrt einbogen, sah ich ihr Auto, aber da stand es wahrscheinlich schon, seit ich sie ins Krankenhaus gefahren hatte. Wir stiegen aus und näherten uns dem Haus. Aus den Fenstern dröhnte Musik – anscheinend war sie tatsächlich zurück.

Auf der Treppe blieb Evan stehen und drehte sich zu mir um. »Möchtest du wirklich rein? Wir müssen das nicht jetzt erledigen.« Trotz des flauen Gefühls in meinem Magen nickte ich. Er sah mich besorgt an, hielt mir aber wortlos die Fliegengittertür auf. Ich atmete tief durch und trat ins Haus.

Ich sah mich nicht nach meiner Mutter um, sondern ging, dicht gefolgt von Evan, geradewegs die Treppe hoch. Oben bog ich direkt in mein Zimmer ab, sorgsam darauf bedacht, nicht zu der Stelle zu sehen, wo der blutüberströmte, reglose Körper des Mannes gelegen hatte. Als Evan die Tür hinter uns schloss, schlug mein Herz so schnell, dass ich fürchtete, in Ohnmacht zu fallen.

Wir warteten auf ihre Reaktion, aber die Musik im Wohnzimmer lief weiter. Als ich mich gerade etwas beruhigt hatte und hoffte, wir könnten ohne Zwischenfälle wieder verschwinden, hörten wir eine Tür zuschlagen. Anscheinend war meine Mutter draußen gewesen. Evan sah mich besorgt an; ich zuckte die Achseln und bemühte mich, gelassen zu wirken.

»O Emma«, sagte Evan leise.

Erst jetzt sah ich mich in dem Zimmer richtig um. »Was zur ...?«

Jemand hatte mein Zimmer komplett auf den Kopf gestellt. Die Matratze war halb vom Bett gezerrt, meine Schreibtischschubladen lagen ausgekippt auf dem Boden, daneben achtlos verstreut die Sachen aus dem Wandschrank. Lediglich Evans Fotos an der stoffbespannten Pinnwand und die Klamottenstapel im obersten Fach des Kleiderschranks waren unangetastet geblieben.

»Mein Laptop ist weg«, stellte ich geknickt fest. Als ich an den Schreibtisch trat, sah ich meine Festplatte auf dem Boden liegen, bückte mich vorsichtig und hob sie auf. »Wenigstens hab ich die noch. Einen Laptop kann man ersetzen.«

»Stimmt.« Evan versuchte, zuversichtlich zu klingen. Dann fragte er: »Aber meintest du nicht, er hätte nichts mitgenommen?«

»Hat er auch nicht. Vielleicht hat meine Mutter das angerichtet. Oder einer ihrer Partygäste.« Niedergeschlagen ließ ich den Blick über das Chaos schweifen. »Okay, machen wir uns an die Arbeit.«

Evan legte einen Koffer und eine große Reisetasche aufs Bett, dann sammelte er meine Klamotten vom Boden auf und warf sie mir zu, damit ich sie einpacken konnte. Es hatte keinen Sinn, sie ordentlich zusammenzufalten.

Plötzlich verstummte die Musik. Evan und ich sahen einander beunruhigt an, und im selben Moment rief Rachel: »Emily, bist du das?« Wir waren mit meinem Auto gekommen, weil darin mehr Platz war als in Evans Zweisitzer. Wahrscheinlich hatte sie es in der Einfahrt stehen sehen.

Beim Klang ihrer Stimme hämmerte mein Herz sofort wieder los.

»Was mach ich denn jetzt?«, fragte ich Evan panisch. Ich war noch nicht bereit, ihr gegenüberzutreten.

»Sie weiß, dass du hier bist, Emma. Du musst nicht antworten. Oder sag einfach ja und lass es dabei bewenden.«

»Emily?«

Ich zwang mich durchzuatmen und rief: »Ja, ich bin's.« Evan und ich sahen uns an und warteten, aber sie sagte nichts mehr. Ich schluckte und versuchte, meine Schultern zu lockern.

Evan sammelte einen Armvoll Klamotten nach dem anderen auf und stopfte alles in die Tasche. Ich wusste, dass er sich beeilte, weil ich meine Angst nicht länger verbergen konnte. Ich versuchte zwar, mir einzureden, dass ihre Anwesenheit mich kaltließ und dass ich ihr nicht gegenübertreten musste. Aber leider ließ mich ihre Anwesenheit überhaupt nicht kalt, und ich sah auch keine realistische Möglichkeit, ihr aus dem Weg zu gehen, sobald wir das Zimmer verließen.

»Du musst nicht mit ihr reden«, meinte Evan, der mir meine Gedanken wahrscheinlich am Gesicht abgelesen hatte. »Wir gehen einfach. Du musst überhaupt nichts sagen.«

Ich nickte und stopfte gedankenlos weiter Kleidungsstücke in die bereits überquellende Tasche, während Evan mit dem Reißverschluss seines Koffers kämpfte.

»Ich bringe die hier ins Auto und hole die Umzugskisten und meine Tasche. Darin können wir den Rest verstauen, und dann verschwinden wir.« Er zögerte. »Kommst du klar, solange ich weg bin?«

»Ja«, murmelte ich.

Ich blieb reglos stehen, als Evan die Treppe hinunterlief. Er hatte die Zimmertür nur angelehnt, und ich hörte, wie meine Mutter ihn ansprach: »Hallo Evan – ich wusste ja gar nicht, dass du hier bist. Was machst du denn da?« Sie klang überrascht, und ich biss die Zähne zusammen.

»Ich hole nur Emmas Sachen«, antwortete er lässig, und kurz darauf hörte ich ihn durch die Haustür gehen.

Aber meine Mutter ließ nicht locker. »Emily, was ist los?«, rief sie besorgt zu mir herauf. »Was machst du da oben?«

Ich verharrte mucksmäuschenstill in meinem Zimmer – hoffentlich würde sie irgendwann kapieren, dass ich nicht mit ihr reden wollte.

»Emily?«, rief sie noch lauter. »Was geht hier vor?«

Ich schloss die Augen. Wut stieg in mir hoch, doch ich atmete tief durch und versuchte, sie wegzudrücken. Dann hörte ich die Treppenstufen knarren.

So ruhig wie möglich trat ich auf den Flur hinaus, und sie blieb sofort stehen. »Ich hab dir doch gesagt, dass ich wiederkommen würde, um meine Sachen zu holen.« Meine Stimme klang gelassen, aber ich hatte die Fäuste geballt.

Verwirrt sah sie zu mir empor. Ich musterte sie stumm. Ein grünblauer Bluterguss zierte ihr rechtes Auge, an der linken Hand trug sie eine schwarze Gipsschiene. Doch allem Anschein nach waren das nicht ihre einzigen Verletzungen, denn sie stützte sich schwer aufs Geländer.

Auf die Prellung in meinem Gesicht reagierte sie überhaupt nicht, aber das hatte ich auch nicht erwartet.

»Du willst mich also verlassen?«, wimmerte sie.

Mein Puls beschleunigte sich, und die Wut breitete sich in meinem ganzen Körper aus. Ich konnte sie nicht länger kontrollieren.

»Ob ich dich verlassen will?«, wiederholte ich mit zusammengebissenen Zähnen. Ich schnaubte ungläubig. »Du meinst, *ich* will *dich* verlassen?«

Sie beantwortete meine Frage nicht, sondern schluchzte: »Bitte tu's nicht.«

In diesem Moment erschien Evan hinter ihr in der Haustür. »Emma«, sagte er nur, nachdem er die Situation erfasst hatte. Ich konzentrierte mich ganz auf ihn und kämpfte gegen den Zorn an, der mich zu überwältigen drohte. Er sah zu meinem Zimmer, ich nickte. Ohne mich noch einmal nach meiner Mutter umzusehen, ließ ich sie stehen und ging in mein Zimmer zurück.

Ein paar Sekunden später war Evan bei mir und zog die Tür hinter sich zu. »Was ist passiert?«

Kopfschüttelnd begann ich hin und her zu laufen. »Das ist doch nicht zu fassen! Allmählich glaube ich, sie hat Wahnvorstellungen.«

»Emma, was hat sie denn gesagt?«

»Wie zur Hölle kann es sie überraschen, dass ich ausziehe?«

»Emma«, versuchte er, mich zu beruhigen.

»Sie hat kein Wort über die Prellung in meinem Gesicht verloren. Kümmert es sie überhaupt, was mir passiert ist? Natürlich nicht!«

»Emma!«, unterbrach Evan mich mit lauter Stimme, stellte sich mir in den Weg und legte mir die Hände auf die Schultern. Ich hielt inne. »Das spielt jetzt keine Rolle«, sagte er leise, aber eindringlich.

Ich biss mir auf die Lippe. »Du hast recht«, stieß ich hervor. »Tut mir leid.«

»Du brauchst dich nicht zu entschuldigen«, meinte er und nahm mich in die Arme. »Ich weiß, wie schwer das für dich ist. Wir können auch einfach gehen.«

Ich atmete tief durch. »Schon in Ordnung. Wir sind ja fast fertig.«

Evan küsste mich auf den Kopf, bevor er mich losließ. »Wir beeilen uns, ja?«

Ich nickte.

Er reichte mir einen Umzugskarton, und ich fing an, die Fotos von der Pinnwand zu nehmen und sie zusammen mit den Sachen von meinem Schreibtisch in die Kiste zu legen, während Evan meine restlichen Klamotten einpackte.

Es war unangenehm still. Hastig suchten wir meine Sachen zusammen. Ich gab mir Mühe, alle Gefühle auszublenden, während ich die Kiste füllte, aber ich schaffte es nicht. Ich brannte vor Wut, wenn ich daran dachte, wie Rachel mich angefleht hatte, sie nicht zu verlassen – als wäre *ich* diejenige, die *sie* im Stich ließ.

»Emma, du zitterst ja«, stellte Evan nach einer Weile besorgt fest und griff meine Hand.

»Sorry. Meine Mutter geht mir doch ganz schön an die Nieren.«

»Vielleicht sollten wir einfach gehen.«

»Ich glaube, wir sind ohnehin so gut wie fertig«, meinte ich und schaute mich noch einmal um.

Evan schulterte die Reisetasche und nahm den von mit gepackten Karton. »Ich komme gleich wieder und hole die letzte Kiste.«

Er deutete auf den Karton mit meinen Sweatshirts und den Fotos von meinem Vater, die ich darunter versteckt hatte.

Ich sah mich ein letztes Mal im Zimmer um. Plötzlich fiel mir auf, dass etwas fehlte. Mein Herz setzte einen Schlag aus.

»Kommst du?«, fragte Evan und öffnete die Tür.

»Gleich«, erwiderte ich und ließ hektisch den Blick durch das Zimmer wandern. »Ich will mich nur noch einen Moment umschauen.«

»Okay, ich bin in einer Minute wieder bei dir«, antwortete er – seine Art, mir zu sagen, dass ich das Zimmer nicht ohne ihn verlassen sollte.

Kaum war er weg, kniete ich mich vorsichtig auf den Boden und spähte unter den Schreibtisch und unter das Bett. Dann hob ich die Bettdecke hoch, die auf dem Boden lag. Nichts. Das gerahmte Foto von mir und meinem Vater, das auf dem Schreibtisch gestanden hatte, war weg. Meine Mutter hatte mir das Bild weggenommen – sicher in dem Glauben, es wäre die letzte Erinnerung an meinen Vater, die ich noch besaß.

Wieder kochte die Wut in mir hoch. Sie nahm meinen ganzen Körper in Besitz. Mein Herz schlug so heftig, dass ich das Gefühl hatte, keine Luft mehr zu bekommen.

Ich wartete nicht auf Evan. Und ich ging auch nicht nach draußen zu seinem Auto. Nein, ich marschierte in die Küche, in der meine Mutter am Tisch saß, Radio hörte und eine Tomate kleinschnitt.

»Möchtest du zum Abendessen bleiben?«, fragte sie mit einem freundlichen Lächeln, als ich in der Tür erschien.

»Was zur Hölle ist bloß los mit dir?«, fuhr ich sie an.

»Wie bitte?« Sie klang schockiert. »Ich dachte, du möchtest vielleicht zum Abendessen bleiben. Dann könnten wir reden.«

»Worüber denn?«, schoss ich zurück. »Darüber, dass du mich nicht willst? Oder darüber, dass du meinen Vater vermisst und mir die Schuld an seinem Tod gibst? Darüber, dass dein Drogendealer uns grün und blau geschlagen hat, weil du ihm jede Menge Geld schuldest? Ja, das sind die perfekten Gesprächsthemen für ein gemütliches Abendessen. Ich glaube, darauf muss ich leider verzichten.«

»Warum sagst du denn so was?«, fragte sie leise, stand auf und ging zum Küchentresen.

»Ist das dein Ernst?«, rief ich – ich konnte es nicht fassen! »Hast du jetzt endgültig den Verstand verloren?«

Sie griff nach dem Plastikdöschen, das auf der Arbeitsfläche stand, schüttete sich ein paar Tabletten in die Hand und spülte sie mit einem Glas Wasser hinunter.

»Oh, vielleicht bist du ja auch einfach high.«

»Was? Das ist ein Schmerzmittel für mein Handgelenk«, versuchte sie sich zu rechtfertigen. »Aber was kümmert dich das überhaupt? Du willst mich doch verlassen. Ich bin dir egal.« Ihre Stimme brach, und auf einmal spürte ich einen Anflug von Mitgefühl. Es hatte eine Zeit gegeben, da wäre es unerträglich für mich gewesen, sie so aufgebracht zu sehen, und ich hätte alles getan, um sie zu trösten. Aber jetzt nicht mehr. Genauso schnell, wie das Mitgefühl in mir hochgekommen war, verflog es auch wieder.

»Nein, mir liegt nichts an dir. Genau wie dir nichts an mir liegt«, knurrte ich kalt und voller Verachtung. »Meinetwegen kannst du die ganze Packung schlucken. Ist mir scheißegal.«

»Ich verstehe nicht, was mit dir los ist.« Sie schüttelte den Kopf, und Tränen strömten ihr über die Wangen. »Ich verspreche dir, dass ich mir in Zukunft noch mehr Mühe gebe, aber bitte lass mich nicht allein. Bitte, Emily. Es tut mir so leid.«

»Nein, nichts tut dir leid!«, brüllte ich so laut, dass sie zusammenzuckte. Ich senkte meine Stimme wieder und feuerte jedes Wort mit tödlicher Präzision auf sie ab. »Dir tut nur eines leid, nämlich, dass ich überhaupt geboren wurde. Oder hast du schon vergessen, dass du mir das im Suff neulich gebeichtet hast? Praktischerweise vergisst du ja gerne die verletzenden Sachen, die du mir immer wieder an den Kopf wirfst. Und ich bin so blöd, das mit mir machen zu lassen. Tja, damit ist jetzt ein für alle Male Schluss. Du wolltest mich nie, und ich wollte dieses Leben nie. Jetzt *bin* ich tot für dich, denn du wirst mich nie wiedersehen.«

Rachel sank laut schluchzend zu Boden. Aber ich kehrte ihr den Rücken zu.

Blind vor Wut lief ich aus der Küche und wäre um ein Haar mit Evan zusammengestoßen, der wie erstarrt im Flur stand und uns beobachtete. Er mied meinen Blick, und ich ließ beschämt die Schultern hängen.

Ohne ein Wort rannte ich an ihm vorbei zum Auto. Ich zitterte am ganzen Körper, Tränen verschleierten meinen Blick, und ich konnte ein Schluchzen nicht unterdrücken.

»Emma!«, rief Evan mir nach, holte mich ein und packte mich am Arm.

»Ich kann nicht«, keuchte ich und riss mich los. »Ich kann hier nicht mehr sein. Wir müssen weg. Bitte. Wir müssen weg.«

Hastig wandte ich mich ab und stieg ins Auto. Mit geschlossenen Augen saß ich auf dem Beifahrersitz, holte tief Luft und versuchte, die Tränen zurückzuhalten. Bei jedem Atemzug zog sich meine Brust zusammen, als wollte sie sich von der Wut befreien, die von mir Besitz ergriffen hatte.

Evan stieg ebenfalls ein und zog die Schlüssel aus seiner Jackentasche.

»Ich will sie nie wiedersehen«, stieß ich hervor, schüttelte den Kopf und drückte die Finger an meine Stirn, so fest ich konnte. »Ich kann nicht …«

»Ich weiß.« Evan warf den Motor an. »Versuch dich zu beruhigen, Emma. Konzentriere dich aufs Atmen.«

Als wir wegfuhren, schämte ich mich zutiefst für das, was er gerade mitangesehen hatte. »Es tut mir so leid, Evan. Ich weiß nicht, was über mich gekommen ist. Ich war so … so wütend. Ich konnte nicht aufhören.«

»So habe ich dich noch nie gesehen«, sagte er leise. »Sonst hältst du deine Gefühle immer unter Verschluss. Es war nicht leicht mitanzusehen, aber du hattest einfach deine Grenze erreicht.«

Verblüfft sah ich ihn an. »Evan, ich hab mich grässlich verhalten. Schlimmer noch als grässlich. Du musst dich doch vor mir ekeln.« Die Bedeutung dessen, was ich getan hatte, erdrückte mich fast, ich fühlte mich hundeelend.

»Ich war schockiert«, erklärte Evan und schaute kurz zu mir herüber. »Du warst … völlig außer dir, und ich hoffe, ich muss so etwas nie wieder erleben. Aber Emma, nach allem, was du ihretwegen durchmachen musstest, hattest du jedes Recht, wütend zu sein. Nur dass du gesagt hast, du wolltest dieses Leben nie, das … das hat mir was ausgemacht.«

»Ich war aufgebracht«, flüsterte ich. »So habe ich es nicht gemeint, das weißt du doch.«

Er warf mir einen besorgten Blick zu. »Ich hoffe es.«

»Wo fahren wir hin?«, fragte ich und sah mich um, weil er in eine Straße eingebogen war, die nicht auf dem Nachhauseweg lag.

»An einen Ort, der dir helfen wird«, antwortete Evan und ergriff meine zitternde Hand.

Da wurde mir plötzlich klar, wohin wir unterwegs waren. »Wir fahren zur Schule?«

Evan lächelte.

»Was hast du vor?«, fragte ich, als wir auf dem Schulparkplatz hielten.

»Komm einfach mit«, sagte Evan und stieg aus.

Die Schule war so gut wie leer. Ein paar Stimmen hallten noch durch die Korridore, aber die meisten AGs und Sporttrainings waren längst vorbei.

Als wir den zweiten Stock erreichten, sagte Evan leise: »Mach die Augen zu.«

»Echt jetzt?«, fragte ich skeptisch. Ich war nicht wirklich in der Stimmung für seine Scherze.

»Keine Sorge, es ist nicht so, wie du denkst«, versicherte er mir. »Mach einfach die Augen zu.«

Ich seufzte resigniert und folgte seiner Aufforderung. Er zog mich weiter den Gang entlang, dann blieb er plötzlich stehen und ließ mich los. Ich hörte Schlüsselgeklapper und das Klicken eines Schlosses.

»Lass die Augen noch zu«, verlangte er, nahm wieder meine Hand und führte mich weiter.

Vertraute Gerüche stiegen mir in die Nase.

»Tief durchatmen, Emma«, raunte Evan mir zu und drückte meine Hand. »Du bist in Sicherheit.«

»Woher wusstest du das?«, fragte ich überwältigt. Ich atmete tief ein, ließ die Luft in meine Lungen strömen und suchte nach der Erlösung, die dieser Raum mir so oft geboten hatte. Als ich die Augen öffnete, stand Evan vor mir und sah mich liebevoll an.

»Weil ich dich kenne.«

Ich schloss die Augen wieder, sog den Duft von Farbe, Kleber und Scheuermittel in mich auf und ließ die dunkle Wut mit jedem wohltuenden, reinigenden Atemzug etwas mehr los.

»Danke«, wisperte ich, schlang die Arme um Evans Brust und schmiegte mich an ihn.

Er hielt mich sanft fest, sorgsam darauf bedacht, mir nicht weh zu tun.

»Das Leben kann so schön sein, Emma«, flüsterte er. »Und du bist so viel stärker, als du manchmal glaubst.«

Mit funkelnden Augen sah ich zu ihm auf, und er beugte sich zu mir herab. Als seine warmen Lippen meinen Atem einfingen, fand ich die Ruhe, die ich allein nicht hätte finden können.

41

SuggeStivkraFt

»Wo bist du?«, fragte Sara, als ich ans Handy ging. Ich stöhnte leise, wir hatten vergessen, ihr Bescheid zu sagen. Sie wusste nicht, dass wir nicht mehr bei Rachel waren.

»Ach, Sara, tut mir schrecklich leid! Wir sind gerade auf dem Rückweg zu Evan. Rachel und ich, wir haben uns furchtbar gestritten, deshalb sind wir gegangen. Bist du dort?«

»Ja. Habt ihr schon alles mitgenommen?«

Ich überlegte kurz, dann fiel mir der Karton ein. »Ein Karton ist noch da, aber den können wir auch irgendwann anders mitnehmen.«

»Ich kann ihn doch jetzt holen, schließlich bin ich sowieso da«, schlug sie vor.

»Vielleicht solltest du das lieber nicht tun«, warnte ich sie. »Rachel war total fertig, als wir gegangen sind. Ich war … ich war ziemlich gemein zu ihr.«

»Mit Sicherheit hatte sie es verdient«, murmelte Sara unbeeindruckt. »Mir ist das egal, ich geh ja nur schnell rein, schnappe mir den Karton und verschwinde wieder.«

»Ich hab dich gewarnt. Ruf mich an, falls du Unterstützung brauchst. Sonst komm danach einfach zu Evan.«

Evan musterte mich mit hochgezogenen Augenbrauen, nachdem ich aufgelegt hatte. »Sie geht da rein?«

»Sieht so aus.« Ich zuckte die Achseln.

»Wow.« Er verzog das Gesicht. »Könnte interessant werden.«

Kurz bevor wir bei ihm zu Hause waren, klingelte wieder mein Handy. »O nein«, seufzte ich, als ich Saras Namen auf dem Display sah.

»Emma, du musst unbedingt kommen«, stammelte sie aufgeregt.

»Was ist los, Sara?« Ich war wie gelähmt vor Angst.

»Rachel … Rachel bewegt sich nicht mehr. Ich hab den Krankenwagen gerufen, er müsste gleich hier sein, aber – o Gott!«

»Sara?« Meine Augenlider zuckten. Stille. Sie hatte aufgelegt. »Evan, wir müssen zurück.«

Ich hatte gar nicht bemerkt, dass er schon gewendet hatte.

Er trat aufs Gaspedal. »Was hat sie gesagt?«, fragte er, hielt den Blick aber weiter auf die Straße gerichtet.

»Dass Rachel sich nicht bewegt und dass gleich der Krankenwagen kommt. Aber dann … dann ist irgendwas passiert, die Verbindung war auf einmal weg. Evan, wenn Sara etwas zustößt …« Meine Gedanken überschlugen sich. Was, wenn der Dealer zurückgekommen war, um Rachels Schulden einzutreiben? Oder wenn jemand anders den Job für ihn übernommen hatte? Ich konnte nicht stillsitzen. Warum gab Evan nicht noch mehr Gas? Aber er fuhr schon in einem irrsinnigen Tempo durch die stillen Wohnstraßen, garantiert doppelt so schnell wie erlaubt.

»Wir sind gleich da«, tröstete er mich. Verzweifelt hielt ich mich am Griff über der Tür fest.

Vom dauernden Atemanhalten schmerzte mein Brustkorb. Als wir in die Straße einbogen, standen vor dem Haus ein Krankenwagen, die Feuerwehr und zwei Polizeiautos. In der Dunkelheit wirkten die flackernden Lichter noch greller.

»O nein!«, stöhnte ich wieder. Tausend Horrorbilder schossen mir durch den Kopf, meine Knie zitterten so sehr, dass ich fast hingefallen wäre, als ich ausstieg.

»Sara!«, schrie ich und rannte auf das Haus zu. Ein Polizist stellte sich mir in den Weg und fragte mich, was für Leute dort wohnten. Ich hörte ihm gar nicht zu, sondern versuchte, mich an ihm vorbeizudrängen. Ich musste zu Sara! Aber er hielt mich fest.

Als ich sah, dass die Sanitäter zum Krankenwagen rannten, um eine Trage zu holen, verließ mich das letzte bisschen Kraft.

»Was ist passiert? Bitte, Sie müssen mir sagen, was mit ihr los ist!« Ich fing an, laut zu schluchzen. »Sara!«

»Emma?« Ich hörte nur ein heiseres Krächzen, aber Sara klang, als wäre sie gleich hinter der Tür. Ich wollte mich losreißen, aber der Polizist war stärker.

»Sie dürfen da nicht rein, bis wir die Dame weggebracht haben.«

»Wie bitte?«, schrie ich entsetzt. »Was soll das heißen?«

Da erschienen die Sanitäter und die Feuerwehrleute in der offenen Tür, zwischen sich eine Trage.

»Nein«, schrie ich, und Tränen liefen mir übers Gesicht. »Nein!«

Aber dann sah ich dunkle Haare, nicht Saras feuerrote Mähne. Ich erstarrte.

Reglos schaute ich zu, wie sie Rachel auf das fahrbare Gestell legten, ihr eine Sauerstoffmaske aufs Gesicht drückten und sie an mir vorbeirollten. Schockiert, aber ohne jede Gefühlsregung schaute ich ihr nach.

»Emma!« Sara kam aus dem Haus gelaufen, ihr Gesicht war gerötet und tränennass.

»Sara!« Ich drückte sie an mich. Eigentlich hätten mir die Rippen weh tun müssen, schon die ganze Zeit, aber ich spürte überhaupt nichts mehr. Sara schluchzte an meiner Schulter. Erst da merkte ich, dass Evan hinter mir stand. Er hatte mich mit dem Polizeibeamten zusammen festgehalten. »Sara, was ist passiert?«

»Ich habe Rachel in ihrem Zimmer gefunden«, stieß sie hervor. Sie war kaum in der Lage zu sprechen. »Die Tür stand offen, sie lag auf dem Boden. Überall Tabletten und eine Flasche Wodka. Sie konnte sich nicht bewegen, und plötzlich hat sie aufgehört zu atmen.« Zitternd holte Sara Luft, dann rief sie kläglich: »Ich hab's versucht, Emma, ich hab's echt versucht.«

»Alles wird gut«, beruhigte ich sie. Das Herz tat mir weh, weil sie so litt. »Alles wird wieder gut.«

Erst jetzt begriff ich allmählich, was los war, und ich hörte mich noch einmal sagen: »Alles wird gut.« Aber zu wem sagte ich das eigentlich? Alles bewegte sich wie in Zeitlupe, ich hatte das Gefühl, in einen endlosen Tunnel zu blicken.

Die Polizisten baten uns ins Haus, um uns ein paar Fragen zu stellen. Ich antwortete mechanisch und vermutlich nicht besonders logisch. Sie erzählten etwas von einem Krankenwagen und vom Krankenhaus, ich war wie betäubt und nickte nur verständnislos.

»Vielen Dank«, hörte ich Evan sagen, dann gingen die Beamten zurück zu ihren Autos. Auf dem Gehweg standen Schaulustige und gafften, Nachbarn, die einen Blick auf meinen Albtraum erhaschen wollten. Genauso war es nämlich: Ich war gefangen in einem endlosen Kreislauf von Albträumen. Stimmengewirr umgab mich, vergeblich versuchte ich, die dazugehörigen Gesichter zu erkennen.

»Emma, wir sollten gehen«, sagte Evan. Ich nickte. Mein Kopf war bleischwer. »Kommst du mit?« Er meinte Sara, aber ich nickte immer weiter.

»Emma?« Immer noch schniefend nahm Sara meine Hand. »Sie wird es schaffen, ganz bestimmt. Sie *muss* es schaffen.«

Was wird sie schaffen? Wer?, wollte ich fragen. Aber dann war mir auf einmal alles klar. Die Wucht, mit der mich die Erkenntnis traf, fühlte sich an wie ein Schlag in die Magengrube. Plötzlich verstand und verarbeitete mein Gehirn.

»Nein«, erklärte ich so entschieden, dass Evan und Sara heftig zusammenzuckten. »Nein. Ich will nicht ins Krankenhaus.«

»Wie bitte?« Sara konnte es nicht fassen. »Deine Mutter hat gerade eine Überdosis Tabletten geschluckt und ...«

Ich unterbrach sie. »Ich weiß. Aber ich will sie nicht sehen.«

»Möchtest du denn nicht wissen, wie es ihr geht?«, fragte Evan vorsichtig.

»Nein!«, entgegnete ich wütend. »Ich will sie nicht sehen. Sie hat das meinetwegen getan – um mir weh zu tun. Das darf sie nicht. Das lasse ich nicht mit mir machen.«

»Emma, was redest du da?«, fragte Sara erschrocken.

Evan ging vor mir in die Hocke und sah mich an. »Bist du dir sicher?« Ich nickte. Einen Moment lang musterte er mich prüfend, dann sagte er: »Na gut, wir müssen da nicht hin.«

»Evan, wie meinst du das? Was ist, wenn sie …«

Er fiel Sara ins Wort, bevor sie den Satz beenden konnte. »Sara, du warst vorhin nicht dabei. Es ist wahrscheinlich keine besonders gute Idee, ins Krankenhaus zu fahren. Wir sollten sowieso lieber nach Hause. Für dich war es auch ein Horrorabend.«

Sie schüttelte fassungslos den Kopf. »Ich kapiere gar nichts mehr.«

»Ich erklär's dir später«, versprach Evan. »Komm, Emma, wir gehen.«

Immer noch benommen, nahm ich seine Hand und ließ mich von ihm führen. Er und Sara machten unterwegs die Lichter aus, und Evan fand an meinem Schlüsselring den richtigen Schlüssel und sperrte die Haustür ab. Im Auto kletterte Sara auf die Rückbank, ich setzte mich auf den Beifahrersitz. Wortlos fuhren wir zu Sara – aber vielleicht hörte ich auch einfach nicht, dass etwas gesagt wurde.

Anna war völlig aufgelöst, als wir ankamen. Die Polizei hatte sich bei ihr gemeldet, weil sie Saras Vater kannten. Sie umarmte uns und streichelte unsere verheulten Gesichter. Evan redete, weil er als Einziger einigermaßen zusammenhängende Sätze bilden konnte.

Mir tat alles weh, meine Rippen brannten förmlich vor

Schmerz. Ich wollte nichts sagen. Ich wollte nichts hören. Ich wollte mich nur noch unter der Bettdecke verkriechen und alles vergessen. Als Anna und Carl endlich genug erfahren hatten, konnten wir uns nach oben verziehen.

Evan blieb bei mir, solange er durfte. Still lag er neben mir auf dem Bett und beobachtete, wie ich langsam wegdämmerte. Irgendwann im Laufe der Nacht krabbelte Sara zu mir ins Bett, wahrscheinlich konnte sie nicht schlafen. Ich selbst wurde auch immer wieder wach und starrte ins Dunkel. Am nächsten Morgen wusste ich nicht, wie viel ich überhaupt geschlafen hatte.

»Ich hab ihr gesagt, sie soll es tun«, flüsterte ich Sara zu, als ich sah, dass ihre Augen geöffnet waren. Durch die Dachfenster drang schwach die erste Morgendämmerung.

Sara blinzelte und sah mich fragend an.

»Ich hab ihr gesagt, es ist mir völlig egal, was sie tut – und wenn sie die ganze Pillenpackung schluckt. Genau das hat sie dann getan.«

»Emma!« Sara holte erschrocken Luft, als sie endlich begriff, was ich meinte. »Aber du hast sie doch nicht dazu gezwungen.«

»Aber ich bin mir nicht sicher, ob ich sie daran gehindert hätte«, gestand ich tonlos.

»Sag so was nicht. Das hättest du ganz bestimmt.«

»Ich hasse sie, Sara«, flüsterte ich heiser, und Tränen schossen mir in die Augen. »Ich hasse sie.« Meine Stimme brach, das war tatsächlich die Wahrheit. Ich musste heftig schlucken. Tränen liefen mir über den Nasenrücken und tropften auf mein Kissen herunter. »Ich will sie nicht sehen, weil … weil es mir egal ist, wenn sie stirbt.«

»Ach, Emma!« Ihre blauen Augen waren ebenfalls voller Tränen. »Das glaube ich dir nicht. Du bist wütend! Du willst nicht wirklich, dass sie stirbt – das kann ich mir einfach nicht vorstellen.«

Ich sagte nichts mehr. Schweigend lagen wir da und spürten

beide das Leid der anderen, bis wir schließlich in einen unruhigen Schlaf fielen.

Ich fühlte mich verantwortlich für das, was Sara hatte durchmachen müssen wegen Rachels Egoismus. Aber mein Geständnis bereute ich nicht. Es war mir wirklich egal, ob meine Mutter lebte oder starb.

»Und du bist dir ganz sicher, dass du nicht mitkommen willst?«, fragte Sara noch einmal, die Tasche schon in der Hand.

Ich kniete auf dem Küchenfußboden und wollte gerade die matschige Tomate aufklauben und sie in den Müll werfen. Ich schaute zu Sara und ihrer Mutter empor. »Ja, hundertprozentig. Ich räume hier noch ein bisschen auf. Die ganzen Lebensmittel im Kühlschrank müssen weg.«

»Wir sehen uns dann bei uns, wenn wir aus dem Krankenhaus zurück sind«, sagte Anna, die den letzten Karton aus meinem Zimmer geholt hatte.

»Ich brauche nicht mehr lange.«

Nachdem ich all die Salatreste eingesammelt hatte, die Rachel quer durch die Küche geschleudert hatte, spülte ich mechanisch das Geschirr und räumte den Kühlschrank aus.

Dann verließ ich ohne einen Blick zurück das Haus, zog die Tür hinter mir zu und schloss ab. Die Müllsäcke warf ich in die Tonnen neben dem Haus. Nachdem ich sie an den Straßenrand geschleift hatte, setzte ich mich ins Auto.

Ich fuhr nicht zu Sara, sondern immer weiter. Ich wusste genau, wohin, gestattete mir aber nicht, darüber nachzudenken, warum ich es tat oder was geschehen würde, wenn ich dort ankam.

Ich klingelte und hoffte fast, er wäre nicht da. Als die schwarze Eisentür sich öffnete, setzte mein Herz einen Schlag aus.

»Emma?« Jonathan musterte mich kurz, dann fragte er: »Was ist passiert?«

Ich holte tief Luft. »Darf ich reinkommen?«

»Ja, klar!« Er trat einen Schritt zurück, um mich vorbeizulassen.

Ich ging die Treppe hinauf, er folgte mir dicht auf den Fersen. Oben setzte ich mich aufs Sofa, er nahm im Sessel Platz und musterte mich fragend.

»Rachel hat gestern Abend versucht sich umzubringen«, sagte ich ohne die geringste Anteilnahme.

Jonathan nickte bedächtig und senkte den Blick. Dann schaute er wieder mich an. »Du brauchst kein schlechtes Gewissen zu haben.«

Verwirrt kniff ich die Augen zusammen. Hatte ich ihn richtig verstanden?

»Du musst dir keine Vorwürfe machen, weil es dir egal ist.«

Sofort schossen mir Tränen in die Augen. Schlagartig wurde mir klar, warum ich hierhergefahren war. Ich hatte gewusst, dass er mich verstehen würde. Mein Hals war wie zugeschnürt.

»Ich fühle mich so schrecklich. Was bin ich bloß für ein Mensch? Immerhin ist sie meine Mutter …«

»Nein, ist sie nicht. Sie war nie deine Mutter«, erwiderte er leise. »Emma, sie ist nicht mal ansatzweise deine Mutter. Du hast allen Grund, sie zu hassen.«

Ich schlug die Hände vors Gesicht und begann haltlos zu weinen. Bei jedem Schluchzen durchfuhr ein stechender Schmerz meinen Körper; ich legte die Arme um die Rippen, aber es half nichts, der Schmerz war unerträglich. Ich konnte nicht aufhören zu weinen.

Jonathan setzte sich zu mir und legte mir den Arm um die Schultern. »Du hast nichts Böses getan, Emma. Es war ihre Entscheidung, nicht deine. Du bist nicht schuld.«

»Aber ich hab ihr gesagt, sie soll es tun«, stieß ich hervor und sah ihn an.

Er wischte mir die Tränen von den Wangen. »Trotzdem. Es war ihr Schmerz, nicht deiner, der sie dazu getrieben hat.«

»Aber ... aber ...«, stammelte ich, »aber ich wünsche mir, sie wäre tot. Dann würde sie vielleicht nicht mehr so leiden, und sie würde aufhören, mir weh zu tun.« Ich wollte noch mehr sagen, aber ich bekam kaum Luft. »Das ist so grauenhaft. Ich bin so ...«

»Nein, nein«, tröstete er mich, zog mich an sich, und mein Kopf sank an seine Schulter. Sanft strich er mir über den Rücken. »Sie hat dir weh getan, Emma. Immer wieder. Jetzt kannst du sie loslassen. Du darfst ihr nie mehr erlauben, dir weh zu tun.«

Ich versuchte, gleichmäßig zu atmen, während er mich in seinen Armen wiegte. Erst als ich mich etwas beruhigt hatte und wieder einigermaßen klar denken konnte, wurde mir bewusst, dass ich eigentlich nicht hier sein durfte. Langsam hob ich den Kopf, und er legte die Hand an meine Wange, als wollte er die Tränen darauf wegwischen. Aber auf einmal berührten seine weichen Lippen meinen Mund.

Ich sprang auf, wich ein paar Schritte zurück und rief: »Nein, ich kann das nicht!«

Er senkte den Kopf und seufzte leise. »Das verstehe ich nicht.«

Er sah mich an. Sein offener, verletzlicher Blick, der so voller Gefühle war, traf mich mitten ins Herz. Ich wischte mir über die Wangen, schüttelte den Kopf und wiederholte leise: »Ich kann das nicht.«

»Vielleicht solltest du dich fragen, warum«, entgegnete er ganz ruhig und wandte den Blick ab. Am liebsten wäre ich im Erdboden versunken. »Fühlst du es nicht? Du bist hierhergekommen, also musst du etwas empfinden. Das kannst du nicht leugnen, auch wenn du es noch so sehr versuchst.«

Wieder schüttelte ich den Kopf, aber nicht, weil ich bestreiten wollte, was er gesagt hatte, sondern weil ich vollkommen durcheinander war. Warum hatte ich ihn unbedingt sehen wollen? Weil ich wusste, dass er mich verstehen würde? War das tatsächlich der Grund? Wenn ja, dann hätte ich ihn auch anrufen können. Dafür musste ich ihn nicht sehen.

Ich konnte nicht klar denken.

»Du hast in der letzten Woche einiges durchgemacht«, flüsterte er. Seine dunkelbraunen Augen drangen bis in mein Innerstes vor und sahen mehr, als ich jemals hatte offenbaren wollen. »Vielleicht musst du einfach warten. Bis sich alles wieder einigermaßen beruhigt hat. Okay?«

Ich antwortete nicht, weil ich nicht genau verstand, was er mir damit sagen wollte.

»Zwischen uns gibt es eine Verbindung, und sie ist völlig verrückt«, fuhr er fort. »Ich wüsste nicht, wie ich sie lösen sollte. Du etwa?«

Ich konnte nur wieder den Kopf schütteln. Er hatte recht, das wusste ich. Aber ich brachte kein Wort heraus.

»Alles wird gut, Emma. Ich verspreche es dir. Wir werden es schaffen.«

»Okay«, wisperte ich. Aber dann sagte ich schnell: »Ich muss gehen.«

»Ich weiß.«

An der Treppe drehte ich mich noch einmal zu ihm um und sagte: »Danke, Jonathan … danke, dass du mich verstehst.«

»Ich bin immer für dich da, Emma.« Er lächelte zärtlich. Mit weichen Knien taumelte ich die Stufen hinunter, ich konnte mich kaum auf den Beinen halten. Im Grunde fühlte ich mich nicht besser als bei meiner Ankunft. Aber andererseits hatte ich auch nicht die leiseste Ahnung, was ich überhaupt fühlte.

42

EtWas zuM FesThalteN

du hast mich gefragt, warum ich geblieben bin, obwohl ich allen Grund gehabt hätte zu gehen – ich hab es deinetwegen getan. Ich hab mich sofort zu dir hingezogen gefühlt, ohne zu begreifen, was zwischen uns vorging. Ich werde immer für dich da sein, Emma.

Ich dachte, ich hätte seinen blauen Pick-up auf dem vollen Parkplatz gesehen, zwischen all den herumkurvenden Autos, die eine passende Lücke suchten, und all den vielen Menschen, die ihnen dabei im Weg standen. Ich reckte den Hals, um an einer Gruppe von jungen Männern in Collegejacken vorbeischauen zu können.

»Was suchst du?«, fragte Sara. Sie hatte bemerkt, dass ich plötzlich nicht mehr neben ihr ging, und blieb stehen, damit ich aufschließen konnte. Die Typen gingen in Richtung Schule, und was ich für seinen Pick-up gehalten hatte, war ein Chevrolet Tahoe. Seufzend wandte ich mich ab.

»Gar nichts«, antwortete ich und holte sie wieder ein.

Sie kniff misstrauisch die Augen zusammen. Ich versuchte zu lächeln, was sich ziemlich ungewohnt anfühlte. In den letzten zwei Wochen hatte ich extrem wenig gelächelt.

»Weißt du, was wir gebrauchen könnten?« Ihre Augen blitzten. Offenbar war ihr ein guter Gedanke gekommen.

»Was denn?« Ich wusste nicht, was ich von diesem übermütigen Funkeln in ihren Augen halten sollte.

»Wir brauchen einen freien Tag. Einen Ausflug«, rief sie. Im selben Moment entdeckten wir ein paar Reihen vor uns Evan. Er hob das Kinn, um zu signalisieren, dass er uns ebenfalls gesehen hatte.

»Haben wir in zwei Wochen nicht sowieso einen freien Tag?«

»Aber der ist ja offiziell *geplant*. Die ganze Abschlussklasse nimmt sich frei, wo bleibt da der Spaß?« Empört schüttelte sie den Kopf. »Emma, du musst echt ein bisschen spontaner werden. Wir sollten unbedingt den ganzen Stress abschütteln und uns mal richtig amüsieren. Das haben wir bitter nötig.«

»Stimmt.« Ich seufzte. Ich hatte mehr Stress gehabt, als gut für mich war. Dabei dachte ich vor allem an den Sonntag, an dem ich zu Jonathan gefahren war. Und an die SMS, die er mir am nächsten Morgen geschickt hatte und die ich seither jeden Tag las. Vor allem diesen Gedanken wollte ich abschütteln, damit ich endlich wieder den Kopf freibekam.

»Was braucht ihr unbedingt?«, wollte Evan wissen, der ein paar Brocken unserer Unterhaltung aufgeschnappt hatte. Er schob seine Hand in meine.

»Einen freien Tag«, verkündete Sara stolz. »Nur wir vier.«

»Wir vier?«, fragte ich.

»Ja, zusammen mit Jared«, erklärte Sara. »Wie wäre es an diesem Freitag? Angeblich wird das Wetter toll, und Jared kommt, weil Evan Geburtstag hat. Wir könnten an den Strand fahren.«

»Ich bezweifle, dass wir Freitag echtes Strandwetter haben«, wandte Evan ein.

»Na und?«, gab Sara zurück und strahlte übers ganze Gesicht. »Wir müssen ja nicht im Badeanzug rumsitzen. Wir machen ein Picknick und bauen Sandburgen und spielen Fangen oder so. Versuch jetzt bloß nicht, uns unseren freien Tag zu vermiesen!«

Evan lachte. »Okay, Sara. Am Freitag machen wir einen Ausflug. Das wird bestimmt super.«

»Natürlich wird das super!«

Ich schmunzelte. Sara war so begeistert von ihrer Idee, sie tänzelte buchstäblich zu unseren Spinden. Evan beugte sich zu mir und drückte mir einen Kuss auf die Wange. »Hast du Lust, heute nach meinem Spiel noch vorbeizukommen?«, flüsterte er mir ins Ohr.

»Klar.« Ich ließ seine Hand los und schaute ihm lächelnd nach, als er zu seinem Spind weiterging.

Noch immer spürte ich das Kitzeln seines Atems an meinem Ohr.

»Ich finde, ihr solltet nicht bis zum Abschlussball warten«, meinte Sara mit einem vielsagenden Grinsen. »Ihr zwei braucht dringender Sex als alle anderen Paare, die ich kenne.«

»Sara!«, protestierte ich und schaute mich nervös um. Hoffentlich hatte niemand sie gehört!

»Ich meine ja nur.« Mit einem breiten Grinsen auf dem Gesicht ließ sie mich stehen.

Meine Wangen glühten. Ich verdrehte die Augen und schloss meinen Spind ab.

»Ich geh schnell unter die Dusche«, sagte Evan, als wir in der Einfahrt parkten. »Wo willst du auf mich warten?«

»In der Scheune.« Ich stieg aus. Als ich gerade die Treppe zum Freizeitraum hinaufging, klingelte mein Handy. Ich drückte den Anruf weg, wie die anderen drei Anrufe heute auch. Aber dann kam direkt eine SMS

Emma, bitte sprich mit mir. Bitte!

Ich starrte auf mein Telefon. Seine flehenden Worte drückten zentnerschwer auf meine Brust. Seit ich mich an jenem Tag von Jonathan verabschiedet hatte, dachte ich sowieso die ganze Zeit an ihn. Aber ich wusste nicht, was genau ich eigentlich dachte ... oder fühlte. Ich ging ihm aus dem Weg, weil ich Angst hatte vor den Gefühlen, die seine Stimme in mir auslösen würde. So konnte ich allerdings unmöglich weitermachen, das ging nicht, weder für ihn noch für mich.

Ich setzte mich aufs Sofa, wählte und atmete tief durch, während ich dem Tuten lauschte.

»Hi«, meldete er sich fast sofort.

»Hi«, antwortete ich, und mein Herz klopfte wie verrückt. »Tut mir leid, dass ich so lange nicht angerufen habe.«

»Und mir tut es leid, dass ich dauernd anrufe«, erwiderte er. »Es ist nicht leicht, nichts von dir zu hören, vor allem, weil wir sonst fast jeden Tag miteinander geredet haben.«

»Ich weiß. Für mich ist es auch nicht leicht.«

»Ich hatte ein bisschen Angst, ich dachte, vielleicht … vielleicht brauchst du mich gar nicht mehr. Weil ja Rachel nicht mehr da ist und …«

»Sag das nicht«, fiel ich ihm ins Wort. »Ich wollte dich anrufen, ich wollte so gern mit dir reden … aber ich wusste nicht, was ich sagen sollte. Oder was du von mir erwartest.«

»Emma, ich will nichts Bestimmtes von dir hören. Ich möchte nur, dass du ehrlich zu mir bist. Mehr nicht.« Ich schwieg und versuchte zu verstehen, was genau er von mir wollte. In die Pause hinein sagte er: »Wie hast du denn in letzter Zeit geschlafen?«

Ich musste lachen. »Ziemlich gut. Vielleicht hast du mich tatsächlich geheilt – oder mir ist inzwischen einfach alles egal. Und du? Ist der Albtraum weg?«

»Ab und zu sucht er mich noch heim.«

»Also hast du auch ganz gut geschlafen?«

»So würde ich es nicht ausdrücken«, sagte er. »Ich werde oft wach, aus Angst, womöglich einen Anruf von dir verpasst zu haben. Also … nein, ich schlafe nicht besonders gut.«

»Tut mir leid.« Ich hatte ein schlechtes Gewissen, und vermutlich hörte man es mir auch an.

»Ist schon gut«, beruhigte er mich ohne jeden Vorwurf in der

Stimme. »Wann kann ich dich sehen? Ich finde, wir sollten … wir sollten reden. Ich hab dir so viel zu sagen, und das geht nicht am Telefon.«

»Äh …« Ich zögerte meine Antwort hinaus, Unruhe durchzuckte mich. »Ich weiß es nicht.« Unten fiel die Tür ins Schloss, und ich fuhr zusammen. »Ich muss aufhören. Es kommt jemand.«

»Emma!«, rief er. Ich schaute zur Treppe. Evan konnte jede Sekunde auftauchen. Aber ich hörte Jonathan noch zu. »Emma, ich weiß, du bist im Moment ziemlich durcheinander, aber mir fehlt unser Zusammensein, mir fehlen unsere Gespräche, mir fehlt all das, was wir miteinander teilen können und was sonst niemand versteht. Ich will das nicht verlieren. Ich will dich nicht verlieren.«

»Mir geht es genauso«, murmelte ich leise, den Blick immer noch auf die Treppe gerichtet. Dann hörte ich, wie sich unten die Tür wieder schloss. »Wir reden bald. Versprochen. Aber jetzt muss ich wirklich aufhören.« Ich legte auf und ließ mich erschöpft in die Polster sinken. Ich bekam kaum Luft. Seine Stimme! Er fehlte mir so, ich musste mit ihm reden. Aber ich wusste, dass sich nach dem Kuss zwischen uns etwas verändert hatte, und zwar für immer. Ich wollte nicht, dass er so viel für mich empfand. Das machte mir Angst.

Nach allem, was wir miteinander durchgemacht hatten, nach all den Abenden, an denen wir uns Dinge erzählt hatten, von denen sonst kein Mensch etwas ahnte, konnte ich nicht leugnen, dass es zwischen uns etwas ganz Besonderes gab. Schon als er das erste Mal mit mir wach geblieben war, hatte ich das gespürt. Unsere schreckliche Vergangenheit und die immer wiederkehrenden Albträume verbanden uns auf eine Art, die schwer zu erklären war.

Allerdings vermutete ich, dass ihn noch etwas anderes nachts nicht schlafen ließ. Etwas, dem er sich nicht stellen konnte, das die Ursache war für all die Wut, die beim geringsten Anlass aus ihm herausbrach. Wenn ich daran dachte, beschleunigte sich mein Puls.

Ich schloss die Augen, um mich zu sammeln und alles Unerwünschte wegzuschieben – seinen intensiven Blick, die Überzeugungskraft in seiner Stimme … die Berührung seiner Lippen.

»Emma!«

Erschrocken schlug ich die Augen auf und sah Analise am Treppenabsatz stehen. Ich hatte sie gar nicht heraufkommen hören. Ihr Mund war verkniffen, sie schien nicht so munter wie sonst, sondern eher grimmig und verschlossen. Hatte sie etwa mein Telefongespräch belauscht? Mir wurde ganz heiß.

»Evan ist unter der Dusche«, sagte ich bemüht locker.

»Ich weiß«, erwiderte sie nüchtern. »Ich wollte auch mit dir reden.«

Ich hielt die Luft an.

»Ich habe keiner Menschenseele erzählt, was ich gesehen habe«, begann sie, kam ein paar Schritte näher, blieb dann aber stehen. Meine Augenlider zuckten, ich war verwirrt. Sie fuhr fort: »An dem Abend, an dem du verletzt worden bist. Ich war hier und habe Vivian geholfen.« Ich nickte. Eigentlich wollte ich nicht, dass sie die ganze Geschichte noch einmal erzählte. »Da habe ich begriffen, wie sehr er dich liebt.«

Ich schluckte und starrte auf mein Handy. Hastig steckte ich es in die Tasche, als wäre es bereits ein Beweis für meine Schuld.

»Ich hatte gehofft, es wäre nicht so«, fügte sie leise hinzu. Ich wollte sie fragen, was genau sie damit meinte, aber sie ließ mich nicht zu Wort kommen. »Du gehörst nicht zu den Leuten, die man gleich gern hat. Meistens verbreitest du eine ziemlich depressive Stimmung. Meiner Meinung nach hast du ihn nicht verdient.«

Ich zuckte innerlich zusammen; mit dieser brutalen Ehrlichkeit hatte ich nicht gerechnet, ich hatte sie ihr nicht einmal zugetraut. »Was willst du mir sagen – mal abgesehen davon, wie armselig ich bin?«, erkundigte ich mich kühl.

Mein Ton schien Analise nicht im Geringsten einzuschüchtern. »Was ich dir sagen will? Die Sache ist die: Er liebt dich. Jeder merkt sofort, wie viel ihm an dir liegt, aber ich hatte gehofft, dass er dich nicht *liebt*, jedenfalls nicht richtig – nicht so, wie an dem Abend offensichtlich wurde. Er hat dich im Arm gehalten, als wäre dein Schmerz auch seiner und als würde er alles tun, um dich zu beschützen.«

Ich senkte den Blick und kaute verlegen auf meiner Unterlippe herum.

»Eigentlich möchte ich dir nur sagen, dass Evan der wunderbarste Mensch ist, den ich kenne. Ich würde alles dafür geben, dass mich jemand so liebt wie er dich. Also streng dich gefälligst an, ihn auch zu verdienen.«

Mir blieb der Mund offen stehen, ich starrte sie sprachlos an. Sie drehte sich um und war schon halb die Treppe runter, als die Tür aufging.

Ich hörte Evans Stimme. »Hi, Analise.«

»Hi, Evan«, flötete sie. Keine Spur mehr von dem drohenden Tonfall, in dem sie gerade mit mir geredet hatte.

Ich konnte ihre Worte nicht abschütteln. Als Evan hereinkam, musterte er mich erstaunt und fragte: »Was ist los? Habt ihr euch gestritten, du und Analise?«

Ich schüttelte nur den Kopf und versuchte zu lächeln. Schließlich sagte ich: »Nein, sie wollte nur wissen, wie es mir geht.«

»Nett von ihr.« Aber so ganz traute er dem Frieden offenbar nicht. »Es macht dir wirklich nichts aus, dass sie und ich befreundet sind, oder?«

»Das ist absolut okay«, antwortete ich, und zum ersten Mal meinte ich es auch so. »Du bist ihr wichtig, und wir alle brauchen Freunde, die sich um uns kümmern, nicht wahr?«

Evan runzelte die Stirn, als hätte ich chinesisch geredet. »Okay«, sagte er bedächtig. Aber dann erschien ein atemberaubendes Lächeln auf seinem Gesicht. »Ich möchte dir etwas zeigen.«

Er war so begeistert, dass ich ebenfalls lächeln musste. »Was denn?«

»Komm mit.« Er nahm mich an der Hand und zog mich hoch. Ich folgte ihm – endlich konnte ich Analises Warnungen und Jonathans Forderung abschütteln.

»Mach die Augen zu«, befahl Evan.

Ich verzog das Gesicht. »Muss ich?«

Evan lachte heiser. »Wenn du nicht willst, musst du nicht.«

Er führte mich hinten am Haus entlang und wartete ungeduldig auf meine Reaktion. Ich wusste nicht, worum es ging, bis wir zu der großen Eiche am Rand des Grundstücks kamen.

»Evan«, flüsterte ich mit leuchtenden Augen.

»Ich wollte, dass du etwas hast, woran du dich festhalten kannst. Etwas, das dich an ihn erinnert, aber gleichzeitig auch daran, dass du immer hier bei mir sein wirst.«

Ich wandte mich zu ihm um und fiel ihm um den Hals. »Danke! Das ist großartig«, stammelte ich gerührt.

Dann stellte ich mich auf die Zehenspitzen und hielt ihn ganz fest. Als seine Lippen meine berührten, begann mein gesamter Körper zu vibrieren.

Langsam löste Evan sich von mir, trat einen Schritt zurück und fragte: »Willst du sie nicht ausprobieren?«

»Doch, natürlich!«, rief ich enthusiastisch und drehte mich wieder zu der Schaukel um. »Hast du die selbst gemacht?« Ich hielt mich an den Seilen fest und setzte mich auf das Brett, das im ersten Moment leicht nach hinten kippte.

»Ja, hab ich«, verkündete er stolz. »Allerdings bin ich mir nicht ganz sicher, wie stabil der Sitz ist.«

»Alles perfekt!« Ich lehnte mich zurück und fing an, die Beine vor und zurück zu schwingen. Meine Rippen, die immer noch nicht ganz verheilt waren, zwackten zwar, wenn ich Schwung holte, aber ich achtete nicht darauf. Nichts konnte mich daran hindern, diesen Augenblick zu genießen.

Ich strahlte übers ganze Gesicht, mit jedem Schwung kam ich den Zweigen näher. Ich schloss die Augen und spürte die Luft auf meinem Gesicht, spürte das Flattern in meinem Magen. Tränen schossen mir in die Augen.

Schließlich öffnete ich die Augen wieder und schaute mich nach Evan um. Er stand nicht mehr bei mir, sondern lehnte mit verschränkten Armen an dem Baum und schaute mir zu. Eine Träne rollte über meine Wange, ich weinte und lächelte, und in seinen Augen tanzte das Licht.

Ich wusste, wie sehr Evan mich liebte. Und mir war auch klar, dass ich diese Liebe nicht verdiente. Aber gleichzeitig wusste ich, dass er der Einzige war, den ich liebte. Der Einzige, den ich je lieben würde.

43

SpOntanEität

»Heute ist der perfekte Strandtag!«, verkündete ich sarkastisch, während wir uns gegen den Wind stemmten. Ich hatte eine Gänsehaut am ganzen Körper.

»So schlimm ist es doch gar nicht – immerhin scheint die Sonne«, protestierte Sara, die mehrere Wolldecken im Arm hielt.

»Ich wünschte, man würde etwas davon merken!«, seufzte ich. Ich schleppte zwei Taschen, eine mit Proviant, die andere mit dem »Strandspielzeug«, das die Jungs eingepackt hatten.

Sara verdrehte nur die Augen und ging wortlos weiter.

Irgendwie schafften wir es, trotz des Winds eine Decke auszubreiten. Damit sie nicht wegfliegen konnte, stellten die Jungs die Kühltasche auf eine Ecke, ich sicherte zwei weitere mit meinen Taschen, und Sara beschwerte die vierte Ecke mit Sand.

Ich lief zum Ufer und betrachtete die heranrollenden Wellen. Der kalte Wind blies mir die Haare ins Gesicht, und ich schlang schützend die Arme um den Oberkörper. Evan kam, legte den Arm um mich und flüsterte mir ins Ohr: »Möchtest du dich mit mir unter die Decke verkriechen?«

Grinsend drehte ich mich zu ihm. »Willst du dich an mich ranmachen?«

»Vielleicht«, antwortete er gespielt schüchtern und beugte sich zu mir, um mich zu küssen.

Dann nahm er eine unserer Decken, schlug sie sich um die Schultern und erwartete mich mit ausgebreiteten Armen. Ich kuschelte mich zwischen seine Knie, lehnte mich an ihn, und er wickelte die Decke um uns. Sofort wurde mir wärmer.

»So ist es viel besser«, lächelte ich, ohne den Blick von den Wellen abzuwenden.

Sara beobachtete uns kopfschüttelnd. »*So* kalt ist es nun auch wieder nicht!«

»Wisst ihr, was jetzt gut wäre?«, meinte Jared. »Heiße Schokolade.«

»Ja, genau!«, rief ich begeistert.

»So ein Pech – leider hab ich keine eingepackt«, sagte Sara schnippisch.

»Wir könnten ja welche holen«, schlug Evan vor.

»Nein, bloß nicht«, rief ich. »Du wärmst mich doch gerade so schön.«

»Na gut«, knurrte Sara. »Wenn es unbedingt sein muss, gehen eben wir.« Sie stand auf und wartete auf Jared. Dann machten die beiden sich auf den Weg zur Promenade, um ein Café zu suchen.

Evan drückte mich an sich. Ich war ganz in den Anblick der Wellen vertieft, wie verzaubert von ihrem Rhythmus. Hin und wieder, wenn die Sonne sich durch die Wolken kämpfte, spürte ich ihre wärmenden Strahlen auf meinem Gesicht.

»Ist doch gar nicht so schlimm«, murmelte mir Evan ins Ohr.

»Doch, sehr schlimm«, widersprach ich. »Aber solange du bei mir bist, geht es mir gut.« Ich zog seine Arme fester um mich und legte meinen Kopf unter sein Kinn.

»Ich hab den idealen Abend für uns geplant.«

»Ach, tatsächlich?« Ich wusste, dass er den Abend vor dem Abschlussball meinte. »Und warum planst *du* das alles? Vielleicht möchte ich ja auch ein Wörtchen mitreden.«

»Na ja – okay.« Er zögerte. »Wie wär's, wenn wir das Wochenende aufteilen? Ich übernehme den Abend vorher, und du übernimmst den Ball.«

»Das ist nicht gerecht«, wandte ich ein. »Dein Abend wird hundertprozentig besser als meiner, weil wir da miteinander schlafen werden.«

Evan lachte. »Muss ja nicht sein.«

»O doch«, beharrte ich. »Aber egal. Wahrscheinlich wird es gar nicht so toll. Du bekommst also den Freitag und ich den Samstag. Und *mein* Abend wird besser.«

»Du willst einen Wettbewerb daraus machen?«, fragte er mit einem leisen Lachen.

»Ja, klar. Warte nur ab, bis du mich in meinem Ballkleid siehst.«

»An meinem Abend sehe ich dich ohne irgendwelche Kleidung – und deshalb werde ich den Wettbewerb gewinnen, unter Garantie.«

Ich stieß ihm in die Rippen. Er ächzte kurz, dann drehte er mich so, dass ich ihn anschauen musste, zog die Decke noch fester um uns und küsste mich. An meiner kalten Nase fühlten sich seine Wangen ganz heiß an. Ich schlang die Arme um seinen Hals, und er zupfte so lange an der Decke herum, bis wir ganz darunter verschwunden waren und es dunkel um uns wurde.

Der Sand gab unter mir nach, als Evan mich auf den Rücken drehte und sich neben mich legte, ein Bein zwischen meinen. Ich zog ihn an mich, mein Mund suchte wieder seine Lippen. Ich spürte seine Zunge, und die Hitze seines Atems durchströmte mich. Mein Herz hämmerte wild und unregelmäßig, als er sich an mich presste und seine Hand unter meinem T-Shirt über meinen Bauch glitt.

Ich vergrub die Finger in seinen Haaren und stöhnte leise, seine Lippen wanderten über meinen Hals. Schwer atmend drückte ich ihn an mich, sein Körper spannte sich an – plötzlich hielt er inne. Ich konnte seinen Gesichtsausdruck nicht deuten.

»Was ist los?« Die Sonne blendete mich, als Evan die Decke anhob, um nach draußen zu schauen.

»Ich dachte, ich hätte die anderen gehört«, sagte er, zog die Decke wieder über unsere Köpfe und küsste mich.

Bevor wir uns in unseren Berührungen verlieren konnten, unterbrach ich ihn und sagte: »Sie kommen bestimmt gleich zurück.« Sein Innehalten eben hatte mir in Erinnerung gerufen, dass wir an einem öffentlichen Strand lagen. Auch wenn wir uns unter der Decke von der Welt abgeschnitten fühlten, konnte ich mir doch ungefähr vorstellen, was die Leute um uns herum denken mussten.

»Du hast recht.« Evan zögerte kurz, aber dann schlug er die Decke endgültig zurück.

Ich setzte mich auf, strich mir die Haare glatt und band sie schnell zu einem Pferdeschwanz zusammen. Evan blieb auf der Decke liegen, den Arm unter dem Kopf, und strich mir zärtlich mit der anderen Hand über den Rücken.

»Noch zwei Wochen«, seufzte er. Ich grinste.

»Wir müssen nicht so lange warten«, sagte ich. »Es muss ja nicht alles genau nach Plan laufen.«

»Aber ich habe einen Plan!«, entgegnete er. »Deshalb kann ich warten.«

Ich lächelte. »Du bist lustig.«

»Wieso?«

»Deine Überraschungen – du wirkst immer so spontan, aber in Wirklichkeit planst du jeden Schritt ganz genau. Und Sara denkt, *ich* wäre nicht spontan genug!«

»Ich kann auch sehr spontan sein!«, wandte Evan ein.

»Okay, dann lass uns miteinander schlafen, hier und jetzt.«

»Hier? Jetzt?« Evan blickte sich um. Der Strand war fast menschenleer, weil es allen einigermaßen vernünftigen Leute viel zu kalt war. Doch ein paar Verrückte spazierten dick eingemummt am Wasser entlang. »Du willst, dass wir jetzt gleich miteinander schlafen?« Er musterte mich, um zu sehen, ob ich es ernst meinte.

Ich gab nach. »Okay – nein. Ich wollte dich nur provozieren.«

»Ich kann spontan sein – wart's nur ab.«

»Aber du kannst nicht planen, spontan zu sein!«, meinte ich spöttisch.

»Hey! Da sind wir wieder!«, rief in diesem Moment Sara und stellte das Tablett mit der heißen Schokolade auf die Decke. »Wenn man sich bewegt, ist es übrigens gar nicht so kalt.«

»Danke fürs Holen!« Ich nahm mir einen Becher. »Aber ich bleibe trotzdem lieber unter der Decke.«

Jared schaute Evan herausfordernd an. »Football?«

»Warum nicht?« Er gab mir einen schnellen Kuss und stand auf. Kaum war er weg, fing ich wieder an zu frieren. Zitternd zog ich die Decke enger um mich.

»Deine Haare sind ganz schön zerzaust.« Sara musterte mich argwöhnisch. »Was habt ihr zwei angestellt, solange wir weg waren?«

»Wir haben uns gegenseitig gewärmt« sagte ich. Meine Wangen wurden heiß, und ich trank schnell einen Schluck Schokolade. Wir schauten zu, wie die Jungs sich den Football zuwarfen und hinter ihm herrannten, wenn der Wind ihn davontrug.

»Schwörst du, dass Evan nichts von morgen weiß?«

»Ja, ich schwöre es«, sagte Sara. »Er hat keine Ahnung. Er denkt immer noch, dass er mit seinem Bruder wandern geht.«

»Gut.« Ich musste grinsen.

»Du wirst das Ding rocken.«

»Das will ich doch hoffen.« Mein Magen verkrampfte sich, wenn ich nur daran dachte, was ich mir für seinen Geburtstag überlegt hatte.

Wir schauten wieder den spielenden Jungs zu und schwiegen.

»Emma …«, begann Sara unvermittelt. »Falls du deine Mutter je im Krankenhaus besuchen willst, komme ich gern mit.«

Ich schüttelte den Kopf. »Nein, ich will nicht ins Krankenhaus. Ich möchte sie nicht sehen. Ich kann das nicht.«

»Verstehe.« Dann fügte sie leise und besorgt hinzu: »Emma – ist alles in Ordnung?«

Ich hörte an ihrer Stimme, dass sie sich Sorgen machte. »Ja«, antwortete ich mit einem kleinen Lächeln. »Aber mein Leben ist zurzeit alles andere als langweilig.«

Sara lachte irritiert. »Wie bitte? Das klingt ziemlich verdreht.«

Ich zuckte die Achseln. Sie hatte natürlich recht. Bei ihrer Bemerkung musste ich an Jonathan denken, und ich ließ die Schultern sinken. Seit unserem Telefongespräch vor ein paar Tagen hatte ich nicht mehr mit ihm geredet. Wir hatten uns ein paar SMS geschrieben, aber die waren mir alle ziemlich verkrampft vorgekommen. Es ging nicht anders – irgendwann musste ich mich ihm stellen. Er hatte sich gewünscht, ich solle ehrlich mit ihm sein. Aber ich war mir nicht ganz sicher, ob er auf die Wahrheit vorbereitet war, und hatte Angst davor, sie ihm zu sagen.

Sara wickelte sich jetzt ebenfalls in eine Decke – offensichtlich hatte sie sich endlich eingestanden, dass es wirklich kalt war. Mit erhitzten Gesichtern und wirren Haaren kamen die Jungs wieder zu uns zurückgerannt. Evan schmiegte sich an mich.

Ich zuckte zurück. »Du bist ja eiskalt!«

»Ich weiß.« Er ließ mich nicht los. »Du musst mich wärmen.«

Er versuchte, seine eisigen Hände unter mein T-Shirt zu schieben, und ich wand mich kreischend unter der Decke.

»Okay – ich gebe auf«, erklärte Sara mit einem tiefen Seufzer. »Meinetwegen können wir zu mir fahren. Da hat es über zwanzig Grad, und wir können schwimmen gehen.«

»Vielen Dank!« Ich sprang auf, um unsere Sachen einzusammeln, ich sehnte mich danach, endlich dem gnadenlosen Wind zu entkommen. Wir packten alles zusammen und gingen zum Auto.

»Möchtest du vielleicht lieber mit zu mir?«, fragte mich Evan, als wir auf der Rückbank saßen. »Ich wäre gern ein bisschen allein mit dir, bevor ich morgen mit Jared wandern gehe.«

Ich nickte, konnte ihm aber nicht ins Gesicht sehen, aus Angst, mein Blick würde mich verraten. »Gute Idee. Ich würde nur gern vorher kurz duschen und den Sand und das Salz loswerden.«

»Klar. Dann treffen wir uns einfach bei mir, wenn du fertig bist.«

Sara hatte nichts dagegen, dass ich den Rest des Tages mit Evan verbrachte. Ich war mir ziemlich sicher, sie wollte genauso gern mit Jared allein sein.

Als ich zu Evan kam, saß er im Garten unter der Eiche und wartete auf mich.

»Ich kann nicht fassen, dass wir den halben Tag nur gefroren haben«, sagte ich, setzte mich auf die Schaukel und sog die wärmenden Strahlen der Abendsonne in mich auf. »Hier war die ganze Zeit schönstes Wetter.«

»Der Tag ist noch nicht vorbei«, sagte Evan und griff nach dem Schaukelbrett, um mich anzustoßen. »Wir können den Rest davon genießen.«

»Was willst du damit sagen?«, fragte ich ihn. »Tun wir das nicht gerade?«

Evan lachte. »Stimmt. Aber wie wär's, wenn du über Nacht bleibst? Es soll ein lauer Abend werden, wir könnten im Freien schlafen.«

»Wie beim Campen?«, hakte ich nach.

»Besser. Ich habe ein Zelt in der Garage. Wir könnten hier im Garten schlafen oder auf die Wiese rausfahren. Da draußen sieht der Himmel ganz besonders schön aus, weil es in der Nähe keine Lichter gibt. Was meinst du?«

»Evan – hast du das alles etwa geplant?«

Er musste lachen. »Nein, ich schwöre es. Ich bin erst auf die Idee gekommen, als du gesagt hast, wir hätten nichts von dem schönen Tag hier gehabt. Morgen bin ich nicht da, deshalb lass uns den Abend heute zusammen verbringen.«

»Soll das heißen, du bist spontan?«, zog ich ihn auf. Grinsend packte er mit beiden Händen das Schaukelbrett und hielt es fest. Dann beugte er sich zu mir, um mich zärtlich zu küssen.

»Bitte, bleib heute Nacht bei mir«, flüsterte er, sein Mund war immer noch dicht an meinen Lippen.

»Ja«, antwortete ich leise und neigte mich ihm mit geschlossenen Augen entgegen. Von seiner Nähe wurde mir fast schwindelig. Er küsste mich wieder, und ich hatte das Gefühl, ich würde gleich von der Schaukel kippen.

Dann machte er sich los und hielt mir die Hand hin. »Komm, Emma.« Ich nahm sie und hüpfte von der Schaukel.

Wir holten das Zelt und zwei Schlafsäcke, außerdem Brennholz und noch ein paar andere unentbehrliche Sachen aus der Scheune. Evan packte Sandwiches und Getränke für uns ein. Ich schnappte mir eine Tüte Marshmallows, was ihn sehr amüsierte, dann verstauten wir alles im Anhänger des Geländewagens.

»Ich liebe solche spontanen Unternehmungen«, sagte ich, als wir durch den Wald fuhren. Evan grinste und steuerte den Wagen Richtung Wiese.

Während die Sonne sich langsam hinter den Bäumen verkroch, stellten wir das Zelt auf, ziemlich nah am Bach, weil dort das Gras nicht so hoch war. Mit einer kleinen Schaufel hob Evan eine Feuergrube aus.

Dann ging er Holz sammeln, während ich mich um das Zeltinnere kümmerte.

»Du hast ja sogar eine Luftmatratze mitgebracht«, rief ich, als ich die Schlafsäcke aus dem Anhänger holte.

»Ja, ich dachte, das ist bequemer«, erklärte er. »Schließlich weiß ich, dass dir die Rippen immer noch ein bisschen weh tun.«

Ich lächelte. »Danke!«

Evan fachte das Feuer an, und der Himmel verfärbte sich allmählich von Orangerot zu Dunkelviolett. Es war immer noch ziemlich warm – und ich sehnte mir einmal mehr den Sommer herbei. Evan breitete eine dicke Decke vor dem Feuer aus, auf der wir gemütlich sitzen und essen konnten.

»Mir gefällt es so gut hier draußen«, stellte ich zufrieden fest.

»Mir auch«, stimmte Evan zu und fuhr nach einer kurzen Pause fort: »Weiß Sara eigentlich, dass du über Nacht hierbleibst?«

»Nein!« Ich zog eine Grimasse. »Und ich hab mein Handy im Auto gelassen. Kann ich deines nehmen?«

»Geht leider nicht – es liegt in meinem Zimmer. Soll ich schnell zurückfahren und sie anrufen?«

»Sie weiß ja, dass ich bei dir bin, ihr wird schon irgendwas einfallen, um Anna und Carl zu beruhigen. Die beiden vertrauen dir.«

Er grinste. »Wenn sie wüssten, dass wir heute Nacht nicht in getrennten Zimmern schlafen, sähe das vielleicht anders aus.«

»Ich glaube, sie würden dir trotzdem vertrauen.«

Als wir mit dem Essen fertig waren, streckte ich mich auf der Decke aus. Am Himmel blinkten die ersten Sterne.

»Alles erscheint mir möglich, wenn ich so zum Himmel hinaufschaue und ins schimmernde Universum blicke.«

»Stimmt.« Evan hatte sich neben mich gelegt und sah ebenfalls in den Sternenhimmel.

»Weißt du, was mir aufgefallen ist?« fragte ich, redete aber weiter, ohne seine Antwort abzuwarten. »Ich habe mein ganzes bisheriges Leben damit verbracht, auf eine Zukunft zu warten, die immer noch nicht eingetroffen ist, und einer Vergangenheit auszuweichen, die mich nicht loslässt. Ich kann mich nicht erinnern, dass ich es je geschafft hätte, wirklich in der Gegenwart zu leben und jede Sekunde im Hier und Jetzt zu genießen.«

»Na ja, die Zukunft liegt immer noch vor dir, du musst es nur zulassen. Aber was hindert dich daran, dich von deiner Vergangenheit zu befreien?«

Ich überlegte kurz. »Ich kann nicht verzeihen.«

»Verzeihst du *mir*?«

Stirnrunzelnd drehte ich mich zu ihm um. »Warum sollte ich dir etwas verzeihen müssen?«

Evan schaute mir in die Augen. »Weil … weil ich dir nicht gesagt habe, was in der Nacht damals passiert ist.«

»Aber ich wollte es doch gar nicht wissen! Du hast das getan, was deiner Meinung nach gut für mich war.« Ich blickte wieder hinauf zu den Sternen. Durch die Abendstille drang das Zirpen der Grillen.

»Evan?«

»Ja?«

»Kannst du mir etwas erklären, was ich bis heute nicht begreife?«

»Ich kann es versuchen.«

»Wie hat sie meinen Knöchel zertrümmert?«

Er schwieg. Ich heftete meinen Blick auf einen einzelnen Stern über mir und wartete. »Sie hatte einen Hammer. Ich hab ihn auf dem Bett liegen sehen, direkt neben deinem Fuß.« Seine Stimme war leise und angespannt, ich schloss die Augen. Die mühsam hervorgestoßenen Worte waren zu viel für mich.

»Konntest du deswegen nicht bei dem Kunstprojekt mitmachen? Musstest du deswegen an dem Tag rausgehen und nach Hause fahren?«

Ich nahm seine Hand. Sie war heiß und verkrampft. Ich verflocht meine Finger mit seinen, und er drückte meine Hand ganz fest.

»Ich verzeihe dir«, flüsterte ich. »Und jetzt musst du mir verzeihen.«

»Was muss ich dir verzeihen?«

»Dass ich nicht zugehört habe. Dass ich geblieben bin, obwohl ihr mich angefleht habt zu gehen, du und Sara. Dass ich es keinem erzählt habe und dich überredet habe, ebenfalls zu schweigen. Dass ich niemanden um Hilfe gebeten habe. Dass ich …«

Er unterbrach mich. »Das genügt.« Mein Herz klopfte laut. Ich dachte an die vielen ungenannten Dinge, für die ich um Verzeihung bitten musste. Er führte meine Hand an die Lippen und küsste sie. Dann drehte er sich auf die Seite und fing meinen Blick ein. Seine Augen glänzten vor lauter angestauten Gefühlen.

»Ich verzeihe dir«, flüsterte er. Mein Hals war wie zugeschnürt, Tränen brannten in meinen Augen, sosehr ich sie auch hinunterzuschlucken versuchte. »Ich verzeihe dir«, wiederholte er und streichelte sanft meine Wange. Die Berührung war so zärtlich, dass ich unwillkürlich die Augen schloss. »Ich verzeihe dir«, sagte er ein drittes Mal, ganz leise. Seine Stimme bebte. Ich schlug die Augen wieder auf und sah, wie ihm eine Träne übers Gesicht lief.

Ich wollte etwas sagen, aber meine Lippen zitterten so, dass ich kein Wort herausbrachte.

»Und nun musst du dir selbst verzeihen, Emma.«

Ich presste die Lippen zusammen und schloss wieder die Augen, Tränen verfingen sich in meinen Wimpern. Bevor ich die Augen erneut öffnen konnte, spürte ich Evans Mund auf meinem. Dieser Kuss sagte alles, was wir noch nicht ausgesprochen hatten, und ich wurde von Gefühlen überschwemmt, die ich nie für möglich gehalten hätte.

Ich schmiegte mich an ihn. Er schlang die Arme so fest um mich, bis wir miteinander zu verschmelzen schienen. Ich spürte seinen Herzschlag, so stark, dass mein ganzer Körper zu vibrieren begann. Sein Mund glitt über meinen. Ich konnte unsere Tränen schmecken, das Salz auf seinen Lippen, auf meiner Zunge.

Bei jedem Kuss zerfloss mein Herz fast vor Sehnsucht nach mehr. Ich konnte ihm nicht nahe genug sein und zog ihn noch fester an mich. Ich brauchte ihn dringender als die Luft zum Atmen.

Nur ganz kurz befreite ich mich aus seiner Umarmung, um mir mein T-Shirt über den Kopf zu ziehen. Mit seinen warmen Händen strich er mir über den Rücken und hakte meinen BH auf. Unsere

Lippen wollten sich nicht trennen, wir waren kaum fähig zu atmen. Evan zog ebenfalls sein T-Shirt aus, ich spürte seine angespannten Muskeln auf meiner nackten Haut, und wir umschlangen einander leidenschaftlich.

Evan drehte mich auf den Rücken, seine Lippen wanderten über meinen Hals, und sandten ein heißes Prickeln durch meinen Körper. Hastig streiften wir unsere Kleider ab und trennten uns gerade lange genug voneinander, um sie beiseitewerfen zu können. Wie gut ich ihn kannte, jeden Zentimeter, aber so hatte ich ihn noch nie erlebt.

Die Zärtlichkeit, mit der er mich berührte, verschlug mir den Atem. Ich hörte meinen Herzschlag laut in den Ohren und drückte fest die Augen zu. Er verschloss meinen Mund mit seinen Lippen. Ich spürte gleichzeitig alles und nichts, mein ganzer Körper spannte sich an. Ich packte seine Hand, verschlang meine Finger in seinen und wölbte mich auf, um seinen Mund zu finden, ehe ich mich keuchend wieder auf die Decke sinken ließ.

Reglos lag ich da, mein Puls raste. Evan griff in die Tasche seiner Jeans, holte die schmale Verpackung heraus und riss das Plastik auf. Mein Herz stolperte, als er sich wieder über mich beugte, den Blick unverwandt auf mein Gesicht gerichtet.

Ich atmete scharf ein, als er mich fand.

»Alles okay?«, fragte er und sah mir tief in die Augen.

»Ja«, hauchte ich und schlang die Beine um ihn.

Sanft begann er sich in mir zu bewegen. Schwer atmend schloss ich die Augen und strich ihm zärtlich über den Rücken. Dann beschleunigte sich sein Rhythmus, und ich klammerte mich an ihm fest. Ich machte die Augen wieder auf.

Evans Lippen waren leicht geöffnet, sein Atem ging stoßweise. Ich hob den Kopf, um ihn zu küssen, und sofort spürte ich seine Zunge in meinem Mund. Dann stemmte er sich mit einem herausgepressten Laut nach oben. Blickte tief in mein Innerstes. Und sah dort mehr, als ich je für möglich gehalten hätte. Ich war so ungeschützt, so verletzlich. Ich liebte und begehrte ihn. Jedes erdenkliche Gefühl durchströmte mich, während er an mich glitt.

Seine Brust war schweißnass, ich schmeckte das Salz auf seiner Haut, mein ganzer Körper pulsierte. Dann plötzlich spannte Evan sich an, kniff die Augen zusammen und wurde langsamer, bis er schließlich auf mir dahinschmolz. Seine Brust sank auf meinen Bauch, und wir lagen ganz still. Ich hielt ihn fest, sein Kopf ruhte an meiner Brust, während sein Atem sich nach und nach beruhigte.

»Bin ich dir zu schwer?«, fragte er schließlich. »Wegen deiner Rippen, meine ich.«

Stumm schüttelte ich den Kopf. Meine schmerzenden Rippen hatte ich völlig vergessen.

»Ich höre so gern dein Herz schlagen«, sagte Evan, seine Hand lag in meiner. »Es klopft ganz schnell.«

Dann hob er den Kopf, um mich zu betrachten. Schweißtropfen liefen über sein markantes Gesicht und rannen über seinen Hals. »Ist dir kalt?«

Ich schüttelte den Kopf.

»Kannst du reden?«

Wieder schüttelte ich den Kopf. Grinsend neigte er sich zu mir, küsste mich zart und löste sich dann von mir. Verschwitzt, wie ich war, fröstelte ich in der kühlen Luft, und Evan zog sofort die Decke über uns. Stumm lagen wir beide auf der Seite und schauten einander an, mein Kopf ruhte auf seinem Arm.

»Ist alles okay?«, wollte Evan mit einem besorgten Blick wissen.

»Ja.« Ich lächelte ihn an, und er lächelte zurück. Auf einmal fing ich an zu kichern.

»Was ist denn so lustig?«, fragte er, seine Augen funkelten.

»Ich liebe Spontaneität.«

Mit einem breiten Grinsen neigte Evan sich zu mir und küsste mich. »Ich liebe dich, Emma.«

44
LetzTen *En*Des

Die Sonne weckte mich früher als gewöhnlich, aber ihr warmes Licht und das melodiöse Gezwitscher der Vögel waren ein willkommener Start in den Tag.

Ich lächelte, als ich Evans Atem im Nacken spürte, und schmiegte mich an ihn. Instinktiv schlang er seinen Arm fester um mich. Ich fühlte seine nackte Brust an meinem Rücken und presste mich enger an ihn. Da begann er, sich zu regen.

Der Rhythmus seines Atems änderte sich, und ich wusste, dass er wach war. Seine Hand glitt über meine Seite, hinunter zur Hüfte. Obwohl das Gefühl seiner Fingerspitzen auf meiner Haut mein Herz schneller schlagen ließ, war ich erschöpft von letzter Nacht und nicht bereit, es gleich noch mal zu machen.

Ich löste mich sanft von ihm, griff nach dem Rucksack, der neben mir auf dem Zeltboden lag, und wühlte in der Vordertasche herum, bis ich fand, was ich suchte.

»Kaugummi?«, fragte ich und steckte mir einen Streifen in den Mund.

Evan lachte. »Ja, danke.« Nachdem er sich auch einen genommen hatte, rollte ich mich auf die andere Seite und wandte mich ihm zu.

»Sehr gut, jetzt kann ich dich küssen«, verkündete ich und drückte meine Lippen auf seine. Der Zimtgeschmack des Kaugummis verteilte sich in unseren Mündern, als unsere Zungen sich berührten. »Alles Liebe zum Geburtstag«, flüsterte ich. Seine graublauen Augen strahlten. Mein Herz setzte einen Schlag aus, so intensiv sahen sie mich an.

»Danke«, sagte er und fügte dann lächelnd hinzu: »Für das perfekte Geschenk.« Mein Gesicht wurde heiß. Evan streichelte zärtlich meine geröteten Wangen und strich mir die Haare hinter die Ohren.

»Du bist wunderschön«, flüsterte er, und ich wurde noch röter. Er ließ seinen Daumen über meine Lippen gleiten und küsste mich dann ganz sachte. Mir verschlug es den Atem.

»Ich liebe dich«, murmelte ich, verloren im Strahlen seiner Augen. Er sah mich so innig an, als würde er jedem meiner Gedanken lauschen. Evan nahm mich in die Arme und hielt mich fest. Ich atmete seinen süßen Duft ein. »Müssen wir wirklich zurück?«

»Wir sollten vielleicht darüber nachdenken, ja.«

Mein Magen knurrte, und ich drückte die Hand auf meinen Bauch. Evan grinste. »Das klingt, als bräuchtest du bald was zu essen.«

»Also gut«, stimmte ich widerwillig zu. »Dann stehen wir eben auf.« Ich setzte mich hin. »Weißt du was? Ich hab heute zum ersten Mal nackt geschlafen.«

»Und ich wette, du hast auch zum ersten Mal nackt Marshmallows geröstet«, meinte Evan mit einem leisen Lachen, beugte sich zu mir und küsste meine Schulter.

»Stimmt«, bestätigte ich. »Hast du eine Ahnung, wie spät es ist?«

»Nein, aber Jared sucht wahrscheinlich schon nach mir.«

»Ach richtig, ihr wollt ja wandern gehen«, grinste ich und versuchte, die Überraschung nicht zu verderben. »Wo sind denn unsere Klamotten?« Ich wühlte in dem Schlafsack herum.

»Ich glaube, die sind noch draußen.«

»Oh«, hauchte ich nur. Als ich den Reißverschluss des Zelts öffnete, wehte kühle Morgenluft herein, auf der Wiese glitzerte noch der Tau. Ich entdeckte unsere Klamotten neben der Picknickdecke, die wir gestern liegen gelassen hatten. Wie kalt sich das Gras wohl unter meinen nackten Füßen anfühlen würde?

»Soll ich sie holen?«, fragte Evan.

»Nein«, seufzte ich und wickelte den Schlafsack eng um mich. »Ich geh schon.«

Ich schlüpfte aus dem Zelt und hastete auf Zehenspitzen über die kühle, nasse Wiese. Schnell sammelte ich die Klamotten zusammen, dann eilte ich zum Zelt zurück, warf sie hinein und kroch selbst hastig hinterher. »O Mann, da draußen ist es verdammt kalt«, verkündete ich bibbernd. Lachend sortierte Evan unsere Klamotten auseinander.

»Du wirst dich nicht darüber freuen – unsere Sachen sind leider ein bisschen nass.« Er schlüpfte in seine Jeans und knöpfte sie zu.

»Na, super«, stöhnte ich, als ich mein feuchtes T-Shirt überstreifte.

»Wie fühlst du dich? Ich meine, ist alles ... ist alles in Ordnung?«, fragte Evan zaghaft, während wir uns anzogen.

»Ich fühle mich ein bisschen ... anders«, versuchte ich zu erklären. Wie sollte ich ihm das leichte Unbehagen nach dem ersten Mal beschreiben? Evan zögerte, offensichtlich war er verunsichert, also fügte ich hinzu: »Aber gleichzeitig fühle ich mich auch großartig.« Und das war keine Übertreibung.

»Gut«, sagte Evan und gab mir noch einen Kuss. »Lass uns zu mir zurückfahren, dann mache ich uns Frühstück, und wir fragen Jared, was er geplant hat. Außerdem kannst du einen trockenen Pulli von mir haben.«

Jared wartete schon, als Evan und ich in die Küche kamen. Mit hochgezogenen Augenbrauen schaute er erst mich, dann seinen Bruder an – ich konnte mir nur zu gut vorstellen, wie wir aussahen, mit unseren nassen, zerknitterten Klamotten und den ungekämmten Haaren. Jared wandte sich wieder seiner Schüssel Müsli zu. »In zwanzig Minuten brechen wir auf.«

»Na, dann hätte ich auch gern noch ein bisschen Müsli«, sagte ich und setzte mich neben Jared, der unseren zerzausten Anblick gelassen hinnahm. Sara würde mit Sicherheit ganz anders reagieren.

»Wo zur Hölle warst du?«, wollte sie wissen, als ich sie aus meinem Auto anrief, nachdem ich Evan und Jared mit den Vorbereitungen für ihre Wanderung allein gelassen hatte. »Ich versuche schon seit einer Ewigkeit, dich zu erreichen.«

»Ich war bei Evan«, erklärte ich, etwas verblüfft von ihrem ärgerlichen Ton.

»Das weiß ich, aber ich musste dringend mit dir reden. Mom lädt heute Abend Leute zum Essen ein.«

»Was?!«, schrie ich beinahe. »Sara, was soll ich jetzt machen?«

»Genau deswegen hab ich ja angerufen«, erwiderte sie. »Komm einfach her, dann überlegen wir uns was.«

»Okay«, sagte ich und legte auf. Im selben Moment piepte mein Handy. Ein Blick aufs Display bestätigte mir, dass der Akku fast leer war. Ich hatte größere Sorgen, warf das Handy auf den Beifahrersitz und fuhr auf schnellstem Weg zum Haus der McKinleys.

Als ich ankam, saß Anna mit einer Geschäftsfrau im Wohnzimmer und sah irgendwelche Papiere durch. Ich versuchte, mich unbemerkt nach oben zu schleichen, weil ich fürchtete, man würde mir auf den ersten Blick ansehen, dass ich gerade mein erstes Mal gehabt hatte. Anna entdeckte mich sofort und stand auf.

»Emma, es tut mir so leid wegen heute Abend. Ich wusste von der Party bei Evan, aber mir war nicht klar, dass ihr erst hier essen wolltet.«

»Ach, halb so schlimm«, wehrte ich ab und wandte mich zur Treppe, damit sie mein Gesicht nicht sah. »Wir überlegen uns was.«

»Wenn du ihn in ein schönes Restaurant ausführen willst, übernehme ich gern die Kosten.«

»Das ist echt nett von dir, aber ich komm schon klar«, versicherte ich ihr und ging eine Stufe hoch.

»Emma?«, rief Sara von oben.

Ich lächelte Anna verlegen zu, dann drehte ich mich um und rannte die Treppe hoch. »Ich komme!«

Als ich sie erreichte, klappte Sara gerade eine Pappschachtel voller Dekorationsmaterial zu.

»Ich hab eine Idee«, platzte sie heraus und stand auf. »Du kannst ...« Sie stockte. »O mein Gott! Du hattest Sex!«

Mir wurde heiß, trotz aller Bemühungen erschien ein breites Grinsen auf meinem Gesicht.

»Ich fasse es nicht!« Sara eilte zu mir, um mich zu umarmen. Dann schoss sie eine ganze Salve von Fragen auf mich ab: »Hat es weh getan? Hast du ... äh, hast du geblutet? Bist du noch wund? Wie fühlst du dich?«

Es dauerte einen Moment, bis ich meine Stimme wiederfand. »Nur ein bisschen ... nein ... *ja* ... und ...« Ich lächelte mit hochroten Wangen; für die Antwort auf die letzte Frage brauchte ich keine Worte.

Sara kreischte vor Begeisterung. »Wow, du hattest Sex! Das ist super! Es wird besser, versprochen.« Dann stöhnte sie frustriert. »Jetzt bin ich echt wütend auf dich, weil wir keine Zeit haben, ins Detail zu gehen.«

»Ich glaube, ich hab dir gerade mehr Details erzählt, als ich je gedacht hätte«, erwiderte ich, erwähnte jedoch nicht, dass die letzte Nacht die schönste meines Lebens gewesen war und ich mir nicht vorstellen konnte, wie es noch besser werden sollte. »Also, was hast du für eine Idee?«

»Okay, das hier ist deine Einkaufsliste. Mach die Besorgungen am besten jetzt und komm danach wieder her. Du kannst duschen, und ich style dir die Haare, bevor wir losfahren«, wies Sara mich an, ohne ein einziges Mal zwischendurch Luft zu holen.

»Jill, Casey und … Analise« – sie stieß den Namen aus wie ein Schimpfwort, was mich zum Lachen brachte – »holen mich in ein paar Stunden ab, und dann fahren wir zum Dekorieren zu den Mathews. Du kannst dein Kleid mitnehmen und dich umziehen, bevor Evan um sieben eintrifft. So hast du auf jeden Fall genug Zeit, selbst wenn du irgendwas abfackeln solltest.«

»Danke«, entgegnete ich mit einem sarkastischen Grinsen. »Aber wohin gehen wir überhaupt?«

Sara zögerte, die Lippen aufeinandergepresst. »In die Decatur Street.«

»Was?!«, rief ich fassungslos. Hatte sie mir gerade ernsthaft gesagt, ich solle Evan mit einem romantischen Abendessen in dem Haus überraschen, in dem ein Mann halbtot geprügelt worden war und in dem meine Mutter versucht hatte, sich das Leben zu nehmen? Ich schüttelte den Kopf. »Auf gar keinen Fall, Sara.«

»Tut mir echt leid«, sagte sie und verzog entschuldigend das Gesicht, »aber du hast keine andere Wahl, wenn du für ihn kochen willst. Ansonsten müsst ihr ins Restaurant. Ich meine, es ist nur ein Haus, Emma. Sie wird nicht da sein. Man hat sie für die nächsten sechs Monate in dieses Programm gesteckt. Das Haus steht leer.«

»Das darf doch nicht wahr sein«, stöhnte ich. Ich hatte das Essen die ganze Woche geplant. Alles war bis ins Kleinste durchorganisiert. Evan und ich sollten auf der Terrasse am Pool essen, während Sara und Jared die Scheune für die Überraschungsparty herrichteten. Ich wollte endlich einmal etwas für ihn tun – aber so hatte ich mir das überhaupt nicht vorgestellt.

Ich überlegte, das selbstgemachte Essen einfach ausfallen zu lassen und in ein Restaurant zu gehen, aber im Grunde ging es bei diesem Abend für mich nur um Evans Gesichtsausdruck, wenn er erfuhr, dass ich tatsächlich für ihn gekocht hatte. Das wollte ich nicht aufgeben für so eine … Formalie.

»Also gut«, brummte ich. »Dann werde ich eben dort kochen.

Aber wo sollen wir essen? Diese Küche ist der unromantischste Ort der Welt.«

»Wie wär's mit dem Hof?«, schlug Sara vor. Ich schüttelte entschieden den Kopf. Allein bei der Vorstellung, in die Nähe des verbrannten Schaukelstuhls zu kommen, wurde mir übel.

»Hm, ich kann vielleicht den Küchentisch auf die Veranda stellen«, meinte ich mit einem Achselzucken.

»Perfekt!«, rief Sara begeistert. »Meine Mom hat sicher reichlich Tischdecken, die du benutzen könntest. Schauen wir mal im Schrank unten nach.«

»Wie viele Leute kommen zu der Party?«, erkundigte ich mich auf dem Weg die Treppe hinunter.

»Äh, alle«, antwortete Sara sarkastisch. »Wenn man mir die Einladungen überlässt, kommen natürlich alle.«

»Aber du hast sie doch erst gestern eingeladen«, sagte ich verblüfft. »Das war der Plan – bis zur letzten Minute zu warten, damit niemand die Überraschung verdirbt. Wir haben mit ungefähr der Hälfte gerechnet.«

»Tja ... da haben wir uns wohl geirrt.« Sara zuckte die Achseln. »Wahrscheinlich liegt es daran, dass die Party bei den Mathews stattfindet. Niemand kennt bislang Evans Zuhause.«

»Stimmt«, nickte ich. »Aber das sind verdammt viele Leute.«

»O ja.« Sara lächelte. »Und sie kommen alle um acht, also solltet ihr, Evan und du, um halb neun eintrudeln.«

»Okay«, sagte ich und war bereits jetzt schrecklich nervös.

Alles verlief nach Plan, als ich von Sara losfuhr – meine Haare fielen in sanften Wellen über meinen Rücken, mein rosa Kleid hing über dem Rücksitz. Unterwegs ging ich alles, was vor dem Essen erledigt werden musste, noch einmal Schritt für Schritt durch:

Den Küchentisch auf die Veranda stellen. Den Salat und die Früchte schneiden. Die Steaks würzen, in Alufolie wickeln und in den Kühlschrank legen. Den Teig mischen und die Brownies in den Ofen schieben, bevor ich mich umziehe. Dann den Tisch decken, die Kerzen anzünden und … ach, ja, die Brownies aus dem Ofen holen.

Ich würde das hinkriegen. Alles würde perfekt klappen.

Und obwohl mein Herz so schnell schlug, dass ich schon fürchtete, eine Herzattacke zu bekommen, und meine Hände einfach nicht aufhören wollten zu zittern, lief tatsächlich alles reibungslos. Immer wieder sah ich auf mein Handy und hoffte, der Akku würde nicht den Geist aufgeben, bevor Sara mir geschrieben hatte, dass Evan auf dem Weg war.

Wir mussten ihn wissen lassen, dass ich eine Überraschung für ihn vorbereitet hatte, damit er herkam. Sara sollte ihn zu mir schicken, nachdem er sich zu Hause umgezogen hatte. Jareds Aufgabe war es, dafür zu sorgen, dass er sich von der Scheune fernhielt. Ich konnte mir nur zu gut Evans Reaktion vorstellen, wenn er erfuhr, wo er mich treffen sollte. Sobald Sara anrief, hatte ich noch zwanzig Minuten, um die letzten Vorkehrungen zu treffen.

Ich rührte gerade den Brownieteig und las zum hundertsten Mal die Anweisungen auf der Rückseite der Packung, um mich zu vergewissern, dass ich nichts vergessen hatte, als mein Handy klingelte. Mein Magen zog sich zusammen – verdammt, war er etwa zu früh dran?

Ich leckte mir die Schokolade von den Fingern, bevor ich den Anruf annahm: »Hallo?«

»Emma?«, antwortete Jonathan. Mir blieb fast das Herz stehen. Bevor ich irgendetwas erwidern konnte, fragte er: »Wo bist du?«

Ich atmete tief durch und versuchte, so gelassen wie möglich zu klingen. »Ich bin in der Decatur Street, weil ich sonst leider nirgends …«

»Emma«, unterbrach er mich. »Ich muss dir …« Mein Handy piepte, und im selben Moment ging der Rauchmelder los.

»Scheiße!« Ich hatte ganz vergessen, dass der Herd immer anfing zu qualmen. »Warte mal kurz. Ich kann dich nicht hören.« Ich legte mein Handy und die Schüssel, die ich unter den Arm geklemmt hatte, ab und wedelte mit einem Geschirrtuch vor dem Rauchmelder herum, bis er endlich verstummte.

»Dieser dämliche Herd«, knurrte ich und kletterte auf die Spüle, um das Fenster zu öffnen.

Dann nahm ich das Telefon wieder in die Hand und sagte: »Bitte entschuldige.« Aber er antwortete nicht. Als ich auf mein Handy sah, war das Display schwarz; der Akku war leer. »Na toll. Wo doch gerade alles so gut lief.«

Ich öffnete die Haustür, damit der Rauch durch das Fliegengitter abziehen konnte. Zum Glück hatte ich sowieso vorgehabt, draußen zu essen. Ich ging in die Küche zurück, schüttete den Teig in die gefettete Form und schob sie in den Backofen. Nachdem ich sorgsam die Zeit eingestellt hatte, ging ich ins Bad, um mich umzuziehen, Sara müsste jede Minute anrufen – auch wenn sie mich nicht erreichen würde. Wie hatte ich nur mein Ladegerät vergessen können?

Ich versuchte, meine Nerven zu beruhigen, während ich mich mit dem Reißverschluss an der Seite meines Kleids abmühte. Meine Hände waren so verschwitzt, dass ich sie abtrocknen musste, um nicht ständig abzurutschen. Als ich endlich auch den letzten Zentimeter geschafft hatte, schloss ich für einen Moment die Augen und holte tief Luft, aber das flaue Gefühl in meinem Magen wollte einfach nicht verschwinden.

Leider gab es keinen großen Spiegel mehr, und ich konnte nicht noch einmal überprüfen, ob an meinem Sommerkleid wirklich keine Schokolade klebte – der Brownieteig schien sich überall verteilt zu haben.

Einigermaßen beruhigt lief ich die Treppe hinunter – und blieb abrupt stehen, weil ich eine Autotür zuschlagen hörte. Er war früh dran, ich war noch nicht so weit.

»Scheiße«, fluchte ich und hastete nach unten, um meine Schuhe anzuziehen. Dabei sah ich die Unordnung, die ich in der Küche hinterlassen hatte, und versuchte, in Windeseile zu entscheiden, was ich noch erledigen konnte. Energisch packte ich die schokoladenverschmierte Schüssel, stellte sie in die Spüle und ließ Wasser hineinlaufen, fegte die Obst- und Gemüseabfälle auf der Arbeitsplatte zusammen und schmiss sie in den Müll.

Ich hatte den Mülleimer gerade wieder an seinen Platz geschoben und wusch mir die Hände, als die Fliegengittertür zuschlug.

»Emma?«

Ich erstarrte. Mit wild klopfendem Herzen stellte ich das Wasser ab, trocknete mir eilig die Hände an einem Küchentuch und drehte mich um.

Ich öffnete den Mund, aber nichts kam heraus.

Jonathan starrte mich mit großen Augen an. »Wow. Du siehst ja toll aus.«

»Danke«, stieß ich hervor.

Sein Erstaunen wurde noch größer, als er zum Backofen sah, aus dem es köstlich nach Schokolade duftete. »*Backst* du etwa?«

»Äh, ich würde das nicht wirklich als Backen bezeichnen.« Ich lachte nervös. »Das sind nur Brownies.«

»Doch, du backst ... für Evan.« Diese Schlussfolgerung schien Jonathan gar nicht zu gefallen.

»Er hat Geburtstag«, erklärte ich etwas kleinlaut. »Aber was ... was machst du hier?«

Jonathan schwieg einen Moment. Er schien sichtlich geschockt von den Vorbereitungen, in die er hineingeplatzt war. »Ich muss mit dir reden. Es ist wichtig.« Er ging in Richtung Wohnzimmer, im selben Moment piepte der Timer für die Brownies.

Ich holte die Form heraus und stellte den Backofen ab. Seit ich Jonathans verblüfftes, ja enttäuschtes Gesicht gesehen hatte, machte ich mir keine Sorgen mehr über meine Backkünste. Ohne mir die Brownies näher anzuschauen, stellte ich sie zum Abkühlen auf ein Gitter und folgte ihm ins Wohnzimmer.

Als ich hereinkam, stand er mit verschränkten Armen am Fenster und starrte gedankenverloren hinaus.

»Was willst du mir denn sagen?«, fragte ich.

»Ich verstehe, warum du immer noch mit ihm zusammen bist«, setzte er an und drehte sich zu mir um. »Er mag dich sehr, und er ist ein netter Typ. Das heißt nicht, dass es mir gefällt. Aber ich verstehe es.«

Für dieses Gespräch musste ich mich setzen. Langsam ließ ich mich auf der Couch nieder und versuchte, mich auf das vorzubereiten, was mich jetzt erwartete.

»Aber wir haben uns beide eingestanden, dass wir diese unerklärliche Verbindung zwischen uns fühlen, Emma. Richtig?« Er wartete auf meine Antwort. Ich konnte nur stumm nicken. »Wir haben uns Geheimnisse anvertraut, von denen sonst niemand etwas weiß. Ich kann mit dir über alles offen und ehrlich reden. Das habe ich noch nie erlebt, nicht mal mit Sadie. Hast du Evan je von deinen Albträumen erzählt? Von deinen Ängsten?«

Ich schluckte schwer, denn ich wusste, dass er recht hatte. Meine dunkelste Seite hatte ich mit niemandem geteilt außer ihm. Ich hatte nie gewollt, dass Evan diese Seite von mir kennenlernte. Ich schüttelte den Kopf und rutschte unbehaglich hin und her.

»Ich war in einer ganz ähnlichen Situation wie du – davon habe ich dir ja schon erzählt. Ich dachte, Sadie und ich würden für immer zusammenbleiben. Aber letzten Endes verstehen andere Leute uns einfach nicht. Und das werden sie auch nie, weil sie nicht so viel durchmachen mussten wie wir. Du und ich, wir sind aus demselben Holz geschnitzt. Zwischen uns besteht eine Bindung, die stärker ist als das, was du mit Evan zu haben glaubst.

Also … werde ich warten. Ich werde dich nicht drängen, dich

zu entscheiden, denn ich weiß, dass du es irgendwann genauso sehen wirst. Ich werde warten, weil ich dich liebe, und weil ich versprochen habe, dass ich immer für dich da sein werde – wann immer du mich brauchst.«

Seine Worte rauschten durch meinen Kopf, mir stockte der Atem.

»Bist du deswegen gekommen?«, brachte ich heiser hervor. »Um mir zu sagen, dass du auf mich warten wirst?«

Jonathan setzte sich auf das Zweiersofa mir gegenüber und beugte sich zu mir. Ich wusste, dass er mich berühren wollte. Als ich mich ein Stück zurücklehnte, verschränkte er die Hände ineinander, um sich zu beherrschen.

»Nein, ehrlich gesagt hatte ich nicht vor, dir zu sagen, dass ich dich liebe«, sagte er leise und senkte den Blick. »Ich wollte warten, bis ich weiß, dass du meine Gefühle erwiderst.« Er holte tief Luft. Seine bedrückte Miene lenkte mich von seinem Geständnis ab.

»Warum bist du dann hier?«, fragte ich, obwohl ich plötzlich Angst hatte, es zu erfahren. Mein Magen krampfte sich nervös zusammen.

»Die Polizei war heute bei mir«, erklärte er, und mein Herz begann zu rasen.

Mein Körper reagierte, bevor mein Verstand wirklich begriffen hatte, was er da sagte. »Was? Warum?«

»Sie haben einen Fingerabdruck auf dem Auto gefunden und ihn mit meinem abgeglichen.«

»Moment. Auf wessen Auto?«, fragte ich, doch im selben Augenblick wurde es mir klar. »O nein. Aber warum haben sie …« Da traf mich die Erkenntnis wie ein Schlag. »Er ist tot.«

Jonathan musterte mich aufmerksam, während ich das alles zu verarbeiten versuchte. »Ja.«

»O nein. O Gott, nein«, flüsterte ich voller Entsetzen. »Was haben wir getan?«

»Du hast gar nichts getan«, entgegnete er nachdrücklich. »Er hat dir weh getan, Emma. Ich werde nicht zulassen, dass du deswegen in Schwierigkeiten gerätst, das verspreche ich dir.«

»Ich kann nicht glauben, dass er … dass er wirklich tot ist.« Immer wieder schüttelte ich den Kopf – ich konnte es einfach nicht fassen. »Können wir der Polizei nicht die Wahrheit sagen?«

»Wir haben versucht, das Ganze zu vertuschen«, erwiderte Jonathan. »Ich habe alle Beweise vernichtet, dass er hier war. Nein, wir können ihnen nicht die Wahrheit sagen. Sie haben mich auch nicht unter Anklage gestellt, nur verhört. Ich hab schon mit einem Anwalt gesprochen. Er meinte, sie haben nichts in der Hand.«

»Was hast du ihnen gesagt?«, fragte ich, als ich die Panik endlich so weit unter Kontrolle hatte, dass ich wieder klar denken konnte.

»Dass ich sein Auto bei Rachels Party, also in der Nacht, bevor er gefunden worden ist, in der Einfahrt habe stehen sehen. Dass ich hier gewesen bin, um mit Rachel zu reden und sein Auto im Vorbeigehen berührt haben könnte.«

Ich nickte langsam. Tausend Gedanken und Erinnerungen stürzten gleichzeitig auf mich ein: Was wir getan hatten, wie viele Lügen wir erzählt hatten, was passieren könnte, wenn die Polizei jemals die Wahrheit erfuhr. Und vor allem sah ich wieder den blutüberströmten, brutal zusammengeschlagenen Mann vor mir, den wir auf dem Parkplatz zurückgelassen hatten. Mir brach kalter Schweiß aus.

»Bleib einfach bei deiner Aussage, dass du das Gesicht des Einbrechers nicht gesehen hast, dann können sie unmöglich beweisen, dass er nach der Party hier war.«

»Okay«, murmelte ich. Meine Gedanken überschlugen sich. Irgendetwas an dem, was Jonathan gesagt hatte, beunruhigte mich zutiefst, doch ich brauchte einen Moment, um dahinterzukommen, was es war. »Warte. Warum hat die Polizei deinen Fingerabdruck in ihrem System gespeichert?«

Jonathans Gesicht erstarrte, und als ich in seine dunklen Augen blickte, sah ich dort eine Verletzlichkeit, die mir fast das Herz brach.

»Jonathan, was hast du getan?«, fragte ich, ohne eine Sekunde die Augen von ihm abzuwenden.

»Ich wollte es dir schon längst sagen, Emma.« Er fuhr sich mit der Hand durch die Haare. »Aber ich wollte warten, bis ich weiß, dass du die Wahrheit ertragen kannst. Ich kann selbst kaum damit leben, und ich hatte Angst, du würdest …«

»Bitte sag es mir einfach«, flehte ich ihn an.

Mein Puls begann zu rasen, als ich seinen qualvollen Blick sah.

Er stand auf und begann, vor mir auf und ab zu gehen, ich beobachtete ihn voller Sorge. Einen Moment lang dachte ich schon, er würde mir gar nichts sagen, aber dann blieb er am Fenster stehen. »Sie haben mir die Fingerabdrücke nach dem Feuer abgenommen.«

Ich blinzelte verwirrt. Dann spürte ich, wie mir das Blut aus dem Gesicht wich. »Nein«, keuchte ich. Er sah mich an.

»Du musst das verstehen. Sie sollten nicht zu Hause sein. Sie waren auf einem Basketballturnier, aber Ryan ist krank geworden. Ich dachte, nur mein Vater wäre da.« Jonathan hielt inne, als er das blanke Entsetzen in meinem Gesicht sah. Ich brachte keinen Ton heraus. Schnell wandte er sich ab und begann wieder vor mir auf und ab zu wandern.

»Als ich aufs College gegangen bin, hat mein Vater alles an Ryan ausgelassen. Das musste ich verhindern. Er war nicht so stark wie ich. Ich musste ihn beschützen.«

»Sie waren deine Familie«, stieß ich fassungslos hervor. Jonathan blieb abrupt stehen. »Wie konntest du …?« Die Worte blieben mir im Hals stecken, ich sah wieder die schwarzen, skelettartigen Überreste von Jonathans Haus vor mir, und Tränen schossen mir in die Augen. Mich erfasste nacktes Grauen, als ich mir vorstellte, wie sie geschrien und verzweifelt versucht hatten, den Flammen zu entkommen.

»Du kannst mich nicht mehr hassen, als ich mich selbst hasse.« Ich sah ihm in die Augen, in ihr gequältes, tiefes Dunkel. »Sie hätten nicht da sein dürfen«, wiederholte er und ließ seinem Leid freien Lauf. »Ich werde mir das nie verzeihen. Aber ich will, dass du alles über mich weißt – dass du die Wahrheit kennst.« Jonathan senkte den Kopf und verbarg das Gesicht in den Händen.

Ich schloss die Augen und versuchte zu verstehen, was ihn dazu getrieben hatte, seinen eigenen Vater umbringen zu wollen. Dann erinnerte ich mich an den Anflug von Neid, den ich gespürt hatte, als er mir erzählt hatte, dass sein Vater tot war – und wie ich mir gewünscht hatte, Carol würde dasselbe passieren. Aber ich hätte es nie über mich gebracht, sie zu töten. Oder vielleicht doch?

Hatte ich mich nicht erst kürzlich an seiner Schulter ausgeweint und meiner Mutter den Tod gewünscht? Nachdem ich sie ermutigt hatte, ihr Elend mit einer Überdosis Schlaftabletten zu beenden? War ich wirklich so anders? Nur weil Carol und auch meine Mutter noch lebten?

»Ich weiß nicht, was ich denken soll«, erklärte ich, und so war es auch. Eine Träne kullerte mir über die Wange.

»Ich weiß.« Er seufzte schwer. »Das alles ist nicht leicht zu verdauen, und das tut mir sehr leid.«

In diesem Augenblick hörte ich die Fliegengittertür zufallen und hob erschrocken den Kopf.

Evan stand im Flur, blickte von mir zu Jonathan und wieder zurück zu mir. »Was ist hier los?« Hastig wischte ich mir die Träne weg. Schlagartig verwandelte sich Evans Verwirrung in Besorgnis. »Was hast du mit ihr gemacht?«

Ich öffnete den Mund und wollte ihn beruhigen, aber bevor ich ein Wort herausbrachte, stand Jonathan vor mir.

»Das hat nichts mit dir zu tun, Evan«, sagte er. Er sprach leise, aber in seiner Stimme lag eine unmissverständliche Drohung. »Du musst nicht an jedem Moment ihres Lebens teilhaben.«

»Was soll das heißen?«, erwiderte Evan im selben Ton.

»Jonathan, hör auf«, flehte ich, voller Angst, was er als Nächstes sagen würde.

»Ist Rachel irgendetwas zugestoßen?«, wollte Evan wissen, den Blick starr auf Jonathan gerichtet.

»Nein.« Jonathan lachte freudlos. »Das hier ist eine Sache zwischen mir und Emma. Du bist nicht der Einzige, dem sie sich anvertraut. Du musst nicht alles wissen.«

Ich stand auf und wollte dazwischengehen, aber da fragte Evan: »Und dir vertraut sie sich an?«

»Ja, das tut sie«, antwortete Jonathan schlicht.

»Evan«, rief ich hastig. Verzweifelt versuchte ich, den Argwohn, der in seinen Augen aufblitzte, zu zerstreuen.

»Nein, ich will das hören«, unterbrach er mich scharf. Sein barscher Ton ließ mich erschrocken zurückweichen.

»Sie erzählt mir Dinge, die du niemals verstehen würdest«, fuhr Jonathan fort.

»Bitte tu das nicht«, beschwor ich ihn und griff nach Jonathans Arm, aber er ging auf Evan zu und versperrte mir den Weg. »Bitte!« Meine Verzweiflung wuchs ins Unermessliche, aber keiner der beiden reagierte auf mich.

»Was vertraut sie dir an? Was würde ich nicht verstehen?«, stieß Evan mit zusammengebissenen Zähnen hervor. Jonathan trat über die Schwelle in den Flur. Ich versuchte, mich neben ihn zu stellen, um die brenzlige Situation zu entschärfen, aber es war, als wäre ich plötzlich unsichtbar geworden. Mein Herz klopfte wild.

»Mach dir nicht gleich ins Hemd, Mann«, erwiderte Jonathan großspurig. »Wie ich schon sagte – das hat nichts mit dir zu tun.«

Seine Arroganz brachte Evan langsam, aber sicher zur Weißglut – seine angespannten Armmuskeln zeigten mir das mehr als deutlich.

»Evan, ich kann dir alles erklären«, beteuerte ich inbrünstig.

»Aber ich will es lieber von ihm hören«, herrschte er mich an, so wütend, dass mir ganz flau im Magen wurde.

Jonathan grinste herablassend. »Du willst dich also selbst quälen, was? Komm, lass gut sein. Ich nehme sie dir nicht weg, nur keine Panik.«

»Was willst du dann? Wieso erzählt sie dir Dinge, die sie mir anscheinend nicht erzählen kann?«

»Ich verstehe sie auf eine Weise, auf die du sie nie verstehen wirst«, gab Jonathan achselzuckend zurück. »Es ist nicht deine Schuld. Du verstehst es einfach nicht. Und ich schon.«

Evan zuckte zusammen, als wären Jonathans Worte rasiermesserscharf.

Mir war klar, dass sich Jonathan auf dünnem Eis bewegte, aber ich konnte nicht verhindern, dass er es zu weit trieb und Evan die Beherrschung verlor, denn keiner der beiden hörte mir zu.

»Jonathan, lass das, verdammt!«, versuchte ich, mich dennoch einzumischen – ohne Erfolg.

»Ich bin für sie da, wenn sie nachts von einem ihrer Albträume geweckt wird. Ich bin derjenige, den sie anruft, um sich wegen Rachel auszuweinen. Mir vertraut sie all die Geheimnisse an, mit denen du nicht umgehen kannst. Und weißt du, warum? Weil sie mir vertraut. Weil sie weiß, dass ich immer da sein werde, um sie zu beschützen.«

Ich schrie vor Schreck laut auf, als Evans Faust Jonathan am Kinn traf, so heftig, dass er ein paar Schritte zurücktaumelte. Fast wäre er über mich gestolpert, ich konnte mich gerade noch rechtzeitig in Sicherheit bringen.

»Als würde es dir darum gehen, sie zu *beschützen*«, knurrte Evan. Jonathan richtete sich auf, wischte sich mit dem Handrücken über den Mund und hinterließ eine Blutspur auf seinem Gesicht.

Dann stürzte er sich mit einer blitzschnellen Bewegung auf Evan und stieß ihn mit voller Wucht gegen die Wand. Das Haus bebte, als wollte es gegen die Attacke protestieren.

»Hört auf!«, schrie ich und lief auf die beiden zu. Aber sie kämpften immer hemmungsloser und brutaler miteinander, jeder Hieb wurde mit einem kehligen Knurren quittiert, ihre Gesichter waren mit Blut bespritzt.

Ich fand keine Möglichkeit, sie zu trennen, sie bewegten sich viel zu schnell und nahmen mich überhaupt nicht mehr wahr – wenn ich jetzt dazwischengegangen wäre, hätte ich mich ihren Schlägen ausgeliefert. Immer wieder flehte ich sie an aufzuhören, doch sie reagierten nicht.

Zitternd umkreiste ich sie und versuchte alles, um ihre Aufmerksamkeit auf mich zu ziehen. Tränen verschleierten meinen Blick, ich konnte kaum atmen. Jeder Schlag traf mich direkt ins Herz.

Ich wusste, dass ich für diese Szene verantwortlich war, ich hatte die Spannungen zwischen ihnen geschürt, die sich in diesem Moment entluden. Ihre Wut, ihre Enttäuschung hatten nichts mit demjenigen zu tun, auf den sie einprügelten. Es lag alles an mir und an dem, was ich ihnen nicht geben konnte. Nämlich mich, ganz und gar. Ich spürte, wie ich innerlich zerbrach, während sie sich krachend gegen die Wand stießen.

Irgendwann erhaschte ich einen Blick auf Evans Gesicht und entdeckte zu meinem Entsetzen eine große Platzwunde über seinem rechten Auge, aus der das Blut über sein Gesicht floss. Das war zu viel, ich konnte nicht länger zuschauen.

»Jonathan, nein!«, rief ich laut und wollte ihn am Arm packen, doch er riss blind vor Wut den Ellbogen zurück und traf mich mitten ins Gesicht. Ich verlor das Gleichgewicht und stürzte mit einem Schrei zu Boden.

»Emma!«, hörte ich Evan brüllen.

Doch Jonathan nutzte seine kurze Unachtsamkeit, um ihm einen brutalen Schlag an die Schläfe zu verpassen.

»Nein!« Mein Schrei hallte durchs ganze Haus. Evans Kopf wurde zur Seite gerissen, als wäre er eine willenlose Marionette, er verdrehte die Augen. Aber Jonathan stieß ihn brutal gegen die Wand, hielt ihn dort fest und schlug ihm noch einmal mit voller Wucht ins Gesicht.

Adrenalin raste durch meinen Körper, und ich rappelte mich auf und warf mich vor Evan. Ich schloss die Augen und machte mich auf Jonathans nächsten Schlag gefasst. Mein ganzer Körper spannte sich an, fest drückte ich mich an Evans schlaffen Körper.

Nichts passierte.

Evan sackte zur Seite, und ich wirbelte herum, um seinen Sturz abzufangen. Doch sein regloser Körper war zu schwer für mich, und ich konnte nicht verhindern, dass er hart auf dem Boden landete. Krachend schlug sein Kopf auf die Holzdielen.

Mit einem erstickten Schluchzen ließ ich mich neben ihm auf die Knie fallen. »Evan!« Voller Entsetzen starrte ich in sein blutiges Gesicht. »Evan, kannst du mich hören?«

Ich zog ihn vorsichtig von der Wand weg und versuchte, ihn auf den Rücken zu drehen.

»Lass mich mal«, hörte ich Jonathans neben mir sagen. Er bückte sich, packte Evan an den Schultern und legte ihn flach auf den Boden.

»Fass ihn nicht an!«, schrie ich und beugte mich über Evan, als müsste ich ihn beschützen. »Lass gefälligst die Finger von ihm!«

»Emma.« Jonathans Stimme klang gequält. Er wollte mir die

Hand auf den Rücken legen, aber ich stieß ihn mit aller Kraft von mir. Erschrocken wich er zurück.

»Wag es nicht!«, fauchte ich ihn an. Mein Körper bebte, ich kochte vor Wut. Mein Blick bohrte sich in seinen.

»Emma, bitte«, flehte er und versuchte vergeblich, das Blut wegzuwischen, das ihm über die Wange lief. »Ich hab die Beherrschung verloren, ich wollte das nicht. Es tut mir leid.«

»Nein, nichts tut dir leid!«, schrie ich ihn an. »Hör auf damit! Das machst du ständig, wir beide machen das ständig – wir tun anderen Menschen weh.« Die Worte blieben mir fast im Hals stecken, aber ich zwang mich, sie auszusprechen. »Schau dir doch an, was wir getan haben!«, brüllte ich. Jonathan zuckte zusammen, Tränen liefen ihm über sein malträtiertes Gesicht. Ich warf mich laut schluchzend über Evan. »So vielen Leuten haben wir weh getan!« Behutsam streichelte ich seine geschundene Wange, aber er regte sich nicht.

»Sag doch so was nicht«, bat Jonathan, seine Stimme war heiser vor Entsetzen. »*Wir* sind diejenigen, die verletzt worden sind, Emma.«

Ich stieß ein bösartiges Lachen aus. »Nein, Jonathan. Wir sind genauso schlimm wie die anderen, mit all unseren Lügen und Täuschungen. Wir zerstören das Leben anderer Menschen.«

Jonathan öffnete den Mund, um mir zu widersprechen, aber ich ließ ihn nicht zu Wort kommen. »Und *du*«, fuhr ich ihn an. »Du hast Menschen *getötet*. Du bist nicht weniger ein Monster als dein Vater.«

Jonathans Gesicht wurde aschfahl. Er stieß einen gequälten Schrei aus, als hätte ich ihm ein Messer ins Herz gerammt.

»Wut und Schmerz haben uns zusammengebracht. Nur daraus besteht unsere Bindung. Nicht aus Liebe.« Jedes Wort traf mit tödlicher Präzision ins Schwarze und erstickte Jonathans Protest im Keim. »Ich liebe dich nicht.« Seine Augen flehten mich an aufzuhören, aber ich fuhr unerbittlich fort. »*Niemand* wird dich jemals lieben können.« Jonathan sackte in sich zusammen und taumelte ein paar Schritte, bevor er auf die Knie sank. All sein Selbstvertrauen war verschwunden.

Unbändige Wut erfasste mich und drückte mir das Herz ab. Ich sah zu, wie er sich unter meinen Worten krümmte, und genoss seine stumme Qual. »Warte nicht auf mich. Ich will nicht, dass du für mich da bist – niemals! Verschwinde aus meinem Leben, dann werde ich auch niemandem sagen, was du getan hast.« Jonathan schloss die Augen, senkte den Kopf und legte schützend die Arme um die Brust.

Ich wandte ihm den Rücken zu, um seine Not nicht länger mitansehen zu müssen. Noch immer strömten die Tränen über mein Gesicht und tropften von meinem Kinn, aber ich verbarg meine Scham hinter geschlossenen Lidern. Meine Worte konnten ebenso viel Schaden anrichten wie Jonathans Fäuste, meine Lügen und Geheimnisse entzweiten die Menschen, mit meinem Zorn schaffte ich es, sie vom Gegenteil dessen zu überzeugen, was sie eigentlich glaubten. Ich verdiente es genauso wenig wie Jonathan, geliebt zu werden.

Als ich die Tür zuschlagen hörte, zuckte ich zusammen. Ich wusste, dass er weg war und dass ich ihn nie wiedersehen würde.

Mit einem krampfhaften Schluchzen beugte ich mich wieder über Evan. Behutsam legte ich die Hand auf seinen Oberkörper, und er bewegte sich fast unmerklich. Nach Luft ringend versuchte ich, den Schmerz in mir loszulassen, aber im Grunde meines Herzens wusste ich, dass er nach dem, was heute geschehen war, nie mehr von mir weichen würde.

Evan stöhnte leise. Ich bebte am ganzen Körper, und ich fühlte, wie mein Innerstes zerbrach. Die Qual war unbeschreiblich. Sie nahm mir fast die Luft zum Atmen.

»Emma?«, murmelte Evan. Seine Lider flatterten.

»Es tut mir so leid«, stieß ich schluchzend hervor, und eine Träne tropfte ihm auf die Wange. Ich beugte mich über ihn und streifte mit meinen Lippen seinen Mund, atmete ihn ein und genoss ein letztes Mal seinen unverfälschten, süßlichen Duft und die Wärme seiner Lippen, bevor ich mich von ihm löste. »Ich weiß nicht, ob du mir je verzeihen kannst, aber ich will dein Leben nicht auch noch zerstören.« Mein Herz kämpfte um jeden Schlag, als die bittere Erkenntnis in mich einsickerte. »Ich liebe dich«, hauchte ich.

Vorsichtig bettete ich Evans Kopf auf den Boden und stand auf. Meine Beine drohten unter mir nachzugeben, aber ich schleppte mich zur Tür, schob sie auf und stolperte hinaus. Mit letzter Kraft ging ich davon.

»Emma«, hallte seine Stimme durch die Dunkelheit, und mein Herz zersprang in tausend Stücke.

EpilOg

Ich glitt neben Sara auf die Rückbank, und Carl fuhr rückwärts aus der Auffahrt. Die ganze Fahrt über starrte ich stumm aus dem Fenster, während Anna und Carl vorne ein Gespräch führten, von dem ich kein einziges Wort verstand. Saras Gegenwart war mir bewusst, aber auch sie versuchte nicht, mich anzusprechen.

Als wir vor dem Flughafengebäude anhielten, holte Carl die Koffer aus dem Kofferraum, Anna wartete am Bordstein auf mich.

»Den Rest deiner Sachen schicke ich dir ins Wohnheim«, versprach sie mit einem freundlichen Lächeln. Dann sah sie mir ins Gesicht und strich mir zärtlich über die Wange. »Du musst das nicht tun, Emma – ich wünschte, du würdest es dir anders überlegen und doch mit zur Abschlussfeier gehen. Du hast es dir so sehr verdient.«

Ich lächelte schwach, denn ich wusste, dass sie mich nur trösten wollte, aber ihre Worte erreichten mich nicht mehr. In meinem Innern herrschte vollkommene Stille, ich war unempfänglich für die Gefühle, die sich auf Annas Gesicht widerspiegelten. Nichts war mehr übrig, alles war zerbrochen, ich war hohl und leer.

»Ich muss los«, erwiderte ich und setzte meinen Rucksack auf. Anna umarmte mich und drückte mir meine Bordkarte in die Hand.

»Ruf an, wenn du irgendetwas brauchst«, schärfte sie mir ein, und ich nickte.

»Dein Studienberater wird mit dir Kontakt aufnehmen, sobald du ankommst, um deine letzten Prüfungstermine zu koordinieren«, erklärte Carl, zog den Koffer heran und stellte die Reisetasche dazu.

»Danke«, sagte ich aufrichtig. Er zögerte, dann umarmte auch er mich kurz und fest.

»Du weißt ja, wo wir sind«, sagte er, ehe er wieder ins Auto stieg.

Sara lehnte immer noch regungslos am Geländewagen ihrer Eltern. Vor zwei Tagen hatte ich meinen Flug gebucht, seither hatte sie kein Wort mehr mit mir gesprochen, und ich erwartete nicht, dass sich daran jetzt etwas ändern würde.

Schweigend nahm ich die Reisetasche, zog den Koffer hinter mir her und machte mich auf den Weg zum Check-in-Schalter.

»Emma!«, rief Sara da plötzlich und kam mir nachgerannt. Mit einem tiefen Seufzer der Erleichterung blieb ich stehen. Saras Augen waren voller Tränen, ihr Gesicht wirkte gequält. »Tu das nicht. Bitte. Es sollte ganz anders sein.«

Aber ich lächelte sie nur beruhigend an. »Alles wird gut.«

»Bitte, Emma!«

»Wir sehen uns in ein paar Wochen, ja?«, sagte ich, ohne auf ihre Worte einzugehen, und sah sie voller Zuneigung an.

Sie schluckte, biss sich auf die Lippen und nickte. Aber dann packte sie mich an den Schultern und stieß leidenschaftlich hervor: »Du bist dabei, den größten Fehler deines Lebens zu machen. Tu das nicht, Emma. Ich weiß, dass du es bereuen wirst.«

Ich wartete, bis sie mich wieder losließ, und antwortete ruhig: »Bis bald.« Dann wandte ich mich ab und ging davon.

Ich zog den Schlüssel aus der Tür und warf meinen Rucksack aufs Bett. Dann holte ich mir ein Wasser aus dem Kühlschrank und gab mir alle Mühe zu ignorieren, dass Lyle im Zimmer war. Leider ließ er sich nur schwer ignorieren.

Meine Hand lag noch an der offenen Kühlschranktür, als ich plötzlich erstarrte. Auf seinem Bett lag die Kiste, völlig ungeniert wühlte er darin herum.

»Verdammt, was soll das?«, fuhr ich ihn zornig an und knallte den Kühlschrank zu. Dann zerrte ich die Kiste von seinem Bett und inspizierte sie.

»Ich hab doch bloß ein Sweatshirt gesucht«, verteidigte er sich schwach. Er hatte sich in den letzten Monaten schon häufiger an meinen Sachen vergriffen. Das war also nichts Neues. Aber jetzt war er einen Schritt zu weit gegangen.

»Da drin wirst du kaum eines finden«, knurrte ich ärgerlich. »Gib sie her.« Ich riss ihm die Fotos aus der Hand.

»Entspann dich, Evan«, gab er zurück und ließ sich auf sein Bett zurückfallen. »Wer ist dieses Mädchen überhaupt? Sie ist ziemlich heiß.«

»Das geht dich überhaupt nichts an«, fauchte ich und legte die Fotos wieder in die Schachtel zurück, auf die Kameratasche drauf, die ich seit Monaten nicht mehr angerührt hatte. Zögernd nahm ich den quadratischen Umschlag von dem Stapel und strich mit dem Finger über den Namen meiner Mutter, den sie in ihrer eleganten Handschrift daraufgeschrieben hatte. Als meine Finger das dicke Papier berührten, durchlief mich ein kalter Schauer.

Der Brief, der einmal in diesem Umschlag gewesen war, hatte alles verändert. Ich hatte ihn nie zu lesen bekommen. Aber was immer sie meiner Mutter auch geschrieben hatte, es hatte mich daran gehindert, ihr zu folgen, und mich dazu gezwungen, an der Ostküste zu bleiben, während sie nach Kalifornien geflüchtet war. Ohne Erklärung. Ohne Abschied. Der Brief hatte mein Leben verändert, obwohl ich nie ein einziges Wort davon zu Gesicht bekommen hatte.

Langsam legte ich den Umschlag in die Kiste zurück und hielt einen Augenblick lang mit dem Deckel in der Hand inne, um das Foto zu betrachten – ihr lachendes Gesicht. Ihr Lachen war so ansteckend, es brachte ihre karamellbraunen Augen zum Leuchten und zauberte kleine Fältchen um ihre Augenwinkel. Auf diesem Bild erinnerte sie mich an ihren Vater, an das Foto, das immer auf ihrer Kommode gestanden hatte.

Ich musste wegschauen. Mir war bewusst, dass ich mich quälte. Sie war weg. Sie hatte mich verlassen.

Kurz bevor ich die Kiste endgültig wegpackte, merkte ich, dass etwas fehlte. Ich sah mich im Zimmer um und entdeckte das Sweatshirt, das über der Lehne von Lyles Schreibtischstuhl hing.

»Das ist doch Scheiße, Lyle!«, blaffte ich und riss es an mich.

»Was sollte ich denn mit einem Stanford-Sweatshirt wollen?«, erwiderte er und verdrehte genervt die Augen.

»Wenn du dich noch ein einziges Mal an meinen Sachen vergreifst, dann brech ich dir die Hand«, drohte ich. Er sah nicht von seinem Buch auf, aber ich wusste, dass er mich gehört hatte, denn sein Gesicht war knallrot.

Ich stopfte das Sweatshirt zu den anderen Sachen in die Kiste, legte den Deckel darüber und versteckte das Bild ihres Lachens. Sie hatte sich über etwas amüsiert, das ich gesagt hatte.

»Ich versteh das nicht«, murmelte Lyle. »Was hat es überhaupt mit den ganzen Kisten auf sich?«

Ich warf die Schranktür zu und schloss damit all die Dinge weg, die mich zwangen zu sagen: »Ich weiß nicht, ob ich hierbleibe.«

Dank

Schreiben ist eine einsame Tätigkeit, das Veröffentlichen aber nicht. So viele Menschen sind maßgeblich daran beteiligt, ob es nun um emotionale Unterstützung und aufmunternde Worte geht, oder darum, einen Text durchzulesen und auszurasten, weil das Ende so daneben ist, oder darum, jeden Satz und jedes Wort zu überprüfen, bis alles perfekt sitzt. Vielleicht erschaffe ich allein etwas auf meiner winzigen einsamen Insel, aber ich bin umgeben von einem Ozean von Freunden, die ich liebe und vor deren Fähigkeiten ich gewaltigen Respekt habe.

Zuerst und vor allem danke ich meiner stets geduldigen und brillanten Assistentin Elizabeth. Sie war die perfekte Partnerin, sie hat meine Worte poliert, bis sie vor Stolz strahlten. Wir ergänzen einander so gut, dass meine Worte zu ihren geworden sind und ihre zu meinen. Außerdem ist sie die liebenswürdigste Seele, die mir jemals begegnet ist, und ich fühle mich wahrhaft privilegiert, ihr begegnet zu sein.

Außerdem danke ich:

- Faith, meiner stets präsenten Stimme der Vernunft. Wenn ich zweifle, ist sie da, um mich mit ihrer Ehrlichkeit und ihrer Klugheit zu unterstützen. Ich folge ihrem Rat auch auf dunklen Wegen, denn ich weiß, dass ich am Ende genau dort lande, wo ich hingehöre, gesund und wohlbehalten.

– Emily, meinem Sonnenschein und meiner Wärme; sie schenkt mir die Zuversicht, dass die Welt wahrhaft wundervoll ist. Sie holt mich zurück, wenn ich vom Weg abgekommen bin. Dank ihr werde ich mich niemals im Leben wirklich verirren.

– Courtney, meiner Freundin mit den strahlenden Augen und dem noch strahlenderen Lächeln. Ihr fallen die witzigsten, schlagfertigsten Bemerkungen ein, ich muss noch tagelang über sie lachen. Mit der richtigen inneren Einstellung schafft man alles, und zusammen werden wir die Welt erobern!

– Amy, die so brillant und gleichzeitig so bescheiden ist – was für ein Glück, dass sie zu unserem Team gehört hat und der Geschichte dieses gewisse Etwas gegeben hat, durch das sie wirklich atemberaubend geworden ist.

– dem fabelhaften Team der Trident Media Group, und vor allem meiner wunderbaren Agentin Erica Silverman; sie haben alle an mich geglaubt.

– Tim Ditlow, der meine Stimme erkannt hat, und auch allen aus dem Redaktionsteam von Amazon Publishing, die sie so viel besser gemacht haben.

Ein paar wenige Auserwählte haben *Liebe verwundet* in unterschiedlichen Stadien gelesen, von der Anfangsphase bis hin zur fast endgültigen Version. Aber auch so viele andere haben mir zugehört, mich gelobt, ermutigt und mit mir gefeiert. Ich danke euch allen!

Zuletzt danke ich meinen wahrhaft unglaublichen Fans, die schon seit der Veröffentlichung von *Liebe verletzt* voller Begeisterung zu mir halten. Euer Enthusiasmus wird mich immer wieder dazu beflügeln, Worte zu finden, die es verdienen, von euch gelesen zu werden!

Lies schon jetzt, wie spannend
es in Band 3 weitergeht!

Liebe VERRÄT

ProlOg

Ich weiß nicht, warum ich mir überhaupt die Mühe gemacht habe dranzugehen. Ja, vielleicht rede ich irgendwann mal mit dir darüber, wenn du dich nicht mehr so idiotisch aufführst.«

Ich stand mit einer schweren Bücherkiste im Arm oben an der Treppe. Sara stöhnte frustriert, anscheinend hatte sie aufgelegt.

Ich näherte mich der Tür möglichst geräuschvoll, damit sie mich kommen hörte und sich wieder etwas in den Griff kriegen konnte. Sie hatte mir von ihrer Entscheidung erzählt, mit Jared Schluss zu machen, und ich hatte ihr zugehört. Aber im Grunde war ich nicht in der Lage, ihr irgendwelche Ratschläge zu geben. Sara vertraute sich mir in letzter Zeit nicht richtig an, weil sie Angst hatte, es könnte mich zu sehr aufregen. Nicht, dass ich so labil gewesen wäre, ich hatte nur keine Lust zu reden … egal, worüber.

»War's das?«, fragte Sara und lächelte betont fröhlich. Doch sosehr sie ihren Ärger auch zu überspielen versuchte, ich sah ihn trotzdem in ihren Augen flackern.

»Du kannst es mir ruhig sagen«, bot ich ihr an, denn ich wollte gern die Freundin sein, die sie gerade jetzt brauchte.

»Nein, das kann ich nicht«, entgegnete sie und wandte sich wieder den Kisten zu, die überall im Raum herumstanden. »Ich hab hier wirklich nicht viel Platz, um mich auszutoben, das Zimmer ist winzig.«

Offensichtlich war sie entschlossen, das Thema zu vermeiden, und ich beließ es dabei.

»Ich brauche nichts, ehrlich. Mach dir keine Mühe.«

»Ich dachte mir schon, dass du das sagen würdest«, antwortete Sara mit einem kleinen Lächeln. »Deshalb habe ich auch nur ein einziges Dekoteil gekauft.« Sie griff nach ihrer Handtasche, die man genauso gut auch als Reisetasche hätte bezeichnen können, zog einen Rahmen heraus, drehte ihn um und hielt ihn sich strahlend vor die Brust. Es war ein Foto von Sara und mir im Haus ihrer Eltern, vor dem großen Erkerfenster, durch das der Vorgarten zu sehen war; Anna – Saras Mutter – hatte das Foto in dem Sommer gemacht, in dem ich bei der Familie gewohnt hatte. Unsere Augen funkelten, als könnten wir uns nur mit Mühe das Lachen verkneifen.

»O mein Gott«, meinte Sara schockiert, und ich sah sie verwirrt an. »Sehe ich da etwa ein Lächeln auf deinen Lippen, Emma Thomas? Ich hab mich schon gefragt, ob ich das jemals wieder erleben würde.«

Ich ignorierte sie und drehte mich zu dem eingebauten Schreibtisch in der Ecke um.

»Perfekt.« Sara stellte das Foto auf die Kommode und betrachtete es bewundernd, während ich die Bücher aus der Kiste holte und sie auf das Bord unter dem Schreibtisch stellte. »Okay, dann lass uns auspacken. Ich freue mich so, dass du endlich aus dem Wohnheim raus bist. Ich mochte Meg schon immer … und Serena natürlich auch, obwohl sie sich nicht von mir umstylen lassen will. Aber ich geb nicht auf. Was ist eigentlich mit Peyton?«

»Sie ist harmlos«, antwortete ich, während ich einen leeren Karton zusammenfaltete.

»Vermutlich braucht jede Wohngemeinschaft ein bisschen Dramatik«, bemerkte Sara und legte einen Stapel T-Shirts in eine offene Schublade. »Und solange Peyton das einzige Drama hier ist, kann ich gut damit leben.«

»Genau das hab ich auch gedacht«, antwortete ich und hängte ein paar Kleider in den winzigen Wandschrank.

Sara ließ einen schwarzen Schuhkarton aufs Bett fallen. »Sollen die Stiefel da drin bleiben oder lieber in den Schrank?« Sie wollte den Deckel wegschieben, aber ich knallte ihn so schnell wieder drauf, dass sie zusammenzuckte und mich erschrocken ansah.

»Da sind keine Stiefel drin.« Ich hörte selbst, wie scharf meine Stimme klang.

Sara sperrte erstaunt den Mund auf. »O-kay. Wo soll ich den Karton dann hintun?«

»Ist mir egal. Eigentlich will ich es gar nicht wissen«, erwiderte ich. »Ich hole mir was zu trinken, möchtest du auch was?«

»Wasser«, antwortete Sara leise.

Als ich ein paar Minuten später mit zwei Flaschen Wasser zurückkam, machte Sara gerade das Bett; der Karton war verschwunden. Jetzt musste ich nur noch meine Schuhe unten in den Schrank verfrachten. Manchmal war es echt von Vorteil, wenn man nicht allzu viel besaß.

Ich setzte mich auf den Drehstuhl am Schreibtisch, Sara legte sich bäuchlings aufs Bett und brachte all die Kissen, die sie gerade so kunstvoll arrangiert hatte, wieder durcheinander. Ich würde sie sowieso aufs oberste Regal verbannen, sobald Sara weg war.

»Du weißt, dass ich Schluss gemacht habe, weil ich keine Fernbeziehung führen kann, oder?«, fragte Sara. Ich wirbelte auf meinem Drehstuhl herum, überrascht, dass sie sich nun doch dazu entschlossen hatte, mit mir darüber zu reden.

»Ich weiß, dass es schwer für dich ist. War es schon die ganze Zeit«, antwortete ich. In der Highschool hatte sie bereits dasselbe Problem gehabt: Jared war an der Cornell University im Bundesstaat New York gewesen und wir in Connecticut. Aber damals hatte es funktioniert, weil Sara ihn in den Monaten vor unserem Abschluss fast jedes Wochenende besucht hatte.

»Ich gehe nach Frankreich, das kann ich uns einfach nicht zumuten«, fuhr sie fort. »Ich finde es nicht fair, wenn er auf mich warten muss.«

»Aber möchtest du denn, dass Jared was mit einer Anderen anfängt, während du weg bist? Denn genau dafür gibst du ihm ja praktisch die Erlaubnis. Und was passiert, wenn du wieder zurückkommst?«

Sara schwieg einen Moment, das Kinn in die Hand gestützt, die Augen zu Boden gerichtet. »Ich möchte es jedenfalls nicht wissen, wenn er was mit einer Anderen hat. Und wenn ich in Paris jemanden kennenlerne, muss Jared auch nichts davon erfahren. Denn letzten Endes sind wir füreinander bestimmt, das weiß ich. Mir ist nur nicht ganz klar, ob wir schon bereit sind, uns das auch einzugestehen.«

Mir leuchtete ihre Argumentation immer noch nicht ein, aber ich wollte sie nicht unter Druck setzen.

Ehe ich etwas sagen konnte, richtete Sara sich plötzlich auf. »Meinst du ... weil ich ja so lange weg sein werde ... dass ich Meg vielleicht ein bisschen was von dir erzählen kann? Nicht alles natürlich, nur so viel, dass sie weiß, was los ist. Es gefällt mir nicht, so weit weg zu sein, ohne dass sich jemand ...«

»... um mich kümmert«, beendete ich ihren Satz.

»Ja«, antwortete sie und lächelte. »Ich möchte nicht, dass du allein bist. Du neigst dazu, dich tagelang einzuigeln, und das tut dir nicht gut. Natürlich rufe ich dich trotzdem jeden Tag an. Aber ich hasse es, nicht in deiner Nähe zu sein ... falls du ...« Sara sah wieder zu Boden und brachte den Satz nicht vollständig über ihre Lippen.

»Sara, ich werde schon nichts Schlimmes anstellen«, versprach ich lahm. »Du brauchst dir keine Sorgen um mich zu machen.«

»Schon klar. Aber das heißt nicht, dass ich es nicht trotzdem tue.«

1

diE BücHse der PaNdora

Bonne Année!«, brüllte Sara über Musik und Stimmengewirr hinweg ins Telefon. Ich konnte sie kaum verstehen. Vielleicht lag es aber auch daran, dass sie von Paris aus anrief und die Verbindung nicht gerade die beste war.

»Dir auch ein frohes neues Jahr«, antwortete ich laut. »Obwohl es hier eigentlich noch neun Stunden dauert, bis es soweit ist.«

»Also, von meinem Standpunkt aus betrachtet, sieht das neue Jahr verdammt fabelhaft aus! Die Party ist irre. Ein Designer-Besäufnis«, rief sie kichernd, und es klang, als wäre auch sie nicht mehr ganz nüchtern. »Ich hab mein Kleid selbst entworfen, extra für heute Abend.«

»Es sieht bestimmt toll aus, ich wünschte, ich könnte es sehen.« Allmählich fragte ich mich, ob wir uns das ganze Telefonat über so anbrüllen wollten, aber Sara machte keine Anstalten, sich an einen ruhigeren Ort zurückzuziehen. Ich beschwerte mich trotzdem nicht, denn ich wollte unbedingt ihre Stimme hören, so albern Sara auch gerade drauf war. Seit im Herbst das Austauschprogramm gestartet war, hatte ich sie viel zu selten gehört.

Den letzten Sommer und überhaupt sämtliche Ferien unseres ersten Collegejahrs hatte sie mit mir in Kalifornien verbracht. Ihre Besuche alle paar Monate hatten mein Leben beinahe erträglich gemacht, aber das zweite Jahr hier war bisher ziemlich mies gelaufen. Wären meine Mitbewohnerinnen nicht gewesen, hätte ich außer Fußball und Uni nichts getan.

»Du wirst dich aber nicht wieder in dein Zimmer einschließen wie letztes Silvester, oder?«

»Ich werde mich nicht *einschließen*, aber ich bleibe hier«, erwiderte ich. »Wo ist eigentlich Jean-Luc?«

»Er holt gerade eine Flasche Champagner für uns. Ich schicke dir ein Bild von meinem Kleid, sobald wir aufgelegt haben.«

»Hey, Em …« Meg streckte den Kopf zur Tür herein, bemerkte aber sofort, dass ich telefonierte. »Sorry. Ist das Sara?«

Ich nickte.

»Hi, Sara!«, rief Meg laut.

»Hi, Meg!«, schrie Sara zurück.

»Hm, ich glaube, sie hat dich gehört, Sara«, erklärte ich und rieb mir mein schmerzendes Ohr. »Mir ist dafür allerdings das Trommelfell geplatzt.« Meg grinste.

»Ich muss Schluss machen«, schrie Sara unbeirrt weiter. Im Hintergrund erklang dröhnendes Gelächter. »Jean-Luc ist mit dem Champagner gekommen. Ich ruf dich morgen an. Hab dich lieb, Em!«

»Tschüs, Sara«, antwortete ich. O Mann, ich vermisste sie so. Manchmal fragte ich mich, ob ihr das klar war. Ich hatte es ihr nie gesagt. Aber ich vermisste sie … sehr.

»Klingt, als hätte sie eine Wahnsinnsnacht«, bemerkte Meg und setzte sich auf mein Bett. »Ich konnte die Party ja durchs ganze Zimmer hören.«

»Wann fährst du?«, fragte ich sie, denn ich wusste, dass sie sich mit ein paar Freunden in San Francisco treffen wollte.

»In einer Stunde. Wir wollen vor der Party noch was zusammen essen.«

Mein Handy piepte, und ein Bild von Sara erschien auf dem Display. Sie sah absolut umwerfend aus in ihrem dunkelgrün schimmernden Kleid. Es erinnerte an die zwanziger Jahre, entblößte ihre Schultern, schloss sich aber am Hals zu einem hohen

Kragen. Ihre wilden Locken hatte sie im Nacken zusammengesteckt, die Lippen waren leuchtend rot geschminkt, und ihre Augen funkelten, während Jean-Luc sie, in der Hand die Champagnerflasche, auf die Wange küsste.

Ich zeigte Meg das Foto. »Sexy. Hat sie das Kleid selbst entworfen?«

»Jawohl«, bestätigte ich.

»Unglaublich.«

Ich legte das Handy auf den Schreibtisch, als Meg fragte: »Würdest du mir deine schwarzen Stiefel leihen?«

»Na klar«, antwortete ich und wandte mich wieder meinem Laptop zu. Eigentlich war ich gerade dabei, mir das Lesematerial fürs nächste Quartal herunterzuladen. »Sie sind in dem Karton unter dem Bett.«

»Du kannst es dir immer noch anders überlegen und doch mitkommen«, meinte Meg, und ich hörte, wie sie den Schuhkarton über den Teppichboden zog.

»Danke, aber ich hab mich schon darauf eingestellt, hierzubleiben. Ich bin kein großer Silvesterfan«, erklärte ich und bemühte mich, mir den wahren Grund dafür nicht anhören zu lassen. Als ich das letzte Mal gefeiert hatte, war das neue Jahr voller Verheißungen auf eine glückliche Zukunft gewesen. Jetzt war der 31. Dezember nichts weiter als ein Kalenderblatt, das abgerissen wurde, genau wie alle anderen.

»Em, ich flehe dich noch einmal an, bitte, bitte komm mit«, jammerte Peyton von der Tür her. »Ich möchte echt nicht mit Brook gehen. Du kommst nie mit, und heute ist Silvester. Mach doch wenigstens dieses eine Mal eine Ausnahme!«

Ich wirbelte mit meinem Drehstuhl herum und wollte zum tausendsten Mal ablehnen. Aber ehe ich ein Wort herausbrachte, leuchteten Peytons Augen auf, und ihre Aufmerksamkeit richtete sich auf Meg. »Oh, was ist denn das?«

Ich folgte ihrem neugierigen Blick, während sie ganz ins Zimmer trat. Meg hatte gerade den Deckel vom Karton genommen. Vom *falschen* Karton. Eine Wolke verdrängter Erinnerungen und unermesslichen Herzschmerzes breitete sich im Zimmer aus. Ich bekam keine Luft mehr.

Meg schnappte sich das weiße T-Shirt mit den blauen Handabdrücken, das Peyton in die Höhe hielt.

»Lass das, Peyton!«, schimpfte Meg laut, während ich wie gelähmt auf meine zur Schau gestellte Vergangenheit starrte.

Das Verschwinden ist anscheinend immer noch nicht deine Stärke. Ganz deutlich hörte ich seine Stimme in meinem Kopf, und ich bekam eine Gänsehaut.

»Der ist ja toll«, meinte Peyton bewundernd und faltete meinen rosa Pulli auseinander. »Kann ich ihn haben?«

»Nein! Hör auf damit, Peyton!« Meg nahm ihr den Pulli weg und legte ihn zurück in den Karton. »Tut mir leid, Em.«

Eine Welle schmerzlicher Gefühle durchzuckte mich und zwang mich, mehr zu empfinden als in den gesamten letzten anderthalb Jahren. Es war, als würde ich ausgepeitscht, jeder einzelne meiner Nerven lag blank.

Ehe Meg den Deckel wieder auf meine Vergangenheit legen konnte, zog Peyton noch schnell eine kleine Schmuckschachtel aus dem Karton.

Die kriegen Sie nicht. Meinetwegen gebe ich Ihnen das Geld, aber die Kette bekommen Sie nicht!

Das Echo der Verzweiflung hallte in mir wider, die Erinnerung an kalte, harte Augen versetzte mich einen kurzen Moment in Panik und erlöste mich von meiner stummen Qual.

Ich sprang vom Stuhl auf und riss Peyton die blaue Schachtel aus der Hand. Erschrocken stolperte sie einen Schritt zurück, während ich die Schachtel mit einer blitzschnellen Bewegung in den Karton zurückwarf und den Deckel draufknallte. Mein Herz klopfte so schnell, dass meine Hände zitterten. Ich umklammerte den Deckelrand und wartete, dass der Schmerz endlich nachließ. Es war zu spät. Das Öffnen des Kartons hatte einen Sturm an Schuldgefühlen und Verzweiflung ausgelöst, an Empfindungen, die ich tief in mir vergraben hatte und die sich jetzt nicht einfach so wieder wegschließen ließen.

»Tut mir leid, Em«, flüsterte Peyton. Ich drehte mich nicht um, sondern schob den Karton wortlos zurück unter mein Bett und holte tief Luft. Mein Herz war in Brand geraten. Wie bei einem Blatt Papier züngelten die Flammen langsam zur Mitte vor. Ich schloss die Augen und versuchte, das Feuer zu löschen, doch es gelang mir nicht.

Die amerikanische Originalausgabe erschien 2013
unter dem Titel ›Out of Breath‹
bei Amazon Children's Publishing, USA

ISBN 978-3-7335-0033-9

fi 8-0093 / 1